「十四五」国家重点图书出版规划项目

国家社会科学基金重大项目「中国近代日记文献叙录、整理与研究」（项目编号：18ZDA259）阶段性研究成果

中国近现代稀见史料丛刊 【第九辑】

张剑 徐雁平 彭国忠 主编

俞鸿筹 著

潘悦 整理

俞鸿筹日记（上）

本辑执行主编 彭国忠

凤凰出版社

图书在版编目（ＣＩＰ）数据

俞鸿筹日记 / 俞鸿筹著；潘悦整理. -- 南京 ： 凤
凰出版社，2022.10
　　（中国近现代稀见史料丛刊. 第九辑）
　　ISBN 978-7-5506-3721-4

　　Ⅰ. ①俞… Ⅱ. ①俞… ②潘… Ⅲ. ①日记－作品集
－中国－现代 Ⅳ. ①I266.5

中国版本图书馆CIP数据核字(2022)第137001号

书　　　　名　俞鸿筹日记
著　　　者　俞鸿筹 著　潘　悦 整理
责 任 编 辑　孙　州
装 帧 设 计　姜　嵩
出 版 发 行　凤凰出版社(原江苏古籍出版社)
　　　　　　　发行部电话025-83223462
出 版 社 地 址　江苏省南京市中央路165号,邮编:210009
照　　　排　南京凯建文化发展有限公司
印　　　刷　江苏凤凰通达印刷有限公司
　　　　　　　江苏省南京市六合区冶山镇,邮编:211523
开　　　本　880毫米×1230毫米　1/32
印　　　张　20.625
字　　　数　536千字
版　　　次　2022年10月第1版
印　　　次　2022年10月第1次印刷
标 准 书 号　ISBN 978-7-5506-3721-4
定　　　价　188.00元(全二册)
　　　　　　　(本书凡印装错误可向承印厂调换,电话:025-57572508)

存史鑑今

袁行霈題

袁行霈先生題辞

「音实难知，知实难逢，逢其知音，千载其一乎！」（《文心雕龙·知音》）今读新编稀见史料丛刊，真有始知知音之感矣。

傅璇琮谨书

二〇一二年

傅璇琮先生题辞

殫精竭慮旁搜遠紹

重新打造中華文史資

料庫

王水照 二〇二三年一月

王水照先生题辞

《中国近现代稀见史料丛刊》总序

在世界所有的文明中，中华文明也许可说是"唯一从古代存留至今的文明"（罗素《中国问题》）。她绵延不绝、永葆生机的秘诀何在？袁行霈先生做过很好的总结："和平、和谐、包容、开明、革新、开放，就是回顾中华文明史所得到的主要启示。凡是大体上处于这种状况的时候，文明就繁荣发展，而当与之背离的时候，文明就会减慢发展的速度甚至停滞不前。"（《中华文明的历史启示》，《北京大学学报》2007年第1期）

但我们也要清醒看到，数千年的中华文明带给我们的并不全是积极遗产，其长时段积累而成的生活方式与价值观具有强大的稳定性，使她在应对挑战时所做的必要革新与转变，相比他者往往显得迟缓和沉重。即使是面对佛教这种柔性的文化进入，也是历经数百年之久才使之彻底完成中国化，成为中华文明的一部分；更不用说遭逢"数千年来未有之变局"、"数千年未有之强敌"（李鸿章《筹议海防折》），"数千年未有之巨劫奇变"（陈寅恪《王观堂先生挽词序》）的中国近现代。晚清至今虽历一百六十余年，但是，足以应对当今世界全方位挑战的新型中华文明还没能最终形成，变动和融合仍在进行。1998年6月17日，美国三位前总统（布什、卡特、福特）和二十四位前国务卿、前财政部长、前国防部长、前国家安全顾问致信国会称："中国注定要在21世纪中成为一个伟大的经济和政治强国。"（徐中约著《中国近代史》上册第六版英文版序，香港中文大学2002年版）即便如此，我们也不能盲目乐观，认为中华文明已经转型成功，相反，中华文明今天面对的挑战更为复杂和严峻。新型的中华文明到底会怎样呈现,又怎样具体表现或作用于政治、经济、文化等层面,人们还在不断探索。这个问题,我们这一代恐怕无法给出答案。但我们坚信,在历史上曾经灿烂辉煌的中华文明必将凤凰浴火,涅槃重生。这既是数千年已经存在的中华文明发展史告诉我们的经验事实,也是所有为中国文化所化之人应有的信念和责任。

不过,对于近现代这一涉及当代中国合法性的重要历史阶段,我们了解得还过于粗线条。她所遗存下来的史料范围广阔,内容复杂,且有数量庞大且富有价值的稀见史料未被发掘和利用,这不仅会影响到我们对这段历史的全面了解和规律性认识,也会影响到今天中国新型文明和现代化建设对它的科学借鉴。有一则印度谚语如是说:"骑在树枝上锯树枝的时候,千万不要锯自己骑着的那一根。"那么,就让我们用自己的专业知识与能力,为承载和养育我们的中华文明做一点有益的事情——这是我们编纂这套《中国近现代稀见史料丛刊》的初衷。

书名中的"近现代",主要指 1840—1949 年这一时段,但上限并非以一标志性的事件一刀切割,可以适当向前延展,然与所指较为宽泛的包含整个清朝的"近代中国"、"晚期中华帝国"又有所区分。将近现代连为一体,并有意淡化起始的界限,是想表达一种历史的整体观。我们观看社会发展变革的波澜,当然要回看波澜如何生,风从何处来;也要看波澜如何扩散,或为涟漪,或为浪涛。个人的生活记录,与大历史相比,更多地显现出生活的连续。变局中的个体,经历的可能是渐变。《丛刊》期望通过整合多种稀见史料,以个体陈述的方式,从生活、文化、风习、人情等多个层面,重现具有连续性的近现代中国社会。

书名中的"稀见",只是相对而言。因为随着时代与科技的进步,越来越多的珍本秘籍经影印或数字化方式处理后,真身虽仍"稀见",化身却成为"可见"。但是,高昂的定价、难辨的字迹、未经标点的文本,仍使其处于专业研究的小众阅读状态。况且尚有大量未被影印或数字化的文献，或流传较少，或未被整合，也造成阅读和利用的不便。因此，《丛刊》侧重选择未被纳入电子数据库的文献，尤欢迎整理那些辨识困难、断句费力、裒合不易或是其他具有难度和挑战性的文献，也欢迎整理那些确有价值但被人们习见思维与眼光所遮蔽的文献，在我们看来，这些文献都可属于"稀见"。

书名中的"史料"，不局限于严格意义上的历史学范畴，举凡日记、书信、奏牍、笔记、诗文集、诗话、词话乃至序跋汇编等，只要是某方面能够反映时代政治、经济、文化特色以及人物生平、思想、性情的文献，都在考虑之列。我们的目的，是想以切实的工作，促进处于秘藏、边缘、零散等状态的史料转化为新型的文献，通过一辑、二辑、三辑……这样的累积性整理，自然地呈现出一种规模与气象，与其他已经整理出版的文献相互关联，形成一个丰茂的文献群，从而揭示在宏大的中国近现代叙事背后，还有很多未被打量过的局部、日常与细节；在主流周边或更远处，还有富于变化的细小溪流；甚至在主流中，还有旋涡，在边缘，还有静止之水。近现代中国是大变革、大痛苦的时代，身处变局中的个体接物处事的伸屈、所思所想的起落，借纸墨得以留存，这是一个时代的个人记录。此中有文学、文化、生活；也时有动乱、战争、革命。我们整理史料，是提供一种俯首细看的方式，或者一种贴近近现代社会和文化的文本。当然，对这些个人印记明显的史料，也要客观地看待其价值，需要与其他史料联系和比照阅读，减少因个人视角、立场或叙述体裁带来的偏差。

知识皆有其价值和魅力，知识分子也应具有价值关怀和理想追求。清人舒位诗云"名士十年无赖贼"（《金谷园故址》），我们警惕袖手空谈，傲慢指点江山；鲁迅先生诗云"我以我血荐轩辕"（《自题小像》），我们愿意埋头苦干，逐步趋近理想。我们没有奢望这套《丛刊》产生宏大的效果，只是盼望所做的一切，能融合于前贤时彦所做的贡献之中，共同为中华文明的成功转型，适当"缩短和减轻分娩的痛苦"（马克思《资本论》第一卷第一版序言）。

《丛刊》的编纂，得到了诸多前辈、时贤和出版社的大力扶植。袁行霈先生、傅璇琮先生、王水照先生题辞勖勉，周勋初先生来信鼓励，凤凰出版社姜小青总编辑赋予信任，刘跃进先生还慷慨同意将其列入"中华文学史史料学会"重大规划项目，学界其他友好也多有不同形式的帮助……这些，都增添了我们做好这套《丛刊》的信心。必须一提的是，《丛刊》原拟主编四人（张剑、张晖、徐雁平、彭国忠），每位主编负责一辑，周而复始，滚动发展，原计划由张晖负责第四辑，但他尚未正式投入工作即于 2013 年 3 月 15 日赍志而殁，令人抱恨终天，我们将以兢兢业业的工作表达对他的怀念。

《丛刊》的基本整理方式为简体横排和标点（鼓励必要的校释），以期更广泛地传播知识、更好地服务社会。希望我们的工作，得到更多朋友的理解和支持。

2013 年 4 月 15 日

目 录

前　言

　　《俞鸿筹日记》,稿本,现藏上海图书馆,为民国文人俞鸿筹所撰。全稿七册,为俞氏手装,写于无格朱纸上,正楷。日记起于1949年1月1日,迄于1955年12月31日,共计七年。

　　现存七册本《日记》,应非俞氏日记全貌。据其开篇自述"订三十七年(1948)日记成"①可知,俞氏在1948年还记有一册日记。由此可进一步推断,俞氏开始记日记的年份或在更早。可惜1949年前的日记今已无从得见。

　　俞鸿筹(1907—1972),字运之②,出身名门,为常熟俞氏后人,诗书传家,举业为事。生于清光绪丁未五月十六日③(1907年6月26日),幼即聪慧,颇有诗名,与乡人创办虞社④。稍长赴上海求学,肄业吴淞中国公学⑤。后入上海震旦大学预科学法文,又转入上海法

---

　　①　见《日记》己丑(1949)一月一日。

　　②　俞氏名与字,皆脱胎于司马迁形容张良的"运筹策帷帐之中,决胜于千里之外"一语。见《日记》辛卯(1951)二月六日:"余名及字,俱托意张留侯。"

　　③　见郑逸梅《俞运之小传》,江苏省常熟市委员会文史资料委员会《常熟文史资料辑存(第17辑)》,1990年,第171页。

　　④　谢稚柳《〈舍庵诗词残稿〉序》(见附录):"忆予少年在里中,即闻虞山俞运之先生以诗名动江南。"《常熟市志》(上海辞书出版社2006年版)第四十五编《人物》"俞鸿筹"条:"15岁加入虞社,为创始人之一和诗文骨干。"

　　⑤　见郑逸梅《俞运之小传》。

政学院攻读法律①，民国二十八年（1939）毕业。日本侵华期间，加入三青团，在上海从事地下抗日救国统一战线工作②。民国三十四年（1945）初，在杭州遭日军逮捕，又移禁上海提篮桥监狱，在狱中写下许多表达抗日心志的诗③。抗战胜利后，负伤出狱，患上肺疾，身体屡弱④。民国三十五年（1946）辞职⑤，皈依佛门，著述自娱⑥。编撰《松禅老人逸事》《唐律疏义校注》《杨沂孙集》，协修《重修常昭合志》，校补《中国藏书家考略》，著《舍庵诗词残稿》。卒于 1972 年 2 月 1日，享年六十五岁，归葬虞山兴福公墓祖茔旁⑦。

　　俞鸿筹的一生，经历了从积极救世到远离政治、闭门读书的巨大转变。此部《日记》正作于其闭门读书时期，真实反映了一位民国遗老的日常生活和身心状态。原题《读书日记》，颇似一本学术札记，主

---

　　①　关于俞氏先入上海震旦大学，转而又入上海法政学院一事，有"肄业"和"卒业"两说。郑逸梅《俞运之小传》称"以不胜法文之繁重，乃进政法大学直至毕业"，《常熟市志》称"因故停学，转入上海法政学院"，皆持"肄业"说。钱仲联（萼孙）《俞运之先生传》则持"卒业"说，称"既卒业，又入上海法政学院治法律"。

　　②　见《常熟市志》第四十五编《人物》"俞鸿筹"条。

　　③　钱仲联《俞运之先生传》："岁乙酉，因事往屯溪，叛国者卖君，敌逻卒捕君于杭州驿。君痛捆敌寇之颊，斥其侵轶我邦之罪，敌壮之，得不死。其秋，敌酉降书下，君出狱。始被执时，为诗有'缅向西湖增故实，风波风雨敢同论'之句，可以觇其志节焉。在狱时，抒愤之诗数十首，惜皆佚之矣。"

　　④　钱仲联《俞运之先生传》："因被敌讯，负伤出狱，后致肺疾，经西法割治，年未中身而体就衰。"郑逸梅《俞运之小传》："伤重无复人状，幸而中华胜利，始得释放。入医院治疗，抽去肋骨数根，遂成偏废，不便行动，生活维艰。"

　　⑤　见《常熟市志》第四十五编《人物》"俞鸿筹"条。

　　⑥　钱仲联《俞运之先生传》："寓居申江，键户学浮屠氏法，暇则以著述吟咏自遣，舍荣利，绝人遗物，二十年如一日。"

　　⑦　钱仲联《俞运之先生传》："辛亥冬腊月十五日午夜，气上逆，至十七日而逝，年六十有五……壬子冬，归葬于虞山兴福公墓祖茔之旁。"郑逸梅《俞运之小传》："辛亥十二月十七日逝世，年 65 岁。"

要内容为摘录文献,考订名物、版本,记叙掌故,以及记录书画、金石等①,相关领域的研究者可以从中汲取营养。其中一段摘自《翁文恭公日记》的材料,可以矫正今人《翁同龢日记》整理本的讹误。此外,《日记》对俞氏族人情况、上海和常熟两地时事、名流交往及唱和多有记录,对于我们了解俞鸿筹其人及其所处时代都大有帮助。

一、俞鸿筹的自画像

(一) 不凡家世

俞鸿筹出身望族,对家族有着强烈认同感,会在《日记》中详记家族信息。如己丑(1949)三月十日详列曾祖以下先人生卒年月,三月十一日全文抄录祖父母墓志《诰赠资政大夫文澜俞公暨配诰封太夫人周太夫人合葬墓志铭》,六月二十六日抄录家谱中历世祖先的生殁忌辰。

由《日记》可以得知,俞鸿筹的重要亲属大致如下:父亲俞锺颖,生母张氏,继母沈氏,兄长俞鸿顺,叔父俞锺銮。

《清代朱卷集成》收有俞锺颖同治十二年(1873)癸酉拔贡朱卷,记其家谱与师承②。俞氏家谱,今尚有俞锺銮《彭城俞氏世谱》一卷存世③。《常熟市志·人物编》为俞锺颖、俞锺銮列传。将《日记》与以上材料相结合,俞鸿筹的家世可以得到清晰完整的呈现。

---

① 《虞山镇志》"俞鸿筹"条云:"工书法,擅小楷,熟谙历史掌故,有考订名物、书画、版本和记叙掌故的《札记》若干卷。"(中央文献出版社2000年版,第690页)按内容与字体描述,其中所称《札记》当指此部《日记》。

② 参见顾廷龙主编《清代朱卷集成》,台北成文出版社1992年版,第384册,第3页。

③ 首页有翁同龢题签,清光绪十五年(1889)刻本,现藏辽宁省图书馆。

俞氏家族的始迁祖为金爱溪,明朝时由安徽休宁县迁居江苏常熟,生子讳绍娄,承外家姓,遂为俞氏。绵延至四世祖俞克定一支,始有仕宦者,《世谱》云:"覃恩者,自静公公始。"①俞锺颖和俞锺銮同为克定六世孙,俞克定生六子,其中二子为俞玉珍和俞锦,俞锺颖属俞玉珍一脉,有俞鸿顺和俞鸿筹二子;俞锺銮属俞锦一脉,有俞承莱和俞承修二子。俞锺颖与俞锺銮昆仲情深,据郑逸梅言:"常熟丁大风,家有藏札,分贻若干,具见深情。如俞锺銮、俞锺颖两昆仲,为虞山耆宿。"②

俞鸿筹的同胞兄长俞鸿顺,字遇之,娶翁斌孙女③,生平事迹不详,《日记》提供了诸多重要信息。癸巳(1953)九月二十日记:"先兄有'宣南''荆南''海南''岭南'四印,盖自纪游踪也。"知俞鸿顺曾去过宣南、荆南、海南、岭南四处。尤为重要的是庚寅(1950)六月十八日的日记,俞鸿筹手书《〈礼宿吟〉跋》一文,是其为先兄遗稿《礼宿吟》所作的跋语,交代了俞鸿顺的生平、著述和交游。全文如下:

> 遇庐先兄遗稿《礼宿吟》一卷,都七绝一百二十八首。按之诗中纪年,当系甲寅夏秋间所作。兄卒于己未三月,筹时在塾,方习韵语。一日,先公示以此卷,抚而叹曰:"诗多比兴之体,乃无自注,恐汝辈终难索解矣。"顾筹蒙昧,亦未知举难解之处趋庭一一请释也。甲子丁大故,编缮先集,思以此卷附刊于后,世变侵陵,迄未遂愿。先兄著述甚富,有诗文、随笔、题跋、日记若干种,手选历代七言绝句五六十卷,嗜金石,成集古印谱若干卷,皆付侄辈保守。丁丑之变,毁失殆尽,惟此卷与先公手稿,乱中携

---

① (清)俞锺銮《彭城俞氏世谱》。
② 郑逸梅《郑逸梅选集》(第4卷),黑龙江人民出版社2001年版,第990页。
③ 参见翁万戈编《翁斌孙年谱》,张剑整理《翁斌孙日记》附录,凤凰出版社2015年版,第269页。

出,得以无恙,亦幸事也。署曰"礼宿"者,体为七绝,符二十八宿之数也。其诗有读书漫兴,有碑图题咏,有寄情景物,有陶写胸怀,则可识也。至其纪事不著其因,寓言别有所托,隔时既远,冥索实难。筹所能知者,"吾识宜都"一首谓杨惺吾,襄兄随侍荆宜,曾识之也;"一曲彩云"一首谓樊云门;"炉锤隋魏"一首谓杨虞裳太常;"宜治镇日垂帘"一首为吟杜评定诗钟眉韵;"诗心"一首谓孙师郑;"诗人今往"二首赠陈夔石;"渔蓑渔笠"一首题《渔父图》;"大钱小用"及"昨观赝鼎"二首言沈石友舅氏知音;更有"半塘"之句,指王幼遐戊戌劾翁、张大臣误国事;"联骖挹翠"一首悼伯铭侄树勋;范石湖临四首题金钝金《石湖纪游图》。余则不能尽悉矣。犹忆筹髫龀时,兄曾指示习字,口授唐诗,亦尝携登山麓,以共游眺,情境犹可仿佛,乃转烛光阴,兄殇已三十余年,筹年已过兄享之岁,身罹浩劫,重揽遗编,诚有不胜感叹者已。沈抱一表阮,兄之子婿也,秀雅能文,善书画篆刻,惜联姻已在兄殇之后而不及见,否则传婿之砚,当日如能亲授,则兄之快意,又当如何耶?兹将兄著此卷,手录一通,以贻抱一。展卷之际,兄之謦欬犹若可接也。庚寅端阳谨记。

由此可知,俞鸿顺卒于 1919 年 3 月,著述宏富,可惜毁于战火,仅存《礼宿吟》诗集一卷,内收一百二十八首七绝,系 1914 年夏秋间作。俞鸿顺诗多比兴,无自注,难以索解;与杨惺吾、樊云门、杨虞裳、孙师郑、陈夔石等人交游往来,且与舅父沈石友志趣相投,同好金石。

俞鸿筹与俞鸿顺的舅父沈汝瑾(1858—1917),字公周,号石友,喜好金石书画,著《鸣坚白斋诗》。俞鸿筹熟读舅父诗集,己丑(1949)九月十四日记录了舅父赠与兄长的两首七绝,具体呈现了其兄与舅父间的知音情谊:

　　《鸣坚白斋诗存》有《书研拓付俞氏甥》七绝两首,系赠遇之先兄者。丁丑劫后,藏书星散,研拓飘零何所,不可知矣。诗云:"世变沧桑研共经,但书甲子自镌铭。一椽老屋藏贞石,窃比遗山野史亭。""无忌当年曾似舅,吾甥好古亦同吾。拓成百幅泺妃影,付与收藏当画图。"

《〈礼宿吟〉跋》还提到俞鸿顺之婿为沈抱一。彼时常熟有两大沈氏家族,人称"环秀沈氏"与"大步道巷沈氏"。沈汝瑾为"环秀沈氏"代表人物,沈抱一则属"大步道巷沈氏"一族。"大步道巷沈氏"的代表人物为沈熙孙、沈养孙兄弟,都是民国著名收藏家[①]。沈熙孙(1868—1942),字成伯,晚号师米老人。喜爱历代书画、各种版本书籍,凡藏家之物,无不悉备,其藏置处曰"颂庐""师米斋""芥弥精舍"[②]。沈熙孙第三子为沈道乾(1914—1993),字抱一,娶俞鸿顺女,定居上海,俞鸿筹与之往来密切,交谊深厚。1937 年 11 月,日军攻陷常熟,烧杀抢掠,师米斋惨遭厄运。抗战胜利后,师米斋部分遗存为沈道乾收藏。俞鸿筹《日记》记假阅"师米斋沈氏藏物",如杨沂孙诗文稿六卷(庚寅十二月二十五日)、大瓢山人所撰《铁函斋书跋》(辛卯十二月二十三日)、霜红龛画册(甲午四月三十日)、陈太建二年卫和墓志铭(乙未三月十八日)等,即从沈抱一处借。沈养孙(1869—1932),字彦民,号隐禅居士,藏书楼名"希任斋"。常熟沦陷时,沈养孙第四子沈芳畦携书避乱,故希任斋藏书十之六七得以保存。沈芳畦整理残编,编《希任斋善本书目》四卷,并请俞鸿筹作序。《俞鸿筹日记》辛卯(1951)一月三十日载有《〈希任斋善本书目〉序》全文。

俞鸿筹的叔父俞锺銮(1852—1926)字次辂,一作养浩,号荆门,

---

① 参考沈鸣《常熟"师米斋"与"希任斋"藏书事迹补遗》,《新世纪图书馆》2013 年第 9 期。

② 沈芳畦《百年常熟藏书的聚散》,常熟市政协文史委员会编《常熟文史资料选辑》,上海社会科学院出版社 2009 年版,第 743—755 页。

一作金门,翁同龢为其舅父,二人相交甚笃。俞鸿筹于《日记》中称其"养浩叔""金门叔",并抄录其诗。俞锺銮之子俞承莱和余承修,是俞鸿筹的从昆仲。俞承莱(1881—1937),字彩生,一作采笙,以笔名天愤行世,是近代中国开创侦探小说的先驱之一。俞鸿筹《日记》中多有二人诗书交流的记述。俞承修(1894—1967),字志靖,是中国近代著名民刑法专家,俞鸿筹在《日记》中称其为"志靖兄"或"骧哥"。据《日记》记载,二人走动频繁,时常互赠食物,携示书画,道贺生辰,俞承修受俞鸿筹之托,校正俞锺颖诗文,而俞鸿筹也应余承修之请,整理俞锺銮书目,并抄录遗稿。总体看来,俞氏家族第十一代后人寓居上海,不仅在政事、学术、文学各领域继续开拓,且往来密切,共同延续家声。

　　俞鸿筹的妻子是庞镜蓉,据《日记》癸巳(1953)十一月三日"今日农历九月二十七日,余与镜蓉结缡已三十年矣"可知,二人缔结连理的具体时间。二人育有一子,《日记》记其名为"申官"。庞镜蓉出身于书画底蕴浓厚的庞氏家族,钱仲联称其"多才艺"[1],郑逸梅形容其"书画韵语,都有一手""亦工文翰"[2]。庞镜蓉就读于上海美术专科学校中画系,《上海美术专科学校档案史料丛编》存有她的资料记庞镜蓉系 1932 年 8 月入学,1935 年 1 月毕业,并附画一幅[3],诗词三首[4]。《日记》庚寅(1950)五月三十日云:"十四年前镜蓉画百花屏条八幅,分请诸家题咏,顷检得只余五幅矣。录其题诗。徐虹隐诗:'万千春色上毫尖,散碧分黄写素缣。六代文心归绮丽,晚唐诗格品秾

　　① 见附录《舍庵诗词残稿》首页钱仲联所撰《俞运之先生传》。

　　② 郑逸梅《郑逸梅选集》(第 4 卷),第 990 页。

　　③ 刘海粟美术馆、上海市档案馆编《上海美术专科学校档案史料丛编》(第 5 卷),中西书局 2013 年版,第 198 页。

　　④ 刘海粟美术馆、上海市档案馆编《上海美术专科学校档案史料丛编》(第 4 卷),第 418 页。

纤。玉台赵管同声应,粉本徐黄二美兼。闺阁几家传画史,有人郑重记牙签。'张隐南诗:'搓脢挐粉色交加,凉味香痕透绿纱。一把西风真玉骨,秋花毕竟胜春花。'瞿良士诗:'管赵风流绝世姿,玉台昼永看调脂。秋情尽付鹅溪绢,若问瓯香是本师。'蒋鰤楼诗:'群芳入夏争妍,君子联欢有喜。忘忧便觉宜男,结果自然多子。'杨无恙诗:'陌上花开日,闺中万象春。燕支山尚在,花草自精神。'"由此可以想见庞镜蓉的才情。

(二)"老慵自爱闭门居"

俞鸿筹的前半生亲历战争烽火,政权更迭,后半生闭门隐居,有意远离政治,不问时事。

《日记》己丑(1949)五月十一日:

> 乐天《老慵》诗:"岂是交亲向我疏,老慵自爱闭门居。近来渐喜知闻断,免恼嵇康索报书。"余之近况,正复相似。

俞氏用白居易"老慵自爱闭门居"来形容自己的生活状态,因为无人扰攘,不受俗世牵绊,而发自内心地感到喜悦。从《日记》记载看来,俞氏确实不常出门。己丑(1949)六月十八日记:"晨六时至江边散步,上月病后,此为初次出门,脚力尚不甚健。"庚寅(1950)二月十七日记:"午后诣志靖兄处贺年,已两月余未出门矣。"在友人心中,闭门不出的俞鸿筹俨然已经成了一位隐居贤士,谢稚柳写诗形容他:"几年不见俞夫子,高卧江滨比隐贤。还似幽兰深谷里,光风清露得长年。"[①]

由上段一则自述,亦能推断出俞氏是因为身体不好才不常出门。然而究竟病情有多么严重,才能到闭门不出的程度?《日记》可以对

———————

① 见《日记》庚寅(1950)十月二十二日。

此做出一番解答。

　　这一阶段的俞鸿筹体重仅九十六斤①，身患肺疾，而且病情有加重趋势。辛卯(1951)一月三十日记："左肺乳下发声稍异平常……恐系上次发炎后结痂所致。"辛卯(1951)四月九日记："黄昏时无故咯血一小口，如蚕豆瓣大小。今日曾移窗前方桌，岂因移重而受牵制耶？"己丑(1949)七月二十一日记："右肺尖有斑地痕五点，为纤维性，已硬化。"可以想见，彼时的俞鸿筹正处四十出头的年纪，却已形容枯槁、身体衰朽。

　　肺疾不仅折磨俞鸿筹的身体，更使其内心煎熬，忧虑较重。《日记》呈现出俞鸿筹对健康长寿的极度渴望。他曾自字"柏饮"，以期能像赤松子一样长寿②。他四处问诊，己丑(1949)六月□日记"致马东海信，问肺病可服白芨否"；辗转求药，壬辰(1952)十月二十四日记"近有肺病药在港出售，托姨甥孙君从广州市上辗转购得三百片，极为不易"。此外，他还试图通过修炼气功来调养身体，学习当时流行的"因是子静坐法"③。同时，阅读杂志、报纸、中医典籍时，会摘录其中的养生要旨④。

　　闭门隐居时期的俞鸿筹，用佛法安置身心。从《日记》自述来看，俞氏信佛程度远比郑逸梅所说的"且耽禅悦"要深，准确说来，是皈依佛门，事佛甚笃。他于 1949 年 10 月 9 日正式皈依，拜师兴慈，得法名圆吉，当天日记记道："师父询知身体多病，嘱多念佛、多茹素、能吃长斋最好，病系过去宿障，能诚心忏悔，即易消除。"⑤其后一日记：

　　①　见《日记》辛卯(1951)七月十一日。

　　②　《日记》辛卯(1951)二月六日记："自字柏饮，相传赤松子以囊盛柏露，饮之而得长生。"

　　③　关于俞鸿筹修炼静坐法一事，详见《日记》己丑(1949)五月七日。

　　④　见《日记》辛卯(1951)六月一日、十九日、二十一日，癸巳(1953)九月二十二日。

　　⑤　《日记》己丑(1949)十月九日详记皈依情形。

"今得皈依,自即日起,永当长斋,以忏宿业。"①由此可知,俞鸿筹受到佛家病系宿障之说影响,期盼通过持斋念佛消除病魔。他侍奉师父虔诚恭敬,听闻师父患病后,"即虔诚念佛,愿我师父早日痊愈","询师父疾……见师端坐榻上,仍不能言语。余合掌恭敬而退,致送药费万元"②,得知师父"语言渐复,病已转机,极可喜"②。此年俞鸿筹在佛门中暂获身心安宁,年终之际,他总结道:"此一年中处境甚劣,旧疾屡发,身体不健,环顾世事,正在革变,诚剥极矣。惟窃慰者,幸得皈依三宝,稍读经典,使身心俱安,不为世所移转,故自字曰'无闷'。乐则行之,忧则违之,确乎其不可拔,斯'无闷'之义也。"③足见佛学给他带来的巨大慰藉。

　　治病养心、读书著述是俞鸿筹1949—1955年的生活基调。他在年终常有自题诗,皆围绕这两大主题展开,纵向对比,能看出其内心变化。具体如下:

　　　　1950年,《题〈庚寅日记〉后》:"九死余生逃虎口,五更清梦醒鸡晨。卷中已叹成陈迹,世变方看逐日新。今秋大病二次,几殆。"

　　　　1952年,《题〈壬辰日记〉后》:"养疴岑寂且随缘,终日婆娑笔砚边。万事云烟频过眼,偶留三友送残年。"

　　　　1953年,《题〈癸巳日记〉后》:"日坐绳床静结跏,修鳞去意故难遮。闭门观物吾何有,且诵如来说是沙。"

　　　　1955年,乙未十二月三十一日:自题:"叉手从今笔砚焚,何须五十叹无闻。枯藤啮鼠消磨易,身世行看少一分。"

　　①　见《日记》己丑(1949)十月九日。
　　②　以上三段引文,见《日记》己丑(1949)十一月二十九日、十二月三日、十二月十一日。
　　③　见《日记》己丑(1949)十二月三十一日。

1950 年俞鸿筹仍会梦见"九死余生逃虎口"的过往，关心逐日变化的外界，在意自己大病二次，几乎死亡。到了 1953 年，俞鸿筹已意识到养病治生需随缘，万事皆为过往云烟，重要的是活在当下，在著述自遣，与友交游中，度过残年。然而诗中不自觉流露出的岑寂之慨，亦折射出其落寞心境。到了 1954 年，这些落寞、岑寂也都消散了，俞鸿筹的内心愈加平和，不为外物所迁，题诗不言外界，只道其终日修炼诵佛的情形。到了 1955 年，他已看淡生死，接受人生就是一个消磨的过程，直言自己"身世行看少一分"。

二、俞鸿筹的文献整理及常熟情结

　　俞鸿筹闭门期间，潜心编书，为常熟一邑的文献整理添砖加瓦，功不可没。他主要从事了以下三项整理工作：一是整理父亲俞锺颖遗稿，为其编修年谱、别集；二是编纂《松禅老人逸事》《杨沂孙集》，松禅老人翁同龢和杨沂孙俱为常熟籍；三是参与庞鸿文主持的《重修常昭合志》项目。俞鸿筹时常在《日记》中记录工作进程，抄录相关材料，以备查考。

　　俞锺颖著述散佚严重，《清代朱卷集成》注明缺文，《常熟市志》记载其著述均未刊行。俞鸿筹四处搜求父亲所遗诗文各稿，同时编撰年谱。《日记》己丑 (1949) 八月二十六日记录了俞锺颖诗文稿存佚情况及俞鸿筹补辑编集之困难：

　　　　府君手订诗文仅及三十岁而止，不孝曩日即思依据遗集及执友函牍补缀成编。奔走在外，卒卒不果。丁丑寇乱，寒斋虽免劫火，所藏书籍、文字散失殆尽。先人遗稿曾分寄乡村，在西郊庞祠一部亦为寇毁，其余幸得无恙。事后检点，可备年谱之资料，几失其半，此无可补救之损失。……今夏重检丛残，先行按照年月一一诠次，其中偶有数年事实无存，只能暂阙，日后如有所得,当随时补入。惟念府君弃养日早,筹又幼失长兄,洊经丧乱,海内可以质疑诸父执零落几无存者。往往有所疑问,独对故编踌躇终日,或终于不得尽悉原委,勉强补辑,辄将先集及往来函牍附注其下,俾明出处,遗漏失次所不免焉。

至1953年,俞鸿筹编成俞锺颖诗文集(内收《庚申遇乱记》[①]),托俞承修校正[②]。俞鸿筹二校、编目后[③],托金叔远作序[④]。同时,俞鸿筹汇录其父所撰挽诗挽联,都为一卷,署曰《春音集》[⑤];抄录、点校其父《肵斋随笔》一卷,约三万七千字,并为之作跋[⑥];散记友人挽其父之联与诗[⑦]。最为繁重的任务是编修其父年谱,俞鸿筹熟阅翁同龢日记和手札、李慈铭日记、张佩纶日记、张之洞奏稿、陈荄声日记,从中摘取其父资料,结合其父函稿,编成《年谱》,孟龙撰序,金叔远撰跋,拟乞翁克斋撰一跋以识昔年交谊,未知是否作成。且得庞蘅裳校正,应潮题诗二首[⑧]。俞鸿筹还记录了其父用章,据《日记》甲午(1954)五月二十八日,俞锺颖己亥归养后,镌有“诏许养亲”小印,辛亥归田后,镌“诏许归蓬荜”“草间偷活”“八表同昏”“苍茫万感”诸印。

　　或许是因为编修其父年谱、别集一事始终萦绕心头,日有所思,

---

①　见《日记》己丑(1949)十月三日。

②　见《日记》庚寅(1950)二月十七日、五月二十一日。

③　见《日记》辛卯(1951)五月九日、五月二十四日、六月二十五日。

④　见《日记》庚寅(1950)五月二十一日、六月二十日。

⑤　见《日记》辛卯(1951)五月二十八日。

⑥　见《日记》辛卯(1951)六月十二日、六月二十四日、七月二十五日、七月二十六日。俞鸿筹跋语载于七月二十六日。

⑦　挽联和挽诗,见《日记》壬辰(1952)五月二十六日,甲午(1954)一月八日。

⑧　关于编年谱一事,详见《日记》己丑(1949)十月七日、十月二十六日,庚寅(1950)二月三日、二月七日、八月二十九日、十月六日、十二月一日,辛卯(1951)四月二十六日,壬辰(1952)二月十一日、三月二十六日。

夜有所梦,俞鸿筹时常梦见父亲,诸多回忆片段出现在《日记》中。己丑(1949)十二月二日记:"昨梦见先公似在家中,仪容一如往日。余禀以《年谱》已简略续成,并以《翁文恭日记》所载日使宴恭邸、李相等总署诸大臣偕父亲及罗丰禄同往、当日如何情形为询。先公笑颔之曰:'我久已忘之矣。'"俞鸿筹虽对其父仪容着墨不多,但仅凭一笑一语的细节描写,一个温柔敦厚的长者形象便跃然纸上。壬辰(1952)八月二十二日记:"昨梦侍双亲小饮,先公辗然色喜,面容红润丰硕,似七十前情形,且笑且语,旁有客数人,余则在末座。醒而思之,犹在目前。"俞鸿筹粗笔勾勒其父的音容笑貌,简短描绘中满载着思念。除了父慈子孝的温馨场景,俞鸿筹还会忆起父亲管教甚严的一面,庚寅(1950)二月十九日记:"昨梦先公以不肖行为有失检处,大加呵斥,长跪泣求,怒过方已,依旧儿时情况也。"俞鸿筹家中挂父亲画像,其《题甲午日记后》诗云"犹有孤儿拜画前",自注:"先公乙卯岁画像,今日装成。"每逢父亲生辰、忌辰,俞鸿筹便虔诵佛经,足见父子情深。

俞锺颖光绪年间任总办章京时,为翁同龢下属,再加之翁俞两家的姻亲关系,二人在公私领域皆有交集。因此俞鸿筹编修其父年谱时,《翁文恭日记》成为重要参考文献。俞鸿筹在《日记》中详记阅读进度,汇录翁同龢论书文字,并时常援引《翁文恭日记》,可见其阅读之仔细。甲午(1954)五月二十六日的日记即是典型一例:

> 陆平原《平复帖》。伯鹰言:"陆士衡《平复帖》墨迹,今在中州张伯驹处。"《翁文恭日记》曾记此帖云:"《平复帖》手迹,纸墨沈古,笔法全然篆籀,正如秃管铺于纸上,不见起止之迹。宋高宗题签,香光跋。此卷为成哲亲王分府时,其母太妃所手授,故以'诒晋'名斋。……恭邸以赠李兰荪相国。"

俞鸿筹在记录陆平原《平复帖》的收藏、流传情形时,快速忆起《翁文恭日记》中的相关记载。俞鸿筹此则日记有重要的文献价值,可以矫正今人之失。俞鸿筹援引的是翁同龢光绪七年辛巳(1881)十月初十日的日记,其中"诒晋"一词,为成亲王斋名。翁同龢日记的最早版本,为1925年上海商务印书馆影印的《翁文恭公日记》手稿。覆核原稿,确作"诒晋"①,知俞氏所书正确。今人整理的《翁同龢日记》,皆以此影印本为底本,"诒晋"皆发生讹误。1970年台湾赵中孚编《翁同龢日记排印本》作"治晋"②,1989年中华书局陈义杰小组整理的《翁同龢日记》作"福晋"③,2012年上海中西书局翁万戈编、翁以钧校订的《翁同龢日记》作"福晋"④。翁同龢日记原稿字迹潦草,整理者辨认困难,偶有讹误,亦属情理之中。他山之石,可以攻玉,借助《俞鸿筹日记》,《翁同龢日记》的整理之谬可以得到纠正。

　　俞鸿筹编撰的《松禅老人逸事》,现藏上海图书馆。俞氏将搜集到的翁同龢逸事记录于《日记》中。如甲午(1954)六月六日:

> 　　松禅老人逸事。靖兄言老人与吴三先生儒卿最善,归田后,时相过从。先生性狷介,偶与老人作山水游,辄畏人所见。某冬,冲天庙前羊肉面馆新开,老人约先生清晨往,甚早,食罢,客尚无至者,大喜。翌日又继之。及出,一地保见之,遽向老人屈一膝行礼,老人不得已颔之,而先生则已疾走他去矣。后遂不复往。

---

①　《翁文恭公日记》,《续修四库全书》本,上海商务印书馆1925年版,第二十册,第129页。

②　台湾赵中孚编《翁同龢日记排印本》,成文出版社有限公司1970年版,第三册,第1146页。

③　陈义杰小组整理《翁同龢日记》,中华书局1989年版,第3册,第1625页。仲伟行编著《翁同龢日记勘误录》(上海古籍出版社2010年版)将此整理本与稿本对看,纠谬达七千余处,惜未识出此处讹误。

④　翁万戈编、翁以钧校订《翁同龢日记》,中西书局2012年版,第四卷,第1663页。

这一生活镜头弥补了正史记载的缺憾,描画出翁同龢可爱有趣的一面。又如甲午(1954)十月二十五日:

> 光绪丁酉江南乡试考题。丁酉江南题为"文学子游",主考刘恩溥。相传其时松禅老人正为师相,言子乡人,故特截此《论语》句为题。

乡试命题缘由,本不见于文献记载,通过此则材料,可以得知翁同龢因子游是常熟同乡,而将光绪丁酉江南乡试题设为"文学子游"。诸如此类的逸事记录,有助于丰富后人对翁同龢的认识。

郑逸梅《俞运之小传》记俞鸿筹编《杨沂孙集》,按俞氏《日记》所言,他先根据沈抱一所藏《濠叟诗文稿》四册(思赞手录,赵惠甫商榷,书眉约三百余页)①、《文字说解问讹》四卷(杨濠叟曾孙完襄手抄本)②、参考沈芳畦所藏《濠叟日记》手稿一册③,将杨濠叟遗著四种订成六册,一文,二诗,三箴铭、杂著,四《文字说解问讹》④。随后又从沈抱一处借到师米斋旧藏杨濠叟手批《积古斋钟鼎款识》四册⑤,俞鸿筹将杨濠叟眉评汇录为一卷,共三十页,言"此可附入全集内"⑥。通过以上《日记》记载,俞氏所编《杨沂孙集》的部分文献来源和阶段性成果得以揭示。

俞鸿筹并不只关注俞锺颖、翁同龢、杨沂孙这几位常熟知名人物,他还参与了《重修常昭合志》项目,所以常常在《日记》中为常熟一

---

① 见《日记》庚寅(1950)四月九日。
② 见《日记》辛卯(1951)三月二十五日。
③ 见《日记》庚寅(1950)六月十一日。
④ 见《日记》辛卯(1951)六月十八日。
⑤ 见《日记》辛卯(1951)十月五日。
⑥ 见《日记》辛卯(1951)十月二十二日。

邑保存资料、查考故实。如庚寅(1950)六月二十三日记邵松年《海虞文征》录桑文怿文三篇："今阅《思玄集》内有关邑献者,尚有下列诸篇……"同年七月十一日记录元人陈高《望云图诗序》,因其为海虞文献。辛卯(1951)二月二十五日记："李合肥朋僚函稿中载同治元年盘踞常熟之骆国忠投降事前后甚详。摘录函语,略加贯串,以便浏览。"对待乡邑故实,主张考证清楚。己丑(1949)八月二十四日云："《居易录》:'平湖陆稼书先生以御史台罢归,授徒常熟,逼岁除乃返,抵家,顷之卒。年六十三。壬申冬十二月二十八日。'此有关我邑故实,其馆于何氏、弟子何人、前后旅虞时间均应一考。"又如己丑(1949)五月三十一日记："权德舆撰《杜佑墓志铭》:'夫人安定郡梁氏,苏州常熟县令幼睦之女也。'唐时常熟县令梁幼睦,未识邑志有无记载。"俞鸿筹的得意之作,是考证出明代遗老逸休道人为常熟先贤褚膺。过程如下:

> 彩生大嫂以旧藏明季遗老《逸休道人诗稿》嘱题。已有松禅老人、邵息盦、沈石友、刘石香、萧谷如、丁初我诸先生题诗,先公亦有两绝。稿内不著姓名,松禅老人以"河南为氏膺为名"之句为孤证,余又检得《送孙本芝诗》复有"膺也敢忘言"句,确定膺为道人之名。乃遍查县志,竟获悉道人褚姓,名道潜,字休庵,原名膺,江西按察副使圻之后。通古今,有干略。常谒史忠正可法于军前,故有《从军集》。甚见宾礼,寻归隐。诗句如"三年读史胸多垒,十载弢弓臂不仁。纲常自许人千古,意气聊归酒一尊",抑塞磊落,自是奇士。见陈《志》,参吴二饶文稿。三百年潜名埋姓之邑先辈,遗稿一旦竟为小子发其幽闭,为之喜而不寐。①

俞鸿筹见《逸休道人诗稿》有翁同龢、邵息盦、沈石友、刘石香、萧谷

---

① 见《日记》庚寅(1950)三月二十四日。

如、丁初我、俞锺颖等人的题诗，知逸休道人必为常熟先辈，然而稿内不著姓名，便遍查县志，详加考索。结果水落石出后，他激动地说道："三百年潜名埋姓之邑先辈，遗稿一旦竟为小子发其幽闭，为之喜而不寐。"既为个人的学术突破而自得，更为能发扬先辈之名、补充邑志而喜悦。

俞鸿筹关注常熟资料，或与其协修《重修常昭合志》有关，但亦受其深厚的乡梓情结驱动。常熟向来以名人辈出、藏书珍贵享誉全国，书香望族之间联系紧密，互相帮衬，后代们受惠于家学与乡谊，多成为一代翘楚。俞鸿筹即是受此恩泽的一员，对家乡怀有强烈的认同感与责任感。据《日记》记载，他曾为新中国成立后常熟地区发生的两件事情感到愤慨痛心。其一为名人遗冢及耆旧坟墓被盗事件。庚寅（1950）六月三十日记其致县中请禁掘墓之风的信稿，全文如下：

> 近迭据同乡面告，常熟西北两山区所存历代名人遗冢以及耆旧坟墓，自去年起先后被掘，为数极多。虽经政府布告禁止，然并无效果，依然到处发掘。其中著名者计有明藏书家大河秦四麟，清浙闽督季芝昌、相国翁同龢之父大学士心存、学政邵松年、太史陆懋宗、方伯俞锺□之父□□□等数十家坟墓。此皆载在县志，为地方之古迹，一朝毁坏，闻者莫不叹息。窃见政府对于保全古迹，业已屡次申明，最近报载文物局长郑振铎为南京古墓七十余座被掘，特发表谈话："各地古墓古物，必求妥善妥善保护，以存历史或文献上之遗迹。"此项用意，人民极为赞美。至于私家坟墓，虽未列入古迹之内，但盗掘行为，政府悬为厉禁。想必积极执行，以维威信。某深知民间风习对于祖先坟墓，其重视超越寻常，政府如能体念民情，严加保护，则人民感戴之深，将无既极。为此函陈，尚希垂察，准予重行布告，务求为有效之制止，使盗掘坟墓之风得以平戢。曷胜祷盼。

俞鸿筹特意撰写此札，呼吁政府厉禁盗墓。在他的评价体系中，名人墓冢有远超私家坟墓的公共价值与意义。他强调秦景旸、季芝昌、翁心存、邵松年、陆懋宗、俞镜清等人皆是赫赫有名的人物，他们的坟墓是县志有载的地方古迹，具有文物价值。如果放任它们被毁坏，将不利于保存常熟一邑的历史。

另一件事为铁琴铜剑楼藏书让与北平图书馆。《日记》披露了俞鸿筹对此事的态度，庚寅（1950）二月九日云：

> 闻铁琴铜剑楼藏书日前让归北平图书馆，四大藏书家从此悉成历史名词矣。《涧于日记》曾载光绪癸巳六月："沈子眉来，云常熟瞿氏藏书有出售意。"宣统时，端午桥劝将书献，均未成事实。百年长物，一旦弃捐。此有关吾虞文献，不仅私家世泽已也。

瞿氏铁琴铜剑楼历史悠久，藏书珍贵，闻名遐迩。俞鸿筹曾赞扬道："若以美富而论，琴剑楼诚巨擘矣。"[①]在俞鸿筹看来，铁琴铜剑楼藏书已不仅是私家世泽，而是对常熟全邑而言意义重大。宣统年间，两江总督端方以官位相许，瞿氏尚能婉言拒绝献书要求。而值此新中国成立之际，铁琴铜剑楼藏书却"菁华尽去"[②]，俞鸿筹的不满情绪十分明显。他听闻捐书的消息后，写诗赠瞿凤起，庚寅（1950）三月十日记：

> 闻铁琴铜剑楼藏书易输，追赋作此以慰凤甥："谰语当年尽子虚，簧斋记事复粗疏。登瀛枉下宣和诏，未献王家镇库书。

---

① 见《日记》辛卯（1951）三月十六日。

② 《日记》庚寅（1950）二月二十五日云："抱一来，谈琴剑楼藏书让与北平图书馆者，四百零三种，另献四十种，菁华尽去矣。"

青箱长物日摩挲，输限应知感慨多。谁分南唐李后主，凄凉挥泪别官娥。　秘笈空怜饭一炊，区区聚散有何奇。郑堂易米还留记，绝胜庚寅一炬时。"

开篇直言作诗是为了劝慰瞿凤起，已透露出俞鸿筹的态度，显然他认为瞿氏捐书并非自愿，恐是被迫。颔联"登瀛枉下宣和诏，未献王家镇库书"下有自注，云："端匋斋曩劝献书，许酬京卿。良士表姊丈婉却之。'宁登瀛，不为卿'，宋谚也。"正是书写了宣统年间瞿氏拒绝用藏书换官位一事，见出铁琴铜剑楼藏书在俞氏心中的分量和地位。

　　总之，俞鸿筹虽定居上海，但与家乡常熟联系紧密。他与杨无恙、沈抱一、沈劳畦、瞿凤起、薛佩苍、钱仲联等常熟籍文人、收藏家交往密切。他关注家乡的消息，为古迹损毁义愤填膺，为藏书捐弃黯然神伤。同时，耗费心神，孜孜不倦地整理常熟文献，为同乡先贤立言扬名，为重修邑志贡献力量。《日记》字里行间流露出其浓重的乡邑情结。

三、俞鸿筹的治学札记及古学存续意识

　　俞鸿筹幼承家学，学问渊博。读书治学对他来说，既是习惯使然，有滋养人生的作用，也是一种文人担当，在乱世中有延续旧学的意义。

《日记》己丑（1949）八月二十七日记：

　　　　鳏楼师书来，颇有抑郁语。今日复一函，有"世乱纵靡有定，古学绝不消灭。天留老眼以观世变，行见希夷叟终有堕驴一笑之日也"之语。

由俞鸿筹的回信内容，大致能推断出蒋鳏楼为生逢乱世与古学

渐亡感到抑郁。俞鸿筹的宽慰之语昭示出他存续古学、等待太平的心理。

　　家国丧乱之际,古籍损毁尤为严重,或是惨遭焚毁,或是不知所终,或是论斤贱卖,俞鸿筹对此多有记录,言语之间满是哀惋、愤慨。如己丑(1949)八月三日记:"续整理先府君诗文,其中资料不全,遗缺甚多,此皆受丁丑事变所致。忆有手抄电稿十余册,悉为鄂粤汴各省要件,在西门庞祠,竟为火毁,此为损失中之最重者。"庚寅(1950)六月二十五日记:"抱一云同邑钱德公藏湘灵先生手稿数巨册,内多为《调运斋集》外之作,装置一铁皮匣,丁丑之乱毁于火。"己丑(1949)九月二十七日记"北平海王村旧书肆因营业萧条,将古本书籍论斤出售,以为包物之用。毁灭文物,一至于此,可胜浩叹"。《日记》辛卯(1951)一月三十一日载有俞鸿筹所撰《〈希任斋善本书目〉序》,如下一段文字将其对古书罹难的愤慨、心痛、忧虑展现得淋漓尽致:

　　　　清末迄今,书籍遭厄最烈。其流落异国者,若丽宋之归静嘉堂文库,已为世所咸知;新建裘文达曰修藏四库未进呈钞本元明小集八百余种,后归武昌柯氏,多属罕睹之笈,亦被倭人以二十万金易去。此犹流转人间或可踪迹者也。丁丑以还,则备受火燔水溺,荡析毁弃,自江乡僻壤,弥互四方。昔人所言叠以为渡、用以为炊之惨况,已有过之无不及。其中宋元版本,人所共珍,罹祸差少;至明以下甲乙之部,动辄论秤问值,割裂藉物,或竟改制粗纸,呼为还魂。近有人从析津回,携视所藉寒具之纸,赫然大字精刊《周礼》数叶也。经此浩劫,举国所存典籍几毁十之八九,数千年遗留文献,盖将垂垂尽矣。

在俞鸿筹看来,自日本侵华起,中华数千年之文献瑰宝毁去大半。他强调古籍流落异国尚可追踪购回,而火燔水溺、割裂改制给古籍造成的伤害则是不可逆转的。即便海晏河清,损失也难以恢复。

目睹这一惨剧的俞鸿筹，更懂得藏书不易，读书难得。他在庚寅(1950)二月一日抄录赵孟𫖯藏书跋语："聚书藏书，良非易事。善观书者，澄神端虑，净几焚香，勿卷脑，勿折角，勿以爪侵字，勿以唾揭幅，勿以作枕，勿以夹刺。随损随修，随开随掩。后之得吾书者，并奉赠此法。"想必是对这段爱书者心语深怀同感，才会加以摘录。他密切关注海内外书籍的收藏、流传情况，如庚寅(1950)六月十一日罗列在沈芳畦处所见藏书，辛卯(1951)二月五日提到无锡孙毓修小绿天藏书将出售，索价四亿。辛卯(1951)二月十二日记震旦图书馆曾得李鸿章藏书，志书占大部分。辛卯(1951)五月十六日记宁波李庆城萱荫楼藏书，多为天一阁、大梅山馆、抱经楼、莫海楼诸家所流出，今捐出部分给浙江图书馆文澜阁。辛卯(1951)十月二十九日略记数种九华堂正在出售的旧书。若逢罕见版本，俞鸿筹则详加记录，如辛卯(1951)三月十六日："洁公寄示王古鲁翻印崇祯本《英雄谱图赞》一册。此书现藏日本内阁文库，即《三国》《水浒全传》之合刻本也。有熊飞、杨明琅二序。《水浒》为百十回本，《三国》为二百四十节。此仅印图赞一百叶，系二刻本，云在国内尚未发现此种也。"又如辛卯(1951)二月二十六日："两宋抄本，传世已稀。旧山楼赵氏藏宋抄本《太宗实录》五册，系黄荛圃旧物，闻现在张菊生元济处。"

俞鸿筹视书为友[①]，治学用功，即便是身体不适的时候，也照常阅读[②]，未曾懈怠。所读之书，纵贯古今，以史、子、集三部为多。俞鸿筹读书勤做札记，时常记录一书之版本、撰者、内容，若遇问题，详加考辨，有时为该书撰写题跋或序，全文誊抄于《日记》中。通过这类札记，后人可以窥探到俞鸿筹当时的考证步骤。例如俞鸿筹于壬辰(1952)二月二十四日记宋刊本《六甲天元气运钤》时，遇到撰者不明

---

① 《日记》己丑(1949)十二月二十五日："去年寄福言处书箧一事。今日携回，略事整理。一年未翻阅，如故友重逢矣。"

② 见《日记》庚寅(1950)三月二十五日。

的问题。后于三月十七日记其得见万历本焦竑辑《国史经籍志》六卷。次日记道："焦氏《经籍志》子类医家经论载有'《六甲天元气运钤》二卷'，不著撰者姓名。"由此得知，他在得到焦竑《国史经籍志》这一目录学文献后，便迅速查考，以期解决《六甲天元气运钤》的作者问题。虽然他未能顺利解惑，后人却能依据这一条"失败"记录，还原其治学过程。此外，俞鸿筹于壬辰（1952）三月十七日还得到了另一本书，天尺楼抄本《恸余杂记》。他仅用了四天就读完了这本书，在三月二十一日记道："记《恸余杂记》。天尺楼钞本《恸余杂记》一卷，述明末清初朝野逸闻，题'天壤孤臣史惇著'，又号《蠹庵野史》。卷中自谓崇祯时任户部部曹，所记往往有为其亲见者。惟于东林一派，排击不遗余力，如以黄石斋为孤僻人，幸而未大用，于其疏救郑鄤，目为执拗若此，难以论天下事。又引戏语以讥刘蕺山，甚至谓满人入据中原专为打破东林伪君子一局，是持论不无偏激矣。其言清朝要钱，不怕人知觉，又记圈田之令、禁匿东人、强占民房、满人放债诸事，犹可想见当时扰民情形。查刘瑗叔明末私乘杂著目录二百九十五种，内不载此书。……卷中又无序跋，不能识其流传所自，意当日必在干禁书籍之列。"俞鸿筹对该书内容记录甚详，分析深入。他看此书直书清朝斑斑劣迹，而且没有序跋呈现流传情况，再加之《征访明季遗书目》也没有收录，便推断《恸余杂记》为清代禁书。

　　除了这类针对一本书进行的全面记录，俞鸿筹的学术札记还往往表现为读书过程中的心得体会，既有对前人说法的回应，又有个人的新观点。比如阅读杜牧诗的过程中，俞鸿筹就多有发现和思考，时加记录。辛卯（1951）六月二十八日记：

　　　　读《樊川诗集》。何义门谓："牧之、义山俱学子美，牧之豪健跌宕未免过于放，学者不得其门，未有不入于江西派者。"张篑斋驳之，谓"牧之不专学杜，且宋以后亦无人从事于是。世以樊南与樊川并称，实则小李非小杜敌也"，其言推崇如此。李越缦亦称："樊川诗力求生新，能讲古法，晚唐诸家中尤为铮铮。"余读冯孟亭《樊川诗注》，于张、李所称，确非过当。五古中如《感怀诗》《杜秋诗》《郡斋独酌》《雪中书怀》《题池州弄水亭》诸篇，高骋劲出，一气不懈，似较他体更胜。近体如《华清宫三十韵》及《长安杂题》六律，较之义山，亦当出一头地。古诗多从昌黎集中脱胎而出，如《大雨行》，则神奇绝似也。又其句法颇多独到，如"取蝥弧登垒，以骈邻翼军""七十里百里，彼亦何(常)[尝]争""取之难梯天，失之易反掌""指何为而捉，足何为而驰。耳何为而听，目何为而窥"，开后来法门不少也。

俞鸿筹梳理何焯、张佩纶、李慈铭关于杜牧诗的论述，表达对张、李二人说法的赞同，并进一步提出，杜牧古诗脱胎韩愈诗歌，且句法独到，对后人多有启发；即便与以擅长七律著称的李商隐相比，杜牧部分律诗也毫不逊色。同年七月十三日又记：

> 樊川诗中时以"羽林枪"比雨。如《念昔游》云"分明扢扢羽林枪"，《大雨行》云"万里横牙羽林枪"。取譬甚奇，然亦有所本也。顷读《华严经》有"阿修罗中雨兵仗摧伏一切诸怨敌"之句，乃知即用其意。诸家注樊川诗者，俱未得其解也。

俞鸿筹认为杜牧诗以"羽林枪"比雨，脱胎于《华严经》。因为诸家注解未曾提及，以为是一己创见，于是特意记录。然而此条日记有勾删符号，且天头有批语云："冯孟亭注《大雨行》于'四面崩腾玉京仗'句下引用《华严经》，此条应删去。"可以想见，俞鸿筹见到前人相同观点后，便删去此条，可见其陈言务去、力求出新的学术标准。没过多久，俞鸿筹就杜牧诗"羽林枪"典又发表了新看法，《日记》辛卯(1951)九月八日云：

　　杜樊川雨诗使"羽林枪"字,疑出《华严经》"雨兵仗"语。顷瘦东谓小杜用内典殊不多见。唐人语诗如"玉绳""银针"之类,随意取譬,羌无所本,"电鞭""雷毂"可言,"羽林枪"未尝不可言也。然樊川诗中如"休公都不知名姓,始觉禅门气味长""行脚寻常到寺稀""西风静起传深叶"等句,均出内典。特全卷中此类较少耳。

　　俞鸿筹与友人沈瘦东分享自己关于杜牧诗的发现,沈瘦东持不同看法,沈氏认为,杜牧诗中佛典并不常见,因为唐人作诗有随意取譬的习惯,所以用"羽林枪"来比喻雨也许只是偶然之举。俞鸿筹则列举反例,进行反驳。

　　读书体会以外,俞鸿筹的学术札记还有多种形式。首先是语词释义,如己丑(1949)十一月十六日记:"团焦,团瓢也。即一瓢之地。"又如甲午(1954)九月三十日记:"古董,或称骨董,亦作匫董。匫,见《说文》,古器也。又作汩董,见《晦庵语录》。或谷董,见《东坡题跋》。"其次为记叙掌故,如己卯(1955)十月六日记石鼓填金之说,十月九日记钱谦益著作被禁毁事,诸如此类的记录在《日记》中俯拾皆是。再次为摘录材料,尤以《潜研堂文集》《茶香室丛钞》《语石》《居易录》为多,像潘光旦《论中国父权社会对于舅权之抑制》这类当时流行的新说亦不偏废。

　　俞鸿筹学问渊博,其诗文创作亦得其学养沾溉。俞氏行文用词考究,好尚古雅。如己丑(1949)八月二十六日记其《〈礼宿吟〉跋》一文,中有"筹又幼失长兄,洊经丧乱"一句。"洊经",原作"频遭"。稿本呈现出这一修改过程,作者圈去"频遭"二字,旁改"洊经"。"洊经"一词,出自宋桑世昌《纪原》:"洊经丧乱,坠失不知所在。"虽与"频遭"同义,但鲜有人用,更为别致独特,俞氏行文的好古倾向由此彰显。俞鸿筹是典型的以才学为诗的诗人,遣词造句讲求出处,喜好使事用典。如己丑(1949)六月十一日记《赠佩苍四十九生日》诗:

正从览揆见圆蟾，应向高楼卷画帘。名士衣帽多蕴藉，新诗
几砚总精严。红闺难得清斋共，素守欣看雏诵添。图取荔枝传
韵事，香山福慧本双兼。《荔枝图序》，乐天四十九岁作。

首联"览揆"典出《离骚》，颔联化用清吴伟业《寿王子彦》诗，颈联"雏
诵"出自《庄子·大宗师》，尾联运用白居易四十九岁作《荔枝图》一
典。《舍庵诗词残稿》几乎每首诗都有自注，如果没有这些注语，解读
诗意将比较困难。通过对比《日记》和《诗稿》，能看出其学养与创作
的互动关系。比如在《日记》中，他曾记下"未委"这一诗歌语汇："未
委，未知也。杜诗：'未委适谁门。'山谷诗：'未委先生记得无。'"①在
《诗稿》中，俞氏《题江大铁编年画册》②诗便有"未委经行处，曾破几
量屐"一句，足见其以才学为诗的特点。他在作诗不顺、久索未成时，
会联想到姜夔所说的"思有窒碍，涵养未至也，当益以学"③。不难看
出，在俞氏心中，学养可以滋养诗歌，知识储备足够的情况下，作诗便
能信手拈来，一气呵成。

总而言之，《俞鸿筹日记》是俞鸿筹学术思考和文学创作的部分
呈现，具备一定的启发意义。俞鸿筹与当时名流多有书信往来、诗词
唱和，通过他的《日记》，可以考订不少名人行迹和作品。《日记》详记
常熟地区的人物、事件，可以有效推进针对常熟的区域研究；对上海
地区报刊杂志、书店公园、养生医疗的记录亦构成重要史料。《俞鸿
筹日记》中蕴藏着丰富的有价值的学术材料和历史资料，值得我们进
一步挖掘。

---

① 　见《日记》己丑（1949）十一月十九日。

② 　见《舍庵诗词残稿》。

③ 　《日记》己丑（1949）四月十一日云："欲赋小诗，久索未成。白石道人
云：'思有窒碍，涵养未至也，当益以学。'"

整理凡例

本次整理《俞鸿筹日记》所用底本为上海图书馆藏俞鸿筹《读书日记》稿本影印件，其正文整理凡例如下：

一、据《中国近现代稀见史料丛刊》惯例，将正文书名改作《俞鸿筹日记》。

二、据《中国近现代稀见史料丛刊》要求，正文所有整理文字，除特殊情况（如人物姓名中的异体字，本书中如何蝯叟、朱彊村等）外，均使用规范简化汉字。

三、正文夹注原为双行小字，今改用小五号字单行排印。

四、正文四周小字批注，勾删、修改符号，以及钤印、摹印，今出脚注说明。

五、正文原稿确定误字者，以圆括号"（）"括出误字，后继以方括号"〔〕"括出改字，但明显的形近误字径改；原稿有脱字者，所补字亦用方括号"〔〕"括出；原稿有衍字者，用"〔〕"括出。原稿有用"□"示意者，整理过程中保留。

六、俞鸿筹读书札记占此本《日记》主要篇幅，凡俞氏摘录他书之文字，不论照录还是撮述，皆加双引号，以别于其他文字；凡俞氏提及的作品名称（包括书名、画名、碑名等等），无论是全称，还是简称，皆加书名号，以便理解。如己丑（1949）十月二十五日称"假《翁文恭日记》一册"，随后几日则称"阅《翁日记》"，"翁日记"亦加书名号。

七、凡俞氏自撰诗、函、联句，皆加双引号；凡俞氏自撰序、跋、题等文章，及其自云"书于某书后"之文字，因引文较多之故，皆不加双引号，在文题后另起一段，以便读者阅读。

八、正文后附入俞鸿筹诗词残稿，以便读者研究。

己丑（1949）

三十八年一月一日，星期六，阴

　　晨至鹤园贺年，并至春晖处长谈，劝其多加静息。书联四付。文广、智范、费泰诸兄来，订三十七年日记成。

一月二日，星期日，早晴即阴

　　晨至小佩处，见近人所印字帖中以沈尹默行书为佳。炳良夫妇来，占勋来。

一月三日，星期一，晴寒，终日冰冻

　　昨晚甸老来，赠食物两件。曾祁来，赠食物四件。

一月四日，星期二，晴寒，气温最低摄氏零下四点二度

　　尚为来。

一月五日，星期三，晴，气温最低零下四点六度

　　海藏诗谓蝯叟书"主张在北碑，摆脱余颜公"，又谓"常熟夸意态，雅步颇雍容。视何究莫逮，飞走技不同"，此海藏见松禅书不多之故，翁书晚年变化莫测，不若蝯叟只守一种面貌也。

一月六日，星期四，晴，时有昙云

　　晨起微头眩，恐系受热。德振来托谋教职事。费泰偕夫人来。

一月七日，星期五，晴

　　洁公携示新得翁二铭先生为杨研培先生书诗稿册，乌丝栏，宣纸，共九页，道光壬寅年作，时方校士江右；又吴县潘文恭临大令书册十六页，为杨静岩先生作，皆佳；又得于啸轩硕刻杏仁形牙片二方，一《赤壁前游图》，背刻《前赤壁赋》一篇；一《赤壁后游图》，背刻《辨奸论》一篇，目不能辨，须以显微镜视之。

贺甸老娶媳。

一月八日，星期六，晴，晨有霜，上午九时飞雪花即止，风甚大

玉岭来，携示汪杜林先生《容安斋集外诗》一卷，计一百三十四首，又翁迂伯先生振翼撰《论书近言》四十二则。

一月九日，星期日，晴，仍未解冻

抱一藏顾横波火齐印，大几二寸，批霞石质，无款识。匣刻松禅老人跋语，无恙前题三绝，余曾录入日记。今见改作四首，较前作为佳，因再录之：

"蘼芜诗句横波墨，文酒迷楼世艳传。宋玉妆台心力尽，定山堂上荐乌圆。"

"粉墨丁张旧燕莺，搴帷捧盏有门生。梅村解作《圆圆曲》，流落人间卞玉京。"

"澧兰沅芷擅风流，方寸琼瑰劫尽收。砚拓绿洮成二妙，红牙心印绛云楼。"

"郑庵枕箧富收罗，爪印锥沙想玉珂。剩有南朝珠宝气，匣开犹带夕阳多。"

子佩、洁公来。

一月十日，星期一，晴，转西南风

祖懋函招秣陵之游，辞之。

一月十一日，星期二，晴

梅宛陵诗中有辨唐代称年为载①之说，云"刘泾州得蟾蜍砚，其下刻云'天宝八年冬，端州刺史李元德造示刘原甫'"。刘辨云："天宝称载，此称年，伪也。"《宛陵集》又有《陆子履示秦篆宝》诗，象文曰："二十六年，皇帝尽并兼天下诸侯，黔首大安，号为皇帝。乃诏丞相斯、绾，法度量则不一嫌疑者，皆明一之。"此与商鞅量底刻辞，除丞相

---

① 此处天头有文字：玄宗天宝三载正月改年为载，肃宗乾元元年复改载为年，见赵明诚《金石录》。《云麾将军李秀碑》称"天宝元载"。

为状隗状外,余文悉同。

一月十二日,星期三,晴

汪旭初《寄庵笔记》:"章太炎谓《说文》无'菴'字,当作'奄',或借易作'鷵'。"老辈下笔矜慎若此,然"菴间"之名,见相如《凡将篇》,虽象文无据,非俗字也。

一月十三日,星期四,晴,晨有霜

致谢子润信,北京大学图书馆曾收藏德化李氏木犀轩旧藏书籍,其中有宋刊全部者二千余卷,宋刊残本千余册,元刊全部八十八种,元刊残本三十余种,明刊二千余种,手抄本二千余种及日本珍本若干种。

一月十四日,星期五,晴

至贻德处午饭。理发。沽公、堇孙、小佩来。

一月十五日,星期六,晴,薄冰

昨日上午,京镇苏沪地微震,吴江坍屋。贺北野弟喜。

一月十六日,星期日,晴

子佩招午饭。善卿夫妇来。赴旅沪同乡会成立会。

一月十七日,星期一,晴

昌黎《此日足可惜》通用东冬江阳庚青蒸七韵,山谷《己未过太湖僧寺》五古五十三韵,亦通用东冬江阳庚蒸六韵,此为用唐韵之最宽泛者。晚,费泰兄招同观黄桂秋演《三娘教子》。

一月十八日,星期二,晴

招贻德往视泰兄疾。

一月十九日,星期三,晴

贺德振喜。

一月二十日,星期四,晴

成都茶店子镇居民因葬,于土中发现古瓶,加深挖掘之,下有石道及明蜀王墓碑,现正报官处理。

一月二十一日,星期五,晴

孙珏馈送灶米团。

一月二十二日，星期六，晴

雨梅赠宋瓷器，识者辨为龙泉窑半碗。赋歌报谢：

"绿瓷始见邹阳赋，凤昔闻之未一遇。近传义阳擂鼓台，釉器果然出汉墓。二十余年前河南信阳发现汉墓，得汉瓷器六件，悉涂釉色，今归北平博物馆。千峰夺翠重越州，绛霄秘色珠光釉。声清于磬胎如纸，片瓦千金显德周。饰冠嵌胄今余几，不信宝光能却矢。且从两宋说源流，定汝官内均哥弟。就中妙品数龙渊，龙泉，本名龙渊。窑官设置南渡年。修内史与将作监，丝茶同重资懋迁。传世于今八百载，云鹤瓷名易散琉璃碎。通泉发壤得殊珍，地下沉霾凡几代。搜罗十九归君家，乌皮隐几勤摩挲。封题一器远相致，拳拳美意岂有涯。非皿非盘亦非盏，骨董家云乃半碗。莲花瓣映梅子青，碗色名梅子青。铁足纹焦地气暖。此器何不画具为，画取青城与峨眉。名笺自有郑诗婢，诗婢家，近时蜀中名笺。好句宁无陈拾遗。君有'伯玉里人'小印。寒斋藏器付劫火，金瓯已破瓦甑坠。冷瓶不惜持赠我，对客终惭文与可。与可《冷瓶诗》：'君凡几钱得，不惜持遗我。曾将对佳客，屡试辄亦果。'"

德振来。

一月二十三日，星期日，转暖，下午阴

晨至费泰处。购《柴窑考证》及《章太炎传记》各一册。贻德来打针。

一月二十四日，星期一，阴

寄雨梅信。复兆麟信。

一月二十五日，星期二，阴

贺成瑶嫁妹。录诗稿寄应潮。

一月二十六日，星期三，阴

今日农历十二月二十八日。先考百零二诞辰，晨起持诵《金刚经》三遍。受热，咳嗽，服福燕所开方药。

一月二十七日，星期四，阴

费泰、贻德来。咳嗽甚剧，服药，午餐后即睡。

一月二十八日,星期五,晴

　　春晖来。晨咳仍烈,午后服消炎剂后即睡,入晚咳渐止,精神甚爽。

一月二十九日,星期六,阴,晚雨,今日农历元旦

　　甸老、炳良等来贺春节。复昆麟信。仍咳。

一月三十日,星期日,晴

　　至世文处。建椿、费泰、旭初、顺长来。咳未愈,下午睡。

一月三十一日,星期一,阴,夜雨

　　汝惠、佩珍来。

二月一日,星期二,阴,下午雨

　　晨迁至虹口。汝惠、仪炳来话别。贻德、炳良以车送我。仍咳。

二月二日,星期三,阴,晚雨

　　服桑根、芦根,并续服福燕开方,仍咳。

二月三日,星期四,晴

　　服药仍咳,夜服抵咳敌一片。

二月四日,星期五,晴

　　咳稍愈。

二月五日,星期六,晴

　　占勋、贻德来。服贻德赠药粉。致洁兄信,又致德振信。

二月六日,星期日,晴

　　致费泰函,告其迁居。

二月七日,星期一,晴

　　贻德来嘱停服止咳药,因多系化痰作用,反引咳也。

二月八日,星期二,阴,夜雨

　　昼咳渐减,夜仍咳两三次,每次几达一时。

二月九日,星期三,雨

　　仍咳。致守一信。

二月十日,星期四,阴

　　轧三来。夜至贻德处。服福燕开药方。

二月十一日,星期五,晨雪午止

　　晨仍咳,夜睡甚安。致李达信。

二月十二日,星期六,晴

　　晨仍咳。洁公自乡来。

二月十三日,星期日,晴

　　咳渐止。致汝惠信。

二月十四日,星期一,晴寒

　　送贻德之弟入学。咳平。

二月十五日,星期二,晴寒

　　晨访费泰,未晤。

二月十六日,星期三,晴

　　阅《居易录》讫。

二月十七日,星期四,晴

　　甸老来。贻德、费泰来,至贻处晚饭。

二月十八日,星期五,晴

　　为甸老办稿。

二月十九日,星期六,晴

　　补正《藏书家考略》数十条。

二月二十日,星期日,晴暖

　　至小佩处,赠以郑午昌联、陈季鸣隶、顾公雄山水及印本仇十洲人物东坡象各种。在永安别业午饭。仪炳来,未晤。

二月二十一日,星期一,阴,夜雨

　　为洁公题沈竹宾画《梅皋别墅图》《宝岩庐墓图》两签,图为邑先辈张约轩元龄纪念先德所作。《梅皋图》有黄琴泉廷鉴记,周山樵僖、孙复生云鸿、曾退庵熙文、钱梦青湄四家题诗。《庐墓图》,张叔未廷济书隶字引首,署款"嘉兴弟廷济时年七十七",印"眉寿老人"。周山樵、张绣虎二曹、张宗沛雨人、顾南厓翀、张瑛如承霖、毛季墅云鹤、王润甫汝玉、吴铸生鸣锵、张子真本、邵环林渊耀、秦绁业、许菊樵洛、李松筠锡畴诸家题诗卷末，有"南沙张氏学隐山庄藏书画印"及"儒英十四世孙"印。贻德来打针。

二月二十二日，星期二，阴，晚微雨

占勋来，共阅洁公藏麓台墨笔山水、大幅罗饭牛牧山水轴、黄谷原山水卷、余曾三集花鸟册、马扶曦元驭墨笔花卉卷、王小梅素人物册各件。洁公藏邑先辈孙凤州齐鉴缋张继《枫桥》诗意册页四张，后有彭云湄元瑞、朱莲塘光发、毛寿君琛、李醒蝶书吉、孙子潇源湘、陶香轮贵鉴、张鹿樵大镛、庞星斋大奎、杨静岩景仁、翁松禅、邵息盦诸题，先君亦题四诗。濠叟象字联，自撰句云："旧巢候燕，活水观鱼。"

二月二十三日，星期三，阴

复费信。费泰来。抱一寄来顾横波夫人火齐印拓本，印广一寸，横约七分不等，边形象文"横波"二字白文，匣面刻松禅隶书八字及题记，云："郑盦藏此印廿年。余仅获打本一纸，后与道州何氏易其先人手泽，以无缘一见为恨。今西蠡来都，出此相观，借玩数日，因叹宝物所聚不常，于数年中已三易其主矣，漫为之记。壬辰春。"并眉印之真伪，余不能辨，惟松禅题字则出自石农之手，世之人将莫辨矣。抱一并寄示近作陈见，复手校正德本唐《欧阳行周集》，名詹。嘉靖本蓝印《夷齐录》残卷及宣德本《晦庵文抄》三跋。

二月二十四日，星期四，雨

阅洁公藏汪退谷、徐鲁南、何义门、王虚舟四家书卷，卷系绢本，每人一页，约三尺。退谷书《苏州府学碑记》，末署"此潜庵先生重修苏州府学碑记中语也，先生之言，平易正直，无难知难行之事。今之窃道学之名而造作言语、私立经书者，皆先生之罪人矣。适先生之孙同年友孟升出此绢索书，因书先生之语以贻之。康熙五十四年十月十六日退谷①汪士铉识",下"汪印士铉""退谷"二印。第二页鲁南书陶诗六首,末署"丙申八月朝日,孟翁汤老先生命书录陶诗,请正八法。年侍生徐用锡",有"吾冈""徐印用锡""鲁南"三印②。第三页义门小楷书杜诗五古五首,末署"康熙丁酉壮月,雨窗为孟升老先生杂抄杜工部五言古诗,义门何焯",有"青阳斋""焯""峄瞻"三印③。第四页虚舟临唐唐玄度《新加九经字样序》,二十六行,后跋:"右《九经字样序》笔法清古,出入渤海、永兴之间。唐时书学盛甚,虽不负书名者,亦无不卓然各自成家,宋之苏米四公犹未之能及,况虞褚巨手,更何能窥其项背乎?此序考证字画,一皆合度,惟样、夲、歳三字未合。案《说文》:样,栩实,从木兼声,手部中无捄字。本,从木,一在其下,徐锴曰'一,记其处也'。夲,土刀切,《说文》'进趣也。从大从十。大十,犹兼十人也'。以夲为本,误。歳,《说文》'从步戌声',步两止相背,今省文作'岁'不合。此皆俗所沿流习而不察者,独此书考核精明,不宜有误,故特正之。康熙丁酉七夕,良常王澍临并记。"有"若林父印""戊申人"二印,上侧复题"永齐先生属馆后学王澍临",有"澍""虚舟"二印,卷后鲁启人跋云:"书此幅者,汪徐余前辈行,义门、虚舟两先生皆吾师也。索书者,座主汤凝斋师,师四先生书法,获而弄之。今年秋又谦世兄付诸装潢,以珍手泽,煜敬谨谛视,既感座主之风流宛在,又谦之能承先志,而义门、虚舟两师之函丈指画,恍若春明梦余也。昔苏文忠序六一居[士集],自叹心丧犹痛,煜于此卷亦云。乾隆庚申九月望日,受业鲁曾煜谨识。"有"曾煜""启人""居近蓬莱"三印。

---

①　此处天头有文字:退谷,原名僎,丁丑会元、传胪。

②　此处天头有文字:鲁南,字坛长,宿迁人,占籍大兴,康熙四十六年进士,翰林院侍读,有《圭美堂集》。

③　此处天头有文字:峄,同屺。《尔雅·释山》:"无草木峄。"疏:"峄,当作屺。"

二月二十五日，星期五，阴

陆天游纸本墨笔山水轴，高二尺，广一尺一寸，款"至正八年立春日天游生作"，下"陆广"印。季子陶题："此山居八景，集古之一名巫相冈者，其诗曰：'望古溯殷商，潜德发幽光。行行岁弥健，遂登巫相冈。'夫天游生距今六百年矣，其真迹之足重，人人知之，以天游之画为巫相冈作图，相去又数千年，一旦引而合之，其巧遇为何如哉？抑知巫公父子，商之贤相，见称于大圣人，则此冈此图岂不与《诗》、《书》、《易》象、《春秋》并垂终古？吾不识陆广何如人，何修而至此。洁公先生见此幅而爱之，因题数语以赠，正不敢稍存鄙吝之心耳。古今镕识，癸酉中秋。"

二月二十六日，星期六，阴

洁公回乡。费鲁一来。

二月二十七日，星期日，晴寒

至佩苍处午饭。至竹林庵拈香。

二月二十八日，星期一，晴

试乾隆年旧墨，为占勋书册页一纸，墨色殊佳。阅伊墨卿致贾素斋崧尺牍真迹三页，原文如下："弟顷至惠山，询知足下尚未游浙，即欲奉拜，因流连山水未获入城，足下可至此先作半日之谈。少刻登堂请伯母安，薄暮即驰赴吴门矣。素斋先生弟秉绶顿首。暮春路过锡山，差人敬问伯母太君起居，不胜室迩人远之思，岂意一晤之悭若此。遥稔文祉佳畅，雅兴弥增。浙江当道蕴山、小岘二先生，提唱风雅，足下曾识之否耶？李石农观察，弟同年同曹，诗翰极精，如未晤及，以此札为示若何？翁学士转大鸿胪，法祭酒如常，禾山则失偶愁极，将出都矣。弟滥典惠州，在维扬邀青原同行属候，家严慈挈眷随后之粤。匆匆借布渴悰，并候文安不一。愚弟伊秉绶顿首上素斋大兄足下。五月六日常山旅次。"下有"子墨客卿"印。附贾素斋诗十五首，录其诗注："碧山吟社遗址在第二泉之右。余藏沈石田《碧山吟社图》长卷，太守曾题七言绝句二首。尊甫云林光禄因病蒙恩给假，在都留养。

光禄公著有《春秋三传考异》《毛郑异同诗说》。太守至扬州,偕阴君青原同行,至锡见访李石农銮宣。诗四首。石农,乾隆时进士,官至云南巡抚,有《坚白石斋诗集》。"

三月一日,星期二,晴

　　仪炳来。

三月二日,星期三,晴

　　在商务见所印何蝯叟临《道因碑》,遒紧沉着,力透纸背,与寻常所见有不同处。

三月三日,星期四,阴

　　志靖兄来。略受热,又有微咳,近时体力殊弱,稍有感冒,即不耐矣。

三月四日,星期五,阴,夜雨

　　晨咳甚剧,请贻德开方,服之,旋平。午后睡。

三月五日,星期六,阴

　　继续服药,终日倦卧。占勋来。

三月六日,星期日,晴

　　佩苍夫人来,告知电台听讲佛经时间。

三月七日,星期一,阴,夜雨

　　上午倦卧,饭时始起。阅周学普译《浮士德剧本》毕。二十年前曾阅一次,书中涵意不甚了了,序中言:"浮士德是象征人心中光明与黑暗、个人与社会求真理的努力与惰性、远心力与求心力、否定与肯定两极性的矛盾,及由矛盾克服而来的必然之不断上进各种意义。"其中运用希腊古典名词甚多,因之不易索解,近商务出版《浮士德故事》译本,可供参考。

三月八日,星期二,阴

　　请《楞严经》一部,余旧有蒙叟疏注,乱后已残缺。屈翁山《道援堂诗》有《送张超然返虞山》五古一首:"去年春上巳,送子珠江南。愿子岢峨舟,上无樯与帆。今年小寒食,送子珠江北。愿子万里身,上有双飞翼。三岁别妻孥,梦中见颜色。吴下一春人,鸳鸯苦无力。娇女未扶床,呱呱在锦臆。游札有遗风,伯鸾所朝夕。昔家梧宫傍,今移拂水侧。言公昔浣衣,有石方且直。子游有浣衣石在虞山下。夫在石东耕,妇在石西织。节节皆为双,白纻充衣食。裁成一明月,皎洁终何极。"又《访钱牧斋宗伯芙容斋》五律一首:"四面烟波绕,藏书有一楼。兴亡元老在,文献美人留。桥细穿荷叶,舟轻及素鸥。爱予初命笔,交广有春秋。"复子润信。

三月九日,星期三,阴

咳尚未平,请贻德续开药方。

三月十日,星期四,雨

洁公来。先人忌辰,在家设供。今年旅外时多,每值节辰,辄未能躬自祭奉,良觉疚心,以后如逢家忌,即在客中,亦当设座拜祭,并虔诵佛经,以资追念。兹将先人忌辰,恭志如左,其详细年月,俟按志传再行补记。

正月初二日,曾祖考凤池公生忌。钟筷三付。

正月十三日,祖考文澜公生忌。钟筷二付。公生嘉庆二十五年庚辰,卒咸丰五年己卯,享年三十有六。

二月三十日,先考逝世忌辰。钟筷三付。生道光二十七年丁未,卒民国十三年甲子,享年七十有六。

四月二十六日,祖考妣周太夫人逝世忌辰。钟筷二付。生道光二年壬午,卒光绪三十一年乙巳。

六月初六日,先妣沈太夫人逝世忌辰。钟筷三付。生道光二十八年六月十六日申时,卒光绪廿九年六月初六日戌时

六月十七日,先生妣张太夫人生忌。钟筷三付。生光绪八年,卒民国廿九年。

六月十八日,先妣沈太夫人生忌。钟筷三付。

六月二十四日,祖考文澜公逝世忌辰。钟筷二付。

七月初三日,曾祖妣杨太夫人逝世忌辰。钟筷三付。

十月十三日,曾祖考凤池公逝世忌辰。钟筷三付。

十一月二十日,祖妣周太夫人生忌。钟筷二付。享年八十有四。

十二月十二日,先生妣张太夫人逝世忌辰。钟筷三付。辰时,享年五十九。

十二月十九日,曾祖妣杨太夫人生忌。钟筷三付。

十二月二十八日,先考生忌。钟筷三付。丑时。

三月十一日,星期五,阴

祖考妣墓志拓本,乱后所存无几,兹抄原文如后。《诰赠资政大夫文渊俞公暨配诰封太夫人周太夫人合葬墓志铭》①:"公讳镜清,字文澜,其先休宁金氏。明代有讳爱溪者,迁常熟,生子,讳绍娄,承外家姓,遂为俞氏。四传讳汀者,公曾大父也。讳栋者,大父也。讳熙者,父也,生丈夫子三,公居幼。公生嘉庆二十五年庚辰正月十三日,卒咸丰五年乙卯六月二十四日,春秋三十有六。越七年辛酉十一月,卜葬虞山北麓丰三场四十五都上四图疑字号兴福街之南原。夫人周氏,同邑贡生讳毓琦之幼女,生道光二年壬午十一月二十日,以光绪三十一年乙巳四月二十六日卒于里第,享年八十有四。孤锺颖将以明年丙午十二月二十日启赠公之兆合窆焉,先期以书抵同年生镇洋王祖畬乞志其墓,且曰:'先君子无禄早世,时锺颖甫九岁耳,茫无知。'恍惚音容,身颀长,目短视,日坐斗室,操翰伸纸疾书不稍辍。遭兵燹,片纸只字无存者。独其敦品力学,一介不苟取,与则太夫人之所述与宗族乡党之所流传者,无闲言。仓卒卜葬,寇氛扰攘,未有文志墓,以阐扬万一。至今思之,泪涔涔下也。呜呼,痛哉!先慈幼娴姆训,善事父母,为外大父母钟爱,于归后移以事舅姑,能得欢心。既遭大故,上奉慈姑,下抚孤儿。中更寇乱,备尝艰苦。然课锺颖读,虽流离迁徙无稍间。锺颖得奋志功名,不为海内君子所弃者,翳吾母之教。岁甲午,东人构衅,讹言朋兴,有约结伴南归者,先慈坚却之,且

曰：'食禄者，忠事，官无大小，一也。徒顾身家，国是缓急复奚赖？吾虽老，未敢先去以为望乎？'越二年丙申，锺颖授湖北荆宜施道，又二年戊戌，调汉黄德道。一夕，民居火，密迩衙署，宾从纷纷避，先慈焚香默祷，风返火熄，人以为精诚所感。明年己亥七月告归，又明年庚子拳匪乱，两宫西幸。先慈闻之，喟然曰：'主忧臣辱，辇毂重地，蹂躏至此。虽偷生归里，安能枕乎？'今春谆命锺颖曰：'昔范文正义田赡族，吾乡踵行者不少，吾有志久矣，汝亟勉建一庄，吾一生辛苦复何憾？'越月余，疾作，殁之夕，异香盈室，侍疾者敛容屏息，俄顷逝。呜呼，痛哉！祖畲纵览史策，若孟子亚圣，下逮晋陶士行、宋欧阳永叔，近世如钱文端、毕宫保皆以贤母成贤子，若太夫人举念不忘君国而又推恩以惠宗族，此忠孝大节，丈夫所难能，而太夫人优为之，宜其有子，而生膺荣封，年登大耋，以诒孙子无疆之福。子一，锺颖，癸酉拔贡生，中顺天副贡，由吏部郎出为湖北荆宜施道，覃恩赠三代资政大夫，娷皆夫人。女一，适同邑钱兆麒。孙鸿顺，苏州府学附生，分部员外郎。曾孙女一。铭曰：'苍苍者天，胡不尔延，胡厚尔德，以启后贤。兴福之南，虞山之阡。令妻寿母，于千万年。'赐同进士出身敕授文林郎河南汤阴县知县前翰林院庶吉士镇洋王祖畲拜撰。赐进士出身诰授奉直大夫翰林院编修前河南学政加三级同邑邵松年拜书并篆盖。"

三月十二日，星期六，下午雨

阅麓台墨笔山水轴纸本，约纵六尺，横二尺，上题："己亥夏五既望，仿梅道人笔意。麓台祁。"有"古期斋""王印原祁""麓台"三印。麓台精心之作每有长题，此轴虽无跋语，然元气淋漓，真力弥满，诚所谓笔端有金刚杵者。占勋来。服华大宝利鳖鱼肝油含几怪，为气管病特效药。

三月十三日，星期日，午雷雨

鲁一来，借去《大战回忆录》一部，并归还《浮士德剧本》。夜咳甚剧，未能安睡。

三月十四日,星期一,雨

日间尚少咳嗽,入睡后仍咳,至午夜方平。喉头发炎,治疗需日,殊苦事也。

三月十五日,星期二,晴

服贻德赠药,中夜咳一次。

三月十六日,星期三,下午雨

占勋携示旧玉镯及玉尺镯,系出土之物,甚润,约八分许,无雕琢痕,含泥沙甚多,略露青色,地尺不佳。贻德来打针。

三月十七日,星期四,阴

题同治时贤致庞文恪宝生手札:

清同治年间朝野名流致常熟庞文恪手札一册,计四十页,丁丑乱后散出,中有两通已残,缺李合肥数札,时间、事迹皆可考。八月二十六日"七年阔别"及"致华翁"二通,按《李文忠朋僚函稿》:"同治七年八月二十日抵京展觐,九月十七日出京。"两札正在京所作。三月初九日"兼权抚篆"一通,合肥于同治八年正月接鄂督篆,《函稿》载四月十五日复丁稚璜函,云权鄂以后又兼权抚篆。与此所述相同。"津案辑凶"一通,原札载《函稿》第十二卷,字句稍有节改。按:同治九年五月,津民以迷拐幼孩讹言,牵及教堂,殴毙法领事、教士及英俄侨商等十余名,焚毁教堂学馆。曾湘乡到津查办获谤,旋调合肥继任畿督,作此函时,案已办结矣。"派办日本换约"一通,按:同治十年,日本派外务卿泽宣嘉前来通商。合肥为清廷议约全权大臣,此函为二月初五日所作,云即日赴津。按之《函稿》,日使到时,已在六月,定约在七月,所云入觐,实未成行也。瑞安孙琴西先生手札三纸,商撰墓表事。先生道光庚戌进士,曾入值上书房及主讲杭州紫阳书院,其哲嗣即籀廎征君,世所称经学大师者也。"顷间知事"一札,未署款,细审字迹,系周荇农先生所作,颇有蝯叟笔意。黄子寿先生一札,后注上两页已散失六小字,为绹堂先生所书。此册垂世将八十载,迄今坟冢乔木零落殆尽,留此一二遗札,得缘展视,犹觉昔贤謦欬,恍若可接,历劫不磨,益足珍惜矣。

三月十八日,星期五,阴

益孙来。圈读杜诗一卷。贻德来打针。

三月十九日,星期六,阴

晚雨。余在三十二年十一月下旬,道过宜兴蜀山,借宿东坡书院,兹阅《乌丝词》,有《满庭芳·蜀山谒东坡书院》一阕,即其地也。词曰:"水拍晴桥,山衔春店,飞花落絮悠扬。打鱼放鸭,四月好年光。此地林峦绝胜,家家足、碧涧幽篁。斜坡上,碎甃败甓,零乱补围墙。

鸣榔。思往事,峨嵋仙客,曾驻吾乡。惹溪山千载,姓氏犹香。今日紫姑圣女,喧村赛、画鼓明妆。残碑在,独怜野草,渐没古祠堂。"圈读杜诗一卷。

三月二十日,星期日,雨

昨夜仍咳,黎明时一次尤剧,晨见吐盂中有血,咯出并不自觉。此次咳疾止后又发,时间过久,遂触旧恙,服敌咳底一片,并服止咳药粉。终日静卧,夜复咯三四口,幸咳渐平。贻德来三次打针。

三月二十一日,星期一,阴

终日仍静卧,服药,偶欲转侧,喉间仍觉不舒。傍晚痰中仍有血一二口。食稀饭及面。甸老来馈水果二匣。

三月二十二日,星期二,终日雨,晨雪,气候甚寒

今日痰中稍有黑色血块,惟甚少,已能起坐进食。

三月二十三日,星期三,晴

痰中血块仍有少许,精神甚好,胃纳亦佳,食饭两次,打钙针及维他命皮。

三月二十四日,星期四,晴

今日痰血已净,在床小坐并不疲倦。打钙片针。四弟携来蕙兰一盆,在街头买者,有蕊三剪,未识能全开否。仪炳来。

三月二十五日,星期五,晨微雨

在床小坐,读放翁诗。放翁诗"但恨征轮无四角""避俗要生轮四角"，轮有四角，用意极新，未识有此成语否？"浇书满把浮蛆瓮，摊饭横眠梦蝶床"，晨饮为浇书，午睡为摊饭，以之属对，巧合无比。"庸医司性命，俗子议文章"，天下偏有此等不解事人，使参其事，焉得不败？《春行》诗自注："子美'晓看红湿处，花重锦官城'，太白'蜀江红且明'。用湿字、明字，可谓夺造化之功，世未有拈出者。"余谓湿字有二意，晓露正滋，枝头花重，一也；繁英重叠，嫣红如湿，二也。放翁又有"雨断云归旋作晴，尚余红湿在帘旌"，此则指雨露而言。放翁诗时用方言入诗，如"舾米留鸡食"，舾，音伐，舂米也；"米栅解包供午饷"，栅，音策，粽也；"烧灰除菜蝗"，蝗，读如横字，去声；"婢喜蚕三幼"，蚕眠为幼；"沙斛煮麦人"，斛，音戈，或作"斛"。

三月二十六日，星期六，阴

起床。打钙针。读陈检讨词，有《远公卧疾长斋，余既作词宽譬，乃接来章，有承欢有歉颐养空文自罚十年藜藿之语》。忆余于廿六年十一月在阳羡山中开始茹素，自意可终日持戒，乃三十五年二月，在医院开刀，遂尔破除素戒，回思先人在日，未能悉心侍养，虽欲自罚藿食，奚能追赎？破戒后，于牛羊鸡羊蟹类仍一概禁忌，可能避免者，亦必避免。身体稍健，定当恢复前戒。

三月二十七日，星期日，晴

圈读杜诗一卷。陈检讨词有关吾邑掌故，有《拂水山庄感旧》《题孙赤崖小象》两首。

三月二十八日，星期一，晴

今日为农历二月晦，先考逝世忌辰，在寓设供。以古钱范一事赠守一。

三月二十九日，星期二，晴

圈读杜诗一卷。

三月三十日，星期三，阴，夜雨

圈读杜诗。打钙针。

三月三十一日，星期四，晴

　　壬子春暮，先君有《送春》四律，和者甚众。金门叔又有《题送春和韵后》四律，重相赓唱，并录成册，迄今已三十八春矣。箧中留有旧稿，惜已零落不全，亟汇录之。

　　原唱："满腔心绪乱于丝，欲挽东君力不支。罨画溪山谁作主，鼖腾风雨竟如痴。骊歌何苦翻新唱，莺语犹知恋旧枝。惜别寻常今闷绝，黯然南浦绿波时。""披香殿里漏将残，扶荔宫中絮作团。婪尾一尊红芍药，回肠百折碧阑干。竟无劲草能为伴，剩有余花不忍看。刻意伤春春渐杳，天涯何处尚平安。""如虎风狂着力催，珠宫贝阙尽依依。东郊彩仗都忘迓，旧苑荒台独自归。淑景瀛洲今岂昔，征程辽海是耶非。软红目断东华路，谁是临歧泪尚挥。""无限韶华等掷梭，鹃啼酷似燠依歌。旧时月色舻棱满，此夕钟声禁苑多。委地名花飘玉蝶，黏天芳草认铜驼。鬈丝禅榻吟情减，只合空山隐薜萝。"

　　陈芰声维和："东风剪剪春三月，料峭余寒尚不支。垂柳顿添无限恨，惜花终属有情痴。蝶蜂依恋因残粉，红紫芬芳剩几枝。金碧楼台犹在目，倚筇怅望立多时。""风狂劲草且摧残，休论漫天絮作团。尘梦已教醒枕上，痴情犹自倚阑干。飘零茵溷凭谁主，绚烂园林忆昔看。幸有余韶婪尾在，鹡鸰得借一枝安。""送客临歧尚惆怅，送春无奈更依依。从头历数番风到，有脚终须隔岁归。莺啭不殊芳草尽，燕巢犹是主人非。晓钟一动春何往，南浦长吟笔欲挥。""繁华销歇疾于梭，难挽东君作别歌。芳讽渐随流水远，离情几比故人多。年头腊尾听鸣鸟，种树栽花学橐驼。屈指归期应不爽，待当把酒赏烟萝。"

　　金染香廷桂和："搅残风絮乱游丝，剩有荼䕷强自支。悬树啼鹃关血性，穿花倦蝶总情痴。焉知秾荫成翻手，为惜余芳画折枝。如许韶华轻一掷，几忘酣醉乍醒时。""隔院钟声漏未残，关心毕竟是疑团。埋香不惜输忱拜，剪彩何堪耐久看。阴展绿蕉心卷叠，雨濡红药泪阑干。最怜别得东君后，作赋江郎席未安。""载道骊歌作意催，满腔离绪尚依依。忍看苔径随风扫，省识蓬山有路归。南国刺桐新叶布，皇都烟柳旧条非。苦留毕竟留难住,谁倩阳公把日挥。""织成云锦仗莺梭,缓缓方吟陌上歌。社雨番风尘梦杳,香车宝骑别情多。仙山忆旧怜鹦鹉,绝塞归程倚橐驼。屋角花棚都落尽,补茅商略待牵萝。"

庞郦亭鸿书和:"伤春已叹鬓成丝,又见青梅熟荔支。无奈迷离都似梦,也知伶俐不如痴。狂风岂解怜花片,啼鸟还应怨竹枝。消息频催槐火改,长嬴遽值丙丁时。""陈宫玉树候歌残,怕见飞花阵作团。满院阴浓谁是主,一池波皱讵无干。凭将风信从头数,漫与星娥冷眼看。稚笋篱根勤护惜,犹应日日报平安。""无端邻笛苦相催,絮影临风失所依。窗外雨声随漏尽,陌头草色带愁归。乘鸾画杳仙灵隔,乳燕巢空梦境非。留得汉宫春晓曲,寄将余恨五弦挥。""滔滔逝水去如梭,远道行人唱怨歌。杨柳隋堤攀折尽,蘼芜楚泽别离多。东皇无计留黄鹄,西海何当献紫驼。听到晓钟春尚恋,只余残月照藤萝。"

邵息盦松年和:"晴空万里荡游丝,春晚溪桥一杖支。啼血子规无限恨,寻花蝴蝶尚多痴。梦魂常绕荼蘼架,别绪徒攀杨柳枝。独卧沧江倍惆怅,难忘百啭听莺时。""大好园庭半已残,漫天飞絮结成团。流光难把鲁戈返,气象曾将彩笔干。花发上林犹昨梦,燕辞故垒倩谁看。楼台无数消金碧,容膝何妨强自安。""如此韶光暗里催,东皇力尽竟谁依。无边风月难为主,有脚阳春何处归。往事回头皆是幻,繁华举目已全非。落花竟日随流水,忍别群芳手一挥。""世事循环疾似梭,聊将一曲寄骊歌。烟花到此销沉尽,雨露从来灌溉多。金阙九霄瞻彩凤,玉关万里盼明驼。寸心留得春晖在,且向空山伴薜萝。"

沈石友汝瑾和:"风片才过又雨丝,荼蘼香退湿燕支。池浮落絮鱼争食,梦恋余花蝶尚痴。新绿已添将放叶,残红犹缀最高枝。临歧目断天涯路,不似当年载酒时。""龙井茶烹小凤团,香烧心字篆烟残。荒台废院寻踪杳,暴雨狂风着力干。离别却因凄恋出,繁华须作等闲看。杨花满地飘如雪,欲学袁安卧不安。""远寺钟声晓又催,韶光欲别转依依。芳菲南国几人惜,憔悴东皇何处归。风月有情时已去,江山无主景全非。六龙驭日虞渊近,谁借鲁阳戈一挥。""柳丝烟里织莺梭，不作吴绫奖艳歌。书遍绿蕉心已剥，赠将红豆泪无多。营巢尚有卢家燕，种树难寻郭橐驼。酒酿百花思辟谷，空山补屋自牵萝。"

沈师企棠棠和："谁把春光绾柳丝，空山本不计干支。忘情万物东君杳，啼血三更杜宇痴。红雨仕迷芳草地，绿阴好护故园枝。成功告退寻常事，去往何心问四时。""东风力尽百花残，醉蝶狂蜂浪作团。买夏客争栖海上，伤春人莫伫江干。园林红紫千般换，世界沧桑一例看。绚烂不如平淡好，闭门高枕梦槐安。""春酺啼鸟漫相催，春去余花失所依。王谢堂空群燕散，景阳宫掩六龙归。纵横风雨惊心至，锦绣山川转眼非。安得世途如弈看，疏帘清簟扇频挥。""身世悬匏日月梭，狂吟漫和《采薇》歌。门窥桃李生嫌晚，径辟蓬蒿乐已多。此日郊原闻布谷，何年荆棘出铜驼。家山且作桃源住，消夏吟成品碧萝。"

金幼香鹤翔和："峭风如片雨如丝，留得红薇一架支。两袖最珍惟别泪，六街难买是真痴。相思流水潭千尺，遗响梅花笛一枝。人自飘零春自去，五更残月断魂时。""晓钟欲动漏将残，香烬炉烟碧散团。绛蜡未销歌子夜，朱颜谁稀唱长干。并无红叶将诗寄，忍把榴花作杏看。事到难回心亦死，直须凭梦到槐安。""花讯连翻羯鼓催，楝风恻恻柳依依。断肠消息瞒鹦鹉，啼血精神费子归。绿水溪山仍是旧，乌衣门巷竟全非。江南赋罢多余怨，满纸烟云共泪挥。""九十韶光一柳梭，似闲踏踏唱仙歌。看花福分终嫌薄，咏絮才笔转患多。画阁风狂惊铁马，宫门草长没铜驼。坡公不为春婆悟，早把簪裾换薜萝。"

笠叟和："欲挽春驹系柳丝，汉宫人去冷燕支。赠将芍药骊歌黯，开到荼蘼蝶意痴。流水绿添迁客泪，夕阳红褪合欢枝。玉楼慵起增惆怅，细雨斜风惜别时。""来时花放别时残，晓汲靖泉煮凤团。未免有情憎造化，可曾饶舌到丰干。白驹过隙随风驶，青鸟传书带泪看。毕竟东皇渺何处，枕函蚁梦醒槐安。""不用当筵羯鼓催，几番折柳尚依依。五更庄梦迷胡蝶，三叠阳关听姊归。底事仲宣犹作客，何如伯玉早知非。送君南浦难为别，把酒临风玉麈挥。""韶华转瞬快如梭，怕听樽前子夜歌。鸡黍殷勤天易暝，莺花时节雨偏多。遨游蓬岛骑丹凤,迢递关山控紫驼。缥缈峰头一回首,五云深处认烟萝。"

金门二叔和:"嬉春击石复弹丝,如画韶光乐不支。赋别尽传江令黯,挥戈反笑鲁阳痴。吟成豆蔻香盈袖,开到荼蘼花满枝。少女褰裳歌踏踏,沉酣久已负芳时。""东风袅袅百花残,尚有寻芳蝶作团。无可奈何回日驭,不堪持赠泣江干。明四知序成功退,未信三春落照看。青鸟传来天上乐,云中不见梦长安。""回想东郊簇仗催,迎来彩胜尽因依。春台无尽熙熙乐,陌上何堪缓缓归。水远山遥情不断,天荒地老梦都非。伤离早咽琼瑰泪,一到临歧未忍挥。""百五光阴疾若梭,东君已去尚骊歌。惜余赋托长庚永,兼闰诗赓杜老多。衍大圜驰三足鸟,续《离骚》饮一封驼。新蒲细柳依然绿,寸草伤心伴碧萝。"

金门叔《题送春和韵后》:"海角残黎蹐一方,行歌当哭接舆狂。眼前草木春何在,梦里河山劫正长。青驾几曾忘美子,绛天从此付瀛王。灵修浩荡愁难遣,赋到离忧弟九章。""草间偷活又经年,野其荒村独树边。人世本无干净土,大千多是别离筵。崖山古事悲天水,虞社新吟托月泉。晞发台空朱岛散,落花惆怅奏铜弦。""看花曾记上长安,爱读《南华》未易看。香国有人惊秀麦,楚囚无命泣猗兰。奈何天远双蓬鬓,般若池携一钓竿。采到蘼芜逢地下,大云终古鸽峰寒。""一编同唱送春诗,血泪斑斑笔几枝。雨覆云翻多半梦,莺啼蝶恋未全痴。海天不少伤心史,风月何来刺骨辞。函铁井中香自在,千秋留待后人知。"

沈石友和:"共隐兼葭水一方,艰危身世托清狂。欲温旧梦青春去,导遣新愁白日长。有草如茵栖凤子,无花酿蜜泣蜂王。九关虎豹狰狞甚,谁劾封姨奏绿章。""孤注金瓯看少年,章台走马柳阴边。名花亦有将离色,美酒终无不散筵。赠芍女还调雁柱,剖瓜人欲试龙泉。歌赓麦秀琴川上,多少哀吟付七弦。""衣冠新制梦槐安,世界聊同混沌看。满地江湖无乐土,参天荆棘困幽兰。九州铁铸千秋错,五色旛悬百尺竿。米似明珠薪似桂,嗸嗸苍赤耐饥寒。""联吟何异《七哀诗》,不倩红牙唱柳枝。目眩神摇逢国变,星移物换笑人痴。未裁短后更胡服,且赋《招魂》续《楚辞》。来日六难歌当哭,此心应有白云知。"

金幼香和:"乱世怀人天一方,江湘落拓类猖狂。纵然决绝情难断,可奈繁华梦不长。红豆相思留种子,牡丹虚号尚花王。闲居动触伤心事,莫怪灵均赋《九章》。""我生感慨萃中年,雪絮无端上鬓边。别浦听潮移桂棹,春宵秉烛赴琼筵。云天尽看纷花雨,棘地安能出醴泉。剩得岁寒知己在,对琴相悟到无弦。""几番醉梦落长安,却被春婆冷眼看。禊社难追空虎阜,兵机未息望皋兰。休愁沧海田三变,但问清淮水几竿。尘世焉知渔隐乐,白鸥还来把盟寒。""何人为废《黍离》诗,愿借梅村笔一枝。陆灿嬉春邀佛宠,冯班能哭总情痴。吹箫毕竟成孤调,击钵无妨赞·辞。月冷西山沉鹤梦,翻新吟事更谁知。"

先公和:"多难登临感万方,眼看举国尽如狂。木先自腐虫都集,蔓不能图虺渐长。古有逾垣段干木,今皆胡耶武灵王。乾旋坤转凭元会,星象何须问保章。""苦吟写到义熙年,云黯江城麦秀边。浊浪排空迷彼岸,名花落尽散长筵。登山独抱无涯戚,竭泽何来不涸泉。千载是非难遽定,秋蝉流咽蔡邕弦。""巢幕红襟得苟安,呼群莫作等闲看。势将烂石兼枯海,那计披榛复采兰。高垄孤松伤鸰岭,扁舟一叶老鱼竿。危时尚幸能相见,池草依依各耐寒。""安用毛锥尚赋诗,生花蕉萃秃霜枝。补天早识女娲瘁,填海何嫌精卫痴。入市韩康终有迹,卜居詹尹竟无辞。江头野老吞声哭,此意旁人总不知。"

四月一日,星期五,晴

圈读杜诗全部毕。打钙针。

四月二日,星期六,终日雨

洁公寄邑报来,乃知上月三十日晚蒋韶九先生因愤世,自投九万圩,遇救不治,竟以戕生,殊为怆叹。余之信仰佛学,全赖韶老之启示,今闻猝然解脱,殊出意外,因虔诵《地藏经》一遍,默祝往生。代洁公挽韶老一联:"破万里浪,现宰官身,垂老托空王,已从绚烂归平淡;

居五浊世,历沧海劫,怀沙追正则,不道伤时竟陨生。"

四月三日,星期日,晴

复洁公信。打针。

四月四日,星期一,晴

常州小南门青龙桥恽家墩发现古墓,地方邀集专家会商开掘。墓砖图纹为蕉叶叠人字形及钱形。个 全 乂 目四字,全 或为泉之省写。目,古良字,《庄子·列御寇》:"阖胡(堂)[尝]视其良。"释文:"良,或作㫔,冢也。"个字已漫漶,或释为大,或释为铢字之半,尚待考证。

四月五日,星期二,晴,今日清明

成都华西坝挖出汉墓、汉井各一,得陶器、砖瓦多件,由华西大学博物馆保藏。打针。

四月六日,星期三,晴

三十年《弘化月刊》上载蒋韶老说偈两则,念佛偈:"即心是佛,即佛是心。佛在那里,心在那里。不问那里那里,只管一心念佛。念到心佛两忘,菩提就在这里。"度苦偈:"顺逆境界现,苦乐从心生。心不取于境,谁知苦乐者。不取非无知,但只不执着。诸法因缘生,缘生顾如幻。空华与梦境,虚妄非真实。欲除烦恼心,当作如是想。"

四月七日,星期四,晴

打针。

四月八日,星期五,晴

余识韶老尚在十五六岁,鄹楼师宴邵泉士,招韶老及余作陪,座间笑语意气尚不可一世。寇难时,同日抵张渚山中。迁徙时,相结邻。翌年返乡,又曾借居余处。此十年中,虽过从未见频仍,然函问往来,情溢笔札。不料去春在无恙处一别后,末由再晤,从此又失去一师资矣。拟撰挽词未就。

四月九日,星期六,晴

重庆沙坪坝重大农庄后山坡发现汉墓一座。墓内有土台,上置陶器及明器甚多,经重庆大学中文主任颜实甫考证,认为汉墓。

四月十日,星期日,阴,夜雨

过节祀祖。打针。复玉田信。

四月十一日,星期一,晴

欲赋小诗,久索未成。白石道人云:"思有窒碍,涵养未至也,当益以学。"

四月十二日,星期二,晴

打针。

四月十三日,星期三,晴

至贻德处。峨眉山崩岩,发现唐刻石佛三尊,高三丈。

四月十四日,星期四,晴

四弟前赠盆兰一本,将着花矣,口占三诗:

"持赠幽兰慰寂寥,春寒帘外未全消。种花正可添行药,病起当窗手自浇。"

"补亡已废采兰诗,每到花时只自悲。又向天涯作寒食,孤芳凄绝对孤儿。"

"托根欲使在庭阶,合与灵芝玉树偕。珍重乌衣佳子弟,护持培养总关怀。"

四月十五日,星期五,晴

鲁一来。赴保黎医院视文官病。精神失常,与语,不甚了了,何以至此?殊为可虑。其姨丈程有庆君亦在访视,余已十余年未见矣,稍商治病办法。镜蓉夜宿医院内。瞿奎官来。

四月十六日,星期六,晴

文官不肯就医。商量再三,只得派人送回家中,其母亦有精神病态。

四月十七日,星期日,雨

叔远先生辑《牧斋年谱》,有广德钱文选一序,乃名山先生托名所为。我友破梦居士曾有考证数条:一、我闻室为庚辰年所筑,《谱》作

"辛巳"。二、《绛云余烬集》始自庚寅冬,《谱》作"辛卯"。三、《伏波弄璋歌》系甲午年作,载入《敬他老人集》,《谱》作"癸巳"。四、《桂殇诗》作于己亥二月,《谱》作"戊戌"。

四月十八日,星期一,晴

成都南郊砖瓦厂掘出明嘉靖年古墓三座,墓内物已被人携去。近来各地时有古墓发现,惜多未能保全。

四月十九日,星期二,阴

至贻德处,益孙亦来,谈久始回。

四月二十日,星期三,晴,达七十余度

无恙有悼韶老诗:"河水清且洁,沉渊事可伤。齐家原未易,医国更无方。九死曾何悔,千辛枉备尝。谁人念子产,此意竟茫茫。"

四月二十一日,星期四,雨

韶老自撰《忍成居士传》,述释氏教人之旨:"其要在断惑证真,惑生于障。障有二,属于事者曰烦恼障,属于理者曰所知障。去障又必破执,我执不破,烦恼不能尽,法执不破,知见不能正。烦恼不尽,知见不正,惑无由断。惑不断,则真不能证。"

四月二十二日,星期五,阴

甸老来。仪炳来,晚饭畅谈。

四月二十三日,星期六,阴

清定禅师讲菩提道。今日以"处此境界,须悟一切如幻,现在可作过去看,但求定心勤修,自然不惊不怖"之语告诫大众。占勋来。

四月二十四日,星期日,阴

为洁公题陆廉夫临沈石田《栈道图》卷:旧为吴窻斋之戚张月阶所藏。

"蝯猱掉头蛇倒退,判命坡前心胆碎。蜀道崎岖自古难,画里山川容卧对。松陵画客探微孙,云梦八九胸中吞。笔追白石穷栈道,目存玄圃图昆仑。错杂豆人并寸马,或牵或载或骑者。国本能兼侍御长,画记惜无韩子写。挥洒一气三丈强,咫尺万里通微茫。恍见峨眉横太白,宛从玉垒下铜梁。两星分野界参并,一握孤云天险梗。嬴秦于此策殊勋,五丁开后六国并。积石峨峨阁道长,废兴指点几沧桑。汉王一炬褒斜谷,决胜犹怀张子房。武侯再建方北伐,飞栈连云兵六出。吁嗟剑阁空峥嵘,悬崖竟有阴平卒。当年珠玉走中原,石径荒凉辙迹存。几处骡纲残照里,丹青写出总消魂。征君屡写蜀山景,寄危留与世人省。"寄危怜意匠",石田题《蜀山图》句。同时妙手东村翁,亦向巉岩裁画境。周舜卿有《栈道图》。写尽丹霞万仞山,吮毫辛苦作荆关。不如拄杖飞仙阁,赤斧山图共往还。名山先生用《蜀都赋》语署端,曰:"山图得道。'"

四月二十五日,星期一,雨

检劫余书籍,尚存明刊人宇本宋黄师宪《知稼翁集》,白绵纸印,诗居多数,余则奏议、书、表、启等散文及诗余、附传、行状、墓志铭、圹铭诸篇。天启五年,裔孙鸣后等重镌宋刊,原为十二卷,此则仅分上下两卷。吴之振选《宋诗钞》列入二十九首,此其全集也。

四月二十六日,星期二

唐张怀瓘"永字八法"为历代书家所宗,八法即侧、勒、努、进、策、掠、啄、磔。又崔瑗有《永字八法歌》,仅忆"啄腾峻而速进,磔忆昔以移迟"两句,全文需查阅。

四月二十七日,星期三,晴

曾祁兄弟来。

四月二十八日,星期四,晴

访宗宪。宗宪有外祖母,年百三龄,尚健在。

四月二十九日,星期五,雨

阅钱玄沙《调运斋文》一卷。

四月三十日,星期六,晨晴,有风,晚雨

阅《调运斋文》一卷。

五月一日,星期日,晴

阅《调运斋文》第三卷毕。《玄沙先生文集》分卷一、卷二及不分

卷别,共订三册,计文五十七篇,内以传及志铭为多,皆述邑先辈事迹,每篇后有诸家评语。按之著述年月,均在康熙时,已为先生晚年作品矣。附《再生录》七律五十二首,门人总序八页。晚至提篮桥散步。

五月二日,星期一,晴

仪炳来。午后访宗宪,便道游豫园,遇志藩,至其家小坐。归途不舒,归后即卧。夜半又发血症,吐两口,幸无咳。

五月三日,星期二,雨

终日静卧,下午三时吐一口,殷色。仍食饭两碗半。

五月四日,星期三,雨

声哑,不便言语。

五月五日,星期四,阴

胃口渐好,在床阅香山诗。

五月六日,星期五,晴

忆十三岁时,先公命圈读香山诗,取其浅显易解也。然于其舒写胸襟旷逸之处,实无所窥见,仅朱圈一过而已。事隔三十年,其中有十余首儿时熟读者,至今仍能背诵。家藏《长庆集》凡三部:一为一隅草堂初印本,甚精;一为钱塘陈芰声先生维圈评本;一为余读本。后二部皆有烂板,今所存者为陈阅本也。

五月七日,星期六,晴

甸老来访。今年两月中发病两次,体气必然较差。今日甸老劝我曷不学静坐法,因思十年前曾坐过数月,以无恒心中止。学此者先须立定志愿,无论如何不能间断,一二年后必有效果。余从今日起开始学习静坐,用"因是子静坐法"为依据。初学只能单盘膝。每日清晨五时及入睡前,各坐半时,将来再将时间加长。因病习此,不免有急来抱佛脚之诮,然坐时必须将治疾念头完全摆脱,至于坐法及呼吸如何方为合式,改日当请甸老指点。

五月八日,星期日,晴

镜蓉出外,遇一迷路女孩王冬梅,八岁,住江浦路太和里十一号,因即送还其家。

五月九日，星期一，晴，夜半雷雨

占勋来。

五月十日，星期二，晴，热，达九十度

夜卧左侧，稍觉头晕，恐系受热。

五月十一日，星期三，晴

头眩，服滁白菊即愈。乐天《老慵》诗："岂是交亲向我疏，老慵自爱闭门居。近来渐喜知闻断，免恼嵇康索报书。"余之近况，正复相似。

五月十二日，星期四，晴

佩苍来，嘱书其侄女婚书。

五月十三日，星期五，雨

洁公托人带信来。终夜闻炮声。

五月十四日，星期六，晴

仪炳来。

五月十五日，星期日，晴

诵《法华经》一遍讫。

五月十六日，星期一，阴，下午雨

阅《白香山诗集》毕。下午四时有炸弹坠于唐山路。

五月十七日，星期二，阴

报载重庆郊外水田蛙斗两次，历三四时，死五千余。市民观者万余人。古有怒蛙之式而未闻好斗如是，岂触蛮之争即小可见大乎？阅《孙仲容诒让年谱》。

五月十八日，星期三，阴，夜雨

孙琴西集乡先辈及外郡人诗文有关掌故者，为《永嘉内、外集》。内外之分，未知有所本否？此例厘分甚当。阅《汪焕曾辉祖年谱》。

五月十九日，星期四，下午雨

全谢山撰《林茧庵遗事状》《绥寇纪略》，为邹流漪所窜改，深为可恨。骧哥来访,假我百番,真可感激。因念生计较余更窘者,大有人在,当体厚我之意,以济不如我者。

五月二十日,星期五,阴

梦为人题楼阁图成七律一首。醒后仅记得第六句,为"客愁风雨不能攀"。

五月二十一日,星期六,阴

张雨生溥东赠先公山水轴一幅,广尺二,长四尺,纸本墨笔。图中陡壑密林,松十余株,高低掩映,草亭下坐二客对语松间,有以淡墨作大点树荫及焦墨枯株,神韵独绝,雨老平生杰作也。上题:"山樵用笔纯以篆籀法行之,故缜密雄浑,昔人评画推为元四家之冠,洵不虚也。此师其大意,寄奉幼莱仁兄大人,即乞指谬。壬午清和虎林寓次,雨生弟张溥。"押角阴文印"家贫何食而肥若此"。冷金笺五言小联:"良辰入奇怀,虚室绝尘想。"署款"戴临"二字,草书。

五月二十二日,星期日,黎明雷雨

试用旧墨,在道咸时者胶色尚露光亮,胶胜于墨。清初及明时者胶色不甚显露,墨胜于胶。磨于砚上,似泥金质,毫无香味,旧墨闻有,舐之味苦,但普通品皆无。

五月二十三日,星期一,阴

今日农历四月二十六日。先祖母逝世忌辰,诵《金刚经》追礼。

五月二十四日,星期二,阴

彻夜炮声,不能安寝。阅《崔东壁年谱》毕。

五月二十五日,星期三,晴

苏州河往来不通。阅《朱筠年谱》毕。

五月二十六日,星期四,阴,下午雨

阅严吉士手钞本《鲍参军诗》,仅七十首。按:宋本鲍诗二百一篇,今本二百四篇,此恐选读本也。

五月二十七日,星期五,终日雨,似霉季气候

苏州河通行。金瀚来。

五月二十八日,星期六,阴雨

家英、七官来。贻德来打针。

五月二十九日,星期日,阴雨

龙常法师讲往年弘一法师在往普陀途中,同舟遇一僧,状貌奇伟,与语,知其前为许崇智之部属。自言出家原因为某次行军,过一乡村小铺,有妇人泣甚哀,询之旁人,乃有以假银币三元向此铺购物,铺主适他往,其妇初不辨,出示识者,方知其赝。妇恐其夫归责,自怨受绐,愤将觅死,人劝之莫解也。闻之,生怜悯之心,遂以银币三元易之,怀此伪者于衣袋中,不数日奉命作战,阵前枪火甚炽,身中数弹,以为既受伤矣,乃不觉痛,摩抚中弹处,赫然三假银巾在,探囊出视,三巾各中一弹,未穿透而弹痕宛然。因人惊骇然,思此事虽曾解人之厄,甚属细微,不意因此即拯己之命。因果不爽,有如是者,遂决心脱离行伍,皈依受剃。此十余年前事,此僧尚或健在也。仪炳来。

五月三十日,星期一,阴雨

宗宪来。家英送粽来。得洁公四月廿九日付邮信。

五月三十一日,星期二,阴雨

权德舆撰《杜佑墓志铭》:"夫人安定郡梁氏,苏州常熟县令幼睦之女也。"唐时常熟县令梁幼睦,未识邑志有无记载。

六月一日,星期三,阴雨,今日端午

致马东海信,问肺病可服白芨否。

六月二日,星期四,阴

阅《司马迁年谱》讫。

六月三日,星期五,阴

东海复信云:"白芨为填补肺部溃疡之良药。每服三四钱,研末服或和入米粥内。"致谢子润信。

六月四日,星期六,晴

颐炳来。洁公自乡来。

六月五日,星期日,阴雨

阅《班固年谱》毕。

六月六日,星期一,潮湿,阴晴不定,夜风甚大

贻德赠乡土产物。家畹赠枇杷。

六月七日,星期二,下午晴

学静坐法已阅一月,每日晨五时及夜十时坐两次,每次三百息,约坐四十分钟。杂念甚多,断绝攀援,诚非易易,只能勉强遏捺耳。坐十余分钟后,身上觉稍热,且有微汗。

六月八日,星期三,晴

炳良生一男,为取名增治。

六月九日,星期四,晴

颐炳来。

六月十日,星期五,晴

洁公藏松禅老人赠濠叟诗扇一页。诗为五律二首,查系《瓶庐诗稿》所佚失,题为《福山夜泊赋呈濠叟一笑》:"久别惊仪观,衰孱畏友生。笔同斯邈古,才与管韩争。吾道无穷达,旁人付重轻。墓庐一相遇,凄切若为情。""行水非吾事,观河只自怜。囊钱沿岸市,桅大过江船。谩道书难信,当知邑有贤。三江入海处,经说久茫然。"下款"弟翁同龢"。

六月十一日,星期六,晴

赠佩苍四十九生日:

"正从览揆见圆蟾,应向高楼卷画帘。名士衣帽多蕴藉,新诗几砚总精严。红闺难得清斋共,素守欣看雏诵添。图取荔枝传韵事,香山福慧本双兼。"《荔枝图序》,乐天四十九岁作。

六月十二日,星期日,阴,晚雨

贻德、福燕、宗宪来。

六月十三日,星期一,阴

占勋来。

六月十四日，星期二，阴

尤智标居士讲约翰大学教授周之美殇其第四子，续举一男，方学语，即自言我是阿四嗣，见殇者所遗教科书，不待教读，即朗朗成诵。家人询以"汝既自言为阿四，死后又在何处"，渠答"我并未离去家内，仍与家人同在一处"。今此儿在校读书，已十余岁矣。

六月十五日，星期三，阴

静坐工夫未见进步，此起手时之难关，难在不能着力，又不能不用力也。

六月十六日，星期四，阴

文无，即当归也。崔豹《古今注》："相招召，赠以文无。"

六月十七日，星期五，晴

听经时间稍稍增多。近世有此收音利器，一室之内如在讲座之旁，可云方便之极。

六月十八日，星期六，晴

洁公回乡，申官随去。晨六时至江边散步，上月病后，此为初次出门，脚力尚不甚健。

六月十九日，星期日，晴

晨出散步，脚力甚弱，不能多行。

六月二十日，星期一，晴

晨散步片刻即回。甸老来嘱书扇页。

六月二十一日，星期二，晴

至青浦路江边散步，晨曦初起，空气澄鲜，胸怀为之一爽。炳良来。颐炳来。听朱寿仁居士讲《楞严经》开始。

六月二十二日，星期三，今日夏至，天气初热

理发。月眉来。

六月二十三日，星期四，晴

读王骧陆居士《释金刚经》竟。至商务书馆购廉价书：《佛教思想论》《唯识研究》《因明大疏删注》《周易新论》《周易论略》《问字堂集》

《越缦堂诗》《续畏庐文》《陶说》九种。

六月二十四日,星期五,晴

晨至外滩公园,风大即回。占勋来。读江味农居士著《金刚经讲义》开始。

六月二十五日,星期六,阴,下午雨

应潮来,假去莼客、无恙诗两本。

六月二十六日,星期日,终日雨,甚凉

历世祖先生殁忌辰,先公注于家谱册上。兹再录出,以志不忘:

高高祖考鹤年公,讳汀。生康熙二十六年十二月初八日,卒雍正八年九月二十八日。

高高祖妣王太夫人。生康熙三十二年二月初七日,卒乾隆十三年三月初八日。

高祖考廷耀公,讳栋。生雍正三年二月初三日,卒乾隆三十五年四月十八日。

高祖妣孙太夫人。生雍正二年九月三十日,卒乾隆五十年九月二十四日。

曾祖考凤池公,讳熙。生乾隆三十年乙酉正月初二日酉时,卒道光二十四年甲辰十月十三日。

曾祖妣李太夫人。生卒年月无考。

曾祖妣杨太夫人。生乾隆五十年十二月十九日,卒同治二年七月初三日。

祖考文澜公,讳镜清,原讳翰清,字远涵。生嘉庆二十五年庚辰正月十三日巳时,卒咸丰五年乙卯六月二十四日卯时。

祖妣周太夫人。生道光二年壬午十一月二十日亥时,卒光绪三十一年乙巳四月二十六日寅时。

曾伯祖考建东公,讳勋。生乾隆十一年九月二十日丑时,卒乾隆五十二年三月初四日未时。

曾伯祖妣丁太夫人。生乾隆十二年正月二十日午时,卒嘉庆十三年五月初一日寅时。

曾伯祖考渭南公,讳泰。生乾隆二十三年六月十三日辰时,卒嘉庆十年四月二十日丑时。

　　曾伯祖姚叶太夫人。生乾隆二十八年七月十八日戌时，卒嘉庆八年八月十七日未时。

六月二十七日，星期一，雨

　　先公曾辑《海虞续文征》，断自有清一代。稿成而友借遗失，至今卷数不知，且无从查考，殊为可惜。兹检得先公手钞有关邑中文献篇目一纸，想即系原稿所选入之一部。重录一过，以备他日搜辑：

　　《苏郡田赋议》蒋伊，《浮粮变通议》王应奎，《完漕加赋议》孙原湘，《蠲赈乐输记》刘沅，《重建梅李通河桥记》王应奎，《横塘镇赈饥平粜记》孙原湘，《灵惠庙墨牒记》屈轶，《梅里三孝墓记》方熊，《莲花井记》方熊，《重浚白茆诸河记》章惠，《重修文昌庙记》王振声，以上旧钞集文。《重修尊经阁记》陈祖范，《重修书院移祀巫公记》雅尔哈善，《蒙泉铭》程光钜，《三峰清凉寺供奉藏经记》蒋赐棨，《普仁寺饭僧田记》马逸姿，《新建昭文县署记》劳必达，《重修辛峰亭记》刘鼎，《建辛峰亭记》言如泗，《重修儒学碑》李因培，《重建游文书院碑》苏凌阿，《吴公祠碑》张元臣，《重修书院碑》马逸姿，《重修武庙碑》康基田，《常昭节孝总祠碑》张嘉论，《重建城隍庙碑》李惟一，《新修社稷城隍庙碑》陶正靖，《重修兴福寺碑》顾镇，《重建崇教兴福寺塔碑》王峻，《新建三峰正殿碑》赵永孝，《重建维摩寺碑》顾镇，《修建至和观碑》陶正靖，《重修东岳行宫碑》言如泗，《重修东岳行宫碑》王应奎，《重建常熟令于公祠碑》陈祖范，《修于公祠碑》言如泗，《重建前明邑令王公墓道碑》言朝楫，以上言志。

六月二十八日，星期二，雨

　　应潮见赠七律一首。颐炳来。

六月二十九日，星期三，雨

　　前在商务书馆见有《大乘稻芉经》一种。以经名生疏未请，昨读《金刚经》江注时述及此经，偶与洁公言之，遽往请归，并谛闲法师《圆觉经注》，可谓有缘矣。

六月三十日,星期四,阴雨

上月卧病,骧哥枉视存问,并有百朋之贷,逾月归还,乃不肯受,令人感愧。兹再璧赵,赋两诗志谢:"一病端由十日霖,雨中裹饭感人深。百朋足济围城急,九惠尤珍问疾心。都盖大裘怀白傅,岁时膏金拟云林。交亲金石坚相等,况复平生义断金。""人伦妙鉴久超然,似我无才亦见怜。拜赆重于苏子帖,分甘清比范公泉。托根幸庇枝干叶,饱德难酬赋一篇。倘许借书援旧例,他时再结一瓻缘。"

朱寿仁居士讲《楞严经》,十日竟。

七月一日,星期五,阴

汪大铁赠刊物两册。此余二十年前文字交也,曾从古泥治印。

七月二日,星期六,晴

《玉岑遗稿》四卷刊成,末二卷为倚声,工力甚深。玉岑曩自言师事彊村,全稿中于此未曾一及,然其中精心作品,确非凡手,惜天不假其年也。稚柳撰《敦煌石室记》一卷,分述莫高窟、西千佛洞、榆林窟、水峡口四处,自序云:"居此凡一载,搜罗之勤,可谓至矣,附所摄壁画十二幅。"以上二种,俱为月眉携赠。

七月三日,星期日,晴,热

文珊来。

七月四日,星期一,晴,热

贻德来。题陆廉夫画卷。

七月五日,星期二,晴,晚雨转凉

益孙来。

七月六日,星期三,阴

义疾,肺疾也,见《清异录》。"急存白元和六气",白元,肺宫也,见《黄庭内景经》。

七月七日,星期四,阴雨,甚凉,可御夹衣

今日已小暑矣。杜诗"即事叹尝胆,苍生可察眉",其凝练处,真不可极。

七月八日,星期五,阴雨

应潮赠诗,次韵答之:"危栏风雨重携手,阿吒无端脱口中。造化不详金入冶,先生非有户编蓬。察眉自可窥人意,计闰方知是日穷。今岁为闰七月。多谢远来相问慰,干呕淡闷渐能空。"应潮适来,以诗稿赠之。

七月九日,星期六,阴,夜雨

整理先公所遗诗文各稿。

七月十日,星期日,阴,夜雨,有风

佩苍夫妇来。

七月十一日,星期一,阴,夜雨

读《大乘起信论讲义》一遍竟。

七月十二日,星期二,阴

宗宪来。

七月十三日,星期三,上午雨,下午晴

昨日略受感冒,今日喉中不爽,服桑叶、苏梗、黄菊发散,终日睡。

七月十四日,星期四,晴,夜雨

洁公回乡。声甫来告诗谣五首,句尚清通。微咳,服止咳药。

七月十五日,星期五,阴晴不定,凉爽

咳较疏,仍服药。贻德来打针。

七月十六日,星期六,晴

午后量体温,有二分微热。子佩及小佩来。初食西瓜,今夏水大,结实不佳。瓜大小仅如马铃,尚未熟,以咳,略尽半枚。

七月十七日,星期日,晴

昨夜竟未咳,此食瓜之效耶?日间咳稀,痰亦减少,午后再食瓜,甚甜。今年瓜多萤斑。念屺来。

七月十八日,星期一,晴,午后阵雨即止

昨夜仍咳,惟甚稀,体温午后二时起有一分微热,至六时退平。昨日亦然,不能多坐,坐则易咳。一日间有痰十余口。

七月十九日,星期二,晴,热,九十二度,午后雷雨

今日体温如昨。睡后仍稍咳。贻德来打针。

七月二十日,星期三,晴,热

理发。宗宪来。午后热度为四分,至二时半已渐平,或天热之故耶?

七月二十一日,星期四,晴,午后雷雨

贻德来,伴至第四医院摄肺部透视相片,以与该部医师相识,手续极快,当场冲洗观看。据云左肺甚好,右肺尖有斑地痕五点,为纤维性,已硬化,并无进行现状。约明日取片。体温多一分。小佩来,并赠肥皂等物。

七月二十二日,星期五,晴

复抱一函。体温如昨。

七月二十三日,星期六,晴

宗宪来,赠自制饽饽。子佩来,携去透视相片二张,交中山医院王医师一看。致东海信。体温仍增一分。

七月二十四日,星期日,晴。夜台风,雨,潮水猝发,沿江平地深二尺

咳仍未平,福燕开方。骧哥前假款百番,今日归还,已逾二月矣。贻德来。薄暮转阴,天际现黄色。黄昏风势渐紧,十一时许江潮猝涨,一刻钟内街衢水深二尺,平地住家多被淹及。沦陷期内水灾数次,皆无此次之巨,殊可异也。

七月二十五日,星期一,雨

潮未退,通衢悉成泽国。兀坐斗室,如处孤舟。

七月二十六日,星期二,晴

夜半雷雨。昨夜潮退,市区尚有一部被淹。报载台风抵沪,为廿五日零时,每小时风速五十五海里,风力十级,雨量十小时内为三寸九四。外滩坠死飞鸟甚多。

七月二十七日,星期三,阴凉

阅《宋诗钞·陈与义简斋诗》毕。午后体温仅九十八度二,可知日前增加者,仍因天热之故。

七月二十八日,星期四,晴

夜二时,巷中有人大呼潮水又至,急起视,路上水已没胫,幸无风雨,其势不猛,未进屋内,天明退尽。

七月二十九日,星期五,阴凉,夜微雨

咳止,痰亦净。近来因咳,不能静坐呼吸,已停半月。

七月三十日,星期六,晴,凉,室内七十八度

报载我邑受台风袭击,白茆口溃决四五丈,沙洲区淹死居民千余人,全区十四乡仅一乡未波及。

七月三十一日,星期日,晴

寄怀春晖嘉兴新塍:"兴君同是后边身,禅榻维摩亦宿因。肺病缘何称义疾,爨余谁复惜劳薪。离膺萧飒犹填事,削迹沈冥迥绝伦。缅想鸳湖好风物,几时把臂共垂纶。"

八月一日,星期一,晴,今日七夕

颐炳来。

八月二日,星期二,晴

清晨江边散步,见沿江树木吹倒甚多。

八月三日,星期三,晴

续整理先府君诗文,其中资料不全,遗缺甚多,此皆受丁丑事变所致。忆有手抄电稿十余册,悉为鄂粤汴各省要件,在西门庞祠,竟为火毁,此为损失中之最重者。

八月四日,星期四,晴

应潮诗函来。

八月五日,星期五,晴

宗宪来。

八月六日,星期六,晴

子佩与雨公各赠药资五万元,情意殷肫,辞之不可,只能权领。致洁公函,托转送鄹楼师二万元。复应潮函。颐炳来。

八月七日，星期日，晴

东海因直肠生瘤，在中山医院开刀。闻之殊念，嘱镜容往询之。

八月八日，星期一，晴

晨至公园小坐。旬老来。

八月九日，星期二，晴

傍晚时有细雨。和应潮诗，仍用前韵："束柴君似孟东野，应见玄夫入梦中。用昌黎慰东野失子诗意。谁与美人玩芳草，独令词客感秋蓬。半生厌乱同遭乱，万事讳穷常得穷。剩欲收身依净业，因明妙喻证瓶空。"

八月十日，星期三，晴

整理遗稿，见所记崖州土产，有蛇总管、飞蛇、海珊瑚、石螃蟹各种。据土人云，海珊瑚即海风藤制手圈带用，可祛风兼愈痔疾。石蟹以醋磨，可疗热疾，并治眼瞖。此数种昔年从海南携回甚多。飞蛇约长五六寸，黑地花纹，有翅，雌雄成对，以丝缚之。石蟹系海边风化之蟹，与寻常螃蟹相同，惟已变为石质。蛇总管，记得是藤类，可制镯带，尚待一考。自经乱后，各物俱失去矣。

八月十一日，星期四，晴

汝惠来，半年未晤矣。

八月十二日，星期五，晴

洁公来书，述吾邑沙洲风灾，迄今发现遇难尸体已达二千四百具之多，沿江灾民四万余人。一邑之灾情，已重大如此，浩劫侵袭，慨叹曷已！

八月十三日，星期六，晴，室内九十二度

适程四侄女病殁，闻其家变乱以后，境遇顿殊，抑郁多病，以至于死去。冬扫墓时回家，曾来一见，托我介绍二官职业，苦无机缘。至今未成，不谓遽此长别也。惜哉！

八月十四日，星期日，晴

《林畏庐续集·高氏妹哀辞》真情至性，凄惋动人。畏庐最擅抒

情之文,此篇格调近震川,腴而不枯,尤所难能。畏庐序吴挚甫点勘
《史记读本》,曾言:"《史记·大宛》一传,震川不划断诸国,融为长篇,
犹散钱贯之以绳。前半贯以张骞,骞卒,续贯以宛马。于是安息、奄
蔡、黎轩、条枝、身毒之通,皆为马也。零落不相胶附之国,公然与
汉氏联络矣。但观传首大书曰:'大宛之迹,见诸张骞。'则史公当
日用心,因张骞以贯诸国,已为震川所觉,故融散为整。传首二语,
加以黄圜,此其证也。又《绛侯世家》叙侯功颇简约,至亚夫事,则
文笔婉媚动人,犹欧西人之构宇,集居民为高楼,扩其余地成公园,
以待游侣,此文字疏密繁简之法也。《彭越传》疏率若不经意,弗如
《淮阴》之详,且与魏豹同传,然世称汉初功臣必曰韩、彭者,几不得
解,乃不知《高帝本纪》中,累书彭越反梁地以牵掣项羽,使不得过成
皋,厥功与韩信垓下之役实同。读《史记》者,能于不经意中求之,或
得史公之妙。"

八月十五日,星期一,晴,闷热

　　沈石友舅氏《鸣坚白斋诗存》卷七有《送彭城太君葬》五古一首,
乃丙午冬送先祖母安定时所作也,恐后人不知,为录出之。"卤簿环
半城,鼓吹出平楚。素车要津客,丹旐北邙路。陈筵要中途,奠酒拜
无数。衣冠竟执绋,陌路亦亲故。搉诸抚孤心,岂为荣衰暮。穷乡离
乱中,谁哀涸辙鲋。今建五丈旗,音愁一尺布。未尽孺慕情,天夺乌
反哺。棘人劳团团,回首怆霜露。予忝附姻党,随行逐鸳鹭。表读泷
冈悲,尘障元规污。垂老抱遗经,春秋独展墓。"

八月十六日,星期二,微雨,有风

　　鄆楼师函来。

八月十七日,星期三,阴,凉爽,夜雨

　　寄应潮、子润二函。

八月十八日,星期四,晴

　　"大处难处看担当,逆境顺境看襟度。临喜临怒看涵养,群行群
止看识见。"此吕新吾《呻吟语》,可为人伦鉴。

八月十九日,星期五,晴

应潮寄诗来。

八月二十日,星期六,晴

昨日起又略有头眩,服白菊花。

八月二十一日,星期日,阴雨

益孙来。

八月二十二日,星期一,阴

阿翠来。头眩今日渐愈。

八月二十三日,星期二,阴,今日处暑

近时颇有人谈熊鱼山遗诗。按:《明史·熊开元传》:"号鱼山,嘉鱼人。天启进士,唐王时官随军东阁大学士,国亡后为僧。"又《苏州府志》正志:"号檗庵,本名熊开元,曾住三峰寺。"又《常昭合志稿》:"檗庵著有《示众语》《檗庵别录》《鱼山剩稿》。"

八月二十四日,星期三,阴,闷热

《居易录》:"平湖陆稼书先生以御史台罢归,授徒常熟,逼岁除乃返,抵家,顷之卒。年六十三。壬申冬十二月二十八日。"此有关我邑故实,其馆于何氏、弟子何人、前后旅虞时间均应一考。

八月二十五日,星期四,晴热,午后九十四度,夜九十一度

抑非言近来四王画件价值较往年只及一成,每件约金一两。廉夫、若波等价亦与四王相等,前此所未有也。

八月二十六日,晴,晨起凉爽,退至八十度

府君手订诗文仅及三十岁而止,不孝曩即思依据遗集及执友函牍补缀成编。奔走在外,卒卒不果。丁丑寇乱,寒斋虽免劫火,所藏书籍、文字散失殆尽。先人遗稿曾分寄乡村,在西郊庞祠一部亦为寇毁,其余幸得无恙。事后检点,可备年谱之资料,几失其半,此无可补救之损失。每一念及,即觉痛心。世乱未已,自顾身复多病。今夏重检丛残,先行按照年月一一诠次,其中偶有数年事实无存,只能暂阙,日后如有所得,当随时补入。惟念府君弃养日早,筹又幼失长兄,洊经丧乱,海内可以质疑诸父执零落几无存者。往往有所疑问,独对故编,踌躇终日,或终于不得尽悉原委,勉强补辑,辄将先集及往来函牍附注其下,俾明出处,遗漏失次所不免焉。

八月二十七日,星期六,晴

郿楼师书来,颇有抑郁语。今日复一函,有"世乱纵靡有定,古学绝不消灭。天留老眼以观世变,行见希夷叟终有堕驴一笑之日也"之语。

八月二十八日,星期日,晴

陆稼书先生曾馆吾邑席工部启寓家,训其二子。两次罢御史归,均主席氏,其卒也,席氏为梓遗著《三鱼堂文集》。见《重修常昭合志》。

八月二十九日,星期一,阴,午刻雨

抱一持示杨濠叟杂文稿本一册,共五十七篇,为庐江徐毅甫先生子苓改本,首页有徐氏题识三行,每篇均有涂乙之处,或有自改者。其中《减浮减赋议》一篇,审为濠叟手抄。徐为道光乙未举人,松禅老人谓其诗集中有指斥旧事,盖尝上书陈军务,未见听用,不合而去,其诗则必传之作也。

八月三十日,星期二,晴

晨至公园小坐。

八月三十一日,星期三,晴

《重修常昭合志》已印出部分,为《水利》《赋税》《荒政》《善举》《学校》《兵防》《风俗》《金石》九种,又昔年所印《艺文志》一种,皆为丁芝孙氏所编,其中挂漏尚甚多也。

九月一日,星期四,晴

余己卯年挽铁琴铜剑楼主一联:"渔隐图题墨犹新,感事抚时,展卷湖山增一慨;耕石斋流风未艾,守先待后,传家忠孝足千秋。"当时未留稿,顷忆及,记之。

九月二日,星期五,晴

《归震川集》旧刊本,有《送陈自然北上序》及《送盖邦式序》,均宋人马子才所作,误为编入,牧斋与玄恭重刊之本将此二篇删去。

九月三日,星期六,晴

晨至公园小坐,见有教太极拳老者,田姓,技极精,与人较推手,轻若拂尘,而当之者莫不辟易。连较十余人,面不改色,口不喘息,洵非易易。旋闻此老名田兆麟,与湖北陈微明云为前清进士同学于杨澄甫,精于推手。

九月四日,星期日,晴,热

《缘督庐日记》云:"鄞中卢青崖抱经楼遗书,民国五年时,沪书估集股四万七千元往捆载而来,意在袁抱存,索值至十八万,时局猝变,所求不遂,减至六七万即愿售。其书目九册在翰怡处,中有宋刊《开庆四明志》,大字悦目,楮墨如新,索值二千四百元。宋刊宋印《愧郯录》岳珂,有抄配,烂版《修文殿御览》一部,《图书集成》一部,各定价一万元。《御览》是明人伪造之本。钞本《旧五代史》,云与殿本有异同,索千四百元。"

九月五日,星期一,晴,热

《瓶庐诗稿》卷三《次韵曾君表南泡观荷》一首:"今年殢晴雨苦少,雨后看花花倍好。老夫日日看花行,独到城南惬幽抱。液池水碧风回旋,红云明镜烂欲然。路人指点青雀舫,揖我谓我花中仙。不如南城一亭敞,菰蒲作声蘋末爽。瓜皮才受两三人,却踏鱼矶不轻上。谁欤主者李玉舟,殷庞杨邵□行游。俞君宾敬李子客,叶郎豪气横清秋。"南泡,即南淀,在彰仪门外。此诗系光绪三年丁丑作。同游者为李玉舟、曾君表、殷厚培、庞绅堂、劬庵、杨莘伯、邵伯英、叶茂如诸先生及先君。惟李子为客,不知何人,须一查《翁文恭日记》。

九月六日,星期二,晴

念屺询习字笔墨之分。书数语答之:"笔要重,墨要轻。笔要劲,墨要清。笔忌俗,墨忌滞。墨可不到,笔不可不到。笔要有雷霆万钧之力,墨要有一尘不染之致。临摹先求间架相似,尤需注意起落转折处。"

九月七日,星期三,晴

寄应潮信。鳂师书来,并赠两联。其一:"昔经祸患,骨折心惊,心折骨惊,自是君身有仙骨;今可逍遥,漱流枕石,枕流漱石,好偕朋辈作清流。"其二:"朋友先施,涸鲋顿苏,岁旱用汝作霖雨;彼此互勉,冥鸿避弋,富贵于我如浮云。"又示自赠两联,其一:"嬉笑怒骂,了此余年,见爱于君子,见憎于小人,借众论作定评,庶几弗为乡愿;抱负经纶,丁兹末造,学不能匡时,才不能济变,垂空文而殁世,事业要待来生。"其二:"自修几十年,眼如明月,口若悬河,不能就国家建事功、乡社谋乐利,枉为人也;猝死数小时,身在匡床,神游化境,恍然悟世无干净土、天有兜率宫,我将去之。"

九月八日,星期四,午刻雨

甸老来。前借县志稿,系借我者。

九月九日,星期五,晴

县志稿中《艺文志》六册,于抗战前单行付印。

九月十日,星期六,阴

邑先辈翁迁伯先生振翼有《论书近言》二卷,颇有独到之处,中有一则云:"近见明陆文裕讳深行楷,极雄古,有笔意。余曰:'此远过董华亭矣。'友人曰:'此华亭师也,当日片纸都为华亭取去,故传者绝少。'"按:《列朝诗集小传》:"陆文裕公,字子渊,上海人,弘治乙丑进士,官至詹事府詹事。工书,仿李北海、赵承旨,品陟古今,赏鉴书画,博雅为词林之冠。"

九月十一日,星期日,晴,热

念屺携示所临《麓山寺碑》,嘱为评阅。颐炳、文珊来。

九月十二日,星期一,晴

小佩、家畹来。

九月十三日,星期二,阴

代甸老草意见书一件。

九月十四日,星期三,晴,热

《鸣坚白斋诗存》有《书研拓付俞氏甥》七绝两首,系赠遇之先兄者。丁丑劫后,藏书星散,研拓飘零何所,不可知矣。诗云:"世变沧桑研共经,但书甲子自镌铭。一椽老屋藏贞石,窃比遗山野史亭。""无忌当年曾似舅,吾甥好古亦同吾。拓成百幅洴妃影,付与收藏当画图。"

九月十五日,星期四,晴,热

题张雨生为赵次侯仿古山水画册:

"潞水条峰往事残,云烟过眼记中看。息园、鹿樵二先生有《潞水》《条峰》两图,并著《自怡悦轩书画记》。《富春图》是家藏本,重写严陵七里滩。鹿樵翁藏麓台临《富春山》长卷,先生曾作《严濑记游图》。"

"横街斗室忆东华,读画频来宿我家。风雅谁如诗县令,河阳官舍尽栽花。刺海宁时厅事栽花,州民报荒不问,悉拔去之。"

"粉本天然西子湖,好溪山为次公摹。梅颠阁圮蝘龛废,零落当年主客图。先生曾为次公作《北墅主客图》。"

九月十六日,星期五,晴,热,达九十二度

复洁公信。湛如信来。

九月十七日,星期六,晴,热,九十五度,黄昏雷雨

录诗稿,寄湛如。

九月十八日,星期日,阴凉

颐炳、念屺来。

九月十九日,星期一,阴

志靖兄假《越缦堂诗初集》三册。

九月二十日,星期二,阴

应潮寄《见怀》五排十六韵。

九月二十一日,星期三,晴

刻石章一方。复应潮函。

九月二十二日,星期四,晴

湛如寄示所撰《重修得月楼记》。越缦诗有"别你半年江路阔",

"你"字入诗,罕见,未免近俚。

九月二十三日,星期五,晴

越缦诗有"绿蓑风雨里,花满罦泥船",罦,音览,网也。吾乡亦有此名,用以入诗甚新。为念屺书扇。

九月二十四日,星期六,晴

晨至公园。

九月二十五日,星期日,阴

明憨山大师《梦游全集》,牧斋作序,有"今兹雠勘,僭有行墨改窜,实禀承大师坠言,非敢僭逾,犯是不韪"之语。原本系汲古阁所刊。

九月二十六日,星期一,雨

《梦游集》有鼎湖本、虞山本两种。鼎湖禅师藏本为大师原稿,虞山本为牧斋校勘,间有撮略字句、移置段落,二本少有异处。

九月二十七日,星期二,晴

致子润函。志靖兄过访,语及北平海王村旧书肆因营业萧条,将古本书籍论斤出售,以为包物之用。毁灭文物,一至于此,可胜浩叹。

九月二十八日,星期三,晴

复念屺函:"笔与墨实为一体同观,不可强为分际,如人之形体与精神,必须兼具,方为体气充沛。历来书家无不笔墨俱到,迨至人书俱老,乃有笔到而墨不到之境界,此则超凡入圣,非初学者所可攀跻也。现宜先求笔笔俱到,不论字之真率,下笔时即一丝一毫,务必力避草率,则晋步迅速。"

九月二十九日,星期四,雨

复仲联函。

九月三十日,星期五,阴湿

古董,或称骨董,亦作冎董,冎,见《说文》,古器也。又作汩董,见《晦庵语录》。或谷董。见《东坡题跋》。

十月一日,星期六,终日雨

屋漏彻夜,床缛尽湿,诵少陵"床(床)〔头〕屋漏无干处,雨脚如麻未断绝。自经丧乱少睡眠，长夜沾湿何由彻"之句，如为我今日写照，所不同者，尚能熟睡耳。

十月二日，星期日，终日雨

文珊来。

十月三日，星期一，阴，夜雨达旦

将先公著《庚申遇乱记》钞入文稿内。庚申之乱，先公侍重闱，仓卒脱险。庐舍灰烬，先师长物荡然无存。惟祖母携出一白色发晶鼻烟壶，云系祖父遗物。三世所遗，仅此一壶，至今宝存，计在我家已越百年矣。

十月四日，星期二，终日雨

致黄采绚信。四弟来，云因连雨，街衢积水甚深。

十月五日，星期三，阴，夜有月

汇子润二万元，托转致杨母。

十月六日，星期四，晴，今日中秋

颐炳、家英来，各赠食物。黄昏至江畔看月。

十月七日，星期五，晴

商务印《翁文恭日记》《翁常熟手札》《越缦堂日记》及旧印《张文襄奏稿》，内有关先公年谱资料，应设法假得一阅。

十月八日，星期六，晴

理发。

十月九日，星期日，上午阴，下午晴

今日与念屺约同往谒兴慈法师。昨夜忽雨，至晨阴霾未开。念屺仍来践约，即雇车前往茄勒路法藏寺。先事皈依登记毕，法师出见，略询皈信动机。时已中午，留饭，辞之不可。饭后行方便皈依礼，法师开示皈依三宝、忏悔偈文及四弘誓愿各句意义，约半点钟礼毕。再向师父顶礼，赐法名圆吉。师父询知身体多病，嘱多念佛、多茹素、能吃长斋最好，病系过去宿障，能诚心忏悔，即易消除，并指示修行法门，又以宗净土为稳当。师父每日下午三时在寺讲《请观音经》，命随时多往听讲,赐赠《龙舒净土文》《二课合解》《开示录》三种,至二时乃告退。

十月十日,星期一,晴

余于丁丑冬月起,即茹长斋,至乙酉夏间因肺病营养不足,持斋遂辍。惟性不喜杀生,今得皈依,自即日起,永当长斋,以忏宿业。

十月十一日,星期二,晴

商务印《越缦堂诗初集》十卷,内署"白华绛柎阁诗甲至癸",自道光二十四年甲辰起,至同治十三年甲戌止。其中题邵钟、建文铁锤、盂鼎铭、齐子仲姜镈各古诗,皆有关考证。

十月十二日,星期三,阴

洁公集宝斋购仓硕辛丑年为严子舫信厚画红梅八尺卷,自题一诗,用削觚印,价三万元,折米一石。

十月十三日,星期四,阴

大侄女来。

十月十四日,星期五,晴

颐炳来。

十月十五日,星期六,晴

抱一前赠我《濠叟文稿》一册,系庐江徐毅甫先生改本。按:先生名子苓,晚号南阳老人。同治中选和州学正,不就。客英果敏公西林翰幕,红羊平后,果敏欲官之,固辞归隐。生平兀傲,工诗古文,著有《敦艮吉斋诗》,光绪二年卒,年六十五。

十月十六日,星期日,晴

旧藏《天禄琳琅书目》十卷,为蒋氏茹古精舍钞本,有"蒋维基,一名载之,字子厚"及"蒋氏茹古精舍钞本",又"得此书费辛苦,后之人其鉴我"诸印记。每页均注明字数。末页有道光戊申朱笔校,不著校者姓氏。蒋为何处人,亦不详。①

---

① 此处天头有文字:叶廷琯《吹网录》参校姓氏,有"乌程蒋维基厚轩"。

十月十七日,星期一,晴

声甫前假去瓶庐题《说文统系图》,将逾年矣,应去函索还之。

十月十八日,星期二,晴

益孙自北平回,携来包大饼之纸,乃大字《周礼》三页。前所传古书论斤出售之语,果非虚也。

十月十九日,星期三,晴

晨至公园散步。

十月二十日,星期四,晴

今年贫困已甚,囊中无一余钱可略购书籍,除此以外,旧有习气已可一起扫除矣。

十月二十一日,星期五,晴

连日抄写先公遗稿,久未作楷,迟钝之至。

十月二十二日,星期六,晴

颐炳来。

十月二十三日,星期日,晴

志靖兄偕葆澄来访,并赠食物,谈及近有《新宇宙》杂志第三期载张菊生谈戊戌政变掌故,可以一阅。又谈及沈北山,余忆翁文恭逝世后,北山方卧病,先公往访之,告以六先生逝世矣,北山睁目曰:"姑丈何谓? 适六先生方来视我也。"其时已患精神错乱,未几即不起。

十月二十四日,星期一,晴

曩陈小石年丈赠所著《蕉梦亭记》二册。劫后检得,已残破矣。幸尚可展阅,此笔记内于光宣朝掌故颇详,类多亲历之事。鄩楼师曾假去一阅,云笔调平弱,可作参考裁料而已。

十月二十五日,星期二,晴

向志靖兄假《翁文恭日记》二十册。归阅一册,稍将有关者摘出:

文恭为萧山汤文端金钊之孙婿,敏斋先生修之婿。"文端在江苏学政任时,扫一楼奉乩仙,悬笔于上。一日乩书'次子修,赐名敏斋';又一日书年庚八字一,缀一词于下,有'二十四桥明月夜,明珠一颗掌中擎'之语。越日又书,云昨所示八字乃上海叶令之女,可与修为佳偶,命幕友张某为媒急往,限某日到。文端承命遣张君急行,至则前一日叶令方与宁波林氏议婚,适因小恙中止。张君至,述神语,遂委禽焉。于归三年,生一女而没,年二十四,乩书所谓'二十四桥'者验矣。"所生女即文恭夫人也。夫人归翁十年无子女,年三十而卒。

咸丰庚申,常熟失陷。《日记》谓:"曹和卿、叶敏斋、钱华卿在城设局,为贼董事,狗彘不若矣。"

"季仙九卒于江北,薛抚军为奏请恤,有'文章经济,超越等伦'二语,朱旁批'言行不相符',未允赐恤。"文敏之谥,盖已在日后矣。未知朱批之原因为何,当一查。

十月二十六日,星期三,晴

阅《翁日记》三册,将与先公有关各条,另录出之。

十月二十七日,星期四,晴

阅《翁日记》三册。

十月二十八日,星期五,晴

阅《翁日记》二册。念屺来。瓶庐论书散见各处,兹汇录如次:

"过庭《书谱》不免圆熟,然敛锋入纸,空处皆满,要不可及。"

"写大字有称意者,大约守一活字而目中无纸,自佳。"

"微悟执笔坚凝及藏锋法。"

"赵元卿论书法握管须两指钩两指拒,用力在臂。"

"写字悟古人用笔丰左之诀。"

"临帖悟戒虚锋一语。"

"临右军书,悟藏锋非大力不能。"

"于兰翁处得见陆平原《平复帖》手迹,纸墨沉古,笔法全然篆籀,正如秃管铺于纸上,不见起止之迹。"

"屡观《六甲》,始悟唐写经终带匠气。"

"古人真迹总不离藏锋而紧,紧则变化须知之。"

"写对条,似悟臂力稍振矣,盖悟境非学力也。"

"写扁始用靛青和水,较墨为胜。"

"不平不能拙,不拙不能涩。"

"石庵折笔在字里,蝯叟折笔在字外。"

"看包慎伯论书专重腕力,而不及臂力,余故未尝问津,然其说精微不可体会,惜余老矣。"

"写字稍悟藏锋、中锋之别,然手不应矣。"

"看《孔羡》拓,是明时重墨,因悟魏刻变象势为竹节,两头皆方,而实中锋也。"

"壬寅一月十七日戊寅二时起,秉烛写'虎'字数十幅,淋漓纵逸,亦自斋邈,如对神明。人或借辟邪也。"

"写大字始悟万法不离回腕纳怀,外此皆歧途。"

"屺怀携来赵《法华》第六卷,约万言,一气贯注,圆而劲,小楷神品。见其方折,始知参用褚法。赵书《妙严碑》墨迹,笔笔变化。"

十月二十九日,星期六,阴

阅《翁日记》两册。理发。

十月三十日,星期日,晴,寒,五十四度,今日重阳

阅《翁日记》四册。

十月三十一日,星期一,阴

为陆东勋证婚。青浦沈瘦东寄所著《瓶粟斋诗话》一册,沈君为二十年前虞社诗友,与邹湛如为表兄弟,前从邹处知其近状。

十一月一日,星期二,阴,夜半雨

阅《翁日记》三册。《日记》内有丁亥八月十三《送菉卿南归》一首,为《瓶庐诗稿》所不载,想系编纂时删去。《由二闸泛舟至花儿闸登陆,骑马抵通州东门,送菉卿侄南归》:"晓来何事出城闉,别意苍茫感慨频。秋水黯如远行客,晚禾屹似老成人。衰宗摇落天应悔,苦语提撕我自新。策马一驰三十里,知余头白未逡巡。时仲浏新逝。"

十一月二日,星期三,雨

阅《日记》一册。

十一月三日,星期四,细雨

颐炳来谈。

十一月四日,星期五,阴

复瘦东信,并赠《拂云诗》一册。

十一月五日,星期六,晴

抱一来。余出先人稿就商,彼云诗文内之有关出处者,亦可录入,并云藏有陈茇声先生手写日记数十册,或其中有裁料可寻。

《翁日记》二十册已阅毕,今日送还,又借后半部二十册归。

十一月六日,星期日,晴

阅《翁日记》二册。钱树琼来,我姑母次孙也。十余年未晤,留之一宿,夜阑共谈往事,不胜感慨。

十一月七日,星期一,终日细雨

阅《日记》二册。智藩、颐炳来。

十一月八日,星期二,阴,夜雨

阅《日记》二册。瓶庐论书四则:

"祁寿阳相国谓南园书曰:试观其横画之平,昔石庵先生自称画最能平,此书家一大关键也。"

"项氏《阁帖》十卷,宋拓本也。古厚如宋儋书,钟书皆如篆籀,于此可悟古法。"

"李若农尝言'乙瑛碑'三字入锋雄浑,用三年苦功,始得其仿佛。"

"虚舟论书,不满于祝京兆,谓为骨气未清。"

十一月九日,星期三,阴

阅《翁日记》二册。瓶庐谓:"读《庄子·天下》篇,悟《太史公自叙》一篇全仿此。"又谓:"吴、越二字皆象形也。水国以舟楫为大用,吴船双尾横看实似之,越舟之楫倒竖极类戊字。"

十一月十日,星期四,阴

阅《日记》三册。念屺来嘱代撰挽联。

十一月十一日,星期五,雨

阅《日记》二册。《日记》载:"钱笆仙与袁爽秋以口舌有隙,袁欲杀之,并作丑语痛诋,余力劝不足介意,将往平之。"此事曾见曾孟朴所著《孽海花》,说部竟纪实也。

十一月十二日,星期六,雨,终夜未已

阅《日记》二册。《日记》载史竹孙云:"每夕摩气海,享上寿。彼村中马姓人皆九十余。得此法。"二便之间曰"气海"。

十一月十三日,星期日,终日细雨

阅《日记》二册。

先人茔墓在虞山舜过井。《翁日记》云:"井负山对涧,径五尺许,深二尺许,烹尝甘而厚,大旱不竭,汲之尽则盛沸上涌,灵泉也。志名舜过泉。""出北门三里许。"

十一月十四日,星期一,晴,五十二度

阅《翁日记》二册。

子润函告杨母于本月十日农历九月二十日下午十时逝世,年七十二,棺衾等由其料理,坟地为张佩章捐赠。如此热心,实可风世。余去年曾为募款、兑金戒二事,重二钱四分五,寄存余处,现即当托人带去,作归还子润垫款。

十一月十五日,星期二,阴,下午细雨

阅《翁日记》四十册毕,随阅随摘,录于小册,以备遗忘,亦已达数万字矣。复黄采绚信。

十一月十六日,星期三,阴,雨

团焦,团瓢也。即一瓢之地。

十一月十七日,星期四,晴,寒,四十二度

段若膺《今韵古分十七部表》云:"杜甫熟精《文选》及庾信诸家,故所为近体诗,用五支韵者凡二十七首,不杂脂、之一字,其意以许敬宗所定未善也。"

十一月十八日，星期五，晴，三十八度

放翁诗"但恨征轮无四角""避俗要生轮四角""车轮无角那得住"，石湖诗六言"问谁毛生名纸，知我角出车轮"，韦斋诗"四角何由生客轮"，俱用古乐府"安得双车轮，一夜生四角"之语。

十一月十九日，星期六，晴

未委，未知也。杜诗："未委适谁门。"山谷诗："未委先生记得无。"

十一月二十日，星期日，晴，暖

为复，还复也。诚斋诗："不知各无意，为复两相招。"

十一月二十一日，星期一，晴

《翁日记》后半部阅毕。

十一月二十二日，星期二，阴，夜雨

念屺新生子，为取名德承。

十一月二十三日，星期三，阴

马夹柱，即江瑶柱，见昌黎诗注。"章举马夹柱。"

十一月二十四日，星期四，晴

任子渊曰："斗觉，诗中健语也。"退之诗"斗觉霜毛一半加"，东坡诗"黄昏斗觉罗裳薄"，少游诗"斗觉西南壮"，后山诗"斗觉文字生清新"。

十一月二十五日，星期五，晴

吾邑王艮斋先生批《史通》云："今人但知苏子瞻疑李陵与苏武书为伪作，不知刘子已先言之。然子瞻谓为齐梁间人所作则非也。江淹《上建平王书》已用李书中语，昭明亦岂肯以当时伪作欺诳后世，且其文格亦与齐梁不近，必是东汉或魏晋初文人所拟，后人编入李集，流传莫辨耳。"

十一月二十六日，星期六，阴，晚雨

为许，为甚也。诚斋诗："意中为许无佳况。"

十一月二十七日，星期日，阴

报载古代文物管理会在大隆仓库清理出陶磁、古器十九箱，俱为史前及周汉六朝隋唐之物,其中甘、青两省出土之葬器、彩陶五十一件,其时代为仰韶及马厂两期为多,形式有罍形、瓶形,并有空足陶鬲数件。次周陶十件,多为罍形、盘形,中二器有铭,而以陶豆一器最属罕见。次汉磁十件,中有方形汉壶。次三国吴代双耳罍及隋磁十件,中凤头圆一件,形仿殷周铜器。

十一月二十八日,星期一,阴,下午雨

燕京大学图书馆景印《翁文恭军机处日记》上下二册,起光绪九年癸未二月初一日,讫十年甲申三月十一日。按:《文恭日记》八年壬午十一月初五日:于工部尚书任内受命,"兼在军机大臣上行走"。年五十三岁,时仁和王文韶以云南军需案坐失察被劾,退出枢廷,文恭即补其位。此二册起癸未二月,其前已缺去三个月矣。公于甲申三月十三日因盛伯熙祭酒昱弹劾枢臣办理法越事不善,朱谕与恭亲王奕䜣、大学士宝鋆、吏部尚书李鸿藻、兵部尚书景廉同时退出军机,诏书于公有"甫直枢庭,适当多事,惟既别无建白,亦有应得之咎,着革职留任,以示区别"之语,此册记至是月十一日为止,适在其时也。公日常治事另有日记,已刊印行世。此则原无日记之名,所载皆为旨批、封奏及召见等各项大事,摘录要由,意当日仅备查考而已。癸未至甲申年间,正值法越交涉事起。册中于法兵攻越、越王乞援、廷议之瞻顾迟回、疆吏之因循贻误以及言官之迭次弹章,虽简颇赅,可为是役史料。至对法宣战已在甲申七月初七日,时公仍留工部任也,厥后公于乙未再值枢垣,定有与此相同之摘记,惜不知流转何所,且何日能继此印行传世也。

十一月二十九日,星期二,终日雨

念屺函告兴公师父于二十二日晚,忽患半身不遂,现四众弟子发起诵观音佛七昼夜,以此功德,冀邀佛佑。闻讯后,即虔诚念佛,愿我师父早日痊愈。

十一月三十日,星期三,阴,晚细雨

念屺告昨往省视,师父已脱险境,访问者甚多。

十二月一日,星期四,阴,下午露日光,六十度

理发。

十二月二日,星期五,细雨

昨梦见先公似在家中,仪容一如往日。余禀以《年谱》已简略续成,并以《翁文恭日记》所载日使宴恭邸、李相等总署诸大臣偕父亲及罗丰禄同往、当日如何情形为询。先公笑颔之曰:"我久已忘之矣。"

十二月三日,星期六,晨晴,午后阴

晨八时至法藏寺询师父疾,遇陶居士,入丈室见师端坐榻上,仍不能言语。余合掌恭敬而退,致送药费万元。出登大殿,瞻礼一过。

购《谭复生集》二册。

采绚来假伙食费三万元。

夜八时体中不适,即睡。

十二月四日,星期日,晴

倦眠,终日未起。前记梦中启询先公事,乃因见《翁文恭日记》,不知如何梦中忆及,且甚清晰也。《翁记》乙未十一月初四日:"未初诣总署,偕樵野同赴日本使馆。恭邸、敬、吴两君先到,李相同余等到,在客厅饮茶。诣东板屋列长筵坐,林董日公使、郑永昌翻译等避中席,北面坐,盖敬客也。余等南向,章京三人北向,罗丰禄及陶……或北或西向而坐。进洋食十三种,菜单十五种,酒数种,酒辣食腥。六刻起,邸先行,余与樵野亦辞先散,见屏间有女乐持器欲出矣。早间闻今日演剧,余即令俞佑澜告罗丰禄,偕往日馆致意,'今日斋戒,如演剧,不能坐也',俞等复称'有小戏,大人如不看,当在别座吃饭,饭后先散可也'。惟李相、吴君及章京未散,不知如何耳。"先公是时任总办章京,与今之司长等。《翁记》所云"章京三人",不著其名,意其中先公必在内也。罗丰禄,字稷臣,道员,曾随李合肥出洋,丙申十月放驻英公使。

十二月五日,星期一,晴,寒,有风,四十度

阅《谭复生集》。卷端有相片,广颡而削颐,眉目雄鸷,英华外露,颇似粤南人状貌。《翁文恭日记》有云："丙申四月，谭嗣同来见。敬甫同年子，通洋务，高视阔步，世家子弟中桀骜者也。"寥寥数语，神态可想见，其诗文亦如之。

十二月六日，星期二，晴，寒，晨三十五度

谭复生《仁学》，富有革命气息，且痛诋爱新觉罗氏，不知后来何以肯受京卿之命。论学推崇王船山而抑顾亭林，颇有别解。

十二月七日，星期三，晴，三十六度

代甸老作《高淳万锦屏传》。

十二月八日，星期四，晴，稍暖

沈北山事，旧有《轰天雷》说部，写其大概，惟甚简略，且笔墨不甚佳耳。《翁文恭日记》于北山在乡及监禁事亦有数则：

己亥十一月廿五日："连日为沈鹏在京欲讦大臣，同邑公议逐令出京，而炯孙阻之尤力，旋《天津报》登其疏稿，而论者遂疑余主使。沈鹏既归，见之，又作《辨诬》一篇，欲刻于报，于是同乡诸君益愤，斌孙面斥其具疏之谬，并痛驳其置辩之非，乃始罢议。"

庚子一月十一日："沈鹏又发心疾，忽欲入京，妄有陈说，已入舟矣，笏知之，乃秉夜冒雨挟之至佑莱处；昨日亲朋毕集，百端开譬，忽明忽昧，终恐脱身北走，为吾乡缙绅之祸耳。"

一月廿九日："知沈鹏去岁事，有电密拿提省讯究，幸前期已位置于曾孟朴处教书，一传即至，在署管押。"

二月初八日："沈事已结，发省永远监禁，又闻与陈鼎、吴式钊同罪，有丧心病狂语。连日谣言百出，可以息矣。"

[二月十五日：]"彊得师汉函，述大鸟事，谓去年啮指，颇闻于当轴也。"大鸟，即指北山。师汉，或系孙师郑。啮指事，北山以弹章送院请代奏，途中为翁又申阻止，拟攫其折，为北山所啮。

十二月九日，星期五，阴，五十二度

松禅记邑志，汇录如次：

《皇明常熟文献志》，管一德著，万历乙巳，凡六册，共四百五十页有奇。其书极简,非志体也。

《虞山书院志》,明耿橘辑,李镜宇藏。知高、顾二公亦来虞讲学,当时俨一东林。

曾倬《常熟县志》,十册。八十五区图,惟此为创。

桑瑜《县志》,八本。李升兰藏此书,在张志后、邓志前,所取甚约,杂议论于记载中。

龚立本《县志》,钞本,十二册,无刻本。瞿氏藏,看龚《志》,服其简要,其叙邑先正凛凛有生气,钱《志》尚剽取大略,言《志》则笔弱矣。

钱绥卿邑志稿,大抵人物一门犹未全也。

十二月十日,星期六,阴,午后雨

吴门龙寿山房藏元僧善继血书《华严经》,余前记潘氏《云烟过眼录》云共八十卷,《翁日记》谓八十一卷。善公有四六长跋,称"至正丙午季秋八日半塘寿圣寺沙弥某记"。又宋景濂长跋,谓其生时母梦永明寿降生。《翁日记》云:"此经自卷一至五十皆有至正甲辰善继题赞,内第四十一卷系新补,五十一卷起则永明续书,题语不了了。宋金华生时云是永明后身,殊诞,计金华之生与善继同时,安得为永明转世耶?"翁三题均在第七十九卷之末。

十二月十一日,星期日,阴

念妃来,云日前曾谒师父,语言渐复,病已转机,极可喜。又云曾暗萧蜕公指示书法,因习《麓山》不进,嘱改习怀仁《圣教》,并谓李北海《端州石室记》甚佳。念妃借去《圣教序》一册。

十二月十二日,星期一,雨

《翁日记》癸卯六月初八日:"以十八元得翻刻《华山碑》,毕藻卿来,赵氏物。"此册现在余处,天放楼旧藏,有瓶庐题签。

十二月十三日,星期二,阴

颐炳携五代李咸熙画轴,嘱评定,伪迹,殊可笑也。

十二月十四日,星期三,晴

借志靖兄处张幼樵《涧于日记》十四册,自光绪四年戊寅十月起,二十一年乙未三月止，其中有空缺处。多为读书札记，阅时略摘一二：

"读元遗山诗，纪文达称其兴象深远，风格遒上。洵然。"

"余读诗，每以知人论世为主，其人不肖，其诗必不能佳，众以为佳，余亦不取。遗山生平，以崔立一碑为大疑案。乃取张石洲本，合翁、凌、施三谱参证。翁、凌均据本集及陵川之辨，以驳《归潜志》之诬。施北研独主刘京叔说，云名职累人，不敢为先生讳。余谓崔立此碑，王从之虽却翟奕辈之请，后仍胁刘祁、麻革等为之。如祁所言，则裕之秉笔而托于祁作，祁固得罪名教矣。裕之即不作此文，要当时必豫闻其事，故祁得以诬之。'薄云乎尔，恶得无罪。'郝伯常云，岂得独罪元遗山？谓祁当并坐，当首恶，而亦非以遗山为无罪也。夫王从之不愿作碑，而祁毅然作之，如郝辨所云不顾名节。若此，宜内翰与裕之当遂与祁绝。乃内翰泰山之游，仍与刘、郁同行，而遗山亦不与祁、郁乖异。《上梁文》中称三名流，初不深斥，凌仲子举此谓其存心忠厚，此非忠厚也。盖王若虚及元裕之不愿作碑，而使翟奕、张信辈协刘、麻自代，此若虚之智也。祁亦不愿作碑，而无计自脱，遂丧心为之。此刘祁之大谬也。祁久而自悔，故不得不反噬若虚、裕之以自解。若虚、裕之当时实亦与其事，故不能径绝祁、郁。此事底蕴，合裕之内翰表、《上梁文》及《归潜志》观之，是非自定。凌、翁皆强辨，而施则定论也。余言似涉刻核，然文人狡狯，事后饰非文过如遗山者甚多，后之论事者，因其文而重其人，反为之欺饰回护，比比皆是。最为陋习，故不可不辨。"

"义山之诗[①]，沈博绝丽，而史称其放利偷合，诡薄无行。朱长孺注其诗，独以为失实，其言曰：'令狐绹之恶义山，以其就王茂元、郑亚之辟，其恶茂元、郑亚，以其为赞皇所善。绹之继父，深险尤甚。赞皇失势，与不逞之徒竭力排陷，此其人可附离为死党乎？义山之就王、郑，未必非择木之智、涣丘之公。此而目为放利偷合、诡薄无行，则必

---

① 此处天头有文字：《义山诗注》三卷，补注一卷，朱鹤龄撰。

将朋比奸邪、擅朝乱政，如八关十六子之所为，而后谓之非偷合、非无行乎？'徐湛园之说，则曰：'义山为楚门下士，党牛之党者也。茂元所恃，不独卫公、从亚，非义山本怀，集中刺卫公诗①，不一而足，谓党赞皇之党，吾不信也。'冯孟亭桐乡冯集梧调停其说，谓小臣文士，绝无与于轻重之数，似矣。而又谓义山既以绚力得第，乃心怀躁进，遽托泾原，此《旧传》所云'绚以背恩，恶其无行也'。继而赴郑幕者，所以重绚之怒，最后在卢在柳，皆卫公所赏识，聊谋禄仕，并非党李之党，亦非党牛之党。惟统观全集，其无行诚不能解。得第未仕，背恩而赴泾原，茂元卒，又修好于令狐。令狐出刺吴兴，又膺桂管之辟。桂府遽罢，卫公迭贬，令狐入居禁近，则又哀词祈请，如醉如迷。迨绚宿憾不释，乃绝望，而以漫成五章，隐附卫公，冀取重于千载后。一人之笔，矛盾互持，植品论交，两无定守，徒博后世浮华无实之诮。悲夫！三说各有所见，愿世之读玉溪生诗者自择焉。余取《旧》《新》两书读之，则三家之说皆非也。《旧传》：'商隐既为茂元从事，宗悯党大薄之，绚以商隐背恩，尤恶其无行。久之，郑亚请为观察判官。大中初，亚坐德裕党贬循州，商隐随亚在领表。明年，绚相，屡启陈情，绚不之省。为徐州书记府，罢。入朝，复以文章干绚，乃补太学博士。商隐与温庭筠俱无特操，恃才诡激，为当涂者所薄，名宦不进，坎壈终身。'《新书》则以'茂元善德裕，而牛李党人蚩谪商隐，以为诡薄无行。亚亦德裕所善，绚以为忘家恩，放利偷合'云。夫《旧书》于义山尚有贬词，而《新书》则无之。所谓'放利偷合，诡薄无行'，乃绚及牛李党人指摘之词，非史论也。长孺知为义山辨，而误以时人浮议为史家定评，是读史不审也。湛园以为义山直是牛党，则更谬。孟亭调停两家之说，而以为义山忽李忽牛，此类人滔滔皆是，存其论足以风世。然既注义山之诗，不以责绚而以责义山，岂笃论也？夫赞皇之与楚不叶，不如牛李之深仇也。茂元之为赞皇所善，义山未昏之先，度不深知，其时绚

---

① 此处天头有文字：《玉溪生诗详注》三卷，冯浩撰。

之党微力薄，不能致义山于秘近，岂能禁其不昏不官？则义山之应泾阳，不得谓之负楚，何背恩无行之有？及令狐出刺吴兴，郑亚出膺桂管，正卫公秉政之时，令狐方不肯以牛党自异，见义山在桂幕中，安知其不互相引重，冀以交欢郑亚而上达卫公。则所谓放利偷合者，亦人相后追怨拒绝之辞，而非当时已有此贬恨之语。其忌卫公，忌其权也；其忌义山，忌其才也。小人得位，无所不忌。义山不悟而犹有所祈请，君子怜之哀之，何忍苛于饥寒之才士，而原夫贵倨之大官耶？有所祈请，亦注家据史而证之，吾恐不然。至若《旧书》之责商隐无特操，似确评矣，而所谓'恃才诡激，为当涂者所薄，名宦不进，坎壈终身'，则所识何其陋也。夫当涂所薄而名位不进，此一定之理也。然其恃才则无确证。且其人为贤相所薄，史亦薄之，可也；其人为权相所薄，史亦从而薄之，何也？有无特操而名位不进者，亦有有特操而名位不进者。又可以坎壈而即断其为诡激欤？夫使义山果达，则其人不在《文苑传》中；在《文苑传》中，其名位必不进，然则一卷《文苑传》，其人皆无特操者耶？所不解也。惟是文人自处，当自审其出处交游之际，以免言行悔尤之端，而升沉显晦不与焉。一诗一文，亦当择人而施之。讥贬朝政，臧否人伦，我不足自立，转为天下后世指摘之地，是以文自害也。悲夫！"

"世动以樊南与樊川并称，实则小李非小杜敌也。《四库提要》引其《寄小侄阿宜》诗曰：'经书刮根本，史书阅兴亡。高摘屈宋艳，浓熏班马香。李杜泛浩浩，韩柳摩苍苍。近者四君子，与古争强梁。'以为牧于文章，具有根柢，宜其睥睨长庆体。似矣，而未足尽牧之之生平也。夫牧之之时，党人方炽，乃为牛僧孺之书记而不入牛党。论山东、论回鹘为卫公所赏，而又不入李党。观其所注《孙子兵法》，信一代奇才，学识并超。《罪言》洞达时势，不得仅以诗人目之。其人品、才学，均超出元、白之上，故余事作诗，犹能豪迈如此。视义山之周旋节幕不能自振者，异矣。故余论诗，必以人品为主，固哉之见，持之有故耳。"

"《义门读书记》：'牧之、义山俱学子美。牧之豪健跌宕，不免过于放，学者不得其门，未有不入于江西派者。不如义山顿挫曲折，有声有色，有情有味，所得为多。'余谓牧之不专学杜，其诗云'杜诗韩集愁来读，似倩麻姑痒处搔'可证。谓学牧之易入江西派亦不近，宋以后谁学樊川耶？"

十二月十五日，星期四，阴

阅《涧于日记》：

"晓岚先生《书山谷集后》：'涪翁五言古体，大抵有四病：曰腐，曰率，曰杂，曰涩。求其完篇，十不得一。要之力开突奥，亦实有洞心而骇目者，别择观之，未尝无益也。七古大抵离奇孤矫，骨瘦而韵逸，格高而力壮，证以少陵家法，所谓具体而微者。至此苦涩卤莽，则涪翁处处有此病，在善决择耳。但观渔洋之所录，而菁英亦略尽矣。五律皆多不成语，殆长吉所谓"强回笔端作短调"耶？五、六言绝皆粗莽不成诗。七绝佳者，往往断绝孤迥，骨韵天拔，如侧径峭崖，风泉泠泠，然粗莽支离，十居七八，又作平调，率无味。人固有能有不能耳。东坡评东野，比之于蟹螯，余谓山谷亦然。然于毛骨包裹中剥得一脔，自足清味，未必逊屠门大嚼也，要在会心领略耳。'《提要》于黄诗极推许，乃覃溪先生所作。观此，知纪文达于谷诗所得甚深，故品题精刻如此。文达评苏诗，虽蹈明人批点习气，然足以药貌学坡诗之病，此论尤江西派所宜知。近人于诗学已无渊源，惟守伯言一派者，尊黄过甚。吾固喜文达之说而尽录之。"

"《石洲诗话》云：'宋人七律，精微无过王半山，至于东坡，则更作得出耳。阮亭尝言东坡七律不可学，此专以盛唐格律言之，其实非通论也。'又云：'太白仙才，独缺七律，得东坡为补作之，然已隔一尘矣。'余谓东坡之才，不知者动以太白拟之，非也。太白守六朝甚谨，其自开世界不如子美。坡公则开宋诗世界者，谓其作宋之子美则可，谓其作宋之太白则不可。所作七律，避盛唐而近中唐。姚姬传云：'东坡天才有不可思议处，其七律只用梦得、香山格调，其妙处岂刘、白所能望哉？'然坡之七律亦不得云刘、白格调。要之，坡才何所不宜，而典太多，笔太疾，专以开合动荡，破西昆之钉饾，而率易之病间出，视介甫则近于疏，此当选而学之耳。翁尊之，王贬之，皆皮相也。"

"今山谷诗通行本，《内集》任渊注，《外集》史容注，《别集》容之孙季温注。按：《平斋文集》有《豫章外集注序》，曰：'眉山任处士骥天成，摆落科举之累，真积于学，书无不览，爱公诗若耆欲然。以《内集》有任子渊注，因注《外集》十二卷。'子逢以名卿守蜀，锓之，与史注十七卷卷数不同，惜无可考矣。"

"义山诗，如《马嵬》以虎鸡马牛同用，前人已讥之矣。《可叹》一首，秦宫、赤凤、宓妃、陈王与梁家、赵后并用，亦嫌重复。《隋宫》日角、天涯之对，上句无乃硬凑，而世皆以为佳，耳食而已。"

"'王杨卢骆当时体，不废江河万古流'，四杰之名，得老杜此作，大为生色。余尤取骆丞之诗，如《从军中》《行路难》《帝京篇》《畴昔篇》《代女道士王灵妃赠道士李荣》诸作，均沉郁顿挫，乃七古之佳者。少陵实胎息于此。其五言律，如《望月》云'晚色依关近，边声杂吹哀'，何等悲凉！《过故人任处士书斋》云'网结窗文乱，苔深履迹残'，何等真挚！《夕次蒲类津》云'山路犹南属，河源自北流。晚风连朔气，新月照边秋'，何等浑成！《早发诸暨》云'薄烟横绝巘，轻冻涩回湍'，何等细腻！其品格在王、杨、卢之上。"

"荆公古诗似韩。其七律，姬传以为欧公学韩于七律不甚留意，荆公留意矣，然亦未超殊妙，所选止五首。《石林诗话》云：'荆公诗用法甚严，尤精于对偶，尝云用汉人语当以汉人语对，若参以异代语，便不相类。如"一水护田将绿绕，两山排闼送青来"，护田、排闼，皆汉人语也。此法惟公用之不觉拘窘。'《酬朱昌叔》诗先云'名誉子真矜谷口，事功新息困壶头'，后改作'未爱京师传谷口，但知乡里胜壶头'，今却以原作为第五首，改作为第一首，没半山推敲之苦心矣。然于此可悟律诗锤炼之法。其中有不必改者，有必须累改而始佳者，在临时消息之耳。"

"义山诗,须深于唐事,始得其用意之所在。冯注惟以牛李党横据胸中,连篇累牍,无非为令狐而发,何其浅陋也。《宫中曲》'欲得识青天,昨夜苍龙是',此以汉薄后事喻大中郑太后,本李锜妾也。视《杜秋诗》尤隽雅不露,与'英灵殊未已,丁传渐华轩'参观,寄慨无穷矣。"

"玉溪《井泥》诗以拙晦为妙。胡震亨谓:'元微之《古讽》各篇,怪其讲道理着魔,不谓此趣士亦复尔尔。'程午桥曰刘孝威《箜篌谣》'岂甘井中泥,上出作埃尘'①,诗意本此。冯孟亭则以为文宗崩,武宗立,杨嗣复远斥江湘,李德裕由淮南入相之时。语虽杂拉,尚有线索可寻。然其诗云:'尧得舜可禅,不以瞽瞍疑。禹竟代舜立,其父吁咈哉。嬴氏并六合,所来由不韦。汉祖把左契,自言一布衣。当涂佩国玺,本乃黄门携。长戟乱中原,何妨起戎氏。李卫公《伐国论》:苻坚纳慕容娣弟,秦宫有"凤兮"之谣。大意亦为郑、杜。而此诗何防起戎氏,亦即暗指此事也。不独帝王尔,臣下亦如斯。伊尹助兴王,不借汉父资。磻谿老钓叟,坐为周之师。屠狗与贩缯,突起定倾危。长沙启封土,岂是出程姬?帝问主人翁,有自卖珠儿。武易昔男子,老苦为人妻。蜀王有遗魄,今在林中啼。淮南鸡舐药,翻向云中飞。'以冯说求之,止泥于杨妃水葬之语耳。意以禅代喻弟兄相及,淮南指卫公,亦不甚切。以余意断之,殆与樊川《杜秋诗》同旨,皆为大中初年作②。郑太后本李锜妾,杜云'光武绍高祖,本系由唐儿',即此所云'长沙启封土,岂是由程姬'也,而'嬴氏并六合,所来由不韦',则语更咄咄。蜀魄、淮鸡,明武帝上宾,皇子被废,与黄门携相映,足以见废立之策,均由宦官耳。宣宗以令狐楚用绹,绹由父资得进,则反之曰如伊尹者,岂如汉法以父任得官耶?唐儿本程姬侍儿,郑亦郭太后侍儿,尤为精切,线索极为分明,视冯说亦较安也。"

---

① 此处天头有文字:朱长孺谓此刺世之沉洿下才而幸居高位者。程午桥谓此诗取题于《易》,乃自寓之辞也。

② 此处天头有文字:程午桥谓此疑太和九年义山释褐之前作。

"义山《风雨诗》：'新知遭薄俗，旧好隔良缘。'何义门评云：'新知谓茂元，旧好谓令狐也。'冯注因之，且曰：'遭薄俗者，世风浇薄，乃有朋党之分，而怒及我矣。'此解殊谬。姚平山谓新知日薄，而旧好日暌，得之。'新知遭薄俗'，即杜陵'晚将末契托年少，当面输心背面笑'。此必义山罢桂府后之作。新知指轻薄少年，旧好则回思往事，感慨系之。其起句'凄凉《宝剑篇》，羁泊欲穷年'，意旨甚明。茂元乃玉溪密姻，不应以为薄俗也。如冯注，则当云旧交遭薄俗矣。"

"义山有《寄同年诗》云：'不因醉本《兰亭》在，兼忘当年旧永和。'怨在朝诸公之疏冷。"

"义山《嘲樱桃诗》及《樱桃答诗》①，殊不可解。今悟为刺郑颢之作，'惟有郑樱桃'，已明点矣。又有《代卢家人嘲堂内诗》，亦是同时作。颢已昏卢氏，因选尚万寿公主，堂帖追还也。郑颢恃宠，经营作相，决非端人。令狐滴与之为姻家，交通贿赂，义山目击其事，故有此诗。孟亭每谓玉溪谄附令狐，竟不相答，殊可怪也。"

十二月十六日，星期五，阴

略似受寒，背上作冷。

阅《涧于日记》：

"半山诗颇有独到处，其《题淮西碑》云'桓桓晋公忠且壮，时命适与功名偕'，无限古今成败之感，纳入七字中。义山《韩碑》极意铺排，究是书记语矣。杜陵云'书贵瘦硬方通神'，昌黎云'羲之俗书逞姿媚'，至东坡则云'环肥燕瘦各有态'，皆有独见。半山《题颜公坏碑》则云'但疑技巧有天得，不必勉强方通神'，殊不凡也。意其为人实有函盖一切之概，故出辞如此。世传其囚首垢面，书如骤雨惊风，恐非实耳。"

---

①　此处天头有文字：《百果嘲樱桃》："珠实虽先熟，琼荄纵早开。流莺犹故在，争得讳含来。"《樱桃答》："众果莫相谓，天生名品高。何因古乐府，惟有郑樱桃。"

"元祐诸贤,如山谷之罹党籍,尤为可叹。山谷在元祐时入史局,两次迁官,一为赵挺之所弹,一为韩川所驳,终不得进一阶。书成,请封其母,盖虑叙官必为人所嫉也。乃命下之日,其母即卒,安康之名,亦为虚祝,殊可悲痛。服阕而朝局已变,谪命旋行。靖国之初,乞太平,六日而罢。后以文字之祸,贬死宜州,终其身竟无展眉舒气之一日。较之义山之厄于令狐,不同一佗傺乎? 江西一脉,昌于身后,殆孝友潜德,积久必发之故与?"

"坡诗自钱唐始纵笔,人皆知之。然放笔为直干,不足尽坡之妙也。试玩其汪洋中之淳蓄,乃知海之大,无所不有。请更续之。曰自黄州始敛笔,如子由自南都来别,开口即云'天子自逐客,尚能哀楚囚'。一自字,一尚字,何等曲折沈痛。《过淮》诗,若写己之肝肺铁石便浅,乃云:'独喜小儿子,少小事安佚。相从艰难中,肝肺如铁石。'夫以小而安佚之儿子,尚能耐此艰难,何况于我? 此缩临《北征》而无其迹者。《定惠院海棠》云:'自知醉了爱松风,会拣霜林结茅舍。'且拓且煞,便觉咫尺万里,视他手规规目睫者相去霄壤矣。更于《临别黄州》一律,及《夜行武昌山闻黄州鼓角》两诗参之,开合动荡,节短韵长,所谓'罴愤龙愁为余变',先生自道其诗境也。更于《岐亭五首》参之,分观则一首各具一义,合观则五首同具一义。亦且五首之中,万象涵涵,众峰复互,结之曰:'空堂净扫地,虚白道所集。'非结岐亭,乃结束黄州一案,犹之以'兹游奇绝冠平生'结束海上一案也。盖统观坡诗,则一首之中忽纵忽敛;分观坡诗,则一生之中几纵几敛。言其道则用行舍藏,言其诗则神明规矩。世人但知其纵,不知其敛,亦且但喜其纵,不喜其敛,岂徒皮相汗血,直是自堕野狐禅耳。"

"老苏坚悍,其文虽坡不能掩之。所谓子虽齐圣,不先父食也。子由奏议独绝,其他文往往不及,如作《和陶诗序》,经坡公改定后,觉原作有无限支词客气在。以诗附坡,固邾莒之于齐晋,即以文论亦然。"

"颖滨自东坡殁后,其人若存若亡,岂所谓惠子既葬,吾无以为质耶？然晚节优游，亦颇能自适。观其第三集诸作，一种冲和淡远之致，自是得力黄老之故，虽颓率，不害其佳。其《题东坡遗墨后》曰：'懔然自一家，岂与余人争。多难晚流落，归来分死生。'全自至性中流露。若《服栗》诗云：'入口锵鸣初未熟，低头咀嚼不容忙。'乃似道士口诀。又有《那咤》诗云：'佛知其愚难教语，宝塔令父亲手举。'乃似小说盲词。不解何以粗恶若此。虽曰'交游谁识面，文字只存诗'，而因避祸养晦之故，不作诗可也。作此等恶诗，以自伤其品，自坏其律，不可也。东坡决无此等败笔矣。"

"吕居仁作《江西诗社宗派图》。宗派之祖曰山谷，其次陈师道无己、潘大临邠老、谢逸无逸、洪朋龟父、洪刍驹父、饶节德操、祖可正平、徐俯师川、林修子仁、洪炎玉父、汪革信民、李錞希声、韩驹子苍、李彭商老、晁冲之叔用、江端本子之、杨符信祖、谢迈幼盘、夏倪均父、林敏功、潘大观、王直方立之、善权巽中、高荷子勉，凡二十五人。居仁其一也。议者谓无己为诗高古，使其不死，未必甘为宗派。师川固尝不平，曰：'吾乃居行间乎？'韩子苍云：'我自学古人。'均父又以在下为耻。《云麓漫抄》云居仁姑记姓名而纷纷如此。"①

十二月十七日，星期六，晴，日色暗淡

书横幅二。仍阅《张日记》：

"《后山集》，云间赵骏烈刊本。《四库提要》云：'其古文在当日殊不擅名，然简严密栗，实不在李翱、孙樵下，殆为欧、曾、苏、王盛名所掩，故世不甚推。弃短取长，不失为北宋巨手。'按：魏衍《记》谓先生

---

①　此处天头有文字：刘后村《江西诗派》云："吕紫微作江西宗派，自山谷而下，凡二十六人。内何人表颙、潘仲达大观有姓名而无诗。诗存者二十四家。王直方诗绝少，无可采。其次第则首山谷，次后山、韩子苍、徐师川、潘邠老、三洪龟父、驹父、玉父、夏均夫、二谢无逸、幼盘、二林子仁、子来、晁叔用、汪信民、李商老、三僧如璧、祖可、善权、高子勉、江子之、李希声、杨信祖、吕紫微。"见陈司业《掌录》。

之文，早见称于曾、苏二公，世人好之，犹以二公故也。观其论文之语，见于《余师录》者，知瓣香南丰，渊源有自耳。世以后山诗胜涪翁，未为公论。其文则过涪翁远矣。"

"陈后山云：'杜之诗法，韩之文法也。诗文各有体，韩以文为诗，杜以诗为文，故不工耳。'余按：杜文不工，固已，以韩谓不工于诗，此后山之偏见也。《苕溪渔隐》论昌黎诗至三卷，续辑一卷，皆枝枝节节而论之，虽毁赞互见，其未窥昌黎诗之全体则一。夫诗文本是一事，昌黎之诗与其文同。李汉所谓摧陷廓清之功，比于武事；苏明允所谓渊然之光、苍然之色，畏避不敢迫视者，不独称其文，实兼其诗言之。文公以李、杜并称，其诗实奄有李、杜之长。李之奇而超，杜之厚而重，公尤得之。盖探原于二雅、三颂、楚骚、汉赋、古乐府，以成一家之体。籍得其高亮，郊得其坚瘦，荆得其议论，苏得其波澜，实中唐一大家，与白香山一平一奇，各极其妙。而学韩者易失之粗，学白者易失之滑，韩、白不任咎也。世不知韩，玉溪所谓句奇语重，喻者少耳。"

"《草堂杜诗笺》，仅存廿二卷。黎庶昌使日本，得南宋足本四十卷，高丽本补遗十卷，以校廿二卷本，则十九卷后三卷，即补遗之前三卷也。而黎刻亦漏去上元庚子冬末诗十余首。杜诗苦无佳注，钱蒙叟注云：'宋人之学黄鲁直，元人及近时之宗刘辰翁，皆奉为律令，莫敢异议。余尝为之说曰：自宋以来，学杜者莫不善于鲁直，评杜者莫不善于辰翁。鲁直不知杜之真脉络，所谓前辈飞腾、余波绮丽者，而拟议其横空排奡、奇句硬语，以为得杜衣钵，此所谓旁门小径也。辰翁不识杜之大家数，所谓铺陈终始、排比声韵者，而点缀其尖新俊冷、单词支字，以为得杜骨髓，世所谓一知半解也。弘、正之学杜者，生吞活剥，以挦扯为家当，此鲁直之隔日疟，其黠者又反唇于西江矣。近日之评杜者，钩深抉异，以鬼窟为活计，此辰翁之牙后慧，其横者并集矢于杜陵矣。余之注杜，实深有慨焉，而未能尽发也，其大意则见于此。'按：钱氏狃于幽、厉变雅，定、哀微辞之见，几于篇篇讪谤、语语刺讥，诚为太过。而钱之人品心术不足道，学问实卓绝一时，故抉蔡、黄之误，以诗证史，以史订诗，亦颇有疏通证明能得杜陵心曲者。近人盛称仇、杨两家，实不然也，如钱注，所谓不以人废言耳。"

"杜诗：'功曹非复汉萧何。'刘贡父以为误用邓禹事，梦得驳之，以为萧何为主吏。孟康注：'主吏，功曹也。'杜用事精审，未可轻议。余按《三国志·虞翻传》注：策曰：'卿复以功曹为吾萧何，守会稽耳。'杜实用此事，梦得考之未审也。"

"渔洋之文，于论诗则自抒心得，于朝章国故则洞悉源流，如茂先说《史》《汉》，衮衮可听。窃谓诗为专门，却有习气；文非专门，却无习气。"

"渔洋有言：'刘公㦎论诗云："七律较五律多二字耳，其难什倍。譬开硬弩，只到七分，若到十分满，古今亦罕矣。"予因思唐宋以来，为此体者何翅千百人，求其十分满者，惟杜甫、李颀、李商隐、陆游及明之空同、沧溟、二李数家耳。'余谓公㦎此言深知七律甘苦，渔洋求其人以实之，转涉于偏。东川岂足方驾杜陵？剑南亦难接武玉溪，明之二李更不足道矣。七律如子美，可云特开世界，有千门万户之观。惟右丞隐若敌国，玉溪乃其分支，唐贤三分其鼎，余无人焉。宋如王荆公、苏端明，有意求工，王谨严而韵少，苏动荡而响浮。南渡如务观，非不对仗整齐，情味隽雅，而两璧相较，虽色泽相似，而厚薄迥殊。下至明七子，则如醇漓之不可并陈，枦梨之不可并语矣。而渔洋合之，岂非见虎贲而误为中郎，爱叔敖而相及优孟乎？余于国初六家，喜朱而不喜王，然王之七律，极力讲求，而不脱七子蹊径。朱于七律一体，少日颇似玉溪，而少一种沉郁顿挫之致，亦画肉不画骨者，盖得义山之余波绮丽，而未知其前辈飞腾也。今学诗者，动以七律为应酬，而不知此体之已成绝响。安得少年英绝，深得唐贤三昧，从三家讨出消息，变化开阖，自成一体，以张吾说耶？"

十二月十八日，星期日，阴，晚雨

终日静坐阅《张日记》：

"明益藩《盛明十二家诗选》：空同《出塞》云：'关塞岂无秦日月，

将军独数汉票姚。'大复《元夜对月》云：'宫前火树晴相照，花外金珂晚并还。'《得献吉书》云：'天边魑魅窥人过，日暮鼋鼍傍客居。'《答雷长史》云：'万里江湖双涕泪，百年天地几交游。'昌谷《晚过献吉》云：'开轩历历明星夜，隐几萧萧古木秋。'华泉《病起偶成》云：'镜中白发羞空老，江上青山笑未归。'沧溟《宣武门眺望》云：'五陵佳气蓬莱外，大漠青山睥睨前。'《朝退望西山霁雪》云：'千峰曙色开金掌，并马寒光照锦袍。空翠欲浮仙阙动，晴云犹傍帝城高。'望其词藻，读其音节，居然初、盛诗中佳句，无如死于句下，全无灵秀隽妙之趣，此之谓塑罗汉、泥美人。渔洋以神韵救之，似已。而所谓神韵者，又非洛神之神光离合，乍阴乍阳，不过翠羽明珰、锦衣绣带而已，其为假诗则一也。近人自命能诗者，非七子即渔洋，真得鲜矣。"

"《四库提要》云：'放翁诗法传自曾几，而所作《吕居仁集序》又称源出居仁，二人皆江西派也。然游诗清新刻露，而出以圆润，实能自辟一宗，不落黄、陈之旧格。'"

"《明史·文苑传》：'李梦阳与何景明、徐祯卿、边贡、朱应登、顾璘、陈沂、郑善夫、康海、王九思称十才子，又与景明、祯卿、贡海、九思及王廷相号七才子。李攀龙与濮州李先芳、临清谢榛、孝丰吴惟岳辈倡诗杜。王世贞初释褐，先芳引入。明年，先芳出为外吏。又二年，宗臣、梁有誉入，是为五子。未几，徐中行、吴国伦亦至，乃改称七子，摈先芳、维岳不与。已而榛亦被摈，攀龙遂为之魁。'益藩所选十二家，前七子则李、何、徐、边，后七子则王、李，而别入顾璘、薛蕙、高叔嗣、王廷陈、姚汝循、张文介……文介，字惟守，龙游人，有《少谷集》，《四库》未收，《明诗综》仅录四首。今其集不易得，益藩所选为可贵矣。薛蕙，字君采，号西原，亳州人，有《西原遗书》……蕙与湛若水俱为严嵩同年，若水垂髦，不免作《钤山堂序》。蕙初亦爱嵩文采，颇相酬答。迨柄国以后，恶其为人，不相闻问，旧时倡和，悉削其稿。"

"《古文辞类纂》'序说'，归震川寿序数篇亦复入选，体固陋劣，文实不佳。如《周弦斋寿序》云：'兄弟中，河南行省参知政事子和'参政，乃布政司参政耳，不宜袭宋相之名也。不知明为何官，此意造会典，较之称知府为太守，知县为大令，太觉草野。《戴素庵寿序》乃泛泛应酬之作，人为乡愿，文亦乡愿，此何足以为法？《顾文康夫人序》前后追溯文康，无非庸腐，及夫人生平，则曰：'公之德厚而顺，其坤之所以承乾乎；夫人之德静而久，其恒之所以继咸乎。'尤觉宽廓可笑。然犹云应酬之作也。其母吴氏《事略》，其父尚在，妇以夫为纲，子以父为纲，乃通篇不及其父一字，直是大谬。王弇州以为韩、欧阳，定是晚年荒乱之论，而虞山奉为神明，桐城尊为鼻祖，殊不值通儒一哂也。桐城方胜于刘，刘直乱杂无绪耳。然则姚选有删及方、刘者，当是定本，惜康、吴两本均以多为贵，不知抉择也。"

"古人作诗，断句辄入他意，最为警策。如老杜云'鸡虫得失无了时，注目寒江倚山阁'是也。黄鲁直作水仙花诗亦用此，云：'坐对真成被花恼，出门一笑大江横。'至陈无己云：'李杜齐名吾岂敢，晚风无树不鸣蝉。'则直不类矣。余谓山谷学杜已粗，其病在'大江横'三字，欲以江映带水仙，而'大'字、'横'字则有粗犷气，非水仙，直是水师矣。陈更由黄出，所谓一解不如一解。山谷于书云：'看帖胜摹帖。'如此类，则直是摹帖耳。"

"余评义山诗，增出刺郑颢之说，颇自觉其精当，已详考，墨诸书眉矣。更有未尽者，如《又效江南曲》云：'莫以采菱唱，欲羡秦台箫。'意尤分明显浅。《无题》云：'东家老女嫁不售，白日当天三月半。溧阳公主年十四，清明暖后同墙看。'老女自喻公主，以刺戚畹。《蝶诗》云：'重傅秦台粉，轻涂汉殿金。'《银河吹笙》云：'不须浪作缑山意，湘瑟秦箫自有情。'喻己以宗室流落，令狐、郑以戚党翩翔。《无题》二首，一七律云：'身无采凤双飞翼，心有灵犀一点通。'一七绝云：'岂知一夜秦楼客，偷看吴王苑内花。'亦言己虽疏远，而一心事主；彼虽贵近，而借势干权。秦楼、双凤，互相发明。冯孟亭乃谓次首乃窃窥王茂先姬人，太伤轻薄，何其目光如豆乎？不独此也，《韩碑》一首亦是自喻。碑因唐安公主而仆,亦况令狐与郑颢以公主之势排陷异己,扶植私人,而己在摈斥之列耳。要之,宣宗一朝,专任元和子孙,固有成见。而倚任令狐,实因与郑氏姻娅之故;宠爱郑颢,实因公主下降之故。《新》《旧书》虽言之不详,其迹自不能掩,而读史者略之,甚至注义山之诗亦复略之。于是《无题》各篇,沈郁顿挫之怀,千古莫喻。强作解人,则以为刺入道公主而作。求之史,既于情事不合,且公主入道,即间有放恣,亦于国事何涉?而烦义山为之扬垢播污,谈及中冓乎?惟其目击权奸戚党,蔽日滔天,为国为身,情难自已,故不觉反复长言,托于美人香草之旨。而注家转以盗赃诬及良人,执此吹求,势且以《离骚》为屈子之有遗行矣,不亦哀哉!"

"竹垞诗近有翻刻本,原刻二十三卷,《青宫再建》五律一首,后已刬去,翻本则有之。其诗曰:'震惊由地奋,巽命自天申。复睹重光日,毋烦四老人。堂悬银榜旧,笥出绛衣新。愧远青云路,虽扬蹈舞尘。'然原本《即事》之后,《青宫再建》之前,尚有《某重过草堂话旧》二律,刬本虽去其名,尚存其诗,翻刻即直删之,似亦未见原刻矣。孙注无此三首,杨注有《再过草堂》二律,而亦阙其名,盖雍正间禁人也。然前一卷《咏白杜鹃花应东宫教》未删,必竹垞后人畏祸刬改,去之未尽耳。当日党祸甚炽,亦可略见一斑矣。……'龙眠山下白鸥沙,谢傅园林迹已赊。兴发诗题千丈壁,人传画杀满川花。白盐赤米前朝寺,僧帽儒衣到处家①。才子趋庭齐著作,清门偕隐最堪夸。''罗雀门闲地百弓,抽帆且檥鸭阑东。当涂书重嵇中散,左海经传郑小同。雨过旗枪茶栅外,月明歌板幔亭中。客游到处休都骑,难道新诗不御穷②。'题曰《某泊舟绣鸭滩,重过草堂话旧,以二诗见投赋答》。而初过草堂之时,赠答如何,全集无之,疑竹垞已自删之矣。与晦若同阅,定为戴名世。闻《南山集》近有刊本,当一核之。"

---

① 此处天头有文字:杨谦注本"到"字作"是"。
② 此处天头有文字:"新"字作"清"。

十二月十九日，星期一，雨，终夜未止

"皮袭美诗：'白月半窗抄术序，清泉一器授芝图。'术序，见《道藏·仙经》，紫微夫人撰术序。唐人多好用术人诗。"

"余评义山诗，既主朱长孺驳冯孟亭矣。又得程午桥本，其足助予说者，如《潭州》一首谓伤卫公之远贬，以《浑河中》谓叹大中讨党顼之无人，读《任彦昇碑》以为为令狐子直作，皆恰合情事。乃益叹孟亭之穿凿附会，诬蔑文人，为心劳日拙耳。"

"《鹤林玉露》：'叶石林云："杜工部诗对偶至严，而《送杨六判官》云：'子云清自守，今日起为官。'独不相对切，意'今日'当是'令尹'传写之讹耳。"余谓不然，此联之工，正为假"云"对"日"耳。两句一意，乃诗家活法，若作"令尹"，则索然无神。且送杨姓人，故以子云为切题，岂应又泛然用一令尹耶？如"次第寻书札，呼儿检赠篇"，亦是以"弟"假对"儿"，诗家如此类甚多。又云："杜诗：'桑麻深雨露，燕雀半生成。'后山诗：'辍耕扶日月，起废极吹嘘。'或谓虚实不类，殊不知生为造，成为化，吹为阴，嘘为阳，气势力[量]与雨露、日月正相配也。"'案：罗氏如此论诗，殊涉纤琐。"

"伯述极称孙可之古文，此欲求异于桐城而失之奇僻者。《读书志》引东坡之言，称'学韩愈而不至者为皇甫湜，学湜而不至者为樵'。毛晋以坡为非，《提要》则深詆之。此实可之定评也。汪韩门有《孙文志疑》一篇，谓三十五中惟《文粹》所传十篇为真，余皆伪托。此亦极力回护可之之说，故纪文达不以为确。《可之集》自序云：'检所著文及碑碣书檄、传记铭记，得二百余篇，丛其可观者三十五篇，编成十卷。'窃谓十卷本乃其二百余篇足本。今存三卷，乃其三十五篇选本也。三十五中十篇独佳，则姚氏选择之精耳。即以十篇论之，《武侯碑阴》云：'武侯之治，比于燕奭。彼屠齐城、合诸侯在下矣。'陈《志》固云：'梁益之民，咨述亮者，言犹在耳。虽《甘棠》之咏召公，郑人之歌子产，无以远譬也。'则亦仍本之承祚，未为创见。《西斋录》简古自喜，然'以天后擅政之年，下系中宗'，此说《通鉴》取之，何义门、全谢山均不

以为然。惟后世牵以称临也,句亦未妥帖。前云'丛冗秃屑',后云'丛阁饱帙',与其自序'丛其可观者'参看,有意造奇,实则捉襟肘见矣。《复佛寺奏》与《谏佛骨疏》,无论文字高下,一则自奏,一则拟之。令李行方代奏,李亦卒未奏也。一虚一实,分量遂相去远矣。学韩不成,其敝犹可为湿。学孙不成,则涩而怪。奚可择术不精,走入僻径乎?"

"长吉之诗,杜樊川叙之,谓'使贺且未死,少加以理,奴仆命《骚》可也'。刘须溪驳之,谓'樊川反复称道,非不极至,独惜理不及《骚》,不知贺所长正在理外'。董伯音亦云:'长吉诗深在情,不在辞;奇在空,不在色。'至谓其理不及,则又非矣。诗者,缘情之所,非谈理之书。显而言理,则有《礼》;幽而言理,则有《易》。不必依于理而不能自已,于情之所之则为《诗》。如以理为诗,直名为《易》与《礼》,不得名为《诗》。《骚》之《天问》《九歌》,《风》之十五国,若律之以理,所存者盖寡。如以君臣理乱激发人意,疑贺无有,则若《宫体谣》《黄家洞》《猛虎行》《吕将军》《瑶华乐》《假龙吟》《龙夜吟》数十篇,皆隐约讽喻,指切当世,恨读者之不深,殊不能知之矣。此皆推尊昌谷太过,且亦未喻樊川之语意也。王琦琢庵痛驳须溪,引宋潜溪之说,谓之醉翁癫语,而于长吉精神、樊川评骘,亦未之解。樊川精于诗,所谓理者,即老杜"熟精《文选》理"之理。奴仆命《骚》,乃世人推许之论。杜则云:'盖《骚》之苗裔,理虽未及,辞则过之。'是杜已就世之说长吉者翻进一层,谓其理不及《骚》,而辞已过《骚》。推崇如此,尚有疑于樊川之不足长吉耶?夫长吉之诗,从《骚》得法,而理不及《骚》者,年为之,境为之,时代为之,此天限长吉耳,不足为长吉病。篋中有王琢崖及姚《协律钩玄》本。姚以各本汇集,自附己意,故曰钩玄,然所见尚未尽惬。"

"《刘后村诗集》十六卷,《诗话》二卷,《诗余》二卷。《后村大全集》,昭文张氏有之,《四库》著录者五十卷,此姚培谦所刊者耳。后村虽受业西山,晚节不终,年已八十,乃为秋壑一出。渔洋有是集跋,谓其《贺贾相启》《贺贾太师复相启》《再贺平章启》,谀词诡语,蹈雄、邕之覆辙而不自觉,较陆放翁《南园记》犹存规戒者,抑又甚焉。其诗更弱于文,实亦江湖之末派耳。"

"新城何世璂《然灯记闻》,自述为渔洋口授,其一则云:'为诗须博极群书,如十三经、廿一史,次及唐宋小说,皆不可不看。所谓取材于《选》,取法于唐者,未尽善也。'余谓'取材于《选》,取法于唐'固非,而经史之外,如唐宋小说,则宜博观而约取。大抵宋以后之事,且不宜多用。自宋以后之碎事俚语,一味阑入,则诗味顿薄矣。吾于竹垞,正嫌其杂用宋元词语入诗耳。又云:'七律宜读王右丞、李东川,尤宜熟玩刘文房诸作。宋人则陆务观。若欧、苏、黄三大家,只当读其古诗、歌行、绝句。至于七律,必不可学。学前诸家七律,久而有所得,然后取杜诗读之,譬如百川学海而至于海也。此是究竟归宿处。'此论七律甚精,异于前宗七子之说矣。"

十二月二十日,星期二,雨

智藩来。阅《张日记》:

"陈眉公《晚香堂小品》,无甚可取,惟论渊明有深入处。其意谓陶公《命子篇》曰:'夙兴夜寐,愿尔之才。尔之不才,亦已焉哉。'其《责子篇》曰:'虽有五男儿,总不好纸笔……天运苟如此,且进杯中物。'盖先生不仕宋,即诸子皆不欲其仕宋,故作诗自污,以晦其才,才则必以陶氏门地拔矣。此苦心也。善乎!庄生曰:'以不才终其天年。'此意注陶者均未见及,杜陵以不达讥之,更被靖节瞒过矣。"

"《何义门集》,道光间韩崇、吴云、翁大年辑刻。有《家书》云:'竹垞先生所辑《明诗综》,诗之去取,几于无目。高季迪名价,却要几社诸妄语论定,即此已笑破人口。其《诗话》并有即将《列朝小传》中语增损改换,据为己有。甚矣,其寡识而多事也。二十年来所敬爱之人,一见此书,不觉兴尽。封面再得渠亲写八分书,便是二绝矣。'按:《提要》谓钱谦益《列朝诗集》'以记丑言伪之才,济以党同伐异之见,逞其恩怨,颠倒是非,黑白混淆,无复公论。彝尊乃编纂此书,以纠其谬。……不横牵他事,巧肆讥弹……所评品颇持平,于私愠私爱之谈,多所匡正。'是竹垞之选明诗,正与蒙叟立异。而义门谓其增损《列朝诗集》,据为己有,此必有憾于竹垞而为此言,不止文人相轻也。"

"张芸叟云:'退之诗惟《虢园二十一咏》为最工,语不过二十字,而意思含蓄,过于数千百言者。至于《石鼓歌》,极其致思,凡累数百言,曾不得鼓之仿佛。岂其注意造作,求以过人,与夫不假雕琢,得之自然者,遂有间耶? 由是观之,凡人为文,言约而事该,文省而旨远者为佳。'余谓《虢园》纤余,《石鼓》卓荦,似难以五绝例长歌。惟歌中如'陋儒编诗不收入,二雅褊迫无委蛇。孔子西行不到秦,掎摭星宿遗羲娥',未免以气伤理。岂《车攻》之诗不及《石鼓》,文武之雅不如宣王? 乃因此微致不满于尼山,过矣。"

十二月二十一日,星期三,有晴意,夜仍雨

明日冬至,今夕在寓祀。祖四弟来。阅《张日记》:

"姚羹湖文燮《昌谷集注·凡例》云:'昌谷生二十七岁,然无年谱可考。杜牧之序在太和五年,称贺死后十有五年。自太和五年溯之,贺卒于元和十二年丁酉。又自元和十二年溯之,是贺生于建中二年辛酉。'王琢庵云:'长吉之生,当在贞元七年辛未,数至元和十二年,恰二十七年。若云生于建中辛酉,则多十年矣。'案:贺之年,《新书》作二十七,《旧书》作二十四。玉溪小传与《新书》合。至七岁能辞章,韩昌黎、皇甫持正不信,同往造之,赋《高轩过》,自是有名。以辛未计之,七岁为丁丑,是年昌黎在董晋幕中,及为张建封朝正京师,贺九岁矣。亦可备一考也。"

"王粲《从军诗》:'许历为完士,一言独败秦。'李善《选》注:'完,谓全具也,言非有奇也。'《论衡》曰:'西门豹、董安于诚为完具之人,能纳韦弦之教也。'《渊鉴类函》引此:'完士,今之四岁刑士也。'《汉书》:张苍定律,'诸当髡者,完为城旦'。完士似作刑士为得解。《说文》:'宽,古文完字。'疑完为城旦之完,即宽宥之宽也。"

"都中书价,如一哄之市,有极可笑者。《旧唐书》列入正史,既有

殿本、阁本，复有岑氏惧盈斋本，搜遗网佚，亦已大备①。论此书自当后来居上，闻人本为之嚆矢，厥功自不可没，然非如宋、元旧本之经史子集，后来翻刻，或有省改，因而贵尚祖本者可比也。近一贵官忽觅闻人本甚急，因之门下诸公亦均购求此书，厂市甚少，索价遂至百金。余入都时，有以樊姓家藏本来售，每卷均涂抹，如《易知录》上标题，价犹八十金，旋为一贵官门客取去。余辛巳岁以百金得监本《金史》，中附冯刻三国及此本，廉生以为此一书足以偿矣。"

"《敬斋古今黈》。李冶仁卿，真定栾城人。金末登进士第，辟知钧州。金亡后，家于元氏，世祖屡加礼聘，最后以学士召。就职期月，以老病辞。其出处不能始终一致，良可惜也。其书《四库》辑存八卷，论经史子集，各有心得，然亦无甚深微者。其论诗云：'欧阳永叔作诗，少小时颇类李白，中年全学退之，至于暮年，则甚似乐天矣。夫李、韩、白之诗，其词句格律各有体，而欧公诗乃具之，但岁时老少差不同，故其文字亦从而化之耳。'以欧公诗为似乐天，此语颇合。欧之性不似韩，故诗文皆学韩而不近也。然文不似韩，却自成一家；诗不似韩，却不能自成一家。又并世有王半山、苏眉山两公，亦欧之不幸欤？"

"《敬斋》于苏诗用典错误处，亦颇有指摘，然亦无伤坡之全体，且可为学苏者作箴砭。其一条云：徐凝为《庐山瀑布诗》云：'千古长如白练垂，一条界破青山色。'坡笑之，谓之恶诗。及坡自题云：'擘开苍玉峡，飞出两白龙。'予谓东坡之擘开，与徐凝之界破，其恶一也。此文叔通《济阳［杂记］》云尔。冶近读坡集，其《游潜山诗》：'擘开翠峡出风雷，裁破奔崖作潭洞。'然则坡之诗，峡凡两度擘开矣。殊不知擘开用巨灵事，岂得与徐凝同讥乎？又云：东坡《雪诗》：'欲浮大白追余赏，幸有回风惊落屑。'或以为落屑亦体物语，或者之言非也。盖用陶

---

①　此处天头有文字：明闻人诠刻《旧唐书》二百卷，以宋本覆之，有脱讹处，见《琴剑楼书目》。

侃竹头木屑事耳。所见无乃沾滞，信考据家不可与论诗矣。又云：东坡《书韩幹二马》云：'赤髯碧眼老鲜卑，回策如萦独善骑。'按《晋书》："王湛乘其侄济马，姿客既妙。回策如萦，善骑者无以过之。"此善骑之骑，自合作去声读之。书传中言善骑射者多矣，今押作平声，定误。佩纶按：《说文》：'骑，跨马也。从马，骑声。渠羁切。'《广韵》收入支韵者，训跨马，安得以押平韵为误乎？东坡每行役，必携小学，未可轻议。"

"'太史公牛马走'，有解作'先马走'者，其说颇是。《越语》：'勾践身亲夫差前马。'《韩非子》云：'为吴王洗马。'《淮南子》云：'为吴王先马走。'乃马前引导之人。《汉书·百官表》：'太子太傅少傅属官，有先马。'张晏曰：'先马员十六人。'"

十二月二十二日，星期四，阴，夜雨

念屺携示萧蜕庵杂临各帖。阅《张日记》：

"覃溪《跋南宋乐毅二种》[①]云：世传《乐毅论》二种，其全本元祐秘阁本也，至越州学舍重摹入石。此后惟文氏停云馆所摹。前一本是其嫡裔。其不全本宋高绅学士所藏，石末后至一短行，仅存一'海'字止，故名海字本。宋时人极重之，勒诸越州石氏帖。其后又有博古堂帖重摹之。长洲文氏所摹不全本是博古刻，又失其末后三半短行，竟无人知为海字本矣。惟章藻仲玉刻于墨池堂帖之不全本，乃是从越州石氏本出者。徐坛长用锡谓笔锋纤毫俱到，何义门谓其每字鱼尾波为虞永兴所祖者是也。"按：此跋尚未见叶氏所翻本也。可以互证。

"余以黄山谷《夷齐庙碑》，实出于褚，因留意河南之书。褚《雁塔

---

① 　此处天头有文字：《翁文恭日记》："覃溪推重秘阁《乐毅论》全本为梁摹真影，一传为越州学舍本，再传为越州石氏本，三传为停云前一本。若海氏不全本，则高绅学士家祖本，一再传而为越州学舍及石氏本，三传为墨池本、停云后一本，未尝谓《秘阁续帖》中有海字不全本也。余疑《元祐秘阁帖》中本有两本并刻，如《曹娥》前后二本并列，覃溪偶未之见耳。"

圣教》，赵子函以《同州》遒逸婉媚，似胜《慈恩》，此说非是。又云二碑按年代官品，王元美均以为不合，署名处皆后人附益。《玉海》：'太宗制《圣教序》，高宗为太子，又述记并勒碑置慈恩寺浮图。永徽四年十月，褚遂良所书。'则《大塔》似是真迹，而《同州》本反胜，何也？佩纶案：褚公以贞观二十二年拜中书令，高宗即位，赐爵河南县公。永徽元年，进封郡公，寻坐事，出为同州刺史。三年，征拜吏部尚书、同中书门下三品、监修国史，加光禄大夫。其月，又兼太子宾客。四年，代张行成为尚书右仆射，依旧知政事。碑书于永徽之冬十一月、十二月，太宗文则题太宗末年之官，高宗文则题本年之官，又何不符之处，而元美妄疑之耶？《广川书跋》谓《慈恩》疏瘦劲练，不减《铜甬》等书，谅矣。盖王、赵止据后来拓本，广川所见则原拓也。……王山史《砥斋题跋》：'褚公《圣教序记》，勒碑慈恩寺浮图，结体用笔婉丽秀颖，令人有余思，所谓"瑶台青琐，窅映春林，婵娟美女，不胜罗绮"者也。而王弇州以为轻弱不足言，盖其胸中先为《同州》本所据故耳。余按：《慈恩》，公所自书刻石者，《同州》乃摹刻。郭征君谓同州饶骨，《慈恩》饶韵，而《同州》尤有坠石惊电之势，其言自不可易。如弇州轩轾，则过矣。'佩纶谓："山史说亦模棱。既定《同州》为摹，岂其摹刻转胜自书？夫青出于蓝，冰寒于水，容或有之。而当日书法能驾河南而上之者，定属何人？龙朔时，河南窜死炎州，又谁肯摹书托名乎？然则《同州》定是后来伪刻，岂能与《慈恩》抗行？河南书此碑时，年五十九。显庆三年卒，年六十三。本工隶书，又以兼摹《禊帖》，尽得南北两派之分合。指实锋中，微妙全在毫颠，实生平之极作。其明年迭遭贬徙，流离瘴乡，才四年而摧折，未闻更有大书深刻之碑。则观褚书者，当以此为最佳之本。岂可随波逐流，拾明人唾余以轻诋之哉？"

十二月二十三日，星期五，雨

"山谷《跋东坡水陆赞》曰：'或云东坡作戈，多成病笔，又腕着而笔卧，故左秀而右枯。殊不知西施捧心而颦，其病处乃自成妍。'东坡喜诸葛笔，而山谷《书吴无至笔》云：'学书人喜用宣城诸葛笔，着臂就案，倚笔成字，故吴君笔亦少喜之者。使学书人试提笔去纸数寸，书当左右如意所欲，肥瘠曲直皆无憾，然则诸葛笔败矣。'以此两跋互勘，似山谷于东坡书微有不满，故其《跋与张载熙书卷尾》云：'凡学书欲先学用笔，用笔之法欲双钩回腕，掌虚指实，以无名指倚笔则有力。'其言如此，似山谷之书必提笔而非卧峰矣。而陈后山《谈丛》云：'苏、黄两公皆善书，皆不能悬手。逸少非好鹅，效其宛颈尔。正谓悬手转腕，而苏公论书以手抵案，使腕不动为法，此其异也。'据此，则山谷用笔亦与坡公同不悬手，何自匿其短耶？余初学山谷用悬手法，腕甚苦，书经不工，遂以坡法肄之，每以为憾。阅后山语，窃幸暗合涪翁矣。"

"山谷于书，兼取荆公。《姑溪居士集》有《山谷书摩诘诗跋》：'鲁直此字，自云比他所作为胜。盖尝自赞，以为得王荆公笔法，自是行笔既尔，故自为成特之语。至荆公飘逸纵横，略无凝滞，脱去前人法律而屹能传世，恐鲁直未易到也。'端叔似谓黄书逊于荆公，然世知涪翁书，荆公书且罕见传本矣。"

"《津逮秘书》收宋人题跋，独遗攻愧，盖未见其集也。其《跋王伯长定武修禊序》云：定武本凡'湍流带右天'五字全者，皆谓在薛绍彭之前，然不能知岁月之久近。此诚善本。王顺伯谓是熙宁前摹拓于中山者，为可贵。近见毕少董所藏董氏淳化图本，尤为精好。自言为儿时亲在定武，见青石本'带右天'三字已阙坏，大观再见之，与旧所见无异，则五字未必皆绍彭劖损也，更当考绍彭在中山时岁月云。近以五字损本、五字不损本，纷纷聚讼，殆亦未见楼跋尔。"

十二月二十四日，星期六，阴，寒，四十度

"袁爽秋代张樵野作合肥寿序，用阮文达《圣寿宗经》说之体，全用纬书组织。樵野不敢书，袁甚愤，自以活字板刷送合肥。然仪征所用皆《钦定经说》，所以精切。合肥未尝考定纬书，其说近于泛填，且魏晋间劝进之文，颇以谶纬并引，似非臣下所宜用。张不书送，亦未可非也。"余处旧有是册，白连史纸，大字排印，合失之矣。

"俄使争大、小帕米尔，洪钧据俄图以为非中国界，遂撤苏满之卡，俄即进兵守之。译署惶惑，求计于合肥。罗丰禄据英图、《喀约》驳洪说。一曰薛使所寄图，乃英地学家裴艮所绘之界，靡特雅什里湖、苏满，及哈剌瓦马尔、巴尔喷赤、坎巨提、棍杂、那夏尔等均中界。一曰《泰谟斯新报》图英、俄之界，俄界系由图攸克苏山口，循穆尔格阿布河及奥克色斯江，则舒格南等处自非俄地。一曰英领事云：英、俄约自维多利亚湖南向直画一线，线东皆中国，则大、小帕米尔自属中国。合肥据以复译署，并调停其间，拟以乌斯别里山口之经线为畎，北自乌斯别里山口一直往南，至阿富汗畎之萨雷库里湖为止，如此则大帕米尔可得大半，小帕米尔亦全境均在线内。盖作书时，本拟痛斥洪说，晦若以胡文忠图据内府舆图，大、小帕米尔在界外，遂以洪图非据俄图，实据胡图。合肥两存其说，不免迁就，不知内府之线，乃喀什噶尔界线，非中、俄界线也。余既不预闻公事，事后知之，深惜合肥持论尚未能斩截了当。俄得此地，足以窥印度，瞰后藏，并践回八城藩篱。即合肥力争，亦无能挽回。而洪钧不待约定，遽创议自撤苏满之守，明明揖盗，真误国奸人也。"

十二月二十五日，星期日，晴朗，夜雨

去年寄福燕处书篋一事。今日携回，略事整理。一年未翻阅，如故友重逢矣。

十二月二十六日，星期一，雨

东坡在琼日，一黎叟问苏："何故行新法？"苏曰："朝廷因民间贫富不齐，此以齐之耳。"叟曰："天生万民，安能齐同，强欲齐之，如两瓦相磨，欲令其厚薄相等，然厚者固薄，而薄者已穿，仍不能齐也。"

十二月二十七日，星期二，晴

《瘗鹤铭》，梁天监十三年华阳真逸撰文，自左至右。华阳真逸，《集古录》指为顾况，或谓为陶弘景。包慎伯云："茅山天监井阑可辨者，尚有数十字，字势一同《瘗鹤铭》。其字同者，则笔法悉同。可证铭为隐居书,而逋翁、清臣之说废矣。"①

十二月二十八日,星期三,晴,暖

寄采绚函,附文珊条。

十二月二十九日,星期四,阴,晚雨

复文珊、津门函。

十二月三十日,星期五,细雨

阅报,悉翁敬之夫人逝世,今日在世界殡馆大敛,镜蓉往吊之。敬之夫人,强氏也。结褵时,先君为之媒,见翁文恭《癸卯日记》闰五月初七日:"晚俞佑莱、金门长谈,两君为景子姻事,请余作主。余即恳佑莱,作伐玉成。谈碑看画,甚乐。晚安孙妇来,余以此事告之。"十一月初九日:"彩衣堂铺妆,请大媒俞右莱、严海屏。"初十日:"之廉授室,到余处贺者俞金门、钱幼楞、俞右莱也。"癸卯至今四十七年,文恭《日记》中又少一人矣。敬之,应作景之,此字为文恭所取,因与尚书景廉同日生,故名之廉,字景之。文恭《日记》内常作景子。

子润函告首饰二件收到,为杨母立一墓石。

江味农《金刚经讲义》三册读竟,粗疏涉猎,未窥精蕴,应详细复读。

十二月三十一日,星期六,雨

此一年中处境甚劣,旧疾屡发,身体不健,环顾世事,正在革变,诚剥极矣。惟窃慰者,幸得皈依三宝,稍读经典,使身心俱安,不为世所移转,故自字曰"无闷"。乐则行之,忧则违之,确乎其不可拔,斯"无闷"之义也。

---

① 此处天头有文字:严观《江宁金石记·梁天监十五年井阑题字》存者三十三字,"欧、赵之所未见。其书法绝似《瘗鹤铭》,岂亦出贞白之手乎?井在句容城守署旁"。

庚寅(1950)

一月一日,星期日,阴,晚雨,黄昏雷电,(摄)[华]氏五十二度

重读江味农居士《金刚经讲义》。齿痛已二日,今日稍愈,夜饭后仍作阵痛。订三十八年日记。往年今日客来必多,今无一客来,殊幽闲。

一月二日,星期一,阴,细雨

炳元来,谈将建闽江古田发电水闸,合同期以二年,巨工也。抱一来谈张葱玉在吾邑完纳田赋,鬻去宋画卷二件及他种书画,此真催租败兴矣;又言旧板书籍今已无人问津,锡商荣德生尚有时购置,托吴门某书估代收,惟视为陈列品,束诸高阁耳。

一月三日,星期二,阴

智藩来。齿仍痛。致子润函。

一月四日,星期三,雨

齿痛终夜,未能安睡,服止痛药无效,苦矣。

一月五日,星期四,晴

达旦始稍睡,起遂迟,齿痛渐平,牙龈发涨。

一月六日,星期五,晴

连日阅《庄子独见》四册毕。晋陵胡文英字绳崖评释,乾隆十七年写刊本。其论文笔之处,似稍涉评点墨卷之习,其解释字句颇有见解,可与诸家合看。

一月七日,星期六,晴

理发。可权来。

一月八日,星期日,阴,晨雾

汝惠来。采绚来假三万元。致抱一函。

一月九日，星期一，晴，有风

仲联函来，附诗。

一月十日，星期二，晴

复仲联函。

一月十一日，星期三，晴，晨有浓霜

张幼樵《涧于日记》十四册归还志靖兄，又假归李莼客《越缦堂日记补》十三册，起咸丰四年，讫同治二年，商务出版。

一月十二日，星期四，阴

齿痛愈后忽微咳，恐内热未清。

一月十三日，星期五，阴

念屺来。因咳服药。

一月十四日，星期六，阴晴间

仍服药，夜咳甚轻。阅《李日记》：

"予于《唐文粹》中读牧之文数篇，不过谓其生峭便学，如孙樵、刘蜕之徒。今日复之，乃知才学均胜，通达治体，原本经训，而下笔时复不肯一语犹人，故骨力与诗等，而气味醇厚较过之。所著如《罪言》《原十六卫》《守论》《战论》诸篇，前惟贾太傅《治安策》《过秦论》，后惟老苏《几策》《权书》可以鼎立，固为最著；他如《李飞墓志》《卢秀才墓志》《李贺集序》《注孙子序》《杭州新造南亭记》《上李司徒论用兵书》《上李太尉论江贼书》《黄州刺史谢上表》《进撰韦宽遗爱碑文表》《塞废井文》《题荀文若传后》诸作，皆奇正相生，不名一体，气息亦直逼两汉。长篇如《韦宽遗爱碑》，尤见笔力。《燕将录》《窦列女传》亦卓然史才，虽取境太近，然一展卷间如层峦叠嶂，烟景万状；如名将号令，壁垒旌旗，不时变色；如长江大河，风水相遭，陡作奇致；又如食极洁谏果，味美于回，真韩、柳外一劲敌也。至若《送薛处士序》，则讽以处士二字之难副；《上昭义刘司徒书》，则勉以讨贼之忠义；《上高大夫书》，则论取士之不可以资格；《与人论谏书》，则戒直言之激怒致祸；《投知己书》，则告以不急人知之素；《答庄克书》，则规以求人作序之非,具见生平风节。《唐史》言其以从兄悰贵显,常悒悒不乐,亦未可信矣。又考牧之虽稍见用于大中初,其时职史秉笔,未免于会昌朝事,稍形指斥,此亦君相之意。其微词见义,如《奇章公墓志》中直载刘从谏入朝还镇月日,及《杭州南亭记》言武宗毁佛寺事,固曲直甚明尔。"

"明昆山方鹏《责备余谈》上下卷,共百五十三则,皆取古来传人传事,有未尽善者论列之,词义严正醇密;其有诡行奇迹者俱抑之,使平易可从。笔亦简当,有裨世道不少,明人说部若此者,真仅见也。鹏,字时举,历官太常卿,有《矫亭集》,朱竹垞称之。"

"云门和尚《奏对机缘录》中载顺治十七年八月十九日董贵妃薨,追加封谥为孝献庄和至德宣仁温惠端敬皇后,御制《哀册》《行状》,大学士金之俊撰《本传》云云。按:吴梅村《五台诗》所谓'千里草'者,即指董妃。盖章皇自妃丧后伤悼甚,将以次年行幸五台山,为妃荐福,而即以正月初七日上宾矣。《尤西堂集》中《端敬皇后挽诗》有'憔悴天颜赋悼亡'等语,又言贵妃于昔年八月赐浴温泉,其殁也以痛皇子故,皆足资参考。西堂次年作《章皇挽诗》,内一首云'缀之无复近天颜,内殿凄凉歌舞班。石马一朝游地下,钿车几日去人间。汉宫落叶伤罗袂,蜀道淋铃忆玉环。不信苍梧南狩日,湘妃先葬九疑山。'足征恩眷之隆矣。又汪钝翁《说铃》载朱国桢克生作《端敬皇后挽诗》四首,其二首云'玉容随碧水,金册重黄纶。谥法传宗伯,斋词命宰臣。宝衣镂翡翠,仗马饰麒麟。阁外停封事,无由达紫宸',又'素辇出雕槛,君王执绋行。宫娥结缟带,都市剪红缨。玉仗斋金节,龙箫夹凤笙。景山聊驻跸,愁见月华明'。钝翁称其吐辞典丽。"

"予性喜书,幼即私购之,乃苦家贫,迄今出所藏,尚不能汗牛马。生平无他嗜好,出入起居,无非皇皇于书,一饮一食,非此不乐。有一必读之书未具者,即若为深耻之事,往往形之梦寐。昔杨东里少时家贫,不能买书,尝欲得《史略直音》,计直百钱,不能得,其母夫人以所蓄牝鸡易之,东里特识此事于书后。顾杨公后以布衣致相位,为名臣，所著文章卓然成一家言，乃真善读书者。余资质驽弱，日不能尽书一寸，过亦辄忘，虽好书，奚益哉！顾平生所不能忍自弃者有二，一则幼喜观史，先君子督课严，乃窃发所藏涑水《通鉴》、郑樵《通志》读之。先君子知之，则诃曰：'小子不能诵经，奚史为？'顾先君虽阳怒，心窃喜，阴纵之得尽读。而余随得随弃，且好泛滥观大略，故迄今无成，然初志不忍负也。一则性不喜看小说，故架无杂书。虽不敢妄效伊川，然吾辈精神有限，终以敛蓄为是。"

一月十五日，星期日，晴，暖，五十度

仍咳，服药。益孙来。阅《李日记》：

"姬传自谓'由方望溪以上溯欧、曾，接文章正脉，近颇有訾警之者。'平情论之，其传志疏冗逼仄，奄奄有暮气；论亦苦束湿，寡自然之致。序记间有病碎杂者，然佳处直逼庐陵，颇为乾隆后文章家之俊。总之，姬传才力薄弱，不免时露窘色，而春容淡雅，固有得于师承。且其学颇具根柢，故亦鲜作无本之言也。"

"番钱自嘉庆时入中国，其初每钱值六七百文。道光年盛行，公私出入，非此不济，直亦渐长至千二三百文。至咸丰癸丑岁，以寇警骤长至千九百文。去年咸丰六年冬忽以次减，又多新铸，及诸恶色，几壅不行，今每元作钱九百九十七文。"

"《仪礼》郑注：'姑之子为外兄弟，舅之子为内兄弟。'《尔雅》：'从母之子为从母昆弟。'母之姊妹为从母。《山堂肆考》云：'两姨之子谓之外兄弟，姑舅之子谓之内兄弟。'已与郑说微异。黄勉斋与郑子恭乃从母昆弟，而称之曰内弟，盖误也。至妻之兄弟，则《尔雅》曰：'妇之党为婚兄弟，婿之党为姻兄弟。婿之父为姻，妇之父为婚。'亦有明文。而刘熙《释名》乃曰：'妻之昆弟曰外甥，甥者生也，他姓子本生于外，不得如其姊妹来在已内也。'说疏谬不通，盖引《尔雅》文而误。不知《尔雅》原文，'姑之子为甥，舅之子为甥，妻之昆弟为甥，姊妹之夫为甥。'郭注四人体敌，故更相为甥，是本不专指妻之兄弟而言。且《尔雅》明言'谓我舅者，吾谓之甥也'，然则姊妹之夫有舅称乎？至王渔洋称其妇兄曰内兄,则太不典矣。近世俗并称为舅,是又反熙之说而不为其母弟者也。《释名》曰:'舅,久也;久,老称也。'孙炎云:'舅之言旧,尊长之称',而可以妻之兄弟当乎！余尝谓舅之名本尊而忽卑,误始于近代。杨行密呼妻弟朱延寿为舅,见《唐书》及《通鉴》。然用之俗而已。姨之名本卑,而忽尊,误由于汉世经生承用之而不知。按:《尔雅》云:'妻之姊妹同出为姨。'《卫风》曰:'邢侯之姨,谭公维私。'《左传》蔡哀侯称息妫曰吾姨也。皆妻姊妹之称。至母之姊妹,则《尔雅》明言母之姊妹为从母,《仪礼·丧服》章皆同,未尝有别称。至刘熙乃云'母之姊妹曰姨,礼谓之从母,为娣而来,则从母列也;故虽不来,犹以此名之也。'此说一出,至晋杜预注《左传》'穆姜之姨子也'句,遂谓穆姜姨母之子,与穆姜为姨兄弟。孔颖达疏云'据父言之谓之姨,据母言之当谓之从母,但子效父言,亦呼为姨'云,则亦想当然语也。熙盖以汉世有此俗称,不知改正,反从而谓之辞,《释名》之迂妄,多此类也。后世反呼妻之姊妹为小姨。"

一月十六日,星期一,晴,暖,六十度

　　咳稍轻,惟胸次不舒,不思食物,服药及苏打片。阅《莼客日记》:长物之长字,应作上声。莼客诗"绿葵紫俱长物,犹为黄花一出门",作平声。[1]

　　"柳柳州文佳处最露,然如《段太尉逸事状》《先太夫人墓表》,均嗟绝千古。顾《段状》叙事洁而乏精采;墓表虽哀咽,而俱出以排句,亦近肤调;《曹溪六祖》及《南岳和尚》两碑,东坡极称之,然俱洼泓易尽,未见佳处,岂古人之欺我耶？抑学问之未至耶？甚矣,论文之难也！又李习之常自负其《高愍女碑》《杨烈妇传》两作,谓不在班孟坚、蔡伯喈下,然愍女就死事,本足生色,碑文写此处亦简净,而后一段敷演闲文,议论甚平熟,不及杜樊川之传窦桂娘也。至杨烈妇勉其夫守

------

　　① 　此处天头有文字:梅村诗"平生无长物",长作上声。冯巳苍句"屏却虀盐无长物"。

城而城卒完，事似奇而理实庸，本不足以奇其文，习之欲以简出胜，而笔力散弱，亦无足观。"

"白石以词名当家，律吕甚谐，而语意疏拙。其盛传者《暗香》《疏影》二词，读之似幽咽可听，而情味索然，又多率句。予尝谓可与张玉田《春水词》并置不论。予初学倚声颇似白石，人亦多以相拟，十年来屏不一观矣。然其诗颇可诵，《江湖小集》中之最佳者。五七古殊飘飘有逸气，所谓语带烟霞者也。律体则殊不足观，盖排比声韵，固非所能耳。"

"《三代忌日记》：'古者忌日，哀而已，无所为祭，祭非礼。祭而并及先世之生日，尤非礼。虽然，礼者先王之所以系薄俗也。古人报本，终其身忌日不必为礼，而遇之怵然感其心。今人亲死，不数日而宴笑扬扬如平时，忌日不祭，将并其日忘之矣。故摄以冠服，肃以几筵，礼之所不得已也。'诞辰。讳辰。"

"少陵《哀王孙》起四语云'长安城头头白乌，夜飞延秋门上呼。又向人家啄十屋，屋底达官走避胡'，上两语皆知为乐府语也，不知其下二语之妙，乃真乐府滴髓，看似笨拙可省，然正是质实独到处。'又向人家啄大屋'七字真千钧笔力。上两语人尽能之，此两语不可到也。《丹青引》云'将军魏武之子孙，于今为庶为清门'，真是古文叙记笔法而却渊源雅骚，而非昌黎之以文为诗者比。'为庶为清门'两"为"字，朴老绝伦。《舞剑器行》，此题若入作家手，无不用排场起步，而直起云'昔有佳人公孙氏'，便觉有百尺无枝气象。《北征》中'山果多琐细，罗生杂橡栗，或红如丹砂，或黑如点漆'，此两语忽赋一小物景状，极似无谓，而下即接云'雨露之所濡，甘苦齐结实'，乃觉数语真有无数关系，全篇血脉俱动，此所谓神笔也。即其他累句，如《古柏行》云'万牛回首丘山重'，又云'异时剪伐谁能送'；《洗兵马》云'尚书气与秋天杳'，又云'奇祥异瑞争来送'；《诸将》云'曾闪朱旗北斗殷'等语，语意尽拙，然不能累其气力。惟如《饮中八仙歌》、前后《苦寒行》皆下劣之作，虽脍炙人口，不值一哂。《同谷七歌》及《八哀诗》亦非高唱。《秋兴》八首，瑕多于瑜，内惟'闻道长安似弈棋'及'蓬莱宫阙对南山'两首,可称完美。'昆明池水汉时功'上半首格韵俱高,下半未免不称,且此诗命意,亦绝不可解。其余若"丛菊"一联、"信宿"一联,及'请看石上藤萝月,已映洲前芦荻花',皆轻滑不似大家语。"香稻"一联,浅识者以为语妙,实则毫无意境,徒见其丑拙耳。《咏怀古迹》第五首'诸葛大名垂宇宙'一律,字字笨滞,中四语尤入魔障。《万丈潭》云'孤云到来深,飞鸟不在外',《题画枫》起语云'堂上不合生枫树',皆此老心思极拙处也。至何大复谓古诗亡于杜,此真大而无当之言。人徒见杜诗之浑厚雄直,刻挚沉着,而不知其精深华妙,空灵高远,多上追三百,下包六代。如《丽人行》乃深得乐府艳歌之遗,《新安吏》《石壕吏》《新昏别》《垂老别》诸诗,何减十九首?其律诗如'花妥莺捎蝶,溪喧獭趁鱼''飞星过水白,落月动沙虚''细雨鱼儿出,微风燕子斜''远鸥浮水静,轻燕受风斜'等语,何尝不细腻独步耶?"按:莼客此说,尚是三十岁时所记,评骘杜诗虽有独到之处,然以《八仙歌》《苦寒行》为下劣之作,《同谷七歌》非高唱之语,亦未尽为得当。若云诗中命意终不可解,岂能随意讥评耶?

"阅俞巾山樾、孙琴西衣言、张海门金镛诸翰林诗,内惟孙诗粗有体格,诸公皆一时名士也。日下名公如寿阳祁相国《䜩飤亭集》最清雅,潘侍郎曾莹《小鸥波馆集》亦秀润,均有可采。御史诗徒有腔拍,何诗一二语间有奇气,顾甚芜杂,余不足论矣。"

"厉太鸿学问渊洽,留心金石碑版,尤熟于辽宋轶事。其诗词皆穷力追新,字必独造,遂开浙西纤哇割缀之习。世之讲求气格者颇诋諆之,以为浙派之坏,实其作俑。然取格幽邃,吐词清真,善写林壑难状之境,其佳者直到襄阳、柳州,次亦不失钱、郎、皇甫。昔人评顾况诗,为翕轻清以为性,结冷汰以为质,煦鲜容以为词,殆可当之。惟七古意务数典,而才力又苦逼窄,未免襞积饾饤,毫无生气。词亦精细,苦乏韵致,远不及诗也。"

一月十七日,星期二,晴,暖,潮湿,六十二度,黄昏细雨

咳渐止,未服药,饮食已照常。应潮来还《无恙诗稿》一本。阅李

《日记》：

"国朝古文推方望溪、魏叔子为最，彭躬庵、姜湛园、邵青门、毛西河次之，此皆卓卓成家者也。魏根柢、笔力俱胜，而气稍霸。彭笔力相等，而稍稍秩于法度。方最醇正有风度。顾未免平淡太甚。姜、邵皆讲求蕴蓄，极自爱好，顾所就不大。毛文名不及诸家，而所作具兀傲俊悍，法度井然，不在姜、邵之下，其殆以博学掩者也。王于一、储同人、李穆堂，亦间有佳篇。王太近小说，储多有时文气，李多泛然酬应之作，佳者鲜矣。汪钝翁自命正宗，文亦稍有风神，顾迂冗芜拙，不知剪裁。汤潜庵儒者之文，喜尚无语录气，叙事固非所长。自王以下，皆不能成家者尔。"

"顾涧薲广圻《思适斋集》十八卷，邃于考订之学，尤精校雠，其序、诸书及题跋，皆一时绝学也。"

"姚姬传选《古文词类纂》，其书凡分论辨等十三类，自唐宋八大家文外，惟前及《国策》、《史》、《汉》、骚赋，后及明之归有光、国朝方苞、刘大櫆，余不入一字，盖一家学也。"

"《罗昭谏集》，诗文共八卷，康熙中新城令张瓒所刻，《四库》所收即此本。惟此本第八卷即《两同书》，而《四库书目》既于集部别集类收此八卷，复于子部杂家类列《两同书》二卷，卷数重出，殊不可解。昭谏所著《谗书》，自《文粹》所选外，不可得见，《四库》亦无有。顾涧薲《思适斋集》中有《谗书跋》，谓系拜经堂本。乃吴兔床校刊，所谓拜经楼本。盖武进臧氏刻者。昭谏诗格虽未醇雅，然峭直可喜，晚唐中之铮铮者，文亦崭然有气骨，如其诗与人也。"

"宋周辉《清波杂志》十二卷，《别志》三卷。其中论古者寥寥，考据尤疏陋，惟《储胥》《六诏》二条稍可取。所载宋官制，则多可补史志之阙，其记神、哲、徽、高间事尤详。于宣和北伐之举，备载邓洵武及柴钦、赵隆、安尧臣等谏沮之言，而于陈公辅所记蔡京不欲伐燕一节，亦详书之，而疑其言出于高楝，谓恐不足凭，殊得好恶之正。《四库书目提要》谓其以其祖与王介甫为中表，故亲串之间，不无回护，犹王明清《挥麈》诸录曲为曾布解，云云。按其中如'荆公为钱公辅撰母夫人墓志'一条，言其执拗不止新法；'目录'一条，言《神宗实录》，王、蔡造端矫诬，亦未全为左袒。惟屡称秦会之，且言其文字简古，是则可议者耳。"

一月十八日，星期三，黎明骤雨，即止，终日阴雨，转寒

四弟携来顾钝伯画兰卷，余已数年未展视矣，乾隆十五年四月在三峰禅院写，松禅老人题。《药公得乾隆庚午邑先辈顾钝伯画兰，以为寺中故实，属余题之》："佛说三千大千界，我怀百五十年前。当时醉墨一挥洒，添得后来书画禅。万兰丛中一竿竹，劲挺森梢不能曲。焦仙古洞独出奇，蠖缩虬龙在空谷。此卷丛兰中有竹一枝，瘦而秀劲。今日药公以焦山曲竹杖见赠，故戏及之。光绪庚子闰八月廿又四日瓶庐居士翁同龢。"

养浩叔题："'猗兰称国香，香国国何许？贸贸集霜雪，日月在肺腑。岂无升王庭，几欲锄当户。亦有逃深谷，素心痗独苦。又转北斗杓，孤芳众草伍。大圜焰爝火，潇湘空水浒。滋荣九畹根，推迁虐楚炬。不如画图里，托根尚有土。蘼芜既浩渺，萧艾结成蛊。御芬绝代人，一瞑幸不睹。郁兹古骚心，临风一倾吐。'卷为三峰古实，翁文恭公言之綦详，后归我遁渔兄，兄既没，今春运之侄携卷属题，距兄观化忽忽将届祥琴矣。抚今追昔，感慨系之，时在丙寅三月谷雨，俞锺銮记。"

阅李《日记》：

"王勉夫《野客丛书》十二卷，末附其父《野老纪闻》数页，即明人陈继儒删存本也。儒，俗士妄人，闻见卑陋，全不知学问，自来欺世盗名无有如此人者。所刻秘籍，妄删古书，尤为可恨。勉夫此书向推南宋说部之杰出本，为三十卷。今所传皆秘籍本，即陈本。论之于经史之学殊甚浅，盖南宋人大抵如此。然亦间有摘录之功足资考核，其他杂载亦多有依据。惜存不及十之六七，其菁华刊落者多矣。"

"欧阳公《新唐书》本纪，玄宗天宝三载正月改年为载，书于本纪；至肃宗乾元元年复改载为年，本纪不书。"

"程孟阳《浪淘集》十八卷，明鄞人谢三宾所刊。诗于嘉定四先生中，尤为清妙，惟气力薄弱，不能为长古。然近体绝可爱。'秋阴殢客思腾腾，木末荒台尽日登。谁信到家翻远忆，雨斋含墨画金陵。''最忆西风长板桥，笛床禅阁雨潇潇。只今画里犹知处，一抹寒烟似六朝。'《忆金陵》。'雨濯松萝泛早凉，竹声寂历涧声长。林烟未散远峰出，手卷残经看夕阳。'《灵隐》。松圆才力既局小，读书又不多，钱蒙叟推为一代宗主，自难服人。然其平生耽精诗画，得于山水者深，所作风致绝世，自足名家。"

"中唐以后，文自韩、柳外，首推牧之，次则卫公，次孙可之，次李文公，次皇甫持正、李元宾，又次则独孤文公、元次山、刘中山、李遐叔、李子羽、梁补阙、萧茂挺、欧阳四门，若张文昌、元微之、李义山，又其亚也。刘文泉、沈下贤、皮袭美、陆鲁望，已不免村野气太重。司空侍郎、罗江东，则朴不胜俗，健不胜粗矣。"

"施愚山《蠖斋诗话》云：'少陵《石壕吏》篇"老妇出门看"，"看"字乃"首"字之误。'"

"《金刚经》犹吾儒之《易》，为文字之最先，其后《楞严》《法华》《圆觉》《莲华》四经则犹《书》《诗》《春秋》《礼记》也。《华严》犹《周礼》，《大品涅槃》犹《仪礼》也。《心经》《维摩诘经》犹《论语》《孟子》也。九经之外，若《法苑珠林》《佛祖通载》《五灯会元》三书，则犹儒之三史，皆参宗乘者所必须也。"

一月十九日，星期四，阴

杜牧之诗力求生新，亦讲古法，晚唐诸家中尤为铮铮。孙子九《论诗绝句》云"若向生新论风格，就中尤爱杜司勋"，真知言也。越缦语。

一月二十日，星期五，阴，晚晴

仍有时微咳，服龙角散。

一月二十一日，星期六，晴，晨雾

致仲联函。

一月二十二日,星期日,阴

智范夫妇来。

一月二十三日,星期一,晴,寒,三十三度

杜诗"一戎才汗马",刘须溪以"一戎"为不成语。海盐胡宣子谓唐高宗有"一戎大定乐"。吴槎客更据梁元帝《答群下劝进令》有"一戎既定,罪人斯得"语,谓杜公有本。越缦语。

一月二十四日,星期二,阴晴间

录《崇祯五十相小传》毕。

一月二十五日,星期三,晨,晴,有霜。午起云昙,南风。夜半雨,四十七度

跋所藏明万历刊本《野客丛书》:

王勉夫《野客丛书》,李莼客谓经陈仲醇将原本三十卷删存为十二卷,末附《野老纪闻》数页,列所刊秘笈中世所传者,皆为删存本。此大字足本三十卷,明会稽商维濬校刊,附郭绍彭撰《勉夫圹铭》,系万历年间所刊。在咸丰、同治时,已为罕得之本。莼客深惜秘笈本所存不及原本十之六七,菁华刊落已多。不知天壤间仍留此全豹也。

一月二十六日,星期四,阴

叶鞠裳年丈记敦煌石室云:"千佛洞石室,室门以铁灌之,终古不开,前数年始发键而入,中有石几石榻。榻上供藏经数百卷。当时僧俗皆不知贵重,各人分取。恒介眉都统、张又履、张筱珊所得皆不少。大中碑亦自洞中开出。王广文宗海馈唐写经二卷、画象一帧,汪粟庵贻宋乾德画绢本《水月观音象》。王广文云:'莫高窟开于光绪二十六年庚子。'"

一月二十七日,星期五,阴晴间,潮湿,五十七度

《清异录》:"僦屋出钱,曰痴钱。"

一月二十八日,星期六,阴雨

胥瓶,嘉兴出土,云伍子胥所遗,略如吾乡韩瓶。

一月二十九日，星期日，阴，夜有骤雨

阴历十二月十二日。先妣讳辰，诵经展拜。

一月三十日，星期一，阴

瓶庐梦中作联云："无妄行人之得，明夷君子艰贞。"时为光绪三年也。

一月三十一日，星期二，阴，四十度

牧斋《有学集·和东坡西台诗韵六首》，序中谓"次东坡《御史台寄妻诗》"，此误记，原作乃系寄弟。海盐董晓沧潮谓："顺治丁亥，牧斋原配陈夫人尚在，而诗中称河东为妻。"

二月一日，星期三，终日雨，入夜未停

赵松雪藏书跋："聚书藏书，良非易事。善观书者，澄神端虑，净几焚香，勿卷脑，勿折角，勿以爪侵字，勿以唾揭幅，勿以作枕，勿以夹刺。随损随修，随开随掩。后之得吾书者，并奉赠此法。"

二月二日，星期四，阴，下午晴，三十六度

占勋赠食物，报以糯米一斗。

二月三日，星期五，晴，三十八度

夜梦侍先公在蕉簵检书，余检得先公丙申出京时所作函稿，大喜，以为可增年谱资料。先公谓"容我看后再说"，梦中仿佛旧时情境，初未省孤露已二十年也。见有赠别诗稿数首，醒后不记一字。

二月四日，星期六，晴，寒，三十四度，今日立春

家英赠鱼肝油一瓶。

二月五日，星期日，晴

以汉印一钮、石谷绢本山水一轴，赠汝惠。

无锡孙贵定，毓修之子也，数月前逝世。其家拟将毓修小绿天藏书出售，约十大箱，索时值四亿元，折米一千二百石，竟无应者。涵芬楼前印《四部丛刊》，曾假孙氏藏明本《大戴礼记》，明本《汉纪》《桂苑笔耕集》，景宋《嘉祐集》，景元《湛然居士集》，明本《玉台新咏》，明翻《河岳英灵集》，明翻《绝妙词选》《皇明文衡》各种，并无原刊宋本。

二月六日,星期一,晴

理发。

二月七日,星期二,晨,晴,有霜,五十八度,夜雨

先公年谱初稿缮毕,约四万字。

二月八日,星期三,雨,潮湿

午露日光,旋晦黑,闻雷。六十二度,夜雨。入夜剪烛作事,宛似乡村情境。

二月九日,星期四,雨

闻铁琴铜剑楼藏书日前让归北平图书馆,四大藏书家从此悉成历史名词矣。《涧于日记》曾载光绪癸巳六月:"沈子眉来,云常熟瞿氏藏书有出售意。"宣统时,端午桥劝将书献,均未成事实。百年长物,一旦弃捐。此有关吾虞文献,不仅私家世泽已也。

应潮冒雨来。

二月十日,星期五,阴,夜雨

寄采绚函。电炬恢复。

二月十一日,星期六,雨,夜有风

寄文珊函。

二月十二日,星期日,终日雨

阅汪尧峰文。清朝用薄板五六寸,作满字其上,以代簿籍。每数片辄用牛皮贯之,谓之"档子",此为档案名称由来。

二月十三日,星期一,雨

洁公来。

二月十四日,星期二,雨

今日农历十二月二十八日。先公百四龄诞辰。晨起虔诵《金刚经》三遍。薄暮,过年。四弟全家均来。智范夫妇、颐炳、树琼在此晚饭。树琼宿此。订年谱成册。

二月十五日,星期三,阴

见王二痴山水册页十二张。乙未春写,墨笔,设色,参杂有"次峰王玖""常熟山人""海隅人""所宗家法""二痴""耕烟曾孙""臣玖王玖""玖印""逸泉湖桥钓徒王玖之印""三多九如""王王久""王家墨沼""王玖印""次峰""游戏三昧""臣玖之印""王玖二痴"二十余印。册中仿刘松年《桃源图》、文湖州《竹石》,摹《长江万里图》一角,仿襄阳、大痴,五页均佳,值米两石。

二月十六日,星期四,阴,三十七度

　　黄昏飘雪,爆竹声甚稀。昨梦人赠糖饯、玫瑰花数朵。以红白两种相错而成,其色绝艳,大逾荔枝。食之甜美,醒时口中犹有余芬。

二月十七日,星期五,晴,寒,三十四度

　　今日阴历,庚寅元旦。午后诣志靖兄处贺年,已两月余未出门矣。以《越缦堂日记补》十三册归还,另假《清史稿》两大册归,并以先公诗文请志靖兄校正。谈次出藏砚四方及嘉庆贡墨见示。内王阳明制书砚一方,铭门人陆澄款,并有西堂题字,石甚旧,未能辨其真否;青洲石一方,系石友赠养浩叔,自铭,墨有臣阮元款,少坐即返。贻德偕阿平来。

二月十八日,星期六,晨晴有霜,午起阴

　　炳元来。《清史稿》五百三十六卷,民国十六年发刊,计分《本纪》二十五卷,《志》一百四十二卷,《表》五十三卷,《列传》三百十六卷。赵尔巽撰发刊缀言云"此急就之,率未臻完整"。今览其内容、编排取去,颇多可议之处。如《时宪志》篇幅冗长,《列传》次序杂乱颠倒等等。当不能视为成书,且校勘殊多错误。此稿系三十一年缩印本,字小不耐久阅,只可备查考也。

二月十九日,星期日,晴

　　葆澄夫妇来。炳璋夫妇来。昨梦先公以不肖行为有失检处,大加呵斥,长跪泣求,怒过方已,依旧儿时情况也。

二月二十日,星期一,晴,有霜

　　家凤兄弟来。家畹偕松江许君来。颐炳来。

二月二十一日,星期二,晴,有霜,东南风

《清史稿·礼志》服制:

"道光四年,增辑《大清通礼》,所载冠、服、绖、屦,多沿前代旧制。制服五:曰斩衰服,生麻布,旁及下际不缉。麻冠、绖,菅屦,竹杖。妇人麻屦,不杖。曰齐衰服,熟麻布,旁及下际缉,麻冠、绖、草屦,桐杖。妇人仍麻屦。曰大功服,粗白布,冠、绖如之,茧布缘屦。曰小功服,稍细白布,冠、屦如前。曰缌麻服,细白布,绖带同,素屦无饰。

叙服八:曰斩衰三年,子为父、母;为继母、慈母、养母、嫡母、生母;为人后者为所后父、母;子之妻同。女在室为父、母及已嫁被出而反者同;嫡孙为祖父、母或高、曾祖父、母承重;妻为夫,妾为家长同。

曰齐衰杖期,嫡子、众子为庶母;子之妻同;子为嫁母、出母;夫为妻;嫡孙祖在为祖母承重。

曰齐衰不杖期,为伯、叔父、母;为亲兄、弟;为亲兄、弟之子及女在室者;为同居继父两无大功以上亲者;祖为嫡孙;父、母为嫡长子及众子;为嫡长子妻;为女在室者,为子之为人后者;继母为长子、众子;孙为祖父、母;孙女在室、出嫁同;女出嫁为父、母;为人后者为其本生父、母;女在室或出嫁而无夫与子者为其兄、弟、姊、妹及侄与侄女在室者;女适人为兄、弟之为父后者;妇为夫兄、弟之子及女在室者;妾为家长之父、母与妻及长子、众子与其所生子。为同居继父两无大功以上亲者。

曰齐衰五月,为曾祖父、母,女虽适人不降。

曰齐衰三月,为高祖父、母,女虽适人不降,为继父昔同居者;为同居继父两有大功以上亲者。

曰大功九月,祖为孙及孙女在室者,祖母为诸孙,父、母为诸子妇及女已嫁者;伯、叔父、母为侄妇及侄女已嫁者;为人后者为其兄、弟及姑、姊、妹在室者;既为人后,于本生亲属皆降一等;为人后者之妻为夫本生父、母;为己之同堂兄、弟及同堂姊、妹在室者;为姑、姊、妹

已嫁者；为兄、弟之子为人后者；女出嫁为本宗伯、叔父、母；为本宗兄、弟及其子；为本宗姑、姊、妹及兄、弟之女在室者；妻为夫之祖父、母及伯、叔父、母。

曰小功五月，为伯、叔祖父、母；为同堂伯、叔父、母及同堂姊、妹已嫁者；为再从兄、弟及再从姊、妹在室者；为同堂兄、弟之子及女在室者；为从祖姑及堂姑在室者；祖为嫡孙妇；为兄、弟之孙及孙女在室者，为外祖父、母；为母之兄、弟、姊、妹；及姊、妹之子；为人后者为其姑、姊、妹已嫁者；妇为夫兄、弟之孙及孙女在室者；为夫之姑、姊、妹、兄、弟及夫兄、弟之妻；为夫同堂兄、弟之子及女在室者，女出嫁为本宗堂兄、弟及姊、妹在室者。

曰缌麻三月，祖为众孙妇；祖母为嫡孙、众孙妇；高、曾祖父、母为曾、玄孙，为乳母；为族曾祖父、母，族伯、叔父、母；为族兄、弟及族姊、妹在室者；为族曾祖姑及族祖姑、族姑在室者；为兄、弟之曾孙及曾孙女在室者；为再从兄、弟之子及女在室者；为从祖姑、堂姑及再从姊、妹出嫁者；为姑之子、舅之子；为两姨兄、弟妻之父、母；为婿；为外孙及外孙女；为兄、弟孙之妻；为同堂兄、弟之妻；为同堂兄、弟子之妻；妇为夫高、曾祖父、母；为夫伯、叔祖父、母及夫祖姑在室者；为夫伯、叔父、母及堂姑在室者；为夫同堂兄、弟及同堂兄、弟之妻；为夫同堂姊、妹；为夫再从兄、弟之子及女在室者；为夫同堂兄、弟之女已嫁者；为夫同堂兄、弟子之妻与孙及孙女在室者；为夫同堂兄、弟孙之妻及孙女已嫁者；为夫兄、弟之曾孙及曾孙女在室者，女已嫁为本宗伯、叔祖父、母及祖姑在室者；为本宗从伯、叔父、母及堂姑在室者；为本宗堂兄、弟之子及女在室者。"

二月二十二日，星期三，晨，细雨，终日阴

晨至甸老处，便访福燕，未晤。至小佩处午饭，顺道过永安别业侄女处，适至余处，不值，归已向晚矣。

二月二十三日，星期四，晴，五十二度

午后至佩苍处。

二月二十四日,星期五,阴

《清史稿·舆服志》文官冠服:

"一品朝冠,顶镂花金座,中饰东珠一,上衔红宝石。补服前后绣鹤,惟都御史绣獬豸。朝带镂金衔玉方版四,每具饰红宝石一。

二品朝冠,冬用熏貂,十一月至上元用貂尾,顶镂花金座,中饰小红宝石一,上衔镂花珊瑚。吉服冠顶亦用镂花珊瑚。补服前后绣锦鸡。朝带镂金圆版四,第具饰红宝石一。

三品朝冠,顶镂花金座,中饰小红宝石一,上衔蓝宝石。吉服冠顶亦用蓝宝石。补服前后绣孔雀,惟副都御史及按察使前后绣獬豸。朝带镂花金圆版。

四品朝冠,顶镂花金座,中饰蓝宝石一,上衔青金石。吉服冠顶亦用青金石。补服前后绣雁,惟道绣獬豸。蟒袍通绣四爪八蟒。朝带银衔镂花金圆版四。

五品朝冠,顶镂花金座,中饰小蓝宝石一,上衔水晶石。吉服冠顶亦用水晶。补服前后绣白鹇,惟给事中、御史绣獬豸。朝服色用石青,片金缘,通身云缎,前后方襕行蟒各一,中有襞积。领、袖俱用石青妆缎。朝带银衔素金圆版四。

六品朝冠,顶镂花金座,中饰小蓝宝石一,上衔砗磲。吉服冠顶亦用砗磲。补服前后绣鹭鸶,朝带银衔玳瑁圆版四。余皆如文五品,惟无朝珠。五品官以下,惟京堂、翰詹、科道得用貂裘、朝珠。

七品朝冠,顶镂花金座,中饰小水晶一,上衔素金。吉服冠顶亦用素金。补服前后绣㶉鶒,朝带素圆版四。蟒袍通绣四爪五蟒。

八品朝冠,镂花阴文,金顶无饰。吉服冠同。补服前后绣鹌鹑。朝服色用石青云缎,无蟒。领、袖冬、夏皆青倭缎,中有襞积。朝带银衔明羊角圆版四。

文九品朝冠,镂花阳文,金顶。吉服冠同。补服前后绣练雀。朝带银衔乌角圆版四。

未入流冠服制如文九品。"

二月二十五日,星期六,晴

抱一来,谈琴剑楼藏书让与北平图书馆者,四百零三种,另献四十种,菁华尽去矣。又云缃素楼丁氏藏吴梅村校嘉靖活字本《栾城集》,近为孙伯绳所得。丁氏所集乡邦文献数十种,芝孙亲自校勘,闻尚在。

二月二十六日,星期日,晴

采绚来。念屺函邀午饭,辞之。

二月二十七日,星期一,晴

《清史稿·洪秀全传》:"克复金陵前,李秀成劝秀全弃城走,秀全侈然。秀成曰:'粮道已绝,饥死可立待也。'秀全曰:'食天生甜露,自能救饥。'"甜露者,杂苷也。

二月二十八日,星期二,晴

复采绚信。

三月一日,星期三,阴

晨诣法藏寺谒兴公。师尊精神已复,谈刻许钟。指示可读《净土十要》《弥陀圆中钞》,并赐所著《金刚经易知疏》一部。

三月二日,星期四,晴

瓶庐临苏斋响拓《化度寺碑》,旧藏同邑赵润芝先生处。先公为作跋语,并手临一册,此册丁丑年为洁公假去,幸乱中未失。已十余年未展示矣,当索归细阅。

三月三日,星期五,晴,暖,六十度,今日元宵节

至四马路书肆购得乾隆八年重刊玉渊堂本《隶辨》八册,郑子尹撰《郑学录》四卷二册,有华阳王雪澄年丈秉恩朱墨批校二十余处,石印《复初斋集》一部。理发。

三月四日,星期六,晴,暖,六十四度,黄昏雨

余处何梦华元锡旧藏《黄庭经》,楮墨甚古。今日以他本校勘,竟有不同五十余处,未知系何种拓本,须一考之。梦华为阮文达幕友,与黄子松至契,册中盖印三方,刻手印泥俱精美,决非后人加盖也。

三月五日，星期日，阴，有雾气

覃溪《李秀碑》。考古人写日月之"日"皆方而扁，语曰之"曰"皆窄而长。《瘗鹤铭》"词曰"已如此矣，北海书《灵岩》《岳麓》二碑，其"词曰"皆是如此。即以此碑内"公曰"字证之，尤足征北海书此"曰"字旧迹也。

念屺持赠萧退闇书扇一页，腕力渐衰矣。小佩来。

三月六日，星期一，阴，暖，至六十八度，夜雨

跋《隶辨》：

玉渊堂原本锓于康熙五十七年，行世未久，板遭火厄。此帙乾隆八年天都黄氏重絜，刻手甚精。余旧藏一部，与此相同，丁丑毁于寇乱，庚寅元宵遇福州路书肆，以米七升之值易此。

三月七日，星期二，阴

洁公携示画册书籍数种，俱新得也。

浙江和尚山水册纸本十二页，无款，末页有"画禅"白文小印，章紫伯绶衔①旧藏。浙江书近云林，颇得其澹逸意。惟用笔较纤瘦。

明方于鲁字建元，又字大玄《墨谱》六卷，万历白皮纸，印图为吴左干廷羽、丁南羽、俞康中等所绘，后有方羽中宇后序、潘景升之恒《水母泉记》、王元美^{世贞}、汪中淹道贯、王伯谷稚登、王敬美^{世懋}诸跋。于鲁子子封亦善制墨。

年双峰②羹尧《重刊陆宣公集》二十二卷，开化纸，印极精，海宁沈氏颐云山馆旧藏。

严子进观辑《江宁金石记》八卷、《江宁金石待访目》二卷，嘉庆九年刊本，莫子偲批阅，嘉业堂刘氏旧藏。子进为道甫侍读长明之子。

---

① 此处天头有文字：章绶衔，又名湾，字子柏，号紫伯，别署瓜庐外史，吴兴归安荻溪人。道光时贡生。收藏书籍字画甚多家，有"读骚如斋"。缪荃孙艺风堂题跋明钞本《珊瑚木难》，有紫伯跋语多则。

② 此处旁有批注：字亮工。

三月八日,星期三,阴,黄昏雪甚大

　　杨濠叟致言卓林手札八纸,讨论小学,可入濠叟文集。录之:

　　"卓林大兄阁下:承示近著,辨论小学数条,再四籀诵,具见博学明辨,而又加以审问,惜沂非其人也。然有愚昧之见,不欲隐默于良友之前也,既条记于原稿之次矣,更疏所知,以报下问之殷。许君举江河证形声,愚谓声无不包意,即'工''可'亦非无意也。夫工、共、公、夆,皆无大义也,而形容事物之大者每取之,无他,其字之音声大也。可、亏、乎,皆无大义也,而见事物之大而可骇者亦取之,无他,其字有大而可骇之情也。江河之声包意,不过如斯而已。洚水、洪水,宇宙、浮沱,皆此类也。必指'工''可'谓有大义,'工''可'安得有大义哉! 形声字无不兼意,有显而易明者,有曲而难喻者,有略取其形象者,有虚取其声容者,然皆得古昔造字之本义,而可依以为说者也。其不可说者,必其字为借义所夺,而古义就湮,后之人昧而不能知,因不能说也。若以其不可知,而必杂引载籍以附会而强说之,则大失许君闻疑载疑之旨矣。许书之中,间有形声字不用本义,而用引申旁出之义者,多属后起增沾之字,而非古昔所造之字,以引申旁出,半属后起之义,而非古昔本义也。亦有造字之初,已具假借之义者,则半角半声,其义亦古。读许氏书而证以秦汉以上之书,自能鉴别其是非也。凡说解文字,必先明其本义,次明其引申之义,而后假借之义了然于心目。故形声一类,无不有本义之可寻也。其义半著于形,半寄于声,合之而事可名,是即会意也。而不谓之会意者,则以会意合两文以成文,而不从其音,形声合两字以成字,而半从其音,此声意之别也。凡形声字所取之义,有专属而无泛指。专属者,即本义也;泛指者,引申旁出之义也。阁下之论字义及声审矣,然好博引他书之义以扰乱本义,所谓疑所不必疑,辨所不必辨也。夫文字之初,简而易知,约而易行,嬗之千万年,而一文一字,其引申旁出之义不可胜穷也。随举一义以傅之,则觉其同而是也;更举一义以比之,则又觉其异而非也。歧之中又有歧焉,伥伥乎不知所归也,则何也? 以不审其始造

之本义,而好取他书所见之义以扰杂之也。夫仓史造书,平易通达,其形、其事、其意,俾天下后世皆见其可象、可指、可会也,安有深曲、纤仄、隐微之旨以惑乱于人哉?吾愿阁下之专探夫本而不事于末也。夫探本以求之,则千枝万条可贯而通;由末以索之,则断梗碎叶但见其芜秽而不治也。我朝之专事许君之书,精而博者,莫如段先生。阁下尊信此书,则一意奉之,必深造有得,愿勿遽以私意参之,急与前哲角胜负也。愚昧之见或有一得,不欲自外,故悉陈之,伏惟鉴纳而指教之。幸甚幸甚。世愚弟沂孙拜启。壬申人日。"

三月九日,星期四,阴,积雪盈寸,午前融尽

阅方琮山水册,仅高三寸,宽二寸,乾隆丁丑画,有"石颠""方琮"诸印,凡七页,想已有遗缺矣。内拟范中立一页甚佳,方寸间有起伏千里之势,且善用焦墨。

王椒畦山水册六页,晚年仿古,笔墨苍老。

顾若波沄临鹰阿山樵墨笔山水册十二页,精心结构之作。末有若波录《鹰阿小传》:"戴务旃,本孝。休宁人,布衣。山水擅长枯笔,深得元人气味,大幅罕见,所作卷册、小品,雅与程穆倩笔意相似。盖穆倩务为苍古,脱尽窠臼,鹰阿取法枯淡,饶有韵致,两家各有所长也。"郑午昌跋云:"鹰阿法,实从子久、云林得来,以出之枯简,遂别开面目。"

三月十日,星期五,阴,有晴意

闻铁琴铜剑楼藏书易输,追赋作此以慰凤甥:

"谰语当年尽子虚,箓斋记事复粗疏。张幼樵《涧于日记》癸巳六月:"常熟瞿氏藏书有出售意。"登瀛枉下宣和诏,未献王家镇库书。"端匋斋曩劝献书,许酬京卿。良士表姊丈婉却之。"宁登瀛,不为卿",宋谚也。"青箱长物日摩挲,输限应知感慨多。谁分南唐李后主,凄凉挥泪别宫娥。"用牧斋跋宋本《汉书》语。"秘笈空怜饭一炊,区区聚散有何奇。郑堂易米还留记,绝胜庚寅一炬时。"江郑堂以善本易米,自记以文。

三月十一日,星期六,阴,下午晴

致凤起诗函,托洁公带去。

三月十二日，星期日，晴，寒，三十八度

钱竹汀《江宁金石记序》："相传明祖营治都城，尽辇碑石为街道之用……城内自宣圣庙以外，绝无宋元之刻。"

三月十三日，星期一，晴

智范来。

三月十四日，星期二，晴

余处何梦华旧藏《黄庭经》拓本九页，与他本不同之处甚多，且每行界有直栏，又与宋拓越州石氏本[①]十三行颇相似也。

二行："下"字下无"有"字。又"后有幽阙"他本作"前有幽阙"。又"前有命门"他本作"后有命门"。又"前有"之"有"字旁有三点。又"出"字旁有三点。

四行："两"他本作"雨"。

五行："根"他本作"棍"。

六行："閜"他本作"閛"。

十行："玉"字一点尚存。又"竟"字起至"旁"字止，无双钩蛀痕。

十二行："源"他本作"员"。

十五行："淫欲"他本作"摇俗"。又"守"他本作"子"。

十六行：第一"志"字他本作"心"。又"心"他本作"修"。

十七行："明"他本作"朙"。

十八行："閜"他本作"閛"。

二十行："体"字旁有三点。

廿八行："五"他本作"吾"。又"合"他本作"舍"。

三十行："昭昭"他本作"照照"。又"神"他本作"物"。

卅二行："石"字旁有三点。又"完"他本作"兇"。

卅六行："为"他本作"和"。又"年"他本作"仁"。

卅八行："昭昭"他本作"照照"。

---

① 此处天头有文字：会稽石氏曾刻《黄庭经》。

卅九行："肝"他本作"肝"。

四十行："三光"他本作"王光"。

四十一行："明堂"他本作"神明"。

四十二行："玄"他本作"老"。又"闌"他本作"開"。

四十三行："道"他本作"草"。又"阳"字旁有三点。

四十五行："渊"字末努不缺。又"期"他本作"其"。又"还过"他本作"下有"。又"池"他本作"盖"。又"肾"他本作"見"。

四十六行："靈"他本作"靈"。

四十七行："服"字旁有三点。又"闌"他本作"闌"。

四十八行："视"他本作"离"。又"和"他本作"利"。

五十行："神庐"他本作"六合"。又"心"他本作"诸"。

五十一行："脾神"他本作"其成"。又"依"他本作"与"。又"閒"他本作"閒"。

五十四行："玉"他本作"三",一本作"王"。

五十五行："成"他本作"藏"。又"虚无"他本作"庐间"。

五十八行："三"他本作"二"。

六十行："五"字旁无钩。又"四"字旁无点记。

翁覃溪跋天都吴氏藏旧拓《黄庭经》："与他本不同者五十二处。"所举诸证与此本悉合,其不同者亦五十余处。又沈寐叟跋宝晋旧刻《黄庭经》云："覃溪称南宋翻秘阁本四行'两'字、三十九行'肝'字、四十行'三光'字,足正诸本之误。此刻正如所说。又九行按应作十行'玉'字一点尚存,亦翁所为难得者。"惜此册无题识,考证不能断定。即为翻秘阁本,惟为钱塘何梦华氏旧藏。何氏与黄小松交契最深。阮文达、钱竹汀、翁覃溪俱称其精于鉴赏,其藏本要非泛泛之品可知也。

三月十五日,星期三,晴

念屺函告,任君谓《黄庭经》拓本有"两"字及"玉"字胅者较古,最旧者纸用罗纹。

三月十六日,星期四,阴

至长寿路访姚善卿,不值。

三月十七日,星期五,晨,细雨即止,午后略霁,夜雨

复文珊函。

三月十八日,星期六,阴,雨

跋莫子偲旧藏《江宁金石记》:

严上舍子进辑《江宁金石记》八卷、《金石待访目》二卷。嘉庆九年刊本,书眉有莫子偲手写据张铉《金陵新志》增补各条。旧为吴兴刘氏嘉业堂所藏,上舍为道甫侍读长明之子,家有归求草堂藏书甲一郡,故搜辑极为详审。此书尤与他家著录不同者,所据碑碣皆尝策蹇裹粮,手自椎拓。《凡例》中白云非目击者,宁付阙如,诚非相袭互钞之类所堪比拟也。莫部庭传先世许郑之学,渊源有自,《清史稿》称其书法不类唐以后人,凤为世所推重,况此为其手批之本,尤可宝贵。庚寅孟春借读既竟,志此。

三月十九日,星期日,阴,夜霁

读宋景濂《心经文句》一遍。

三月二十日,星期一,晴

温读《春秋左传杜注》二十卷讫。

三月二十一日,星期二,阴晴间

剑南诗:"喜闻炊熟可还家。"自注:"唐人以寒食前一日为炊熟[①]。寒食近矣,乃不得归,思之怅然。"

三月二十二日,星期三,终日雨

汝惠招陪雨公,座有惕庵、子佩等,夜半方回。

三月二十三日,星期四,阴,雨

致洁公信。

---

① 此处天头有文字:宋庄季裕《鸡肋编》:"寒食火禁,盛于河东,而陕右亦不举爨者三日。以冬至后一百四日谓之炊熟日。"

三月二十四日,星期五,阴

志靖兄来以养浩叔所遗书籍目三册,嘱为品次,并假阅养浩《居行役篇》一册。

綵生大嫂以旧藏明季遗老《逸休道人诗稿》嘱题。已有松禅老人、邵息盦、沈石友、刘石香、萧谷如、丁初我诸先生题诗,先公亦有两绝。稿内不著姓名,松禅老人以"河南为氏膺为名"之句为孤证,余又检得《送孙本芝》诗复有"膺也敢忘言"句,确定膺为道人之名。乃遍查县志,竟获悉道人褚姓,名道潜,字休庵,原名膺,江西按察副使圻之后。通古今,有干略。常谒史忠正可法于军前,故有《从军集》。甚见宾礼,寻归隐。诗句如"三年读史胸多垒,十载弢弓臂不仁。纲常自许人千古,意气聊归酒一尊",抑塞磊落,自是奇士。见陈《志》,参吴二饶文稿。三百年潜名埋姓之邑先辈,遗稿一旦竟为小子发其幽闭,为之喜而不寐。

三月二十五日,星期六,丑刻大雷雨,终日阴雨

今日体似不适,仍照常阅书。

三月二十六日,星期日,阴

佩苍来。洁公借阅《藏书记事诗》《瓶庐诗补》《水经注小识》三种,并以先公手临松禅摹本《化度寺碑》见还。

三月二十七日,星期一,阴,下午雨

闻吾乡近有痞徒聚众发掘坟墓,明目张胆,公然无忌。被害者已有累百处,如大河①秦氏、港口某姓俱被发掘,取去棺内金银饰物,枯骨抛弃河中。如此残暴灭绝天理之事,竟见诸当世,几疑身入魔窟矣。

三月二十八日,星期二,终日阴雨

跋濠叟篆书《文字源流赞》:

濠叟仿舒艺风《六艺纲目》之体,曾撰《在昔篇》及《文字说解》《建

---

① 此处天头有文字:大河,明藏书家秦景旸先生四麟故里也。

首后序》诸篇。此《文字源流赞》亦其中之一,存手订文稿中。书此时为同治癸酉,其年六十有一,正平生作篆惬意时也。复斋旧得其手书《建首后序》,毁于寇乱,兹重获此篇,可谓文字有缘矣,嘱录原文附后,用志数语。

三月二十九日,星期三,阴

余抄瓶庐《题鹿床画》二绝、《赠杨濠叟》二律及《送箓卿南归》一律。张辑《诗补》内俱缺。

三月三十日,星期四,阴

至商务购张菊生《校史随笔》二册、武虚谷《授堂文钞》一册、瑞典人蒙德留斯著《先史考古学方法论》译本一册,值米四升。理发。

三月三十一日,星期五,阴,细雨,夜霁

应潮来谈。其家港口祖茔,据坟丁来告,将在被毁之列。已去交涉,未知结果如何也。豺虎纵横,呼天莫告,人子之心,摧痛极矣!

四月一日,星期六,晴

智范赠鱼肝油两瓶。

四月二日,星期日,晴,有云

跋手钞《苏台杂咏》:

金门叔著《苏台杂咏》一百六十首,成于清光绪三十一年乙巳,正在废止科举之时。越四十六年,庚寅仲春,志靖四哥以原稿出示,敬录副册一通。诗中有买《击壤集》未果,将归,检旧藏假之。按:先公曾手写是集,想即照所假抄成。嗣又购得明刊本一部,至今尚存。册后尚有先兄敬志读过,岁月为三十四年戊申仲夏时,将赴海南岛省亲也。

四月三日,星期一,晴

锡品来。炳元后日将赴沈阳,来此话别,曾回家扫墓,闻近有禁止发掘坟墓之举,为之一慰。

四月四日,星期二,阴,细雨

子瞻来,以扇嘱书。小佩来。

四月五日,星期三,清明节,子夜雷雨,达旦未已

夜梦磨墨侍先公临池,以狼毫笔插翰甚速,并成诗数章,醒则不忆一字。

四月六日,星期四,晨阴,午后晴

至商务购钱基博著《版本通义》、日本人著《考古学通论》及《金圣叹传》三种。

四月七日,星期五,晴

晨起腹泻两次,疑昨夕略受寒,胃口不健,午饭减一盂,入晚即愈。

四月八日,星期六,晴

洁公寄来《虞阳说苑》乙编四册,《湘绮楼日记》一部,内缺第三、第九、第十三,共三本。

四月九日,星期日,晴

抱一以《濠叟诗文稿》四册见示,思赞手录,赵惠甫商榷,书眉约三百余页,拟为录副。抱一云:"曹菊生谓近在一严姓处见有明蓝格抄本《仁宗洪熙实录》四卷,许以米四斗,未允出让。"如确系明钞,此值尚不过昂。

午后访志靖兄,并以《苏台杂咏》稿本及《书目》三册缴还。《逸休道人诗草》因未见《从军》《梦曙》二集,尚未拟题,乃闻已于乱中遗失。姓氏幸得发现,而遗稿又失其半,惜哉!

四月十日,星期一,晴

王湘绮言:"自晋以来,言书者罕言笔,盖坚笔硬纸,不劳工巧也。唐人始有王欧优劣之分。欧不能用硬毫,笔工始贵矣;宋人则软笔硬纸;明清尚软纸,笔亦分兔、羊二种,各以为是。近日纯尚羊毫,软笔软纸,古意荡然矣。"

今日起,钞录《濠叟集》。

四月十一日,星期二,晴

前日在志靖兄处见明刊《中吴纪闻》两册昆山龚明之,版式极似汲古阁所刻。按:此部共六卷,已刊入《知不足斋丛书》内。又谈及赵惠甫《能静居日记》稿本数十册,由书画商孙伯渊经售,不知为何人得去。

应潮学诗。昆仲来访。

四月十二日,星期三,晴,七十度

湘绮论书云:"临帖摹北海而似永兴,于此见唐初书派。欧、褚为别调,苏、颜则又异矣,徐在其间,结体独奇,开柳派者。李、徐皆是羊毫书,故柳不能用羲之笔。此消息未经人识,盖鼠兔坚硬不能方也。"

四月十三日,星期四

《后汉书·袁术传》:"在南阳钞略为资,百姓患之。"汪尧峰《韩府君墓碑》:"吴中有大役曰首名,受役者率至破家。"李闯考掠富身旧家,曰比饷,输金者曰输限。

四月十四日,星期五,雨

《周礼》疏:"汉时,在街置室,检弹一里之民,是为街弹之室。"赵明诚《金石录》有《汉都乡正街弹碑》。周曰"锄"。

四月十五日,星期六,雨

大侄女来谈,去冬翁敬之夫人逝世前一夕,曾往侍疾,夜深人静,至亭子间旁饮茶,闻内有饮泣声。回至病室,心疑何人有此悲伤,但并未启问。少间,其同侍疾者顾女亦过其处,回时神色大变,谓闻亭子间哭声惨厉,并多人切切互语,而知其中实空无所有,仅置翁氏列代真容而已。敬之夫人之嗣姑为常州恽氏,嫁未四月而寡,生平善哭,疑即其人,此岂可以无鬼论概之耶?

四月十六日,星期日,晨放晴,湿潮,七十八度,夜雨

今日阴历二月三十日,先公忌辰设供。四弟全家均来拜奠,虔诵《金刚经》三遍。

四月十七日,星期一,阴

忏生从兄旧藏《逸休道人诗稿》四卷,分《年年》《从军》《鲛珠》《梦曙》四集。不著姓名,瓶庐题诗以卷中"河南为氏膺为名"之句为孤证,并考褚氏乃釜山族望。余循此旨,果从陈见复《昭文志》获悉道人确姓褚氏，名道潜，字休庵，原名膺，江西按察副使圻之后。尝谒史阁部可法于军前，甚见宾礼，寻归隐。吴二饶为作传，诗中有《送孙本芝师再守温陵》。按牧斋《初学集》亦有是作，时在崇祯十三年秋。《赠孙岷自》二诗均应试失意之作。岷自，邑之藏书家，著有《花源集》，亦工绮语，盖皆有托也。此稿埋名将三百年，一旦竟发潜翳，为之欣喜累日。敬赋四诗以志墨缘：

"氏补瞿硎传，碑留孙叔名。残编孤证在，坠绪一朝明。见复搜求广，瓶庐考核精。怀哉二饶集，奇士慨生平。"

"身世谢皋羽，故人唐鲁公。北征薪复汉，南渡愤从戎。砥柱摧江左，云岚哭梦中。同时何次德，沟水判西东。阁部《答多尔衮书》，出幕客桐城何亮工手，顺治丁酉即举孝廉。"

"再出泉州守，庚秋孙本芝。偶披《初学集》，同有送行诗。副使清门重，书生桂树欺。花源旧吟侣，瞑写共然脂。"

"哲兄耽古籍，遗佚夙勤搜。叹息昆明劫，怆怀阳羡舟。丁丑，兄殁于阳羡舟次。兰闺钦绩学，大嫂嘱题。蠹简重前修。诗苑何年续，应教铁网收。"

录诗稿，寄范公桥大嫂。

四月十八日，星期二，阴，夜有星

《湘绮日记》云："《宋书·符瑞志》有金雌诗，即烧饼歌、黄蘖诗之流，亦奇险。"

四月十九日，星期三，清晨雨，终日未停

闻家中大厅所悬重游泮宫匾后斑鸠营巢于内，晨夕啼唤，声彻邻右。今日又为上巳矣。王孙不归，田园已芜，未知何时方去此鸠占也。

四月二十日，星期四，阴

卢镇《琴川志》卷十《冢墓》："《晋书·隐逸传》：'瞿硎先生者，不得姓名。……山有瞿硎，因以为名。'《庆元志》：'直塘，浚塘得古冢墓砖，称瞿硎先生字碏子，广川人。'此正犹孙叔敖，史失其名，得碑知名饶。叔敖之名由是以著,瞿硎亦近此"云云①。乃庞氏《常昭合志稿》误以卢志引证孙叔敖之名饶为瞿硎之名。最近所印《重修常昭合志》仍一字不改,贻误非浅,恐类此者尚多也。

四月二十一日,星期五,阴,雨,春寒料峭

阅《湘绮楼日记》二十九册毕,草草一过,走马看花而已。记事极琐屑,于当时政事不见端倪,惟叙与交游往来及诗词函稿。

四月二十二日,星期六,晴

至商务购焦弱侯《笔乘》一册、谢无量著《楚词新论》一册。

四月二十三日,星期日,午晴,东风,夜雨

湘绮记《华山碑》:"长坦本归刘燕庭,四明本归阮云台,华阴本归梁萏林,此为前三本。刘孟瞻又得扬州市肆本,李约农得南昌本,李山农本整裱归张樵野,此为后三本。"

四月二十四日,星期一,晴

《湘绮日记》六月五日:"端侄来云豫藩已放粤臬,聘三留郑未行。"按:是年先公放豫藩后即赴京,前任王聘三方伯乃征已卸职。署理者,江叔海观察瀚也。

四月二十五日,星期二,晴

鹤园访春晖,不晤。理发。

四月二十六日,星期三,阴

和胜,病愈也,见《南史·齐·晋安王子懋传》。

四月二十七日,星期四,上午阴,晚晴

济宁王宗敬跋宋本《隶韵》:"《说文》每字单收,且多小篆,故以分部为精。隶书每字数体,一朝各异,故惟分韵始明。顾南原《隶辨》截然分韵,而不知其所由。嘉庆八年芸台夫子出示所藏《隶韵》,始知《隶辨》所宗,并得古今韵字之别,且其前叙碑目可补诸书未备。"

———————————————————

① 此处天头有文字:钱湘灵《常熟县志》云:"《晋书·隐逸传》失其名,直塘人掘地,得其碑,则名饶。其误由来已久。"

四月二十八日,星期五,晴,晚阴

《说文》:"鮥,当互也。"亦作"当魱",即鲥鱼。

四月二十九日,星期六,上午阴,下午雨

春晖来,彼肺病仍未愈,来就医。

四月三十日,星期日,阴

可权、智范、孙珏来。

五月一日,星期一,阴

甸老伉俪过访,并赠食物。

五月二日,星期二,阴

四弟为我携来旧藏策笔数枝。莲芬轩,外曾大父家书屋名也。明瑟山庄曾君表先生所制者也。贝松泉精制紫毫,先公夙所称赏,留此数枝以贻后辈,将来恐无人能识其佳处矣。

五月三日,星期三,阴

张幼樵谓王壬秋诗笔甚健,而其人肮脏不平,非善士也。兹阅《湘绮日记》,知张说不谬。

五月四日,星期四,阴

得骧哥自虞来函,嘱将《题逸休诗草》四律缮写入册。

五月五日,星期五,晴

昔先大母在日,先公曾请松禅老人书颐寿堂匾字。字为汉隶,体大,径二尺许。老人为人作书罕作隶体,此独经意为之。惟书就后并未制匾,原纸存家中,乱后未知尚存否。今日忆及,因记之。

五月六日,星期六,晴

录《濠叟诗集》三卷毕。迩来终日抄书,亦颇碌碌也。

五月七日,星期日,晴朗

"一生几许伤心事,不向空门何处消",此王摩诘句也。凄婉乃复如是。

五月八日,星期一,晴

校《濠叟诗集》毕,并录赵惠甫眉评。益孙来。

五月九日，星期二，晴

《题逸休遗稿》四诗，录入册内。始录《濠叟文集》。

五月十日，星期三，晴

连日食蚕豆，追念先公在日，最嗜此味。嫩时每饬毋吐内壳，对此真有羊枣不忍之感。

五月十一日，星期四，晴

十余年来，作字不择笔砚，恒以奇劣者充用，指腕为之不舒。余家无旧砚，先公在粤购归新坑数方，乱中大半失去，仅存二方尚留故乡，一有眼，一有蕉叶白片，石质甚佳。多年未置几右，思之若忆故友也。

五月十二日，星期五，晴，八十度

杨濠叟撰《完白山民传》，较《清史稿》为详，叟经意之作也。

五月十三日，星期六，阴

抱一为我查出褚休庵，一字梅君，铁琴铜剑楼有其钞本诗集。吴二饶，名德裕，字益卿，城西萧氏有钞本文稿。

智范、念屺、占勋来。以旧拓《黄庭经》嘱念屺携致任君一阅。

五月十四日，星期日，雨

阴历三月廿八日，骧哥生辰，携食物二件往谒。适从乡回，谈及数月前邵息盦先生墓竟被匪徒发掘，幸破坏尚小，棺椁尚可补修。其他被祸之家，有言笠夫、黄君谦、南泾堂张家，余不及记忆尚多。

破山唐桂于立夏时开花，北郭附近桂及秋菊俱开，犹忆廿六年及三十三年均有此异，今三见矣。翁文恭彩衣堂旧宅尚存书籍甚多，顷为人占用，所储各物散乱损坏，不可名状。书籍送图书馆不收，云大半系闱墨，然未经细阅，究不知有无重要之件。

骧哥出示调卿大伯所藏《禅渔联唱》，共装三卷。第一卷刘石香作《松禅图》，写鸽峰山居境象，万松回带，宜无人迹。墨笔似仿山樵，极精心之作，此为赠文恭之副本。卷内文恭赠调伯各诗及《癸卯》《元日》两首、《淮樽和韵诗》十余首俱在。以一色宣纸写后再裱，诚罕见之妙迹也。图章有"天放闲人"朱文小印、"松禅"朱文扁体长方印、"瓶生满地"白文印，俱不常用。其余邵息盦、陈有庚、宗墨锄、药锄，刘石香五先生及调伯、金叔唱和稿约百余首。先公所制《禅渔联唱卷序》及《十叠淮樽韵暨士癸除夕元旦》八诗，均以精楷书成。

翁文恭手稿卷有光绪十年谢赐画兰折及《丙戌七月廿九日梦中》七绝、《己丑五月赠汪郎亭深韵》七律此两首见张辑诗补、《题欧阳文忠象》七古，又临右军大令十三行、虞学士各帖。

文恭为二婶母书团扇，同治甲戌在邗上作，精楷。

五月十五日，星期一，阴，傍晚略霁，仍晦

骧哥以《黄摄六诗选》、孙禹锡《藤谿诗稿》及金圣叹《沈吟楼诗》抄本三种见示。上两种皆有松禅老人题签及跋语，拟摘录有关者，以备参考。

五月十六日，星期二，下午晴

松禅《跋〈黄摄六诗选〉》："黄先生丁国变之后，荒江寒栖，一老头陀耳。其政绩莫传，传者惟蒙叟两文及确庵、元叹二序。其为诗如秋雁唳空，不见其影，而有余音也。先生令新都拓王稚子二阙传于东南，谈金石者类能详之。然二阙中河内县令一阙，已成海内孤本。自古循吏荡为尘沙者，何可胜数。先生之诗与稚子之阙，同一慨也。采生俞子以钞本见示，舟中偃仰，翻读一过，聊复记之。时癸卯八月五日，松禅老人。"

五月十七日，星期三，晴，八十三度

致仲联、文珊二函。

五月十八日，星期四，上午晴，下午阴

杨濠叟谓乾隆时吾邑有赵廷珂者，正书得欧、褚之髓，行草则抗米、董，以视同时之王梦楼、梁山舟，吾谓过之。然其名不出乎里巷，今且无闻焉。顷检《常昭合志》，果不著其人，不知吾邑尚存其手迹否？

五月十九日，星期五，终日雨，六十三度

洁公来。阅《栖霞山房宴集图》，昨日记邑书家赵廷珂，今即于此卷中见其题诗，会合之巧，有如是者。引首陶改之先生贞—①《题栖霞山房宴集图》。杨野鹤作，图约三尺。

汪东山绛题："己卯秋，余将入考②。栖霞招饮山房，被酒乐甚。子鹤作图，青门赋诗，极一时之韵事。依韵奉答：'高阳酒客尽能文，笔墨横飞张一军。他日画图传胜事，今朝尊酒怅离群。难忘吴苑人千里，愁看扬州月二分。归梦不知何处所，桂花香里暮山云。'"③

杨晋题："粗疏野客愧无文，何幸叨陪王右军。书就墨花疑欲舞，诗成逸兴尽题群。乍飘金粟刚千斛，未满冰轮欠二分。别后欲知图画件，吴山宴榭隔重云。"

邵青门陵题："谈须放诞饮须文，酒垒看谁独冠军。是醉差堪谋作达，非狂孰可与同群。庭前石向初平借，屋里山从吴仲分。雅集图成人又别，尽驱离思入烟云。"

蒋西谷廷锡题："山堂墨客足新文，汪邵词锋扫万军。摒挡笙歌莺燕伴。招邀云水鹭鸥群。空庭月色人千里，竹簟秋风酒半分。昨向昭明台畔过，栖霞屋角拂晴云。"

茗上戴道园绶题："十年不见虞山面，此日重来山更幽。为访旧游三径曲，松声满壑碧云流。""读书台畔一栖霞，月幌风襟高士家。文酒自今成雅集，西园仿佛兴偏赊。"

闷道人张远④画第二幅，阔一尺。

王子重材任题："虚堂空阔山争入，曲径纡回客又来。如此茂林

---

① 此处天头有文字：贞一为元淳子师长子，正靖晚闻之兄。

② 此处天头有文字：此首《秋影楼诗》不载。

③ 此处天头有文字：己卯为康熙三十八年，翌年庚辰廷试一甲一名及第，时年三十岁。

④ 此处天头有文字：张远，字超然，侯官人，侨居吾邑，有《无闷堂诗钞》。

修竹底，可能容我一追陪。""张公篇什随长夜，杨子丹青作古人。今日披图成往事，山房依旧昔年春。"

瞿德操士鉴画第三幅，阔一尺，并题："拣尽丹青阅尽文，那知大树坐将军。高阳市上人拚醉，冀北麈中马逸群。髀肉已经生十倍，鬓毛又自落三分。昔年心事谁堪数，屋角东山暮起云。"

陈见复祖范题："后人观览感斯文，今昔低回王右军。卷里姓名存若个，人间显晦本同群。诗情墨妙留千古，钟鼎山林各十分。记取今宵赓往韵，一轮明月洗浮云。庚戌元夕追和。"①

黄昌宗衍题："山斋对酒供论文，不羡兰亭子得右军。累累玑珠争好句，翩翩鸿鹄作同群。交游昔日曾无间，显晦今朝各有分。拟向衡门寻旧迹，松筠深锁一庭云。"

汪杜林应铨题："水墨仙人徐幼文，往在京师见蜀山画山家小景，零星结构，极元人之风趣。风流未变李将军。东坡诗："迩来一变风流尽，谁见将军著色山。"古今此事惟论妙，咫尺当时宛乐群。我亦友朋情事契，老于风月懒平分。醉乡残梦秋山晓，万树青浮一坞云。"

谭守光绍隆题："隐君爱酒复能文，压倒参君与右军。诗记旧游皆往哲，画成嘉令喜同群。绿樽味冽塘头过，丹桂香清月里分。此日不堪回望眼，仲雍山畔拥空云。"

赵声信廷珂题："平原座上忆论文，笔墨横飞属冠军。万里图南终铩翮，十年冀北遂空群。青山独往音尘绝，白首论文生死分。屈指桑榆耆旧尽，盖将词赋拟凌云。""栎杜才名隐豹文，横戈欲破鹅鹳军。牛医稚子方争席，马冀诸郎尚逸群。转眼欢华闻过隙，到头得丧总平分。山中宰相今谁是，白日销磨岭上云。""冯将百斛焕龙文，赤子犹能殿一军。长恐黄钟沦瓦缶，不教野鹤骇鸡群。凄凉往争从头始，检点风光与子分。苍狗白衣何足叹，要依陇首看秋云。""兔园短册剩遗文，错恶始书作右军。岂有芝兰宜入室，恨无麋鹿与同群。茶烟禅榻

---

① 　此处天头有文字：此首陈司业诗集不载。雍正八年庚戌。

双廉静，流水空山一径分。鸿鹄高飞向千里，笑他平地说青云。"庚戌六月，"招隐堂"印。

许宝君夔聚，相齐："墨兵酒垒列人文，擅胜飞徒壮一军。忘分交游追往迹，寄情图咏惜离群。雪泥鸿爪元何定，琴剑丘墟总莫分。堪叹风流还歇绝。只余山影伴秋云。"雍正庚戌。

汪西京沈琇题："三台石畔粲星文，山房邻小三台健出词锋张我军。最是丛篁能叶调，何妨鸥鹤亦同群。茶香酒洌欢言从，简断纨零今古分。重向山房寻往迹，黍离寒锁暮天云。"

释素风律然题："宾主争飞掷地文，风流谁让鲍参军。酒人惯逐骚人伴，画史应同仙史群。寻想欢场成幻影，摩挲残卷到宵分。几回舍北闲凝望，山房在庵后寂寂山衔淡淡云。"

周以宁桢题："儒雅风流俨仲文，擅将笔阵扫千军。宫商落落谐日调，鸥鹭依依结一群。饮散西园情倍洽，泪挥南浦路将分。此番韵事凭谁记，泼墨须知有子云。"

许政夫行健题："文坛自昔足奇文，制胜争夸阵压军。钟鼎山林俱扫迹，虫沙猿鹤本同群。抗怀未厌诗千首，肆志宁辞酒十分。肯为残笺吊遗老，临风惆怅咏停云。""竹乡诗句爱深文，卓笔如锥列劲军。五字专城频却敌，千言倚马果超群。且欣有子窥三箧，不独能书擅八分。松柏亭亭傲霜雪，孤枝老干总干云。""东溪握麈善谈文，骚垒从客一整军。已砺词锋冲斗宿，更排笔阵换鹅群。吟残落叶当朝杪，秃尽秋毫向夜分。愧我无才只疏懒，终朝趺坐独看云。""眼昏久已倦临文，岂敢挥戈殿后军。咽露寒蝉空抱树，应时好鸟尚呼群。食非至味酸盐略，梦不同床上下分。何日深山事耕隐，满蓑烟雨一犁云。""庚戌九月承竹乡、东溪两诗老惠示追次《栖霞山房宴集图》之作，斐然可观，复荷相邀同赋，爰次四章，殊惭言之不文也。"

孙竹香淇题："书画吴中溯沈文，一时坛坫尽能军。西园觞咏都成趣，南国人伦迥出群。往哲风流何遽泯，幽情冷淡许谁分。年来贵贱交情隔，此卷岿然属景云。""西斋能画亦能文，墨沉曾帖王右军。

西斋少侍奉常廉州、两王公,绪论俱有原本。樗散鬓丝余韵在,笑谈眼底雅人群。旧图想象犹神往,小笔萧疏屡见分。为我经营竹乡卷,晴窗素壁起烟云。""送穷未得尚攻文,犄戟喧豗气压军。自诧常奴从傲世,青门有图章曰"常奴"。雅嗜凡鸟愧同群。置身颂酒耽千日,结屋看山占十分。零落残篇谁拾得,青门无子,遗稿散失。岂徒望水与沉云。""薄俗相轻侈论文,谁当笔阵扫千军。鹤归碧海传清唳,凤别丹山忆故群。三绝未教丹宸识,一源偏自锦溪分。摩挲画卷长怀旧,风雅孤骞翅拂云。""图作于康熙己卯,盖东山先生公车北上时也。"

　　唐石耕俊画第四幅,约四尺,并题:"每过初平爱石文,不堪追忆马将军。西州门外花争发,北部山头鸟失群。逸兴当年诗里得,风流今日画中分。低回往事情无那,为谱写栖霞屋角云。""虞仲山前初平石畔有栖霞山房,结构精密,时花绕砌,盖马隐君居也。未几而迁处其旁之小楼,临池面山,乔松修竹,更扼山巅之胜,余于时,居处笑语,赌酒刻烛,殆无虚日其中,后以奔走四方,山房之胜仅得于想象间矣。岁次雍正辛亥仲春,吾友苍洲先生出野鹤杨君《栖霞山房宴集图》以示,题咏甚富,而山房之胜,复于楮墨间见之章已。然杨君之图仅得其半,盖宴集时隐君犹未迁也。迄今卅余年,显晦殊途,修短异(齿)[焉]当时余既不获逢其胜,今日又乌可不补其漏乎?爰作小景,并追和其韵,以记今昔之盛云尔。"

　　"右图一卷并题,皆乡先生名迹。光绪己丑八月,余乞假修墓,甫一月即北行,濒发,兄子曾荣以此见示,有慨于中,因题数字以申仰止。是月晦雨中,翁同龢观并记:'此非耳目近玩,竟作吾邑掌故观可也,己丑假归,曾题数字,今菉卿倾逝,对此泫然。"初平片石渺遗文,秋影楼边亦驻军。东山桥宅毁于粤寇。侧想承平多乐事,偶因远别怆离群。康雍耆旧风流尽,中外图书学派分。邑学多习新学。犹有后生知向往,签厨常护吉祥云。'"癸卯十月松禅老人录。"

五月二十日,星期六,晴

　　仲联复函来,并附近作。

洁公示近得松禅隶扇临《华山碑》九行及吴荷屋题语，又篆书扇临林华观行镫莲勻宫铜博山下槃铭二页，皆张双南旧藏。

松禅临香光画卷，鸣坚白斋旧藏，现从朱揆一处售出，值米五斗。引首昌硕篆"瓶庐逸笔"四字，下记："癸丑春试赵无闷墨。"卷中松禅录董原题："十月江南野色分，鱼庄获浦见沙痕。若为剪取吴淞水，着我微茫笠泽云。"卷后养浩叔题诗："来看玉茗花，得读渭阳画。公逝仅九年，天下弃草芥。削籍亦寻常，那知关否泰。山庐偶点笔，寥萧寄物外。当与玉茗花，遥遥高百代。"癸丑仲春在石友先生家看玉茗花，出示此卷，云得自山庐从者，盖瓶庐老人得意笔也，宝之秘之。

松禅《题薛慕淮课读图》七古一首，绢本中"世人赞咏徒纷纷"，诗稿作"赞诵"；"过江风雨黑如磐"，诗稿作"黑如磐"。

马湘兰赠张伯起《清河书画舫》云张系万历进士。画兰竹卷，款署："万历壬子四十年暮春三月，为伯起先生写于钿阁。秦淮守贞。"阳文"月娇"及"有竹人家"两印。笔甚苍劲，墨色亦佳，后有方地山、泽山兄弟等题。

顾茶村恩潞、徐雯青、程伯隅山水十二页，茶村山水甚精。

五月二十一日，星期日，晴

先公诗文由骧哥处携还，因索金叔远先生作序，作函托洁公带常。

五月二十二日，星期一，阴，晚雨

报载江西人熊述匋将所藏春秋时越国铜器𤟭原钟赠予北平文物局，钟高一尺，纽高三寸。两面有铭字四十八个。熊父六十年前得自鄱阳湖锦江之间，当时以为商器。"𤟭"字，考为即"熊"本字，曾载《艺术丛编》。

五月二十三日，星期二，阴

阅翁文恭手书杂记小册，红格，高三寸。光绪廿三年四月至十一月间事书以备忘。面页书"李沧桥说借款""赫德语金磅载入税则"

"许抚请停阄姓捐""瞻对一二事""呼利借款英公使函语"五行,此须与《日记》参看,方知其详。

五月二十四日,星期三,终日雨

洁公于里中冷摊得嘉靖刊鲍氏《国策》四册,白皮纸,大字,惟内有缺页。此恐是吴门龚雷刻本,《琴剑楼书目》曾载之,后当假来一阅。

五月二十五日,星期四,阴雨

四弟携示中华书局玻璃版印文待诏绘《拙政园图》三十一页,每页题诗,后小楷书《园记》一篇。有吴槎客、钱梅溪、钱叔美、何子贞、张叔未、戴鹿床诸题。惟印刷不甚明朗,略损神采也。

五月二十六日,星期五,阴,夜月色甚明

稚柳三十年在渝寄赠花鸟一页,余久已忘之,今日检视,有老莲笔法,佳作也。炳璋来。理发。

五月二十七日,星期六,晴

执笔有拨镫法。按:王崇简《冬夜笺记》:"林韫拨镫之法。"乃谓:"笔管着中指、无名指尖,圆活易于转动,如拨也。镫者,马镫。笔管直,则虎口间如马镫也。足踏马镫,浅则易出入;手执笔管,浅则易拨动。"

五月二十八日,星期日,阴

采绚来。

五月二十九日,星期一,阴,晚晴

渔洋《居易录》记:"粤西某山产小猴,如墨色,仅长二寸许,每千百相贯如悬绉。下饮江水,黠者伺其饮,发鸟铳击之,中断而坠,就江中取之,无一二生得者。"①余忆昔年钱颂纯表兄随先公至粤,得此种小猴一,甚喜之,出入怀袖,一日为邵汾卿表叔所哂,乃以赠人。粤地产猴甚多,携归,惜多畏寒,不易生存也。

---

① 此处天头有文字:少陵诗"举家闻若欬,为寄小如拳",即指此也。

五月三十日,星期二,晴

十四年前镜蓉画百花屏条八幅,分请诸家题咏,顷检得只余五幅矣。录其题诗:

徐虹隐诗:"万千春色上毫尖,散碧分黄写素缣。六代文心归绮丽,晚唐诗格品秾纤。玉台赵管同声应,粉本徐黄二美兼。闺阁几家传画史,有人郑重记牙签。"

张隐南诗:"搓胭挲粉色交加,凉味香痕透绿纱。一把西风真玉骨,秋花毕竟胜春花。"

瞿良士诗:"管赵风流绝世姿,玉台昼永看调脂。秋情尽付鹅溪涓,若问瓯香是本师。"

蒋鄾楼诗:"群芳入夏争妍,君了联欢有喜。忘忧便觉宜男,结果自然多子。"

杨无恙诗:"陌上花开日,闺中万象春。燕支山尚在,花草自精神。"

五月三十一日,星期三,晴

余藏秣陵甘旸编《集古印谱》[①]一册,自秦汉小玺以至佐土使者铜印,都一百九十二方。注明印之本质,或玉或金,及其钮形。顷阅《濠叟文集》,有《跋甘旭父印谱》,乃知即系甘旸,明末人,与焦竑、陈继儒、吴振为友,治印甚精,为完白山民篆刻之导源。惜此《集古印谱》无序文,诸古印是否为其所藏,无可考证也。

六月一日,星期四,晴

四弟购示商务印《瓶庐丛稿》十册,此我昔年所有,为兵燹中毁去之书籍也。其中《题所藏宋刊〈楞严经〉后》一页,乃景之代书,应除去。

六月二日,星期五,晴

以莲房洗砚,垢去而砚不伤。老荠根作挑灯杖,则飞蛾不至。故

---

① 此处天头有文字:甘旸《集古印谱》五卷,万历二十四年钤印本。

《双佩斋诗》云："莲房涤砚除奸手,荈本挑灯拯溺心。"

六月三日,星期六,晴

昨夜梦侍先公扶行园宇,似晚年情境,步履甚蹇,从湖石高级跨下,将欲倾跌,筹用力扶掖,不胜大惊而醒,不知何兆也。忆壬戌冬先公在书室石阶偶尔蹉跌,幸未受伤,筹适不在侧,比知,急奔前省问,时先公倚枕而坐,顾之曰:"无恙,可放心也。"今忽有此梦,感伤久之。

晨阅报,惊悉兴公师尊于昨日上午十时圆寂,近屡思进谒,以师不在寺内而止,岂料三月一日晨别后,遽尔人天永隔耶? 明日安龛,敬当往送。

念屺来还旧拓《黄庭经》,据云系明覆南宋本。

六月四日,星期日,晴

晨八时往法藏寺吊兴公师尊,到寺顶礼者数千人。殓用棺木,随众绕念一过,上供,又随诵《阿弥陀经》一卷。晤念屺,中午回。

芳畦、抱一同来,以所编《希任斋善本书目》四卷嘱校,并示惠定宇先生抄崔忠宣公《易例》一卷,系未刊本。旧为严道甫长明侍读所藏,去年从丁氏湘素楼散出。二均待细阅。

邹湛如过访,两年未见矣。精神仍健,彼谓陈季鸣拟与余约晤,季鸣为先嫂之族叔,书法诗词均佳,夙未晤面,当图良觌。

六月五日,星期一,阴,夜雨

浑脱舞、浑脱帽,两脱字皆读平声,音驼。

六月六日,星期二,阴,细雨

松禅老人《颜家庙碑跋》:"据碑所列,颜氏官常熟者二人。颙仁友清白,常熟令,封金乡县男;颌仁纯,常熟主簿,任城男。"其云"仁纯",盖称其行谊,犹上文"仁友清白"云尔。而吾邑旧志或以颙为鲁公子,又以为颌字仁纯,皆不免小误。按此所云,旧志系指卢镇《琴川志》,恐以后诸邑志亦未改正也,当一考正之。

六月七日,星期三,终日雨

报载绍兴城外二十五里渚乡出土古物一批,计十七箱,由故宫博物院南京分院保存。其中铜器三件,经何天行初步鉴定,认为殷商青铜器。耕犁状似镰刀,上有空可插耒木,刃口有蛤贝凸纹数十条,器宽二十二公分,长十二公分,重约六两,表面呈黑绿色,质已脆朽。

六月八日,星期四,晴

南京博物院于八宝前街十九号庭园中清出古代陶器六箱,其中为仰韶期大彩陶残罐五件,辛店期残陶罐五件,各种彩陶片百余件。上写英文,疑为瑞典考古家安特生所遗之采集品①。安氏为吾国彩陶文化发现人,据其分,中国彩陶文化计有六期。南京博物院原藏仅有仰韶、齐家、寺洼三期,辛店期为史前甘肃彩陶文化第四期,约当公元前一三〇〇至一〇〇〇年。

汝惠携示宋夏珪字禹玉《长江万里图》、陈老莲《隐居十六观》两印本,并赠食物。

六月九日,星期五,晴

跋惠定宇先生《易例》钞本:

此惠定宇先生所撰《易例》也,作伪者于名下妄增抄字,以为先生手缮之本,且假托瞿忠宣所著,殊属可哂。先生邃于《易》学,曾撰《周易述》二十三卷、《易汉学》八卷、《易说》六卷、《周易本义辩证》五卷、《易微言》二卷、《易大谊》《增补周易郑注》《周易郑注爻辰图》各一卷。此《易例》应为二卷,乃镕铸旧说,以阐明《易》之本例,实为先生论《易》诸家发凡。原稿乾隆间已刊行,但此亦为是时所抄,应与刊本一校,以明同异,册后有"乾隆三十八年癸巳严道甫侍读校阅"朱字两行,审为真迹,首页并钤"出不忘携,居不辍诵,病不废雠,贫不忍弃。道甫"一章十八字,刻手亦精。侍读家有归求草堂,藏书甲一郡,其子子进上舍,著《江宁金石记》,家学相承,堪与百岁堂乔梓媲美也。此册近从同邑丁氏湘素楼散出,芳畦表阮得之见示,为志数语。

---

① 此处天头有文字:C. G. Andersson 于十年在河南渑池县仰韶村发掘新石器时代遗址,其中有红底黑花陶器。仰韶村,徐中舒以为夏之遗址。

六月十日，星期六，晴，八十三度

录《濠叟诗文稿》四册毕。自四月十日起至今日止，适为两月。

六月十一日，星期日，晴，八十七度

晨至芳畦寓，并将《易例》抄本一册缴还。阅其藏书，计见《文选》三十二册，明成化年重刊元张伯颜本；《陶靖节集》十卷，嘉靖本；《孟襄阳集》四卷，嘉靖本；《陈伯玉集》二卷，嘉靖本；《玉台新咏》大字本，嘉靖年张世美刊；《读杜诗愚得》十八卷，明单复，宣德本；《欧阳先生文粹》，明郭云鹏刊；《嘉祐集》十五卷，明刊本冯巳苍校；《晦庵文抄》七卷，宣德本；《罗豫章集》十七卷，成华本；《元丰类稿》五十一卷，成化本；《钜鹿东观集》十卷，宋魏野，钞校本；《道园学古录》五十卷，元虞集，景泰本；《柳待制文集》二十卷，元柳贯，李菘耘校；《心史》，崇祯本；《铁崖古乐府》十卷，明吴文恪公讷编，原刊本；《宋潜溪濂集》十九卷，天顺本；《翠屏集》四卷，明张以宁，洪武本；《沈石田集》十卷，瞿氏耕石斋本；《东原集》七卷，明杜琼，正德年张企翱抄本；《愧林漫录》，崇祯刊本；《阳明先生年谱》三册，嘉靖本；《丹铅总录》，杨慎辑，嘉靖蓝印本；《吴郡志》，范成大，汲古阁本；《常熟县水利全书》，耿橘编，万历本；《宣和印史》二册，有《明印史》一册，印可，二册俱朱摹；《常熟县史》二十七卷，钱陆灿修，康熙本；《万言肆雅》，屈曾发撰，进呈精写本；《伊江笔录》《重入春明杂录》《莳溪补录》稿本，吴熊光；《西畇寓目编》五集，稿本，载所见列代书画，有张雨生跋，陈苇汀塳撰。

芳畦假我《邵青门诗稿》二册、《濠叟日记》手稿一册、桑民怿《思玄集》六册。

六月十二日，星期一，晴，八十七度

校《濠叟文集》讫。

六月十三日，星期二，晴，八十八度

桑民怿悦《思玄集》十六卷，万历四十四年丙辰同邑翁兆隆宪祥重刊，有陆羽明化熙、钱牧斋、翁兆隆三序，泰和徐来凤威注，惟不甚详。民怿有仿张平子《思玄赋》，自号思玄居士。此集有旧山楼藏章，去冬从丁氏湘素楼散出,抱一云钱塘《八千卷楼书目》载此集,共十三卷则已非足本矣。

六月十四日,星期三,阴

《思玄集·庸言》一卷,体裁如随笔,有云:"孙楚媚王济以驴鸣,魏收悦文宣以狗斗,潘安仁拜贾谧之车尘,宋之问捧张昌宗之溺器。文人无行,一至此哉! 平生著述辛苦以传世者,适足为后人嗤笑之资,则亦弗思甚矣。"

六月十五日,星期四,雨

《思玄集·唐诗分类精选序》:"《离骚》之作,比兴略备,有《三百篇》遗意。《九歌》中'心不同兮媒劳,交不甚兮轻绝',最为善语。"

六月十六日,星期五,阴雨

录《礼宿吟》一卷毕。

六月十七日,星期六,晴

大侄女来。接湛如先生寄怀诗一首:"登楼一席话,隽思孰为群。养性耽禅悦,雠书挹古芬。虞山访高踪,淞浦卧闲云。莫谓相思甚,秋来再谒君。"

六月十八日,星期日,晴

《礼宿吟》跋:

遇庐先兄遗稿《礼宿吟》一卷,都七绝一百二十八首。按之诗中纪年,当系甲寅夏秋间所作。兄卒于己未三月,筹时在塾,方习韵语。一日,先公示以此卷,抚而叹曰:"诗多比兴之体,乃无自注,恐汝辈终难索解矣。"顾筹蒙昧,亦未知举难解之处趋庭一一请释也。甲子丁大故,编缮先集,思以此卷附刊于后,世变侵陵,迄未遂愿。先兄著述甚富,有诗文、随笔、题跋、日记若干种,手选历代七言绝句五六十卷,嗜金石,成集古印谱若干卷,皆付侄辈保守。丁丑之变,毁失殆尽,惟此卷与先公手稿,乱中携出,得以无恙,亦幸事也。署曰"礼宿"者,体为七绝,符二十八宿之数也。其诗有读书漫兴,有碑图题咏,有寄情景物,有陶写胸怀,则可识也。至其纪事不著其因,寓言别有所托,隔时既远,冥索实难。筹所能知者,"吾识宜都"一首谓杨惺吾,曩兄随侍荆宜,曾识之也;"一曲彩云"一首谓樊云门;"炉锤隋魏"一首谓杨虞裳太常;"宜治镇日垂帘"一首为吟杜评定诗钟眉韵;"诗心"一首谓孙师郑;"诗人今往"二首赠陈夒石;"渔蓑渔笠"一首题《渔父图》;"大钱小用"及"昨观赝鼎"二首言沈石友舅氏知音;更有"半塘"之句,指王幼遐戊戌劾翁、张大臣误国事;"联骦挹翠"一首悼伯铭侄树勋;范石湖临四首题金钝金《石湖纪游图》。余则不能尽悉矣。犹忆筹鬌龀时,兄曾指示习字,口授唐诗,亦尝携登山麓,以共游眺,情境犹可仿佛。乃转烛光阴,兄殇已三十余年,筹年已过兄享之岁,身罹浩劫,重揽遗编,诚有不胜感叹者已。沈抱一表阮,兄之子婿也,秀雅能文,善书画篆刻,惜联姻已在兄殇之后而不及见,否则传婿之砚,当日如能亲授,则兄之快意,又当如何耶?兹将兄著此卷,手录一通,以贻抱一。展卷之际,兄之謦欬犹若可接也。庚寅端阳谨记。

六月十九日,星期一,阴雨

智范、小佩、占勋俱来,赠节物。

六月二十日,星期二,晴

晨至甸老处,携回《重修常昭合志》首册。

洁公函告邑中翁文端、陆云孙先生之墓均被发掘,可胜浩叹。又告前请金叔远先生为先公著作作序,兹已脱稿。又新得张雨生私章九方,寄示印花。

六月二十一日,星期三,阴雨

湛如莅沪过访,公子随侍。谈次展阅马湘兰画卷,且约访文无。诗人别后,以诗见寄,依韵奉和:"夒阁难迎客,朋樽尚念群。《诗毛传》:"雨朋曰樽。"眼前聊豁意,画里共听芬。问字怜垂髫,女侄曾从湛翁受业。承欢看簫云。适园重话旧,欲叩李方君。"

六月二十二日,星期四,黎明豪雨,终日阴雨,今日夏至

洁公所得马湘兰画卷,署款"万历壬子"。兹阅《历朝诗集小传》,

湘兰于万历甲辰秋归自金阊,未几而病即逝,年五十七。壬子后甲辰八年,湘兰逝世久矣,此画应为赝迹。

六月二十三日,星期五,终日雨

邵氏《海虞文征》选桑民怿《书种轩赋》《子游言公祠堂碑》《煮石山房记》三篇。今阅《思玄集》内有关邑献者,尚有下列诸篇:《章氏五凤鸣阳诗序》《桑氏三节妇传》《寿常熟掌教张弘仁母袁太孺人八十叙》《刘氏贞节传》《送周元泽倅台州诗序》《鹤溪府君泣血志》《跋五叔父检斋先生吟窗摘稿》《叔母施孺人墓志铭》《亡儿阜并妻沈氏合葬墓志铭》《定州知州刘君墓志铭》。

附录:

《思玄桑先生祠堂记》二篇。开州王崇庆撰,江夏段然撰。

《思玄桑先生传》长洲阎秀卿撰,载《皇明文范》:"民怿居海虞沙溪,有问翰林文学,曰:虚无人,举天下亦惟悦最高耳,其次祝允明,其次罗玘。民怿诣水利使者,书刺曰:江南才子桑悦拜。"

《思玄先生传》琅邪王世贞撰,载《弇州四部稿》:"十九举乡试,再试,礼部奇其文,至阅《道统论》,则曰:天子传之我。缩舌曰:得非江南桑生耶? 大狂士,斥不取。"

《思玄先生传》管一德撰,载《常熟文献志》:"出为江西泰和训导,迁长沙府通判,调柳州府,卒年五十七。"

《墓志铭》吴郡杨循吉撰:"弘治癸亥六月四日卒,葬湄溪,在太仓州西北四十里。"

《祭文》。柳州计宗道从弟翘,字民奇。

《送桑民怿训导泰和》七律一首。长沙李东阳。

六月二十四日,星期六,雨,晚晴

阅《濠叟日记》:"在昆圃处观宋椠《尔雅疏》《老子河上公注》,皆北宋本。《尔雅释训》引'是刘是濩',作'蒦',无水旁,后为浅人加水旁。顾广圻辨之。又观《孔氏祖庭广记》,孔子五十一代孙元措所撰。初刻于金南京,金亡十年,元措归曲阜,不能负板以行。耶律楚材奏准再刻于山东，时元尚未有年号，实宋理宗淳祐年也。书中'圣妃开官'，皆作'宋幵官氏'。钱辛楣先生据汉碑作'幵官'，已审'开官'之误。及见是书，益信元以前无不作'幵官'者。至明人刻《家语》，始误'幵'为'开'，遂沿误至今也。"

六月二十五日，星期日，晴

跋《濠叟日记》：希任斋藏杨濠叟手书《日记》一册，自道光二十六年丙午至二十九年己酉止，时叟年三十四至三十七，所记并不按日而成，略志其概而已。中有诗词稿十余首，叙与邓守之传密往还事甚详，此为叟致力象籀之始。丁未、己酉记两次入都所经旅程，言言历历。己酉日记共两份，一起元旦止二月初六日，一起元旦止冬月，内容大致相同，略有添补。濠叟早年事迹知者甚少，此册虽属简略，然得考见一斑，殊可珍视也。册中附条"道光甲辰恩科中式，甲午误"十一字，庞劬庵先生所书，系更正其族人中举年份者。

晨至芳畦处，以《思玄集》六册、《濠叟日记》一册归还，再借《西畇寓目编》六册、钱湘灵《常熟县志》十册，携归一阅。文信国名印及水晶宫道人铜印两方，旧为沈石友所藏，《鸣坚白斋诗集》内载有题咏，两印现藏抱一处，他日俟缘，当假一阅。抱一云同邑钱德公藏湘灵先生手稿数巨册，内多为《调运斋集》外之作，装置一铁皮匣，丁丑之乱毁于火。铁琴铜剑楼《虹月归来图》，昔年为张双南假去未还，双南殁已十余年，此卷从其孙处售出，闻由凤起以数斗米之价收回，再次归来，亦奇矣哉。

夏珪《长江万里图》。绢本，水墨，长三丈四尺八寸，高八寸四分。汪砢玉《珊瑚纲》载此图，有王汝玉跋，略谓："宋宁宗朝画院待诏夏珪，山水师李唐，用墨如传粉。唐宋以来，君宦俱游心艺文，皆有画院以延揽名士良工。宋之马、夏，南渡称首。若禹玉者，其可多得哉！"此跋今失去。卷中画水笔法，前后变换，不可测摸。柳枝绝奇，劲挺无曲折，而不掩婀娜之姿。土墙用水墨烘成，望之掩映有光。俱与后代画法不同之处。

六月二十六日,星期一,阴

题画十余页。

六月二十七日,星期二,阴云,八十六度

四弟携示《清代玉玺谱》一册。

六月二十八日,星期三,阴

念屺来。

六月二十九日,星期四,阴,晚细雨

四弟为我购石章两方。

六月三十日,星期五,阴,晚闷热,雷雨

今日九侄女函告兴福山麓祖父母墓坟竟被盗贼掘坏,树佳前往省视,尚未悉详情,闻之伤痛曷已。近来盗墓之风愈来愈甚,拟草一信稿,托甸老致县中,请严加禁制,不论成效如何,总以与之理论为是。黄昏草成一稿,如下:

近迭据同乡面告,常熟西北两山区所存历代名人遗冢以及耆旧坟墓,自去年起先后被掘,为数极多。虽经政府布告禁止,然并无效果,依然到处发掘。其中著名者计有明藏书家大河秦四麟、清浙闽督季芝昌、相国翁同龢之父大学士心存、学政邵松年、太史陆懋宗、方伯俞锺□之父□□□①等数十家坟墓。此皆载在县志,为地方之古迹,一朝毁坏,闻者莫不叹息。窃见政府对于保全古迹,业已屡次申明,最近报载文物局长郑振铎为南京古墓七十余座被掘,特发表谈话:"各地古墓古物,必求妥善妥善保护,以存历史或文献上之遗迹。"此项用意,人民极为赞美。至于私家坟墓,虽未列入古迹之内,但盗掘行为,政府悬为厉禁。想必积极执行,以维威信。某深知民间风习对于祖先坟墓,其重视超越寻常,政府如能体念民情,严加保护,则人民感戴之深,将无既极。为此函陈,尚希垂察,准予重行布告,务求为有效之制止,使盗掘坟墓之风得以平戢。曷胜祷盼。

---

①　补出俞鸿筹省略文字。此句当作"方伯俞锺颖之父俞镜清"。

七月一日,星期六,阴

至甸老处,请其亲缮函稿发出。过福燕处一谈。

七月二日,星期日,阴雨

洁公函询同邑王茝女士,字婉兰,能花卉,大约道光时间人。余有其金面设色花卉一箧,甚佳。

七月三日,星期一,阴雨,夜霁

复甸宇信。

七月四日,星期二,晨雾即晴,八十九度

致九思二哥函:

顷得舍间函告先祖父母坟墓忽被盗损,闻之骇痛万分,并闻自去冬起西北两山名贤耆旧遗冢被掘甚多,地方当局亦曾布告禁止,然并无效果。宵小狎视禁令,此风遂致猖獗,将来为害恐尚无穷。弟意似宜联合被害各家或分别呈报当局,严行缉盗,并请重申禁令,作有效之制止。一面促动地方文物管理委员会注重名贤耆旧冢墓,协助当局设法保护,如能稍惩一二,定可一挽颓风。弟于邑中情形甚为隔膜,此项办法是否可行,尚请裁夺,并将尊意示知。

七月五日,星期三,晴,九十度,夜雷雨

感冒伤风。四弟携示日本博文堂印《四王吴恽画集》一册,共五十二幅。其中十幅系罗叔韫藏,余皆日人所有。

七月六日,星期四,晴

伤风尚未全愈。钞《西畇寓目编》一卷毕。

七月七日,星期五,晴

发热,请贻德开退热药。

七月八日,星期六,阴,晚雨

仍有热。树琼来。

七月九日,星期日,晴

晨热退,下午有热。芳畦抱一来,抱一以画二幅及董绶经诵芬室抄本、元陈高《不系舟渔集》十六卷,嘱转汝惠。

七月十日,星期一,阴

仍有热,连日均食焦米粥。七官来。

七月十一日,星期二,晴,午后阵雨即霁

《不系舟渔集》十五卷,附录一卷,元至正十四年进士庆元路录事永嘉陈高字子上著。[①] 有眉山苏伯衡著《苏平仲文集》十六卷、同邑吕洪成化元年两序。其中诗九卷、文六卷。附录则载豫章揭汯伯防撰墓志铭及祭文二篇、苏伯衡《跋陈子上书》一篇、金华胡翰《寄陈子上录事诗》一首、子上自识一篇。为至正二十四年,而子上于二十六年即逝世矣。有《望云图诗序》一篇,为海虞文献,录之。

《望云图诗序》:"凡为人子之爱其亲也,在乎左右,则敬养之礼备;违乎膝下,则思慕之情深。故虽颠沛流离之际,耳目不及夫形声之接,而所以思其亲者,曷尝顷刻忘哉!昔者诗[人]于行役之劳而不得终养也,则有《陟岵》之篇,《蓼莪》之赋,发之于性情,形之于歌咏,使后世读之者,感慨之意犹不能已,又况于身处其地而亲历其事者乎!常熟缪侃叔正,世居海虞山之阳。至正丙申春二月,江城陷,叔正避地荒野。时父仲素君为掾江浙,故父及弟皆寓居杭。秋七月,寇犯杭城,二弟相继没于兵若疾。叔正携妻子入杭省亲,居无何,三关有警,乃奉母度浙江,侨居会稽之柯山。既而杭城克复,母氏复返父所。叔正方从事浙东帅府,縻于职守,勿获归侍。而仲素君于己亥岁丁大父忧,自杭归常熟之故里。明年庚子,叔正且自四明从君朱温。去家千里,道途阻兵,父子相望,各天一涯。十余年间,其得在侍侧者,仅留杭数月耳。叔正每以不获奉温清进修滫为恨,对人言之,则唏嘘太息。乃取唐狄梁公望白云思亲舍故事,俾洪元质画其故乡云山之景及所居之室曰'猗猗堂'者以为图,题曰'望云'。而士大夫之相知者,又为赋诗以述其志,并写于上。叔正朝夕挂图寓所,想像白云亲舍之似而讽诵朋友所赋之诗,俨然若身处乎虞山之下,而聆謦欬

---

① 此处天头有文字:《铁琴铜剑楼书目》元人集内无此种。

于父母之前,可云不忘其亲而切于思慕者矣。呜呼!孝者百行之本,而身者父母之遗体也。叔正之思亲如是,则孝敬之心常存,而所以奉父母之遗体者,必将无所不至矣。况亏其行以辱其亲乎?予故为之题辞,抑亦古人序诗之意云尔。"

七月十二日,星期三,晴,九十四度

《不系舟渔集》,有富郑公手帖跋。辨富、韩二公之交谊无间,足辟前史之讹。

富郑公手帖跋。前史著富郑公以不与策立英宗,与韩魏公绝。《闻见录》亦载郑公为枢密相,怪魏公不关报彻帘事,因力辞执政,遂出判河阳,自此与魏公绝。每岁生日,魏公常遣使致书币,郑公但答以老病无书。今观此帖,乃郑公贺魏公手书也。首云"向捧答教",则知前此又有书矣。书中辞意勤恳,出于至诚,且曰"终为苍生再起,亦天下之心也",可见其慕望之重。然则所谓郑公与魏公绝者,岂其然乎?按神宗即位,魏公除镇安、武胜等军节度使、司徒兼侍中、判相州,郑公书称"司徒""判府""侍中",当在此时。韩、富皆一代伟人,言行为世楷则,若使富以私恨绝韩,至不通书问,岂不为盛德累哉?昔人纪录,盖难尽信,大抵类此。此书之存,犹足征焉,必有能辨之者。参政危公得此帖,以归魏公之远孙致用,致用出以见示,故为题其后云。

七月十三日,星期四,晴

仍有四五分微热,饮食少复。子佩来谈。

七月十四日,星期五,晴

致采绚、洁公两函。

七月十五日,星期六,晴

得树佳覆信,云:"祖母灵柩被损之处,系在盖之上段,成径尺一孔。现暂将木板掩补,用上灰封好,将来必须重修,余俱无恙。"又得九思二哥复信:"邑中近已辑获盗墓者五六名,供出共犯五六十名,正在惩治。前商函请当局缉盗一事,此时似无需。"得此信方稍慰,以后仍需防戒方妥。

七月十六日,星期日,晴

抱一来,携示美术考古学社《章程》一份,托其刻图章二方,一"余斋",一"壮断庵"。

汝惠来,携去《不系舟渔集》四册,画二幅退回。

七月十七日,星期一,晴

题松禅老人临董文敏山水袖卷三首:

"山中宰相放归时,破墨枯毫作画师。自有大名垂宇宙,底须重欢易名迟。"文敏不应温体仁寿文,谢病归里,卒后至弘光时始补谥。其际遇优于文恭,而略相似。

"画禅天授非人力,此是绵津相鹤经。宋牧仲论画诗:"华亭天授非人力。"未必狮弦成绝响,衍波犹自仿华亭。"文恭曾仿制华亭笺。

"一卷家山流转频,斗诗人去墨犹新。卷为鸣坚白斋旧藏。石友舅与养浩叔有《斗诗图》。绝怜五百年前物,玉茗花珠研作薪。"鸣坚白斋有明初玉茗花一株,浩叔题诗及之,今摧伐久矣。

七月十八日,星期二,晴

子佩、惕庵来。复文珊函。始食瓜。

七月十九日,星期三,晴

农历六月二十八日,四弟四十生日,赋四诗以祝:

"重光大渊献,君生值盛夏。先公方北觐,吉梦驰日下。辛亥六月一日,先公由穗垣旋里,闰六月一日抵京。肇锡以嘉名,充闾期远大。襁褓遭世变,了不知惊讶。尚幸爱日长,依依恋亲舍。朝出就师读,暮回亲自课。杜诗诵如流,口熟纸常破。融融十四年,大椿忽凋谢。君弱吾未冠,同嗟命辙轲。至今话旧情,恍惚趋庭过。"其一

"君生来弥月,母氏遘危疾。秋末始渐瘳,缠绵百余日。劬劳形瘠寐,丧乱无终歇。自念母体健,谓可长侍膝。难遂人子心,变起在仓卒。春晖恩未报,恻恻空衔恤。亲去日已遥,儿亦将华发。"其二

"岛夷启战衅,万方入旋涡。嗟予抱孤愤,起麾鲁阳戈。六年挫一旦,如鸟触网罗。感君不顾身,四出为奔波。生还寇已降,相见感

慨多。后此莫分手，岁月易蹉跎。"其三

"我年四十四，君年正四十。卅年中何有，悲欢并离合。生逢八难中，弥天罹浩劫。农圃吾不如，田园抛旧业。海壖栖一枝，焦冥巢文睫。喜君有两儿，姊弟同负笈。他日倘有成，冀能各自立。倘更见太平，世网脱拘系。欢然酌大斗，夜雨话联榻。重为卯君寿，当和东坡集。其四"

七月二十日，星期四，晴，傍晚雨

写诗笺一纸。寄抱一函。

七月二十一日，星期五，夜雨数阵

察哈尔山阴城正南廿里故驿村北一里之地，有一土岗，周围为农田坟墓。五月中，在该地附近挖桑干河淤滩南干渠，发现一陶器，虾蟆背上有双鱼图案。嗣在土岗掘出石灰化合物筑成城墙一角，其内埋古物甚多。现取出较完整者为人头骨三具，兽骨多具，瓦罐、瓦瓶四种，锅台三处，铜质三棱形箭头多件，金黄色，锋刃锐利，铜币九枚，石臼一，尚未经鉴定。如钱币有文字，则解决甚易。

七月二十二日，星期六，晴，午后小雨即霁

前阅《思玄集》，戏占两截：

"陆处条如飘渤澥，时清独自在围城。留传万古伤心语，奇绝思玄哭子情。"自撰儿皁墓志，有"天下清明，独在围城，陆处违航，独飘渤澥"之语，极奇。

"一曲丽人嗤饭颗，九天玄女降云层。半生只对山妻卧，绝倒江头杜少陵。"集中有《重续丽人行》："杜陵老翁惯饥饿，半生只对山妻卧。酸眼惊看绝世姿，错认九天玄女堕。"

七月二十三日，星期日，晴

抱一来谈，余将汝惠所托书款及画两副当面交还。树琼来读余诗。

七月二十四日，星期一，时晴时雨，颇似酿秋

至于佩处晚饭，归已深夜，甚凉。

七月二十五日,星期二,晴

　　致抱一函。

七月二十六日,星期三,晴

　　受风头痛,服阿司匹灵二片。

七月二十七日,星期四,晴,有风

　　树琼送其女考试,宿此。

七月二十八日,星期五,晴

　　骧哥来谈,并阅松禅老人临香光画卷。

七月二十九日,星期六,晴

　　沈尹默谓:"靖节、摩诘两家作品,虽同有闲适风味,但陶诗中有'平畴交远风,良苗亦怀新'及'田家岂不苦,弗获辞此难'之句,而王诗内无之,仅有流连辋川之作。此两家作品根本不同之点也。"

七月三十日,星期日,晴

　　感冒已平。

七月三十一日,星期一,时雨时霁

　　子瞻于乙酉七月出箑嘱书,方下笔而以事阻,迄今已及六年。今日检出,涂就一扇书成。沧桑三易,盖有不胜今昔之感。

八月一日,星期二,阴晴间,作酿秋天气

　　书讷庵款扇一页。临香光《曹丕自叙》。得抱一信。

八月二日,星期二,晴

　　惕庵来。

八月三日,星期四,阴晴间

　　复子瞻信,并索其录先公《化度寺碑跋》。

八月四日,星期五,晴,八十六度

　　复抱一信。

八月五日,星期六,晴

　　得应潮昆仲寄怀诗。应潮作:"霭霭停云赋,伊人隔一天。不书空际字,定合静中缘。明镜疏华发,香炉冷篆烟。与君各无语,何用问流年。"学诗作:"天际同为客,往来能几人。不成少年愿,空问华山神。市隐犹长策,须眉尚绝伦。中宵沧海碧,无语识星辰。""四海知张俭,通家识孔融。相过韦杜曲,忍说建章宫。岂欲著书老,谁令横议雄。两生自迂阔,未肯与人同。"

八月六日,星期日,晴

和应潮见怀韵:"十旬不相见,踪迹又吴天。莫诵歔欷赋,东汉冯敬通《丧元子赋》:"顾鸿门而歔欷。"且随顺逆缘。形全身似槁,心寂境如烟。寒山诗:"为心不了绝,妄想起如烟。"记取还家日,应增梵志年。"

八月七日,星期一,晴,立秋

漫成二首,次学诗见怀韵:

"盘瓠称鼻祖,奚必哂猿人。近创人猿之说甚炽。惴惴远机括,绵绵守谷神。废兴宁有例,变乱已无伦。只作枯棋看,纵横斗将辰。"

"论交先世重,水乳至今融。匿我孙嵩壁,脱人磨蝎宫。壬午新春余避难君处得免。说瓜怜士类,寐叟词:"冻谷说瓜秦士贱。"种菜论英雄。忽忆东斋饮,思乡两地同。《世说》:"陆平原在洛,夏月忽思斋东竹筱中饮,曰吾思乡转深矣。""

八月八日,星期二,晴,九十一度

录诗稿,寄应潮。

八月九日,星期三,上午晴热,九十二度,午后雷雨

杭西湖产莼,必浸以萧山湘湖之水乃佳,张黄斋云。

八月十日,星期四,晴,九十一度

申官高中毕业,投考工学院,今日报载录取,惟尚需登记补缺。

甸考函来。红豆馆主溥西园逝世,年七十余矣。余上月听其唱《贩马记》中之李奇,声枯不能成调,心窃讶之,讵料竟成《广陵散》矣。

八月十一日,星期五,晴

《摩西诗集序》代甸老作:

昔庐陵序《沧浪集》曰:斯文,金玉也。弃掷埋没,粪土不能销蚀。

其见遗于一时,必有收而宝之于后世者。间尝读而叹息,以为世之振奇之士,操柔翰以抒抱负,雕镂肝肾,耗竭心血。方其一篇在手,未尝不自谓乃玉乃金,低徊珍惜,而身后零落淹没而无闻者,不可胜数也。岂世人别有所宝,斯文将不足与金玉比耶?黄慕庵先生,吾邑振奇士也。怀才不遇,则以其瓖思瑶想,悉托于辞章翰墨之间。其文藻该富,则玄圃之积玉焉。其侧篇别趣,则安石之碎金焉。琬琰为心,琼瑰成泪。一时作者咸目之为命代之将,而以胡稚威、龚璱人拟之。先生于书,靡所不读,诸子百家、天文地理、释老医卜,以至稗官乐府、近代名玄之学,俱探其源而析其流。以故下笔洸洋自恣,庄子所谓虽瑰玮而无伤其辞,虽参差而諔诡可观,其才大气盛,光怪陆离,虽胡、龚复生,亦当瞠目。先生执教吴门,曾撰《中国文学史》十余万言,稿成而为付梓。今存在吴大学图书馆。其诗文杂著,丛残满笥,不复清缮。书法杂隶草古文,非素谙者不能辨。卒时又以狂疾手裂所藏书籍。至其平生著述,亦不免焉。行世者,仅有《银山女王》等说部数种,曾籀斋所刊也;《摩西和韵词》八卷,张燕谷所刊也。余稿则沉霾久矣。先生卒民国二年,去今将四十载。年前尚有传录散佚,以存謦欬。洊经丧乱,不复可寻。今岁,夏君素民忽函告搜罗先生遗诗成帙,将付剞劂,索识数言。窃惟先生学行,实与明邑先辈桑通判民怿相似。民怿试春闱,大书"胸中有长剑,一日几回磨"之句,因而被黜。而先生亦以急就奇觚,屡试屡蹶,终不得志于有司。民怿著《庸言》,自以为穷究天人之际,非儒者所知。而先生亦著文学史,贯串古今,究极蕴奥,言人所能言。民怿身后,故旧为刊其所著《思玄集》,至今照耀世间。而先生是集更历浩劫,乃得夏君厘整,出以寿世,则洵乎斯文金玉,久而弥光。庐陵所谓后世必有收而宝之之语,诚信而有征矣。某不文,不足以序先生之诗,因夏君之嘱,略识先生之际遇如此,且有慨夏君之好古敏求为不可及也。

八月十二日,星期六,晨雨一阵即霁

　　念扆携示宋四家书,故宫博物馆所印,恐不尽真迹。

八月十三日，星期日，晴

洁公函告揆一近拟将所藏贾淞山水卷出售，有林吉人、松禅、养浩、石友诸题。又子瞻新得翁扇两页，值二石。

八月十四日至二十八日

晨起，稍觉喉中干涩，略畏寒，午餐遂减一盂。下午，体温高一百零二度，气促，略咳，服阿司匹灵一片，每四小时服消炎片两颗，并用止咳药。贻德来视。十五日，晨，体温为一零一度，下午略高，仍咳，不思饮食。十六日，晨，体温为一百度，仍咳，胃纳未转佳。夜，体温又高至一〇一度。十七日，体温一百度，贻德嘱服配尼西林药片，隔三小时一片，共服六次，颇奏效。至午夜，热退净。十八日，仍不思食，下午咳转剧，体温又达一零一度，因与福燕商酌，彼嘱再服配尼西灵药片。贻德又开一止咳方，服后并不见效，终夜咳呛。十九日，晨，体温降至百度内，下午更低，惟饮食甚少。二十日，仍服配尼西灵，体温尚有二三分，下午退尽，咳仍剧，请东海来服中药，并吃萝葡汁，喉中痰鸣渐止，吐痰如橡皮色，内有血点。二十一日，略思食，咳如旧，服中药原方。二十二日，咳仍剧，东海来，再开一方服之。二十三日，配尼西灵，七日中已服四十余片，福燕嘱停止，改服消炎片，因咳不止，又服克里西佛。二十四日，仍咳。二十五日，又有热度几分。二十七日，福燕来，嘱化验痰血，并介绍孙桐年摄肺部相片。二十八日，孙医师来照相，隔日取来，送福燕一看，据云肺部甚好，此次病候为肺炎，因未用配尼西灵针药，故咳嗽迟未愈，卧床近二十日，体力极乏，尚须调养，方可复元也。

八月二十九日，星期二，晴

应潮诗函来，并告知潜庵允为先公年谱作跋。咳渐止。

八月三十日，星期三，晴

骧哥来访，并赠上品辽参一枝、笋干一匣。惕庵来。树琼来视我。上午有微咳数次，夜眠甚安。

八月三十一日,星期四,晴

申官从乡回,携来年谱钞本并叔远先生原跋。理发。

九月一日,星期五,晴,八十八度

阅海藏诗《暮寒》一首,盖指戊戌翁文恭放归事也。"宫中二圣自称欢,沧海归人感暮寒。旅力既愆时竟失,风波垂定事尤难。是非坐共微言绝,恢复终凭老眼看。料得泪痕潜渍笔,卅年密记在金銮。"

九月二日,星期六,下午阴,八十八度

病中抱一两次来视,并将刻印两方①送来。

九月三日,星期日,黎明雷雨,日出晴

卧病时,伯绳托芳畦送诗来,应答之.

九月四日,星期一,终日雨

体力渐复,咳亦平愈,摩挲图卷,不觉疲倦。

九月五日,星期二,阴,夜雨

致东海函,谢其诊视。

致平剧家苏少卿函:

昨闻高论,谓"慢板"宜改书"缦版"。窃意皮黄中慢板实出于宋词慢调。宋词变调三种:曰犯,曰近,曰慢,元曲因之。此后皮黄亦沿用之。鄙处藏有明板沈宠绥《度曲须知》,皆作"慢"字。至"缦"字,则出于《周礼》"缦乐",注谓"杂声之和乐者也",似非宋词慢调之意,应仍称"慢板"为宜。

九月六日,星期三,雨

九月七日,星期四,雨

芳畦借阅乾隆时钞本邵清门陵诗二册,选录有关者备查。

九月八日,星期五,阴

惕庵来。

---

① 天头钤"余斋""壮断庵"朱文方印。

九月九日至十月二日

是日身体未觉有何不舒,夜忽咯血一口,静卧不动。十日,在床进午饭时,又吐一口,喉间有呼呼声,饭不能进,服麻醉药。十一日,福燕为我处方,晨九时半,正服药间,血突然上涌,吐三四口,面色大变,呼吸紧促,遍体大汗,急用水袋,方渐平,药水隔三小时服一次。十二夜七时半,又吐数口,不能进食,并不易饮汤水,打k针二次,仍用水袋。十三日,东海子佩来视,血已止,惟气甚促,不能饮食。十四日,打葡萄糖针及皮西针二次。是日十一时,又吐数口,每次咯吐,觉皆为进食引起,大概气管有病,福燕处重配药来,并打血莫滴针。十五晨,吐黑血二口。十六日,呼吸仍急,勉纳汤水。十七晨,仍不能进食,福燕来打链霉素后,呼吸渐平,通大便,葡萄针及皮西日打二次。十八日略进粥汤,始去水袋。十九日能进稀粥及馒头。二十日吃粥半碗,馒头二枚,胃口渐好转。二十三日进饭少许。二十六日停用葡萄糖针,仍注射链霉素,起床大便,并在床上小坐,体重仅七十斤半,较病前减十三斤半。二十七日精神尚不舒,幸胃口如常。二十九日起能床前小步,仍终日偃卧。

此次因肺炎而起剧咳,旧日创伤已大受影响,在肺炎稍愈后,宜仍静卧不动,并戒言语,一面再行打针进药,以复体力,当不致牵动旧恙至如此严重。迨后气管又感发炎,故一进饮食即行咯吐。六七日间进食日减,体力日衰,天气适逢酷热,身体不能转侧,体内所受炎热亦无从减退,隔三十余小时仍复咯吐。此为过去发病时所无,精神萎顿,几致不支,皆自己疏忽之过也。

十月三日,星期二,晨晴旋阴,夜雨

离床小坐,阅《藏书记事诗》,精神稍复。智范结婚由我作介,病未能去。得抱一信。

十月四日,星期三,阴

午餐始进饭一盂半。阅张菊生《校史随笔》,傅沅叔序谓:“潜睪堂《廿二史考异》记《旧唐书》关内道地理于今本多所致疑,似于闻人

诠本未全寓目。"又云："铁琴铜剑楼南宋初刊《旧唐书》残本为断种孤籍。"

十月五日,星期四,晴

顺长来访,六年前同蒙难之友也,并持赠药物。得文珊信,并托交其子廿万元①。

十月六日,星期五,晴

复文珊信,镜容代写。得应潮函,附《题先公年谱》二诗。

十月七日,星期六,晴

十日前磅体,重仅七十市斤半,今日增为七十五斤。

十月八日,星期日,阴,晚雨

炳璋夫妇来访,午睡未晤。抱一来,出示廿六年翻刻太平天国军师干王洪制《英杰归真》一册,有罗振常序,云可补张德坚之《贼情汇纂》。《校史随笔》云:"《天禄琳琅》宋本《史记》三注合刻,所谓元祐时椠。张耒校本及嘉定六年万卷楼本,经近人勘定,皆伪造。"

十月九日,星期一,阴

复鄹楼函并附赠十万元。旬日前,洁公带来函槁各件,迟至今日始复,竟容代写。

十月十日,星期二,阴

甸老来访,并赠食物。家婉赴东北结婚,来话别。

十月十一日,星期三,阴

《北齐书·王琳传》:"兵士透水死。""透",即"投"。南北诸史"透""投"二字往往通用。王西庄备举其例。

十月十二日,星期四,阴

《南史·梁武帝纪》:"简二尚方二冶囚徒以配军。"《始安王遥光传》:"夜遣数百人破东冶出囚。"《晋安王子懋传》:"乃配东冶文学。"《卞彬传》:"坐事系东冶,作《东冶徒赋》。"《江祏传》:"江祥今犹在

---

①　此处旁有批注:上海中学零用。

冶。""冶"字为当时繋系囚徒之所。

十月十三日,星期五,阴

颐炳在冷滩购得商务印《四库全书》宋人集三种,举以相赠,甚可感也。王之道《相山集》三十卷、员兴宗《九华集》二十五卷、廖行之《省斋集》十卷。

十月十四日,星期六,阴

鄎楼师复函来。

十月十五日,星期日,晴,八十二度

福燕来诊视,云左肺水泡音已大减,嘱续注射链霉素十四瓶,已用三十瓶矣。兆铃来访并赠食物。抱一来,并假阅抄本清初剑南张陶庵岱著《琅嬛诗集》一册。

十月十六日,星期一,阴

子瞻前寄双钩先公跋松禅老人响拓《化度寺碑》两页,当补写入集,并将此两页附所临碑后。

十月十七日,星期二,阴

士清告知九思二嫂于昨日下午逝世,气喘,心脏衰弱,卧病数月而逝。大侄女来视。子佩来。

十月十八日,星期三,晴

赠陆骥云四绝:

"行年八十剑南翁,流水行云万虑空。闻道年来吟兴健,谁知感慨满胸中。"

"当年翁忍华陆芝珊盛相推,清绝孤山处士梅。文酒风流今阒寂,西园裙屐几人陪。"

"欲窥清閟尚无因,宝箧曾传珠①辟尘。十幅丹青珍石谷,缫光如玉墨如新。"

"吴越王孙话旧情,树琼表阮告知近况。观书老眼喜犹明。预期一

---

① "珠"字旁有一"犀"字。

棹山阴雪,珍重秋鸿为寄声。"

十月十九日,星期四,晴,热,八十二度

今日重九,口占一律:

"小楼病起又重阳,不死悬知中未亡。正值季秋行夏令,依然佳节在他乡。江南白雁方惊阵,西北浮云已肃霜。欲寄洞庭三百颗,裁酸新橘未全黄。"

十月二十日,星期五,阴,夜雨

七官自山东大学寄来北平风景相片七页,前在平已有长函来,应复之。

十月二十一日,星期六,阴,细雨

录重九诗,寄应潮昆仲。

十月二十二日,星期日,晴

大侄女偕炳良来,并赠食物。稚柳为我题顾钝伯兰花卷七绝一首:"几年不见俞夫子,高卧江滨比隐贤。还似幽兰深谷里,光风清露得长年。"文珊信来。

十月二十三日,星期一,雨

复文珊信。

十月二十四日,星期二,阴

骧哥来访,并赠家乡松算油一坛。炳元来,并赠鱼(汗)[肝]油。得洁公信,悉西山河东君墓被掘,至今犹未霾掩,可以望见头骨,闻之不胜叹息。

十月二十五日,星期三,阴,六十二度,夜见月

致函九思二哥,慰其失偶。

十月二十六日,星期四,阴

函洁公,嘱在古物保委会设法提议封盖河东君墓,犹忆牧斋赠河东《去发入道诗》有"乍抛绸发顶门凉"之句,不啻成今日谶语,异哉。

十月二十七日,星期五,晴

静娟自乡来访,并赠食物。

十月二十八日，星期六，晴

致应潮函。

十月二十九日，星期日，晴

瞿玄官来，并赠食物。今日腹泻，恐受寒，下午渐愈。

十月三十日，星期一，晴

注射链霉素，至今日为止共用四十四瓶。福燕谓暂停止，看以后情形再决。

十月三十一日，星期二，晴

今日精神与胃口，较往日无异。

十一月一日，星期三，晴

陆骥云老人寄赠所印汪退谷书《洛神赋》小楷两纸。

十一月二日，星期四，晴

致东海函。

十一月三日，星期五，阴，夜雨

赠树琼生日诗：

"君家彭祖得长生，八百遐龄缩雉羹。已见降辰同美叔，朱笥河生己酉。何须止酒效渊明。少年旧梦鞭丝远，寥夜深谈茶味清。犹有越王豪气在，三千银弩射潮平。"

十一月四日，星期六，阴雨

报载邹湛如先生于三日逝世，今日在乐园成敛。先生于今年六月四日尚到沪过访，相隔五月，遽尔长别矣。嘱申官代往一拜。

洁公携示蒋文肃设色花卉绢本长卷，约一丈五尺许，折枝花三十八种，起首御题"澄怀"一印，末署款"康熙乙卯长夏写于畅春园直庐，南沙蒋廷锡"。此卷旧为同邑桑氏所藏，今在朱揆一处，出以易米，绢略有受损，而笔墨闲雅，的系真迹，惟前后毫无题识，恐装裱时有所割弃也。又示红金书画扇十四页，旧藏藕渠瞿氏，书为余弘道字尔唯、唐寅、瞿式耜、吴伟业、归庄、李仙根遂宁人，字子静，亦字南津，《说铃》内有其《安南杂记》一篇。六页，画为王时命字待旦，娄县人，万历副榜；钱贡字禹方、李杭之、程嘉燧、顾承宗字孟开、吴历、赵文淑、何谦字益之。八页，渔山、松圆两页，系赝迹，文与也点补画。雨夜联句卷，设色纸本，后有杨君谦循吉《联句诗记》，缺末段，不著书者姓名，引首周韬光象书。此卷同邑临水居丁氏旧藏。

十一月五日，星期日，晨雨，下午阴

跋徐瘦石抄本《画法三昧十种》：

此册系徐雯青世丈元霖手录。丈别署瘦石，晚岁又号九石老人。精六法，山水、人物、花卉皆极静雅，列入邑志画家。曾刊有《清瘦阁读画十八种》，此其稿本也。

十一月六日，星期一，晴，五十四度

为洁公题秋农仿六如山水卷签，并阅工小某人物册二十页、倪墨耕人物十二页、秋农临鹿床画册十页。

十一月七日，星期二，晴

洁公从集宝斋购石谷仿惠崇画卷，纸本，长一丈四尺，设色，写湖湘风景，垂柳数十株，禽类六十八头，游鱼十余尾。锡山华氏碧梧书屋旧藏，自题："惠崇，宋诗僧也。以笔墨为游戏，流传人间者绝少。往于金沙观《江南春》及《早春》二图，率皆湖乡景物，位置天然，全得右丞逸韵，至今犹在目前也。因用其意为之，未知能似一二否？戊申中秋，王翚识。"后有翁覃溪、钱竹汀题七古二首，又吴湖帆题识数行："石谷仿惠崇《江南春》卷，据款题戊申，时年仅三十七岁。用笔布局，悉宗玄照，专学宋人，故与墨井颇相似。四十以后，与南田往还，投谒烟客，之后渐入元人风格矣。大兴一跋，年亦甚轻，与晚年亦复不同。果亭者，无锡秦太史镛也。"

十一月八日，星期三，阴

十一月九日，星期四，阴

集宝斋借阅石谷画册十页，纸本微晦①。每页一色，用"王翚"阳

---

① 此处旁有批注：长九寸，宽四寸。

文二字小印,末页署款"虞山王翚石谷子画于天潭精舍"。所题仿古名称,系用另纸签于右侧。第一页大年竹趣,对页为沔浦曹一士字谔廷,四焉斋七古一首,第二页营丘月涧,对页扬州祁寿麟、光绪丙子补题七古,第三页痴翁晚霁,第四页许道宁寒栈无题,第五页房山夏岭,对页秣陵倪灿字闇公题七古,第六页李唐腾蛟,商丘宋华金宋字西疋七古,第七页龙眠鸣琴,华亭黄之隽字唐堂题七古,第八页阎次平平林,第九页叔明秋山,第十页李息斋飞瀑俱无对题。前有康熙丙午王时敏序,雍正壬子焦祈年字雨亭小楷书。后有乙丑易居王晨字农祥跋云:"此册石谷持赠孙骞之。"又金台周而衍字东会、仁和顾永年字桐村二跋。

又阅赵文度左、董文恪邦达两画卷,皆赝本。

十一月十日,星期五,阴

临丹魁堂旧藏颖井《兰亭》一通,此唐人临本也。其中颇多为怀仁《圣教》所自来。

十一月十一日,星期六,阴

集宝斋假阅方环山士庶画册十四页,诗稿五页,临苏字一页,款"小师老人""方洵远",有"方洵""天㤮"诸印。按:环山卒于乾隆十六年辛未,厉樊榭有挽诗,此诗稿中有"岁在辛丑我三十"之句,卒时应为六十岁,《清史稿》传载年仅四十,恐有误也。此册为大小不同之旧纸所集成,设色及水墨参半,笔意秀逸,其中秋林夕照及仿谢葵丘水墨山水尤佳,索值一两。

十一月十二日,星期日,晴暖

跋选录邵青门诗。至江边散步。

十一月十三日,星期一,阴

昨午夜气管觉不舒,幸即平,今日偃卧休息。

十一月十四日,星期二,晴,四十八度

体已复,不敢劳动及言语。

十一月十五日,星期三,晴,四十度

昨夜喉中吐出一血点,今晨鼻中又有一点,恐系受热,服白菊花。

下午腹泻一次。邹湛如先生之嗣循三来函谢唁。

十一月十六日，星期四，晴暄，东风，日中六十八度

今日身体如常，阅书不觉疲倦。

十一月十七日，星期五，晴，夜半有风

十一月十八日，星期六，晴

跋沈氏藏抄本邵青门诗：

青门先生生于崇祯十六年癸未，邑志传中于年岁无考。今按诗中有《己亥除夕》七律一首，时为康熙五十八年，先生已七十七岁矣。又邑志载自题集后诗"格律何须问汉唐"之句，此卷问字作辨，亦与所传不同。单师《白海虞诗话》谓吾邑杨西亭以画，邵青门以诗，叶佩葱以度曲，称西郊三绝。今从此卷《读乐志堂海棠花下听佩葱度曲》七古之作，虽世殊时异，然其流风余韵，犹可仿佛。卷中首尾均有"小渔"二字阳文象印，此许八兼先生别署也。庚寅十月，从希任斋主人假阅，并选录一卷。

十一月十九日，星期日，晴

芳畦、抱一来谈。闻无锡孙毓修小绿天藏书已被集宝斋以二千六百万元买得，价合二十两。又同邑曾士虎之后人售去三代铜币四枚，值二百万，又一枚值二百万，尚有一千余枚，则仅值五十万。青门诗抄本二册面还芳畦。

十一月二十日，星期一，阴，下午细雨

致汝惠厦门信

十一月二十一日，星期二，阴，夜雨

复邹循三函。

十一月二十二日，星期三，阴，夜雨，有雾

与石谷《江南春》画卷同时出售者，尚有《长江万里图》，此瓶庐旧藏之物，何时流落世间，惜已为人购去，未获一见，可念也。此卷长六丈余，己卯年所作，经七阅月而成，光绪元年以四百金得之。又李楞伽所临蒋南沙《百花卷》，瓶庐诗谓系水墨本，非日前所见之卷。今日以此二本函告洁公。

十一月二十三日,星期四,阴

《有学集》有《赠新建喻嘉言》七律一首,又有俞嘉言《医宗法律》一序。喻、俞前后不同,今日树琼告我汪殿华言喻原姓朱,明亡改姓余,又改为俞为喻。固奚元朗之流也。

十一月二十四日,星期五,下午雨

骧哥示我归元恭诗文手稿、墨迹一册,三十余页,审为真迹。惟中有数页请人代录,字迹可辨也。录其篇名:《与张西铭先生书》《代兄尔德上史阁学启》《与业勋书》《与杜于皇书》《与大鸿书》《与二兄书》《与朱宗远书》《与红云和尚书》《看牡丹记辛丑》《游西洞庭山记》《嫁女记》《看桂花记》《太仓顾氏宅记辛巳》《传砚斋记》《席氏先祠记》《台王舍记》《己斋记》《方竹杖铭》《题石田大椿图》《拜徐忠懿象五古》《陆母节寿诗》《七律六首》。

十一月二十五日,星期六,阴

十一月二十六日,星期日,阴,夜雨

树琼假阅归元恭遗著一册,中华书局所印。前日所见手稿诸篇,俱不在内。《昆山志》载:"玄恭先生著《悬弓集》二十卷,其书久亡。道光十七年,季菘耘、赵阊乡搜辑,得文六卷、诗一卷。张鹿樵为刊行。计文百有五篇,诗四十八首。遭红羊之乱,流传绝少。"中华所印,乃昆山徐崇恩所辑,计文七十九篇,诗一百五十七首,附《万古愁曲》。

十一月二十七日,星期一,阴

十一月二十八日,星期二,阴,雨

抱一假阅张陶庵岱诗抄本,仅有古诗及五律,乃残本也。① 陶庵生万历二十四年。按:诗中康熙九年庚戌尚在,应为七十四岁。录其数首:

---

① 此处天头有文字:陶庵著《西湖梦寻》五卷,见《清史稿·艺文志》。又有《琅嬛文集》、《石匮》、《陶庵梦忆》八卷、《于越三不朽图赞》。

《龚春壶为诸仲轼作》："仲轼龚春壶，两世精神在。非泥亦非沙，所结但光怪。应有神主之，兵火不能坏。质地一瓦缶，何以配鼎鬲。跻之三代前，意色略不愧。当日示荆溪，仆仆必下拜。"

《读郑所南心史》："宋室有遗民，宋亡日夜哭。呕血作《心史》，错简不可读。铁匮又重函，智井藏其匮。至我崇祯间，是书方发覆。逆溯宋亡年，三百五十六。观其畏死心，缜密亦已笃。此书无他奇，止是骂獯鬻。藏匿不使知，此骂有谁暴。直至今日开，骂毒亦不毒。余与三外老所南别号，抱痛同在腹。余今著明书，手到不为缩。书法凛冰霜，皦皦如初旭。论余及所南，疏密真不邀。余遇胜祥兴帝昺年号，昆阳自当伏。愿为《前汉书》，《后汉》尚有续。"

《柳麻子说书》："向年潦倒在秦淮，亲见名公集白下。仲谦竹器叔远犀，波臣写照简叔画。昆白弦子士元灯，张卯串戏杂彭大。及见泰州柳先生，诸公诸技皆可罢。先生古貌伟衣冠，舌底喑鸣兼叱咤。劈开混沌取须眉，嚼碎虚空寻笑骂。张华应对建章宫，万户千门无一差。详人所略略人详，笑有真笑怕真怕。勾勒《水浒》更神奇，耐庵咋指贯中吓。夏起层冰冬起雷，天雨血兮鬼哭夜。先生满腹是文情，刻画雕镂夺造化。眼前活立太史公，口内龙门如水泻。"

《赠王二公》："昔年曾见魏子一，示余核舟真罕匹。云是虞山王毅为，上刻东坡游赤壁。后见海宁王二公，劂刀更胜黄筌笔。镂刻须麇属鬼工，只用细细杨梅核。曾刻《水浒》二天罡，铁牛两斧向前劈。筋骸股肱与毫毛，丑貌狰狞怪眼出。又刻双枪将董平，弧矢兜鍪插剑室。绣旗两面十字题，介胄层层如蝼翼。见者舌吐不能收，错愕惊疑兼太息。屈指于今三十年，遂与定交成莫逆。二公许我数年前，杂取车渠及犀魄。刻画梁山作念珠，刚是一百单八粒。恨我雄心未肯降，摄伏群魔仗佛力。工公已老余又贫，此愿此生不能塞。愿结青城未了缘，三生石上寻圆泽。"

《赠黄皆令女校书》："从来福德逊东坡，王氏为妻朝云妾。王氏静敏略知书，朝云粗解金刚偈。未闻书画兼诗文，一个名媛工四绝。

余见嘉禾杨世功，齐眉淑女生阀阅。右军书法眉山文，诗则青莲画摩诘。才子佳人聚一身，词客画师本宿业。巾帼之间生异人，何必须麋而冠帻。清照夫妻遭乱离，尔负我戴来古越。越中近日盛女师，柳絮才高多咏雪。夫人刻韵共拈诗，障面避之口嚅嗫。譬如叶公好画龙，真龙入室惟奔蹶。大巫既见小巫走，布鼓雷门声自咽。炉峰镜水富烟云，收拾胸中且作别。余独有言问世功，如此福德作何答。惟有长斋绣佛前，聊复以斯消罪孽。"

《鲁云谷鱼鲩兰盛开茶话终日》："子昂画马身作马，云谷种花身作花。见花色笑通花语，冷暖燥湿无纤差。花有瘵伤叶有病，垣见一方谁能遮。种花种种发光怪，近以鱼鲩名其家。鱼鲩在闽本亦贵，到吾越中只几叉。东坡扫尽青苗迹兰之贱种曰青苗，非种锄去如淘沙。培法既精本日茂，小盆盛发十九葩。美人淡借新桐色，西子轻蒙縠雾沙。光自艳生邀月映，香来花里倩风加。客到狂呼未曾有，主人见惯弗矜夸。言予色香日在座，客自不察徒嗟呀。竹炉铛沸客试饮，素瓷静递莫纷呶。色同玉带涧边水，香是初春日铸茶。"

《阮圆海祖堂留宿》："牛首同天姥，生平梦寐深。山穷忽出寺，路断复穿林。得意谁为画，移情何必琴。高贤一榻在，鸡黍故人心。""剧谈中夜渴，瀹茗试松萝。泉汲虎跑井，书嫌豕渡河。无生释子话，孰杀郑人歌。时圆海被谤山居，故为解嘲。边警终萦虑，樽前费揣摩。"

《秋白梨》："谁是哀家种，垂垂压树梢。土人夸雁过，古号重含消。最佳者名含消，又名雁过消。厓蜜水千鞠，春饧水一胞。仙人掌上露，日日白秋霄。"

《江瑶柱》："谁传江瑶柱，纂修是大苏。东坡为作传。西施牙后慧，亦名西施舌，虢国乳边酥。柱合珠为母，瑶分玉是雏。广东猪肉子，曾有此鲜无。"

《河豚》："未食河豚肉，先寻芦笋尖，以芦笋同煮，则无毒。干城二卵滑，白璧十双纤。春笋方除箨，秋莼未下盐。夜来原拼死，晓起复掀髯。"河豚肝名西施乳。

《甲午年定图余以无田出籍》："今朝会计后,不复是编民。国破家同丧,身轻气益伸。恕呼不及我,往役是何人。此事今如此,微臣敢不贫。""荒朝十载后,犹自作顽民。家俟匈奴灭,腰同靖节伸。有星今是客,无籍尚成人。数亩庐山土,柴桑未是贫。"

十一月二十九日,星期三,阴霾,四十度

十一月三十日,星期四,阴,飞雪花,三十七度

为甸老撰应酬文。

十二月一日,星期五,晴,三十四度

接应潮诗函,并孟龙先生所撰先公年谱序。

十二月二日,星期六,晴,四十度

题石谷画卷,拟五古四首。

十二月三日,星期日,晴

四弟携来旧藏林鹤田皋印谱三册,中有"清晖老人时年八十有一"阴文章,系其所镌。鹤田,闽之莆田人,流寓吾虞,以善刻元朱文著名。

十二月四日,星期一,晴

洁公分赠印泥半两,系张雨生旧物。近托庞士龙添入朱油,质尚佳,帷天寒发硬,已非不冻不黏之妙品也。

十二月五日,星期二,晴

题石谷仿宋僧惠崇《江南春》画卷四首：

"北宋九诗僧,淮南画独擅。《清波杂志》称:'淮南惠崇。'题咏欧庐陵苏东坡王临川,倾倒尽时彦。金沙遗两帧,耕烟犹及见。睎轶七百年,背拟妙无间。披图妍万态,令我目生眩。鱼天波戏鳞,莺梭柳添线。飞泳各闲止,夐含互葱蒨。花竹罨茅茨,桑麻接芳甸。丹青制淑景,缅想时清宴。吁嗟桃花源,荒唐亦足恋。"

"晓景江南春,耕烟屡追摹。山川写胸臆,气象何清腴。酬知曾有作,巨障报西庐。豪夺复有人,丐墨日无虚。吴装凤所喜,老去意未疏。岂伊骀宕人,不乐为世驱。鹤书苦征辟,败兴南巡图。一顾即引去,骑牛归海隅。没齿隐以画,素志实不渝。二老知此心,见复与归愚。"石谷为烟客作《江南春》巨障二帧,又为余淡心作惠崇小景,见夺于吴园次。"王郎老去画尤工,横幅吴装仿惠崇",米竹垞题石谷画句也。陈见复撰墓表,称石谷以画隐。

"箬林昔评画,持论每相左。轩恽而轻王,仙凡别上下。宁知南田生,推许忘尔我。气禀物难齐,工力世殊寡。承流弊卑塌,沈寐叟诗:"虞山汰卑塌。"传薪乏活火。纸钻钝如蝇,骥率难为马。颓波不复振,密印谁付可。应嗟玄匠徂,遂见刹竿坠。神韵抵虞山,聚谤甚箭垛。伪体无别裁,长令乱正雅。"

"西田具只眼,贵在独赏时。名成世争迎,万手搴灵芝。蒙叟跋画尾,嘉叹得师资。玉箫车箱谷,仙輗许可追。吴恽交契早,序齿复相齐。盍簪四并堂,诀菭题襟诗。惨绿尽年少,籍甚声华驰。幸勿轻少作,研深已入微。宋元合一手,南北宗两支。画印寓真意,山水含清晖。"烟客与石谷论画之作曾刊,为西田独赏。南田与石谷相交甚早,康熙元年壬寅,同饮毗陵唐氏四并堂,即有《赠石谷》七绝六首,其中"江山不入王维手,碧树红林未是秋"之句,尤为推重。至烟客邀致西田别墅,考之牧斋所撰石谷画跋,尚在康熙之前。吴湖帆所记"四十以后,与南田往还,投谒烟客"之语,殊未然也。石谷有"山水清晖、臞樵雅趣、耕烟散人、富春高寄"十六字印。

十二月六日,星期三,晴,晨有霜

十二月七日,星期四,雨,夜有风

洁公函告近在藕渠瞿翠岩后人家见忠宣浩气吟墨迹八首,已失其一,有邵渊耀等十余人跋语。诗用寻常宣纸所书,字如山谷体,惜未与琴剑楼四世遗象一同印行也。在瞿家购得明万历长洲李士达雪景纸本立轴,价四十万元,故宫参加伦敦艺术展览会有其作品。

十二月八日,星期五,阴,有风

牙微痛。

十二月九日,星期六,晴,三十六度,有风,飞雪花

录诗稿寄洁公。

十二月十日，星期日，晴

复应潮信。树琼带来凤起赠我《瞿氏四世忠贤遗象》一册，及先公致季士周方伯手札十余纸。

十二月十一日，星期一，晴

洁公告知西山河东墓被盗情形，曾亲往一视，盗者凿去头旁横木，因棺身年久腐朽，全部毁坏。招山人询之，不知坟客为谁，且非大事修理不可，无从着手，殊可叹也。《吕氏春秋》："王季历葬于涡山之尾，栾水啮其墓，见棺之前和。"高诱注云："棺题曰和。"①

十二月十二日，星期二，阴

致绍颐、采绚两信。

十二月十三日，星期三，微雨，见月色

题松禅老人临董文敏山水袖卷七绝三首，重加改正：

"二禅画意差堪比，垂老江湖放逐时。易代可怜同一晌，南朝何事易名迟。"文敏于崇祯初不应温体仁寿文，谢病放归，卒后至弘光时始补谥，其际遇优于文恭而略相似。

"雨淋皴法谁能识，蜩臂枯枝老更灵。尚有秋园遗佩在，蛮笺十样仿华亭。"文敏创雨淋墙头皴法，文恭有仿制华亭笺。

"一卷家山流转频，斗诗人去墨犹新。沈园长物凋零尽，玉茗花株斫作薪。"卷为石友舅旧藏，舅与养浩叔绘《斗诗图》。书斋有玉茗一株，为明初物，浩叔题句及之，今摧伐久矣。

十二月十四日，星期四，阴

十二月十五日，星期五，阴，夜有月

录诗致声甫。彼屡促我书扇，告以天寒手僵，稍缓报命。

十二月十六日，星期六，阴，下午晴，飞雪花，夜三十二度

采绚来，致文珊信。

---

① 此处天头有文字：棺头曰"胚"。《广雅》云："柩棺也。其当谓之胚。通和。"吾乡至今犹呼为棺材和头。

十二月十七日,星期日,晴,晨三十二度

抱一来,将钱湘灵《常熟志》十册托其带还芳畦。应潮来。

十二月十八日,星期一,晴,四十度

十二月十九日,星期二,晴,四十四度

得汝惠来信,告知沪厦行程,由上饶经南平,中越武夷山,自南平至福州,沿闽江行四百余里,旦发夕至,再从公路抵厦。中途渡江渡海各一次,为时计十二日。

十二月二十日,星期三,阴

今晨忽觉头痛,幸即止。昨日理发。

十二月二十一日,星期四,晴

陆抑非过访,并以石谷画册见示。纸本摹北苑、大痴、待诏、香光诸作,设色水墨兼有,系中年作品,惟仅有六页,恐已有缺少。抑非又言张葱玉所藏书画,因性喜卢雉,并投机失败,前已悉数出售矣。晚过节,四弟全家俱来,树琼亦来。

十二月二十二日,星期五,晴,有霜,冬至节

函洁公,告知石谷画册有意收储否。

十二月二十三日,星期六,月色清朗

跋徐方画马绢本册:

徐方画马一册,每匹修短不逾指,而意匠经营,能穷殊相,点染树石,亦有法度,洵非凡手。按画志,方字允平,号亦舟,别署铁山,康熙时人。初工山水,后见石谷所作,乃一意画马,遂擅其长。蒋南沙诗云"画马独数城东徐",即指铁山也。同时避石谷席者,尚有恽南田之写生、顾雪坡之写竹,皆独辟蹊径,各臻其妙,其用意与铁山同。昔庐陵见东坡所著书,叹曰:"我当避此人出一头地。"若铁山、南田等之绘事,初非退避,乃史迁所谓"异军苍头特起者"欤?

十二月二十四日,星期日,晴

抑非携示所藏石谷仿巨然画卷,绢本,高九寸,长二丈,水墨间杂花青,细绢无损。末署"戊辰清和仿巨然《夏山欲雨图》,耕烟散人王翚"。本身上题南田二诗:"'天机发静趣,灵境出无心。停弦听籁,声不在瑶琴。''墨雨横千岭,灵烟近欲无。拔山应有力,不用问天吴。'观乌目山人摹巨然长卷,真化工,灵气融结,无笔墨痕,赞叹希有,因题。白云溪寿平。"按:诗第一首漏一字,未补。① 此卷别无题识,引首亦未题,稿系真迹,签署愚斋。抑非云盛宣怀旧盛也。

又示蔡女萝草花卷,绢本,设色,末署"吴郡蔡含摹徐崇嗣草花图卷于水绘园",有白文"女萝蔡含"一印、"两垒轩"、"吴平斋"三藏印、"愿苏人永宝之"、"江苏文献"诸印。此卷以绢素及笔墨论之,可及三百年物,惟所见不多,未能断定。邵青门诗集内有《丁卯十一月十五送葬女萝夫人》七绝四首,极为推重。通州顾同叔撰传。

十二月二十五日,星期一,浓霜

跋杨濠叟楷书《在昔篇》册:

濠叟掔精小学,多识奇字,尝欲仿戴侗《六书故》分类之例,重订《说文》部居,以利学者。已成《新编建首五百四十部》,及《文字原流》一篇,属稿未竟,晚岁乃更撰此《在昔篇》,即演绎《文字原流》而来,曾手篆勒石,其拓本世所常见。此册以精楷书成,末未署款,盖家藏之本也。叟毕生著述,仅有零种散见,全集迄未刊行。筹今岁曾假同邑沈氏师米斋所藏叟诗文稿六卷,手录一通,得读考证金石文字诸作,深叹其渊博精当,堪称一代绝学。稿中有《答人问〈在昔篇〉》,历叙时贤何以不数翁、黄者。叟以苏斋、小松能辨碑帖源流,而于六书之旨,无与告之,其取舍之严,概可知矣。吴愙斋私淑濠叟,厥后于古籀有所阐明,实宗叟"古文存乎彝器"之说。此跋语二十韵,即述其师承渊源,非泛泛题跋可比。筹于一岁之中,既得披读全稿,顷洁公复出此册遗墨嘱题,文字良缘,自憙非浅,聊跋数语,借志景仰。

十二月二十六日,星期二,晴

佩苍来谈家事。凤起假阅宋徐梦莘辑《三朝北盟会编》四册,又

---

① 诗第一首缺"清"字,"停弦听籁"当作"停弦听清籁"。

嘱题顾公雄画《校书图》。

十二月二十七日，星期三，晴，霜

洁公函告又得徐方《画马》纸轴，值五万；伯年《竹桃燕子》轴，十六万。

十二月二十八日，星期四，晴

家畹赠食物及转来甸宇信。沈瘦东函来，嘱代销所印诗话，三万元。

十二月二十九日，星期五，阴，雨

题瞿凤起《校书图》：

"古人校书如扫尘，不知其尽传其薪。覃思终日忽有得，一适亦足忘千辛。君家恬裕食旧德，五世遗编抱江式。至乐常存几案间，灯炧簾香勤拂拭。点勘鱼虎施丹铅，密行细字相委填。不容删衍康成传，抱蜀摘讹管子篇。春明坊外停车问，墨客争邻宋宣献。古书有约许流通，善本传钞馈寒畯。乐易居难迥不侔，雌黄苦为后人谋。晁陈绝学犹能继，文献中原此崖留。嗟哉百六丁浩劫，武康山中鬼昼泣。高楼琴剑已飘零，更见探丸胠宝箧。归来有愿几时偿，画里分明云水乡。烬掌低回无限意，待嘘嘉种发寒香。"

十二月三十日，星期六，晴

题徐铁山《画马》册页。久不作小楷，柳生肘矣。

十二月三十一日，星期日，晴

题濠叟《在昔篇》册页，仍以小楷书之。抱一来馈食物，并携来大嫂所赠红糯。甸老嘱制灯谜，因与颐炳、树琼纵谈此道，录其所述数则。（一）四多打佳节二。除夕、七夕。（二）福寿打《四书》一。禄在其中矣。（三）航空信打地名一。高邮。（四）聪明面孔笨肚肠打古人二。颜良、文丑。（五）臭豆腐干打古人，三谐音格。黄盖、李白、文丑。

题《庚寅日记》后：

"九死余生逃虎口，五更清梦醒鸡晨。卷中已叹成陈迹，世变方看逐日新。今秋大病二次，几殆。"

辛卯(1951)

一月一日,星期一,晴,微霜,五十度

晨题松禅画卷,作小楷,殊未能工。订读书日记。

阅《黄摄六先生诗选》①一册讫。先生崇祯时诸生,应辟召,任成都府新都知县、安吉州知州,国变隐退,己亥卒,年六十四。此册附蒙叟所撰《墓志铭》辛丑闰七月十三日撰及《莲蕊居士传》己亥九月十八日撰二篇,陈确庵湖、徐元叹波撰诗序。按:《有学集》尚有《黄子羽六十寿序》及《莲蕊楼记》,均为先生作,似亦可附录《藏书记事诗》,著其事迹。

一月二日,星期二,上午微雨,下午止,四十八度

复瘦东信,并附诗稿一纸。借到《越缦堂日记》第四十九至五十一,共三册。欲查己丑考御史事,乃仅至七月初十止,略言此事之原委,因试差不得,漱丈、仲弢、可庄、敦夫代捐试俸为考御史(地)[也],向例进士补官无试俸,荫生及捐纳者则有之。其先到部后中进士者,仍须试俸,莼客盖先到部者也。

莼客戊子立春句"弹指已跻人六十,思乡长隔路三千",自注:六十不言年,三千不言里,唐宋名家诗多为此,白香山诗尤屡见。

有人持旧拓《圣教序》,言是北宋拓,索银六百两。字画清瘦而浑融,其波磔俱尚有篆隶遗意。"劳师","师"字全是汉隶结体,与它字迥殊。"庄野春林,与天花而合彩","庄"即"妆"字,隶变作"庄"。六朝逡遂讹作"粧",《万年宫铭》"叶冷帷秋庄浓□黯","庄"亦即"妆"

---

① 此处天头有文字:《黄摄六诗选》有清瘦阁刊本。

字。高宗文喜用此字。今人释"迋野"为"莊野",非也。

以乾隆间无锡华氏翻刻冯巳苍校赵寒山所钞宋本《玉台新咏》,勘明万历张嗣修所刻小字本。两本虽同出永嘉陈玉父宋刻本,而各有改迻。华本又颇据万历杨刻本,而冯氏所校亦有臆改。华氏多去其校语惟存圈点而已。两刻幸皆附注,宋本作某,新本作某,尚可考其大略。其校勘则张刻误字较少耳。

蒙叟《列朝诗集小传》成于顺治四年,自秘书院学士罢归之后,既自惭堕节,又愤不得修史,故借此以自托。其编次皆有寓意,而列明诸帝王后妃于乾集,列元季遗老于甲前集,自嘉靖至明末皆列丁集,分上中下,以见明运中否,方有兴者。其文亦纯为本朝臣子之辞,一似身未降志者……其列李贽于三大奇人中,在诸僧之后推阐备至;又极推憨山、紫柏两僧为彼教中龙虎。其论诗力表程孟旸,用遗山《中州集》溪南诗老例,谥之曰松圆诗老,赞叹投地,若不容口……然其大旨扬处士而抑显官,薄近彦而尊先辈,于孤寒沉闷之士,崇奖尽力,是则存心颇厚,宜为一时雅俗所归也。

一月三日,星期三,上午晴,南风,下午阴,五十度

阅《李日记》:

"考《木兰诗》本末,当以宋氏《过庭录》之说为是。诗中所云可汗者,突厥启民可汗也;天子,隋炀帝也。宋氏谓木兰之父盖启民部落人,时启民屡与其兄弟都蓝可汗雍虞闾相仇杀,文帝迁之河南,在夏、胜二州之间。河南为今陕西榆林府西北边墙内外地,故有朝宿黄河、暮宿黑山之语。慈铭按:诗人之言虽多文饰,然玩诗中"当户理红妆""对镜帖花黄"等语,必非胡女。考《隋书·突厥传》,自文帝开皇十八年诏蜀王秀出灵州道击都蓝,明年遂遣汉王谅、高颎、杨素等分道出兵,是为助启民出师之始。直至大叶三年,炀帝幸榆林,启民及妻羲成公主来朝行宫,是时都蓝可汗早死,嗣之者步迦可汗,屡为杨素等所败,奔吐谷浑,兵争始息。盖兵士久戍者,皆得归,故有"将军百战死,壮士十年归"之语。时虽命亲王上相督师,而史言上发兵助启民守要路,盖征戍者兼为启民所辖,其后功赏亦当由启民请之,故有"可汗大点兵"及"可汗问所欲"等。若本启民部落,安得云"愿借明驼千里足、送儿还故乡"耶？一宿黄河、再宿黑山,不过甚言其行之火速,一日千里,岂可实计路程？且其诗云当户织、云机杼声,岂胡中所有之事？又云"不闻耶娘唤女声、但闻燕山胡骑鸣啾啾",正形其为中国之女,未尝闻胡语也。玩将军二语及"朔气传金柝,寒光照铁衣",确是隋人语,已开唐音之渐。《文苑英华》卷三百三十三《歌行征戍门》,载此诗所注异同颇详,其题韦元甫名,则误合《乐府诗集》中所载后篇为一人作也。"

"扫叶山房刻《东都事略》、南宋书《契丹国志》、《大金国志》、《元史类编》,总称《四朝别史》,为一部。"

"王勉夫《野客丛书》三十卷本,其记闻颇淹洽,而识见多局,笔亦冗漫,时有酸馅陈腐之气,在宋人说部不过位置《瓮牖闲评》《学斋占毕》《寓简》《鼠璞》之间,以较《学林》《能改斋漫录》诸书尚不能及,《四库提要》比之《梦溪笔谈》《容斋随笔》,则相去远矣。"

"元欧阳文公玄《圭斋集》道光重刊本,有喜门生中状元诗句'进士从今成典故,唱名才罢拜先生'。按:圭斋时为国子博士,据此则元时尚无新进士释褐国学、谒拜祭酒之制,而榜眼、探花已为第二、三人一定之称。《明史·选举志》谓一甲三人曰状元、榜眼、探花之名,制所定也。盖其称始于南宋时,而第三人亦可称榜眼,第二、三人亦通称状元,犹无一定;至元代遂为定名,明代竟成定制矣。"

"宗湘文藏楔帖有金寿门题签曰'定武《兰亭》未损本',末有杨大瓢、王箬林、郑板桥诸家印。帖中'亦可'二字涂处有'某''叡'二字阴文印。二十七、二十八行间有'贾似道印'四字朱文印,盖不可信。十四、十五行间有'骞异僧'三字,在'自足不'三字之旁,此它本所罕见。据桑世昌《兰亭考》,谓骞者梁句章令满骞,异者朱异,僧者梁中书舍人徐僧权。黄伯思《东观余论》谓梁御府中法书接纸处皆于旁著名,僧之押缝。姜白石所见吴傅朋家古石本,僧字上又有察字,谓即姚察。王箬林竹云题跋,谓海宁陈氏藏本中间合缝处,僧字上有'骞异'两字,定为隋开皇本。自唐以后,摹本传刻者,或止有'僧'字,不察者遂谓右军于'不知老之将至'句上旁注一'曾'字,而偶误作僧,可笑甚矣。此本纸坚墨黝,精采焕发,第一行末会字亦全,自为难得。湘文自系跋十五则,定为唐摹宋拓本,谓非定武本,而实在定武之上,其词甚辩。"

一月四日,星期四,晴

四弟购田黄小石章一,高寸许。钮镌一野兕作奔走登坡状,栗熟色,略有萝葡纹,真物也,未雕字。

阅李《日记》:

"胡进士薇元储小李将军画扇,楼台百余间,宫女阿监数十人,细如针黍,而人物生动,工丽眩目,真奇作也。为孙北海故物,后归汤西崖。有王良常题字。"

"胡孝博藏小李将军天台山图团扇册子,图中无题款印记,惟上方有朱文三行十二字,隐隐可辨者'大和洪宝'四字,疑是中唐御府收藏。印记左方下层,有一印不可识矣。王箬林跋一通,为其师汤西崖少宰作,言是孙退谷旧物,其前有胡贞岩尚书题字。"

"小李将军画绢本,高建初尺尺许,而中具楼榭六七重,云窗、雾阁、朱阑、雕槛、织帘、绮户、仙女八十余人,皆宫装锦衣,扇节导从,亦有在窗户间凝望者,细如丝发而神采飞动,手中各有所执,又间以屏风、几席陈设之属,地衣皆碧,绣黻絑文,下为四出,陛上皆金翠峰峦,围以云采。空中有仙女乘云或骖虬凤者五人,其用笔之精,盖非思训、昭道父子不能为也。胡贞皞,名升猷,顺治丙戌进士,题'赤城霞灿'四大字,后书《天台山赋》一首。孝博为其十世从孙,此册后归完颜见亭河帅麟庆。孝博以仇十洲仕女、恽南田花卉,向见亭之孙犊山尚书嵩申易得之。"

"王弢夫藏柯丹丘墨竹,有自题云:世传江南李后主画竹,自大处至小处,笔笔钩勒,谓之铁锁子,自言是柳公权法。至正甲申秋仲。"

"宗湘文藏赵千里《江村春晓图》卷,山石俱大,青绿钩勒,水波细纹,交互如发,楼榭精工,人物生动。花树藤萝,错绮交鲜,真妙笔也。其卷中空阔处烟波无际,岸旁有城关戍堠,帆桥鳞比。款题惟'千里赵伯驹'八分五小字,有萨天锡印。"

一月五日,星期五,阴

曩萧盅友为我作隶字扇,录黄摄六《村居杂兴》诗,颇似石湖。今扇虽失去,而句犹可背诵也:"一尺春泥没杖尖,上元灯近冷犹严。老怀争似诸年少,只爱春风动酒帘。""临顿幽居不足夸,独怜双杏烂流霞。而今老向海村住,睡过三春不看花。""老抛书卷学躬耕,饮犊呼鸡了此生。习气未忘聊一笑,隔窗稚子读书声。"

一月六日,星期六,雨,五十七度

摄六先生以"江明无月夜,猿唤不眠人"二句得名,此《渝城度岁诗》也。①

一月七日,星期日,阴

钞陈塝《西畇寓目编》二卷讫。此编共六卷,病后腕弱,遂止于此,将来有机再续。

一月八日,星期一,雨

子佩来。

一月九日,星期二,雨,四十四度

晓村来。申官来宿此。

一月十日,星期三,晨雪

一月十一日,星期四,阴,三十二度

智范来。

一月十二日,星期五,阴,三十度

洁公函告从师米斋沈氏购得明人诗画册十页。画为卞文瑜、项圣谟,诗为钱谦益、文休承、莫是龙、钱懋嘉、吴大经、徐锡禧、陈澍、席鉴、章绶,系天启癸亥为敬仲七十寿。

---

① 此处天头有文字:"江明"句,从义山"自明无月夜"句出。

一月十三日，星期六，晴，飞雪花，二十五度

一月十四日，星期日，晴，三十四度

　　惕庵来。钞本《张陶庵诗》一册，托树琼带还抱一。

一月十五日，星期一，晴

一月十六日，星期二，晴，三十八度

　　夜三时向左偃卧，忽觉左乳旁胁下有声，喉中发痒，咯血一口，终日静卧，不能言语，仅进流汁。

一月十七日，星期三，晴，四十度

　　卧未起，胃口较好。

一月十八日，阴，四十度

　　晚饭后又咯血一口。

一月十九日，阴，四十五度

　　可吃稀饭。

一月二十日，星期六，四十度，晴，夜有风

　　起床小坐，吃饭半碗。

一月二十一日，星期日，晴，寒，二十六度

一月二十二日，星期一，晴，三十四度

一月二十三日，星期二，晴，三十八度

一月二十四日，星期三，晴，四十四度

一月二十五日，星期四，四十四度

　　占勋来问疾。

一月二十六日，星期五，四十六度

一月二十七日，星期六，五十度

　　应潮来。

一月二十八日，星期日，五十度

　　近日稍能构思，撰《希任斋善本书目序》，二千字，应芳畦之索也。

一月二十九日，星期一，五十六度

　　子佩来。得文珊信，即函转宋绚。

一月三十日,星期二,五十八度

复文珊信。抄《书目序》。澄宝来诊听肺部,云左肺乳下发声稍异平常,前后均如此,恐系上次发炎后结痂所致。

一月三十一日,星期三,阴,午微雨

农历十二月十二日为先妣见背十周年忌辰。因病沿期至今日设供,虔诵《金刚经》十部、《心经》三十部,追荐永生西土。

《希任斋善本书目》序:

昔我表兄沈砚铭先生,博雅嗜古,夙好聚书,秘籍所贮逾数万卷。目睇手纂,老而不废。即世后不数载,值丁丑之乱,哲嗣芳畦表阮于烽火震荡之中,护持无恙。寇祸既平,重加整比,因念先世句集之匪易,而幸楹书历劫之犹存,乃第其篇帙,纂成《希任斋善本书目》四卷。郑重出示,且嘱为缀一言。余既受以卒业,深叹其继志述事之用心,固已为世所难能,而举书目体制言之,颇多别见手眼之处。古人编次簿录,大率因其所聚,随事立例,各不沿袭,如宋郑子敬《郑氏书目》分为七录、明陆俨山《江东书目》为十三类、茅止生《白华楼》为九学十部、孙百川《博雅堂》为十七类、晁君石《宝文堂》为三十三类,其例不胜偻指。独宋李默臣《邯郸图书志》、明朱勤美《万卷堂书目》皆仿《隋书·经籍志》,首标四部,下分子目,清代诸藏书家及《四库全书总目》俱循此例。州次部居,厘然不紊,斯目仍之,其善一也。一书兼载数本,昉自尤延之《遂初堂书目》,良以一书恒有数刻,一版或判后先,兼罗并列,庶易探讨源流,正讹补遗,尤重各家雠勘,斯目所载为《论衡》《吴越春秋》《水经注》《吴郡志》《苏长公外记》诸书,皆数种兼收,可资对此,其善二也。李献臣与梅圣俞同时,而《宛陵诗稿》已入其志目之中。晁子止与刘道厚并世,而《十国纪年》一书即载于《郡斋读书志》。斯目于近代乡邦耆硕著述稿本如《伊江笔录》《灌园漫笔》《疏园集》《西畇寓自编》《陶晚闻未刻稿》《孙汶如年谱》等,均予采入,其善三也。旧本款式,向重版口,黄荛圃谓书籍有明刻而可与宋元埒者,惟明初黑口版为然。斯目于明黑口本均加标注,以见珍罕,其善四也。

综此四善，已足为书林之重视可知矣。

揆诸古来辑录书目之由，原各有其独诣：或以参合有无，互相流通也。《却扫编》载王仲至与宋次道相约传书，互置目录，遇所缺则写寄，此法后人多宗之。如曹秋岳《流通古书约》、鲍渌饮汇刻《丛书》，均师其意，孤种借以流传。网罗无烦重复，探赜索隐，有赖乎是。或以考见古今散佚也。宋大梁朱氏藏书万卷，东平之陷，尽付劫火而目尚存，周紫芝谓其中善本异书及唐人类书、家集，皆素未尝知名，独于此目见之。又董彦远《广川藏书志》已佚，赖《直斋书录》引证各条，得以知其厓略。是原书虽不传，而从书目犹得稽考，聚散存亡，将于此见。或以考证版本源流也，明开州晁氏《宝文堂书目》三卷，《四库提要》称其所录虽不尽属古本，而每书下俱注明某刻，可别当时版本源流。又寒山赵氏覆刻《玉台新咏》不异初雕，钱竹汀鉴别至精，乃以之为宋椠，如详其嬗蜕本末，当不致有此误。或以依据记载勾稽原本也，菉圃撰《延令书目序》谓钱遵王以家藏宋刊重复者，售诸泰兴季氏，是沧苇书半出述古，所记藏书面貌，较《敏求》为详。今季氏书已散失，每从他处得之，证诸此目，若合符节，方信藏书不可无目。又云余所收王氏孝慈堂书籍最多，《莲泾编目》叙次甚详，以之求其所藏，几如析符之复合。菉圃所言若此，乃士礼所储，别无专目，微顾千里一赋及后人所辑题跋记，则百宋遗闻将不可考。又钱塘丁氏八千卷楼藏书多为南京图书馆所收，数年前有人勾稽旧目，宋椠四十部均无遗散，按图索骥，信而有征，是书目之可贵也。揽观古时簿录，每形简略，若涉园张氏书目仅记第几架第几层某函某书，不及其他，斯则聊备一己掌录之用，固无论已。遵王之《敏求记》可谓精审，而长洲宋于庭犹病其识别寥寥无几，盖记载愈详，于后来考证愈便。近代有于书之卷册数以外兼详页数者，亦有记明残本所缺或钞配之卷页者，至于版之修补出处，书之纸墨款式行格，莫不一一备载，其可为参考之资助，尤多所征引，目录之学骎骎乎日晋而益新矣。

顾藏书家于是往往少所措意，曩尝叹真定梁棠村庋藏富甲古今，而未编目，近如吾乡读均轩庞氏、旧山楼赵氏，所积均不甚寂寞，亦无目可考。尤可惜者，知止斋翁氏累叶收藏，磊落万卷，据潘郑盦《稽瑞楼书目序》，翁文端与陈子准厚，既恤其身后，以重值收其藏本，仅得三四，其目从叔平假得刊之。又据叶缘督年丈《藏书记事诗》注，清代明善堂怡府藏书，杨绍和学士、翁叔平尚书、潘文勤三家得之为多，而松禅老人《题虹月归来图记》亦言昔我先公好聚书，俸入悉以购之，先兄药房尤好古书，是翁氏积弆，已奄有稽瑞、明善两家长物，证诸费西蠡诸氏所记，于瓶庐座隅获睹之善本如项墨林旧藏嘉祐本《新唐书》、景泰本《苏诗补注》、宋刊《鉴诫录》、祝京兆手抄《兴宁县志稿》、瞿忠宣手批《周易程氏传》之类甚夥，插架之富，殊可想见。乃书目亦付缺如，劫火侵陵，云烟散尽，飘风好马，徒令后人嗟慕而已。

清末迄今，书籍遭厄最烈。其流落异国者，若皕宋之归静嘉堂文库，已为世所咸知；新建裘文达日修藏四库未进呈钞本元明小集八百余种，后归武昌柯氏，多属罕睹之笈，亦被倭人以二十万金易去。此犹流转人间或可踪迹者也。丁丑以还，则备受火燔水溺，荡析毁弃，自江乡僻壤，弥互四方。昔人所言叠以为渡、用以为炊之惨况，已有过之无不及。其中宋元版本，人所共珍，罹祸差少；至明以下甲乙之部，动辄论秤问值，割裂藉物，或竟改制粗纸，呼为还魂。近有人从析津回，携视所藉寒具之纸，赫然大字精刊《周礼》数叶也。经此浩劫，举国所存典籍几毁十之八九，数千年遗留文献，盖将垂垂尽矣。

尝念剞劂一道，自挽近聚珍活字盛行，劳逸不侔，渐趋衰歇。三数百年以后，其视梓行之本，或将如今之视竹帛简编之可异。传世日稀，古刻日重。他年傥有稽古右文之一日，乌知今之蹈泥沙、藉粪土者，不将宝若璆琳琅玕耶？则今时之藏书家，其幸而脱诸水火厄难，欲绵一线之绪，编纂书目，岂可缓哉？寒家曩亦粗备卷籍，自丧乱初，寇骑屯札斋中，举数十年手泽所遗，毁于一旦，书目无存，难于追忆。兴言及之，犹有余痛。惟是书生种子，结习未除。时于希任斋中一瓻假读，钻研故纸，岁月俱忘。诵魏鹤山《遂初堂书目跋语》有云"譬如农夫,是穫是袯,虽有饥馑,亦有丰年"①,吾知有穫袯耳,丰凶非我知也。窃谓世争折磨,甚于饥馑,几案至乐,不间丰凶。愿与芳畦共寻鹤山之妙喻,或足以涤玄览而蠲世虑乎!

二月一日,星期四,阴

夜过年节,祀祖。四弟家俱来邀。仪炳、树琼同饭。

二月二日,星期五,阴

余藏《天禄琳琅书目》十卷,蒋氏茹古精舍蓝格纸抄本。蒋氏,名维基,字载之,号子厚,清道光时人。今日查得蒋为吴兴南浔人,弟维培亦富藏书。

二月三日,星期六,阴

占勋又赠食物二色,厚意殊无以为报也。

二月四日,星期日,晨微雨飞雪,三十八度,今日立春

农历十二月二十八日,先公诞辰。设供,晨起虔诵《金刚经》三部。《希任斋善本书目》四册,托树琼带还芳畦。

二月五日,星期一,子夜大雪养积寸许,晴

灯下书《天禄琳琅书目跋》。

二月六日,星期二,晴,三十四度

今日为辛卯元旦,午夜达晓爆竹声较去年为稠。自字柏饮,相传赤松子以囊盛柏露,饮之而得长生,见《困学纪闻》。余名及字,俱托意张留侯,今师赤松,原无不可耳。炳璋夫妇、家英来贺年。

二月七日,星期三,阴

贻德、顺长来,俱馈食物。智范、树琼来贺年。

二月八日,星期四,雨

二月九日,星期五,阴

芳畦携示明周原博埏钩填祝京兆行书册、米石君致苏园公手札册、查二瞻手札册,并假阅《初学集》。德华夫妇、抱一来贺年。

---

① 此句出自《左传》,非魏了翁语。

二月十日,星期六,晴

六佺女赠食物。小佩来。

二月十一日,星期日,阴

以明方于鲁制九子墨一锭赠稚柳。

二月十二日,星期一,阴

骧哥见访,谈及合肥李氏藏书数年前捐赠震旦图书馆,数量甚多,志书占大部份。

二月十三日,星期二,终日雨

汝惠过访,云厦门大学图书馆藏书二十五万册,中西文各半,且有考古图籍,亦大观也。

二月十四日,星期三,晴,三十九度

澄保来诊听肺部,云前次听得音声响之处已较少。

二月十五日,星期四,阴晴间,微霜

为曾姓孙女嘉纯致函电信局李文奎,托其调近地工作。

二月十六日,星期五,晴,月晕,四十度

阅蒙叟黄山九记,袁渐西谓《初学集》游黄山诗最佳。今阅游记,其文笔夭矫不可名状,斗室披览,恍如置身天都石门之巅,所引吴时宪语"三天子都黄山最高峰与三天子鄣有别",亦可正《山海经》《水经纪》之讹。

静娟偕德华来。

二月十七日,星期六,晴

《西畇寓目编》跋:

希任斋沈氏藏陈仲遵著《西畇寓目编》,稿本,记其家藏及所见书画。分列朝四册、国朝六大家二册,无序跋。仅末有嘉庆二十五年庚辰四月仲尊手录一行。按:潘曾莹星斋《墨缘小录》:"陈苇汀塔,长洲人,工水墨,用笔幽秀,似赵千里。"又叶昌炽鞠裳年丈《藏书记事诗》:"是亦灌园陈仲子,草堂何在在西畇。羌无故实旁皇索,但识名塔字仲遵。"注云:"《说文》:'塔,舞也。'引《诗》'塔塔舞我'。今《诗》作蹲。

其字从土。《正字通》又有从土之壿，与樽同。陈君之名当从土。"此稿本中有"陈壿之印"，壿正从土。余尚有"西筼小隐""西筼外史""畇农""抱真堂"诸印，均可补潘、叶著录之遗。庚寅夏，从芳畦表阮假阅，拟手录一通，仅成二册，因痛中辍，他日有缘，当再续成也。

二月十八日，星期日，晴

周原博钩填祝京兆行书一百廿五字帖，自题七古一首，又跋语四则，均为万历三十七年所书。钩填甚精，墨色浓淡处均较真迹无异，惟系摘录，故字句不相联属耳。后有陈元素、严樾、金俊明、吕晋照四跋，前有钱允治、沈颢、傅汝循、琬纶、文从简、杨烈六人题，赵宧光篆书"三最书"三字。

二月十九日，星期一，晴

以食物二色报占勋。

二月二十日，星期二，晴，暖，六十度。今日上元，夜月甚朗

旧钞本《沉吟楼诗选》跋：

《唱经堂著述总目》，见于金昌所刻《第四才子书杜诗解》四卷附页，其中诗文全集列入"内书"，据陈登原谓并未刊行。此《沉吟楼诗选》一册，录古今体诗三百八十四首，有雍正五年吴江李重华序，云系圣叹之婿沈六书录出，大兴刘继庄处士选订。以字迹纸色审之，应为乾隆初年钞本，并从李序中知圣叹尚有外孙元一、元景，二人"慧且博，有先生风，幼受书母夫人"一节，为各家记载所未及，则此《诗选》流传必不甚广也。圣叹原名采，鼎革后更名人瑞。稗史有云：本姓张氏，或云名喟，皆臆造不足据。卒时为顺治十八年辛丑七月十三日。其生年无可考，仅见杨保同所辑《圣叹轶事》云生于三月三日。又钱蒙叟撰《天台泐法师灵异记》，述天启七年事，已称金生采，则当生于万历年间矣。诗中所述诸人姓氏可考者，斫山为长洲王氏。按《西厢·闹简》批语有云："吾友斫山王先生，文恪之孙。"廖燕撰圣叹《传》云："斫山为侠者流，与圣叹交最善。一日，以三千金与圣叹曰：'君以此权子母。'甫越日，挥霍已尽，斫山一笑置之。"邵宝撰《王文恪鏊墓志》："公有男延喆、延素、延陵、延昭四人。延喆为昭圣皇后之甥，少以椒房入宫中，性豪侈，斫山与之相类。"或即其所出也。贯华先生为韩住，字嗣昌。道树为王伊，字学伊。《西厢·惊梦》批语云："知圣叹此律者……居士贯华先生韩住、道树先生王伊。既为同学，法得备书。"崇祯十四年初刻本七十回《水浒传》版心有"贯华堂"字样，即嗣昌所刊。周亮工《赖古堂尺牍新钞》谓金彩有《贯华堂集》，误以《水浒》版心所刊为圣叹集名。乾隆《苏州府志》亦沿其误，皆宜改正。阎牛叟，名修龄，善咏诗。子百诗，名若璩，为经学大师。阎氏顺治时侨居淮安，后还原籍太原。诗中同游邓尉、虎丘，正其寓苏之时。邵僧弥，名弥，长洲人，吴梅村所咏画中九友之一。文彦可，名从简，衡山曾孙，端容之父。家兄长文，系其族兄，名昌，字长文，号矍翁，法名圣瑗，曾撰《第二才子书离骚经跋》及《第四才子书杜诗解序》。《诗选》中《鼠肝虫臂》一首，即临难时寄示长文之作。儿子雍，字释弓。按圣叹《才子尺牍》卷首有"男雍释弓撰"五字。《哭庙纪略》载，圣叹有一子，曾请乩仙题号，乩仙判曰"断牛"。及圣叹获罪，妻、子流宁古塔。《诗选》内亦有《与儿子雍》七绝一首，此可正梁拱辰《池上草堂笔记》所云"圣叹无子"之误。《杜诗解》卷二有附录圣叹幼年五律一首："营营复营营，情性易为工。留湿生萤火，张灯诱小虫。笑啼兼饮食，来往自西东。不觉闲风日，居然头白翁。"今《诗选》内不载，其遗佚固已多矣！圣叹之墓，在苏州城外五峰山下博士坞，至今犹存。十余年前，张仲仁一麟撰《阳山十八人祠记》，谓："苏州浒关阳山东麓有土地庙，塑象十八人，衣冠各异，故老相传，即哭庙案中同难者之象。"又谓："哭庙诸生，怀光复明社之志。缇骑搜其家，获与嘉兴友人书，中多不讳语，故借哭庙事以罪之。"今阅《诗选》中如《甲申秋兴拟杜》《效李义山绝句》《塞北》《今朝》《元晖来述得生事》诸作，亡国之思，所触处多有。当时文纲綦严，犯者辄有不测。选此诗时，想见慎之又慎，而仍不免错杂其间，则此诗后之流传不广，良有以也。刘继庄，生顺治五年，卒康熙三十四年，全谢山为立传，云："年十九，寓吴中，居吴江者三十年。"则继庄始寓吴之时,为康熙五年,金释弓已于前数年流宁古塔,而继庄所著《广阳杂记》有与释弓问答《南华会解》之语,似释弓后曾归吴,方有此事,惜无他种资料可为互证也。

二月廿一日,星期三,阴,六十四度,夜雨

《初学集·玉蕊轩记》。玉蕊即山矾也。黄山谷云:"荆公欲为诗而陋其名,予为名曰山矾。"牧斋又易此名。此花为常绿灌木,大者高丈许,叶椭圆有光,锯齿甚疏。春开白花,有清香,朵较茉莉为大。

二月二十二日,星期四,晴

子佩来。洁公示永兴任立凡预山水册十二页,焦墨淡设色,意境荒寒,中以溪山深秀。我亦有亭深竹里,也思归去听秋声。老渔石桥畔,新蝉噪夕阳。拟蓬心老人法仿石田五页为尤佳,其画品在若波鹤逸之上。又黄尊古仿宋元山水册十页,《罗浮春色》《荆溪图》《晴川黄鹤》《黄山松》《泰岱晴云》《剑阁图》《边山秋雪》《苕溪》《武夷九曲》《太白寒林》,旧为张芙川所藏。张春水澹书"引人入胜"四篆字。钱天树、张尔旦两跋,有"芙川张蓉镜心赏""琴川张蓉镜鉴定真迹""清河伯子"诸印。尊古,原字旷亭,少从丘高士屿雪学画,后师麓台,卒雍正八年,年七十一。又仇实甫青绿山水。绢本,卷长一丈一尺,高一尺三寸,题"仇英实夫制"小楷五字,"十州"葫芦印。陶文冲澹宣题"江村逸趣"四字及跋,画笔工致,绢素完整,均佳品也。项孔彰、卞润甫等画册系赝迹,不录。

二月二十三日,星期五,雨

题石谷画四诗,书入卷内。

二月二十四日,星期六,雨

抱一来。前假阅《太平天国英杰归真》一册,当面交还。

二月二十五日,星期日,雨

李合肥朋僚函稿中载同治元年盘踞常熟之骆国忠投降事前后甚详。摘录函语,略加贯串,以便浏览:

"同治元年秋后,在常、昭之钱桂仁、骆国忠,屡浼人向苏抚李鸿章投降。李令与钱、骆素识之游击常德人周兴隆,由福山间道入城,见城内多系皖、楚人,万众欢跃,愿即纳款。适李秀成于十一月二十二日回苏,召钱去,钱恇惧无措,竟往苏城。骆、周等恐事机败露,遂于二十七夜举事,将一二粤籍头目擒斩之,余众悉剃发缴印。又因福山口内尚盘踞数百人,二十八九日,合力歼之殆尽。于是福山、许浦、徐六泾各口皆降。献城后二日,李秀成即率听王陈炳文、慕王谭绍光、潮王黄子隆、湘王[黄子澄]水陆万余,围攻常熟。旬余,苏抚派常胜军五百余,带炸炮轮船往福山,一面令程学启、郭松林攻昆山、太仓,不克。而常熟城外石营,被李秀成用洋炮轰陷,在北门外又开地道,势甚危急。苏抚又派潘鼎新、刘铭传调浦东守卒三千人航海赴福山进援。同治二年正月十九日驶抵福山。二月,添补李恒嵩带常胜军千余协助。初五日,合攻石营,炸炮轰坍城墙数丈,毁屋甚多,而围常熟之大股漫山遍野而来,各军力与相持,未能攻破。周兴隆屡发帛书告急,十八日,由戈登率常胜军炮队与张遇春炮勇围攻福山,各军并合,遂先将石垒二座攻破,并同时击退大股来援者。是夜,围常熟之众弃营潜遁,次早追逐无及。黄昌岐、刘铭传诸将皆入城抚慰降。"

二月二十六日,星期一,雨

　　两宋钞本,传世已稀。旧山楼赵氏藏宋钞《太宗实录》五册,系黄荛圃旧物,闻现在张菊生元济处。又徐伯郊于前数年得宋景祐钞本《乾象新书》二册,折子装,通天朱丝阑,书法与唐人写经相近,有元人藏书图记及明清两代名人题跋,索价三千五百万元。伯郊以二千一百万得之,南海潘氏宝礼堂亦有此书残本八册,索价三万美元,可谓骇人听闻矣。

二月二十七日,星期二,阴,下午露霁色,五十度

　　书《〈沉吟楼诗选〉跋》。贻德偕其尊人过访,赠以画轴一件。

二月二十八日,星期三,阴

　　跋钞本《黄摄六先生诗选》:

摄六先生及蒙叟之门,《初学》《有学》两集所载投赠之作独多,铭、传两文之外,尚有《诗序》《六十寿序》《莲蕊楼记》三篇。此卷仅存陈、徐二文,而不录蒙叟之序,岂叟于选定时自删其所作耶?

三月一日,星期四,晨有淡日色,下午雪,三十四度,室外冰

澄保来诊听肺部,云仍有异样之声。俟天气稍暖,即至医院透视。

三月二日,星期五,晴,三十二度

孙禹锡柚《藤谿诗稿》残帙跋:

遂初先生,字禹锡,《常昭合志》列入藏书家。著有《神游杂著》《藤谿稿》《栖云集》,《琴心》《昭关》传奇各种。藤谿买地事,先生自记为己巳三月,林屋陆伯相明辅撰记亦同,而此稿中《乙酉冬家贫绝食以藤谿属诸好事者》一诗首句云"追惟辛巳春三月,又有五年风雨酬佳节,今岁星霜怨离别"之句。按:考己巳为隆庆三年,至万历乙酉已相距十七年,而辛巳至乙酉则适为五年。记中所云"己巳"当为辛巳之误也。顾朗仲先生云鸿,万历二十八年庚子举人,卒后学者私谥为孝毅先生。《初学集》有《顾孝廉请赠议》及《吴中名贤表扬续议》均盛推其为人。所撰《藤谿山居记》《藤谿雪庵记》两篇,载《海虞文征》,叙购孙氏废圃时在万历廿九年辛丑七月,并非十三年乙酉。遂初所谓属诸好事者,盖另有其人,非即谓朗仲也。诗中屡称"秦娥碉",《藤谿记》及《藤谿山居记》中均同遂初所作,后《秦娥碉登拂水岩七律》一首,亦载《海虞文征》,惟已改为秦坡涧,是"秦娥"当今即秦坡也。"古遗祠",记中均作"古逸祠"。陆纂夫诗题似误,此册尚系明人钞本,况有翁文恭手题隶字签及小楷跋语,字字珠玑,至可宝贵。惟纸已蚀损,亟宜重装,以垂永久。

三月三日,星期六,晴,四十度

松禅老人跋《藤谿诗稿》:"孙禹锡先生辟藤谿之园,居五年而鬻诸顾云鸿。云鸿死,即草堂祠之,而园为佛庐矣。此崇祯年事也。今问藤谿,无知者。按其地当在北麓转西处,上倚秦坡涧,下对溪流,而小山适当其左，有人家临溪，或其遗址欤？此《藤谿诗》残帙，多讹字，诗亦不工。彭叔才见诒，漫记之。壬寅二月，松禅居士。”

先生居藤谿，自辛巳迄乙酉凡五年，盖万历九年至十三年也，非崇祯中事。

诗中屡见秦娥涧，岂即秦坡涧耶？于志无征。

吾邑徐复祚有笔记曰《三家村委谈》，叙孙齐之先生七政之高致。又曰：“有孙柚者，其从子也，性粗豪，喜饮酒樗蒱，居藤谿，萧然无儋石，而好客不衰，作《琴心记》传奇，俊逸可喜，但曲多未叶耳。”

三月四日，星期日，云昙，四十五度，黄昏雨

《西畇寓目编》载《顾横波范双玉墨兰合册》，共四页。顾画盖“顾眉”“眉楼”二印，无款。范画一页署“双玉”二字，印“春帆”。一页题“新夏雨蒙蒙，瓻阁晨起，伯紫相示眉生兰迹，戏为效颦”。范珏印“春帆”。不闲堂主人题云：“旧京顾氏眉生讳眉者，后为龚端毅公夫人，更名横波。范氏双玉讳珏，亦秦淮女较书也。画于故明崇祯丁丑冬月，今于康熙癸酉春仲合制此册，因以为识。”王梦楼录柳如是诗云：“‘兴来浓墨满吟笺，半是张颠半米颠。俗眼迷离浑不辨，嗤他强作画图看。’‘暂向幽芳一写真，笔花飞落墨痕新。总然冷淡难随俗，岩谷而今有几人。’‘翻风解作前溪舞，泣露犹闻子夜歌。一片幽怀谁领略，托根无地奈愁何。’河东君题横波夫人画兰三绝[1]，因幅上有‘柳隐如是’小印，故录之。玩末句，犹是未归龚尚书时也。”潘奕隽题云：“右顾横波、范双玉墨兰各二幅，吾友谨庭既重装成帙，复命余题其尾。予惟旧院风流，人艳称之，而遭际之盛，无如眉生。至双玉以秦淮女子，而渔洋尚书至形诸诗篇，比之范云，则其才调之美，固不独能画兰而已，何旧院之多才耶？”

三月五日，星期一，阴雨

《初学集·向言》。南宋吴敏等秉政有《十不管》之谣，云：“不管

---

① 此处天头有文字：题横波画兰诗共十三绝，见吴琼仙《写韵楼诗集》内。

太原,却管太学。不管防秋,却管春秋。不管炮石,却管安石。不管肃王,却管舒王。不管燕山,却管聂山。不管河界,却管举人免解。不管河东,却管陈东。不管二太子,却管立太子。腐儒之误国,又岂下于妖人贼子乎?"

三月六日,星期二,阴,晚晴

《初学集·徽士录》。新安程元初之言曰:"昔诸葛武侯以一隅抗衡魏吴,曾筑读书台,借多士之力。"考《华阳国志》,木牛流马,亦一士人所献,武侯采而用之。

又书武林襄夷事。侯喜者,唐之处士也。刘逸淮之乱,作《吊汴州文》,投之大川,以诉李翱曰:"诚之至者必上通上帝闻之,刘逸淮其将不久。"后数月,刘逸淮竟死。

三月七日,星期三,晴,四十六度

王廉州画《虞山十景册》,为大海回澜、桃源春涧、拂水层岚、昭明书台、西城楼阁、湖桥夜月、维摩宝树、吾谷丹枫、云护龙祠、藤谿积雪十页。此册年前在庞莱臣处。

三月八日,星期四,晴,五十度

丁亥十一月十五日记黄皆令画扇,顷见《初学集》有《士女黄皆令集序》,录之备查:

"今天下诗文衰熸,奎璧间光气黯然。草衣道人与吾家河东君,清文丽句,秀出西泠、六桥之间。马塍之西,鸳湖之畔,舒月波而绘烟雨,则有黄媛介皆令。吕和姝有言:'不服丈夫胜妇人。'岂其然哉?皆令本儒家女,从其兄象三受书,归于杨郎世功,歌诗画扇,流传人间,晨夕稍给,则相与帘阁梯几,拈仄韵,征僻事,用相娱乐而已。有集若干卷,姚叟叔祥叙而传之,皆令。又属杨郎过虞山,传内言以请序于余。余尝与河东评近日闺秀之诗,余曰:"草衣之诗近于侠。"河东曰:"皆令之诗近于僧。"夫侠与僧,非女子之本色也。此两言者,世所未喻也。皆令之诗曰:"或时卖歌诗,或时卖山水。犹自高其风,如昔鹡草履。"又曰:"灯明惟我影,林寒鸟稀鸣。窗中人息机,风雪初有声。"再三讽咏,凄然诎然,如霜林之落叶,如午夜之清梵,岂非白莲、南岳之遗响乎? 河东之言僧者信矣。由是而观,草衣之诗可知已矣。叔祥之序荟粹古今淑媛以媲皆令,累累如千言。譬之貌美人者,不论其神情风气,而必曰如王嫱、如西施、如飞燕合德,此以修美人之图谱则可矣,欲以传神写照,能无见笑于周昉乎? 癸未九月。"

三月九日,星期五,晴

书《藤谿稿》《摄六先生诗》二跋入册。

三月十日,星期六,阴,六十度

应潮、毓斯来谈。杨氏居宅在故乡南门程家巷,明程公以则式之故第,十木之变,殉难。后严文靖公居之。应潮之曾祖砚芬先生购诸季氏,红羊时曾为信天福之公馆,相传内有隧道,其厅事及两侧厢椽栋上施以文彩,均为太平天国之遗迹,收复后嫌其不雅,遂垩去之。信天福为封号,其姓名尚待考。

毓斯言前于萧退闇处见有人携《万年少馈赠顾亭林渡江图卷》,题者甚众,索值米二石,乃无受者。此图旧藏梁节庵所,费西蠡曾临一本寄松禅老人,老人嘱金门叔覆临,置唐墅亭林书院,并一再题诗。今原本乃飘零人间,未得妥善保护,可叹也。

三月十一日,星期日,雨

太平天国所遗马铃一具,钟形,铜质,高一寸,上有"马到成功"四楷字。每字之间各有一花,此为马项铃带中之一,系太平军遗于程家巷杨宅,尚有铁炮弹一图形,大如西瓜,惜已于倭乱中毁去。

三月十二日,星期一,阴

撰赠江都刘丈序。

三月十三日,星期二,云昙,四十二度,黄昏有月

志靖兄过访,前假阅《黄摄六诗》《沉吟楼诗》《藤谿稿》三种,当面奉还。乾三来。

三月十四日,星期三,晨雨

芳畦前示所藏朱石君与苏园公尺牍二十一通,诗三篇,纸用罗纹

及描金粉笺各色,有孙子潇、郭频伽、彭兆荪三跋,顾千里、高子高塏、毛岳生观款。曩见包世臣评清代书家,分神、妙、能、逸、佳五品,共列九等,石君真书居逸品上等。今观此册,俱为行书,而支嫩尚未成家,殊不足列于书家之林也。

三月十五日,星期四,晴朗

包安吴叙次清代书家为五品,分九等。神品一人:邓石如隶篆。妙品上一人:邓石如分真。妙品下二人:刘墉小真、姚鼐行草。能品上八人:释丘山真行、宋珏分榜、傅山草、姜宸英行、邓石如草、刘墉榜、黄乙生行榜、张琦真分行。能品下二十六人:王铎草、周亮工草、笪重光行、吴大来草、赵润草榜、张照行、刘绍庭草榜、吴襄行、翟赐履草、王澍行、周于礼行、梁巘真行、翁方纲行、于令淓行、巴慰祖分、顾光旭行、张惠言篆、王文治方寸真、刘墉行、汪庭桂分、钱伯坰行榜、陈希祖行、黄乙生小真行、于书佃行、段玉立小真草、吴德旋行。逸品上十五人:顾炎武正、萧云从行、释雪浪行、郑簠分行、高其佩行、陈洪绶行、程邃行、纪映钟行、金农分、张鹏翀行、袁枚行、朱筠稿、朱珪真、邓石如行、宋镕行。逸品下十六人:王时敏行分、朱彝尊分行、程京萼行、释道济行、赵青藜真行、钱载行、程瑶田小真、巴慰祖行、汪中行、毕涵行、陈淮行、姚鼐小真、程世淳行、李天澂行、伊秉绶行、张桂岩[行]。佳品上二十八人:沈荃真、王鸿绪行、先著行、查士标行、汪士铉真、何焯小真、陈奕禧行、陈鹏年行、徐良行、蒋衡真、于振行、赵知希草、孔继涑行、嵇璜真、钱澧行、桂馥分、翁方纲小真、张燕昌小真、康基田行、钱坫篆、谷际岐行、洪梧小真、吴育篆行、方履篯分、梅植之行、朱昂之行、李兆洛行、徐准宜真。佳品下十人:郑来行、林佶小真、方观承行、董邦达行、华嵒行、秦大士行、(高方书小真)[高方小真书]、金榜真、吴俊行、陈崇本小真。

三月十六日,星期五,晴

以三万一千元购得《铁琴铜琴楼书影》一部,共九册,计宋、金、元版二百七十种,可云富矣。杨惺吾、缪艺风皆有《留真谱》,惜为木刻。袁寒云影印十余种,虽精而开卷即尽。南京图书馆《盍山书影》仅限宋刊。若以美富而论,琴剑楼诚巨擘矣。

洁公寄示王古鲁翻印崇祯本《英雄谱图赞》一册。此书现藏日本内阁文库,即《三国》《水浒全传》之合刻本也。有熊飞、杨明琅二序。《水浒》为百十回本,《三国》为二百四十节。此仅印图赞一百叶,系二刻本,云在国内尚未发现此种也。

闻轶尘已于日前逝世,此三十年前老友也。

三月十七日,星期六,晴六十四度

种牛痘。

三月十八日,星期日,晴,有风,五十六度

芳畦来,以前假《西畇寓目编》六册,响拓祝京兆帖、朱石君手札、杳二瞻手札三种还之。闻集宝斋所购孙毓修藏书已大半售于本市文物保管委会。

三月十九日,星期一,阴,四十八度

三月二十日,星期二,晴,五十二度

钞濠叟著《许书干支建首形义正讹》五千字毕。

三月二十一日,星期三,阴,今日春分

为贻德作应酬文一件。

三月二十二日,星期四,晴

题梁山舟香山乐府长卷四首:

"压纸春云溢墨光,柔毫谁得似南梁。世称闻山曰北梁,山舟曰南梁。平生自守襄阳法,敛尽神锋腕底藏。"

"天龙僧舍山舟榜,移向先生印里来。老人于天龙寺见元贯云石书"山舟"二字扁,因以自号,且嘱丁龙泓镌印。托兴还如文待诏,只从纸上起楼台。"

"妙迹尤珍老去书,飞腾变化古稀余。山舟七十以后书,尤为世所珍重。鹅王已乳蜂成蜜,应笑人间尽墨猪。"

"芝玉门庭柏古轩,诒传四世见渊源。香山乐府藏经纸,一卷银钩宜子孙。"

三月二十三日,星期五,淡晴,间阴

曾侄倩及炳良来。

三月二十四日,星期六,雨

三月二十五日,星期日,晴,有风

抱一假阅书籍四种。《史通》二十卷,嘉靖乙未陆俨山接刊本,有跋。松禅老人于咸丰丁巳用朱笔临何义门手批,光绪甲申用蓝笔临钱牧斋批校,又以紫笔临王艮斋评语及圈点。明屈梧冈冲宵《春音集》,白皮纸蓝格钞本。梧冈诸生从桑悦受诗律,为琴川十杰之一,卷后有丙申秋五世孙钦跋语。《阁皂山志》二卷,明万历东吴俞策公临撰,蓉卿族伯锺锟手录本。濠叟撰《文字说解问讹》四卷,叟之曾孙完襄字佛士手抄本。

三月二十六日,星期一,明,六十度,夜微雨

题渐江和尚宏仁山水画册十二帧,吴兴章紫伯旧藏①。

"渐师江氏,字亦奇,休宁人。明诸生,甲申后去氏为僧,世称梅花古衲。画宗云林,而益以茂密。此册康熙十年辛亥所作有印无款,盖循宋人书名不用印、用印不书名之例也。"

"新安举子文通裔,祝发桑门悲易世。梅花一树松萝庵,剩水残山长雪涕。""瓣香仰止荆蛮民,祖衣独步龙门行。面目本来何处是,只留画印不留名。"

三月二十七日,星期二,雨

四弟从冷摊购得叶石林《避暑录话》残本,仅存上卷,周左季家钞本②,有"姚埭老民""泠寿光"二印,沈寐叟旧藏也。又钱梅谿刊《钱氏传芳集》一册。

三月二十八日,星期三,阴

阅刘知幾《史通》上册毕。内篇十卷。

---

① 此处天头有文字:此册有"画禅"及"辛亥"二印,康熙十年所画也。

② 此处天头有文字:左季名大辅,少鹤之子,兄和叔曾在张雨生处。

三月二十九日,星期四,晴

写横幅一页。抱一藏明人朱继美著《桐下听然》笔记,夸娥斋刊本,仅存首册,有图赞。

三月三十日,星期五,晴,晚阴

抄录《文字说解问讹》起始。

三月三十一日,星期六,雨

阅《史通》下册外篇十卷毕。《史通》有松禅老人题识:"咸丰丁巳九月朔临何义门先生手批本,丁巳九月初八日临毕。同龢识。""家藏钱湘灵先生临牧翁批校本,用以对勘,乃知此本内所称冯云者,皆牧翁评也。何盖讳言之耳。因以蓝色补其圈点,并补何所漏者数条于阑上及行侧。圈点似湘灵先生所为,非牧翁也。甲申六月,同龢记。""家藏本有王艮斋侍御评语,因以紫色笔临之。其圈点颇烂漫,且与评,评语多违戾处,疑非侍御手笔。然颇尽文章之妙,故并临之,便于初学诵读。叔平记。"[①]

四月一日,星期日,晨晴旋阴,午后雨

记《阁皂志》。《阁皂志》二卷,一册,明万历东吴俞公临策编。卷首有万历丙戌云间陆从平序,山在吉州新淦县。道书谓天下福地七十二,兹山列三十三。卷上为"山考""名胜""宫观""记文",十八页;卷下为"题咏""本传",附"遗事""杂论",二十一页。族伯蓉卿公锺锟手录。卷后有"乙丑六月校读一过,震亨"一行小字。此为同邑邵曼如先生手笔,乙丑乃同治四年也。

四月二日,星期一,雨,五十度

记钞本《春音集》。《春音集》,近体诗,一册,共二百零三首,又一首残缺。明邑先辈屈梧冈先生所著,白皮纸蓝格钞本,末有先生五世

---

　　① 　此处天头有文字:顾千里《史通》校本跋:"《敏求记》云'陆文裕刻蜀本《史通》,其《补注》《因习》《曲笔》《鉴识》四篇,残脱疑误,不可复读。文裕题其篇末,而无从是正,举世罕睹全书'云。即此本也。叶石君校定本。"

孙钦丙申秋日跋云："此卷从毛子晋处所得,共分四卷,凡一百五十八首,合之家藏者,钞成此册。"按:邑志:"先生名冲霄,父辐,举人,瑞州推官。先生少孤,以诸生试不售,从桑氏怿受诗律,为琴川十杰之一。著有《春音集》《梅花百咏》。"崇祯时,龚玄孟立本修《常熟县志》,曾选《秋夜遣怀》《春日雨中怀友》《过尚湖》三首。邵息盦氏编《海虞文征》,亦将此三首转载。惟未见此卷,是以有关邑中掌故之作,未能多选也。兹录出四十首备考。

四月三日,星期二,上午阴,下午晴

有人记朱古征事,谓癸未会试,主考以其字迹与阎丹初之子相似,阴拟擢为第一。光绪以字欠端,饬改二甲一名,与陈冕对易。余忆翁文恭日记,亦载是科殿试事:"四月廿四日,呈前十本,令军机阅看。第一写作皆好,头尾似预拟。第二字如乾嘉时人。第三写得匀净。第四乃南园体,奇甚。第一幅末有疵,结尾有不切语,拆弥封。一甲:陈冕顺天、寿耆、管廷献。二甲:朱祖谋、志钧、丁仁长、邵松年、张预、熊亦奇。"所谓南园体,至老不变。先生卒于二十年,辛未岁末,即有淞沪战役,先生枢尚停会馆,闻兵火中,几被焚毁。墓志铭,陈散原撰。行状,夏闰枝撰。

四月四日,星期三,淡,晴

抱一谓麓台仿梅道人墨笔山水大轴系挖款,细视之,果有割裂痕迹,此系旧时好手装裱也。俗子每将书画上双款割去,不知有时反因双款而增重,且古人名迹安可任意割装耶? 此幅洁公藏。

四月五日,星期四,上午阴,下午雨,清明节

今日为二月晦农历。先公逝世忌辰,设供,虔诵《金刚经》三遍。

四月六日,星期五,上午雨,下午阴

四月七日,星期六,晴

申官从乡间来,从破纸中检得先公己亥告养诗木刻数页。此在荆州所镌,红色尚未尽蜕,已历五十二年矣。当时赠行诗甚多,装裱一册及图一幅,丁丑之乱失去。记得沈寐叟有函云"读此诗后,为之低徊不置。诗之感人耶？抑自有所感而为之激荡耶？当令太夷评之"之语。

四月八日，星期日，晴，六十二度

朝铃来访。

四月九日，星期一，晴

近来精神甚健，体重亦略增，乃黄昏时无故咯血一小口，如蚕豆瓣大小。今日曾移窗前方桌，岂因移重而受牵掣耶？一夜安眠未发。

四月十日，星期二，阴，六十度

今日进粥二碗、汤二碗，在床起坐吃。仍咯出一口，甚少。

四月十一日，星期三，晴，五十八度

静卧未发病。

四月十二日，星期四，晴，五十二度

晨盥吐痰，中仍有一星。起床午饭后，又咯一口。

四月十三日，星期五，晴，六十度

终日卧。

四月十四日，星期六，雨，五十八度

起坐进午饭。痰中仍见血一星，极小。

四月十五日，星期日，阴，六十度

能步至外间用饭。

四月十六日，星期一，雨

今日饮食复常。

四月十七日，星期二，阴

体力较已恢复，上午能起坐阅书。

洁公函告修掩河东君柳夫人墓，原信如下：

"上巳日至西山，见河东君墓后挖掘如防空壕，棺头横板已不见，棺木甚高大。惟四周是否毁损或缺少，不能细辨，仅见头颅显露，骨色灰白，眼部凹下。因与我家坟客相商，适巧此钱氏坟为其母家所守，据云挑土填补需力三工，当嘱即日动手修掩，工力照算。计被盗迄今将届十月，前接来信，嘱设法修掩，今为完此心愿，想必乐闻此消息也。"

四月十八日，星期三，雨

今日上下午均起坐阅书，精神甚好，惟气弱耳。

四月十九日，星期四，阴，夜见月色

能伏案作字。

四月二十日，星期五，子夜雨，整日阴

牧斋撰《从堂叔令甫墓表》，称祖之兄弟曰从祖祖父，同曾祖之伯叔曰从祖父，自称从父昆子。此称谓必出于礼书，宜一查。出《尔雅》。①

四月二十一日，星期六，阴，六十二度

抱一来谈，因将前假来翁批《史通》《阁皂山志》《春音集》三种缴还。

四月二十二日，星期日，细雨

余前屡记元僧善继血书《华严经》三十六年七月十八日，三十八年十二月十日。顷见《初学集》八十六卷有《血书〈华严经〉跋》，录以备查：

"半塘寿圣禅师藏善继上人血书《华严经》，故学士承旨宋文宪为序赞，新安有谢陛少连者为之跋尾，备载此经去来事。而曰永明师一转为善继，再转为文宪，以文宪为善继后身，误也。文宪序云：'无相居士未出母胎，母梦异僧手写是经，来谓母曰："吾乃永明，延寿宜假一室，以终此卷。"母梦觉已，居士即生。'其赞永明遗像曰：'我与导师有宿因，忽悟三世了如幻。'此文宪为永明再来之证也。若永明之为善继，善继之为文宪，陛之言将安据耶？文宪序、赞，载其门人李端、郑渊所刻《潜溪后集》中，盖文宪未入国朝之作。而善继写经始于至

---

① "必出礼书"旁有"×"符号，应是后来查到出自《尔雅》，非出礼书之故。且天头有以下文字：《尔雅·释亲》："父之世父叔父为从祖之父，父之从父晜弟为从祖父。"

正二十五年乙巳,成于次年丙午。文宪生于元至大庚戌,计是时五十有七年矣。序云:'今逢胜因,顿忆前事。'文宪殆亲见善继者,安得为善继后身乎?三世去来,如屈信臂,不可思议,然以应身信之,则后先历然。谢氏之讹,不可不订也。丙辰冬十月过半塘瞻礼是经,因志其后。"

四月二十三日,星期一,晴

清同光时常州赵惠甫刺史烈文侨居吾虞,筑楼榜曰"天放",乃取苏诗《赠赵明叔教授》句"长安小吏天所放",极为切合。

四月二十四日,星期二,淡,晴

《初学集》一百十卷阅毕。此集为崇祯癸未所刊,卷末有"宁国府旌德县刘入相字文华督工镌刻"小字一行,惟仍不免误字。且目录与卷中亦多不相符,如卷廿六《袁祈年字田祖说》,目录作《袁祈年字说》;又《陆君陈字说》,目录作《陆符字说》;卷廿七《金节妇钱氏旌门铭》,目录作《节妇金氏旌门铭》;卷三十目录有《何香山文集序》,卷中并无此篇。诸如此类,不一而足,可见当时校雠之疏忽也。

四月二十五日,星期三,有风,上午雨,下午阴

四月二十六日,星期四,阴雨,潮湿,六十四度

昔年所辑录先公年谱,孟龙先生撰序,叔远先生撰跋,拟乞翁克斋撰一跋,以识昔年交谊也。

四月二十七日,星期五,阴,细雨,潮湿,七十度

《题琴剑楼校书图》诗,录入卷中。

四月二十八日,星期六,阴,雨

昨狸奴一夜不归,群雏嗷嗷,其情可悯,以半乳喂之,殊累我也。历一昼夜方归。

四月二十九日,星期日,阴,雨

阴雨连旬,沉霾不开,湿云压户,大似黄梅,气候殊为闷损。

四月三十日,星期一,阴雨

读《大雄传》。

五月一日,星期二,阴

题萧山任立凡预山水画册:

"山人家住萧然山,烟云落纸皆萧然。图成见山不见画,胸中丘壑身林泉。"

"囊笔清游不知返,鲈乡小结忘忧馆。三十六鸥冷旧盟,偶写荒寒情亦懒。"

"山人生际同光年,当时画史多熟甜。自出机杼挥渴笔,毫端凌厉空无前。"

"眼中余子尽录录,狯厂瞎牛比不足。风流若数米家山,已见虎儿凌海岳。"

五月二日,星期三,晴朗

《校书图》送还凤起。理发。

五月三日,星期四,晴,有风,七十度

洁公寄来画轴数件:

朱白天藻绢本青绿山水。款"戊辰仲秋,仿关全笔法"。朱白竹树叶皆双钩,蒨紫窈红,皆加铅粉,设色妍静。

王誉昌露湑绢本设色山水。款"己丑长夏,仿赵集贤笔,请正正源老道兄先生,王誉昌"。

任伯年夹竹桃燕子,石坡纸本,设色甚肥。六燕集树梢,遗貌取神,极尽潇洒之致。

翁松禅墨兰小幅,宣纸侧小楷题:"文氏和州学博有此幅,题曰'绝似幽贞古君子,闭门高誉不能藏',嗟乎!世岂有君子而不能藏名者哉?瓶居士漫涂。"

松禅墨竹小幅,黄纸,题:"元人画竹,不避重沓,墨厚而气逸。墨君。"

松禅山水小幅,黄纸,隶字,题"雨余岚气"四字,款"辞隐"。

松禅山水小幅,宣纸,款题"己亥冬日,松禅",有"此中一我"阴文印。

祝骧哥五八诞辰。

五月四日,星期五,阴,七十八度

《镜山野史》一卷,钞本,湖南安化李汝昭著。李字镜山,生乾隆末,没同治初。此书叙至同治二年为止,于太平天国事颇可考证。为叶恭绰旧藏,近移赠中国科学院近代史研究所资料室。

五月五日,星期六,阴雨,六十二度

余藏咸、同时悟迟老人著《喝鱼漏网集》稿本一册,约一百页,蓝格纸,悉记苏常太平军遗事以及身受厄难、当时物价,颇为详晰。卷首有先公手题数语,称为"有心人也"。此卷余于十年前持赠凤起,不知今尚存否。他日有机,当假归重录一份。

五月六日,星期日,阴雨,六十二度,立夏节

曼梅表侄孙女来。树融夫妇来。胡厚宣谓殷墟发现甲骨文已出土者计有十六万一千余片。关于此项出版论著,统计有八百七十余种。加拿大传教士明义士著《殷墟卜辞》,自序云:"初时购得大的甲骨,都是假仿,用新牛骨制成,不久就腐臭。以后专购碎片研究,方能渐辨真伪。"孔十穗告我:"甲骨悉为后人假造。"往尝疑之,今知确有人仿制,真赝尚可辨识,不能一概抹煞也。

五月七日,星期一,阴雨

谨跋先公癸卯除夕甲辰元日和韵诗稿:

此先公和调卿伯父癸卯除夕甲辰元日诗韵十三叠手稿也。当时唱和者为翁松禅、邵息盦、陈有庚、刘石香诸先生及养浩叔,各赋十余,迭成《禅渔联唱》三巨卷。石香先生缋图纪事,卷今藏志靖从兄处,去春曾以出示,得遍读唱和诸作。

五月八日,星期二,阴

谨书先公《〈醒斋闲话〉跋》后:

先公于乙卯岁撰《〈醒斋闲话〉跋》,书于原册,并录此复本,以备浏览,而未附跋语。越三十六年,筹检得手稿,亟以缮入。按邑志,学耐先生姚姓,字受东,号耐庵,少孤,力学,既壮弃举子业,一意读书。

凤工书法,兼擅缋事。子左垣,登乾隆庚辰进士,就养都门。年八十,无疾卒,著有《醒斋杂录》。

五月九日,星期三,晴

校先公诗集。

五月十日,星期四,晴

良官来。

五月十一日,星期五,晴

代甸老跋韩紫石先生字轴:

韩公紫石,平生政绩文章为世景仰,余事临池亦超绝今古。往年见赠翰墨至夥,经乱散失殆尽,仅存此帧,为公晚年经意之作,规模章草,精妙绝伦。不敢自秘,出以公诸同好,当为有识者所共珍赏焉。

五月十二日,星期六,晴,七十四度

校先公诗集。

五月十三日,星期日,晴,七十八度

记梁山舟字卷。松禅老人题签:"《频罗庵主书香山乐府真迹》,同龢署。"检萧退闇篆书引首:"频罗老人手写乐天诗长卷,此卷真无上妙品,忍华得之,可媲昔贤之获兰亭矣。退闇题。"山舟书香山新乐府《七德舞》《法曲》《二王后》《海漫漫》《立部伎》《华原磬》《上阳白发人》《胡旋女》《新丰折臂翁》《太行路》《道州民》《卖炭翁》十二首,小行楷,共二百零一行。末自跋:"甲子之秋,范愚轩同年来省过舍,是年政八十,神明视听皆胜于余。晤次索及恶札,余漫应之,以为相见政有期,初不置之胸中,乃越一年而遽归道山,信老健不足恃也。今年令嗣世兄书来,复责前诺,余不敢不应。以六十年同袍之谊,不及报于生前,只增感怆耳。嘉庆十二年,岁在丁卯,三月十一日,同书写香山乐府十二篇,尽十纸乃止。手腕衰钝,不能请鉴于地下故人,弥用愧责。时犬马之齿八十有五。"前有"频罗庵主"印,下盖"山舟""梁印同书"二印,纸为藏经纸,有赭黄、浅紫、古铜三色。首四页纸中均盖有"金粟山藏经纸"楷书六字紫色戳记,纸上隐隐有折子装经文可辨。

大约此纸为经卷之衬页,故留此字迹耳。前后有"常熟翁玉甫珍藏""翁子祥珍藏印""元郎小印""鼎臣珍赏""翁印之善""星凤堂""又云①考藏""杨宏农""杨氏世家""二泉山人""继振""莲公""继振秘玩""韵兰心赏"十余印。

五月十四日,星期一,晨阴,午后雨,八十度

　　记河东君画像。纸本,半身像,环以月洞,貌丰腴端正,眉目娟秀绝人,金簪绾髻,耳佩坠环。画师未署名,传神甚工,似从真容上所摹者。上有嘉庆时海盐查揆撰骈文②,高爽泉垲所书。

　　"自昔扶风设蓰,不闻窈窕之名,厌次应谐,乃托宛若之迹。靡风坏俗,骖服六朝;夸饰畸行,竽滥八代。炙輠解小郎之围,抽簪聆济尼之论。魏成君去,乃有朝云;伶元妾来,何嫌通德。或谓侍千牛之巾拂,则反手者三;上鸱夷之苇抗,亦效鼙者屡。抑知穆姜再拜,赋《绿衣》之卒章;息妫无言,拒湘宫之万舞。葑菲下体,萧勺暮年,如河东君者,抑亦难矣;君生禀异质③,归并英流;姓本庐前,谊从镤后。窃以信陵醇酒,妇女多归;北部党魁,菜佣知慕。群议所趋,非云清尚;迹其通识,别有慧音。夫深山大泽,实生虺蛇;幽阜单岑,非无荃蕙。宏光之际,鼚鼓惊花,房夜闭月。谁言赵鬼,能读《西京》;亦有吴姬,争歌南渡。或天魔舞艳,忽沉劫钵之图;或神女行云,已泣灌坛之梦。君独慧观扰扰,妙悟如如。依颜特进,颂《归心》之篇;就雷次宗,发往生之愿。弥戾之车跳出,频伽之瓶饷空。张苍则肥白如瓠,有仍之发光可鉴。歌舞疑仙,冠巾说法,我闻之室,其筏喻乎?若乃首阳何拙,柳下为工。野史亭空,独雪遗山之涕;通天台回,空衔初明之悲。梧

---

①　此处天头有文字:杨又云继振为藏书家,见《藏书纪事诗》。

②　此处天头有文字:查揆撰《河东君墓碣》。查,字梅史。

③　此处天头有文字:郭频伽麟《樗园消夏录》:"范小湖崇阶以河东君小像属题,图止半身,披纱幅巾,清臞秀眉,辅承颧。余旧有小影,为吴江闺秀陆澹容所描,长不满尺,而眉目意致与此幅无异,知必有所本。"

桐秋雨,拥髻而泣汉宫;山鬼女萝,挟瑟而歌楚调。内无以可托妻子之张堪,外不闻有致生刍之徐稚。顾独能涕泪饰巾,从容引玦,无殊伯姬下堂之言,有逾尾生桥下之信。呜呼!何其烈也。

君墓在虞山之西麓,拂水山庄遗址也。其前为秋水阁,其旁即耦耕堂。枯桑知风,土偶消雨。狐丘既墟,蛾壤屡蛰。烟凄露迷,蝼鸣蚓吊。访其后人,仅有存者。余友钱唐陈君文述,来治县事,征文献,阐幽微。弃瑕崇瑜,遗浊表洁;披荆改松,命畚揭阜。所以慨陈迹,嘉晚志也。既封植矣,授豪于余。略其冶艳,进于贞正。庶岁齐女有冥漠之侣,枚生非优俳之体。铭曰:似花非花,如镜非镜。住四禅天,为色究竟。生也慧业,死则正命。去来洒然,婵娟掩映。天之生是,为才者滕。嘉庆庚午六月①,海昌查揆撰。阅二月,钱唐高垲书。"

此文属词典雅,其称誉处亦殊得体。惟当时于牧斋之心怀复国,我闻之力为赞助,其卓荦大节多不获知,即知之亦不敢言,故犹未能从大处落墨也。

五月十五日,星期二,阴,有风,六十八度

记明李士达雪景轴。纸本,高四尺五寸,宽二尺。上题"万历庚申冬②写,李士达"。有"李印士达""通甫""石湖渔隐"三阴文篆印③,略设色。图中高岭巍峙,上有关塞,山坡挺立,长松及老树数株环掩草亭中。一儒士幅巾闭目,倚装而卧。亭外立一带发头陀,跣足褴褛,手持竹制道情具,向之作说法状。坡前一仆夫带笠支颐,席地憩息,一羸马伏其侧,山川草木悉染白色。此写韩文公雪拥蓝关之景也。用笔苍劲,人物浑厚有古法。旧藏藕渠瞿氏,去岁出售,值米二

---

① 此处天头有文字:庚午为嘉庆十五年。陈云伯勒碑重修为嘉庆十四年。

② 此处天头有文字:万历庚申七月,神宗崩。八月以后为泰昌元年。此画不应题"万历庚申冬"。细审题字,墨浮于纸,未能遽定为真迹也。壬辰中秋,虋摄记。

③ 此处天头有文字:士达,一字仰槐。

石。昔年清故宫参加伦敦艺术展览会,有其作品扇轴二件,颇为推重,
睹此知非虚誉也。清故宫藏山水立轴,款"万历庚申秋日写于石湖村舍"。

五月十六日,星期三,晴,七十四度

报载宁波毛衙弄李氏萱荫楼藏书多为天一阁、大梅山馆、抱经
楼、墨海楼诸家所流出,中有明十三朝《实录》、方志,宋元明刻、精钞
稿本。主人李庆城顷以所藏二千八百余种,计三万四百余册,捐赠浙
江图书馆文澜阁中,馆长张宗祥拟特辟一室专贮此项书籍。萱荫楼
有书目四卷,伏跗室冯氏有详注本。

五月十七日,星期四,阴,午后细雨,六十六度

瓶庐老人摹苏斋考订翻本《化度寺碑》真影本,又重摹王孟扬旧
藏苏斋响拓本,今藏同邑钱君处。去夏,章子瞻兄曾假临一过,并双
钩先公跋语见示。家藏摹本一册,劫后尚存。其中所录瓶庐诸跋,皆
足资考证,汇录如次:

"翻本《化度寺》真影苏斋考订本。碑字从坊刻剪襟,考证则油素
摹出。瓶生记。"

"王弇州本。字最少者在吴门陆谨庭家。"

"王弇州本。字略多者在缪文子处,后归蒋氏。"

"顾氏玉泓馆本。六百八字,庆历时初拓,宋拓中最先之本,吴荷
屋售诸成邸,今在吴观澜处,今归端午桥方。"

"吴门鲍氏本。较苏斋藏渤坏更甚,宣和时拓。"

"苏斋藏本。北宋拓,元初襟册,后归叶东卿,今闻为陈小舫取去。"

"玉泓馆本以四百金售于成邸,今在吴门吴观澜家,壬辰子月假
得一观。瓶生。"

"余摹苏斋老人诸跋,盖一时游戏,因宋翻宋拓本索价五百金不
能得,故取厂肆新刻,剔去伪字,襟为碑图耳。今年十一月,吴门友人
寄示一本,即苏斋跋中所称玉泓馆本也。后数日又见彭甘亭藏唐石
宋拓本题签直自谓唐拓,阮文达谓海内第一,其即蝯叟跋中所谓伍氏
孤本欤?再看竟是覆刻,庸劣可憎,并阮跋亦伪。趋公鲜暇,耳病臂僵,难

得两古本并集余斋，因点镫联几观之，以志墨缘。光绪十八年十一月晦五日，大风凛冽不可当。瓶生记。"

"玉泓馆本。范氏赐书楼，原石庆历中拓，吴荷屋以四百金售诸成邸，辗转归吴子实家，今寄京师，索千六百金。今为端午桥方所得。"

"唐石本。张樵野侍郎携示云南海伍氏物，价千余金。"

"玉泓本峻拔如皇甫，唐石本凝重如醴泉，此鄙人臆论也。其实唐石本是覆刻，以阮公一跋增重耳。唐石本凡二百九十四字，无一笔剥蚀。观玉泓本顾汝和跋，谓姚元白本的是宋拓，细勘始知重摹，盖仅摘其清明者刻，残缺者弃而不刻也。并云文休承一本正同，其即此唐石本之类欤？"

"《化度寺碑》宋翻九百余字本。王孟杨旧藏，苏斋响拓，瓶生重摹。"

"此覃溪先生手摹陈伯恭家宋翻邑师塔铭，所谓王孟扬本者也。后又以陈彦廉藏翻本对校，又以真石本逐字细勘，品量其肥瘦疏密，其用力可谓勤且至矣。原本以油素摹拓，经火烧残，如破珙，如裂绣。余乃于市儿处假得，用薄纸摹之，手僵目昏，益失其真，不足留也。光绪十九年正月，翁同龢记。"

"光绪癸巳正月，于厂肆见苏斋老人手摹化度寺碑宋翻宋拓本，蠹蚀如网，幸碑字尚全。乃于放衙后极意摹一本，凡墨字颇具格势，旁注朱书细字，则信手钞写而已。然只得十二叶以下，则蠹益甚。廑辨笔画残失者，无从臆补，直录其文耳。翁同龢记。"

"光绪十九年正月十八日，灯下摹录讫，明日开印，事益繁矣。瓶生记。"

"戊戌十月见覃溪先生手摹自藏真石宋拓本，时在舟次，不暇细观。乘夜秉烛，廑摹其后跋数叶。买椟还珠，真堪一笑。"

"前所摹乃余癸巳年见苏斋响拓翻本，宋拓也。今见一本，乃苏斋自摹所藏。赐书楼真石宜再摹一通，以为双玉，然精力已衰，目昏手战，忽忽寓目，旋即卷还，仅钞其题跋数则，并残缺字形而已。买椟还珠,真堪一噱。此所摹,凡六叶。戊戌十月松禅老人。"

五月十八日,星期五,晴,六十四度

杨濠叟五十七岁小像。纸本,横幅,直二尺二寸,广四尺。吴冠英绘以松石流泉补景,坐坡石上,一手拂须,仪观甚伟。自题"水流云在"四篆字,并行书题记一篇,已见文集内。

五月十九日,星期六,晴

张孟皋花卉卷。绢本,设色,自题拟陈白阳笔意,兼用南田翁设色为之,北平张孟皋作于甬江盎孟港工次。后有昌硕一跋云:"孟皋为人耿介绝俗,官枫泾时,尝为郡伯作画一,竟即索润笔,曰:'某不妄取一文。而八口饔飧,非鬻画无以自给也。'是卷为北溪老兄旧藏,群卉翼翼,满卷香沛,洵为难得。当孟皋寓武林鬻画时,几饿死,北黟时馈以米。后发逆陷,孟皋全家殉于忠清巷。昨见杨利叔孝廉跋其杜鹃画云:'举其大节,叙入忠义录,为之立传。'始知孟皋死而不死矣。光绪戊戌吴俊卿。"此跋因记孟皋遗事,故录之。复看乃是伪迹,且讹笔甚多,殊可笑也。

五月二十日,星期日,晴,黄昏雷雨

翁文恭《题十老图赞剩迹》,同治十二年癸酉八月书,见诗稿中。有庞伯絅先生跋:"光绪甲辰重辑邑志,将次成书,严海屏观察携此卷见示,并另笺述其遗事,因据以纂入《市镇》《寺观》《善举》诸志,题志而归之。同时展读《徐园修禊图》,圆沙、赤厓诸乡先生皆与其列。此图虽较后百余年,而衣冠气象大略相似,足见古风朴茂,即章身之具亦不轻变易,为可慕也。庞鸿文跋。"

五月二十一日,星期一,晴

购青梅三颗,以齿不耐酸,供碟中,玩之。明日小满节矣,《物类相感志》云:"青梅,小满前嫩脆,过后则易黄。"梅子色极静雅,故瓷名有曰"梅子青"。

五月二十二日,星期二,晴爽,七十八度

抱一假阅《杜樊川诗》四册,桐乡冯孟亭集梧注,计诗集四卷,外集、别集各一卷,附补遗数首。昔张幼樵称小李非小杜敌,李莼客亦称牧之诗力求生新,亦讲古法,晚唐诸家中尤为铮铮。余幼时曾于《全唐诗》内曾读一过,已多年未阅矣。

五月二十三日,星期三,晴,八十度

旧书中检得调卿伯、金门、硕庵叔为大田岸基地致县函稿,阅之可知该地源流。

"职等旧遗祖基一块,在台治南门外廿三图,地名大田岸,系先曾祖刑部陕西司郎中懋园公手建住宅。有子四人,长中书科中书朗亭公,次陕西知府霞城公,三无后,四直隶清丰县知县见岚公。累世同居,子姓蕃衍,长房腾出,次四两房,或腾或住。职等仰体祖宗敦睦之训,大事公同,世守勿失。兵燹后,屋毁基存,瓦砾荒芜,迄今四十余年,职等虽无力营造,亦不忍捬押出卖。乃近闻有沈姓串买此基,随询地保,据云沈姓契买不讳签押,查问族众,隐匿枝梧。职等伏思祖宗基地,世泽相存,仍为子孙者,理宜公同保守。今沈姓无端诱串,族中幼辈无知,朦混立契,事前讳莫如深,绝不通知,事后即立沈姓界石,并闻即欲在此基起造戏馆。职等溯查丁亥春间,南城外曾设戏馆,屡经肇事,经前任李邑尊福沂详请勒石,永远禁止在案,此次断难听其再生事端。诚恐沈姓情虚,势必捏词上渎,用特据实函达,以备兼听。倘沈姓愿将此地和平归还,职等亦决不为已甚。统祈鉴教。"

五月二十四日,星期四,阴,细雨

校先公文稿。

五月二十五日,星期五,晴,八十四度。晚八时雷雨,降雹如蚕豆大小,数分钟即止

五月二十五日晚雨雹有作[①]:

"霎时电挚并雷轰。一片琼琤碎玉声。阴气骤来谁得御,试看灾

---

① 此处天头有文字:戊戌四月初八,即阳历五月二十六日,中午雨雹十分钟,报载"大者如拳"。

异纪初平。"《后汉书》:"初平二年五月,雹如扇如斗。"

五月二十六日,星期六,晴,有风

订《西畇寓目编》二册。

五月二十七日,星期日,晴,八十二度

采绚来。抱一来。

五月二十八日,星期一,晴

汇录先公所撰挽诗挽联,都为一卷。署曰《春音集》。

五月二十九日,星期二,阴,八十三度

骧哥假阅张幼樵奏议六卷、书牍六卷,共十一册。此集无诗文,似未全。

五月三十日,星期三,晴,黄昏雨

昨梦沈砚铭表兄至吾家,衣黑褂、淡色袍,仍垂辫,与余略谈。醒时已不记作何语。表兄殁将廿年,平时迄未一梦,或因近来忆念希任斋事而致此耶?

五月三十一日,星期四,晴,七十六度

录《濠叟墓志》一篇,滨石先生撰。

六月一日,星期五,晴,八十度

四棣假阅明人养生著述抄本一册,内《二六功课》《摄生要语》《养生肤语》《摄生三要》《修龄要指》五种,从《学海类编》录出。兆铃赠自制糖精一小瓶。

六月二日,星期六,晴,八十三度

《涧于集·书牍》卷三《上恭邸》,建议总理衙门请专设海防股,事略谓:"俄为大股,而海防附之。近日法越事宜纷繁,非专设海防一股不可。拟请添传记名汉章京四员,以两员分派各股,于股中替出两员,以两旧两新办理海防事宜,而于总办中派定一员,专司其勤惰"云云。按《总理衙门同官录》,丰润入译署为光绪九年癸未十一月,先公传补章京为是年十二月,与叶子川庆增,慈谿人、刘星阶宇泰,鄞都人、童瑶圃德璋,四川江北厅人三公同补。先公派管俄国股,盖即丰润所请添传四员之建议也。

六月三日,星期日,阴,七十六度

颐炳来。

六月四日,星期一,晴,晨七十度

商务印书馆刊《性命古训辨证》三卷傅斯年著,为金舆所赠,系广阮文达所著《性命古训》而成,援引殷周彝器铭识甚富。谓性命二字,俱为后起之字。上卷纯系释字,得此佐证,然后方释义,再释绪,其立论之法,颇可为治学者之参考。

六月五日,星期二,淡晴

自农历五月起持六斋,即初八、十四、十五、廿三、廿九、三十,如逢月小,移前一日。初一日仍持斋。

六月六日,星期三,阴,午后雨,七十六度

抄濠叟著《文字说解问讹》四卷毕,约四万五千字,历时二月。

六月七日,星期四,晴

阅《涧于书牍》六卷毕。

六月八日,星期五,阴

书扇一页。

六月九日,星期六,晴,八十度,今日端午

以朱笔校《文字说解问讹》四卷毕。

六月十日,星期日,晴

手抄《濠叟遗著跋》:

濠叟著述,自其嗣君思赞大令早世,迄未结集,阅时既久,遗稿零落,一代巨著几致湮没无闻,甚可叹也。庚寅夏,沈抱一异侄假阅所藏思赞手缮叟诗文稿四册,赵惠甫刺史评定,并撰诗序,亟录副一通。今春抱一复出示《文字说解问讹》四卷。叟之曾孙佛士名定襄所订,因一并录存,益以旧从叟手稿所录《许书干支建首形义正讹》一卷、《积古斋彝器款识辨疑》一卷、近年所见《与言卓林书完白楹帖跋》二篇,及从日记录出诗词补遗十余首,增附于内,亦可窥见叟著述之一斑矣。稿中朱笔系录惠甫刺史识语，黄笔录合肥徐毅甫先生子苓①眉评。癸酉以前散文悉经徐先生商榷，其古今体诗尾有朱规者，赵先生之所选定也。叟治学致力之处，于周秦诸子外，尤在小学，传疑释解往往突过古人。所著《文字说解问讹》初不分卷，未定之稿也，至佛士方厘为四卷。今与《干支建首形义正讹》并观，乃知意在增广前作而惜乎未及其余各部也。有关小学著作，尚不止此。《翁文恭日记》曾载叟撰《说文释例札记》《说文考证》两种，谓在辛孟处。辛孟叟之孙觐年宿草已久，其书亦无可探问矣。是集录成，又获见吴冠英所缋叟之《水流云在图》，有手自题记。读叟之集，瞻叟之像，益知文字遇合自有良缘。附录《清史稿》传及墓志各一篇，借为论世知人之助。辛卯端阳后一日记。

六月十一日，星期一，晴

整理濠叟文集次第。

六月十二日，星期二，晴，八十四度

今起开始抄录先公《耏斋随笔》。

六月十三日，星期三，阴，八十度

记明刊本《六书正讹》。此非至正本也。元本尚有宇文公谅一序及书中开缝"六书正讹"上作二横线，不作鱼尾形。惟此本白皮纸甚佳，恐系嘉靖元年滁阳于器之重刊本。其中重刊字样，惜经书贾割去矣。

六月十四日，星期四，终日雨，七十四度

记明汪尹子《印谱》。尹子手拓藏印，后附所作，都一册，有李檀园一叙及自识跋语。尹子，歙县人，字杲叔。偶获汪关铜印，因以自名。又颜所居曰"宝印斋"，古印共六十余方，如李勋、韩建、杜禹之印、留胜之印、张雍之印、万汤私印、杜钦私印，皆绝精手治者。匾额

---

① 此处天头有文字：《粟香随笔》作"徐易甫孝廉子苓"，刊有《敦艮吉斋诗钞》二卷。《翁文恭日记》："徐毅甫，名子苓，乙未举人。"

用印为多,如冯定庵、邹愚公、董玄宰、瞿星卿、王逊之、赵寒山、归文休、程孟阳、宋比玉诸印,气象嶒嵘,咸有法度,似较小印更胜。自跋言手拓此谱二十余本,以贻同好。时为万历四十二年甲寅,流传至今,亦可宝贵也。

六月十五日,星期五,阴,夜有月

《法华经》:"三界无安,犹如火宅,众苦所烧,我皆拔济。"火宅者,即此婆婆世界也。

六月十六日,星期六,晴

树立来。

六月十七日,星期日,晴,七十六度

《地藏经》亦云:"未出三界,在火宅中。"

六月十八日,星期一,晨雨

濠叟遗著四种订成六册:一文,二诗,三箴铭、杂著,四《文字说解问讹》。

六月十九日,星期二,晴,潮湿,八十八度

明石室道人撰《二六功课》述养生要旨,略摘数语:(一)始饭用素汤,当饥而食,未饱先止,茶涤口腻,漱去乃饮。多行步,少坐。勿伛,胸中闷则默呵气二三口。(二)灯夜默坐,勿多思,勿多阅,坐勿过二更。卧必侧身,屈上一足,先睡心后睡眼。(三)亥子起坐拥衾,约香一线。

明息斋居士述《摄生要语》:(一)食毕小行百步,以手摩腹百过,消食舒气。(二)卧处勿令有隙风入伤人。冬日温足冻脑。(三)发宜多栉,齿宜多叩,液宜常咽,手宜在面,此为修昆仑之法。

六月二十日,星期三,晴,九十三度

昔日之星相家多喜谈生辰,余八字为丁未、丙午、丙午、甲午。六火一土一木。

晨至公园散步,白莲已开,夹竹桃不盛,游者甚众,小坐即返。四弟携赠枇杷、金银花。

六月二十一日,星期四,晴,九十六度,有西南风,黄昏降至八十六度

陈眉公《养生肤语》:郭康伯遇人告以四句云"自身有病自心知,身病还将心自医。心境静时身亦静,心生还是病生时"。

天文报告今日下午五时半将有飓风,惟未过境。

六月二十二日,星期五,阴,七十八度

昨夜略受凉,今日腹泻四次,不痛。服姜汤一盏。

六月二十三日,星期六,阴,八十度

仍腹泻,惟饮食如常。服药片。

六月二十四日,星期日,雨,七十六度

腹泻稍愈,不敢多食。服药片。

六月二十五日,星期一,雨,七十四度

编先公诗集目录。

六月二十六日,星期二,晴,八十度

因腹疾,又稍受热,喉中欲咳。服消炎片。

六月二十七日,星期三,阴,七十六度

略咳。服药水。

六月二十八日,星期四,晴,八十度

读《樊川诗集》。何义门谓:"牧之、义山俱学子美,牧之豪健跌宕未免过于放,学者不得其门,未有不入于江西派者。"张簣斋驳之,谓"牧之不专学杜,且宋以后亦无人从事于是。世以樊南与樊川并称,实则小李非小杜敌也",其言推崇如此。李越缦亦称:"樊川诗力求生新,能讲古法,晚唐诸家中尤为铮铮。"余读冯孟亭《樊川诗注》,于张、李所称,确非过当。五古中如《感怀诗》《杜秋诗》《郡斋独酌》《雪中书怀》《题池州弄水亭》诸篇,高骋劲出,一气不懈,似较他体更胜。近体如《华清宫三十韵》及《长安杂题》六律,较之义山,亦当出一头地。古诗多从昌黎集中脱胎而出,如《大雨行》,则神奇绝似也。又其句法颇多独到,如"取鳌弧登垒,以骈邻翼军""七十里百里,彼亦何(常)[尝]争""取之难梯天,失之易反掌""指何为而捉,足何为而驰。耳何为而听,目何为而窥"①,开后来法门不少也。

《清史稿》两大册归还志靖兄。

六月二十九日,星期五,晴,八十一度

昨上半夜频咳,睡不成寐,服药后始止。明人养生著述一册,归还四弟。

六月三十日,星期六,晴,八十四度

今日咳止。惟腹疾尚未全平。

七月一日,星期日,晴,八十四度

腹疾渐愈。

七月二日,星期一,晴,八十六度

康康山墨笔画册十页,纸本。山水、花卉、人物、翎毛、草虫俱全。康山,乾隆时杭州人,名焘,字石舟。此册写于邗上,取境甚高,笔意萧洒可喜。其中摹元人王若水松鼠及双钩梅花,能以焦墨点染,尤为精妙。

张雪翁敔设色花卉十二页,纸本,乾隆廿四年作,意在白阳,布局奇古,笔墨苍厚。有"张敔""敔印""痴绝""娜嬛藏""芷园古处"诸印。旧为程松谷、庞翼霄所藏。

翁小海雒绢本设色花卉翎毛虫鱼册十页,鱼藻两页最佳。有"穆仲晋云""翁雒印""小蓬海""小海翁雒""可怜虫"诸印。

七月三日,星期二,阴晴间,八十五度

题任立凡山水册。剃发。

七月四日,星期三,晴

临山舟墨迹,其潇洒耸秀处,未易几及。

七月五日,星期四,阴,八十六度

书扇一页。

---

① 此处天头有文字:"一千年际会,三万里农桑""芳草复芳草,断肠还断肠"。

七月六日，星期五，阴，八十二度，晚雨

书扇一页。

七月七日，星期六，阴，八十二度，夜雨

书扇一页。

七月八日，星期日，阴，七十七度

《文字说解问讹》抄本两册，交还抱一。

七月九日，星期一，阴晴间，八十二度

补录濠叟撰《太常仙蝶两至新安记》，入其文集。

七月十日，星期二，阴晴间，八十五度

《涧于奏议》六卷阅毕。

七月十一日，星期三，阴，微雨，八十二度

磅体重为九十六市斤，较去年略胜。

七月十二日，星期四，微雨，八十二度

《抱朴子》："庄周云：盗有圣人之道五焉。妄意而知人之藏者，明也；先入而不疑者，勇也；后出而不惧者，义也；知可否之宜者，知也；分财均同者，仁也。不得此道而成天下大盗者，未之有也。"

七月十三日，星期五，雨，七十七度

樊川诗中时以"羽林枪"比雨。如《念昔游》云"分明拟拟羽林枪"，《大雨行》云"万里横牙羽林枪"。取譬甚奇，然亦有所本也。顷读《华严经》有"阿修罗中雨兵仗摧伏一切诸怨敌"之句，乃知即用其意。诸家注樊川诗者，俱未得其解也。[①]

七月十四日，星期六，雨，八十二度，潮湿

曲园居士辑《荟蕞编》，载有黄瘤堂之隽撰《杨艺传》云："临桂杨义士，名艺，字硕父，或云常熟人，福王时广西巡抚瞿式耜客也。式耜被执时，家属匿艺所。事发，并执艺，艺不屈，王孔有德义而释之。式

---

① 此条有勾删符号，且天头有以下文字：冯孟亭注《大雨行》于"四面崩腾玉京仗"句下已引用《华严经》，此条应删去。

耜死，艺服衰绖，悬纸钱满衣，行窸窣有声，号哭营市间。见缨弁裤靴短后衣者，辄叩头请言于王，收敛主人。王闻之曰：'瞿某有客，义若此乎？'并同敞张别山司马尸许之，遂得葬。时有释性因者，永明王时给事中金堡也。为浮屠于桂之茅坪庵，亦上书定南王，言收殓瞿、张事。将投书，遇艺，知已得请，遂不上。后以其书贻瞿氏，式耜子梓其书以行，而不及艺，由是楚粤间但知性因文字有力，而艺泯泯也。堡后徙粤东更名，今释号澹归，有集百余卷，其言艺事甚详。且曰：'以吾书掩艺功，吾为窃名。'"此事邑志不载，虽其籍贯不能确定，然宜补入之。

七月十五日，星期日，阴，八十度，夜雨

至刘医生处。

七月十六日，星期一，雨，七十七度

与先公通谱作昆弟行者，今日忆及，已无一人存在。因记出之，尚不止此数也。

庞庆麟肖雅，晚号屈叟，江苏吴江。钱福年友竹，江苏吴县。殷李尧厚培，常熟。刘麟瑞山东烟台。潘文熊质之，常熟。缪钟洛。徐兆丰乃秋，江都。张垲征仲宅，广东南海樵野尚书之子。吴引孙福茨，仪征，咸丰辛亥生，光绪戊寅订，子开第。檀玑斗生，安徽望江。同治癸酉举人，甲戌进士，咸丰辛亥生，子家郃、家邠、家郯、家邵。光绪丙申三月订。吴筠孙竹楼，仪征。张其濬子哲，号菊泉，字巨川，直隶蠡县。道光壬辰生，光绪丁亥订。子树珊、树镛、树敏。宋承庠养初，松江。叶寿松茂如，常熟。陈名侃梦陶，江阴。吕海寰镜宇，山东掖县。袁昶爽秋，浙江桐庐。顾肇新康民，吴县，咸丰癸丑生，光绪庚寅订。子彦夔、彦龙、彦熊。杨同棉调甫，常熟。阮忠植公槐，安徽怀宁。

七月十七日，星期二，阴，七十五度，甚凉

桑民怿《苦热诗》："寒水犹管乐，佳树即羲黄。"设喻甚工，然即"大暑酷吏"之反写也。

七月十八日，星期三，晨露霁色，旋阴，午后雨，八十一度

杜诗《漫兴》："恰似春风相欺得，夜来吹折数枝花。"《老学庵笔记》："相字，从入声。白乐天用相字，多从俗语作思必切，如'为问长安月，如何不相离'是也。北人大抵以相字作入声，至今犹然。"按字典，相音悉。

七月十九日，星期四，阴晴间，八十七度

杜诗《送韦书记赴西安》："白头无籍在，朱绂有哀怜。"《敬斋古今黈》云："籍在，顾赖之意。"旧说谓无籍在朝列，殊谬。元遗山《赋玉泉墨》诗句："浣柚秦郎无籍在，画眉张遇可怜生。"按：此谓无聊赖也。

七月二十日，星期五，阴晴间，八十八度

今日农历六月十七日，为先妣七十岁生日忌辰光绪八年壬午生。虔诵《金刚经》三遍，愿永生莲土。

七月二十一日，星期六，晴，九十一度

七官赠我山东对虾干一包。

七月二十二日，星期日，晴，九十四度

《公羊传》："属负兹舍，不即罪尔。"注："天子有疾称不豫，诸侯称负兹，大夫称犬马，士称负薪，此皆汉礼之名。言负兹者，负事繁多，故致疾。"《焦氏笔乘》谓："负兹者有疾而负蓐，如所谓伏枕云耳。"

七月二十三日，星期一，晴，九十一度

吾邑冯巳苍先生舒论诗以樊川为宗。又浙江孙子九《论诗绝句》云："若向生新论风格，就中尤爱杜司勋。"李越缦以为知言。

七月二十四日，星期二，晴，九十一度，大暑

先公《耏斋随笔》一卷，录副本毕，共八十四页，约三万七千字。

七月二十五日，星期三，晴，九十一度

以朱笔点校《耏斋随笔》一过。

七月二十六日，星期四，晴，九十三度

谨跋《耏斋随笔》：

先公《耏斋随笔》一卷，始于光绪中叶寓京之时，以迄辛亥归田后止。其中所记，往往出自当时邸钞，或朋僚传诵，诏疏书牍之外，旁及金石考证、图画题咏等类。就所闻见，录以备览，前后卅年，积成此卷。盖先公仕宦日久，偶有所作，皆在案牍之余。自己亥荆南归养，方多暇暑从事著述，卷中所记要以此时为多，而丁未再出，南北宦辙，又历四年，无暇再续。迨退隐以后，杜门却扫，不忍重忆往事。故自归田以至弃养及十四年，而此卷已先于丁巳辍笔矣。今岁整理遗墨待梓，爰将此手稿校缮一通，借存副本。

七月二十七日，星期五，晴，九十六度

连日酷暑，入夜亦不减退。往年当暑，余不甚流汗，今年则动辄浃背，殊不便伏案握笔也。

七月二十八日，星期六，晴，九十六度，午后四时雷雨即止

王莽捕翟义党王孙庆，使太医、尚方与巧屠共刳剥之，量度五藏，以竹筵导其脉，知所终始，云可以治病。此今之解剖学也。

七月二十九日，星期日，晴，九十四度

跋文与也点补画杨君谦雨夜联句图手卷：

文与也补画杨君谦雨夜联句图一卷，画笔秀润，中有苍劲之致，真迹无疑。君谦为成（仁）〔化〕二十一年甲辰进士，官礼部主事，年三十一即因病致仕。《列朝诗集小传》称其移疾得请之时，友好携酒饯别，日暮雨作，七子相与联吟。七子者，君谦之外，为黄岩王佐、海宁徐宽、松江陈章、黄岩王弼、华亭侯直、吴江赵宽，皆知名之士。君谦曾自撰记，载《松筹堂集》中。此图追写其景，后附记文残幅，亦系后人补书也。君谦与文温州相友善，为衡山之父执，而与也乃文肃之孙，竹坞遗民秉之子，已为衡山之来孙，其去君谦盖百余数十载。图中仅题绝句，未叙补画缘由，且无题跋可考，其为七子后裔，补作或自写乡邦故实，均不可知也。与也家传画学，为世推重，一时名流作图纪事，若屈翁《山西洞庭图》、王渔洋《秋林读书图》、梁曰缉《江村读书图》，皆出其手。汪尧峰夙少许可，独于与也，既屡题其画，复撰字说以赠,亦可想见其画品矣①。按朱竹垞撰墓志,与也生崇祯八年乙亥,卒康熙四十三年甲申,晚岁自号南云山樵②。

七月三十日,星期一,晴,九十五度

昨夜恐稍受凉,今晨不思饮食,午后体温达百度,入夜略退,仅饮焦麦汤数杯。

七月三十一日,星期二,晴,九十三度

今晨体温平,惟胃纳不健,腹泻两次,晚又有热六分,汗甚多。今日共吃米粥一碗半、小苹果二枚、焦麦汤二杯。

八月一日,星期三,云昙,九十二度

晨体温平,夜仍有热,四分,大约因天热之故。

八月二日,星期四,晴,九十二度

体温平,中午起,略进饭食。

八月三日,星期五,晴,九十三度

胃纳较佳,进饭。

八月四日,星期六,晴,九十五度

书扇一页。

八月五日,星期日,晴,九十五度

阮伯元《小沧浪笔谈》谓:"《后汉书·郑玄传》:'家贫,为父母所不容。'按唐万岁通天史承节撰郑公碑,文无'不'字,为范书所妄加。"伯元此言乃未见宋刊范史耳,王廉生所藏宋本《后汉书》即无'不'字,此后代手民之误也。

———————

① 原稿此处尚有如下一段文字:"云谓与也二字,为文肃所命名,以世族大家之胤不幸遭罹兵燹,濒于患难者屡,然卒能保有先人庐墓,布衣穷居逾二十年,而怡然不以为悔,此可见其品节矣。"因其上有删勾符号,故不列入正文,于此注出。

② 此处天头有文字:与也生崇祯八年乙亥,卒康熙四十三年甲申,年七十。

八月六日,星期一,晴,九十三度

　　书扇一页。

八月七日,星期二,晴,九十四度

　　四弟为我购得张幼樵涧于诗四卷。

八月八日,星期三,晴,九十五度,立秋节

　　骧哥过访。

八月九日,星期四,正午九十五度,午后雷雨,渐凉,降至八十二度

　　昨夜暑气不退,今晨热雾四塞,日色渐红,至正午北方云起,一时许日色掩尽,雨点即来。继续二小时,凉爽袭人,积日炎威遂消去矣。此次二十日中,每日常在九十度以上,夜间亦在八十六七度。旬日中并无点雨,为列年中所仅有。剃发。

八月十日,星期五,晨阴,八十四度,午后晴,九十度

　　临《山舟书香山乐府卷》一通。树立赠水蜜桃。

八月十一日,星期六,晴,九十度

　　《重修常昭合志》,前年匆促付印,计先印成十一种,适及半数,甸老赠我一部,今日加装封面,分订十壹册。

八月十二日,星期日,晴,九十一度

　　戏镌小石章一方,支嫩不能用也。

八月十三日,星期一,晴,九十度,午后雨即霁

　　瘦东寄《诗话三编》来。

八月十四日,星期二,晴,九十一度

　　对门有一五六岁孩坠楼,即送医院,闻尚无恙。

　　十年前余曾雨游善卷洞,洞在善卷山,距张渚十里,兹阅《说铃·东还纪程》,知湘省亦有善卷山,尧时善卷让位,避居于此,其下有枉渚,即《楚词》所称"朝发枉渚,夕宿辰阳"者,是沅江至此如一砥柱,过此则百里平畴,直趋洞庭矣。按:《庄子》:"舜以天下让善卷,善卷曰:'余逍遥于天地之间而心意自得,吾何以天下为哉?'"是善卷让位于舜而非尧也。《东还纪程》所记有误,善卷亦作善权。

八月十五日,星期三,晴,九十二度

报载本年四五月间,北京科学院考古发掘组在安阳小屯村发掘殷墟遗址,为时两月,计获甲骨、陶器、石器、蚌器、铜器共数百件,中有碧玉制石刀一件,据云系刻甲骨文所用。又灰色玉磬一件,长三尺许,长方三角形,上雕兽面粗细花纹。又掘得一坑中骷髅十五架,马头骨一具,上附铜件,云为殉葬之人及马也。

八月十六日,星期四,晴,九十二度

占勋赠秋梨、苹果一筐,并馈药费,受果却礼。报载潘郑盦旧藏盂鼎、克鼎二件由其后裔捐赠公家,据云体积甚巨,每器腹围二百三十八公分,重三百余斤。余藏濠叟文集有《西周盂鼎铭释文》一篇。

八月十七日,星期五,晴,九十四度,今日中元节

报载广东开平人谭敬,号区斋,将所藏战国齐湣王时量器"子禾子釜"及"陈纯釜"二件赠公家,此二器一八五六年(咸丰丙辰)在胶西出土,同时尚有左关鋘一件,共称胶西三器。

八月十八日,星期六,晴,九十一度

气象台报告台风今晚将袭吴淞口,黄昏仍见月色,风力殊微。午夜一时半,邻舍敲门,呼大水已至,急起,见街衢水已深二三寸。二时升至一尺许,幸未进屋。

八月十九日,星期日,阴,八十四度

清晨路上水已退尽。午夜一时三刻,警察敲门云大水复至,起视,水正缓缓上涨,较昨夜为高。灶间略进水,前门平。

八月二十日,星期一,雨,八十二度

晨六时许,水退尽。今日东北风渐猛,午后二时半,潮水即涨,兼以风雨交作,路上积水尺许。至晚七时退尽,午夜二时半,潮水复来,势甚汹涌,屋内进水尺许,与前年相仿佛矣。

八月二十一日,星期二,风雨,八十度

风势甚紧,潮水不退,积水之区已渐扩大。午后,屋内水退出,路上仍积尺许。至夜十一时退尽。子夜仍起水,惟较浅矣。

八月二十二日，星期三，阴，七十八度

晨路上积水七八寸，已刻退尽。风力已却。午后四时露霁色。

八月二十三日，星期四，晴，八十四度

《海槎余录》："石蟹生于崖之榆林港，港之内半里许，土极细腻，最寒，但蟹入则不运动，成石矣。"先公曩在海南岛得山蟹数十枚，大小仅寸许，往往数蟹回抱，略带紫色。外壳与生者无异，云磨之可治无名肿毒。余幼时戏将石蟹浸于水中，不久螯足即脱去，盖化石也。

八月二十四日，星期五，晴，八十七度

覆瘦东。小佩赴京服务，辞行，赠以手帕两方。今日过节祀祖。

八月二十五日，星期六，晴，九十度

白乐天《半开花》诗："东风莫杀吹。"自注："杀，去声，音厦，俗语太甚曰杀。"今京师语"大"曰"杀大"，"高"曰"杀高"，此假借字也。以上见《天禄识余》。浦东人尚从此音，如"杀好""杀大"皆是。

八月二十六日，星期日，晴，九十度

向占勋索得粗石二方，以备自刻。

八月二十七日，星期一，晴，九十度

《大公报·史学周刊》曾载崇祯殉国时投顺李自成之桐城光时亨所著《素堂遗集》稿本五册，未刊行，中有《安民六议》述马递铺兵之被压逼云："铺兵日止用以递公文，夜止用以传火把，今帮轿曳纤，无所不至。且各差役令打伞背包，甚且索其鸡酒，不得则鞭挞之、絷勒之，即老妇稚儿，亦复如是，以视奴隶犬马犹不若。又强令过站，霸其旗锣，剥其衣帽，暑则重锁，冬则赤身，计一站磨累数人，则百站磨累百人。嗟乎！此孰非穷黎赤子，不得已而应役者，遂忍凌辱驱逼至此极，何怪倒站逃亡所在比比，侵假而半化为沟壑，半化为绿林哉！"近人李文治著《晚明民变》，谓流寇内有驿卒参与。余阅吴青坛[①]所辑

————————

① 此处天头有文字：石门吴震方。

《说铃》,中有花村看行侍者著《谈往》一卷,曾言:"流贼滋蔓之由,始于裁驿递①。驿递之裁,倡于御史毛羽健,成于科臣刘懋。羽健娶妾甚嬖,其妻乘传至,立遣之来,速不及预防。羽健恚极,迁怒于驿递,倡为裁驿夫之说,而懋附和成之。驿递一裁,游手千万人,倚驿递为生者,无从得食,相率为盗,遂至滋蔓。闯贼得以招集之,流毒中却,覆灭宗社。两人首祸,万死不足赎,而实酿于一妇人。"光时亨所云马递铺兵,即此驿夫,在未裁撤前,固已受逼不堪,半已为盗,一经裁驿,不啻为丛欧雀,而遂为流寇中之附翼矣。《谈往》一卷,为清初时所著,非无稽之谈也。

八月二十八日,星期二,阴晴间,九十度,夜小雨

三卷五期《新建设》有周谷城《释辰》一篇奴隶社会意识形态之研究,大意谓辰字,古文字学者或释为蚌壳,或释为犁头,皆非也。就形体言,像人在崖下凿石之状,以甲骨文十三种为证,上部为石,下半部为凿石之状,包括人形、手形、器具、槌凿之类。后来震、振、侲《广韵》:侲子,逐厉鬼童子也、娠、蜃、甲骨文"师无蜃",军队分裂溃散曰"蜃"。宸屋宇、脤、《左传·昭十六年》:受脤归脤。赈、晨、蔑开发山林者、农开发土田者、辱、鞕、蜃诸字,俱从辰出。

八月二十九日,星期三,午后雨,八十七度

汝惠赠苹果一筐。

---

① 此处天头有文字:明史惇《恸余杂记》云:"除东江而奴酋入,裁驿递而流寇起,二事一律。驿递之裁也,始于兵科给事中刘懋倡其说,而大司马梁廷栋主之。梁固魏党,窥先帝有国用不足之忧,而力主此事以图容悦者也。余尝北上公车,每见赤条寡汉鹄立站头,候人雇替,一切肩舆重扛,不过十余钱,即送十余里,谓之'抬班'。得此便苟延一日之命,其穷如此,而秦、晋之间尤甚。故驿递一裁,而此辈无以自活。于是边卒神一魁一呼,而众已数千,发难于神木;总制杨鹤毫无方略,仓皇议抚,遂至养痈不久而数万且数十万矣……东江除岁省二十万,而频年虏犯,岁费不止百余万,裁驿递,岁省金钱四十余万,而添设剿寇督镇各兵,岁加练饷至二百四十万。"

八月三十日，星期四，晴，八十六度

潘光旦《论中国父权社会对于舅权之抑制》："因恩格斯说'日耳曼人从母权转进到父权的过程，母亲的弟或兄，其亲密的程度几乎比父亲为高'，从中国历史上找同样证据。（一）据研究殷代文化人说，伊尹是太甲之舅父，故有权放逐。此说不足置信。（二）《仪礼·丧服·子夏传》：'外亲之服皆缌。'即舅与甥、岳父母与婿、姑舅表兄弟之间，皆服缌麻三月。此中甥对舅之服，似有意抑制。《子夏传》又云对外祖父母或从母即姨母，服小功五月。晋袁准、六朝宋庾蔚之均非议舅服三月太轻，至唐太宗贞十四年诏改甥为舅服小功，舅服甥仍为缌。高宗显庆年间，又改甥舅同为小功。温公《书仪》、文公《家礼》、聂崇义《三礼图》、《明会典》、《清会典》均未更动。子夏侍叔嫂无服，亦为故意抑制，意在避男女之嫌。至贞观、开元年间，与甥舅服制同时改定为小功。（三）舅甥继承，礼教上绝不许可。《春秋》鲁襄六年'莒人灭鄫'。《谷梁传》：'莒人灭缯，非灭也，立异姓以莅祭祀灭亡之道也。'《公羊传》：'襄五年，取后乎莒也，莒女有为鄫夫人者，盖欲立其出也。'注：'时莒女嫁为鄫后夫人，夫人无男有女，还嫁之于莒，有外孙。'鄫子爱后夫人而无子，欲立其外孙。书灭，重贬也。后世之嗣，不许立姊妹之子。家谱且有规定，异姓报养不书，亦防开此例。"

八月三十一日，星期五，晴，八十六度

《洞冥记》："裂叶风八月。"风也，又《列子》"猎叶之风"。

九月一日，星期六，阴，八十三度

叶玉甫《我国雕塑漫话》："碑碣拓本，缪艺风藏为最完备，计一万一千余种，存北大国学研究所。""龙门造象，民国七八年间调查，存九万数千尊，至十八九年已少去数千。""塑象有泥塑夹纻二种。夹纻象似创自晋戴颙，久已无存。武则天所作夹纻大象亦无踪影。泥塑除唐杨惠之外，元朝刘元亦有名。元先拜青州杞道录为师，后从西域人阿尔尼格。据云北平东岳庙、元都胜境、圣因寺、甘露寺、关帝等有其作品，但都依稀仿佛，无从确指。元之家乡为宝坻，有一庙志书指为

庙内观音像系元手塑，至今尚在，亦不断定。关于刘元事迹[1]，见虞集《道园学古录》。"

九月二日，星期日，晴，八十四度

　　皖南文物馆近在芜湖范罗山发掘古墓，施工一星期，将墓身全部洗出，为卷拱式砖墓，墓顶已大部塌陷。在墓内地上发现粉青色双耳小口有盖釉坛及浅黄色双耳大口釉坛各一个，釉态坚薄，虽为陶器，已接近磁质。小字铭人物花纹铜镜一具，金属小环及长条薄片三件，五铢钱数十枚，残锈小铁件数事。墓砖花纹侧面为交叉爻字纹、双线斜条纹及云钩纹，底为绳纹及芦席纹。据初步观察，或系汉末三国时遗物。

九月三日，星期一，阴，八十二度

　　七官来。

九月四日，星期二，晴，八十九度

　　庐江刘晦之小校经阁藏书四百箱，共六万七千余册，捐赠上海文物管理委员会。

九月五日，星期三，阴晴间，八十四度

　　谨录先公所著杂记一册毕，约一万九千字。

九月六日，星期四，晴，八十五度

　　校杂记毕。

九月七日，星期五，上午阴，下午雷雨，片刻即霁，八十九度

　　《事文类聚》云："中秋月，名端正月。"

---

　　[1]　原稿于天头补充刘元事迹，有以下文字：《辍耕录》："刘元，字秉元，宝坻人。官至昭文馆大学士正奉大夫秘书监卿。元尝为黄冠师，事青州杞道录，传其艺非一，而独长于塑，天下无与比。所谓抟换者，漫帛土偶上而髹之，已而去其土，髹帛俨然像也。昔人尝为之，至元妙抟换，又曰脱活。"《道园学古录》："长春之白云观，金人汾王先生十一曜，奇妙为世所称，亦正奉之所造也。"《香祖笔记》："朝阳门外东岳庙中，仁圣帝、炳灵公、司命君、四丞相像，刘元所塑，康熙庚辰三月毁于火。"

九月八日，星期六，阴，傍晚雨，八十三度

杜樊川雨诗使“羽林枪”字，疑出《华严经》“雨兵仗”语。顷瘦东谓小杜用内典殊不多见。唐人语诗如“玉绳”“银针”之类，随意取譬，羌无所本，“电鞭”“雷毂”可言，“羽林枪”未尝不可言也。然樊川诗中如“休公都不知名姓，始觉禅门气味长”“行脚寻常到寺稀”“西风静起传深叶”等句，均出内典。特全卷中此类较少耳。

九月九日，星期日，阴雨，七十六度

阅黄忏华编述《佛教各宗大意》讫。内分四辑，一为俱舍唯识律宗，二为成实三论禅宗，三为天台华严，四为密宗净土，共二册。佛典浩如澜海，一部《大藏经》八千四百十六卷，欲简约成为纲要，洵属不易。此书介绍各宗教义，以篇幅所限，仅略举名词，初学者阅之，似尚未能言下即行了解也。

九月十日，星期一，雨，七十三度

苏诗“不向南华结香火，此生何处是真依”，即本王摩诘“一生几许伤心事，不向空门何处消”语意。

九月十一日，星期二，上午雨，下午阴，七十二度

闻河东君墓被发，赋此寄叶遐庵，嘱其商略重修。

“虞山河东君柳夫人墓，在西麓花园桥北，中山路南，东界小沟，西接园弄，去东涧墓百余步。清嘉庆时，邑令陈文述重修。去夏忽被宵小发掘，棺木尽毁，髑髅外露，历时甚久。始闻传说钱氏已无嫡嗣，守丁置之不顾。今春有人过而悯之，加以畚挶，草草掩盖而已。因忆昔年先生游虞，曾披榛访墓，写图纪事，闻此浩劫，料当惋叹不置。河东名垂志乘，遗冢应在护持之列，深望大力向有保管责者，一为进言。倘得重加修治，以免水蚁之厄，亦不朽之(威)[盛]举也。附奉拙句寄意，敬祈方家指教。

胜践难忘访墓图，乡亲推分到蘼芜。浇花已阅人天劫，发冢何来大小儒。狼藉香桃伤委蜕，凄凉绸发曝枯颅。怜才应有陈颐道，蛾坏重封德不孤。”

九月十二日，星期三，露霁色，旋阴，七十六度

剑南诗："菱刺磨成芡实圆。"自注："俗谓困折多者，谓菱角磨作鸡头。芡实即鸡头也。"

九月十三日，星期四，阴，下午雨，竟夜未止，七十度

胡文楷编《柳如是年谱》。余为补遗，及更正多条。汇录于此：

如是，吴江盛泽人，地名红梨渡。见秀水沈蒙叔景修致金粟香信。

萧士玮《初学集序》："牧老语余言：'每诗文成，举以示柳夫人。当得意处，夫人辄凝睇注视，赏咏终日。其于寸心得失之际，铢两不失毫发。'"

河东所居曰惠香阁，见《士礼居题跋》。《初学集》亦有和惠香诸诗。

《初学集·韩蕲王墓碑记》："辛巳长至日，余与河东君泊舟京江，指顾金、焦二山，想见兀术穷蹙，蕲王夫人佩金凤瓶，传酒纵饮，桴鼓之声，殷殷江流澎沸中。遂赋诗云：余香坠粉英雄气，剩水残山俯仰间。相与感慨，叹息久之。"

癸未中秋，河东以多病故，造大悲观世音菩萨一躯，奉安我闻室中。牧翁为撰像赞。

海上犒师事在丙戌，非丁亥。

柳夫人尽囊资助仁武伯姚志卓起兵，见《投笔集》诗注。

自缢于荣木楼，后为昭文县治。

葬牧斋墓西数十步秋水阁之后。

河东君评花最爱山矾，以为梅花苦寒，兰花伤艳，山矾清而不寒，香而不艳，有淑姬静女之风，蜡梅、茉莉皆不中作侍婢。牧斋深赏其言。

河东君有戎装入都小象，又有儒服小象。

九月十四日，星期五，阴，黄昏有月色，七十五度

寄叶遐庵诗，函北京文史研究馆。

九月十五日,星期六,阴,午后雨即霁,今日中秋,夜不见月

检书箧,存有焦山鹤州和尚手拓周鼎一纸①,铭文甚清晰。王西樵、渔洋兄弟俱有焦山古鼎,长古见《笃廊偶笔》。汪尧峰亦有焦山古鼎诗后序,并附释文。

九月十六日,星期日,晴,七十五度

《佛教各宗大意》二册归还靖兄。

九月十七日,星期一,晴

甸老赠葡萄二种、雅梨、苹果。

九月十八日,星期二,晴,八十度

以秋果一匣赠抑非。

皆山园图绢本,高一尺八寸,长五尺,青绿麓台为张景峰尚书作名廷枢,韩城人,未成而卒,弟子嘉定王丹思殿撰敬铭于康熙丙申续成,崇山峻岭,笔力雄浑,如无题记,几不辨为后来补作。有张英学圃、张玉书、李光地、许汝霖、王顼龄瑁湖、王鸿绪俨斋、王思轼、阮尔询诸题。泰州宫子行同治时及廉南湖旧藏。

胡三桥锡珪《花卉草虫册》十二页,纸本,设色,笔致近南田、新罗二家。三桥以仕女得名,花卉亦殊闲雅。

杨西亭《墨笔花卉卷》,纸本,凡八段,间有虫鸟,乙酉年作,颇与蒋西君晚年意境相似。

九月十九日,星期三,晴

撰《太平天国报恩牌碑序跋》一篇。

九月二十日,星期四,阴,下午晴,七十五度

靖兄赠杭州笋脯。

九月二十一日,星期五,晴

书《报恩碑跋》一篇。

---

①　此处天头有文字:所拓为无专鼎及遂启諆鼎。

九月二十二日,星期六,晴,七十五度

何义门《题〈夷白斋集〉》云:"读王处士墓志,可见淮张待士之厚。草窃破亡,而遗老犹思之不置,盖有足以感人者耶?淮张无大略远谋,此固其一长也。"按:《夷白斋集》,元末陈基撰。基,字敬初,临海人,参张士诚、士信军事,洪武三年卒于常熟河阳里之寓舍。邑志未指明斋址所在,据杨无恙考证诗云,在阳师浜之湖下,"北有巨宅,尚是前明遗构",即故址也。

九月二十三日,星期日,阴,七十五度

书秦楚芳《天启宫词》后:

按《拜经楼藏书题跋》,记陈简庄跋《天启宫词》云:《明诗综》选秦楚芳《天启宫词》八首,而《静志居诗话》嫌其述客、魏居多,而事关德陵者寡,不无微恨。秀水蒋楚稚之翘作《天启宫词》一百三十首,较之楚芳作为详备,乃《诗综》并不选入,岂竹垞犹未见耶?此册所录楚芳作《天启宫词》亦为八首,惟只一及客氏,恐非《明诗综》所选也,当一查之。

九月二十四日,星期一,晨雨,午后阴,七十四度

《同光朝诗坛点将录》,汪辟疆所作,曾刊《甲寅》杂志。

九月二十五日,星期二,阴,有雾气,七十六度

记《大还阁琴谱》。余藏《大还阁琴谱》六册,康熙十二年初印本,娄东徐青山著。青山原名上瀛,更名𬤇,号石汛。明崇祯时武举,以名家子破产学琴,得传于名师。与严天池名澂,字道彻,文靖次子。著《松弦馆琴谱》及《云松巢集》、张渭川、施涧槃、陈星源诸家游,采撷英华,自名其家。甲申,闻燕京破,弃琴伏剑。诣军门请自效,使者留以佐守长江,非其志也。遂谢去,隐居吴门,寓萧寺中。著《谿山琴况二十四则》及《万峰阁指法秘笈》以授弟子吴门夏于涧溥。康熙癸丑,蔡仁庵毓荣为之刊行。顷见九疑山人跋云:青山《琴谱》共三十二曲,与《松弦馆》廿八曲相较,松弦馆尚有《清夜吟》《中秋月》《渔歌》《渭滨吟》《会同引》《胶漆吟》六曲,此谱未录。其中《和阳春》《双鹤听泉》《白雪》《醉渔唱晚》《雉朝飞》《乌夜啼》《炎凉操》《平沙落雁》《离骚》

《潇湘水云》十曲,《松弦馆》所无。诚一堂云"琴川古调无急音,《松弦馆》不收《雉朝飞》《乌夜啼》等曲"是也。

九月二十六日,星期三,晴,八十一度

四弟假来《大还阁琴谱》一部,与余藏者相较。彼本已为后印,惟多一首册,因将序文选抄数篇。

九月二十七日,星期四,晴,八十一度

欧阳竟无居士著有《支那为文明之美称解》一篇,略谓"支那"是梵语,具云"支那泥舍",译义为有思维、为多计。作为声名文物之邦,文殊师《利法宝藏陀罗尼经》称"大振那",即"支那"之转音。

九月二十八日,星期五,上午阴,下午雨,七十六度

校王露湑誉昌《崇祯宫词》、秦楚芳兰征《天启宫词》合钞本毕。王作一百八十六首,分上下二卷。秦作原为一百首,此册仅录八首,抄胥甚劣。朱校一过,恐尚有夺误。秦作,渔洋《香祖笔记》、竹垞《日下旧闻考》均误为陈悰作。竹垞《明诗综》则不误,惟亦仅选八首,恐未见百首全稿也。

九月二十九日,星期六,阴,七十四度

汝惠廿一日自厦门来信,告知闽南近日天气尚如炎夏,与江南大不相似也。

九月三十日,星期日,晴,七十九度

破梦假阅邓氏风雨楼《投笔集》及《琴剑楼印本》《秋影楼诗》各一册。

十月一日,星期一,晴,七十五度

余藏《秋影楼诗集》初印本,缺查初白一序,因照瞿氏印本补入。

十月二日,星期二,晴,七十五度

颐炳告吐血方:生西瓜子一二升淘净,用大锅浓煎,滤清,加入冰糖少许,代茶饮之。常服勿间,可除根。

十月三日,星期三,晴,七十六度

今日午睡起,在日光中洗脸,忽觉眼前花黑,急坐定乃止。

十月四日，星期四，晴，七十八度

《美术生活》杂志所印古代名画均甚清晰，将较佳者略记之：

宋林椿花鸟长卷。亩东亭藏。椿，钱塘人，淳熙画院待诏，工花草、翎毛、瓜果，师赵昌。此卷仅印一段：山茶、翠竹、白头翁二、粉青鸟三，设色，用重青绿。前见狄平子笔记："在北京故宫文华殿见林椿《四季花鸟》卷，设色如新，精妙绝伦，题款字体确为宋人所书，真迹无疑。"此卷未印题款，未识是否即平子所见也。

宋无款人物幅。黄宾虹藏。画《秋兴》"请看石上藤萝月"二句诗意。二人扁巾朱履，一衣石青，一衣浅绿，藉石倚朱阑而坐。左侧石壁，藤萝其前，远山落月，设色极静雅。

宋无款山水幅。石菌阁藏。大江中一风帆鼓浪前驶，长年三人，舱中数人。右角山丘植枫楠十余株，水天空阔，布局恢廓。有"刘"字圆印及"澄怀"印。

宋夏珪《风雨归客图》。此即李文石《论画》诗所谓《秋霖图》是也。诗注谓："《图》，绢本，大幅，水墨瀹郁满幅，两人持盖行谿桥上，树木皆偃，作风雨势。款署'夏珪'二字大如钱。李芝陔藏本。"今此幅中诸景皆符合，惟持盖者为一人，坐亭中则为二人。左侧下角有行书"夏珪"二字。文石所记似有误也。

夏珪《江头泊舟》横幅。与前见故宫所印禹玉缋《长江万里图》意境相似。

夏珪《观瀑图》团扇。

夏珪《听泉图》团扇。左侧有署款。

文衡山《古柏修篁》折扇。罗希成藏。

明丁原躬《枯木竹石》折扇。罗希成藏。丁元公，字原躬，嘉兴布衣，后为僧，号愿庵。工山水人物，笔法近石田。

明画苑人物册一页。青绿设色。一学士骑白马，一侍者背朱红大葫芦，二童子背一瓦缶，行山坡上。左侧苍石壁树，坡前涧水横阻，间以小石细草。

苏宜《寒山行旅》大轴。款"癸卯榴月，仿王摩诘画，似太翁大词宗博粲，苏宜"。

新罗山人《锦鸠梅竹》幅。大风堂藏。新罗，名嵒，字秋岳，闽临汀人。侨居杭，后客维扬最久，晚年后归西湖。卒年近八十。

黄尊古《仿渐江小景》折扇。尊古,又字独往客,晚号净垢老人,顺治庚寅生,雍正庚戌卒,年八十一。此扇自题:"壬辰仲秋过邗江,得《渐江山水》小帧,古淡高洁,绝无蔬笋气,真得迂翁衣钵。黄鼎,时年七十有三。"

王汉藻《竹木对弈》折扇。王云,高邮人。擅楼台人物,似仇实父。康熙时,驰誉江淮。其写意山水,则师石田。

黄小松《新甫得碑图》。款为"秬香二兄嘱,黄易"。山水得董巨法,生乾隆甲子,卒嘉庆辛酉。

王东庄《仿云林山水》横幅。昱,字日初,号东庄老人,又号云槎山人,麓台徒弟。画笔亦师承之,有时淡似倪迂,浓似方壶。

高岑山水幅二页。岑,字善长,号蔚生。清杭州人,居金陵,为八家之一,善山水及水墨花卉。

明缂丝《麻姑献寿图》。瓷青地,彩色人物,极工致。

法若真《仿范宽雪景轴》。叶遐庵藏。若真,字汉儒,号黄石,一号黄山。清顺治时进士,官至江南布政使。山水嗣元人法乳。乾嘉时北方藏家极崇尚之,著有《黄山诗留》。此幅树柯苔点,敷粉极厚,全幅纯以粉墨构成,仅一二处略设他色而已。

文与可《画竹东坡题赞轴》。画竹,繁枝密叶,形如凤尾。署款"与可作"三小楷,略带隶法。上盖阳文"文同"二字,大圆印。右上端东坡题赞八句"怪木在廷,枯柯北走。穷猿投壁,惊雀入牖。居者蒲氏,画者文叟。赞者苏子,观者如流",元祐二年四月十四日书。盖有朱文"东坡翁印",大方印。此印阔边而栏内有细条,颇类官印。赞语见《东坡集》,惟题为枯木赞,非题画竹也。此轴藏北京四川会馆。

元人画《东坡像》张简题字轴。张简楷书十五行,录东坡与佛印问答语,款署"至正二十六年春正月甲午吴郡张简",印"张仲简"。

明吕半隐《山水轴》。笔意苍劲,近梅沙弥。款"遂宁吕浩"。

李调元《江村图》。远近皆为菱塘,小舟三五,或泊或行,隐约其间。调元,清蜀人,此幅华阳王君覆藏。

张船山书诗稿。书法恬淡舒和,颇似钱梅溪。

仇实甫《渔笛图》。陈仲遵《西畇寓目编》记实甫有《沧浪渔笛图》绢本,未识即系此轴否?

明凌贞卿花鸟轴。凌必正,字蒙求,号贞卿,太仓人。《无声诗史》称:吴县人,崇祯辛未进士,官广西副使,工山水花鸟。

文衡山《苦痃帖》。吴窸斋藏。

五代荆浩《匡庐图》轴。故宫博物院藏。

北宋范宽《溪山行旅图》轴。故宫藏。右端董香光书"北宋范中立《溪山行旅图》"。

宋董源《洞天山堂》大幅。故宫藏。左端有"洞天山堂"四大字。重峦叠嶂,气象万千,楼台亭阁隐白云间,横涧一桥,上有行者五六人。

赵松雪《枯木竹石》轴。故宫藏。左侧署"松雪翁"三字。

东坡《致梦得秘校书》。故宫藏。似已刻入三希堂法帖内。

明崔子忠《云中鸡犬》轴。故宫藏。自题:"七绝:'移家避俗学烧丹,挟子挈妻去入山。可知云内有鸡犬,孳生原不异人间。'许真人《云中鸡犬图》,诸家俱有粉本。予复师古而不泥,为南溥先生图之。长安崔子忠手识。"上有黄钺奉敕敬书和诗一首。

明吕纪《秋鹭芙蓉》轴。故宫藏。

宋晁无咎人物轴。王雪艇藏。

元柯敬仲墨竹轴。署款"敬仲"二字。庞莱臣藏。

元人《飞鸣食宿图》轴。庞莱臣藏。

明姚云东绶山水轴。有董香光题,庞莱臣藏。

明戴进人物轴。顾荫亭藏。

明吴彬《洗象图》轴。叶遐庵藏。

十月五日,星期五,阴,七十六度

抱一假旧钞本大瓢山人山阴杨宾《铁函斋书跋》一册张芙川旧藏,有跋语二段、濠叟手批《积古斋钟鼎款识》四册。

十月六日,星期六,雨,七十二度

购得周都庐钞本《甲乙史》二卷,又明末史料二百九十五种,目录一卷,合订石印本。得遐庵复。

十月七日,星期日,雨,七十三度

见周伯𡧖父鬲拓片,文作"■■■■■酒鬲"七字,释为伯𡧖父作姞尊鬲。此器旧为丹徒刘铁云所藏,后为吴兴程姓所得,已录入《周金文存》。题曰:伯家父,按《说文》,家,从宀,豭省声。古文🐗,从豕,豕亦豭也,豕在屋下。何以为家? 吴窆斋谓,祭,士以羊豕。古者庶人庶士无庙,祭于寝,陈豕于屋下而祭之谓家。吴说近是,而此又加邑款籀文,然许书不列各家,亦未补。据《周礼·地官》文曰:大夫之邑曰家,仕于大夫者曰家,臣则家内加邑,大象或如是。《积古斋款识》未录入。此鬲无耳,铭在边上,古时盛馔用鼎,常任用鬲。《尔雅》:"款足者谓之鬲。"款足,空足也,常见为三足,惟孔庙有四足鬲。

十月八日,星期一,上午雨,下午阴,七十四度

抑飞以恽题石谷画卷托为问售。

十月九日,星期二,上午阴,下午晴,七十六度,今日重九节

蜀汉井栏拓本。泥制井栏,出成都白马寺。形圆中空,质坚而细,高尺许,厚一寸,直径三尺有奇。沿口有文曰:"汉章武二年,太岁壬寅二月十日,奉丞相诸葛令,于堤侧凿井十口,亿万思丰,蜀夫造。"字颇类《曹全碑》。蜀夫,汉制工官也。

十月十日,星期三,晴,七十六度

四川蓬溪县宝梵寺为六朝遗址,有张幼荃君发现。该寺有壁画十余幅,经考定,乃出唐人手笔,为之一一摄影。顷见五幅,略如《世尊说法图》,画法秾缛绚烂,钩勒精严,皆以云采山水布满其地,完整无损,极所难得。闻蜀中各地壁画存者尚多,张君在十余年前搜集千余幅,汇为《益州壁画大观》,未知其印成否也。张君,号随公。

十月十一日,星期四,晴,七十六度

渔洋题樊川诗云:"星宿罗胸气吐虹,屈蟠兵策画山东。党牛怨李君何与,青史千秋有至公。"理发。

十月十二日,星期五,晴,七十六度

西安大智禅师碑侧,浮雕佛象摄影二页。一尊者端坐草茵上,双手结印。一尊者坐狮子背,横吹短箫。俱上下遍荫,草本植物枝叶,疑是优昙钵罗华。刻工精妙,似可墨拓。

十月十三日,星期六,上午阴,下午雨,七十四度

钞杨可师宾《铁函斋书跋》六卷毕。

十月十四日,星期日,上午阴,有微雨,午刻潮涨,门前三四寸,午后晴

以沈石友旧藏乾隆时曾姓抄本《朱晦庵诗》二册赠破梦,并将《秋影楼诗》《投笔集》二种还之。彼乃以《投笔集》及乾隆刊本汤西厓右曾《怀清堂集》二十卷、陈仁先《苍虬阁诗续》二卷见遗,又假《曝书亭诗注》嘉兴杨谦一部。彼谓吴江沈羹梅兆奎及丰润张庚楼安圃先生少子鉴别版本俱有眼力。

见洪武覆宋本《草堂诗余》二册有黄陶庵先生藏印三方,又嘉靖本《嘉祐集》四册为冯巳苍依宋本改正增抄,有朱笔题记二行,云:"借钱颐仲宋本校,增前后补钞页数甚多。"封面赵次公亲笔题字数行,云系屠守老人校本。铁琴铜剑楼《嘉祐新集》十六卷,校宋本,系冯巳苍以明刊依宋本改正,有朱笔题记,正与此同。惟卷首有上党大冯收藏图书记,此集未见,恐系录传之本也。

虚静斋藏濠叟手批《管子》《韩非子》两种。

十月十五日,星期一,晴,七十四度

校《铁函斋书跋》毕,撰跋语。

十月十六日,星期二,晴,日中达八十二度

得《奄城访古记》一册,罗叔韫《国学丛刊》二册。

《奄城访古记》,陈志良撰。二十四年石印本。有叶遐庵、吕思勉序跋。淹城遗址在常州城南二十里。二十四年五月、十月,由张凤、蒋大沂、郭维屏、卫聚贤、刘德明两次前往访古,拾得古匋数百片,其上满印花纹,可分三四十种。此册附有拓片五十五件及卫聚贤著《陶器上的花纹》一篇。

《国学丛刊》一、二两册,计有下列各种:

《〈周易王弼注〉唐写本校字记》一卷敦煌石室残本,罗振玉。

《隶古定〈尚书孔传〉唐写本校字记》一卷夏书,敦煌石室残本,罗振玉。

《殷虚书契前编》二卷共二十卷,此仅二卷,俱为拓片,罗振玉。

《唐折冲府考补》一卷补仁和劳经原《折冲府考》附隋唐府兵符拓本二十二种,罗振玉。

《艺风堂题跋》一卷共藏书题跋十五篇,缪荃孙。

《清真先生遗事》一卷宋周邦彦,王国维。

《古剧脚色考》一卷,王国维。

《蒿里遗文目录》一卷所录俱为砖铭、墓志,共三卷,此仅上卷,罗振玉。

《〈论语郑氏注〉子路篇残卷》此为《佚籍丛残初编》内之第三种,俱敦煌石室本,罗振玉。

《波斯教残经》《佚籍丛残》之十五,罗振玉。

《修文殿御览残卷》《佚籍丛残》之十八,罗振玉。

十月十七日,星期三,晴,甚热

抑非云:孟鼎原为郑盦后人昆季合有。自博山故后,其弟敬成在校任职,曾有人示意作价收买,故此次由博山之嫂潘达于出名捐去。

抑非藏恽题石谷卷,已售去,闻得二两。渔山《槐荣堂》卷尚存,价与上相类。

十月十八日,星期四,晴,日中八十四度,晚阴,夜半雨

《册府元龟》载武则天造十九字,随意创作,无甚涵义。丙天,埊地,囝日,囝月,〇星,𤴐君,𠁿年[1],𤯔正,恶臣,曌照,𡘋戴,𡘹载,囶

---

① 此处天头有文字:《万岁通天帖》"日月"作"𤴐𤴐","年"作"𠁿"。《通鉴》:"天授元年十一月,凤阁侍郎河东宗秦客改造'天''地'等十二字以献,丁亥行之。"

国，圀初，鑿证，𡔈授，𤯔人，𡘽圣，𤯔生。此十九字，当时章奏与天下书契皆用之。唐之石刻载有此类字者，即可知其在则天时也。

十月十九日，星期五，阴晴间，潮湿，八十二度

书篋中抄本毛宝之琛诗稿一册，经丁丑之厄，卷首已缺去数页，重加装订，并撰跋语。

十月二十日，星期六，阴晴间，晚七十六度

钞本毛俟盦上舍诗稿跋：

按《重修常昭合志》，毛琛，字宝之，昭文人。少即致力于诗，中岁饥驱四方，垂老归，僦居僧舍以没。其入楚游粤诸诗尤胜，稿多散佚。同邑赵允怀、吴县王朝忠搜采得二百余首，编为二卷，名《俟盦剩稿》。又按单师白《海虞诗话》，毛上舍琛，字宝之，号俟盦。少孤，有诗癖。母夫人潘命游王东溆之门，力追唐轨。初在扬州作《红桥》诗，有云"钟声不醒繁华梦，夜夜红楼度玉箫"，传诵一时。晚游岭外，赋《木棉》四律，为黎二樵简所推重。其全集已佚。此册为师白先生手校本，末附《三桥春游曲》十六首，即先生所补录，共为四卷。内《红豆村诗草》及《瀛洲诗草》各二卷，均为入楚游粤以前所作，故《木棉》诸诗皆不在内。且《红豆村诗》卷一已散失数页，传诵一时《红桥》之作亦付缺如。邑志谓《剩稿》二卷，共二百余首。此册今存二百四十二首，虽其数不甚悬殊，然无客楚粤之什，恐与《剩稿》有所不同也。邑志及《诗话》均谓上舍稿多散佚，此或即出自散佚中者，他日当求《剩稿》一对勘之。

十月二十一日，星期日，晨细雨，午阴，六十七度

韩信之信，音读新，平声，见《汉书·萧何曹参序传》："猗与元勋，包汉举信。"合韵，音新。

十月二十二日，星期一，雨，六十四度

濠叟手批《积古斋彝器款识》眉评汇录成为一卷，共三十页。此可附入全集内。

十月二十三日，星期二，上午微雨，下午阴，五十八度

题手抄《铁函斋书跋》后：

曩见松禅老人手录大瓢山人撰《翁萝轩刻玉版十三行跋》，考订精审，服其具眼。初不知有此书也。顷从师米斋假得山人所著《铁函斋书跋》六卷，为铁龙道人手钞本。龙石所校，旧藏吾邑双芙阁张氏，有"铁岭宋氏考藏"诸印记。芙川先生手题两跋，谓此书当时作值极贵，取其校本，一时罕有也。因迻录一本，七日而竟，重加校勘，仍不免有讹字。芙川所云罕有之校本，乃尚未尽然，可见扫除尘叶之难矣。大瓢生值康熙右文之世，与姜西溟、方灵皋、何义门、查声山、孔东塘诸先生为友。平生酷嗜碑版，研精数十年，尽览各家收藏宋、元旧拓，经其论定，莫不翕然推重。今阅此集，品题要以晋、唐法帖为多，此亦可见当时之风尚也。跋中两及梦虎道者，据龙石注，谓即大瓢夫人，亦能书，惟未及其姓氏。按之卷中《圣教序跋》云：为内弟朱完璞所藏。是梦虎道者应为朱氏也。杨龙石所撰金石文字，时及大瓢山人，此卷校注或系即出其手，所惜铁龙、芙川两跋中未言明耳。又《停云馆黄庭经跋》云：石归常熟钱氏。此事知者甚尠，可补《常昭合志》金石门所未及。

十月二十四日，星期三，晴，六十度

至九华堂观鸣野山房书画碑帖展览，书画无佳者，拓本尚有可观：

朱拓思古斋颍上《黄庭》《兰亭》。瞿木夫旧藏，有自题四绝句及跋语甚多，价三十万。《容台集》云："《黄庭》以思古斋为第一。"

万岁通天残帖。仅六页，极旧，有精采，似宋拓，十五万。帖中小字签题有"恶"，而"𡙇""𠀚""𡆠""𡆥"等字，则天朝所造字也。

西麓堂钟王楷剔帖。有明人徐延、徐复祚、陈宝、严澂诸题。似铁琴铜剑楼旧藏，有良士书签，五十万。

张澂摹刻褚氏禊帖。有王元美二跋，一百万。

宋拓东库二王帖。四本。李春湖、许滇生旧藏。有潘文恭、何子贞跋。

何书于道光十五年乙未,用印如上,甚少见也。① 一百二十万。

《淳熙秘阁帖》。十本。八十万。

佛遗教经。宋刻,敌国之宝,文定公家藏。四万。

明拓《鲁峻碑》。有张磊堪、陆廉夫跋。

韩仁铭《白石神君碑》。黄小松藏本,有跋。四十万。

隋太仆卿元智墓志、隋元太仆姬夫人墓志。元太仆志,为风雨楼郑氏旧藏。姬夫人志,有庄思缄跋,云两石均藏武进长生巷恽氏园中。两册合六十万。新拓本。

随姚恭公墓志。隋字作随。十万元。

旧拓《季直表》。七万。

旧拓《砖塔铭》。五石本。七万。

吴文残碑即半截碑,宋绛州重修夫子庙碑合装本。常熟归氏藏旧拓本。廿四万。

明拓《玄秘塔》。末有刻玉册。官邵建和并弟建初镌。十二万。

明拓《多宝塔》。有王孝玉�题。十五万。

傅寿毛眉书《急就篇》。细字,两厚册。有"冯梦华甲寅年"小楷字题。

渔洋诗杂稿十页。

十月二十五日,星期四,晴,六十五度

汉玉宫门环拓本。环如镯形,上有篆文"甹禾 二 丰 这 𥖥 宫 盥 𦍌"九字。邹适庐记云:考长杨五柞,均建于武帝时。据《杨雄传》,五柞宫至末年始成,正后元二年也。监,从反人,与攻吴监合。造,从舟,从之、口,与吕不韦二戈合,《说文》从牛,系本古文,易而从之,乃李斯小篆。《三辅黄图》:"五柞宫,汉离宫也,中有五柞树,因以为名。"

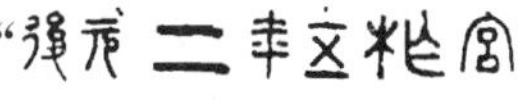

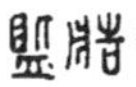

十月二十六日,星期五,晴,六十四度

吴文定宽为《唐子畏乞情帖》照片。"自使旆到吴中不得一书,闻

---

① 天头钤"𥁕"朱文方印。

敕书已先到，亦未审何时赴浙中，极是悬悬。兹有今岁科场事，累及乡友唐寅，渠只是到程处，为坐主梁洗马求文送行。往未几次，有妒其名盛者，遂加毁谤。言官闻之，更不访察，连明疏内。后法司鞫问，亦知其情，参语已轻，因送礼部收查发落。部中又不分别，却乃援引远例，俱发充吏。此事士大夫间皆知其枉，非特乡里而已。渠随尝奏诉数次，事成已无及矣。今便道告往浙省，屠老大人惜其遭此，定作通吏名目者。如渠到彼，切望与贵寮长杨、韩二方伯大人及诸寮友一说，念一京闱解元，平生清雅好学，别无过恶，流落穷途，非仗在上者垂眄，情实难堪。俟好音到日，或有出头之时，谅亦不忘厚恩也。冗中具此，不暇他及，惟冀心照不备。眷末吴宽再拜履庵大参大人亲契执事。八月十九日。"此函吴湖帆所藏。

十月二十七日，星期六，阴，六十四度

丁丑之夏，苏州省立图书馆曾开吴中文献展览会，顷见印本，有先贤像多页：

宋范文正公仲淹。面短而圆，慈霭可亲。手持象笏，冠后露雉尾一截。微须黑色。

宋范忠宣公纯仁。文正次子，面貌酷似文正。冠后插若孔雀翎者。须斑白色。

明王文恪公鏊。面色微赭，方颐大耳，胡须披拂，清晰可数。红蟒袍，纱冠玉带。上有七世孙录自赞。此幅叶遐庵藏。

明吴文定公宽。丰颐长髯，轩眉秀目。圆翅纱帽，袍前有白鹤补。

明申文定公时行。须鬓俱白，颐下微锐。帽顶甚高，蟒袍高领。

明顾文康公鼎臣。方颐，胡须，面有痣十余。

明严文靖公讷。笃老慈祥，面纹甚多。

明周忠介公顺昌。貌有忧容，扁巾便服。

明瞿忠宣公式耜。即铁琴铜剑楼所藏。

明叶文庄公盛。浓眉隆准，微须巨口。

高青丘。凤目高颧，面白微须。

归震川。轩眉浓须。

严天池。广颡长髯,道士服,手持如意。

沈石田。隆准秀目,五绺须。

祝京兆。方面胡须,眼似略有高低。

文衡山。大耳,微须,面瘦。

唐六如。眉目秀雅,微髭,扁巾便服。

仇十洲。颧高颐削,貌殊清奇。

归玄恭。长髯清癯,额有川字纹。

顾亭林。疏髯方颐,道士服。

十月二十八日,星期日,晴,六十七度

《铁函斋书跋》一册,交还抱一。

十月二十九日,星期一,晴,六十六度

九华堂有旧书求售,前往一阅,略记数种:

《洛阳伽蓝记》。赵次侯从照旷阁本补全,并依顾千里本校正。

抄本《京口耆旧传》。旧山楼藏,有《黄琴六读书记》。

抄本《绛帖释文》。旧山楼藏,有蒋伯生印。

《欧阳先生文粹》二十卷。有稽瑞楼印,王菊存旧藏,嘉靖本。

《鸣野山房帖目》。抄本,山阴沈复粲著,罗振玉序。

《滂喜斋藏书记》。满香簃抄本。

《函青阁金石记》四卷。商城杨铎著,积学斋徐氏抄本。

潍阳陈氏《宝簠斋藏金石目》。积学斋抄本。

王阳明《居夷集》。嘉靖本,白皮纸。

《古今经世格要》。明常熟邹泉子静辑。

《宗圣谱》。邹泉子静辑。

《使淮续采》四卷。明万历海虞蒋以化仲学著。

濠叟批《积古斋彝器款识》四册。有赵次公眉评,此师米斋旧藏。

濠叟朱批《国策》。

濠叟校批《文字蒙求》四卷。师米斋旧藏。

抄本《湛然居士集》。希任斋旧藏。

《四书人物考》。嘉靖本。武进薛应旂著。希任斋旧藏。

《唐渔石集》。嘉靖本。福建刊。

弘治本《盐铁论》。涂祯,字宾贤。刊本。都穆序。

潘郑盒、龚孝珙、翁宜泉、叶东卿批校《积古斋彝器款识》。徐积余旧藏。过钞本。

《香严先生集》。袁渐西批本。

《黄庭人身穴道表》。

校《至元圣武亲征录》一卷。

樊绰《蛮书》十卷。

吴振臣《宁古塔志略》一卷。

《元秘史》十五卷。以上六种俱渐西村舍钞本,有爽秋谱伯校字。纸张蓝格,板心篆书"渐西村舍陈村袁氏"八字。

十月三十日,星期二,晴

《曝书亭诗注》二十二卷阅毕。第二十二卷《……泊舟绣鸭滩再过草堂话旧以二诗词见投赋答》七律二首,上挖去投诗者之名,原刻全集无此二诗。[①] 按:此系是桐城戴南山名世,其后因文字狱而讳之也。首句龙眠山即指桐城。

十月三十一日,星期三,晴,有雾,六十六度

沈石田题文唐合作山水轴,余曾于南京美术展览会见之。设色,远山一角,烟树朦胧,青溪回抱,山坡疏树数株,极简旷之致。各题一绝:"虎儿文仲子,只作后身看。小笔将云卷,溪山点翠寒。沈周。""苍霭夕阳树,疏明雨后山。白云遮不尽,犹在有无间。文壁。""晚云明漏日,春水绿浮山。半醉驴行缓,洞庭黄叶间。唐寅。"有吴廷、陈定藏印,俱为明鉴藏家。

---

① 此处天头有文字:《涧于日记》谓翻刻本删此二诗,又谓初过草堂之时赠答如何,全集无之,疑竹垞已自删去矣。当一核《南山集》。

沈石田《竹堂寺图》轴，梅花环立四五株，有仅露权枒者，中立披风帽者二人，幅巾者一人，二童子捧笔砚侍。右端石枒一角，旁圆凳二，梅树之后，缭以短垣，绵延甚长。中启洞门，一老僧拱手若迎前，一童捧茶具。墙后疏林左右十余株，掩映堂宇。右上角石田自题七古一首[①]，注云："竹堂寺与李敬敷、杨启同观梅，因作是图，以志握手言欢之雅。时成化乙未冬日。"按：《瓶庐诗稿》云："曾见白石翁《竹堂寺观梅图》，成化己亥与李秋官、杨黄门同游作。"此图纪年乙未，岂瓶庐误记耶？

十一月一日，星期四，晴，六十六度

吴越王太湖投龙银简拓本长方如碑形，周围龙文："大道弟子天下都元帅尚父守中书令吴越国王钱镠，年七十七岁，二月十六日生。自统制山河，主临吴越，民安俗阜，道泰时康，市物平和，遐迩清宴。仰自苍昊降祐，大道垂恩，今则特诣洞府名山，遍投龙简。恭陈醮谢，上答玄恩。伏愿合具告祈，兼乞镠壬申行年，四时履历，寿龄遐远，眼目光明，家国兴隆，子孙繁盛。志祈玄祝，允协投诚。谨诣太湖水府金龙驿，传于吴越国苏州府吴县洞庭乡东皋里太湖水府告文。宝正三年岁在戊子三月丁未朔二十六日壬申投。"

十一月二日，星期五，晴，五十四度

蜀邛窑瓷品，见于记载者，有杜少陵《于韦少府处乞大邑碗》一诗："大邑烧瓷轻且坚，叩如哀玉锦城传。君家白碗胜霜雪，急送茅斋也可怜。"后之论瓷者，未见其器。只凭诗中言所言，以为邛瓷当系白色。乃二十五年，邛崃县掘得唐废窑数处，获器近万件，完整者仅百余件。其中形色颇多，且间有字文，釉色有如均窑者，如汝窑者，如龙泉大观绿者。亦有三彩者，色白故无论矣。除器具外，更有素釉造像、彩色造像、小犬小鸟等—盏有"隆兴四方"等字，可谓大观。三十七年，射洪李君携邛窑水注一事见示，甚小，仅寸许，褐色，暗旧如陶器。

---

① 此处天头有文字：诗见《石田集》。

李君渭自邛窑发现后，此品时见市上，小件不甚值钱，欲以持赠，余婉却之。

与邛窑先后发现有新津出土之陶器，中一大瓦钟，口旁有"晋太康九年造"六字反书。又有"犍为太守零陵刘府君侯之墓，晋太康九年造"等字之砖多方，当为晋代之物。其中烛台数件，刻浮雕人物，颇似汉石刻。余为瓦俑、瓦屋、瓦座、瓦瓶、瓦犬马鸡雀之件甚多。

十一月三日，星期六，晴

重阅《涧于书牍》，其中评骘袁慰庭、张季直诸人，颇有先见。将可资史料者，录入笔记。

十一月四日，星期日，晴，七十度

《曝书亭诗集》送还破梦。骧哥假阅《石屋余渖》二册。

十一月五日，星期一，上午晴，六十九度，下年雨

涧于论文，时有别解，录其数则：

"涪翁诗直是孟郊之流，不足与苏抗，而江西派尊为宗，大可笑。凡事皆有运存乎其间耶？"

"诗入论宗，即非唐贤格律。纶于诗无所得，而颇有固哉之见。于七律尤严，不轻用唐以后事，不轻用夹注，欲力矫袁子才及翁覃溪两派之弊。"

"爽秋由山谷以入荆公，学力静专，不落西江之派。"

"荆公诗已阅竟，尊说谓其晚年深婉不迫，语本石林，鄙见未以为当。大抵一人之诗文事业，有与年俱进者，学为之；有与年俱退者，气为之。荆公中年视天下事无不可为，故其气有一往无前之概，事业文章均有坚劲气象。晚年则悔心已生，委靡不振，其诗亦信手写去，不免老境颓唐，而学力精深，亦自有天成之趣。此种火候出于自然，不能强学。"

"方望溪出古文示李穆堂，李阅之，不发一语。方诘之，李云：'开口便错。'方愕然。李云：'篇中屡言吾桐，天下郡县名桐者有五，知是何桐耶？'文人相轻之论，亦不可不察也。"

　　"桐城流派,学之者弱,背之者粗,湘乡以刚矫之,是也。而时流蜂起,遂复高语秦、汉,凌厉叫嚣,尽抉古文之藩篱,而各以意突,甚非谓矣。湘乡趋重昌黎,法律仍宗惜抱,是古文正脉,终当由欧、曾以上溯汉、唐,各因其经术史学之浅深以为厚薄,而归本于品诣以重其言。"

　　"读文虽非奏曲,其中自有宫商,不可不审也。桐城派最讲究者是读功,此其最精微处。"

　　"随园诗确有所得,矫尊韩抱杜之病,而遁入性灵。鄙人尝谓白香山有《白帖》三十卷,较獭祭者定不枯窘,而不肯堆垛,所以自成一家。随园四六博雅如此,岂不能数典者? 而诗乃清空若此,盖欲矫渔洋之弊而为之耳。廿岁鸿博,岂有未读《长庆集》者,而自诡晚岁始见白诗,则近于欺人矣。"

　　"少时曾从事老杜,惜弟词多为累,时样妆难与古艳事衡比。拟益攻汉魏以救之,有志尚恐未逮。"

十一月六日,星期二,阴,五十六度

　　感冒伤风,微咳,服消炎片。

十一月七日,星期三,晴

　　仍服消炎片。得章太炎著《文始》九卷。

十一月八日,星期四,阴,五十度

　　咳嗽未平,仍服药。

十一月九日,星期五,晴,五十八度

　　伤风略愈,有微咳。

十一月十日,星期六,晴,六十四度,潮湿

　　服消炎片后,每患腹泄。今日咳渐止,药遂停服。

十一月十一日,星期日,晨雨,六十八度

　　破梦假赵秋谷执信《饴山诗》四册,曩尝见《谈龙录》而未见其诗集,当有与渔洋绝然不同者。诗凡二十卷,附词七十二阕。

十一月十二日,星期一,晴

　　梁大同仿铜雀瓦拓本,背有"能仁寺比丘正鹜仿铜雀剩瓦三万片,舍入法忍寺,愿先姚童氏十九娘超生佛界。大同元年四月陆墓甘□造"。

十一月十三日,星期二,晴,七十度

　　四川新津堡字山石窟。堡字山在新津城东南五六里,清末有人在该处掘得石窟,内有陶俑等物。后为成都华西大学某西人等所知,前往发掘,得陶器甚多,并无文字。居民见可谋利,遂相与效尤,前后计发现四五百窟。其地址除堡字山外,尚有玉皇观山、多元山、官斗山、胡家山、朝阳洞、瑞林寺、老君山、木鱼山等处,均与堡字山相连,纵横约十余里。窟系山石凿成,门高约营造尺四尺,宽同。进门为巷道,深浅曲直不一,高宽较窟门为小。前进即窟室,正中一间高宽约一丈,小者亦七八尺,深则过之。两旁之室较正中为小,一窟多则四五室,少则三室。诸窟相距远近无定,惟木鱼山则窟窟相连,其中间相隔仅厚约数寸之石壁耳。室之中置瓦棺或石棺,其上或两旁置殉葬物。放器之龛有砖砌者,或就石所凿。土人发掘方法,先在山腹或山麓见有形如 ⌐Γ 式之双角形石而有凿痕者,即识为巷道之起点,顺形掘之,可得窟门。惟巷道有曲直深浅,有时用简捷方法预测其度,由山上凿洞直下,以抵窟室。掘得之物,以粗陶、鼎鬲罍洗、禽兽、屋井、灶俑为多,余有铜洗弩机、奇字铜印、银碗、铁剑、大泉五十钱等。其特异之物:(一)晋太康九年造罍。高二尺四寸,口径八寸,腹径最大三尺,口面刻隶书六字,腹刻飞禽造象。(二)陶器烛台。高约二尺,上下两怪兽,下座浮雕舞蹈仕女,或两人相斗。(三)晋太康砖。侧有"犍为太守零陵刘府君侯之墓,晋太康九年造"十八字。按:当时禁用碑,故用墓志。当志至北朝,始用石志,然石志行而墓碑亡矣。此砖在多元山后,距玉皇观山约五里之张家扁出土,用以砌为椁形者。(四)浮雕画象石棺,共见五具,悉被损坏。所画有人象、车马、百鸟种种,甚类孝山堂石刻及渠县石阙。玉皇观山麓出土。(五)永平砖。出木鱼山麓,位于窟门之两旁。文曰"永平十三年三月作"永平为汉明帝年号。按《元和志》云:犍为县城在彭山县西北五里。《寰宇记·彭山县下》云:武阳县城在县东十五里。《华阳国志·武阳县下》云:昔人作大桥曰汉安桥,广一里半,每秋水盛,岁岁修理,百姓苦之。建安二十一年,武阳太守李严乃凿天社山,循江通车道,省桥梁,三津吏民皆悦之。又《水经注》:文井江,又东至阳天社山下入江。《元和志·新津下》云:天社山在县南,北枕大江,南接连岭,在汉安桥上流。新津县始置于后周闵帝九年,属犍为郡治。隋开皇初,废郡,置蜀郡。垂拱二年,割云蜀州。是新津县治在汉无考。今以新津在岷江正流,每岁水涸,修搭木桥,以济行旅,水涨拆去,即汉安桥之遗制。天社山即今之堡字山,适在旧县南。由此证之,汉武阳在彭山之说为误,武阳实在新津也。

十一月十四日,星期三,早霞甚红,下午阴,七十度,黄昏雨

《古乐器考》:

"一、特钟。一名博钟。孟子曰:'金声也者,始条理也。'凡乐,每奏一句,必先击特钟,乃每句之始条理也。

二、特磬。孟子曰:'玉振之也者,终条理也。'每奏一句终,则击特磬,所谓终条理也。

三、应鼓。《礼》曰:应鼓,在乐,每奏一句,击三声以应之。小鼓横置于架上。

四、搏拊。《荀子》:架一钟而尚搏。《大戴礼》:架一磬而尚拊。《文献通考》:堂上之乐众矣。所待以节者在拊。凡应鼓一击,则三拍拊以节之。如今腰鼓以左右两手击之。

五、编钟。共八个,同悬一虡,分为两层,以厚薄为次,每奏一字则击编钟,乃一字之始条理也。

六、编磬。与编钟同,每奏一字终,则击编磬,乃一字之终条理也。

七、鼗鼓。小鼓旁有两耳,持其柄而摇之,于搏拊三拍中参差用之。

八、敔籈。《书》蔡传:乐之将终也,则栎敔以止之。《尔雅·释乐》：所以鼓敔谓之籈。郭璞注：籈者，栎敔之竹名。敔状如伏虎，用籈，三夔敔首，复逆栎敔背三次以止乐。敔，木制。木音最质，终之以质，恐文胜则流也。

九、柷止。《书经》：合止柷敔。《蔡传》：乐之始作，则击柷以合之。《尔雅·释乐》：所以鼓柷谓之止。郭璞注：止，击柷之椎名。用止击柷三声以起乐。木音最质，始之以质文明之义也。柷如四方木匣形。

十、匏。《陈书》：匏之为乐，其性薄而浮，其中虚而通。笙则以匏为母，象植物之生焉。刘熙《逸雅》：笙，生也。万物贯地而生，以匏为之，故曰匏。后世易匏以木，而匏音亡矣。

十一、笙。元熊明来《五经说》：八音之有笙，不以行称，而以匏称，所重在匏也。《文献通考》：今之笙十七簧而四管不用，实亦十三簧耳。

十二、琴。《明堂位》：大琴、中琴、小琴。大琴宫三弦，管仲之遗法，见《管子》地员篇。中琴宫一弦，司马迁之遗法，见《史记·律书》。

十三、龙笛。如普通笛形，两头龙首。

十四、洞箫。洞箫，本凤箫为准。凤箫以七管备七声，洞箫以一管备七声。

十五、埙。《尔雅》郭璞注：烧土为之，大如鹅子，锐上平底，形如秤锤，四旁有六孔。

十六、篪。其制类箫，但较短。"

十一月十五日，星期四，阴雨，六十四度

唐周昉绘《桐阴读书图》。摹寒碧山庄刘氏旧藏本。二女对向，一正坐，面丰腴，细眉纤口，高髻峨峨，窄袖披肩，长裙自胸际下垂于地。一背坐，角髻前垂，手执书册，服装相同，披围巾，俱坐圆凳，四足为如意式，面有锦垫。所谓桐阴者，乃一小树，高才及人耳。

《吴渔山小传》：渔山名启历，常熟人，生明崇祯五年。父士杰，早故。母王氏，有二兄：启泰、启雍。入清后为诸生，学文于陈确庵，学

诗于钱牧斋,学画于王烟客、王园照,晚皈依耶教。康熙廿七年,与王其渊、刘蕴德在澳门同为司铎。康熙五十七年正月二十五日,病殁上海,葬南门外。由教士孟由义为立碑文,称:"公讳历,圣名西满,常熟人。康熙二十一年,入耶稣教会。二十七年,登铎德,行教上海,疾卒圣玛第亚瞻礼日,寿八十有七。康熙戊戌夏季,同会修士孟由义立碑。"所著有《墨井诗钞》《三巴集》以上有刻本。《三余集》钞本在徐家汇天主堂图书馆。《桃溪集》《写忧集》《暂永集》三种见李秋所撰行状,已失传。《墨井题跋》。有二子。

十一月十六日,星期五,晴,六十一度

谢稚柳撰《陈老莲传》:

"明陈洪绶,逊清时为作传者,有朱竹垞、毛西河、孟远。其杂见各家笔记者,如张宗子《陶庵梦忆》、周栎园《读画录》及《题老莲手卷跋语》、竹垞《静志居诗话》、王既亭《渔(阳)[洋]诗话》、西河《老莲诗跋》《报周栎园书》、陆次云《湖壖杂记》、《茂斋日记》等。此外,黄仲霖、曹秋岳辈,或与老莲为故旧之好,或为夙知之者,然皆语不能详,事多乖误。乃至其生年卒日,所记互异。世传老莲明万历二十七年己亥生,清顺治九年壬辰卒。孟远《传》谓卒年五十四,《读画录》谓五十六,竹垞仅言甲申后数年卒。西河《报栎园书》谓五十四死壬辰岁。案,《宝纶集·题来风季离骚序》云:丙辰,洪绶与来风季学骚于松石居。又云:时洪绶年十九。以此推之,则其生非万历二十七年己亥,实二十六年戊戌也。又故宫藏《老莲杂画册》,其黄鸟一页题云:'萧寺问寒鸟,冷泉写黄鸟。时年二十三,高怀甚了了。'洪绶今年四十八矣,偶忆庚申坐云鹫寺时,书此纪年为乙酉,则知庚申老莲二十三,乙酉四十八也。识卒年乃五十五,非五十四、五十六明矣。老莲婿于松江张氏,见《山阴志》。然其代萧山来槎庵撰《寿太母范夫人七十序》有云:'诸暨陈章侯为吾婿。'序作于天启丁卯,正老莲三十岁。是其为萧山来氏婿,非松江张氏也。集中有《悼亡诗》四首,年月不可考。案,其《南旺寄内诗》有'饥来驱我上京华'句,老莲入京为辛巳,时年

四十四。又《送豹尾师子羔羊虎贲避乱》一绝，有句云'国破犹存妻子念'，《避乱草》作于丙戌，时年四十九。又《怀亡室》一首云'谁求暗海潜英石，琢个春容续断弦。明知方士今难得，如此痴情已六年'。是老莲悼亡六年未娶，而其死时五十五，则悼亡当在丙戌、丁亥之间矣。兹集诸家所作传记，去其乖误，补其不足，而为是传。

陈洪绶，字章候，浙江诸暨之枫桥人。其先世居河南，自其祖名寿者，宋时官翰林学士，扈从南渡，徙居暨，历十余世。祖性学，万历丁丑进士，历官广东、陕西布政使。父于朝，独隐居不仕，读书苧萝山下，惟事撰述，年三十五而殁。方绶未生，有道人氅衣鹤发，手一莲子授于朝曰：'食此得宁馨儿，当如此莲。'既而绶生，故幼名莲子。及其老也，名老莲。生而颖异，四岁时，就塾妇翁家。翁方治室，以粉垩壁，既出，诫童子曰：'毋污我壁。'绶入视良久，绐童子曰：'若不往晨食乎？'童子去，累案登其上，画汉将军关侯象，长八九尺，拱而立。童子至，惶惧而号，闻于翁。翁见侯象，惊下拜，遂以室奉侯。绶儿时学画，便不规规形似。尝渡江拓杭州府李龙眠七十二贤石刻，闭户摹十日，尽得之。出示人曰：'何若？'曰：'似矣。'则喜，又摹十日，出示人曰：'何若？'曰：'勿似也。'则更喜。盖数摹而变其法，易圆以方，易整以散，勿得辨也。十四岁，悬其画市中，立致金钱。初法传染，时钱唐蓝瑛工写生，绶请瑛法传染。已而轻瑛，瑛亦自以为不逮绶，遂终其身不写生，曰：'此天授也。'既长，师事刘宗周，讲性命之学。又尝习举子业，试即冠一军，声名籍甚。而赋性傲僻，人多忌之。为诸生时，督学使索画，不能得。平生好妇人，非妇人在坐不饮，夕寝非妇人不成寐。有携妇人乞画者，辄应。尤喜为婪儒画，婪儒借绶画给空。尝留杭州，其友招饮，期于西湖上。绶往，遇他舟，径登其席，坐上座饮。主人徐察之，知为绶也，亟称其画。绶大骇曰：'子与我不相识也。'拂袖去。己卯八月将望，与张宗子夜饮湖舫。时月色甚皎，绶不觉沾酒。过断桥，经玉莲亭，绶方卧船上。岸上有女郎，命童子致意曰：'相公船肯载女郎至一桥否？'张诺之。女郎下，轻纨淡弱，婉惬可人。

绶倚醉挑之曰：'女郎侠如张一妹，能同虬髯客饮否?'女郎欣然就饮。
移舟至一桥，漏二下矣，竟倾佳酿而去。问其居，笑而不答。绶欲蹑
之，见其过岳王坟，不能追也。其纵酒自放，率类此。善诗，亦好为长
短句。万历丙辰，时绶方十九，与来风季学《骚》于松石居。高梧寒
水，积雪霜风，相与拟李长吉体为长短歌行，而不拘之为之。凡登临
酬唱、长歌短行之什，则又如天风海涛、九皋孤鹤、翠筵文酒；五言七
字之诗，则又如红露粉绶、雾縠烟绡。绶诗既如此，顾名乃不称其画，
是又其平生放傲不自珍惜之一失也。天启六年癸亥，游天津，得诗数
百首，归而仅余十之二三。姜绮季为绶老友，与晨夕处，遇有所作，辄
记之。久之，得若干首，为汇为一卷。绶见之，喜而为之序。其画类
多不题，间有题者，付之去，固未尝有稿本也。崇祯末，愍皇帝命供
奉，不拜。寻以兵罢，监国中待诏。盖自辛巳入京，癸未还里，明年甲
申而难作，时年四十七。既遭亡国之痛，辄恸哭，逢人不作一语。姬
人前问好，绶径执姬人手踉地，复大哭，大呼：'酒来!'自是混迹浮屠，
自称老迟，亦称悔迟。乙酉，江干兵起。鲁国据东浙，隆武拥闽粤，素
闻绶名，争征召，或授以翰林，或御史。绶笑曰：'此固烂羊侯尉也。
余所以混迹人间世者，以世无桃源耳。即王侯将相，钟鸣鼎列，古人
犹比之郊牺者，而谓予为此乎?'当清师下浙东，大将军从围城中搜得
绶，大喜，急令画，不画。及迫之，不画。以酒与妇人诱之，乃画。久
之，请汇所为画署名，且有粉本渲染。已大饮，夜抱画寝，及伺之，遁
矣。丙戌五月，自鹫峰寺至灵门，结茅薄坞，复至秦望。自五月至十
二月，得诗一百五十三首，自序为《避乱草》，皆记其荆棘铜驼之感，孤
臣白发之心。绶又自比之嵇中散视月影之琴声焉。时愈纵酒，有好
女子，终日流连，尝三日不举火，而面腴加润。左拥伎，执笔写梅花，
顷刻画数纸，伎执杯灌之，即自口中濡余沥，点染疏枝，酒香墨色，拍
案叫绝，复拥伎卧。庚寅，重至湖上，周栎园往过，相与道契阔，索之
画，弗应也。明年辛卯，栎园入闽，再晤于定香桥，绶欣然急命绢素，
或拈黄菜叶，佐绍兴深黑酿，或令萧数青倚槛歌，然不数声，辄令止。

或以手爬头垢，或以双指搔脚爪，或瞪目不语，或手持笔，口戏顽童，率无半刻定静，而画亦成。绶画固以天胜，然各有法。骨法法吴生，用笔法郑法士，墨法法荆浩，疏渲传染法管仲姬，古皇圣贤孔门弟子法李公麟，观音疏笔法吴生细公麟，七佛法卫协，乌瑟摩法范琼[①]，诸天罗汉菩萨神馗鬼魃法张骠骑，道经变相法公麟，衣冠士法阎右相，士女法周长史昉，婴法句龙爽，倭堕结法长史、髥鬐长史，衣带盘薄法吴生，金碧宫台、林泉湍峙、长陂丰卉法大小李将军，云山法荆浩，水法董羽，溜水法郭熙，凡帏尊卣瓶罍什器、戎衣、穹庐、番马、骆驼、羊犬法赵承旨、马承旨，小马法承旨之子，竹石果树法赵大年，钩勒竹法刘泾，墨竹仲姬，折枝、桃、牡丹、梅、水仙、草花法黄检校钱选，鸟晴花须点漆凸厚法宣和，蜂蝉、蛱蝶、蛴螬、螳螂、蟋蟀等法宣和，亦杂法崔徐黄父子，鹑鹑鸠法阎助教上安，雀法雀儿，黄连法于莲，莆蠃法母延之。崇祯间，与绶齐名者，有北平崔青蚓，时号为南陈北崔。绶生于万历二十六年戊戌，清顺治九年壬辰卒于山阴，年五十有五。子六：义桢、峐桢、楚桢、儒桢、□桢、道桢。儒桢又名字，号无名，即小莲也。有女名德。松江张尔葆，字葆生，善山水，与李长蘅、董思白齐名，绶为其婿。而绶尝为萧山来槎庵《寿太母范夫人七十序》，中有'诸暨陈章侯为吾婿'云云，时为天启丁卯。绶年三十，曾悼亡，有《悼亡诗》四章，其年月不可考，然证之他诗，当在丙戌、丁亥之间也。有姜吴净鬘，亦善花草。兄亢侯，长于绶五岁，诗文中常见其怡怡之情焉。世传绶兄洪绪，坦傲不类，当父殁时，绶方九岁，累世家资，悉兄操管钥，恐弟分所有，而谋有以戕害之者，恐未足信云。卒后数十年，其子儒桢始收辑其遗作，分诗古文辞，都为若干卷，名《宝纶堂集》。"

十一月十七日，星期六，阴

　　抱一示邑中文物保管委员会接收徐氏虹隐楼图书文物目录二

---

① 此处天头有文字：乌瑟摩火头也，释门中一力士，观火性得道，因以为名。《宣和画谱》："范琼画乌瑟摩，设色，未半而罢，笔迹超绝。"

册,计三千一百八十种,二万四千余册,附《虹隐日记》二百六十六册。自光绪戊戌起,至二十五年丙子止,其余著述手稿亦二百册,可谓著作等身矣。虹隐楼僻处何家市,几番浩劫,幸未散失。虹隐先生毕生嗜书,丁丑乱后来沪,寓拉都路永安别业,犹日向书摊搜购廉值之本,其好学至老不衰也。

抱一于丁丑乱后在冷摊得先公石章一方,今以归余。章为两面印,边款"丁未除月星孙象",惜不知刻者为何人。师米斋藏书一万册及汉砖瓦当、陈将军墓志石数十方,甲骨、陶片、尊彝等均捐赠邑中文物管委会。

十一月十八日,星期日,阴,五十八度

《石屋余渖》所记舛讹之处甚多,其最显著者:(一)"翁常熟罢官后按月投帖致常州府知府"云云。常熟县旧归苏州府治,与常州并无隶属关系。(二)"烟客山水一帧自署曰染香遗老王鉴"。烟客乃王时敏之别署,非王鉴也。(三)"李冰父子有此功绩而不见《史记》《汉书》,何也"。按《汉书·沟洫志》:"蜀守李冰凿离堆,辟沫水之害。"王湘绮云:"沫水者,水盛喷沫也。"

十一月十九日,星期一,晴

复小佩北京信,并抄去《太平天国报恩牌坊序跋语》一篇。

十一月二十日,星期二,晴,六十一度

赵秋谷《菂溪集》有游虞诗词三首:

《夜抵常熟宿揽秀东轩感怀庚辰,省故座主翁大司寇,留止两月,秋暮辞归,遂为永诀。壬午夏暂至,不宿此轩。》:"华烛清樽识鬓霜,重来又过五重阳。马公礼乐空相付,陆氏田园已尽荒。东阁郎君还下榻,西州义故独沾裳。黄花零落和寒雨,忆引彭宣到后堂。"

《虞山有吾谷,谷中枫林甚盛,将往观,而诸子请俟明日。余不可,遂载酒游焉。夜归辄雨,迨晚弥甚,为长句简同游者》:"枫林萧森新得霜,虞山佳处云锦张。昨来拿舟隔十里,暝色为我开缥黄。晨朝故人许乡导,举趾倏欲从风翔。临行胡然有改计,道旁筑舍空回遑。郭门西去不五里，讵要卜吉仍春粮。胜境到眼弃不取，山灵应笑痴非狂。烟溪一棹横谷口，幽迳顿入秋茫茫。万夫罗列何崒嵂，乱霞飞堕纷披猖。丹砂翠羽不可别，交枝动影争斜阳。何年高人参造化，手植巨丽留山冈。青女有情妙点染，惨淡耻与春颜颃。我曹寄身殊恍忽，绛宫碧落仙人乡。同来少长数得七，潦倒谁是籍与康。中林累累见丘墓，对此安得辞壶觞。昏夜呼火照豪举，灯烛映树收光芒。醉归挥手兴未尽，后期一昔宁荒唐。东轩静卧雨惊梦，犹疑落叶投匡床。天明起坐忽自笑，始愿若失今难偿。人生快意及旦暮，莫令事过徒感伤。诸君畏湿幸不出，他时秋雨无相忘。"

《对雨忆破龙涧呈王西涧材任同年近卜居虞山》："绝涧实泓峥，剩境亦幽异。松风桥上下，客梦时一至。将老子已营，暂往我未遂。最忆石上苔，晶莹点寒翠。"

十一月二十一日，星期三，晴，六十三度

报载明日将有寒流自新疆抵长江流域。

十一月二十二日，星期四，上午阴，午后雨，夜五十一度

赵秋谷《浮家集》复有游虞诗：

《暮抵常熟止翁秋允斋与陶改之夜话辛丑》："满山青翠半城烟，旧客来停日暮船。还向高斋展长簟，顿惊小友入中年。存亡虚忆风过牖，身世难凭雨暗天。蜡烛有花如解笑，杯中兴亦减于前。"

《饮改之斋中观其近笔数首余以戊午秋，与改之先君子师先生订交济南》："积阴垂天天在梦，城市沉沉息迎送。故人开径扫荒苔，破晓相邀见情重。门前池涨欲侵扉，屋后山云每穿栋。当窗横几堆图书，坐我如陈怪石供。云中飘堕惜断鸿，济上追攀怀老凤。名成了与事无关，身退要令心有用。新篇出视倦眼明，恍忽晴曦照浮动。始惊题目托迂阔，渐识精神工错综。古史披开大木丛，遗经汇入奔流众。策安太傅涕空挥，引罪舍人言屡讼。嗟我老大猎虚名，俯仰执鞭随屈宋。偶逢佳士通唱酬，敢向名山藏怨讽。输君才更富于年，努力词场纵飞鞚。竹林胜侣冲泥来，永日歌呼杂嘲弄。中郎秘赏《潜夫论》，公子看成《酒德颂》。狂酣不怕雨翻盆，夜分卧近床头瓮。"

《登超然阁望虞山方苦雨不得游》："栋宇开向山，云烟坐盈阁。良朋许追攀，美酒恣盘礴。清言殊未厌，长眺忽不乐。荏苒十六年，英灵责前约。岚光见掩映，瀑水想喷薄。幽踪石崩奔，清梦松拿攫。霆霖故遮笼，病客就束缚。无计限篮舆，何心任芒屩。似闻破山院，已失昔兰若。胜境亦靡常，今兹俨成昨。诸君意惓惓，留我纵欢谑。新霁指佳期，逡巡未能诺。"

《钝吟冯先生宅感怀二绝句》："青山一掩子云居，风籁松门雨涨间。破屋时闻吟啸苦，诸孙寒饿抱遗书。""间世钟期强听琴，潜依流水写微音。敝庐未解相料理，枉被名卿妒范金。"阮亭司寇谓余尊奉先生，几欲范金事之，为不可解。

十一月二十三日，星期五，阴寒，夜降至三十八度

读《金刚经讲义》第三遍开始。

十一月二十四日，星期六，晴，四十二度

《饴山诗集·怀旧诗》："常熟陶元淳子师，戊午之秋，从翁司寇来济南，与淄川毕公权世持及余结交。明年，余留京师，晨夕无间。钝吟先生遗书，子师先得之，转以付余，且为赏析，由是得肆其力于诗与书法。子师以文自豪，名日以高。性岸异，自余而外，无所推许。时辈嫉之，公卿间咸以为狂。诎为县令，得海南之昌化，以儒术为治，对上官无所降屈。为民除积逋，力争不得，著为书，指画痛切，竟卒于官。'忆于舞象年，出交天下士。得识元紫芝，以免浊世耻。入朝偶见容，疏放每自喜。推毂入高流，非君复谁恃。既传碧云学，砥砺日靡已。谬窃当代名，芽蘖从兹始。狂声相倾动，贵势每切齿。名成身见排，万里落儋耳。结束万古心，劳劳向赤子。能令野雉驯，不畏苍鹰视。触忌恤民依，涕泪托空纸。我曾览遗编，朗抱长沙似。乃使如斯人，沉沦瘴海死。'"

十一月二十五日，星期日，晴，四十八度，有风

读《饴山诗》，有《万岁殿乐府》一首，谓今之明孝陵内实仅葬马皇后一人，明太祖另葬在万岁殿下，如疑冢古事也。未知万岁殿即在明故宫内否①。

十一月二十六日，星期一，晴，晨三十八度，午后四十六度

今日为农历十月二十八日，金门二叔百龄冥诞。在寺诵经，事前未悉，竟未前去，实为疚心。

十一月二十七日，星期二，晴，四十八度

《饴山诗集》四册共二十卷，阅毕。《秋谷全集》应为三十五卷，此则诗词单行本耳。

十一月二十八日，星期三，阴，五十二度，黄昏细雨

赵秋谷②诗，宗吾虞冯钝吟氏，而与渔洋不合。世之鲜妍修饰、仅主新异者，皆力辟之，以为疏阔唐贤。今读其诗，颇能独树一帜。然平心论之，才大犹须推渔洋也。词则工力尚逊，远不能与乌丝、饮水诸家相比。

十一月二十九日，星期四，雨，五十三度

张幼樵、冯钝吟诗乃学三十六体，其集中文稿多小碎之作，有《廿一史论》，亦无心得语。按：李商隐、温庭筠、段成式偶和之作，号三十六体。《小学绀珠》云，三人皆行第十六也。

十一月三十日，星期五，终日细雨，五十一度

抑非谈近有人出售石谷山水纸本轴，约宽一尺半，高二尺，洁白如新。宗湘文旧藏，时价一百五十万元，折一两六。

北京骨董肆，近曾以清宫旧藏李息斋画卷出售，得价二千数百万。有人将此事告知京文管会办事人张葱玉云："如此名画，骨董商

---

① 此处天头有文字：《香祖笔记》云："钟山孝陵梁宝志公瘗所也，旁有八功德水，诚意伯奏改葬志公，水亦随往，太祖异之，为建灵谷寺。"《鲒埼亭诗集》卷一"从朝天宫谒孝陵"，自注："世传高皇龙蜕在是宫，不在陵也。"

② 此处天头有文字：方望溪《汪武曹墓表》："武曹尝与益都赵赞善执信会广坐中，赵年少志得，负名称，傲倪一世，自公卿以下皆畏其口，坐人或为所陵，不能堪。君忽愤发，面斥数骂，赵虽交讧，而气实为之夺。"

何以不先尽政府收购?"文管会遂向肆中追询此件,查出受主闻,现向其借去展览。息斋名衎,字仲宾,元时人,较吴仲圭年辈为高,善画竹石枯槎①。

湖帆藏画中九友画册九部,数年前已售去,作价十条。今尚存山谷襄阳字卷、清初六大家画轴各件,内渔山系青绿,尤为难得。

大千在港,患关节炎,意兴寥落,笔墨生涯亦非昔比矣。沪寓中景况甚窘,将其画纸出售,俱为乾隆时制,有长至丈二者。

开平人谭敬,字午庵,丁丑后以贩阿芙蓉及投机致富,忽蓄意搜罗书画,请人鉴定真伪。凭其资力,所得蒋谷孙、张葱玉藏物不在少数,庞莱臣亦曾让与多种。惟谭敬实非收藏家,购入画件后,择其精者觅取旧纸,重金延画师逐一临摹、名手仿刻印章,然后付最著之装池店依式裱就,莫不惟妙惟肖。三年前携至港岛,转辗求售于某国博物馆,果有该馆所派鉴定家来视,谭敬即出真迹示之,审非赝品,论值收购。迨交付时,悉以装潢同样之临本易之。某国人运归后,复加审鉴,始知受绐,然已无及矣。因痛责鉴定家,并通知港方注意此人。后谭驾自备汽车撞伤一名伶之脸部,港地欲治其罪,乃潜行回沪。谭年龄不及四十岁,本年曾将所藏战国时"子禾子釜""陈纯釜"两件捐赠上海文管会,其念秧手段可入奇闻录也。

十二月一日,星期六,晴,五十一度

希任在家治疾,向其借阅《初学集》尚在余案头也,应托人归还。

十二月二日,星期日,晴,五十三度

《涧于奏议》《书牍》及《石屋余渖》送还骧哥。见蜕庵篆书《易林》横幅,年七十七而雄健不减,是寿征也,惟闻境遇甚窘。

十二月三日,星期一,阴,五十六度,晚雨

前录稚柳所辑《陈老莲小传》,顷见《静志居诗话》云"老莲真迹美女姚冶绝伦,今则膺本纷纭,多系其徒严水子、山子,司马子雨辈所

---

① 此处天头有文字:《癸辛杂识》有李仲宾谈鬼数则。

仿,皆籧篨戚施矣。"此则亦可补入。

十二月四日,星期二,阴晴间,四十八度

《后汉·冯衍传》:"饥者毛食。"《佩觽集》云:"河朔谓无曰毛。"

十二月五日,星期三,晴,晨四十度

接汝惠自安溪来信,云该地贫农多数终年以地瓜米汤果腹,二十岁左右之农民,往往短小如孩提,乡村多虎,时有出外攫食。安溪在厦门之北约七十公里。

十二月六日,星期四,晴晨,有霜,五十度

《淮南子》:"柳下惠见饴曰可以养老,盗跖见饴曰可以粘牡,见物同而用之异。"牡,门户籥牡。《吕氏春秋》:"跖蹻得饴,以开闭取楗也。"

十二月七日,星期五,晴,有霜,五十二度,夜月色佳

道书以'一卷'为'一弓'。弓,音周。《养新录》:"《说文》:𢍌,读为书卷之卷。道书以'一卷'为'一弓',盖即草书'𢍌'字。凡草书横目多作'フ',文有两目故以'二'代之,非'从弓从二'也。"

十二月八日,星期六,晴,四十七度

《史通》:"列行萦纡以相属,编字戢䎱而相排。"䎱,音倚。周䎱妊敦,《说文》:"䎱,籀文䎱。"

十二月九日,星期日,晴,晨雾

《饴山诗集》四册交还破梦。又假得《重订义山诗笺注》四册朱长孺元本,程午桥删补、《龚定盦年谱》一册、《珠玉词小山词》合订本一册、《藏书纪事诗》第七卷。见康熙刊本牧斋《有学集》,金匮山房重刊,有范阳邹镃序及凡例十则,较初刻本多一卷。余藏者为初刻本①。

---

① 此处天头有文字:初刊本为五十卷,重刊本增一卷。《四部丛刊》本即金匮山房重刊。

十二月十日,星期一,晴,晨雾

《困学纪闻》:徐楚金云:"隋文帝恶'随'字为走,乃去之,成'隋'字。隋,裂肉也,其不祥大焉。殊不知'随'从'辵','辵',安步也,而妄去之,岂非不学之故?"

十二月十一日,星期二,晴,五十度

购石印《香祖笔记》一部。

十二月十二日,星期三,晴,五十六度

阅《珠玉词》,钞毕。此晏氏裔孙端书中丞重刊本,系参合《钦定历代诗余》及汲古阁本增订而成,共得一百三十八首。《浣溪沙》"无可奈何花落去,似曾相识燕归来"二句,脍炙人口。《复斋漫录》谓此系元献《示张寺丞王校勘》七言律中腹联,词中乃复用也。

十二月十三日,星期四,晴,五十度

录《藏书纪事诗》卷七,补九首于六卷本内。七卷本于江刻之六卷内改易甚多,有通首重作者,注中亦增补不少。

十二月十四日,星期五,晴寒,有风

朱竹垞有《题腰鼓图绝句》:"细腰急棒鼓三挝,《荆楚岁时记》:"村民腊月打细腰鼓而宴。谚曰:'腰鼓鸣,春草生。'"水调兼歌穆护沙。《杨升庵集》:"穆沪沙,隋开汴河时,词人所制劳歌也。"料得翻身夸绝技,只嫌插鬓少葵花。"

十二月十五日,星期六,晴,晨三十四度

仲雍之字,《世本》曰:"吴熟哉居蕃篱。"宋忠曰:"熟哉,仲雍字。"解者:"雍是熟食,故字熟哉也。"

十二月十六日,星期日,晴,四十一度

颐炳假我《东坡禅集》、《高僧山居诗正续编》三册。

十二月十七日,星期一,晴,五十度

余藏旧拓唐太宗书《柏谷少林寺敕》,有刘宽父先生一跋。先生名位坦,大兴人,为藏书家之一。何跋叟有怀先生诗:"退翁余韵在檐楹,天悯宧中面百城。妙有儿郎能好古,勤收翠墨馔先生。"盖先生所居为孙退谷旧宅也。叶缘督年丈《藏书纪事诗》亦有小传。

十二月十八日,星期二,阴,五十二度

《香祖笔记》云:"椰杯见毒则裂,岭南人多制为食器以辟蛊。"余家旧藏椰壳所制杯碗甚多,坚致而轻,颜色古雅,乱后一无所存矣。

十二月十九日,星期三,阴,五十四度

《香祖笔记》云:"伽楠香性软,其气上升,故老人佩之,少便溺。……树为大蚁所穴,蚁食石蜜,遗渍香中,岁久凝而坚润,其色若鸭头绿,上之上也。又有虎豹斑、金丝结,其色黄,贵与鸭头绿等。"《闽小纪》云:"千年榕树,上生奇南香。"

十二月二十日,星期四,晨大雾如雨,阴,五十八度,夜仍有雾

阅《小山词》毕。《小山词》单行本,校《珠玉词》为少。此从《钦定历代诗余》及《四库全书》想即汲古阁毛氏本录出,共得二百五十八首,可称足本矣。阅后选录四十阕,成一小册,以便讽诵。

十二月二十一日,星期五,晨雾即散,晚小雨片晌,六十度

近日气候暄暖。报载又有寒流从西北侵入国境。

十二月二十二日,星期六,雨,五十六度

《癸辛杂识》:"凡造酒,冬至前最佳,胜于腊中。今造盐菜者,亦必于冬至前,则可以久留。"明日冬至矣,适见此则,因记之。

十二月二十三日,星期日,阴,五十四度,午后晴,今日冬至

江都程午桥太史梦星《重订义山诗注》,系补正朱长孺所注之遗误。朱氏笺事不多,此则增益之,附年谱一卷,定为德宗贞元十五年己卯生,至咸通十年己丑,义山尚在,年已七十二,此后则不可考。

十二月二十四日,星期一,晴,五十七度,南风,晚微雨

赋《题珠玉词小山词合刊》后,七绝三首:破梦居士新得临淄后裔重辑《珠玉小山词钞合刊》,较汲古所录增百余阕,可称足本矣,见示属题。

"熨纸香匙手自亲,玉樽清唱醉芳茵。西园莫赋边屯事,灯火笙歌是解人。"《避暑录话》:"元献炙香匙熨弃纸使平,以之记读。"欧阳文忠《赋晏太尉西园贺雪歌》有"须怜铁甲冷彻骨,四十余万屯边兵"之句,元献深为不满。《归田录》："元献喜评诗,尝曰:'"老觉腰金重,慵便枕玉凉"未是富贵语,不如"笙歌归院落,灯火下楼台"之为善也。'"

"莫莫休休侧艳词,岂真鬼语堕泥梨。泥犁,亦作泥梨。缀旒终是闲评泊,难把知音许《罪知》。"小山词如"凤楼争见路旁情""旧香残粉似当初"诸阕中有刺射,非尽绮语也。祝京兆《罪知录》论词,稍许欧晏周柳,以为缀旒。

"隽味楂梨一卷兼,低吟合共夜香添。临淄绝代词宗手,不道遗氂月旦严。"李易安《词论》:"晏丞相际天人,作为小歌词,直如酌蠡水于大海,然皆句读不葺之诗耳。叔原能知词矣,而苦无铺叙。"

十二月二十五日,星期二,寅初大雨,终日阴雨,六十一度

《涧于日记》有"饮酒一升,食蟹八辈"之句,称"辈"出山谷诗"寒蒲束缚十六辈"。《谢送蟹诗》。

十二月二十六日,星期三,阴

录诗稿,寄破梦。

十二月二十七日,星期四,晴,晨四十度

破梦函来。圈读所选《小山词》。

十二月二十八日,星期五,阴,五十度

《翁文恭日记》戊戌十月十二日:接斌函,京寓二条胡同①"已租与袁爽秋,月三十金"。按:袁忠节《朝隐厄衍集》有《瓶园九咏》,中如《湛然精舍》《籐花古榭》《鹤柴》《因树屋》等,均为文恭手题。又《怀弢甫乔梓》及《答泽之》诗,亦言卜宅事。忠节寓瓶园不及二年,即遭庚子之难。

十二月二十九日,星期六,雨,四十八度

金姬墩。钱湘灵《常熟县志》云:"金姬墩,在湖桥西五里。世传张士诚渡江,姬死,权厝于此。讹呼金鸡墩。"姬名金儿,济南章丘李

---

① 此处天头有文字:按文恭与鹿卿家书:"汤伯述南归,其头条胡同竟以赠余,计二千金方了,新屋颇敞,客座宽而上房不多,因无两厢。东院有湖石,有树木。"又按《辛丑日记》:"长安街头条胡同皆为洋人圈入界内……我屋安足论哉""头条胡同划入洋界,所剩余屋,领价得千金"。应为头条胡同,非二条也。

素女。素得张明远医卜之传,以授女。元至正十四年,士诚兵陷泗州,素家被掠,金儿分配士诚母曹氏为侍儿。自言幼为尼,颇知经典、医卜。士诚由高邮据苏州一纪,多其卜筮之用。其《占下吴诗》云:"天遣魔兵杀不平,世人能有几人平。待看日月双平照,杀尽不平方太平。"后士诚欲立为妃,以桃花簪其鬟,笑曰:"以此为聘。"姬知不免,遂启故箧,出香焚之,向天拜跪私祝,须臾忽瞑。士诚哀恸不已,厚葬于湖桥西黄塘道旁。二十七年,明兵下苏州,乱军发姬冢,尸已蜕去。余尝见他书,士诚葬金姬于白龙港口。与此不合,未知孰是也。

十二月三十日,星期日,雨,五十度

《李莼客日记》:"至沈寄凡处,以有恶客至,不久留。恶客者,赵之谦也。今与周星誉往还甚密,将为都下之患,安得一贤京兆一顿杖杀之?"捣叔与莼客同里,各擅清名,不知何以水火若是。顷见《藏书纪事诗》注云:"赵、李二人为中表,各以文章遨游公卿间,颇以名相轧。"乃知仍是文人相轻之素习也。周星誉,字玉叔,由词林官至广东盐运使,季贶之兄。

十二月三十一日,星期一,阴雨,四十五度

报载皖北寿县城内东大寺,原名报恩寺,建于唐贞观年间。大殿所供三世诸佛及十八尊罗汉,相传为杨惠之塑造,面貌衣褶均极生动。现大殿改为粮食仓库,左侧第二尊罗汉已倒坏,仅头部尚存。中央美术学院学生前往参观,知为名塑,建议当地文化机关迅筹保存办法。

中国近现代稀见史料丛刊 【第九辑】

俞鸿筹日记（下）

俞鸿筹 著

潘悦 整理

张剑 徐雁平 彭国忠 主编

本辑执行主编 彭国忠

凤凰出版社

壬辰（1952）

一月一日,星期二,上午阴,下午霁霁色,傍晚见新月,黄昏雨,四十五度

余藏钞本明王损仲《宋史记》凡例一册,附录季菘耘、瞿敬之二跋,系铁画楼钞本,南海张樵野尚书所藏书籍也。尚书庚子夏卒于新疆戍所,其后八年戊申,先公莅粤任,因译署旧谊,与其嗣君仲宅世丈昆仲时相往还,此册当即其时所赠也。瞿氏书目并无此种。敬之先生跋语,前曾询诸凤起集内有无此篇,彼亦不能记忆也。

一月二日,星期三,阴,四十二度

陈琳《为袁绍檄豫州》文中有"操又特置发丘中郎将、摸金校尉,所过隳突,无骸不露"之语,此即愈头风之檄也。"发丘""摸金",名称极奇。

一月三日,星期四,晴,晨三十八度

购书七种,计二万元。

《四库全书纂修考》。郭伯恭著,顾颉刚序,都十六万言,二十六年出版。

《中国西部考古记》。《尚志学会丛书》。

《中国美术年表》。傅抱石书。

《寒松阁谈艺琐录》六卷。嘉兴张鸣珂著。

《霞川花隐词》。李莼客。

《孤本元明杂剧提要》。此即述也是园旧藏元明杂剧,本在同邑丁君芝孙处。丁丑劫后,流落至沪。书中序文未及书之来历,可补记之。

一月四日,星期五,阴雨,四十四度

订去年笔记。王壬秋谓："钉书之钉,应做靪。"

一月五日，星期六，阴，四十二度

　　义山诗中喜用压字，如"行期末分压春期""朱阑迢递压湖光""长亭窗户压微波""星河压故园""桥迥凉风压"。

一月六日，星期日，晴，三十八度

　　《通鉴》："唐中宗景龙二年除夕，敕中书门下与学士、诸王、驸马入阁守岁。上酒酣，谓御史大夫窦从一曰：'闻卿久无伉俪，今夕为卿成礼。'俄而内侍引烛笼步障、金缕罗扇自西廊而上，扇后有人礼衣花钗，令与从一对坐，命诵却扇诗数首。扇却，去花易服而出，乃韦后老乳母王氏也。上与侍臣大笑，诏封莒国夫人，嫁为从一妻。"此段极类《唐人说荟》内笔墨，不谓于《通鉴》见之。

一月七日，星期一，晴，三十三度

　　松禅老人《蹙山访碑图》。图凡二幅。一宣纸本，长二尺，高一尺一寸。焦墨绘。左侧隶书"蹙山访碑"四字，右端墨拓字迹三行，模糊不甚可辨。旁隶书"此至正十四年曹氏施石题字，今已剥蚀"十六字。一黄纸本，长一尺三寸，高一尺。淡墨绘。左端隶书"蹙山寻石，癸卯四月望，松禅"十一字。金门叔题诗云："天风海涛无世情，冲云一笠芒屩轻。岁星游戏一挥手，隐隐犹作金石声。玉楼浮空公竟去，上界神仙䂮云雾。下方冥想山泽仪，欲访当年打碑处。丁未七月大暑中展公旧迹，怃然久之，盖公下世已四年矣。锺銮谨题。"印"文敷门贞疾"。石友舅和前韵诗一首，见《鸣坚白斋集》中。按文恭《癸卯日记》四月十五日："晴，赴福山，卯正二刻出小东门，潮尚长也，……顺风张帆过谢家桥，潮始落。拜双忠庙，……午正二刻已泊港口矣。小车登田山新庙饮茶，拓门外铁炉字，又东砌下至正十年刻字，未得。甲戌到此，见炉南面字曰：'苏州府长州县阊门外僧人薛本同□□心□□□□四年造。'山门外殿基东边砌石有小字三行曰：'施主曹宅，舍财添砌，福有所归。至正十四年沙门□□题苏州石工□□同男□□造。'字已磨损，又无拓具也。"兹查《重修常昭合志·金石门》载：东岳庙石台基题字"至正十年沙门本真题在福山玉皇殿"，文曰："施主曹宅，舍财添砌，福有所归者。至正十年十一月□□□□□□□□姑苏石□吴德明同男文瑞□沙门本真题苏州石工□□同男□□造。"共五十六字，内磨灭十四字。翁题至正十四年，志云十年，细审拓本，亦是十年十一月。又拓本内无"姑苏石□吴德明同男文瑞□沙门本真题"诸字，恐已残缺也。

奚铁生《嗜酒爱修竹图册》。图一页，茅屋数楹，一居士趺坐，有酒杯书帙罗列在几，童子侍立庭前，磐石乔柯，修竹掩映，极萧疏之致。乌丝阑题诗一页，字甚工整。"'烟影萧疏风影清，碧琅玕外雨初晴。先生一盏无些事，南面拥书称百城。''老去风情不减前，清尊滟滟竹娟娟。醉歌小榻帘栊下，剪取潇湘一段烟。''我家旧馆翠玲珑，酒熟林间几醉公。不是灯阑不归去，小窗听雨又听风。''好竹千竿酒百壶，如翁高韵世应无。何须挂杖敲门去，展我萧萧第五图。'槐翁槐堂尊丈先生属写《嗜酒爱修竹》第五图并诗四章，录请教正。时乾隆壬寅初月，铁生奚冈。"后有钱琦字相人，号玙沙，仁和人，乾隆二年进士，官福建布政使，有《澄碧斋集》、姚珽、顾均受笙、周调梅半樵四题，梁章钜茝邻、潘曾莹星斋、刘履芬彦清诸观款。

李书农先生《半万卷斋图册》。图二页。张子青设色，刘彦冲青绿。有杨希铨研芬、朱成熙缉甫、马元德、程天焘伯山、陆文键蓉初、顾调元枚卿、陈鸿诰曼寿、杨敬傅盦盦、浚贞一子仙、俞时亮及味兰伯祖讳挺芳、金门叔诸题。先生名同文，原籍宝山，婿于吾家。筹之祖姑母也。尚有程蓊盦一图及翁文恭题五古一首，用册中顾南崖韵，今并顾题俱不见。先生之子吉人表伯曾绘《自怡楼课孙图》，亦得文恭题七古一首。

黄左田《西泠惜别图》。绢本。高九寸，长四尺，设色，绢稍剥裂。图中雷峰塔及三潭均在左侧，题"嘉庆庚午将有山西之行，写此留别崇本宗丞，世兄黄钺"。此卷旧藏姚芝生，后归沈石友。有昌硕题五律二首，钱梅溪隶书引首。

瓶庐三尺行书屏。宣纸。每副书五行，款"儒珍侄孙，晚年作品"。

瓶庐五言隶书联。宣纸。款"醒梅四叔,松禅侄龢"。

濠叟临乙瑛碑一部。款书"光绪六年二月朔,濠叟过陆氏园亭,借此帖归临写一遍"。据云南乡张画堂物也,未盖印。此为紫荆街旧宅出售。

一月八日,星期二,晴,四十度

今日农历十二月十二日。先生妣弃养忌辰,连日虔诵《地藏经》四部,愿仗佛力加被,先生妣永生净土。

王员照背拟北苑画意卷。绢本,长六尺余,高一尺。自题:"余向年得董源长卷于长安,后为袁司农易去。三十年来,未见有真迹,深悔曩时轻相弃也。今岁在戊申仲秋,寓居半塘,因返思前卷,漫作此图,挂一漏万,不能仿佛,掷笔惘然。王鉴识。"有"湘碧""王鉴之印""员照""染香庵主"四印。吴湖帆跋云:"王玄照自明亡后,散游各处,以画遣其余生。康熙初年,曾住苏州半塘僧舍,作画不少。就余所见,其款题半塘僧舍之作凡数见焉。是卷作于戊申,年已七十一矣。题中所云董元长卷,或即北苑《群峰雪霁图》也。盖是卷为玄照家藏之品,尝见玄照早岁画册中,有仿北苑《雪图》,题语及之,玄照用笔浑穆,其一生得力于北苑至深,盖可知矣。清初诸大家中,横卷玄照最少见,且其画册亦多直幅,横者仅见云。己丑秋日,后学吴湖帆获观并识。"

方兰坻仿某华庵主[①]山水卷。纸本,高一尺,长五尺。墨笔,款题:"嘉庆丙辰春日,仿某华庵主画法。樗庵方熏。""用熏""兰坻"二印,右端押角有"竹士秘笈""钱印天树"二印,后有钱仪吉题三绝:"'才展白楼墨梅卷,因吟樊榭看梅诗。樗庵同调自丘壑,还借梅花笔一枝。''六十一翁发兴真,花光人意淡生春。翠华犹照湖山色,回忆初元记丙辰。兰坻翁生乾隆丙辰也。''江左文章几劫灰,春风岁岁过江来。梦庐老去余珉篆,得伴诗人覆玉醅。比年吴中翰墨多散出,来汴者

---

① "某华庵主",即梅花庵主吴镇。

亦多。此卷幸为白楼先生得之，当浮大白为贺。'甲辰三月十三日钱仪吉题识。"有"钱印""仪吉"印，引首吴待秋题"松壑鸣泉"四字。樗庵此卷笔墨超逸，气韵沈郁，深得梅花庵主三昧，洵晚年杰构也。壬午冬，抱铞居士吴微细视画纸，有两处割断重接痕迹。

一月九日，星期三，晴，四十八度，晨浓霜

　　王蓬心拟大痴《江村秋晓图》卷。纸本，高九寸，长五尺五寸，右端微损。款"乾隆辛亥秋九月临大痴道人《江村秋晓》，蒙叟宸，时年七十有二"，下盖"蒙叟"白文长印。别纸录倪、陈二跋。"余友黄子久之画，爱其笔法超逸，谿径纵横，所谓神奇之极矣。此卷而为彦廉所得，若此之富且尤耶？泉南陈君彦廉好古博雅，与余同志，遂与子英、子久往还。在戊寅间，余同子久避于蜀山，累日饮酒赋诗，陶写而已。时见子久雨窗清落，兴到出此卷，挥染茹笔，乃至己卯之冬杪始成。示余，余随作飘然远游人，不为万里山川之思，而犹自耽耽此卷，余之于子久可知。子久绘事，潜心磅礴，雄肆光粲，快人心目。此卷为子久生平之胜，与彦廉交好之情若此也。壬午正月五日过东晏，十日复览于耕学之读书处。倪瓒题。"

　　"画于六书为象形，此卷如右军《兰亭》与《换鹅道经》，手到神来，笔落云起，即右军、子久生平所不能自必者。当是精神偶聚，忽焉得此，未易与不了人说也。子久生于海虞，终于云间，故与杨廉夫、袁子英、倪元镇、张贞居诸名公文酒往来。此卷遗于盐官陈彦廉者，尤为精妙而不易得。盖尝闻其为人，诙谐如曼倩，痴绝如虎头，而尤高尚其志，不事王侯。故其挥洒皆逸气所发，自成一家，不与画工争畦径、较妍拙者，固宜都爱之。观其万壑千林，人烟墟落，隐然于烟云飘渺之间，各极精致，真所谓造诣入神，览者可一洗眼界耳。正统元年端阳后二日，西溪陈耀书。"

　　"前二跋乃黄大痴赠陈彦廉卷后幅所题句也。卷名《江村秋晓》，长八尺一寸，绢本，有损破处，神采尚完好。云林一跋，藏经纸写，精绝可爱。陈君书亦端劲。辛亥九月，余同松一先生偕至永州，出素卷索画，因于舟次背临此图，并书前跋。先生以为可以乱真，而余则谓虎贲之似，终不若真者之神骏也。然倪、陈之交，吾两人得毋似之。七十二蒙叟王宸画并书。"下盖"王宸书画"白文、"蓬心"朱文二印。此卷蓬心书字已有衰颓之笔，画则仍极苍润雄厚。

董蔗林山水袖卷二。纸本，高四寸，长三尺。一春景，青绿；一雪景，设色。无款。仅"盖臣"白文、"董诰"朱文二印。此疑四景俱全，已有散佚矣。

与希任把晤，极慰积怀。

一月十日，星期四，阴，四十七度

《瓶庐诗稿》卷七有《题画兰》七绝一首，"陇水无端西复东，南枝憔悴北枝空。莫言草木无情物，亦自裴徊冰雪中。"按：此诗乃自题"画梅书折扇上"，《诗稿》所刊《画兰》实误。梅花扇今藏章子瞻处。

一月十一日，星期五，晴，四十四度

王石谷漫兴逸笔册。共八页，纸本，原蝴蝶装，今改推篷装。约高九寸，宽一尺，纸洁白。画笔秀逸萧疏，迥异寻常所见。中一页署款"习懒道人"，尤所仅见。汤若宰题二页，书于本身。录其题识如左：

"十月江南野色分，鱼庄荻浦见沙痕。若为剪取吴淞水，着我微茫笠泽云。"①设色，有"归安李氏藏"印。按：此诗系董香光作。

"清江碧草思悠悠，万顷烟波渺渺秋。何日身闲从钓隐，橘香深处晚横舟。王翚画。"②设色。又汤若宰题："南村烟树接蒹葭，白鹭翩翩满白沙。此地遂成茅屋计，何人更说老夫家。江上汤若宰。③"

"古人云：'画无笔迹，如书藏锋。'尝见赵魏公自题己画云'石如

---

① 其下用笔临摹"石谷子""王翚之印"二印。
② 其下用笔临摹"王翚印""石谷"二印。
③ 其下用笔临摹"若宰"印。

飞白木如籀，写竹应须八法通'，正所谓书画一法也。石谷王翚。"①
墨笔竹石。

"《长江图》仿燕文贵。"②墨笔。

"草覆虚亭石垒墙，阑干低帖水云乡。客来不用焚龙麝，自有荷
花满沼香。习懒道人题。"③设色。

"蕉林《高逸》。"④设色。

"东埯荷花西埯菱，小船丝网大船罾。侬家住处真图画，试问渠
侬到未曾。王翚。"⑤又汤若宰题："茅屋秋来破不胜，野云沙树自层
层。老夫生理今抛废，日日江潭去采菱。汤若宰。"

"丁卯秋，观徐幼文仿云林子《疏林平远》为元章摹之，余补二客
见话隐意，得无蛇足乎？王翚。"⑥墨笔。有"吴兴窭笃珍藏""唐栖朱氏结
一庐图书记"二印。湖帆题签云："五十七岁作于京口之游。"

一月十二日，星期六，晴，四十六度

王廉州画卷自题："忆癸酉岁，余浪迹白门时，山阴王季重先生为
作《春山图》相赠，用米家父子笔法。先生虽文章宗匠，于丹青一道，
似非当家，亦游戏云耳。今先生墓木已拱，返思其笔意为之，不胜故
交零落之感，掷笔惘然。丁亥季夏，王鉴识。"⑦此卷有湖帆三题，画
伪题真，原本已被抽去矣。

董北苑《群峰雪霁图》卷，为贾秋壑悦生堂藏品，后经董文敏签
题："是卷为王玄照所藏。玄照山水工力，得北苑处最深，故其用笔浑
厚雄伟，在文敏、西庐之上。余曾观其临北苑《群峰图》一节，完全北

---

① 其下用笔临摹"王翚之印""石谷"二印。
② 其下用笔临摹"王翚之印"。
③ 其下用笔临摹"王翚之印"。
④ 其下用笔临摹"石谷子""王翚之印"二印。
⑤ 其下用笔临摹"石谷子""王翚"二印。
⑥ 其下用笔临摹"石谷子""王翚之印"二印。
⑦ 此处用笔临摹"王鉴之印"。

苑神味。群峰真迹,余于去春曾获寓目,故知玄照山水之有由来,非余子可到处也。"

米元章以墨戏作《潇湘奇观》,云"得法于北苑,云烟动荡,千变万化,一洗唐人刻画积习"。玄照上师北苑,故与米老是一家眷属。余曾获玄照为西庐画米氏云山小卷,笔墨雄浑,亦与北苑相似。是卷为五十岁作。余藏为西庐小卷,七十八岁作。是卷作于顺治四年丁亥,为追念王季重思任之作。玩其语气,若不胜故交零落之感。盖其时明亡未久,或季重之亡,当在鼎革之际,其亡固有非言语所能明写者。今读者应有所会心处,固非寻常草草随笔之作可比,当别有寄托而出。至其笔墨酣畅淋漓,神奇变幻,又其次也。己丑冬至。

一月十三日,星期日,雨,四十八度

张篁村摹宋元画册。罗纹纸本,共八页。末页自题:"乾隆十一年春,王兴邑紫云山僧寮摹宋元人遗则八帧,篁村宗苍。"每页盖用"张印宗苍""墨岑""鹿山书画""默存书画禅"诸印。张诗舲祥河跋:"尊古画法苍茫浑厚,源出麓台。张篁村又师承尊古,沆瀣一气,实有自来。张南华极重黄画,而瑛梦禅又推张作"云云,"道光癸卯"。下有"梦三百岁僧饷天浆碧玉叶"十一字一印。吴颂孙式芬跋:"尊古亲炙司农,得其心授。篁权私淑于尊古,誉擅出蓝。"此册有三页,印文擦去后重盖,审视画笔,又非赝本,不知何故。

黄尊古仿古山水册。纸本,墨笔。高一尺,宽尺二,原十二帧,现存八帧。与上篁村册,笔意俱似麓台。《岚光清晓》,仿大痴老人笔。《烟浮远岫》,仿巨然笔。《山阴丘壑》,仿迂翁笔。《仿高尚书云山欲雨》,旷亭。《万点蜀山尖》,仿关仝笔。《仿王晋卿渔村图》。笔甚纤妍,迥异寻常。《云生列岫》,仿李公年笔意。《仿范宽雪山图》,丁酉二月花晨,应含元和尚教,漫成十二帧。独往客黄鼎。峰巅远树,悉用双钩法。另纸自跋:"余性爱游览山水,兼好绘事。出游几三十载,所经历者,东登泰岱,北至瀚海,既又观龙门积石,上峨眉,下巫峡,泛洞庭而之衡岳,南浮彭蠡,过大庾,探罗浮诸胜。虽极险峻,莫不登其巅,穷其奥,原其起伏开合之势,徜徉啸傲其间,然后知古人用心笔墨,经营位置,得其造化自然之理也。且其万山驰突,一丘平远,雄壮秀丽,山川奇险幽雅之不同,由是而知前人绘画,递有南北之派,以别宋元神韵超逸之意。闲居无事,辄忆旧所游之佳境,涂成十二帧,以法宋元人笔,以应大云庵主法眼。其中笔踪墨痕处,不审高明以为何如耶?虞山尊古黄鼎并志。"

一月十四日,星期一,阴,四十四度

戴鹿床山水册。八页,纸本,高八寸,宽一尺。用各色印,未署名,每页有"伯浩所藏"朱文印。《山居图李营丘法》《春水船马和之意》《洪谷子云中山顶》《风篁图仿李息斋》《陡壑密林巨师遗意》《秋宵清旷临云溪便面》《沧江秋晚仿江贯道》《澄湖暮雪摹石谷小册》[①]。此册载《习苦斋画絮》卷三,尚有自跋"子固二兄,佩一玉猫,予剧爱之,脱手持赠。翊日索画小册,呵冻率写八帧,用酬雅贶。笔墨疏拙,意境荒寒,敢当铸金之偿,聊作里监之谢"云尔。八帧为戚子固。今册中无此跋。

陆廉夫临仇十洲《江南春》卷。纸本,高九寸,宽三尺八寸,设色工致,于十洲有虎贲之似,款"临仇实父《江南春》卷,陆恢"。并记小楷,题右端石际。丑奴阇主临仇实父《江南春图》老缶题隶书:"仇实父《江南春》卷,中江李氏旧藏名迹,今归鹤逸。此廉夫所临得意之作,南越尉佗'何渠不若汉',鹿笙其善藏之。屺怀题。"

"廉老画工写兼到,曾为予画《蔬果册》十二叶,点色肥泛,枝叶间如盛晓露,识者谓远胜于一水一石也。是卷用笔又极精细,草色行人,古春宛在,变豪宕而刻露,虽十洲复生,亦未能专美于前矣。鹿笙九兄真多宝翁哉!贺贺。癸卯中秋前数日,安吉吴俊卿。"

---

① 以上八页,每页名下皆有用笔临摹之印,依次为"戴熙""醇士"二印,"醇士","戴熙","井东居士","醇士","鹿床","戴""熙"二印,"江南徐河阳郭同名"。

"江南画师能事在摹古,其工妙往往乱真。自云壶化为异物,此艺当让廉夫出一头地。兹卷尤其精撰,细密处俱得古法,匪时史一步一趋徒规规形迹者所可同日而语。至仇氏《江南春》卷真本,余曾于老友李香严几案间见之,匆匆于今已廿年矣。雅旧风流,萧落殆尽,遭世离乱,清事阒然。今网师旧园所藏名迹,强半散佚。读此临本,感念昔游,题讫为之三叹。癸卯九日听雨沤园,篝灯写记。北海郑文焯。①"

"云林有江南自度曲,石田和之。继此者,文唐诸公再赓续咏,共得数十阕,争奇斗艳,传重一时。而其间工缋事者,复作图以纪文,故文徵仲、仇实甫皆有所作也。文卷由汪氏入过云楼,仇卷由李氏归庞虚斋矣。当其在李氏时,艮庵先生曾假以属恢,俾临一过,今阅十余年矣。先生墓木苍然,而风雅遗规,世守勿替,盖亦有足多者。恢自维交谊,已历三传,故于此卷详言之。至笔墨之微,区区不足言也。丙午秋,题奉鹿笙九兄正之。陆恢。"

"腾踔丹青发世新,虚堂并几忆苏邻。而今破墨残缣里,坐阅江南劫后春。倬章属,疆村。海昌沈倬章藏。"

"褚礼堂德彝跋《江南春图》:'数年前曾见之,是卷于原本可云不差累黍。'"

一月十五日,星期二,晴,晨,三十九度

闻吾邑北门虞山公园之左旁隙地,近辟为运动场。畚捅时发现一墓穴,有石椁甚巨麻石制成。棺木为工人所毁,骨骼亦被抛弃。石椁之制甚古,当为唐宋遗冢。棺下亦有墓志,恐亦被碎裂矣。

一月十六日,星期三,晴,四十六度

《习苦斋画絮》评骘诸画家语殊精当,录其数则:

"奚铁生山水,乃乾、嘉间一大宗。同时黄小松有其天分,无其学力;高迈庵有其学力,而天分小逊。后起者徐西涧、周松泉、屠琴坞、周芸皋、松厓昆季、关午亭,各得一体。亲炙者姚修白、赵寄沤,则亦

---

① 其下用笔临摹"老芝无恙"印。

步亦趋者也,然未有过之者。"

"南田为石谷画扇,题云:吾欲待石谷病臂三年后,方与之画。南田犹自嫌其臂耶?犹羡石谷之臂而嫉之耶?古人不自满如是。"

"王山樵秀密之致,以淡得深,因渴成润,未易遽到。"

"北苑最喜雄阔,胜国诸老仿效,皆一家眷属。"

"竹懒谓云林豪宕士也,故平淡中时有峥嵘气象,非多见真迹,未解道此。"

"云林不喜设色,麓台仿云林,故作浅绛以矫之,鲁男子之学柳下惠也。"

"赵大年喜用纤毫渴煤,细入微茫,最耐寻味。"

"董东山笔墨沉着,气象森耸,从恽、王后复开苍莽门径,殆甲观也。"

"湘碧自跋:平生喜画小册,以其便于成就耳。"

"瑛梦禅最得云林渴润间出之秘。"

"耕烟以用纪年小印者为惬意之作,大约喜密耳。"

"叔明,元镇友也。叔明之密,避元镇之疏而成。然元镇疏其畦径而笔墨密,叔明密其畦径而笔墨甚疏,二君仍异而同也。"

"董巨尚图,荆关尚方。董巨尚气,荆关尚骨。董巨尚浑沦,荆关尚奇峭。"

"梅花庵实得力于巨师,神气不在二米下。"

"王湘碧落笔清雄,脱去浅易时史,学步颇难,可称画中能品。"

"吴渔山得香光之墨,故取境相似,而气味特厚。"

"石谷三十岁作,峰峦树石,尚未脱化,而笔墨之秀润,使人爱慕不置。盖此老天姿绝人处,已非余子所及矣。"

"元四家:吴淋漓酣厚似夏,倪萧闲简远似秋,王郁苍幽杳似冬,黄葱蒨蒨华滋似春。"

"大痴、云林俱学荆、关,大痴得其气象,云林得其笔墨。"

"杨龙友喜以渴笔作米画,其法盖从方方壶出。"

"石谷中年,门多高弟,往往相助为理。"

一月十七日,星期四,晴,四十六度

题晏词三诗,以小楷书入册。

一月十八日,星期五,晴,三十九度

湖帆题浙江画册云:"浙江画深入倪、黄堂奥,用笔简洁明静,尤得李成惜墨如金、貌癯神沛之妙。此小方册十二帧,亦是平生精构,所谓尺幅具寻丈势者。其往往不著名字,只钤干支小鈇,册中凡'辛亥'三印、'画禅'一印,皆是也。"浙江有"画禅"小印为押。曩见何蝯叟题"浙江画禅"四字于渐师长卷首,兹引书袭之。

一月十九日,星期六,晴,晨浓霜,三十六度,晚南风,四十四度

无恙前嘱查清金陵女画家卒瑽事迹,兹见张公束《谈艺琐录》载其遗事,云:"白下卒小玟无恙谓号小玖女史。瑽工画,有声秦淮间。兵燹后同治时归邵阳魏伯孺为箧室。伯儒博综典籍,文笔书法,皆有法度,雅爱六朝山水,卜居乌龙潭上,诗卷药炉,晨夕相对,犹朝云之事东坡也。伯孺病殇,女史缟素投潭水,为家人救得之,遂终日哭泣,未几亦卒。伯孺弟槃仲彦刺史述其事。女史画虽寸缣尺幅,得者皆珍如拱璧。"

一月二十日,星期日,晴,晨雾,五十度

《定盦年谱》《珠玉小山词》及《藏书诗》卷七,送还破梦。并见:

嘉靖翻刊书棚本《释名》八卷。白皮纸,序后有题记四行,末云"为临安府陈道人书籍铺刊行",有嘉靖三年高陵吕楠后序,与《琴剑楼书目》所载同。

至正本《说文字原》一卷。白皮纸,周伯琦撰。前有京兆宇文公谅及临川吴当序,次自序。至正十五年刊,莫子偲阅本。嘉业堂刘氏旧藏。

《六书正讹》五卷。白皮纸,板心为鱼尾,不作两横线,无宇文公谅一序。前见杨应潮藏本,与此全同。《盍山书影》所载八千卷楼藏本,板心亦为鱼尾,与琴剑楼所藏不同,想亦是嘉靖间覆刊本也。

一月二十一日，星期一，晴，五十三度

购廉价书四种：《吕晚村年谱》，《二晏及其词》宛敏灏编，共四百页，《目录学研究》汪辟疆著，《古史研究二集》卫聚贤编，共二册。

一月二十二日，星期二，晴，潮湿，晚阴，五十四度

汝惠寄来《新建设》杂志二册，中有《韩非思想探微》一篇。

一月二十三日，星期三，阴，四十六度

阅程午桥《重订义山诗笺注》四册毕。江都程午桥氏《重订义山诗集笺注》，共三卷，计六百首，附年谱、诗话、凡例各一卷，刊成于乾隆九年甲子。考义山诗注，最早有宋刘克及张文亮两家，元时已失传，故遗山诗云："诗家总爱西昆好，独恨无人作郑笺。"明末吾虞道源上人始创为笺注，朱长孺氏又从而增删之，午桥病其择焉未精，复成此注。凡例中自云"以意逆志，有见辄笺"。其改订增补之处，或以彼诗证此诗，或以文集参诗集，征诸史传，引证时事，较之朱注，实为详尽。惟纪河间《义山诗话》，于午桥笺《紫府仙人》一首，尚目为武断，《促漏》一首，亦不谓然，此可见为毛郑功臣之不易矣。册中附有长孺自序，篇首删去"申酉之岁，予笺杜诗于牧斋先生之红豆庄，既卒业，先生谓予曰"二十五字，乃序末"以复于先生"五字未删，致此语遂不可解，亦文字禁忌中之一笑柄也。

一月二十四日，星期四，阴间微雨，四十六度

今日农历十二月二十八日，先公生日忌辰，虔诵《金刚经》三部，焚香叩拜。

一月二十五日，星期五，晴，晨三十四度，下午四十度

破梦有意以廿万合米七斗，书贾估值向希任易元刻《初学集》，寄函询之。

一月二十六日，星期六，晴，四十六度，有霜

今日农历，除夕焚香祀先，虔诵《金刚经》七部。

一月二十七日，星期日，晴，五十四度，傍晚阴，今日农历元旦

记刘宽父先生。大兴刘宽夫先生位坦，为道光时藏书家。何蝯叟有怀先生诗云:"退翁余韵在檐楹,天咫宦中面百城。妙有儿郎能好古,勤收翠墨馔先生。"叶缘督年丈《藏书纪事诗》有其小传。

一月二十八日,星期一,晴,五十五度

购《青铜时代》一册。郭沫若著。

一月二十九日,星期二,阴,五十二度

《沈石田诗选》十卷,明嘉靖无锡安民泰国刊本,活字铜板,抱一藏。

一月三十日,星期三,晨雪,午后止,屋瓦积雪三四分,旋雨,四十二度

《老学丛谈》载陈藏一咏雪词,调寄《酹江月》,乃刺贾秋壑也。"没巴没鼻①,霎时间、做出漫天漫地。不论高低并大小,平白教都一例。鼓弄滕神,招邀巽二,一恁张威势。识他不破,至今道是祥瑞。最是鹅鸭池边,三更半夜,误了吴元济。东郭先生都不管,挨上门儿稳睡。一夜东风,三竿红日,万事随流水。东皇笑道,山河原是我底。"

一月三十一日,星期四,阴,四十二度

题梁山舟字卷藏经纸,书香山乐府诗四首,书入卷内。

二月一日,星期五,阴

临山舟字卷一通。

二月二日,星期六,微雨

近日微患咳,午前小坐,觉肋间随呼吸发微声,饭后即静卧,气弱发音不易,惟饮食无恙。

二月三日,星期日,晴,甚寒

静卧终日,咳渐止。

二月四日,星期一,阴

仍静卧。山舟卷送汝惠处。

二月五日,星期二,晴,晨三十八度

徐医师嘱服消炎片,夜起服之。

---

① 此处天头有文字:东坡句"没些巴鼻便奸邪"。

二月六日,星期三,雨

服消炎片四次,上午稍坐即睡。

二月七日,星期四,阴雨,四十五度

仍服消炎片四次。

二月八日,星期五,阴

今日未服药。

二月九日,星期六,下午晴,四十五度

破梦赠曾宾谷燠所辑《朋旧遗诗合钞》三册,共二十二卷,凡二十八家,有彭尺木、钱南园、汪容甫等,嘉庆乙丑刊本。

阅汪辟疆国垣著《目录学》,中有汉魏至明末书目统表,均注明存佚。又《丛书书目》分类表,分列总类、专类两大纲,亦甚便检寻。破梦谓:"辟疆辑《水经注集证》一书,穷三十年之力,书可隐几,惜无力付梓。"

二月十日,星期日,晴,五十度,上元节,月色甚佳

见田黄石章一方,高一寸,见方四分,淡熟栗色,有红丝刻字,已磨去。

二月十一日,星期一,上午晴,下午阴,夜雨,五十一度

先公年谱重录副本,校对一过。

二月十二日,星期二,阴,五十度

《目录学研究》一册阅讫。

二月十三日,星期三,阴雨,五十度

复斋、洁公寄来石砚一方,二冯先生默庵遁吟集一部内缺二册,延平二王遗集一小册钞本。郑成功父子诗文,计诗二十首,谕五篇,有东鲁遁叟跋语,此集即其所录。

二月十四日,星期四,雨,五十度,午后雷电,晦黑

《中国西部考古记》系法人色伽兰所著,中述陕川两省石刻崖墓以及渭水诸陵,民国三年八月所记。其中述岷江流域诸石窟,与去年十一月十三日记四川新津堡字山石窟可为参考。

古历，雨水在惊蛰后。

二月十五日，星期五，终日雨，四十二度

考证《延平遗集》史事数则。

二月十六日，星期六，上午阴，傍晚雪，入夜积盈寸，三十五度

阅卫聚贤《〈山海经〉研究》，云此书成于战国中年，为印度婆罗门教徒到中国游历之记录。胡怀琛著《墨子学辨》云墨翟为印度人，并为婆罗门教徒。金祖同著《墨子为回教徒考》。

二月十七日，星期日，阴，三十三度，檐溜凝为冰柱

冯默庵《淮阴市》诗："隔是当时挤不得，楚五中尉尚多人。""隔是"，见《长庆集》"如今隔是头成雪，弹到天明亦任君"，亦作"格是"，犹言已是也。

二月十八日，星期一，晴，二十八度，雪未融尽

灵璧县淮河支流之沱河在疏浚中发现石墓一座，掘出古刀一件，长二公尺；铜镜一件。又在砖墓中掘得古剑一、铜剑一，均无文字。

二月十九日，星期二，晴，晨二十七度，暮三十度，冻未解

《古史研究》二集阅讫。

二月二十日，星期三，晴，晨三十度，暮三十六度

冯默庵诗，幽愁塞产，嗷然不平。甲申以后，悲愤郁塞，又益甚之。《早春述怀》句云："喜人魑魅神逾王，择肉豺狼技未殚。他日应悲天帝醉，此时难疗国人狂。"读之令人废卷长叹。

二月二十一日，星期四，晴，晨三十四度，微霜，暮四十度，阴

念峛函告新得旧拓唐睿宗书《景龙观铭》[1]。按：睿宗传世之作，惟《孔子庙堂碑额》《顺陵碑文》及此三者而已。庙堂与顺陵系伪周朝为相王时篆，此则即位后书。杨大瓢谓观久毁，钟移西安府钟楼上，旁为臬署，往往禁不令拓。拓工以席蔽楼东，而以草塞其内，毡裹于

---

[1]　此处天头有文字：《缘督庐日记》："《景龙观钟铭》，土人多与金大定十七年鼓铭合拓一册。"

外,方能得之。此康熙时事。

二月二十二日,星期五,阴,四十二度

九华堂书估出售抄本《绛云楼书目》四册八万,乾隆赵氏刊本《读书敏求记》四册二十万,上录各家考证甚多,皆吾邑初园丁氏物,有芝孙手校朱字。又见赵秋谷楷书诗稿,八行,六尺纸轴,署"饴山",款盖"闲斋章",书法二王,尚可观。

二月二十三日,星期六,晨晴,下午阴,四十度

骧哥赠松禅老人书《珊瑚七言联一付》:"落笔纵横飞小凤,叩门剥啄惊寒鸦。受丹二兄年大人雅正,弟翁同龢。"察其笔意,当为五十余以后所书。

二月二十四日,星期日,午刻雨,四十四度

记宋刊本《花间集》①。十卷,四册,每半叶八行,行十七字,偶有十八字。白桑麻皮纸,甚厚,白口,单边,版心下记刻工姓名。首序二页:"大蜀广政三年夏四月日武德军节度判官欧阳炯撰。"次题:"《花间集》一部十卷,银青光禄大夫行卫尉少卿赵崇祚集。"末页前空白二行,晁谦之跋:"右《花间集》十卷,皆唐末才士长短句,情真而调逸,思深而言婉。嗟乎!虽文之靡无补于世,亦可谓工矣。建康旧有本,比得往年例卷,犹载郡将、监司、僚幕之行,有《六朝实录》与《花间集》之赆,又他处本皆讹舛,乃是正而复刊,聊以存旧事云。"卷中宋讳如镜、惊、梦、弘等字皆缺笔。前后有"颜仲逸印""王宠履言""席鉴之印""席氏玉照""黄山珍本""虞山席鉴""玉照氏考藏""筠"朱印、"锡庚""灵石杨氏墨林藏书"之印、"朱子清""结一庐"诸藏印。按:沈寐叟题宋本《花间集》云:"海源阁所藏为淳熙鄂本,有放翁跋,即四印斋影刻所从出。此有晁谦之跋,为绍兴建康本。每半页十行,行十八字,罗纹宋纸,与汲古阁本、海源本行款文字多有同异之语。"所言与此本行

———

① 此处天头有文字:《缘督庐日记》载,《结一庐书目》:"《花间集》十卷,宋绍兴间刊。"

数字数迥不相同，是绍兴晁跋刊本竟有二种矣。《读书敏求记》所载亦为绍兴本，惟未及行字。明时覆刊甚多，吴印丞影刊者为正德陆元大本，铁琴铜剑楼著录者为嘉靖本。细审此本，纸张光致而厚，诚为赵宋时物，非覆本可比，须再求他家纪录或其他覆本一校，始可决定绍兴二本之先后也。册中"筠"字朱文圆印①，徐森玉目为宋兰挥，余谓当系朱竹君，因尚有"朱锡庚"印，竹君之次子也。涧于草堂张氏旧藏，惜无印记。

　　宋刊本《六甲天元气运钤》②。上下二卷，二册。每半页十行，行十九字。薄白纸，有缺页，版心下记"余、金、闵、昱、郭"等字样，当系刻工之姓，但不记其名。前为《运气图序》，朝奉郎提点洞霄宫朱肱撰。上卷首页首行刻"六甲天元气运气上"，次卷首行则刻"六甲天元气运钤下"，附《天元四时五运六步气指微图》。有"佩韦堂珍藏"印。按：《琴剑楼书目》有《重校证活人书》十八卷，宋朱肱撰，政和八年刊于杭州。《书录解题》云：肱，字翼中，吴兴人，登进士科，以张仲景《伤寒方论》各以类聚，为之问答，名《活人书》。又明刊本《伤寒必用运气全书》十卷，前三卷录刘温舒《运气图论》，以下录广平程德斋《运气起例歌括以及钤法方药》。则此书所谓"气运钤"，乃"伤寒方论"之类尔。

　　宋刊本《尚书图》一册。闽刻本，甚精，后有"仁和胡心耘斑"题字四行。咸丰四年重装。卷面题"宋本尚书图一册"，未署款，余审为费西蠡手笔③。

　　闻无恙于本月二日在乡逝世，年五十九。诗稿仅刊一卷。余曾见尚有二卷，其一油印，其一则稿本也。无子，一女已适人。

---

　　①　此处天头有文字："筠"字图印系宋兰挥。

　　②　此处天头有文字：《结一庐书目》："《六甲天元气运钤》二卷，宋赵从古撰。"

　　③　此处天头有文字：此册因残本，旋以米一石余易去。

二月二十五日,星期一,雨,四十八度

报载近在皖北地区发现古生物及植物化石,中有象牙、象骨、羊头、树木等。出土于阜阳太和倪丘集及亳县。殷周时期陶鬲(倪丘集),战国末及汉初陶器尊、鼎、锤、高足彝(倪丘集歪张庄)、汉镜、马铃残钮,陶器如豆、鼎、罐、壶、砖、磨灶、釜等(倪丘集、寿县五里庙)。六朝瓷器如碗、罐、盂、瓮、砖(倪丘集、寿县正阳关)、唐镜、瓷器如碗、罐、汝窑壶(太和倪丘集名利店)、宋瓷如越窑彩花大碗、小碗、小四鼻罐、空心大砖(正阳关、倪丘集)。苏北淮安钦工镇附近发现汉墓葬群多处。青莲岗、黑土塘发现史前彩陶、黑陶器碎片。

二月二十六日,星期二,阴,四十度

商鞅《开塞书》云:"道塞久之矣。今欲开之,必刑九而赏一。刑用于将过,则大邪不生;赏施于告奸,则细过不失。其术特恃告讦,故不告奸者与降敌同罚,告奸者与杀敌同赏。"

二月二十七日,星期三,雨,四十二度

戍削。王弇州谓大痴:"庵霭戍削,各极其致。"牧斋诗:"戍削衣裳忆履綦。"戍削,见司马长卿《上林赋》:"眇阎易以戍削。"徐广注:"阎易,衣长貌。戍削,言如刻画作之。"

二月二十八日,星期四,雨,雪,四十一度

明海忠介刚峰疏语:"人即皇上纪元之号而度之曰'嘉靖',言家家净尽无余也。"世宗初虽怒甚,已而复取读之。

二月二十九日,星期五,晨晴,旋阴,四十二度,夜雨

破梦处《花间集》,结一庐旧藏也。乃其书目所载与此不同,未知何故。

三月一日,星期六,阴,四十五度

杨新伦君见告,广州海南人云逢铨先生住豪贤路年七十二,其堂兄逢伟,清宣统时为海口商会工长,与先公相熟,今已逝。

三月二日,星期日,阴,四十五度

手卷装池各有名称。外裹古锦曰包首。锦后装绫数接曰界水,亦曰隔水。次为大字题纸,曰引首。次为本身。再次为拖尾,以备题跋。

三月三日,星期一,晨晴,旋阴,四十四度

松禅曾摹《三酸图》庚辰,自记云:"三酸者,三人相对啖梅。实曩见崔青蚓有此本,今又见宛平王崇节本。崇节与青蚓友,善戏摹之。"

三月四日,星期二,雨兼雪,四十一度

晚饭后吐痰,忽见血丝,即睡,一夜甚安。

三月五日,星期三,终日雨,四十一度

晏起,稍觉气弱,未发病。

三月六日,星期四,阴,夜雨,四十八度

录《积古斋钟鼎彝器款识》十卷毕。

三月七日,星期五,雨,四十八度

今日花诞矣,殊无霁意。盆兰初坼一花,渐吐香味。

三月八日,星期六,午前小霁即阴,四十四度

荔挺。《礼记》:"荔挺出。"王湘绮谓即今水仙,亦名山蒜。

林兰,即栀子,见《山居赋》注。

三月九日,星期日,雨,四十四度

王壬秋谓吴梅村古体出自玉溪,然李无丑态,又非吴比。

三月十日,星期一,阴,四十度

挽杨无恙:

"问疾虚堂了旧因,顿惊石火电光身。饰巾遗世宁非福,发箧余诗未是贫。年及少陵堪满意,君旧有"六十岁满意"之句。命如高密讳逢辰。谈碑读画今寥落,更向何人说魏辛。"君嘱访魏芬、辛瓒二画家故实,尚未作复。

三月十一日,星期二,阴,四十一度,夜有月色

壬秋答人问:"僧敲月下门,敲胜推字易知,何必推敲?"余云:"实是推门,以声调不美,改用敲耳,敲则内有人。又寺门高大不可敲,月下而敲门,是入民家矣。敲字必不可用,韩未思也。"

三月十二日,星期三,阴,晚雨,四十四度

壬秋记詹诚之谈制墨云:松烟最粗,惟桐油烟可用。五石油得百两烟者,至上上矣。杵不能过万,过则黏矣。李廷珪墨能入池水经三年者,用漆不用胶也。

三月十三日,星期四,阴晴间,四十四度

王余。左太冲《吴都赋》:"片则王余。"俗云越王鲙鱼未尽,因其半弃之为鱼,遂无其一面,故曰王余也。

三月十四日,星期五,晴,西南风,五十二度

东坡云:"情爱着人如黐胶油腻,急手解雪,尚为沾染,若又反复寻绎,便缠绕人矣。"此言大可寻味。

三月十五日,星期六,阴,午后微雨,五十五度,潮湿

濠叟批校《积古斋彝器款识》四册,缴还抱一。

三月十六日,星期日,阴,五十度

希任寄来书九册:抄本《穿山小识》一册,道光时镇洋邵廷烈辑。抄本《樵云集》一册,乾隆时常熟顾谦。《菘耘文钞》四卷,太仓季锡畴。《吾面斋诗存》一册,常熟张大镛。《耕野遗诗》二卷,常熟王新。抄本《享帚存草》附《京邸纪闻》一册,常熟屈轶。常熟言氏诗五种一册。陈司业《掌录》一册。《师郑堂骈文》一册,孙同康。

三月十七日,星期一,晴,五十五度

隐鹿示书二种:万历本焦竑辑《国史经籍志》六卷。内卷分上下二卷,曼山馆刊本。天尺楼钞本《恸余杂记》。史惇著,记明末事。

三月十八日,星期二,阴雨,午闻雷,夜大风,五十四度

焦氏《经籍志》子类医家经论载有"《六甲天元气运钤》二卷",不著撰者姓名。

三月十九日,星期三,阴晴间,四十三度

欧阳庐陵《归田录》,今本皆作二卷,与陈振孙《书录解题》合。惟《宋史·艺文志》史部传记类作八卷,焦竑《经籍志》作五卷子类小说家。

三月二十日,星期四,晴,晨三十八度,夜四十六度

作《唐雷琴歌》:

"禺山杨子克定畜古琴一床,朱漆龙鳞,生梅花断纹,池上镌'振玉'二篆,元人朱致远重修。附识语云:'琴为唐雷文所制,池下镌清定,有恒堂题诗。'按《东坡集》载《家藏雷琴铭》云:'开元十年造,雅州灵开材。雷家记。'又王圣涂《渑水燕谈录》云:'沈振蓄一琴,名冰清',记'大历三年三月三日上底,蜀郡雷氏斫。'是制琴之时,距今将越一千二百年矣。至琴工之名,《采兰》杂志云为雷威,屠隆《琴笺》云为雷文,孰先孰后,尚难考定。宋致远识此琴为文制,当有所别也。作歌纪之:

雷家斫琴腾蜀中,曰威曰文皆良工。酒醋风急选材去,峨眉松雪灵开桐。时当开元大历际,霓裳罢舞梨园空。雅州地僻独闲雅,尚有名器追号钟。妙手蝉嫣代相续,双璂远过柳世隆。作铭前有晋陵子,考工后记东坡翁。遗制历历从可识,星徽品第各不同。龙池凤沼耸天骨,入手脆滑兼轻松。音若在舷韵徐出,岳不容指背微隆。此皆匠心通乐理,巧倕旷世难一逢。天南杨子磊落士,呼吸精和守正始。引商刻羽三十年,志在高山并流水。眼明忽睹李唐物,振玉篆雕玉箸体。梅花断片发龙鳞,蜕漆凝朱焦鸾尾。补修出自致远手,池底题名偶四美。细看竟体妙无痕,宛似佳人得獭髓。易归不惜千金解,珍重流传旧朱邸。盛以天孙古锦囊,供之海岳乌皮几。风清月白时一挥,松吹瀑流声在指。海天何处寄遥情,物外幽踪图画里。绘有《振玉斋弹琴图》。所惜斯世多淫哇,细腰百面恣嚣哗。箫韶不遇咸池寂,桐君相对长咨嗟。吾家南郭枕琴川,弦歌故里怀前贤。和平博大五音正,虞山宗派推松弦。严天池松弦馆迄今广陵久绝响,烟波泪没荒江边。何似越秀峰前客,瑶琴独抱幽篁弹。箫箫万籁生虚室,习习谷风香猗兰。人生难得峄阳友,且抒郁滞开心颜。"

三月二十一日,星期五,晴,五十度

记《恸余杂记》。天尺楼钞本《恸余杂记》一卷,述明末清初朝野

逸闻,题"天壤孤臣史惇著",又号《蠹庵野史》。卷中自谓崇祯时任户部部曹,所记往往有为其亲见者。惟于东林一派,排击不遗余力,如以黄石斋为孤僻人,幸而未大用,于其疏救郑鄤,目为执拗若此,难以论天下事。又引戏语以讥刘蕺山,甚至谓满人入据中原专为打破东林伪君子一局,是持论不无偏激矣。其言清朝要钱,不怕人知觉,又记满清圈田之令、禁匿东人、强占民房、满人放债诸事。犹可想见当时扰民情形。查刘瑷叔《明末私乘杂著目录》①二百九十五种,内不载此书,卷中又无序跋,不能识其流传所自,意当日必在干禁书籍之列。

三月二十二日,星期六,晴,云昙有风,五十五度

《雷琴歌》写入手卷内。盆兰茁一花颇似荷瓣,香盈一室。

三月二十三日,星期日,晴,五十二度

元末童谣:"富汉莫起楼,贫汉莫起屋。但看羊儿年,便是吴家国。"明太祖定都建康,改至正二十七年为吴元年,实丁未也。

三月二十四日,星期一,阴,四十五度

湘绮云:"生今之世,观俗人不解义理,犹无损于我;观俗人不解事,遂以致乱亡,使我家室不得保,吾何以处之哉?"

三月二十五日,星期二,阴,四十八度

今日夏历二月三十日,先公逝世二十八周忌辰,虔诵《金刚经》三部,焚香展拜。申官在此,随同行礼。

三月二十六日,星期三,阴,五十一度

休宁戴养轩寿昌《薇香馆诗存》,有《癸亥新正纪虞山七老重游泮水之盛,呈邵伯英丈、俞佑莱方伯丈同政一首》:"扶筇联袂入黉门,今日重沾国士恩。北斗文明星有象,西京钟鼓德维尊。竹林未必皆黄者,藻璧还当拱紫垣。两丈在七老中名位最著,是日谒圣,伯英丈领班。我对胶庠原后辈,廿年盼到定开樽。"七老中尚有杨伟堂年丈、叶叔谦世丈,余则不记忆矣。

---

① 此当指刘世珩《征访明季遗书目》,著书目二百九十五种。

三月二十七日,星期四,阴,五十度

阅《老学庵笔记》一册。

三月二十八日,星期五,上午晴,午后阴,五十四度

先公行年录,经庞蘅裳先生校正数处。蘅,年六十九。

三月二十九日,星期六,阴,五十四度

破梦云:曩闻丁霓仙先生言,光绪庚寅科廷试发榜,新进士分谒各主考,进见时,例在大厅设座,地铺红毡,四拜。李高阳、翁常熟两处对门生下拜,皆立座前回揖,许星叔立座畔回揖,惟孙莱山则挈其夫人并坐,受礼时昂然不动。先时进谒师母,另在后堂相见,莱山则已变通矣。

三月三十日,星期日,上午阴,下午雨,五十三度

守一来。

三月三十一日,星期一,晴,五十六度

绍兴九里村炉峰岭脚,三月中旬有乡人发现穿洞一处,内有地下室三间,俱作半圆形,每间可容五六十人,四周用砖砌,砖长一尺一寸余,上有龙凤花纹及武士追逐鸟兽图案。审为古代坟墓。初开时,中甚干燥,有瓶碗瓦器甚多,惟无棺木。

四月一日,星期二,晴,五十七度

陈鸿《长恨歌传》谓贵妃系宏农杨元琰女,未及其详。《全唐文》许子真《杨妃碑》云:"妃,容州杨冲人,父维,母叶,卖与杨康,康以与杨琰,妃通《语》《孟》。"又杜济《和政公主碑》云:"公主伯姒柳澄之妻,为杨贵妃之姊。马嵬之难,以孤见托,男登服冕,女获乘龙。"是贵妃之姊同殉马嵬之难矣[①]。

---

① 此条周围有三处批注。其一如下:宋乐史《杨太真外传》亦言系元琰女。《外传》谓柳澄为秦国之婿,澄弟潭尚肃宗女和政公主。又云秦国先死,独韩虢与国忠久贵盛,与杜济《碑》所云合。其二如下:《新唐书》载太真与国忠为同曾祖之兄妹。黄树谷小松之父《扶风县石刻记》:唐玄宗撰杨珣碑,(注转下页)

四日二日，星期三，晴，五十五度

致云老逢铨函。

四月三日，星期四，晴，午后达六十四度

明锡山安国重刊《初学记》。三十卷，八册，白皮纸。首页嘉靖辛卯锡山秦金序，略云：锡义士安国购得善本，谋诸塾宾郭禾，相与校雠，厘正锓梓。次绍兴四年刘本序，目录标题下有"大明嘉靖辛卯锡山安国重校刊"十三字，每卷标题下有"锡山安国校刊"六字，版心上端刊"安桂坡馆"四字，惟大半空白，单鱼尾下刊书名，屈伯刚爝朱笔校宋，并录归安许旦复识语："余得明安国本《初学记》，病其讹脱甚多，闻严铁桥学博有校宋本，因借得雠校一过，凡三阅月而毕。严就宋本校上徐守铭本，余又转从徐本校安国本，凡安国本与徐本互有异同处，悉以严校为准。学博有《〈初学记〉校宋本跋》，载在《铁桥漫稿》中，云宋本得见于金陵孙氏平津馆，因以校今刊本，其有不胜改易者，另纸录附，今册中所钞二十一页是也。道光壬寅冬十二月，归安许旦复识。"卒酉仲夏，借顾鹤逸姨丈所藏许旦复临严铁桥校本，竭半月之力，写读一过。旦复字曙卿，归安县学生，本祜村农家子，迁居浔溪。家贫，时或断炊，而钞书不辍，著有《冬心庐诗集》《蓼红闲馆诗稿》各若干卷。严氏原本闻藏吴曹君直先生处，其校语归安陆心源已刊入《群书校补》中。兹以许本临写较为省便，惟钞补处未及影摹耳。是闻记。

（续上页注）珣为志谦之子，与元琰为亲兄弟，则太真与国忠应为同祖之兄妹。其三如下：《茶香室续钞》：宋王铚《唐语林》载颜真卿《和政公主碑》云：公主，肃宗第二女，降于河东柳潭。伯姒华阴杨氏，太真妃之姊也。贵伟前朝，势倾天下。"公主交无诟詈，恩未绸缪。杨且云亡，以孤见托。马嵬之役，无噍类焉。感其一言，悉力营赡，男登服冕之位，女获乘龙之匹，出入存恤，过于己子。"按：此太真之姊中秦国夫人也。《新唐书·杨贵妃传》言秦国早死，与此碑合。《通鉴》谓马嵬之变，国忠及韩国、秦国为军士所杀，虢国奔陈仓，县令薛景仙捕诛之。是秦国亦死于马嵬，恐非其实。至秦国子女皆贵显，亦世所未闻。

明万历本《五杂俎》。五册。陈留谢肇淛在杭著。新安如韦馆刊本。李本宁维桢序云："中分天、地、人、物、事五部，有'慈谿冯氏醉经阁图籍'及'五桥珍藏'二印。"抱一云此为乾隆时禁书。

万历本《文翰林甫田诗选》。二卷，一册，白皮纸，有王廷、江盈科、叶炜三序及自序，云："命曰甫田，盖取劳而无功之义。"末有万历甲午仲夏重校锓于承天重云精舍，曾孙从龙谨识小字两行。从龙，字梦珠，孝廉。盖有"陈氏西畇草堂藏书印""塣印""西畇耕者""邓尉徐氏藏书""怀新馆藏书记""徐坚藏本"诸印。

范一假阅濠叟批校《南华经解》三册句曲宣颖著，濠批《说文解字》二册。

四月四日，星期五，晴，午后七十四度

秦李冰铸金人背款拓本。文二行，在金人背上，每字径三寸弱。首行三字曰李冰䡾，次行四字曰珝鎮䨔眀，皆秦篆。盖镇水物也。王息存年丈云："金人在成都东门大慈寺之接引庵中，向目为铜接引佛，罕知有款识者。寺本唐古刹，明张献忠之乱，夷为廛市，仅余庵数楹。金人高二丈许，不类佛像，一手下垂，臂有装接之痕。光绪中，庵益毁坏，金人露立，背文始显。成都叶协笙观察掌数锦江，撰《蜀中金石志》，始载入之。前此刘燕庭《三巴㠛古志》，张文襄督学川中，王文敏随官成都，颇搜讨古金石，皆失之眉睫。《王湘绮日记》且谓大慈寺佛像，传云李冰铸，不知何代伪作，其工作甚巨。是铸自李冰，已有传说，而不知其为非佛像也。晋常璩《华阳国志》：秦孝文王时，蜀郡守李冰凿离堆，通湔水、氐水，以灌诸郡，沃野千里，民利赖之，至今庙祀。冰作石犀五，石人三，与水神约，低不下足，高不过肩，盖水度也。"今灌口之犀尚在，金人殆即其时所铸石人，金人或有讹耶？此蜀郡最古金文，尤先于琅邪岱岳及权量诸诏令，亦可证秦篆非李斯所创造，特罢其与秦文不合者而统一之耳。

四月五日,星期六,晴,七十二度,今日清明节

《翁文恭日记》:"谚云'清明日风,四十五日方休'。"此吾乡古谚也。今日和暖无风,午焚香遥祀祖先,申官适来,同行礼。《湘绮日记》:"清明当作菁萌,草初生萌也。"

四月六日,星期日,雨,六十四度

为隐鹿改诗数十首。

四月七日,星期一,阴,六十四度

函汝惠,托其代访郑延平传记事略。

阅清初拓唐《温彦博碑》。楞伽山民旧藏,有其二跋:"此本'言为准的'之'的'字未损,为康熙初拓本,比近时多十三字,以朱表出之。此碑予旧有缪武子所藏宋拓一本,清湛者得七百五六十字,庚申城陷失之,今得此,聊备种数耳。乙丑四月。""昭陵碑皆树郊野,棋布星散,椎拓为劳。此碑闻明季存字尚多,康熙后工人苦于应役,阴损三百余字,唐俭碑损四百余字,虽成坏有数,然古物往往伤于俗乎,惜哉!"此本可辨者计四百九十六字。

四月八日,星期二,阴,六十二度

汝惠寄《十批判书》一册来,余已有之,应寄还。

四月九日,星期三,晨微雨,午后晴,旋阴,六十四度

重阅《湘绮楼日记》毕,略以朱笔点识之。

四月十日,星期四,阴晴间,六十三度

破梦赠墨四锭,上有文曰"楚樵方伯著书之墨,光绪庚辰年制"。

四月十一日,星期五,子夜雷雨,终日阴,有风,六十八度

题文与也画《雨夜联句图》卷。

四月十二日,星期六,上午晴,下午阴,六十度

韩文"转喉触讳",本《汉书·食货志》"摇手触禁"之语。

四月十三日,星期日,上午晴,下午阴,六十二度

隐鹿示吴窬斋致汪柳门一札,称"柳门表弟妹丈同年太史留开大安"。札中言"米帖工夫益加精进,健羡无似"。汪书米帖,到老未变,甚潇洒。又作小篆,亦工。

四月十四日,星期一,晴,晨五十二度,午后五十八度

蘅裳言孟繁年八十甚健,尚能出游。余与其二十六年前曾一晤。沧桑屡易,尚得安然,亦不易矣①。

四月十五日,星期二,晴,六十六度

中华书局印有《瓷器与浙江》及《越瓷图录》八十余页两书,俱吴县陈万里著。

在旧书肆见南陵徐氏覆刻明寒山赵氏覆宋《玉台新咏》十卷,每半页十五行,每行三十字,甚精。

隐麂持赠光绪十年甲申内阅汉票签住址单一纸,内载叶茂如谱伯,住址为南横街中间路北,即与我家同寓也。

四月十六日,星期三,晴,六十六度

余藏吴县许鹤巢先生玉琭《诗契斋编年集》稿本一册,中为诗词、骈文,封面为王半塘鹏运所题签名,颇不易辨。末附李合肥七十寿序三页,细审乃丰润张幼樵学士手笔,不知何以附入此卷。洞于与鹤巢至好,或倩其书屏,故将稿留在其处也。

四月十七日,星期四,晴,六十五度

在西泠印社购刻字刀一把,价三千元,试刊二石②。

四月十八日,星期五,晴,六十二度

蘅裳言:朱彊村曩寓其家鹤园,曾植丁香一株。自其去沪后,友好每当花时,必忆此老。因在树下植一石,题曰沤尹先生手植。丁丑后,园已易主,卉木俱凋残矣。彊老寄寓之室,悬榜曰涪心寮,迁居时未携去,留为纪念。

彊老辛未卒于沪上,寄柩嘉兴会馆,因原籍湖州,在沪无会馆也。适一·二八事变,会馆被炸,老人之柩遂罹浩劫。

---

① 此处天头有文字:壬辰十一月故。

② 天头钤"俞"朱文小印和"椎庵寓目"白文方印。

费西蠡未第时,即有声公卿间。廷试经阅卷大臣拟定次序,已列一甲一名。磨勘忽检得卷内"大司寇"误书"大司马",在马字旁签一小黄纸条,言之潘文勤。潘曰:"有误字,置三甲可耳。"诸大臣惜之,改列第九。故西蠡有"殿试第九"小印。蘅裳曾见其原卷,字迹与平日所书无甚差别,笔画有越出栏外,误字固宛在也。

袁昶秋谱伯长子仲默兄,为陈梦陶姻年丈之婿,其姻事由先公作媒,曩于忠节札内读悉其事。闻仲默今尚在松江乡间,年龄约在七十五以上。

蘅裳曾见吾乡旧山楼藏明末刊本《柳如是致汪然明书牍》一册,约二三十页,适高野侯以河东君画象卷嘱题,乃迻录《致汪牍》原文于卷,其中已有费西蠡等摹柳草书及其诗稿。

四月十九日,星期六,晴暖,达八十度

《佛学小辞典》二册,无锡孙继之所编,以字画之多寡为次第。佛经名相繁夥,初学者得此,殊便检查。

四月二十日,星期日,晨雨,午后霁,六十六食度,今日谷雨节

阅《冯钝吟诗集》。洞于谓冯诗乃学三十六体者,有《游仙诗》百首,自云"知我者谓我心忧,不知我者谓我何求"。盖其中多有隐射,惜未易索解也。

四月二十一日,星期一,晴,六十六度

邑先辈屈侃庭先生轶《享帚存草》抄本一册,遭受虫蚀,不能翻阅,略为补修重靪,计存杂文四十一篇,又京邸纪闻五页,原刊《享帚集》钞未见。余旧有光绪时重刊本二册,松禅老人撰序,惟似无京邸纪闻,所记为嘉庆时吾乡狱事,或已删去。

四月二十二日,星期二,晴,傍晚阴,夜雨,六十二度

骧哥五十九生日,赠以宜兴八二老人寿珍仿制供春壶及伽南香搬指,并附一诗:

"谷雨三朝景物嘉,庭前正擢牡丹花。观书常日堆鸿案,选胜芳时共鹿车。澹定养生原有道,从容得寿自无涯。茗壶持献香为伴,好试明前龙井芽。"

四月二十三日，星期三，雨，六十度

阅果庵《两都集》，内《白门买书记》《谈文字狱》二篇，可资谈助，皆沦陷时期所作。

四月二十四日，星期四，晨雨，下午阴，五十六度

星期日种牛痘，已发，去年因病未种。

四月二十五日，星期五，晴，六十度

昨梦在一处屋内，似以前未去过，闻空中郎朗有声，郑重而温和，余识为我佛说法，即五体投地，口中宣念"南无观世音菩萨"数声。一时感激佛恩，不觉泪下，乃矍然而醒。又梦作《听佛说法》诗数句，醒来惟忆首句为"常寂光中礼世尊"。

从旧货担秤斤书内购得下列十二种，花一万元。《周礼精华》六册侯官陈龙标辑，咸丰刊本，《桦湖文集》十二卷四册巴陵吴敏树著，连史纸本，《默记》三卷一册宋汝阴王铚，涵芬楼本，《元遗山乐府》一册彊村校刊，明弘冶高丽本，《水云楼词续》一册江阴蒋春霖，《采香词》一册秀水杜文澜，《鹜音集》朱彊村况夔笙词合刊，戊午聚珍本，《蒿盦词剩》一册冯煦，甲子刊，徐仲可钞本《词学五种》一册，以上六册俱钱塘徐仲可藏本，每册均有印记。《天放楼诗文续集》四册吴江金松岑，涵芬楼《四部丛刊书录》一册，严几道译《天演论》初印本一册。

四月二十六日，星期六，晴，六十四度

金松岑文集内有吾乡黄摩西传，叙论学之语甚详。金叔远《暗泾文钞》亦有黄传，与此可互相参考。

《天放楼续文言》二卷，为《皖志》列传选存，苗沛霖、张文祥、丁汝昌、叶志超、卫汝贵皆有传，甚详。

四月二十七日，星期日，晴，七十二度，夜雨

元遗山词："乙丑赴试并州，道逢捕雁者云：'今旦获一雁，杀之矣。其脱网者悲鸣不能去，竟自投于地而死。'予因买得之，葬之汾水之上，累石为识，号曰雁丘。因赋《摸鱼儿》一阕。"

四月二十八日,星期一,雨,七十五度

宋陶谷《清异录》:伪唐赃臣褚仁规窃禄泰州刺史,恶政不可缕举。有民为二诗,皆隐语,诣金陵黏贴,事乃上闻。诗句有云:"多取囊白昧苍苍,兼取人间第一黄。"

四月二十九日,星期二,晴,六十八度

圈阅《彊村乐府》一卷毕。

四月三十日,星期三,阴,六十七度,夜雨

前钞《积古斋彝器款识》十卷,今日将濠叟校语过录毕。

五月一日,星期四,阴,微雨,六十五度

濠叟点阅《庄子》最勤,有七八读者。今见宣茂公《南华经解》,乃三读本,有跋语三段:

"今以此本寄与同福,乃濠叟第三次点阅本,后又有三次阅本,且有手抄本。濠于《庄》书有独得之妙,与年俱进,未知所止也。后有见解未及尽过于此帙,他日尔若喜读,取勘可也。读书贵自得,轮扁所谓父不能传之子者,世态固然。然父作子述,古今所尚,亦视子弟之志趋学问而已。光绪二年十月濠叟寄往贵池令任所。"

"濠叟之喜读《庄》也,由得宣君之解而入,后渐觉其不脱批尾习气也。意欲删薙之,故草草涂抹之。若此得鱼忘筌,得兔忘蹄,宜忘而不忘,犹未离乎筌蹄也。"

"《庄子》中有古字三,帛之为 [古字]。即为弟之为 [古字],即吊。[古字]之为点。古人皆误认,缘不明古篆之理故也。古人每得一奇字,或正之古书之讹,每质之良友,登诸记载,若"刑天舞干戚"之类,濠之所获多矣。何记此三字于此,俾后人略知之。"

五月二日,星期五,阴,潮湿,七十四度

书纯飞馆藏本《遗山乐府》后:

壬辰孟夏得此于沪市秤斤书担中,合之昔日币值,才铜元数枚耳。册中墨笔为纯飞馆主手迹,有"子女同观"印记,亦雅嚯也。新陆罹难已十余年,遗书乃亦不免遭劫,可发一叹。犹忆是书初刊成,古微丈来虞,即以携赠先公,后于丁丑失去,今复睹此,因重读一过,并以朱笔识之。

五月三日,星期六,雨,七十度

敬录先公归田以后诗稿一百零七页毕。

五月四日,星期日,阴雨,六十八度

圈阅冯蒿叟《词剩》一卷毕。余于丙寅春曾谒公于沪邸,时公年已八十有四,步履犹清健也。逾年即逝世。

五月五日,星期一,阴雨,六十一度

《初学集·大事狂言跋》中云:"阳明、龙溪尚未乙向上一著。独知一念,禅家谓之独头无明,盖无量劫来生死本也。须知有向上事,将此生死根本转为涅槃妙智。阳明云:无声无臭独知时,此是乾坤万有基。认此为极则,毫厘千里矣。"

五月六日,星期二,阴雨,六十六度

汝惠假阅《闽贤事略初稿》一册、《明季南略》三册、《郑成功传》一册。

五日七日,星期三,阴,晚晴,六十五度

镜容发风痧,无寒,热仍能饭。

五月八日,星期四,晴,六十六度

容发风痧甚多,有热四分。

五月九日,星期五,阴,六十八度

笺《延平二王遗集》毕。容风痧已透,足体热至百度,胃纳不健。

五月十日,星期六,阴,微雨,六十八度

容热度晨九十九度,夜仍百度。

五月十一日,星期日,阴,六十七度

容热度下午五时一百度四分,夜百度。

五月十二日,星期一,晴,七十度

容热晨平,下午六时九十九度三分,痧已退,略见瘢影。

五月十三日,星期二,晴,六十八度

容热昼平,夜九十八度九分。

五月十四日,星期三,晴,七十二度

容今日无热。阅《闽贤事略初稿》毕。

五月十五日,星期四,晴,七十三度

震旦假来《三国志》一部,涵芬楼借照日本帝室图书寮藏宋绍熙本,原阙《魏志》首三卷,以涵芬楼藏绍兴本配补。绍兴本有"季沧苇藏印",单边白口,单鱼尾,板心下有刻工姓名。绍熙本双边,小黑口,双鱼尾,无刻工姓名,板框左上角刻篇名,惟不一律有空白者。卷中帝讳有朗字、桓字等,未加缺笔,盖系疏漏者。

《郑成功传》等五册寄还汝惠。

五月十六日,星期五,晴,七十四度

王大令《洛神赋》十三行墨碛,《容台集》谓赵吴兴得之。陈灏自题此晋时麻笺,徽宗得九行,有米友仁跋。贾似道复得四行,合为十三行。明时归孙文介公,刻诸玄宴斋。嘉庆时卢书船登焊云今已不可复见。顷乃闻墨碛从北京骨董肆发现,索值三十亿,本市文管会许其三亿。

五月十七日,星期六,晴,七十六度

刻石一方,甚支嫩[①]。

五月十八日,星期日,阴,八十度,夜雨

炳璋赴新疆,来辞行。

五月十九日,星期一,阴,有风,七十一度

今日夏历四月二十六日,祖母逝世忌辰,虔诵《金刚经》一部。

五月二十日,星期二,阴,七十度

忆壬午夏间,养疴五洞桥,至中秋节,步履稍健。乡人导游国山,访吴孙皓封禅碑。石高约八尺,围一丈,篆文周绕,剥蚀殊甚。碑形上锐,无盖及趺,如米囷然,故俗谓之囷碑。昔时露立,近储南强建亭

---

①　天头钤"椎庵世谛文字"朱文印。

护之。按：吴槎客《桃溪客语》："国山在桃溪东北十五里，即离里山……其下一小山，吴孙皓封禅碣存焉。俗以其遣董朝所封，亦称董山。……古国山，城周广二百九十步，有濠，西临漳溪。《太平寰宇记》云晋初置城于离墨山西，后徙平旷。……今遗址在五洞桥东，耕者往往得古砖，犹城堞也。"

五月二十一日，星期三，阴雨，七十度

桃溪山中产野百合，吴槎客谓瓣似莲花，色白如玉，味甘而柔糯，胜家者远甚。余在张渚，友人觅得此种斤许来馈，谓可疗肺，大小尚不及蒜，蒸食之，略带药气，而无苦味。亦有伪者，将普通百合剥小，粗视相类，惟其味不甘。

五月二十二日，星期四，阴雨，六十九度

《桃溪客语》云："边庄在宜兴县南四十五里，又有省庄，南唐封疆止于此，与吴越接畛，为营屯戍守之所。边庄即今石门，省庄在桃溪东龙池山之下。盖省庄以北属南唐，以南属吴越。"余于丁丑、壬午两次再宿石门居民称为石门岕，初入，石径甚窄，行半里悉为竹林，渐见宽展。中有小村，约三四十家，贫窭无存粮，每日以竹易米。村介众山之间，故谓之岕南，即长兴界矣。

五月二十三日，星期五，晴，七十二度

丁丑十月，奉母挈眷至张渚避乱。小舟自冶塘行二日，过宜兴东汍，宽广若湖，一望无际，溯洄芦苇之中，几迷去处。舟中无帆，以竹竿系布单代之，驶风而过，共庆安渡。按《郡国利病书》，宜兴有东汍水、西汍水，居人不识其义，加水为汍。汍音轨，侧出泉也，岂得音九？吴槎客云：合城外远近所注溪流，凡一十有八。当因东西皆九水所汇，故谓为九也。

五月二十四日，星期六，晴，七十度

阅《魏志》三十卷毕。

五月二十五日，星期日，阴，七十三度

抱一假阅《冯钝吟年谱》稿本，前假《初学记》《莆田诗》《五杂俎》

三册面还。

五月二十六日，星期一，阴雨，七十二度

　　见王虚舟字册，有松禅跋，伪迹也。

　　《翁文恭日记》墨迹，前为景之夫人所藏，在其逝世前，将此数十册及画一卷，托江阴章君带与其嗣子文恭之嗣玄孙，此稿本恐在国外矣。

五月二十七日，星期二，阴，七十度

　　阅《蜀志》十五卷毕。

五月二十八日，星期三，阴，七十四度，晚晴，今日端午

　　十余年前，徐虹隐有《咏文贝辅币》诗云："布泉文贝摹新币文作 ⚥ 艮，附会元勋总理名。二字合并为败谜，铸成恶谶祸苍生。"顷见王圣涂《渑水燕谈录》载，庆历四年，贝州卒王则据城叛，参知政事文彦博请行加讨，仁宗欣然遣之，且曰贝字加文为败，卿必擒则矣。未逾月而捷报闻。徐诗当即用此事。

五月二十九日，星期四，晴，七十五度

　　清初吾邑赵某著《厝亭杂记》一卷，丁初园刊于《虞阳说苑》乙编。其中有记毛子晋病卒一事云：兵科时敏，于乙酉兵乱避至七星桥，为乡人所杀。其地乃毛凤苞所居，杀敏者皆其佃仆也。至己亥，凤苞病痢，见敏为祟，备极盛羹筵，求免不得，见人以手掊面云：无银以贻后人，可羞之甚。于七月二十八日死焉。所叙毛卒之年月日，与牧斋撰墓志悉符。

五月三十日，星期五，晴，七十四度

　　阅《吴志》二十卷毕。

五月三十一日，星期六，阴雨，六十八度

　　渔洋谓从来学杜者无如山谷。山谷语必己出，不屑裨贩杜语。后山、简斋之属，都未梦见。

六月一日，星期日，晨阴，下午霁，七十三度

　　《孙庵年谱》序代：

　　孙庵先生曩自订五十以前年谱二卷，既行世矣。近复按年续编，将付剞氏。以某相知非泛，出示嘱缀一言。窃见前贤年谱，大率出自后人之手。至清初王渔洋、沈归愚、尤同人、翁铁庵诸先哲，始有自将平生行谊编订谱录。后之仿此例者遂多，而其体裁亦渐归于详尽明晰。良以一己之出处语默，苟有关于世局庶政、人事彝伦，倘能及身笔而出之，其本末轻重之处，必较后人代编为亲切而有味。章实斋氏所谓"我有来往，我不长存"者也。我不长存，而思所以存之，以为及我之存，可以用我耳目聪明、心识志虑，而于具我之质、赋我之理，有以稍得当焉，虽谓不负我生可也。年谱之作，即思所以存我者也。存我者，贵存其真。诵章氏之语，宜更引申之曰：我有来往，真则长存。若是者，年谱其长存乎？先生服务桑梓已逾四十年，省中大事靡役不从，其所遭受，适值变乱纷乘、蜩螗羹沸之际，中间多历险阻，备尝艰难，而先生举重若轻，从容措置，凡所擘画，无不动中时会，盖其学识涵养有非寻常所可望其项背焉。某与先生交游亦垂四十年，而在乡邦服务、岁时处所往往有与先生相同，今阅年谱所及地方旧事，历历前尘，犹堪印证。以先生文字抒写之真，虽所记多为往迹，而回想畴昔，抵掌掀髯，风生席上，我二人莫逆于心、相视而笑之时情景，不啻若昨日事。某以疏懒未尝从事记述，而先生斯谱与年俱进，非特存其真而已，即作乡邦史乘观亦无不可也。由乱至治，由废迄兴，先生方年经月纬以记其所躬历者，其所以致治之由、致兴之道，他日更将以先生年谱验之。

六月二日至六日，三日起天气炎热，日中越九十度，早晚亦在八十三四度，六日下午阴稍凉

小佩来长谈，去后觉倦即卧，夜半十二时醒，忽觉喉中有呼吸声，知发旧疾，急定心静卧不动，喉头有痰往上，未咯出，幸不咳，约一刻钟即平。二时入睡，至天明无恙，惟气弱不能言语。二日吃粥及流汁，至五日方吃饭，镇日静卧。

六月七日，星期六，阴，下午雨，八十二度

得沈尹默近印手写诗词稿一册，所作楷字，似不若行草之舒展。

六月八日,星期日,晴阴间,七十八度,夜半大雨

楥,俗作楦。虚愿切,喧去声。《说文》:"履法也。"徐铉曰:"织履中模范,故曰法。"今苏常俗称制履所用之木,尚从此声。

六月九日,星期一,晴,七十六度

圈读《唐五代词选》三卷毕,有冯蒿庵序。

六月十日,星期二,晴,八十度

跋钞本《樵云集》:

《海虞诗话》:顾文学谦,字有光,号桥云,健于诗,为王西涧所赏。游文书院,程匀至观察光巨每与唱和。《秋日杂咏》云:"一苇无烦纵所如,巢栖小小筑茅庐。蕉心尚碧思抽候,梧叶新黄入病初。半世风光因贱得,百年亲旧为贫疏。久甘衡泌休相讶,医俗还须几卷书。"《八月十六夜》云:"举头思往事,隔夜便成尘。"亦警句也。此卷乌丝阑,悉出手画,钞胥虽不甚工,亦尚整洁。中为丁卯、戊辰两岁诗稿,时在乾隆十二、十三年,诗中有"六十平头遇戊辰"之句,知文学实生于康熙二十八年己巳也。毕世苦吟,留此残稿飘零,兵火几将霾没,封面已脱,草草补黏,他日当重靪之。

六月十一日,星期三,晴,七十六度

余所至之处甚少,庚戌八月曾侍母随兄至广州省亲,至辛亥二三月间回家,童蒙之事不甚记忆。戊辰四月游汉口,至庚午四月回,仅至武昌、汉阳两处。武进张锡畴君时在路局,欲邀至岳麓山一游,亦未能如约。余至武林一次,扬、泰、东台一行,庚桑、善权两洞,因避难驻足其间,平生所至止此矣。身体不健,步履为艰,他日未识尚有遨游湖山之缘否?记此俟之。

六月十二日,星期四,晴,七十六度

《香祖笔记》卷十二:"内典云'福不唐捐'。今谓亭馆无壁曰'唐肆','唐'训'空'。"按:"唐肆"二字出于《庄子·田子方篇》"是求马于唐肆也",非寻常俗语。

六月十三日，星期五，雨，七十四度

从堂侄企韩初名树嘉，后改可师。与余同出曾祖凤池公之后，长余二十三岁。戊申，先公赴琼，随侍同往。次岁己酉，回乡应选拔贡生，朝考后，以通判分发开封。民国二年归，后未出。余二十时，偶学吟咏，侄与其内兄宗子威亦时在唱知，彼此互质，若忘其年。戊寅至壬午，同避难在沪，寓居密迩，旦夕觌面。乙酉寇退，侄自乡来晤，四年不见，颓然老矣。秋，余病，入医院，犹来探视。十二月，余出院，在家静卧。一日晨间，侄来访，自言近气喘甚剧，登此三楼，几不支矣。是日晴朗，余起坐与之久谈，并留午饭，能进二碗午饭，尚坐一二时。谈次，嘱余将其诗稿一卷细为删改，又言旅外诸儿事，约三时许别去。下午八时，修德忽告企韩病急，余妻立即赶往，已气绝矣。经医师断视，系心脏病猝发，数分钟即告不治，年六十二。余欲挽以一联或一诗，因病中悲怆，不能属思，迄今已及八年矣。追忆旧事，聊复记之。

六月十四日，星期六，雨，七十四度

闻侄孙小明以肺病夭亡，年二十。上月，余念之，与信，告以应注意事，讵病根已深，莫可挽救矣。

六月十五日，星期日，上午雨，下午阴，七十四度

跋《鹫音集》：

沤尹先生诗余，始于庚子秋词。吞声江头，抒情绮语。其后遂刻意为之，取径近于二窗、石帚，琢辞煮字，戛戛独造。半塘翁虽以豪迈胜，而微婉幽咽，终逊沤尹一筹也。蕙风格调不同，并卷而观，益见尹之于邢，自有不如之感。

六月十六日，星期一，阴，七十七度

松禅老人梦中句“风撼窗棂疑剥啄，雨鸣檐瓦似轩渠”，自云大佳。以“剥啄”对“轩渠”，天然巧合。

六月十七日，星期二，阴晴间，八十二度

刻书始于唐代。司空表圣《一鸣集》有为东都敬爱寺募雕刻律疏印本。表圣为咸通末进士，景福中拜谏议大夫。光绪丁未，敦煌石室发现唐刊《金刚般若波罗蜜经》，亦为咸通九年所印。是版刻在咸通以前已有发明，所刻者多为释典也。

六月十八日，星期三，晴，八十六度

明谢肇淛《五杂俎》云："六月中[有]东南风，谓之黄雀风。"按：周处《风土记》："五月大雨，名曰濯枝。五月风发，六日乃止，谓黄雀风，是时海鱼变为黄雀，故名。"又《风土记》"仲夏长风扇暑"，注云："此节东南常有风，俗名黄雀长风。"均以五月为黄雀风，谢说或有误也。

六月十九日，星期四，阴雨，晨八十三度，晚八十度

书扇三页。

六月二十日，星期五，阴，七十八度

山东梁山泊，泊字应作"洦"，大陂池也。

六月二十一日，星期六，阴雨，七十二度，夏至节

唐宋官印。季菘耘文钞有《虞山瞿氏集古印谱序》，云："其中视前人所著增多唐宋官印一种，秦汉六朝人私印，世犹有存者。若唐宋时官印，最为希觏。盖当官者殁，印即缴于朝销之，今散落人间者，特千百十之一耳。"吴虞臣寿旸有"宋忠勇军第三都都虞候"朱记。考见《拜经楼藏书题跋记》附录云："渡江后，官印多亡失，礼部更铸给之，加'行在'二字，或冠年号，以别新旧。"

六月二十二日，星期日，雨，七十度，闰五月朔

侄孙小明，于夏历五月十四日夭折。临终时，呼其母，念佛号，自诵《往生咒》一遍而绝。家人并不哭泣，听其安然而去。奇哉！此孩可谓生有自来矣。吾向不知之，不意其撒手时能了了如此。

六月二十三日，星期一，晴，七十五度

吾乡俗语谓作事舒迟曰"𪘁悠悠。"𪘁，见《说文》："牛徐行也……读若滔。"

六月二十四日，星期二，晴，七十五度

阅宣注《南华经解》毕，将濠叟眉评过录于《庄子》独见本上。

六月二十五日,星期三,阴晴间,七十七度

捺印士礼居本。缪艺风《琉璃厂书肆后记》云,李雨亭"一日手《国策》与余阅,曰:'此宋板否?'余爱其古雅,而嫌纸不旧。渠笑曰:'此所谓捺印士礼居本也。黄刻每叶有刊工名字,捺去之,未印入以惑人。通志堂《经典释文》《三礼图》亦有如此者。'"

六月二十六日,星期四,晴,八十四度

四弟赠金银花,嘱代茶饮。

六月二十七日,星期五,阴晴间,午后九十度,夜八十六度

吴江沈庚笙维中著《说文改许制》云:"许氏成书未久,值灵、献世,许洛被兵,其书不免坏乱。"考《后汉书·儒林传》,许撰《说文解字》十四篇,今行世书乃十五篇。十五篇言六书,已见于卫恒《四体书势》,而《魏书·江式传》称许撰《说文解字》十五篇,然则伪乱在晋代之前。庚笙生同治辛未,卒庚午,成书二十八卷。

六月二十八日,星期六,阴晴间,八十九度

苏州护龙街北开元寺,又称北寺。有石龛造像,向不见著录,昔人以为吴赤乌故物,经金松岑考证,为元末张士诚之遗制。

六月二十九日,星期日,晴,九十三度

牧斋云:"昔人以关汉卿杂剧可继《离骚》。汉卿仕元为太医院尹,一散吏耳。马致远为江浙行省属,张小山以路吏转首领官,郑德辉杭州小吏,宫大用钓台山长。元时中外雄要之职,皆其国人为之。中州人每每沈抑簿书,穷困不得志,其词曲独绝于后世。"

六月三十日,星期一,晴,九十七度

去岁七月苦热甚长,但最高不过九十五度,今日已突过矣,尚未交小暑。

七月一日,星期二,晴,九十八度,夜月色云昙,九十三度

昨梦随众听法师讲《金刚经》。忽有人问:"须菩提成佛否?"法师大声答曰:"众人皆有佛性,尚能成佛,何况须菩提首先了解真空理性,无量劫来。早已成佛,可无疑也。"

七月二日，星期三，晴，九十八度，黄昏阴，有电光，中夜大雨数阵，转凉

犬于炎天恒吐舌以抒体热，今日狸奴亦然，往年所不常见也。

七月三日，星期四，阴雨，八十度

长清崇善寺五代塑像：前见袁道冲记，山东长清方山崇善禅寺有罗汉塑像十六尊，高可丈六，面目为印度型，五官四肢裸露之处，筋脉突起，张弛不一，日光向背，隐显有别，衣带褶曲，均有分寸。梅缬云言为五代作品，民初尚存八九尊。

七月四日，星期五，阴，七十八度

匄老赠《费韦斋集》一部，计诗十四卷，文一卷。犹忆癸亥冬，韦斋曾赠余二诗。越岁，先公之丧，并有挽词，今集中皆不载。

七月五日，星期六，阴，七十八度

吴竹桥先生《湖田书屋图》，据瓶庐词注云："图凡十三，苏耐寒、孙瞻绘一小册，奚铁生绘图四，今藏余处。"顷见《费韦斋集》，有《题顾石笰钋所绘〈湖田书屋图〉》，有濠叟、松禅题字，当亦为十三图之一。

七月六日，星期日，阴，黄昏雨，八十五度

韦斋有《戏赠蒋子蕃》诗。蒋善谑，才语村言，无不绝倒。"轩楹迎笑又惊呼，多病颜如旧日朱。苦热魏收嘲孝穆，忍饥臣朔羡侏儒。共怜笔舌童心在，绰有风情战术疏。会遣蒸瓠邀汝饭啖予以家厨肥鸭，故以卢怀慎故事为戏，扬州方大两胡卢。"扬州方地山，善谑而好内，面有朱痣，无一不与君同。

七月七日，星期一，晨大雨，闻雷，八十度，今日小暑节

《韦斋集》载《题龚芝麓与冒巢民手札》，中有《慰冒丧董姬》一函，可征俗传入宫一说之不可信。

七月八日，星期二，阴，八十二度

三十四年三月，狱中夜不成寐，辄赋小诗纪事。出狱后忆之，仅得六首。顷从箧中检得，录以志旧。当时草草，信口而成，不复改易，聊存其真。

"拚掷头颅赴国仇,岂辞地狱拟身游。空拳奋斗心犹壮,毒手横遭计未周。生死关头一呼吸,晨昏轮转几春秋。病躯自叹空皮骨,手抚疮痍血迸流。"

"仆前继后志相承,七载坚持一贯仍。疑鬼疑神名过实,绘声绘影病为征。飞鸢坠水征尘恶,磨蝎临宫沴气乘。愧向西湖增故实,风波风雨敢同称。"

"阑风伏雨掩湖山,送我回车古渡间。钮齿忽然惊自折,刀头初不盼生还。眼红毕露豺狼性,皮破何伤志士颜额面尽伤。养勇吾师孟施舍,临危神志尚安闲。"

"强梁末路尚横行,绕室咆哮作兽声。蹈火赴汤魂一缕,啼风吊月夜三更。鬼薪鞭使浑牛马,人质株连到父兄。日向饥寒殊死战,两餐续命啜残羹。"

"凌辱徒然技已穷,眼前又转一番风。鞫词重把毛疵剔,堵口还防矛盾攻。不越雷池严一步,彻彼桑土竟前功。相知偶有相逢处,声气难凭目语通。"

"国事驰驱家事持,山妻慷慨一身随。苦心频劝加餐饭,鞅掌常教懒画眉。魔窟同来期共命,仔肩毋忝慰相思。红妆绰有英雄气,险阻艰难履若夷。"

七月九日,星期三,晴,八十度

文广来访。

七月十日,星期四,晴,八十度

钞邑先辈屈侃庭轶著《嘉庆甲子太学录科代倩狱案纪闻》一篇,约一千七百字。此篇系未刊稿,可入《虞阳说苑》。

七月十一日,星期五,晴,八十一度

上元宋耿吾先生寄寓吾邑,家富藏书,有宋刊本《湘山野录》,为士礼居旧物,身后不知归何所矣。

七月十二日,星期六,阴,黄昏细雨,八十度

大风堂藏董北苑《潇湘图》真迹,闻已归文管处。

七月十三日，星期日，晴，八十一度

钟繇《荐李直表》墨迹，民初藏霍丘裴伯谦景福处，后为肰箧者窃去，缉之急，遂埋诸土，比出，则毁烂矣。仅宋、元人题跋尚完好，残卷戊寅年归吴湖帆。

七月十四日，星期一，阴雨，八十一度

忽患伤风，鼻塞流涕，服消炎片。

七月十五日，星期二，阴，八十六度

晨起忽见鼻衄，有微咳，仍服消炎片。

七月十六日，星期三，阴晴间，八十六度

鼻涕渐止，畏风，仍稍咳，有痰，减服消炎片。

七月十七日，星期四，晴阴不定，似霉天，八十七度

咳渐止，腹泻数次，仍服药。

七月十八日，星期五，阴雨时作，八十五度

晨起仍有痰，腹泄愈，仍服药。习字数行。

七月十九日，星期六，阴，八十五度

改服止咳药水。近来镇日多眠，使咳少止，惟蕴热尚未化净，吐痰黏腻，夜睡尚熟，不咳。习字数行遣闷。

七月二十日，星期日，阴，八十二度

昨气象台报夜半台风袭境，届时无验。

七月二十一日，星期一，阴雨，有风，八十度

改服止咳药水后，消炎未清，咳嗽又作，即服配尼西林片二次，夜尚安。

七月二十二日，星期二，阴，下午晴，八十度

咳渐止，有浓痰，仍服配尼西林片及止咳药水。

七月二十三日，星期三，晴，八十五度，大暑

有浓痰，服药片、药水。食瓜。

七月二十四日，星期四，晴，八十七度

夜咳，睡不甚安，至子时再服配尼西林半片，遂入睡。

七月二十五日,星期五,晴,八十七度

因咳屡平屡作,请徐医师处方。徐谓配尼西林片,不能止咳,消炎之后,一咳,炎又起矣。用几怪等裹胶壳服之,每日三颗,夜仍咳,惟稍松动。

七月二十六日,星期六,晴,八十九度

仍服配方,晨起有痰,咳较愈,兼服含有几怪之鱼肝油。

七月二十七日,星期日,晴,八十九度

服配方,第三日夜咳止。

七月二十八日,星期一,晴,九十度

服药丸,第四日已馨。徐医师续开药水方。

七月二十九日,星期二,晴,八十八度

服药水,夜未咳,睡甚安。

七月三十日,星期三,晴,九十度

服药水,咳渐稀。

七月三十一日,星期四,晴,九十七度,暑气入夜不退

服药水,晨有浓痰数口。

年保大学入学考试,先验身体,云目系色盲,余正常,复验亦然。因此有数科不能应考。

八月一日,星期五,晴热,最高达九十八度半

今日再请徐医师复开药水。咳已大愈。

八月二日,星期六,晴,九十七度

服药水,终日未咳,亦无痰。

八月三日,星期日,阴转凉,八十八度

咳嗽全愈,距感冒初起时适二十日,服医师三次开方,始复常态,此后尚宜静养。

八月四日,星期一,阴,午后大雨,八十五度

临玄宰小楷《曹丕自叙》一通。

八月五日，星期二，阴，八十六度

玉蜀黍，吾乡呼为雨麦，亦称珍珠米，北地称苞米。《巢经巢诗》云：“即古之木禾。”《竹书》又名为苔菫。

八月六日，星期三，阴，午雨，八十度

今岁两次酷热，俱比往年为甚。幸为时尚暂，每次三四日而已。明日立秋矣，颇增凉意。诵巢经巢《酷热吟》一首，炎歊虽去，回思犹可畏也。

“爪上流汗珠，发梢生炎风。歊气摄入髓，有声来烘烘。瘦蛟叫沈潭，波心吟老龙。江鬼走阴壁，哭死西日红。龙女四五人，偏肩采芙蓉。眷言携我手，擘浪还珠宫。坐之水晶床，映以珊瑚栊。回忆人间世，清凉迥不同。”

八月七日，星期四，阴，八十二度，立秋节

今日夏历六月十七日，先母生日忌辰，寓中仅余一人，独自展拜虔诵《地藏经》一部。

八月八日，星期五，晴，八十四度

《苦热行》《浙西村人诗集》：“窑烘六合火地浊，赤龙峥嵘谁拔角。又闻炎洲之草木，化作千亿光明烛。吾兄昨示苦热行，比年忧愤何当平。象郡削天火井聚，虺毒潜吹起旁午。奔逃将吏莫敢诃，燎原之灾由一缕。愁冲沙虱堕长空，安得将军大黄弩。射乌赤嘴落汤池，泠风来苏子遗户。南村北村废耕作，荒田草宅泪如雨。玄蜂若壶螫饥痒，相呼成群东南飞。流金铄石血原野，至今故里邻人稀。昨者雨师倾天瓢，一洗炎歊旱千里。头风复愈眼无花，赤阪遗民幸无死。凶年兵后复酸心，相保何时免毒霾。兄独翛然耕谷口，白云源里饭牛深。只期伏日茅柴酒，沮溺同耕劝复斟。”

八月九日，星期六，晴，晨八十度，晚八十五度

郑海藏尝谓作诗当求独至处，孟诗胜韩，正在此耳。近人惟郑子尹梢梢近似，今能效子尹者，则惟陈伯严耳。

子尹①有《书东野诗后》云:"峭性无温容,酸情无欢踪。性情一华岳,吐出莲花峰。草木无余生,高寒见巍宗。我敬贞曜诗,我悲贞曜翁。长安千万花,世事难与同。一日即看尽,明日安不穷。贞曜如有闻,忻然囚出笼。"

八月十日,星期日,晴,九十度

题松禅老人为侄鹿卿书小楷《阿弥陀经》:

"公昔游焦山,言寻定慧寺。启扉大声发,佛座莲华坠。阇黎劝出家,謇謇忍忘世。庸知一片心,老去空颛顸。平生耽禅悦,写经寓素志。细字若蚕眠,作此在中岁。仲容澹宕人,臣叔本同契。庐墓晚相依,惜哉先入地。公题画句"诗成试诵涅盘经,味幻仙人先入地",味幻,即鹿卿也。佛言解脱相,初不离文字。请看飞盖书,云中现金臂。"

八月十一日,星期一,阴晴间,八十五度

阅俄国果戈理(一八○九——一八五二)著《死魂灵》说部一过,周树人译。

八月十二日,星期二,秋雨时作,八十五度

宋之问《明河篇》中如"倬彼昭回如练白,复出东城接南陌。南陌征人去不归,谁知今夜捣寒衣。鸳鸯绮上疏萤度,乌鹊桥边一雁飞,雁飞萤度愁难歇,坐见河倾渐微没"等句,其转折处皆用叠字。后之为七古者,如梅村辈,多喜效之,取其音节调谐,而易于接笔也。费韦斋云:"《明河篇》盖以望幸为希进耳。"

八月十三日,星期三,晴,八十六度

背嵬。"韩蕲王、岳鄂王皆有背嵬军。范石湖云:燕中谓酒瓶曰嵬,其大将酒瓶,皆令亲随人负之,故号背嵬。"②

八月十四日,星期四,晴,八十八度

祖考逝世忌辰,虔诵《金刚经》一部。

---

① 此处天头有文字:子尹,晚号柴翁。
② 此段文字,录自清王士禛《分甘余话》。

八月十五日,星期五,晴

抑非言湖帆藏三代彝器六十件,中有窭鼎,顷以精品十八件让于文管会,得值九千万。

傍晚六时,正在临帖,忽咯出血一口,但并不多,喉中亦无呼呼之声,急静卧,未再吐。九时起,食凉粥一碗及维太命K二片。

八月十六日,星期六,阴

终日卧,食粥,服K二片。

八月十七日,星期日,风间有阵雨

终日卧。得《瓶粟斋诗话》四集一册。

八月十八日,星期一,晴

卧未起,气仍弱,夜始进饭二碗,腹泻二次。

八月十九日,星期二,雨

终日卧,腹泻愈。

八月二十日,星期三,晨七十八度,晴

阅《巢经巢诗》一过。郑公以余事作诗,胎息经子,故音节绝厚,选辞造句,必出己意,而沉郁高古,不落凡近。或以东野拟之,亦嫌未尽,其实则得力于韩、杜也。读已三遍,粗会其意①。

八月二十一日,星期四,秋雨时作

钱子潜基博,为《费仲深集》作序,杂沓牵强,非晋非唐。此君曩亦号称能文者,何江郎才尽如此,岂捉刀人为之耶?

八月二十二日,星期五,阴晴间

昨梦侍双亲小饮,先公辗然色喜,面容红润,丰硕似七十前情形,且笑且语,旁有客数人,余则在末座。醒而思之,犹在目前。

八月二十三日,星期六,晴,九十二度

今日能起坐,未终日卧。

---

① 此处天头有文字:柴翁有句云:"作诗诚余事,强外要中歉。膏沃无暗药,根肥有新艳。"盖自道其所得也。

八月二十四日,星期日,晴,九十四度

寄瘦东《苍虬阁诗续》一册。

八月二十五日,星期一,晴,黄昏雷雨,八十八度

后山《九日》句:"人事自生今日意,寒花只作去年香。"语殊深邃。上句或言触景生情,下句或言览物怀旧。另一解,上句言心为形役,下句言不改初衷,亦可。

八月二十六日,星期二,阴

张吴王士诚墓,素不知其处。二十余年前,韩止老葺王遗事,以故语相传墓在吴县茶山,访之无所获。有吴兆麟君云曾见清道光时沈藻采辑《唯亭志》载张王坟在斜塘,因至其处访之,见有坟广二十亩,无碑碣。其右有城隍庙,土人云神名张九四,乃知志载不谬,遂为树墓碑。地距娄门外跨塘南六里,近金姬湖。吴王之母曹太妃墓在盘门外,亦有墓碑。

八月二十七日,星期三,晴,九十度

读《稻芊经》一遍。

八月二十八日,星期四,阴,八十六度

后山诗:"又为贫贱别,更觉急难情。""急难",出《诗·常棣篇》,往读"难"字作去声,与"叹"协韵。今知"难"可读平,"叹"亦平声,连上句原字协韵也。①

八月二十九日,星期五,晴,九十度

杨子鹤《墨笔花卉蔬果鳞介卷》。纸本,长三丈。自题:"墨花蔬果之法,始于宋人,故东坡居士即有题咏,以志创见。嗣后名家络绎,不乏擅长。余山窗戏作此卷,盖遣一时之兴耳,自惭迥不逮古人也。丁酉九秋西亭杨晋并识。"丁酉为康熙五十六年,西亭七十四岁。此卷旧为金惺斋宗曜所藏,顷以出售,仅值米四斗。宗子戴题诗:"本师

---

① 此处天头有文字:后山以"难"字作平声,系从杜诗《为问彭州牧》"何时救急难",然吾邑陈司业谓以"患难"之"难"为平声,是假借而谬其义。

尽得瞿樵趣，犹恨逡巡脚汗中。教外别传挺孤秀，不教尹白擅宗风。鹤道人山水谨守师法，墨笔花果则所独擅。曾见天池泼墨花，麦光铺几净无瑕。运斤且莫轻糟粕，轮扁何曾一黍差？曩见徐天池水墨花果长卷，章法与此卷酷肖。锦峰跨鹤老逾颠，画史难征绛县年。料得山中无甲子，餐英拾橡是飞仙。"西亭享年无考，钱溯芝《补疑年录》仅据所见《画疑》，知雍正五年年八十有四，竟不知卒于何时。张隐南题诗："一崔鸣九皋，风流盖世高。墨花参物性，笔力透秋毫。画虎原非易，得羊亦足豪。何时拜遗象，兼与奠香醪？"鹤道人象，今藏徐倚虹处。

八月三十日，星期六，晴，九十二度

　　凤起前从张双南家得毕琛写河东君象册，并附杨旭画红豆一枝。瞿翠岩《红豆山庄图》，原系琴剑楼先世所藏，有黄荛圃、顾千里、孙子潇等题。杨无恙曾见毕仲恺画河东君儒服小象，云殊欠风神，疑即此册。

八月三十一日，星期日，阴，八十五度，傍晚雷，微雨

　　殷伯唐用霖刻石章一对，鸡血，昌化。高一寸四分，方一寸。红色虽不甚多，然石颇旧，且材料巨，亦殊难得[①]。

九月一日，星期一，阴，八十五度，夜雨达旦

　　洁公携来钱湘灵《常熟志》一部，去岁曾从芳畦处假阅。

九月二日，星期二，晴，晨七十八度

　　松禅小画册二页。一《竹梅》，自题："比见邵僧弥画，而题诗不称，憾不洗去，重题之。"下盖"松禅老人"白文印。一《江皋三友图》，写小坡上老树三株，隶字，题下署"长瓶碎墨"，有"松禅老人""叔平"二印。

九月三日，星期三，晴，八十度，夜十二时涨潮入屋，天明退尽

　　杨子鹤《山行雪霁图卷》。绢本，设色，高尺二寸，长约一丈八尺。布局运笔极经意，鹤道人之杰构也。末署"山行雪霁图，癸巳新春虞

---

　　① 天头钤"焚香鼓琴对山读画"白文印和"养鱼种竹旅鹤寻梅"朱文印。

山杨晋写”。前后盖“家在虞山第一峰”“古稀”“杨晋”“子鹤”四印，并有“刘瑞芬召我甫鉴藏记”“第五子刘世珩宝守”二藏印。刘公鲁记卷中有骑白驹衣朱褶者，王静庵《古胡服考》谓，褶乃游猎之服。须眉毕现，殆子鹤写照而兼补图者也。考杨氏画象见诸纪载者，《瓯香馆集·赠王郎弟子杨子鹤诗》云：“千花成佩锦囊诗，愁杀孤吟独坐时。岂有一丘能置我，短笺还笑虎头痴。”自注云：“子鹤以写照擅长。”又张霞房紫琳《红兰逸乘》云：“张忆娘，吴中名伎也，色艺冠时，其象杨子鹤笔。”又余见高安萧芗泉方伯藏毛西河、朱竹垞象，亦子鹤笔，皆可证也。款署“癸巳”，乃康熙五十二年。吴子修修《疑年补录》卷四谓“雍正丁未书”，款署“年八十四”，推之当生于顺治元年甲申，是癸巳年正七十，故有“古稀”印。

九月四日，星期四，雨，七十八度

闻声夫藏明刊本《人镜阳秋》二十四册，竹纸悉为图绘，刻手极精。

九月五日，星期五，晨阴，下午晴，八十六度，夜半涨潮，路上水深半尺，旋退尽

《题阿弥陀经》诗，书入册。

九月六日，星期六，晴，九十度

重阅《栖霞山房宴集图》。此卷纸凡六接，杨子鹤作于康熙三十六年己卯，时年五十六。题诗首汪东山，终翁松禅，以状元始，以状元终，亦巧事也。中汪杜林亦状元，吾邑大魁六人，此占其三。

九月七日，星期日，晴，八十八度

寐叟题跋时用“冷寿光”朱文印。按：“冷寿光”为人名，见《后汉·方术传》。

九月八日，星期一，雷雨时作，八十六度，白露节

严幹喜《春秋公羊》，钟繇不好《公羊》而好《左氏》，谓《左氏》为大官厨，而谓《公羊》为卖饼家。见《三国志·魏书》。严幹，《魏略》谓为严汉，字公仲。

九月九日,星期二,阴,午后雨,八十六度

孙竹乡[①]淇《题栖霞山房宴集图》云:"西亭少侍奉常、廉州两王公,绪论具有原本。"邑志仅载受笔法于王翚,《海虞诗话》亦称为石谷高弟,均未及与烟客、圆照有何渊源,此可补识其遗。竹乡为圆照之外孙,所言自可取信。

九月十日,星期三,晴,八十九度

吴愙斋撰《〈在昔篇〉跋》:"秦燔六经,古籀乃废。扬班不作,许存其义。斯冰肇述,文未坠地。二徐继兴,不绝如击。圣朝右文,众贤云萃。张邓阮朱,金坛遗绪。终古大钥,聿启其闭。先生是篇,实总其例。六书正传,象形会意。源流是讨,上追书契。在昔先民,亡越厥旨。吾道之宗,小学之系。无征不信,在古彝器。孟鼎虢盘,异文同制。思通鬼神,无有难易。小子不敏,愿循其轨。祖颉祢籀,毋敢或异。宣圣有言,多学而识。守缺抱残,是习是纪。后有作者,毋曰余智。光绪丁丑三月,重游虞山,咏春先生出示是篇,率题廿均,以志钦服。后学吴大澂。"

九月十一日,星期四,晴,九十二度

吾邑县城,为明嘉靖时御倭人入寇,县令王公鈇重筑,红羊时稍有颓圮,旋即修复,以迄于今。自前岁起,开始拆毁西北两门,先拆小东门至南门一段。去年拆起,至今夏城址已平,内渠亦填没。方河池三月间填平,太平桥至周神庙河流七月间填平。

九月十二日,星期五,晴,九十度

赵瓯北《檐曝杂记》于徐健庵、高江村、龚芝麓、李太虚南昌人,吴梅村座师,皆记当时讥朝事。

九月十三日,星期六,阴,午后雨,七十八度

钱梅溪《履园丛话》记徐健庵幼子名骏,字冠卿,与师周云陔同应礼部试,以师约束严,乃毒杀之。雍正初,骏赋诗有"明月有情还顾

---

① 此处天头有文字:竹乡小传,见《藏书纪事诗》卷四。

我,清风无意不留人"。怨家出首,竟遭大辟。

九月十四日,星期日,阴雨,七十三度

朱象贤《闻见偶录》:乾隆十三年东巡,泰安县丞盛湘奉委修理泰山,妄将山上古碑字迹模糊者悉为毁去,共有九十余通,存者仅明季字迹清朗者。此石刻一劫也。

九月十五日,星期一,雨,七十六度

明高青丘启与魏杞山观受祸事。《列朝诗集小传》载,杞山知苏州府,以修复府治及加浚郡河,为御史所劾,以为非时病民,至危言以动上,遂得罪以死。青丘作《上梁文》,连坐腰斩。所谓危言,未及其详。顷见杨君谦《吴中故语》记有此事,云杞山因郡衙之隘,乃按旧地而徙之,正当僭周伪宫之基。又城中有一港,曰锦帆泾,传系阖闾所凿,久已堙塞,为疏浚之。有人飞言上闻,云复宫开泾,心有异图,使一御史张度来觇,覆奏,未予疏解,遂与青丘并死都市。时郡治方上梁,尚未落成也。此为洪武猜嫌杀人案之一。

九月十六日,星期二,晴,七十六度

张继良辑《瓶庐词》仅十五阕,余据《瓶庐丛稿》,复录出十阕,合二十五阕,录成一小册。

九月十七日,星期三,阴,下午雨,八十度

潘伯鹰用印曰"拙效宧"。余见袁中郎有《拙效传》,记其家四仆,以署书斋,未见典雅,或偶尔相同耶?潘安仁《闲居赋》:"虽通塞有遇,抑亦拙者之效也。"

九月十八日,星期四,阴雨,七十六度

书《瓶庐词》后:

松禅老人填词甚少,曩同邑张继良双南辑《瓶庐诗补》,附词一卷,仅得十五阕。余从翁氏所印《丛稿》内复录出十阕,手稿烂漫,且有缺去调寄之名,因为校勘字句,合张氏所辑并成一卷,都二十五阕。老人手点词选,用朱墨二色,眉评细楷极精。先公在南横街处馆时,曾假临一通,迄今七十余年,尚宝藏之。

九月十九日,星期五,阴雨,七十四度

隐鹿示潘星斋山水画扇一页,颇近玄宰,其字亦然,有"翰林学士"小印。星斋名曾莹,字申甫,文恭子文勤之世父。道光二十一年进士,官侍郎。光绪戊寅卒,年七十一,与配陆夫人同日逝。李越缦有挽诗。

九月二十日,星期六,晴,七十六度

张邦基《墨庄漫录》云:"靖康中,李师师流落来浙中,士大夫邀之以听其歌,然憔悴无复向来之态矣。"又刘子翚《屏山集·汴京纪事诗》云:"辇毂繁华事可伤,师师垂老过湖湘。缕衣檀板无颜色,一曲当年动帝王。"皆未言师师死事。顷阅吴曾祺选宋人撰无名氏《李师师外传》[①]云:"金人破汴,主帅闼懒索师师不得,张邦昌等为踪迹之,以献金营。师师骂贼,吞金簪而死。"与前二说不同。流落浙中者,疑是假托其名。

九月二十一日,星期日,晴,七十八度

故乡讯来,旬日前大雨中雷击方塔起火,经救熄,冒烟甚久。越日,雷又击辛峰亭,震去两角。近秋水甚大,桥洞不能行舟。

九月二十二日,星期一,晴,八十度

大侄女馈月饼一合。

九月二十三日,星期二,晴,八十度

鸡冠花,佛经谓之"波罗奢花",汴中谓之"洗手花"。

九月二十四日,星期三,晴,八十六度,夜有风,遂凉

《洞冥记》"裂叶风",八月风也,又《列子》"猎叶之风"。

九月二十五日,星期四,阴,微雨,七十度

毓斯告前在吴县文管会,见有没收之书籍。(一)申衙前申家文定后人,书斋名赐闲堂,中有辑录苏州历代词综,直至清中叶约二十

---

① 此处天头有文字:钱遵王《也是图书目序》:"钱功甫有《李师师外传》一卷,即笙翁云道君在五国城所作,从榷场中来者。功甫殁,此书不知散落何处。"

册,尚系稿本未刊。(二)吴江陆氏号赓南所藏,中有向北京图书馆所钞秘本及南京盋山图书馆散出之书。(三)丁南洲惕余所藏方志居多,有弘治残本《镇江府志》及邢昉《石臼集》等,惟丁氏兄弟不识版本,中为书贾作伪者极多。(四)集宝斋孙仲渊所藏,共八大厨,皆为考古鉴别书籍,中有刘公鲁、傅沅叔旧藏,包括近人著作及东瀛刊本。中日本刊《古刀铭尽》二册,装印精极。又见明邑人张应遴字选卿辑《海虞文苑》二十四卷,流传甚少。涵芬楼秘籍所印《华夷译语》一书,仅有一卷。近柯凤孙寓苏之侧室,以其遗书出售,中有《华夷译语》,共为八卷,涵芬所收乃残本耳。

九月二十六日,星期五,晴,七十四度

致姨甥函,属其购药。

九月二十七日,星期六,阴晴间,七十三度

曾子固《隆平集》:"姜遵,字从式,咸平二年进士。知永兴军。太后诏营浮图,遵毁汉、唐以来碑碣代砖甓,躬督成之,因获进用。"

九月二十八日,星期日,晴,七十二度

寄瘦东所索《玉岑遗稿》一册。

九月二十九日,星期一,晴,七十三度

宋康誉之《昨梦录》:"西北边城防城库,皆掘地作大池,纵横丈余,以蓄猛火油。不阅月,池土皆赤黄,又别为池而徙焉,不如是,则火自屋柱延烧矣。猛火油者,闻出于高丽之东数千里。日初出之时,因盛夏日力烘石极热,则出液,他物遇之即为火,惟真琉璃器可贮之。"按:此即今之煤油矿耳,宋时犹不知利用,反掘地以避之,亦可笑矣。

九月三十日,星期二,晴,七十四度

吾邑慧日寺,创建于梁天监年间,屡毁屡复,因所处在市廛之中,寺地日窄,前之松桧竹石悉无有矣。其中结构颇多明代遗物,顷闻已全部拆去,邑中古迹又少一处矣。

十月一日,星期三,晴,七十六度

骧哥赠家乡山栗。

十月二日,星期四,晴,七十四度

汝惠赠秋果一筐。

十月三日,星期五,晴,七十四度,中秋节

黄昏月色甚佳,同室人及申官江边眺望。

十月四日,星期六,晴,七十六度

洪杨时,吾邑西北两山,冢墓被发甚多。《翁文恭日记》谓俞氏阡陇多被发掘,荔峰亦被其祸。荔峰公生嘉庆二十年,长我祖父五岁,为筹之族伯祖九思志靖二兄之祖也①,葬宝岩。

十月五日,星期日,阴,七十三度

抱一赠葡萄。

十月六日,星期一,阴,傍晚微雨,七十二度

食韭。《南史·庾杲之传》:杲之迁驾部郎,"清贫自业,食惟有韭菹、瀹韭、生韭",任昉以"食鲑二十七"戏之,言三九也。李莼客诗"折颈葫芦伴三韭""寒厨三韭顿屏斥",即用其事。

十月七日,星期二,阴七,十二度

仲秋病起,偶赋四首,即次叔夜寄示诗韵:

"秋怀浩荡客情孤,一枕颓然集病夫。身似株驹难用世,《列子》释文:"株驹,枯树木根也。"梦随石雁欲浮湖。投名康乐原非计,阿党隆中亦尽诬。知有旁人相诟语,英雄迟暮况迂儒。"

"风雨高楼乱晦冥,眼前万态付㩐宁。烧残香篆心犹结,暗省秋期叶渐零。禅榻鬓丝修白业,玉池清水养黄庭。似闻行潦江乡苦,瓜烂荒塍枣落青。"初秋,吾乡大水。

"老去空思炳烛明,腾腾兀兀一无成。钞书自笑贫儿富,勘字方知善本精。习气尚存殊可哂,危机未蹈复何惊。"只因翻故纸,不觉堕危机。"关寿卿句。青灯照影浑如梦,懒听荒鸡午夜鸣。"

---

① 此处天头有文字:荔峰公之弟莲士伯祖,少公三岁,没于公卒后二十六日。

"帆影潮声入牖中，楼居相望雨蒙蒙。正思清话酬邻曲，却喜跫音到谷空。家酿犹迟缸面熟，瓮虀且浸鲤梢红。陈龙川《答朱子书》："赤梢鲤可于虀瓮里浸杀。"酒龙诗虎今何似，更向樽前忆次公。"谓潜厂。

十月八日，星期三，晴，七十四度

毓斯言去年南京发现古墓一所，开掘后，经人审为南唐中主李璟之墓，中有石室五间，遗物零落，似昔日已为人开过，惟玉质《哀册》尚存残部，上书"臣子""皇帝瑶"诸字可辨。按：璟为南唐元宗葬所，曰顺陵。嗣主即后主，名煜，初名从嘉，史书不著李瑶之名，且瑶、璟二字同属一部，父子之名，或不如是。元宗初名景通，后更名璟，亦屡经更改。疑瑶或系璟之初名，然不可臆测耳。

十月九日，星期四，晴，七十六度，夜半雨

戴鹿床画册有一印，篆文四字"倒好嬉子"。此盖用吾丘衍故事耳。牧斋《题管夫人画竹》末云："却笑吹箫吾瞎子，谐谑空传倒好嬉。"

十月十日，星期五，雨，晨七十六度，夜六十八度

《习苦斋画絮》摘录：

"国朝画品，当以烟客为第一，渊深静穆，藏而不露。"

"云林无法不备，一法不立，学者正如帆随湘转，望衡九面。"

"香光中年落笔如飞，晚年渐入枯拙，别有一种凝重之味，令人领取不尽。麓台专师香光之拙，能得其味。"

"士大夫耻言北宗，马、夏诸公不振久矣。余尝欲振起北宗，惜力不逮也。"

"山樵上承董、巨，下开董、王，古今画统一大关键也。"

"耕烟得廉州之笔，渔山得广州之墨，异曲同工，未易轩轾。"

"汪延年之纤秀，张夕庵之苍寒，改七芗之古艳，顾骏庵之恢奇，潘樵侣之沈厚，毕仲白之萧散，张老姜之老辣，万广山之权枒，皆可谓自立堂奥者矣。"

"垢道人得倪迂呒笔之妙，可谓善于用渴。"

"小松能用渴墨，其酣厚处在蒙泉上，何论樗盦。"

"程穆倩渴笔之妙，几于不可思议，是亦得北苑之一体。"

"查二瞻寄意于倪，自具门径，恽、王之外，又一画宗也。"

"染香庵主实得力于香光，精深恬雅，古今无两。"

"广州有石谷，不能师处，瑛梦禅得其十五。"

"画史称泼墨始自王洽，未有言渴毫始自何人者，盖滥觞于惜墨如金之营丘耳。"

"奚蒙泉得劲利之妙，方兰士得秀润之妙，王椒畦得沈着之妙。"

"椒畦太刚，兰士太柔。不刚不柔，其鹤渚乎？"

十月十一日，星期六，阴，五十八度

声夫藏月明邑先辈郁勋为金氏画山水人物卷，有钱秀峰、严天池诸题。按邑志，勋字元绩，弘治九年丙辰进士，知华容县，未载其能缋事。此卷可补邑画家之遗。

十月十二日，星期日，晴，六十二度

跋杨濠叟摹钟鼎款志册：

右无专鼎、寰盘、父丁角、虢叔大林钟、禺攸比鼎、颂鼎、宗周钟铭文七篇，为濠叟六十一岁所摹，铭后各附注释。按：诸铭均见《积古斋彝器款志》，濠叟所释，独多创见。如无专鼎，阮释 🔣 为鸿之古文，此释为空，从日从工，且与司字相联，为官职。父丁角，阮释 🔣 为乙，此释廿，十六月唯王廿祀者，新君即位之十六月为前王之廿祀也。禺攸比鼎，阮释 🔣 为从，此释为比，攸比，禺氏之二子也。又阮释 🔣 为友，此释付。宗周钟，阮释 🔣 为同神，此释百神。颂鼎，阮释 🔣 为虔，此释爵。虢叔大林钟，阮释 🔣 为能能，此释熊熊，古能熊、嬴、赢一字也。凡此所举，皆精当不易，足补阮氏所未及。至叟之篆法，远迈皋文、完白，近启悫斋、缶庐，同光以来即为世重，然其真迹实不多觏。此册为杨氏家藏之本，且为寓皖时得意之作，尤可宝贵也。

十月十三日,星期一,阴,七十度

午后至公园小坐,补种新柳数十株,尚未髠落。

十月十四日,星期二,雨,七十四度

洁公言,在姑苏顾氏得见宋顾临画象卷,凡三象,绢本,已有碎损。引首题"顾氏族谱"四字。又岳武穆题"至宝"二字。署"河朔岳飞"。中元祐、崇宁、绍兴敕书三通,后有江公望、米友仁、梅溪翁、胡铨、虞奕、杨邦乂、程大兴、陈子龙、张九成、魏了翁文。天祥所撰传赞,用纸不一。惟宋以下无题者,恐已有残失。

十月十六日,星期四,晴,六十六度

至公园小坐,植芙蓉甚多,将着花矣。

十月十七日,星期五,晴,六十六度

杨子《方言》:"凡物盛而多,齐宋之郊谓之夥。"今吴音称多曰夥。问几何曰"几夥",犹古音也。

十月十八日,星期六,阴,六十八度

沃焦。《华严经》:沃焦为在大海中吸入万流之焦石,众生犹如焦石五欲,沃之无厌足。

十月十九日,星期日,晴,七十三度

《画絮》云:墨井假石谷所藏大痴画不归,遂绝交,曰:"大痴,吾师也。既有师,可无友矣。"瓶庐《题石谷留耕图》诗注则谓:"渔山既奉景教,浪游不归,其志与先生殊途,其借画事,乃后人傅会耳。"顷见日本上野有竹藏渔山致石谷手札印本,附录如下:"忆在苏堂相会,计有二十余年,人生几何,违阔如是。仰惟先生之名与智,杰出于众,但百年一着,为之备否?若得今忘后,得地失天,非智也。为君计之,朝斯夕斯,省察从稚至老,纤毫无遗。盖告解时,口心吐露而愿改解后补赎,得当虔领耶稣圣体,兼领圣宠,以增神力,则有升天之质,此乃第一要务也。幸勿为絮琐,托笔代面,诸不宣。清晖先生有道半我。同学弟吴历顿首。"此札有"平斋审定真迹""泉唐杨拱辰珍藏""顾沅私印"诸藏记,系渔山晚年所作,观此益知绝交事为不确耳。

十月二十日,星期一,晴,七十六度

《乐毅论》。放翁题跋:"《乐毅论》纵横驰骋,不似小字。"又云:"世传《乐毅论》古本至一'海'字止,于是凡《乐毅论》悉至'海'字而亡,妄伪乱真,大抵如此,未可以'海'字为定论也。"梅宛陵诗:"最奇小楷《乐毅论》,永和题尾付官奴。江邻几邀观三馆书画录书所见。"《居易录》:"《乐毅论》真迹,原藏涿州冯氏,后归衍圣公孔翙宸毓圻,康熙二十四年进入内府。"又云:"《乐毅论》近日摹刻甚多,观宋拓本,如卫协、谢雉画古列女,近刻则仇实父辈之仕女图耳。"《松禅日记》:"昔覃溪推重秘阁《乐毅论》全本为梁摹真影,一传为越州学舍本,再传为越州石氏本,三传为停云前一本。若海字不全本,则高绅学士家祖本,一再传而为越州学舍及石氏本,三传为墨池本。停云后一本,未尝谓《秘阁续帖》中有海字不全本也。余疑元祐秘阁帖中本有两本并刻,如《曹娥》前复二本并列,覃溪偶未之见耳。"

十月二十一日,星期二,阴,七十六度,夜雨

太常仙蝶图册。仙蝶于咸丰时两至新安,杨濠叟见之。扬州僧莲溪对形写影,黄质黑章,四跌,左翅微损,敛翅时长约二寸,图作伸喙饮酒状,后有濠叟书《太常仙蝶两至新安记》。按:瓶庐《山居杂诗》注:"去年太常仙蝶忽至山楼,僵于几案,见人飞去。时壬寅正月也。距咸丰时又五十年矣。"

十月二十二日,星期三,阴,雨,六十二度,下午潮涨没衢

除鱼鲠法。《文昌杂录》:"白饧治鲠。"《孙真人方》亦载此法。

十月二十三日,星期四,阴,六十度

题杨西亭墨笔花卉长卷金惺斋旧藏:

"薪传谁识自娄东,画绪难寻志乘中。孙竹乡《题栖霞山房宴集图》云:西亭少侍奉常、廉州二公,绪论具有本原,邑志失载。竹乡乃廉州之外孙也。师友平生熏习在,更饶水墨似青桐。"曩见蒋南沙墨花卉,极似此卷。

"不写群峰写众芳,道人游戏幻生香。澹妆宛似簪花像,省识当年张忆娘。"西亭曾为吴中张忆娘绘《簪花图》。

"松庐长物散签厨,赠我霜纨墨尚腴。展卷不胜存没感,严城忍忆荐生刍。"惺斋逝于丁丑秋,曾往一奠,不逾月虞城即陷。

十月二十四日,星期五,阴晴间,六十四度

近有肺病药在港出售,托姨甥孙君从广州市上辗转购得三百片,极为不易。

十月二十五日,星期六,阴,六十二度

携透视片至医师处诊视。

十月二十六日,星期日,阴,六十四度

昨出外,略受风,稍觉不舒,下午静卧。

十月二十七日,星期一,阴,六十四度,重阳节

《重修常昭合志·艺文志》附录三《金氏复姓谱》,金亮工辑,陶元淳序:"金姓自江右徙常熟,子孙改为俞,传三世至亮工,乃复为金,为谱系之。见陶子师文集。"按:余家始祖爱溪金公,明末由安徽休宁迁虞,娶于俞。二世祖绍娄公,承外家姓游庠,始姓俞氏。陶序谓改姓三世至亮工,应为绍娄公之孙辈。惜此《复姓谱》仅存一序,原书未见,不能详考复姓后之源流也。

十月二十八日,星期二,晨雨旋阴,六十六度

接豫雷信,告知鄩楼师于本月二十一日夏历九月初三日申时逝世,享年八十六岁。前闻师久病不能握管,故已多时未曾通信。戊子一别,倏将四载,不料遽隔人天矣!相识至今为三十六年,使无世事相耋,与师必时时相聚,此乐今不可再得矣!

十月二十九日,星期三,晴,六十六度

策杖至公园小坐。

十月三十日,星期四,晴,六十八度

寄唁豫雷函。

十月三十一日,星期五,晨阴,午后晴,六十七度

汪杜林先生《容安斋诗集》八卷,乾隆初刊本,甚精,原版已缺数十页,铁琴铜剑屡得之,补刊重印。补刊者,似即童绥经处刻手。瞿氏所

藏书版闻已全毁，此集与《秋影楼诗集》恐亦在其内。

十一月一日，星期六，晴，六十四度

为鲲楼师持诵《地藏经》一部。

十一月二日，星期日，晴，六十六度

甸老送来《重修常昭合志》稿本，草订十七册，其中《风俗志》已刊。卷十一《词祀志》一册排印本有徐少逵朱墨笔校识，卷十二《名迹志》二册同上，卷十三《异征志》卷十四《风俗志》卷十五《物产志》合一册同上，卷十六《职官志》三册三十五年补修县志钞本，卷十七《选举志》四册同上，卷二十一《列女志》四册同上，卷二十二《杂记》一册同上，附录《历修邑志表》《历修邑序旧序》一册同上。

十一月三日，星期一，阴，六十七度

松禅老人写《瞖山访碑图》以纪东岳庙石台题字。庙在福山，邑志仅载福山旧名"覆釜"，唐天宝六载改名"金凤"，梁乾元三年改今名，无"瞖山"之称。顷阅《常昭合志·金石志》，乾隆三十六年常熟县知县刘沅等立《福山记》，略曰："福山俗讹曰殿，制军高公巡阅至此，命复旧称，勒石山麓。"方知乾隆以前有殿山之称。松禅老人题图仍之，更讳殿为瞖耳。

十一月四日，星期二，晴，六十六度

《松禅日记》谓："冯巳苍《默庵文稿》甚雄而炼，前卷（祗）［诋］佛法，后卷则信奉甚笃，有素兰集序，又有小传。"燕谷张氏重刊本，文稿附于诗稿之后，为第九、第十两卷，共志、铭、序、记、疏、传、杂文四十四首。前卷谈佛法者甚少，恐松禅所见并非此本也。

十一月五日，星期三，晨阴，旋晴，六十四度

始服肺病药，每日五片，分三次，饭后服。

十一月六日，星期四，晴，六十四度

鲲楼师己丑年寄示一联云："连饮续命汤，范叔苦寒，欣遇分金多鲍叔；弗吃嗟来食，黔敖拒绝，翻能嗜蛤作卢敖。"自注：因多吃水菜，致腹泻。嗜蛤句，出《淮南子·道应训》："卢敖游乎北海，见一士焉，方倦龟壳而食蛤梨。"谚语:"不知许事,且食蛤蜊[①]。"盖即本此。

十一月七日,星期五,晴,六十二度

服肺病药,并无反应。

十一月八日,星期六,晴,六十五度

阅邵康节诗三卷毕。

十一月九日,星期日,晴,六十六度

柏古轩翁氏旧藏《得鹿图》。签题"家藏旧画《得鹿图》,同治癸酉八月装治"。同龢题记跋云:"此图不知何自来,在余家数十百年矣。向与先世遗像并置一箧,庚申之乱,曾祥等仓卒渡江,遂携以出。今谛审图貌,颀颊而微髭,貂裘而乌靴,北人冠服,非吾家所有。龢儿时尝于伯父处见于公宗尧《待漏图》。公汉军旗人,年十九,以父荫为常熟令,四载而没,万民留葬,所谓"于青天"者也。《待漏图》既藏余家,此图或亦是公遗像,未可知也。且按其品服亦相近,惜《待漏图》已失,无从印证耳。纸已断裂,谨忖装表,而题其签曰家藏旧画,示有所疑也。故识数语,以告后人。同治癸酉八月,同龢谨记。""若非第一清官象,未必流传直到今。总是前民多厚福,父慈子孝各推心。己卯暮春,永孙题。""斯民直道犹在,清芬不假图传。偏是君家世宝,始信佛说因缘。己卯九秋萧绍斟。""不穿不破补天手,疑是疑非覆鹿蕉。蛇足未嫌珍世泽,劫余愧我续丰貂。癸未春杨无恙。"

十一月十日,星期一,晴,七十二度,潮湿

见石谷筜邨画册二部,均赝迹。

十一月十一日,星期二,晴,七十七度

跋濠叟象书一篇,书入册。

十一月十二日,星期三,阴,夜微雨,七十度

推算祖先代次,系自近至远,如父为一代,高祖为四代,高高祖为

---

① 此处天头有文字:蛤蜊,作蛤梨。

五代①。以此类推,唐凤阁侍郎王方庆表云:"今进臣十一代祖导、十代祖洽、九代祖珣、八代祖昙首、七代祖僧绰、六代祖仲宝、五代祖骞、高祖规、曾祖褒,书共十卷"云云②,可证。

十一月十三日,星期四,阴雨,六十七度

清顺治二年乙酉,北兵入浙,纵肆淫掠。总镇闻之,枭示数十人,令搜各船所掠妇女,给还本夫。兵士畏法,遂以其所掠者沉之江。此一大惨劫也。吴梅村《董山儿乐府》即咏其事,但隐约不显。

十一月十四日,星期五,阴,微雨,六十六度

南海张樵野太夫子荫桓酷嗜石谷画,前后收得百件,署所居曰"百石斋",其铁画楼犹屡及之。如《西安阻雨,云门为题石谷两册,余得此册,始足百石一律》。又"百石斋随黄叶散",皆是太夫子己亥遣戍新疆,携此以行,故又有"天涯作伴只王恽"之句。庚子夏在戍所殉难后,随身长物殆已散尽,遂使石谷百画流落边塞,其存与否,收藏家未有及之者,亦可慨也。

十一月十五日,星期六,阴,六十四度

渔洋山人藏诗画册,丹魁堂李氏旧藏纸本。

第一页,施愚山诗《闻阮亭先生特擢侍读,志喜并正》:"才力群推称石渠,汉庭特拜重相如。《上林》札给新成赋,秘阁灯抄未见书。三仕声华联省署,十年怀抱满樵渔。传闻珥笔辛勤甚,退食常需列炬初。江左弟施闰章拜稿。"

第二页,释半山墨笔山水。渴笔奔放,极荒率之致。款"半山",

---

① 此处天头有文字:亦称世次,如父为一世,高祖为四世。《后汉·蔡邕传》称高高祖勋为六世祖。唐以后俱称高高祖为五世祖。见《南雷文定三集》卷三。

② 此处旁有批注:李赓芸《炳烛编》:"今人称曾大父、大父、父为三代,祖、父为二代,非也。当称三世、二世,《礼记大传》及《管子》均称世,是其证矣。"盖唐人讳世为代,宋以后人习焉不察,遂沿用至今。古人称一朝则云一代。

盖"处晦"印。

第三页,黄自先诗。"溪水无声树不凋,幽深何处见渔樵。依稀记得黔江路,峭壁中间跨一桥。""危岩欹映绿波中,山气苍苍万木丛。百丈浮图支碧汉,不教云影乱晴空。""一生踪迹似奔流,未得登峰眺九州。今指丹梯天上路,会当放眼最高头。"题"呈王老夫子教正,时甲子夏六月,来自黔中门人黄元治"。

第四页,梅耦长墨笔山水。题"云山迢递,写寄阮老先生。宛陵梅庚"。盖"雪坪"印。

第五页,吴天章诗。"藤花开已阑,残香堕塘水。闻君下直后,日对清阴美。宛宛崇阪兰,茸茸幽碉芷。客来风轩开,雨骤池沤起。移樽鸣鸟静,抚操潜鳞喜。高霞乍明灭,忽照西阁紫。莫忆粤中山,前溪一峰是。""甲子初夏题石林山馆,恭请阮翁老伯正之,河中侄吴雯。"

第六页,梅耦长墨笔山水。题"戊午夏五雪坪庚,写于宛溪馆"。

第七页,陆冰修诗。"端溪片石芰紫胰,五更著书啼晓乌。此家千秋殊嗜好,他家富贵夸身躯。一。金绒织罟装马鞯,游戏宛洛矜少年。幽人月出咿唔传,有容扣阿衣不船。二。野夫买舟泛沧浪,故人请粟满一囊。棹歌千里遥和答,白云舒卷山苍苍。三。《竹枝三章留别渔洋先生》。嘉淑。""嘉淑""辛斋"二印。

第八页,蔡玉甫墨笔山水。款"蔡瑶"。印"家在宛溪"。

第九页,陆冰修诗"千树松杉九曲流,几间茅盖读书楼。平生凡骨容吾换,曾与渔洋共唱酬。军都山下草漫漫,裋褐风吹白日寒。犹有新城王侍读,论诗真作孟郊首。""奉别阮亭先生,仅得竹枝三绝,固知俭陋,亦短歌不能长也。情未能已,复录旧作二首于册,得附先生以传,有厚幸矣。嘉淑。"

第十页,蔡玉甫墨笔山水。款"戊午立秋画,寄阮翁老先生教。宣城蔡瑶"。

第十一页,严荪友诗。"绝岭何嵂崒,奔流逝如斯。宁知高深意,犹有变迁时。独立孤鸟外,渺然青云姿。若非升天行,龊龊何由辞。"
题"呈阮翁老先生教,严绳孙"。

第十二页,周履坦设色菊花。无款。"周道"印。

第十三页,陈子文诗。"岂意尔踪迹,南游不可攀。秋风动贵竹,
瘴雾薄谿蛮。文必名山胜,诗因满匣删。犹能万里外,一为念榛菅。"
"知查夏重在黔中,却寄书政阮翁夫子。奕禧。"印"陈印""奕禧""员峤山人"。

第十四页,周履坦设色梅花。无款。"道"印。

第十五页,周履坦设色水仙。款"庚申闰月吴门周道画呈阮翁老
先生粲正"。"周道""履坦氏"二印,又"禁苑清班"一印。

十一月十六日,星期日,阴,六十一度

唐陆宣公遭谗被贬,避猜不敢著书,仅集古医方若干卷。

十一月十七日,星期一,晴,五十八度

散氏盘印,本故宫养心殿藏器,如今之果盘,有两耳。下则如敦
铭文十九行,在盘之中。《积古斋彝器款志》云:"散氏盘有三足,与款
足之鬲迥异,当是融、鬶之类。许氏解敥云三足镀,解鬶云三足釜。"
今从《潜研堂金石跋尾》定为盘印,本盘之下足明明如座形,并非三
足,不知阮氏所云何谓,岂原有三足,已失之耶?

十一月十八日,星期二,晴,黄昏微雨,六十二度

唐人画《雪景》印本,设色,绢本,无款,阴阳向背,光线甚分明,勾
勒无皴,此古法也。

十一月十九日,星期三,上午阴,下午雨,六十二度

米襄阳《春山瑞松图》印本,设色。山峰俱用家法,一望可知。画
松甚工致,茅亭勾勒极有力,左下角有"米芾"二字。《石渠宝笈》谓为
宋人作,盖未见其署款也。

十一月二十日,星期四,上午阴,下午晴,六十度

《明宪宗玉册》。册共十方,以锦裹之,可舒可折,每方又分为四
条。碧玉质,厚三分五厘,长七寸七分,宽三寸,刻字填金,首尾二方
俱刻龙形。文曰:"维成化二十三年,岁次丁未,九月丁酉朔,十九日

乙卯,孝子嗣皇帝祐樘谨再拜稽首言(中略),谨奉册上尊,谥曰继天凝道诚明仁敬崇文肃武宏德圣孝纯皇帝,庙号宪宗。"

十一月二十一日,星期五,阴,五十九度

《东坡志林》:"子宜置一卷历,昼之所为,夜必书之。"历者,日记也。

十一月二十二日,星期六,阴,六十度

散氏盘,钱竹汀所定名。杨濠叟谓铭文无盘字,改定之曰鬲,此释非也。古时盛馔用鼎,常饪用鬲。《尔雅》:"款足者谓之鬲。"今习见之。鬲,与鼎形相类,有三足,亦有四足,如孔庙鬲,惟足空而不实。此器口径一尺七寸,而深仅三寸一分,其下如敦,无足,与鬲殊不相近。濠叟未见其器,仅据《积古款识》所云三足,故以为鬲耳。

十一月二十三日,星期日,阴,夜雨,六十二度

见烟客仿大痴画卷。纸本设色,款小楷:"甲戌春日仿黄子久笔,呈象翁老师相。王时敏。"有欈李朱子葆茂昉长跋,云为香山何象岗相国吾驹画。李世倬、张若澄二跋。王山史弘撰长跋。有瑶华道人藏章二方。此卷旧为邵息盦太世文所藏,自书二跋,云于光绪辛巳得之。按:甲戌为崇祯七年,烟客四十三岁,香山正于是年二月进文渊阁,加太子太保,此画即在其时也。

十一月二十四日,星期一,阴,六十度

归玄恭先生诗文手稿四十页,大小絪张不一,俱为草稿,涂乙之处甚多。《嫁女记》一篇,先生之婿金侃亦陶代缮,因字迹与其父不瘝道人相同,余皆先生手笔。虽稿书未尝注意运笔,而超逸隽拔,迥不可及。即以书法论,亦一代大家也。

十一月二十五日,星期二,上午晴,下午阴,夜月,六十度

唐咸通四年,彗出于娄,长三尺。司天监以为含誉瑞星也。于是群臣毕贺,懿宗偓然受贺,宣示中外,编诸史策。

十一月二十六日,星期三,上午阴,下午雨,六十四度

沙定峰《五代史论》五篇,谓宋太祖所定梁、唐、晋、汉、周之序次,

出于一时之私，义有未安，应黜朱温、进李升，然后五代之史以正，而五代之名不可革，当易其名曰《续唐书》，以别于《唐书》，起存勖，讫李煜，以唐纪年诸国附之。此论有大见解，并揭出涑水、庐陵、紫阳所以隐忍不改之苦心。后之论史学者，于此宜三注意焉。

十一月二十七日，星期四，雨，六十度

乾隆得右军《快雪》、大令《中秋》、王元琳《伯远》三帖，而署其堂曰"三希"。

十一月二十八日，星期五，微雨，五十六度

张得天藏宋拓《淳化阁帖》，四周自跋小字万余言，又有张晴岚尚书加注，即世所谓"巾箱帖"。后为吕镜宇谱伯所得。沈寐叟年丈跋阁帖云："泾南司寇所藏宋本，吕镜渔司空以六百金得之，号为宋拓第一。"即指此本。昔年有正书局已为印行。

十一月二十九日，星期六，阴，六十度

今日农历十月十三日，曾祖考凤池府君逝辰，虔诵《金刚经》二部，焚香礼拜。

十一月三十日，星期日，晴，六十二度

有正印北宋未断本《圣教序》。铁冶亭旧藏，有董玄宰跋，略云："唐拓'纷纠何以'四字俱存，第微刓耳。又有'内出'二字，诸宋拓所无。"何子毅绍业跋："故知'圣慈''久植胜缘'，'慈''缘'二字不阙，定为小宋本。"

十二月一日，星期一，上午晴，下午阴，六十二度，夜有风

书小行楷扇一页。

十二月二日，星期二，阴，晨三十七度，飞雪花，夜三十二度

《归玄恭先生年谱》。八世侄孙曾祁编，民国十年刊行。先生明万历四十一年癸丑七月十四日生，康熙十二年癸丑八月廿一日卒。适假得先生诗文稿墨迹，因与年谱勘校。谱载天启六年丙寅，十四岁，补诸生，系据顾沅《吴郡名贤图传赞》及《世谱图》小传，而叶履成均禧撰传云："崇祯五年，补诸生。"按手稿与业勋书："弟窃自悼立于天地之间者三十年，读书二十年，做秀才十年，不得一望见场屋。"先生三十岁应京兆试报罢，所云做秀才十年补诸生时，应为二十岁，正值崇祯五年，是叶传为是，而《名贤图》《世谱》均误。又手稿《嫁女记》："著雍阉茂戊戌冬十月壬辰，女归吴门金侃。"又《台王舍记》："癸卯冬，榜所栖之室曰台王舍。"又"癸卯十一月至甫里访李天木，叩以玄理"，《年谱》均失载。曾见徐氏虹隐楼书目，有赵氏又满楼刊本赵经达编《归玄恭年谱》，先叔父《养浩居书目》亦有《归玄恭年谱》，不著何人所编。如以数本合校，则较善矣。

十二月三日，星期三，晴，晨廿六度，夜三十度

石友舅氏以双宋砚名其斋。一为李易安砚。左侧有"易安"二小象，背昌硕题诗："款镌小篆效臣斯，德甫应曾戏画眉。留与山斋编野史，《中兴颂》后更题诗。"一为苏翠像砚。昌硕跋。"苏翠像砚"，马守贞题，可称双绝。翠乐籍，工墨竹分隶。咸淳辛未，宋庆度宗七年；己丑，明万历十七年也。

十二月四日，星期四，晴，晨廿八度，夜三十二度

《隐求堂日记》："或问广东西'广'字之义，余曰：古义'广'有训'险'字者。《孟子》'兽之走圹'，亦谓'险'。子书'地不以人之恶险而废其广'，'广'亦训'险'，亦古'岩'字。古书'传岩'可作'传险'者，盖'广'亦'岩'也。"

十二月五日，星期五，晴，晨廿八度，夜三十二度

《容斋随笔》有"张良无后"之语。潘确潜谓后汉司空皓、晋司空华，唐宰相嘉贞、延赏、弘靖、九龄，皆良之后。《汉·张皓传》曰："六世祖良。"考世系，皓为良九世孙，非六世也。良生不疑，不疑生典，典生默，默生金，金生千秋，千秋生暠，暠生睦，睦生嗣，嗣生皓。《吴郡图经》亦云：良七世孙睦，后汉为蜀郡太守，始居吴郡，郡张氏皆其后。白居易作《张公碑》曰：良后睦"避地渡江，始居于吴，其子孙称吴郡人"。《容斋》之说，正与刘梦得谓"张曲江无后"同。

十二月六日,星期六,晴,晨三十四度,夜三十七度

东坡见悍妇骂街,笑曰:"一片性灵,却搅入猪嘶狗唆中。"此为世俗人言也。一心不乱,何从搅入?

十二月七日,星期日,晴,晨三十七度,夜四十四度

《越绝书》十六卷,无撰者名氏。杂记吴越事,下及秦、汉,直至建武二十八年。相传为子贡作,实则战国后人所为,而汉人又附益之耳。"越绝"之义曰:"圣人发一隅,辨士宣其解。圣文绝于彼,辨士绝于此。故曰《越绝》。"

十二月八日,星期一,晨小雨,四十四度,下午阴,夜四十度

《礼》:"投壶,无偕立,无逾言,若是者浮小。"《尔雅》:"浮,罚也。谓罚爵也。"《汉书》注:"魏文侯与大夫饮酒令曰:不酹者,浮以大白。"郑注:"逾言,远谈语也。"

十二月九日,星期二,晴,三十五度

吴湖帆藏大痴画一页,大小仅尺许,将让与文管,索值一亿,许四千万,未允。

十二月十日,星期三,晴,晨有霜,三十五度,夜三十九度

钟繇《贺捷表》"矢创贼帅","矢创"作"**天**刃",是隶法初变体。颜鲁公书《千字文》"年矢每催",亦作此"**天**"字,欧公误为"手刃",以此致疑。今字书无"**天**"字。

十二月十一日,星期四,晴,晨霜,三十八度,夜四十三度

《礼》注云:"红,南方之奸色;紫,北方之奸色。奸,干也,相干犯也,即间色。"间字,宜读如奸。

十二月十二日,星期五,晴,晨霜,浓雾,四十度,夜四十五度

归玄恭先生手书诗文稿跋:

明遗民归玄恭先生诗文稿四十页,缃张大小不等,除《嫁女记》为金处士亦陶所录,余悉系先生手书真迹。往见顾湘舟《吴郡名贤图》

及归氏《世谱》象赞小传,均载先生于天启六年补诸生,方十四岁①。而叶履成均禧撰传,则云在崇祯五年,时二十岁。今按稿中与柴集勋及顾大鸿书,皆有"立于天地之间者三十年,读书二十年,做秀才十年"之语,乃知《图》《谱》所载为误,而叶传为确。先生所著《悬弓集》三十卷,久已失传,吾邑张鹿樵氏曾刊行诗文七卷,太仓季菘耘续辑七卷,顺德邓实刊入《国粹丛书》,惟遗佚尚多。昆山徐崇思因朱绍成所录,去其已刊者,别辑遗著一卷。至先生八世侄孙曾祁,又编《年谱》一卷,而于此稿中《台王舍》《嫁女》两记所述事迹,《年谱》概未之及,可知当日并未获睹此手稿也。先生之殁,距今已二百七十九年,遗墨如新,謦欬若接,非特文章气节为百世所推重,即以书法而论,固一代之大家也。拜观忻幸,惜识墨缘。

十二月十三日,星期六,晴,晨浓霜,四十五度,夜五十二度

乐天诗"绿浪东西南北路,红阑三百九十桥",《老学庵笔记》:"十转平声,可读为谌。"朱竹垞《洞仙歌》"信十分姚冶",自注:"十,平声"。

十二月十四日,星期日,晨阴,午晴,五十二度,夜五十六度,潮湿

《哀江南总目提要笺证》。彭銮琛笺证,去年四月出版印成,禁止发售,遂未流通。有人从冷摊得之,假阅一过。此书作者不详。记洪杨初占金陵、镇江、扬州三城事。据晋江陈颂南庆镛《籀经堂类稿》咸丰三年七月十六日《奏缴时事说部疏》有云:"近得江南人寄到《哀江南总目提要》一本,其书虽近于戏,然所言皆贼匪近日情事,每节俱有对句回目。共六十回,所记甚简,不出百字,所谓提要也。"陈氏又云:"《书目》为江苏人所编,皆按日探报所闻者,撰为说部,其书未之见,仅见其目如此。"彭君引有关书籍笺证之,并附载江左明心道人《发逆初记》(同治九年刊本)、沈懋良《江南春梦庵笔记》及《续录哀江南曲

① 此处天头有文字:又满楼赵氏辑《归玄恭年谱》据太仓张应麟撰传,谓十四岁补诸生,亦同此误。

录》胡碧澄《愚园诗话》三种。所引海虞学钓翁著《粤氛纪事诗》（谢兴尧《太平天国丛书》十三种）谓学钓翁似为单学传。按：师白先生卒于道光时，此学钓翁应另为一人也。书又名《太平军初占江南史事录》。

十二月十五日，星期一，阴，晨五十二度，夜五十度

萧蜕庵《跋李北海〈端州石室记〉》："此记因摩崖又数受水害，笔画肥而失真。六一居士遂疑非北海书，此訾言也。彼习见北海行书，以为平正不攲倾者，即非北海书，真如东施见西施心痛之脸耳，岂足与书道？余谓北海书之不失真者，惟此记与《麓山寺》，其次为《小云麾》，若《大云麾》《叶有道》《东林寺》，可目之为赝鼎恶札，投之水，大不惜也。清乾隆代皖人梁巘闻山以北海书名，亦为东施，光绪代之高邕，邕之则野狐禅，不值一笑矣。"又云："学前人书，贵得其神韵。东坡效平原，山谷效《兰亭》《鹤铭》，有一字相类否？它若吴琚之学襄阳，吴宽之效东坡，沈周之效山谷，越似而越劣，皆东施也。梁不翁云：'勿画类狗之虎，宁唱无谱之曲。'其言深有味哉！"

十二月十六日，星期二，晴，晨四十四度，夜四十二度

萧蜕庵《跋墨拓〈景龙钟铭〉》："北海书以《大云麾将军》为最有名而最劣，《小云麾》佳矣，而漫漶过多无已惟《麓山寺》耳。然未知北海书之源也。学北海者，当识其真法。《端州石室记》近之矣，而世罕知者。要当知北海书，先宜师其真书，则可识其意想之源及体势之变。此铭及日本海澄寺钟铭，如出一手，与《端州石室记》似一家眷属。可知书法须识神味，悟此则精进不难矣。以此为《端州石室记观》，无不可也。""日本钟，见杨守敬《望堂金石》钩本，唐代物也。北海《东林寺碑》，明僧重刻，不足据。《叶有道碑》，俗劣尤甚，不可震其名。"

《石墨镌华》："景龙观者，中宗所作，景云季睿宗为之铸钟制铭也。字正书，而稍兼篆款，奇伟可观。"

《金石文字记》："景龙观钟铭，睿宗御书。初唐人作字，尚有八分遗意。开元以后，书法日盛，而古意遂亡。诗篇书法，日以圆熟，而俗笔生焉。亦世道升降之一端矣。"

《铁函斋书跋》:"此唐睿宗御书也。沈郁古奥,为东坡之祖。睿宗书不多见,见者惟孔子庙堂碑额、顺陵碑文及此铭耳。"东坡实未尝见此也。鉴家多喜为模糊之谈以示博。蜕公。按:王氏《金石萃编》成于嘉庆十年,时王八十二岁。其跋是铭云"此钟今在臬署之右。昶官臬司三年,暇辄过而观之。工人椎拓,多用朱而不用墨"云云。兹拓翠墨黝然,为王氏所未见,其久远可知矣。

十二月十七日,星期三,晴,有霜,晨三十八度,夜四十六度

沈懋良《江南春梦庵笔记》:"洪秀全甲寅岁大治伪官,掘取满城阶石,因得古碑数十,有梁司马萧诞碑、荆王府长史司马景德碑。"

十二月十八日,星期四,晴,有霜,晨四十四度,夜四十七度

《楞严经》:"此时众生斗净坚固,入道甚难。斗净者,已是人非,争强斗胜也。坚固者,一味斗净,牢不可破也。"

十二月十九日,星期五,雾气甚重,日色淡红,潮湿,五十度

左思《吴都赋》"其竹则苞笋抽节",注:"苞笋,冬笋也。"

十二月二十日,星期六,晨阴,五十三度,午后细雨,夜五十度

镜容参观上海博物馆预展,中分史前时期、殷商、西周、春秋战国、秦汉、魏晋南北朝、隋唐五代、宋元、明清、近代十陈列室。略记画件名称:

唐孙位①《高逸图》卷。人物极生动细致。卷首宋徽宗题"孙位《高逸图》"。按:位,又名遇,会稽人,唐末僖宗时。

巨然《万壑松风图》轴。布局多层次。

郭熙《幽谷图》轴。图载《宣和画谱》。

宋徽宗《柳鸦芦雁图》卷。

马远《乐志论图》。

夏珪《江山佳胜图》卷。

---

①　此处天头有文字:东坡《雪浪盆铭引》"如蜀孙位、孙知微所画石间奔流,尽水之变"。

李嵩《西湖图》卷。淡墨写烟雨情景。南宋钱塘人。

元钱选《浮玉山居图》卷。

吴镇《风竹图》轴。

倪瓒《渔庄秋霁图》轴。

柯九思《双竹》轴。

沈周《仿大痴山水》轴。

文徵明《寒林晴雪》轴。

唐寅《春山伴侣图》轴。

仇英《观瀑图》轴。

十二月二十一日，星期日，晴，四十二度

念峣假阅圆瑛法师著《楞严经讲义》五册。

十二月二十二日，星期一，晴，四十七度，冬至节

购书数种。《墨巢秘笈藏影》三册李拔可藏，《梅花道人渔父图》吴湖帆藏，《松禅老人画册》翁克斋藏，《古玉概说》日本滨田耕作，《铜鼓考略》郑师许，《顾绣考》徐蔚南，《唐六如年谱》杨静盦，《潜研堂集》。

十二月二十三日，星期二，晨雾，亭午方开，潮湿，五十度

陈簠斋藏吕不韦造铜戈，铭文曰："五年相邦吕不韦造。"①相邦，即相国，汉人讳邦，始改相邦为相国。

许叔重《说文解字》："庄上讳，臣铉等曰：此汉明帝名也。秀上讳，汉先武帝名也。邦未注上讳。"

《汉书·昭帝纪》注："蔡邕曰：禁中避元后父名，改曰省中。"

《温彦博墓志》："贞观间，欧阳询书中言民部尚书唐俭当太宗时，正字不讳，更无论偏旁。"

陈祖范《掌录》："宋伪造赵玄朗而祖之，谓即司命真君，改玄为真，真武、真宗皆以此也。"

《日知录》："宋太宗朝避御名，凡'义'字皆改为'信'字。"

---

① 此处天头有文字：此戈现藏上海博物馆。

宋顺帝讳"準",故沈约《宋书》"平準令""王準"之字,皆作"准"。今世《管子》书"準"字皆作"准"。《庄子》"平中准"、《文子》"放准循绳"、《淮南子》"眇者使之准",疑皆因此而改。潘道根《隐求堂日记》。

放翁题跋:"吴越钱氏讳佐,故以左为'上',凡官名'左'字者,悉改为'上'。"

宋秦桧执政,不许道岳飞姓名,改岳州为纯州。沙张白《读史大略》。

高濂《燕闲清赏笺》,宋刊本间多讳字,元刊中无讳字。

宋真宗大中祥符七年,禁文字用黄帝名号,故于"轩辕"二字亦须避讳。绍兴本《后汉书》"轩辕"均缺笔。

十二月二十四日,星期三,阴,傍晚微雨,五十度

购《曝书亭集》一部,《语石》二册,《贾岛年谱》《张溥年谱》《刘基年谱》《声韵学通论》林尹。

十二月二十五日,星期四,晴,四十五度

昆山顾氏论《开成石经》缺笔之例,自高宗至明皇,以祧庙而不讳,信矣。至文宗讳涵而不缺笔,则引古者卒哭乃讳,以证生不当讳。此考之未审,而强为之辞也。秦汉以后,御名未有不避者,故汉宣帝诏曰:"闻古天子之名,难知而易讳也。今百姓多上书触讳以犯罪者,朕甚怜之。其更讳询,诸触讳在令前者,赦之。"许叔重《说文》于安帝名亦称"上讳"。即以唐事言之,章怀太子注《后汉书》,于治字皆改易。明皇时杨隆礼改名崇礼,宪宗时陆淳改名质,曷尝有生不讳之令乎? 文宗本名涵,及即位,改名昂。既有改名,则旧名固在不讳之条。九经无昂字,设有之,亦必缺笔也。亭林偶未检唐史本纪,以意揣度,遂有此失。《潜研堂·跋金石文字记》。

宋初李昉、王旦皆谥文贞,后避仁宗嫌名,改为正字。范希文、司马君实之文正,即文贞也。谥法有贞无正,宋人避讳有正无贞,二名不当并用。元时谥耶律楚材、许衡文正,而马祖常、曹伯启别谥文贞,此当时太常不学之失,而后遂沿用之。或谓正优于贞,是不然矣。《唐会要·谥法篇》贞俱作正,此后人追改。《潜研堂·跋挥麈后录》。

《北史》:周宣帝不听人有高大之称,诸姓高者改为姜,九族称高祖者为长祖。《潜研堂·跋唐裴道安墓志》。

舍光父孝威,私谥贞隐先生,见张从申碑。此作正隐者,鲁公避其家讳也[1]。《潜研堂·跋元靖先生李君碑》。

《尚书正义》引景纯注云:"恒山一名常山,避汉文帝讳。"《潜研堂·与晦之论尔雅书》。

十二月二十六日,星期五,阴,四十六度

《草书千文》中间更"眺"为"瞭",更"殷"为"商",更"匡"为"辅",而真宗以后庙讳直书。《曝书亭·跋草书千文》。

大安初避东海郡侯讳,更名曰"丰闰"。东海郡侯者,即卫绍王,然则县始置时,仍名"永济"可见。清类天文分野之书云:洪武元年改闰为润,而今国子监金元史雕本,闰旁均著水,亦非也。《曝书亭·跋元丰闰县令碑记》。

题曰墙隍庙者,朱全忠之父名诚,武肃既称臣于梁,不得不为之讳矣。独怪全忠未篡弑,时唐帝在位,乃敕改武成王庙曰武明,成德军曰武顺,义成军曰宣义,并嫌名皆避之。迨梁既僭号,司天监以帝曾祖讳茂琳,请改岁月阳日辰,凡戊字更作武,尤可发笑也。《曝书亭·跋镇东军墙隍庙记》

赵文渊,《北史》更"渊"曰"深",避唐高祖讳也。《曝书亭·宇文周华岳颂跋》。

十二月二十七日,星期六,晨小雨,午后阴,四十四度

《吴寻阳长公主墓志》。杨行密之长女,行密父名怤,与夫同音。《志》中"夫"字皆缺末笔,其称银青光禄大卿,亦避讳改"夫"为"卿"。《容斋三笔》载郢州兴唐寺钟题识云:大唐天祐二年新铸,勒官阶姓名者二人,一曰金紫光禄大检校尚书左仆射兼御史大陈知新,一曰银青光禄大检校尚书右仆射兼御史大杨琼。又鄱阳浔洲寺有武义二年

---

[1]　此处天头有文字:鲁公之父名惟贞,尝从舅氏殷仲容授笔法。

钟,安国寺有顺义三年钟,皆刺史吕师造,题官称曰光禄大卿检校太保兼御史大卿,正与此同。《志》于唐诸帝讳皆不回避,独民字缺末笔。考行密本名行愍,或以偏旁从民,故为减笔。若云为唐文皇讳,则文中世字初不避也。《潜研堂·跋吴寻阳长公主墓志》。

此书虽无序文,要必成于大定之世,故于雍字称御名。同上。《跋大金集礼》。

杜岐公撰此书于贞元中,而州郡篇书"恒州"为"镇州",且云元和十五年改为镇州,此后人附益本书,于"恒"字初不避也。《州郡》篇改豫州为荆河州,或称蔡州,改豫章郡为章郡,括苍县为苍县,皆避当时讳。虎牢皆避讳作武牢,又有直书虎牢,皆后人妄改,又改之不尽也。同上。《跋通典》。

宋宝庆初,避理宗嫌名,改江南西路之筠州为瑞州。同上。《宝刻类编序》。

十二月二十八日,星期日,晴有雾,晨三十八度,夜四十一度

陈老莲设色萱花竹石轴,绢本,高三尺九寸英尺,宽一尺七寸。画竹两大竿,枝叶俱双钩,以花青水烘之。叶上满布蛀孔。花一株,绛色,茎叶亦双钩染,草绿石墨。画高达二尺,下碉石苔草,以石绿点之。署款右上端,"老迟洪绶画于静林书屋"。下盖"陈印""洪绶"朱文印,印大径寸。有"法茂夫珍藏""宋暟鉴赏"印,另有挖去印文痕。

老莲设色仕女轴,绫本,高四尺七寸,宽一尺七寸。图中一女高髻加翿,鬓发俱墨染,淡黄褛裆云边,外赭色帔子,有缠枝花纹。裳下佩玉,垂百结双条。手持墨竹团扇,坐树根座,衬以淡墨花褥。前立二侍者,一持果盘,衣边墨花;一持羹匙,将以果投入锅状铜炉,四足如鬲,有环。其后湖石为几,置古铜瓶,插牡丹、玉兰。旁有雕足桌,置盘碗各一,竟幅俱用双钩法,署款"洪绶",下盖"陈印""洪绶章侯氏"二白文小印,有"大风堂珍玩""迟秋籦六千好梦""不负古人告后人"诸印。右上端有挖去印文痕。

十二月二十九日,星期一,晴,有霜,阴,午后晴,四十六度

建炎初避思陵嫌名,改"句当公事"为"干办公事"。《宋史》遇"句当"字,多易为"干当"。此南渡史臣追改,非当时本文也。《潜研堂·答卢学士书》。

《开母庙石阙铭》,汉避景帝讳,改"启"为"开"。《史记》:启,禹子,其母涂山氏之女也。《曝书亭·汉开母庙石阙铭跋》。

《石刻铺叙》二卷。宋建昌曾宏父撰,宏父本名惇,其以字称者,避光宗讳也。同上。《石刻铺叙跋》。

十二月三十日,星期二,阴,四十八度

周元公,初名惇实,后避英宗藩邸嫌名,改惇颐。《曝书亭·太极图授受考》。

宋环溪吴沆上《易璇玑》三卷,以书犯庙讳,赏独不及。同上。《易璇玑序》。

十二月三十一日,星期三,晴,晨浓雾,五十度,月色佳

至玉佛寺听喜饶嘉措大师讲菩提道,寺壁有黄山谷书颜师古《幽兰赋》石。适建水陆忏四十九日,因助资请为先考妣设位追荐。

壁揭虚云老和尚年一百十三岁,每星期一、三、五日,在寺接见谒者,答某居士请问佛法三点。一、佛法以何说为确当? 答:以明心见性,诸恶莫作,众善奉行为确当。二、佛法有各种宗派,因众生根机不同,而宣扬各种法门,但初学人以何宗入手为宜? 答:凭各人根机,信奉何宗,以何宗入手。三、现在修净宗者为多,是否现机众生当机专持名号,不假禅观,能否得益? 答:佛说种种法门,皆能成佛,专持名号者,即得持名号而成佛。

题《壬辰日记》后:

"养疴岑寂且随缘,终日婆娑笔砚边。万事云烟频过眼,偶留三友送残年。"知友假阅陈老莲画轴、归玄恭字册、浙江山水册,俱精品,聊佐卒岁清兴。

癸巳（1953）

一月一日，星期四，晴，四十六度，月色佳

四弟赠水仙花一本。

《晋志》列十五等尺，以晋前尺为主，谓之周尺。《玉海》列六等尺，以司马公所摹高若讷汉泉尺为主，谓之周尺。其时汉尺之外，实未见周尺也。曲阜孔氏藏汉虑傂铜尺，建初六年八月造，当今工匠尺七寸四分，与《晋志》云晋前尺即刘歆钟律尺、建武铜尺者正同，即司马公家周尺亦无不同也。周尺藏曲阜颜氏，以今匠尺校之，长六寸四分八厘，昔人以汉尺为周尺者，非也。周有八寸、十寸尺，以颜氏尺四分加一，得今匠尺之八寸一分，是为古十寸尺，昔人谓之夏尺，别于周也。商尺，蔡邕言长九寸，郑樵言长一尺二寸半。按《考工记》，夏后氏世室度以步，殷人重屋度以寻。步长六尺，十寸尺也；寻长八尺，八寸尺也。殷制用寻，明别无殷尺矣，盖二尺三代同用也。蔡说出自臆撰，郑樵则据三司尺言之。三司尺，范量仁谓之黄帝时尺，虽未可信，要非宋始有之。以汉尺推算，当长一尺三寸五分，即今匠尺也。三司尺之八寸一分，即古十寸尺。十寸尺制律三代当同，愈于用汉尺远矣。《潜研堂·钱泆亭别传》。

一月二日，星期五，上午阴，下午晴，四十四度

吴松江入海之口曰黄浦，相传以春申君得名。予尝辨之，谓即古之沪渎，黄与沪声相转也。嘉定西南三十里有黄渡镇，吴松江所经，土人亦指为黄歇渡处。考郏亶《水利书》，本名黄肚，世俗传春申之迹皆出后人傅会。此志南宋人所修，有沪渎江，无黄浦，益信吾言之不妄。同上。《跋云间志》。

一月三日,星期六,晴,四十四度

参观博物馆,陈列俱在三楼,盘旋甚高,每层小憩,方再继登,略记物品之忆及者。

宋徽宗《柳鸦芦雁图》。长八尺余,高一尺二寸,纸用澄心堂,墨用李廷珪。有"紫宸殿御书宝"大方印及"御书"二字瓢印,署押　。赐邓洵武①。

马远《乐志论图》卷。纸本,册页改装。庞虚斋旧藏。

万年少《墨花鸟》轴。钱牧斋《题朱竹垞题诗》:"藉甚淮南万孝廉,人琴亡后笔踪淹。唯余野果山禽在,能事丹青水墨兼。"

浙江《黄山》大幅。右上端自题二行。左下篆书"庚子"二字。顺治十七年所作也。画法与洁公藏册页同。

商 ●　盘。与散氏盘形式相同。

素命镈。旧名"齐侯镈"。同治九年庚午四月,山西荣河县后土祠旁出。

洹子孟姜壶。旧名"齐侯中罍",铭在口内。

垂翼云纹鉴。共三件,约高二尺,口径三尺,如缸耳,作立体兽形,耳上有环。

汉虎钮铜錞于。为悬挂之乐器。周礼注:"罍錞,錞于也,图如碓头,大上小下,乐作鸣之,与鼓相和。"《国语》:"战以錞于丁宁,警其民也。"

汉漆杯盘。共六件,朱漆,作赭色,杯上有"大□乐未央"五字。淮阴出土。

汉绿釉明器陶杯。式如人面 ◯ 。

宋建窑乌金釉兔毫盏黑采中较莹亮者称为乌金。黑釉中有似银花之白波纹,如兔毫状,白中略带淡青。

---

① 此处天头有文字:洵武,绾之子,为起居郎,恐不为清议所容,因主相蔡京,作《爱莫助之图》以献,道君遂相京,而进洵武中书舍人、给事中兼侍讲。此卷后有乾道三年邓易从跋、乾道七年蜀郡范逾跋。

元枢府白釉窑器。

明永乐脱胎菊花碗。胎薄如纸,几不见胎土,称为脱胎。

成化斗彩窑器。斗彩,亦称豆彩,多豆青或薄绿色,配以薄红。

弘治填白瓷器。先以粉料堆填瓷上,然后上釉。

嘉靖浇黄瓷器。釉较蛋黄、娇黄为厚,色亦较深。

明德化窑器。福建德化白釉,明莹如玉,法国人称为"中国白"。

康熙东青窑器。色较月白为深,仿宋东窑粉青釉。

素三彩瓷。通常紫黄绿三色,但亦有黄绿二色,连其白地称为三彩。

釉里红瓷。先用红色画在胎上,加罩一层白釉,方入窑烧。

豇豆红瓷。略似釉里红,惟不罩白釉。

粉彩。亦称软彩,釉色较暗淡柔和。

一月四日,星期日,阴,四十四度

崔莺莺墓志。"亭林《金石文字记》云:郑遇夫人崔氏合祔志,大中十二年摄卫州司法参军秦贯撰。此即今世所传崔莺莺也。年七十有六,有子六人,与郑合葬。此铭得之魏县土中,足辨《会真记》之诬。"《语石》卷六。

一月五日,星期一,阴,四十度

今日为夏历十一月二十日,先祖妣诞日忌辰,虔诵《金刚经》一部,焚香礼拜。

一月六日,星期二,晴,晨三十七度,夜四十二度

"王氏《萃编》曰:古者临文不讳。汉法,邦字曰国,盈字曰满,恒字曰常,启字曰开,彻字曰通,皆臣下所避以相代也。《说文》遇讳字,直书'上讳',而本字不书。今汉碑中有《开母庙石阙铭》,因避景帝讳,改启为开。汉讳之见于碑文者只此。魏晋而下,至于北朝,所录诸碑,字多别体,不能勘定其何者为避讳字。隋《曹子建碑》书"黄中"为"黄内"。避隋讳。如戊戌字,缺笔作戉戉,其体至唐宋间用之。辽涿州石幢,戊尚作戉,当由别体流传,后人好奇,相沿用之。故避讳

至唐宋碑文，始确有可按。唐列祖讳，在诸碑中，惟《开成石经》为最备。凡《经》中虎字，皆缺末笔，作虍，唬、號、虦、饕、澲、篪、襫，皆同，避太祖讳。渊字皆缺笔作渊，婳字亦作婳，避高祖讳。世字皆缺笔作卋，泄作洩，绁作紲，弃作弃，勩作勩，叶作葉。渁槑蘂諜璪傸，皆改从云。民字缺笔作民，㟁作㟁，岷作岷。潣、昏、缗、瘤、碈、㻸、愍、嶸，皆改从氏，避太宗讳。亨字皆作亨，避肃宗讳。豫字皆缺笔作豫，避代宗讳。适字皆缺笔作□，避德宗讳。诵字皆缺笔作誦，避顺宗讳。纯字皆缺笔作純，肫作肫，避宪宗讳。恒字皆缺笔作恒，避穆宗讳。湛字皆缺笔作湛，甚作甚，椹作椹，避敬宗讳。乃若高宗讳治，中宗讳显，睿宗讳旦，玄宗讳隆基，文宗讳涵，皆不缺笔者。天子事七庙，自肃至敬七宗，而高祖、太宗创业之君不祧，玄宗以上则祧庙也，故不讳文宗今上也。《石经》刻于文宗时。生则不讳成城，皆缺末笔作成城。《穀梁》襄昭定哀四公卷及《士昏礼》皆然。此为朱梁补刻避讳。"《语石》卷九。

"又曰：宋避讳之见于史礼志者，建隆元年，改天下郡县犯御名庙讳者。绍兴二年，礼官言今定渊圣御名，若姓氏之类，去木为亘，其见经传以威武为义者，读曰威，以回旋为义者，读曰旋，以植立为义者，读曰植，本字即不改易。绍兴末，祧翼祖，礼官请依礼不讳，诏臣庶命名，仍避祧庙正讳。此避讳之见于史者只此。诸讳唯匡胤敬宏殷恒祯曙桓构眘等字，最为显著。近世有宋迹、宋椠流传，往往以此数字有无缺笔，定其真赝。当时避讳之法不一，本字缺笔，或改用他字，固无论已，至于偏旁嫌名，无不缺画。如因敬字连及竟境镜等字，或改用恭字；宏之作𢎞弘；殷之作殷殷，或改用商字。又如因祯字连及贞桢徵，因曙字连及署树竖，因构字连及句购搆，因眘字连及慎真，或改用谨字。经籍所见，不一而足，碑文却无多字。"同上。

一月七日，星期三，晴，日色黯淡，三十六度

　　"按：碑文避讳，以余所见，若唐碑改丙为景，改虎为武，或缺笔作虎；改渊为泉，或缺笔作泋；改世为代，或缺笔作卅，或作云；改民为人，或缺笔作𡴋；治缺笔作治，且作𠃨；基作基；亨作𠅃。如此之类，指不胜屈。王氏所举，挂漏孔多，实亦举之不胜举也。其有拈出而为他碑所仅见者，如《等慈寺碑》，称王世充为王充。《永徽四年纪功碑》，凡书王世充俱作王充。《兴福寺残碑》文内'神龙三年'下有'唐元年'，应是'唐隆元年'，避玄宗讳去隆字，此以省字为讳也。《李英公碑》'虎啸龙腾'，改虎为赟。顾亭林曰：'赟，《广韵》：兽名，出西海。今倒一虎而又缺一笔，以避太祖讳，令人不识矣。'苏文举《开业寺碑》亦用此体。梁升卿《御史台精舍碑》作赟，一武一虎，更奇。晋《周孝侯碑》，唐人所书，文内虎字两见，一改作兽，此犹之《嵩高灵胜》诗称'白虎通'为'白武通'。《吴达墓志》'白虎'作'白武'，皆避太祖讳。《乙速孤行俨碑》称'显庆'为'明庆'，避中宗讳，此以改字为讳也。宋碑避讳字，王氏仅举庆历二年《襄城县文宣王庙记》志诸温珉，云即贞珉，避仁宗嫌名。按：'温珉'二字义亦相属，不必为嫌讳而改。且宋碑之缺笔多矣，改字亦多矣，仅以此一碑附会，不其疏欤？"《语石》。

　　"《萃编》曰：梁开平二年，《镇东军墙隍庙记》书'城'作'墙'，'戊'作'武'。《金石文字记》云：按《旧唐书·哀帝纪》：天祐二年七月，敕全忠，铸河中、晋、绛诸县印，县名内有城字，并落下，如密、郑、绛、蒲例，单名为文。九月，敕武成王庙宜改为武明王。十月敕改成德军曰武顺，管内藁城县曰藁平，信都曰尧都，栾城曰栾氏，阜城曰汉阜，临城曰房子，避全忠祖父名也。盖全忠祖信、父诚。又按《五代史》：滑州，唐故曰义成军，以避梁王父讳，改曰武顺。又《册府元龟》：开平五年五月甲午，改城门郎为门局郎。曾子固《跋韩公井记》：襄州南楚故城，有昭王井。故城今谓之故墙，即鄢也。由梁太祖父名诚避之，然则城者，诚之嫌名也。《册府元龟》言帝曾祖讳茂琳，开平元年六月癸卯，司天监请改戊字为武。然则戊者，茂之嫌名也。《容斋续笔》谓戊类成字，改之非。"同上。

"又曰：《辽慈悲庵大德幢记》'寿隆五年'。碑书寿隆作寿昌，避道宗讳。《灵岩寺记》称琛公之传为临际裔。临际即临济。《齐乘》载济阳大定六年，避金主允济讳，改曰清阳。允济遇弑复旧。此碑刻于明昌七年，宜遵大定制，为卫绍王讳也。"同上。

一月八日，星期四，晴，晨三十五度，夜四十三度

观博物馆所藏书画，得自庞虚斋者甚多，计有：

董北苑《夏山图》卷①。绢本，有董玄宰题，另陈列北苑《潇湘图》影本，亦有玄宰题。

曹知白《贞溪山水》轴。纸本。

王叔明《夏日山居图》轴。

又《丹山瀛海》卷。疑赝迹。

倪云林《溪山图》轴。

又《梧竹秀石》轴。

又《吴淞春水》轴。仿大痴，与寻常萧疏者较有不同。

吴仲圭《松石》轴。

赵善长原《合溪草堂图》。

王元章《墨竹》轴。通幅双钩法。

文徵仲《飞禽远岫图》轴。粗笔，疑赝，题字不佳。

仇实甫《柳下眠琴》大轴。粗笔。

董玄宰《赠瞿稼轩山水》轴。题"芙蓉一朵插天表，势压天下群山雄。己巳秋寄稼轩世丈"。

又《书画合璧》大卷。皮纸，高二尺，行书极精，罕见之品。宗湘文旧藏。

---

①　此处天头有文字：玄宰曾云："皴法用北苑麻皮皴及《潇湘图》点子。"

卞润甫《拂水山庄》轴。

顾公雄身后所赠书画有：

倪云林《春宵听雨图》轴。烟客旧藏，有三印。

王孟端山水轴。纸本。

沈石田《墨花果》卷。

文五峰《松岩高逸》轴。设色，极精。

余有：

郭熙《古木遥山》轴。绢本。

赵子昂《光福重建塔记》卷。

宋徽宗《千字文》卷。朱丝阑，寸楷款"崇宁甲申宣和殿书赐童贯"，盖"御书"之印。纸本。

宋高宗正草《千字文》卷。绢本，临虞世南，盖"御书"印。另白麻纸自跋一页，有"真阁"葫芦印。吴湖帆旧藏。

张温夫即之书杜诗大字卷。纸本，每行二字，淳祐十年书。款署"樗寮"，无印。按：《语石》载："张即之，书中之畸士也，好用侧笔，望之如矮松偃盖，婆娑可爱。其连笔以收为纵，又如长房缩地，咫尺有千里之势。小字如焦山《金刚经》，大字如《息心铭》，四明有《贺秘监逸老堂记》，皆非恶书也。"

梁白梁楷《高僧故事人物画》卷。绢本，南宋人。

赵仲穆《青影红心图》轴。绢本花卉，张芙川旧藏，后归吴湖帆。

戴进《金台送别图》卷。

沈石田《匡山秋霁图》轴。丈匹，纸本，用巨然法。

又《采菱图》卷。设色，细笔。

唐六如《风木图》卷。纸本，墨笔。

又《秋风纨扇》轴。《仕女自题》："秋来纨扇合收藏，何事佳人重感伤？请把世情详细看，大家谁不逐炎凉？"盖"龙虎榜中人第一，烟花队里醉千场"朱文印。

宋旭《万山秋色图》轴。长六尺，宽一尺，纸本，红叶用银朱色。

李仰怀士达《三驼图》。画三驼子，款署"万历丁巳"，吴县人。钱功甫录旧句，题云："张驼提盒去探亲，李驼遇见问缘因。赵驼拍手呵呵笑，世上原来无直人。"

吴梅村《雕桥庄图》卷①。图仅尺许,另纸书《雕桥庄歌》。

王圆照《山水屏》。绢本,十二条,宽二尺,高八尺,临摹各家甚精。

一月九日,星期五,晴,五十四度

叶鞠裳年丈《语石》云:"虞山北宋庆历仁宗井阑上有'积善乡沈谅'题字,甚拙不足观。"按:此井题字已载《常昭金石志》,并在城隍庙六门外,文曰:"常熟县积善乡□□□居住□士沈谅并妻曾氏三娘,男言与家眷等同舍钱开义井,一舍日用,报四恩三有。时庆历八年六月日题记。"曾君表世丈曰:"庙于明洪武中就东灵寺基改建。"则此井在宋时实在东灵寺门外。

一月十日,星期六,晴,五十四度

余藏旧拓唐太宗《告柏谷少林寺》,敕中"秦王""王世充","王"字俱凿损。按:《语石》云:"汉唐以来石刻有王字者,其碑幸存,亦多镌毁。此金海陵之虐政也。"《金石文字记》云:"裴漼《少林寺碑》内王字俱镌去。按《金史》,海陵正隆二年二月,改定亲王以下封爵等第,追取存亡告身,公私文书但有王爵字者,皆立限毁抹,碑志并发而毁之。此碑指《少林寺碑》王宫、王言、夏王、有王等字,亦从而镌去。完颜之不通文义而肆为无道,可胜叹哉!"

一月十一日,星期日,上午晴,潮湿,五十八度,下午阴,有风,夜五十度

薄相。潜研堂《竹枝词》句:"延绿轩前薄相回。"自注:"俗呼嬉游为薄相。"按:《常昭合志》载:"吾邑方言谓'嬉游'曰'婆娑',《诗》:'市也婆娑。'亦呼'勃相',与'婴姗''勃窣'诸音同,为'婆娑'之转音。'勃相'与'勃窣',音尤近。"《晋书》:"张凭勃窣理窟。"皆双声转音也。"然"勃相"不若"薄相"之兼有音义。

---

① 此处天头有文字:缘督癸巳日记:"屺怀约长椿寺修禊,观吴骏公画梁玉立雕桥山庄卷。"

一月十二日，星期一，晴，四十度

清初诸贤法书集锦卷，原为册页，改装。共十三人，除陈、徐外，余皆吾邑先生也。蒋氏四世，尤为难得，惜少文肃一页。

孙朝让。款书"八十九翁"。

蒋棻。字畹仙，一字岱青，号毅庵。

蒋伊。字萃田。

蒋溥。字恒轩。

归允肃。字孝仪，号惺崖。

汪绎。

翁叔元。字铁巷。

陈维崧。

徐国占。号学圃。

席启寓。字文夏①。

卫一龙。字浪公。

潘镐。字芑湄。

黄步昌。字信生。

一月十三日，星期二，阴，申初雪，至黄昏积寸许，四十度

瘦东编《瓶粟斋诗话》，以余与衡阳李佩秋君并列。余初不识佩秋，去岁于破梦处曾两遇之。无恙病逝之讯，即佩秋所告也。顷闻以肺病亦逝矣。

一月十四日，星期三，晴，至夜雪未融尽，三十六度

不煞。罗邺诗："江似秋岚不煞流。"见《唐音癸签》。不煞，即不甚

---

① 此处下有批注：朱竹垞《工部主事席君墓志铭》："君讳启寓，字文夏，洞庭东山人，国子监生，工部主事。以所居僻左，奉母徙宅常熟。年五十三卒，葬常熟顶山。"邑《人物志》：启寓，附子永恂传。邑《游寓志·陆陇其传》："初罢嘉定归，席工部启寓延致虞山。后罢御史归，复主席氏。其卒也，席氏为梓《三鱼堂文集》。"

也。俗语"煞费苦心",犹言甚费若心。

一月十五日,星期四,阴,三十八度

毛食。《后汉·冯衍传》:"饥者毛食。"《佩觿集云》:"河朔谓无曰毛。"

一月十六日,星期五,阴,傍晚小雨,四十四度

市博物馆藏宋磁枕数事,有长二尺余者,有长一尺者。按《考槃余事》:"旧窑枕长二尺五寸,阔六寸者可用,长一尺者谓之尸枕,乃古墓中物,虽宋磁白定亦不可用。"

一月十七日,星期六,阴,昙,夜三十二度

王晋卿句:"岂知忧患耗心力,读书懒去但欲眠。"诚哉!忧患之能耗心力也。

一月十八日,星期日,晴,晨二十六度,夜三十三度

从凤起处假悟迟老人柯姓著《喁鱼漏网集》稿本,拟录出一份。彼赠我《异辞录》四卷,庐州刘晦之所刻《辟园史学四种》之四,所记多为清季末叶轶事。李光地《河洛奏对》一卷,又《榕村语录续集》二十卷石印本。

一月十九日,星期一,阴,四十度

隐鹿示松禅老人书六尺双行屏四条,尚未装池,纬堂年伯款,其家藏也。屏字参用六朝法。按《文恭日记》,自谓写景碑"意在学六朝,适形佻险,无复法度"。然此屏魄力雄健,实非执叔、若农辈所能及。款"纬堂姻世大兄老夫子"。

一月二十日,星期二,晨阴,午后晴,四十度,大寒节

凤起言,前岁浙、闽、赣各地旧货商捆载书籍,售与沪地董家渡某粗纸厂,重制还炉,不下数十万册。此间图书馆派往查阅,带同书估二十余人,穷一月余之力,检出书籍不少。其中有南宋刊本《蟠室老人集》,东阳葛洪所著,中述宋金战事甚多,惜只存一册。后遍查《宋史·艺文志》及各藏书目,均无此种。又检得松禅老人手札墨迹多通,各地家谱甚多,亦检出保存。

一月二十一日,星期三,晴,夜阴四十四度

《异辞录》四卷,民国二十年时石印本,板心记"辟园史学四种之一",庐州刘仲良制军之后人所著也。书中略有道听涂说之语。其记洪杨时皖南诸篇,则直录杨濠叟集内之作,未注明来历。而叙石咏斋观察一节,以濠叟原文"沂孙在徽营久",改为"先文庄在徽营久",尤恐为识者所哂。

一月二十二日,星期四,晨阴,旋晴,四十四度

二次参观博物馆:

商鸟纹雕戈。内(装入秘之部份称内)所雕之鸟纹,亦称鸾纹。

商鸟纹戈。刘晦之捐。内部有銎(即穿孔)。

商玉援戈。前端援部玉制,内部铜制,有绿松石镶嵌。

商玉戈。上涂有朱砂,朱砂为殷商时贵重着色颜料。

商戚。戚为古兵仗,斧形。《诗经》"干戈戚扬"。甚巨,上有七孔并列,中一孔较大。

商斧。斧面有圆孔,四周以绿松石嵌为卉形。

商爵。共十二件。铭文或在扳上(把手),或在柱上。

商角。二件。角为饮酒器,似爵,惟无二柱,口之二端为菱形。

高饕餮纹觯。高约四寸,有盖。觯为圆足,酒器有圆,有椭圆,有盖,有无盖。

商 𦒍 父辛觯。无盖,如瓶。

商饕餮纹斝。温酒器。

商百乳雷纹瓿。盛酒器,似罍而矮。

商饕餮纹穿毕。用以捞锅内固体食物之用,上有菱形孔二十。

商父辛簋。底刻"阮元宝用"四字。

商饕餮纹分当鼎。鼎与鬲之混合式,器之前部较大。

商白陶豆残器。胎土白净坚细,形武花纹与铜器相似。叶叔重捐。已补装如原器。

商玉栉。齿甚稀。

周孟鼎。康王二十三年,连耳,高一百零八公分,重一百五十三公斤五,铭二百九十一字,在腹内。

周大克鼎。厉王时,连耳,高九十二公分七,重二百零一公斤五,铭二百九十字,在腹内。

周克鼎。厉王二十三年。形式花纹与大克鼎相同,铭七十二字,在腹内。

周归夅簋。宣王时,铭一百五十字,纪:"宣王命益公征微国,得胜,赐裘与归夅,因铸此器。"微国,今四川巴县。归国,今湖北秭归。

战国䥨镈戈。字在胡上,金嵌甚精。

战国蔡公子加造戈。字在胡上,金嵌。

吕不韦戈二件。铭文为相邦吕不韦造,刘晦之捐。铜绿全去,似未入土者。按:潍县陈簠斋曾藏此戈。

吕不韦矛。刘晦之捐,亦无铜绿。

宋公䜌戈。铭六字,错金鸟书,分列胡二面。䜌即宋景公,《春秋》作栾,《史记》作头曼。

战国嵌绿松石铜剑。剑柄上所系之缑及藏剑木楗,均尚在。

战国嵌三角饕餮纹敦。器之上下内外,皆为圆形。

战国蟠螭纹甗。两器合成,上为甑,下为鬲,似蒸食器也。

齐陈钝釜。宣王时量器,铭三十四字,咸丰七年丁巳胶县灵山卫出土。

齐子和子釜。文一百零八字,与陈钝釜同时出土。

一月二十三日,星期五,晴,四十五度

至博物馆,重观董北苑《夏山图》卷[①]。此图载《虚斋书画录》,绢色黝然,图中人物绝小,衣上着粉。北苑画坡脚下多有碎石,谓之矾头,乃其特色也。董玄宰跋云:"予在长安,三见董源画卷,丁酉得藏《潇湘图》,甲子见《夏口待渡图》,壬申得此卷,尚有他跋,惜不可见。"

---

① 此处天头有文字:方小师《天慵庵笔记》称此卷为"夏山畑霭图"。

旧为沈均初所藏[①]，名其室曰宝董。

倪云林《梧竹秀石》轴。自题："贞居道师将往常熟山中访王君章高士，余因写梧竹秀石奉寄仲素孝廉，并赋一诗云：'高梧疏竹溪南宅，五月溪声入座寒。想得此时窗户暖，果园扑栗紫团团。'倪瓒。"仲素者，乌目山樵缪贞之字也。邑志载其隐居不仕，而遗其科名，此云孝廉，可以补记。有"少村眼福"印。

项孔彰《五瑞图》。端节景，花卉，工笔设色，插瓶深石青色，细润绝伦。

程松圆《疏林远岫》轴。款"崇祯二年秋八月偈庵道人孟阳笔"。笔意出倪迂。

马瑶草山水轴。自题词一阕："鼙鼓中原正急，江南篱景如何。牛头秋色正嶒峨，分得一庭到我。偶尔拈将闲纸，但教笔墨婆娑。虽无捧砚小凌波，道不风流不可。"注云："铁崖画画有云：'捧砚者，小绫波也。'"崇祯十六年癸未作。

邵僧弥《画鹅》轴。淡赭色，画款"长水奝邵弥"。

卞润甫《溪山秋色图》卷。纸本，设色，极隽雅，题字甚似玄宰。虚斋旧物。

倪鸿宝《云山图》轴。自题："酝云酿雾成酸雨，醉得山容烂似泥。"虚斋旧物。

刘完庵临仲圭《夏云欲雨图》轴。石田长题。

杨明时《滋兰树蕙图》丈匹轴。墨笔苍劲。明时，字不弃。歙县人。每为玄宰代笔。

查二瞻《百尺梧桐阁图》卷。墨笔，康熙己未作。二瞻与同里汪之儒、孙逸、释渐江并称海阳四大家。

黄小松《嵩洛访碑册》。二十四页，每页有苏斋题。

又《岱麓访碑册》。二十四页，每页有题。

宋高宗真草《千文》卷。湖帆题云："据韩逢禧《黄庭经跋》，宋思陵晚岁居德寿宫，每摹写二王及晋唐名贤真迹，托名自跋，以赐大臣为乐。"此卷有自跋及赐思温押。

---

① 此处天头有文字：缘督壬辰《日记》："窀斋文招饮，见宋董北苑山水巨卷，沈韵初藏，有戴文节跋。"

一月二十四日,星期六,上午晴,夜雨,五十度

续记博物馆所见:

武周如意元年,怀州获嘉县河南新乡朱四娘为女张氏造浮图铭石。

东汉熹平石经《周易》残石。灵帝熹平四年诏诸儒,正《五经》文字。议郎蔡邕书并刻石,立于太学门外。

北魏永平元年元详墓志石。详为孝文之弟,封北海王。

唐越窑海棠式碗。

唐木理纹黄釉陶碗。

哥窑粉青方洗。粉青似淡青色,上有鱼子裂纹,为哥窑特点。

修内史官窑器。色有深灰、粉青,俱有鱼子裂纹。

大观官窑器。有牛毛样冰水裂纹,为北宋官窑特点之一。

钧窑玫瑰紫海棠式盆托。盆底有楷书"七"字。玫瑰紫色为钧窑中最著名。

宋磁窑白地铁锈花菊花罐。黑花,如铁锈色。

嘉靖窑五彩飞凤碗。底有"廊西"二字。

明石湾窑器。窑在广东佛山,胎质暗灰色或灰白色,泥釉色似钧,故俗称泥钧。多有开片。

明龙泉窑器。早期多绿豆色,较为精致,晚期多菜绿色,多瓶盘大器。

一月二十五日,星期日,终日雨,四十八度

续记所见书画:

巨然《万壑松风》轴。师北苑而稍变,其法如同作披麻皴。北苑线条较长,较为宁静;巨师线条较短,较为激动。其余不同者,巨师树木多盘曲,点叶繁密,用墨层次较多,山头、山腰、坡脚,喜作圆石相叠,山石间苔草常用破笔点。

黄鹤山樵《春山读书图》轴。有龚翔麟题诗。

夏禹玉《江山佳胜图》卷。清宫旧藏,乙酉在长春发现,已裂为数段残本。

元唐子华棣《村人聚饮图》轴。款"元统甲戌冬十一月，吴兴唐棣子华制"。赵松雪之弟子。

李遵道士行《枯木竹石》轴。息斋之子。

元任仁发《春水凫鹥图》轴。虚斋旧藏。

马文璧琬《暮云诗意图》轴。绢本。

明周文靖山水轴。有"叔理""日近清光"二印。兼用禹玉斧劈皴、仲圭小披麻皴。

唐子畏《春山伴侣图》轴。墨笔。有"唐子畏图书"印。

一月二十六日，星期一，终日雨，四十五度

今日农历十二月十二日，先姚弃养忌辰，虔诵地藏菩萨《本愿经》四部，焚香追荐。

一月二十七日，星期二，阴，四十四度

《吴寻阳长公主墓志铭》所云光禄大卿者，按刘道源《十国纪年》载，杨行密之父名怤，怤与夫同音。是时，行密据淮南，故将佐为讳之。行密之子渭，建国之后，改文散诸大夫为大卿。又鄱阳浮洲寺有吴武义二年铜钟，安国寺有顺义二年钟，皆刺史吕师造，题官称曰："光禄大卿、检校太保兼御史大卿。"见《容斋三笔》，并与《志》同。《授堂文钞》。

一月二十八日，星期三，阴，四十四度

王半山选杜诗，以《洗兵马》为压卷。

一月二十九日，星期四，晴，四十二度

至玉佛寺，听静权法师讲《地藏经》。

一月三十日，星期五，阴，下午雨，四十四度

李光地《榕村语录续集》二十卷，光绪甲午，知安溪县鄞县，黄家鼎从其家藏本录出。卷九为本朝人物，卷十至十五为本朝时事，中叙郑成功事及施琅降清攻台湾事甚详。又记高江村、徐健庵辈与之交恶，其言甚琐碎，似未可入语录也。黄家鼎谓编中多羼入弟侄门人论说，未经厘正，而前后章复语沓，似非手定之本。

一月三十一日,星期六,阴,四十四度

三次观《夏山图》①,通幅为高低山坡,即远山亦作横互之势。图中茅舍桥梁船只,杂以牛羊飞鸟,复有短竹细草掩映其间,更为秀绝。绢纹甚细,稍乏。

栩缘自题:"山水,北苑、巨然、营丘、华原,为宋初四大家,迄今千余年,传世几绝。襄阳倡无李论,余可知矣。赖代有大师,递相师承,揭示门径,如石田之于荆关,六如之于晞古,思翁、烟客之于大痴,广州之于董、巨,虞山二老之于南北宗,兼营并进,皆可为指迷辨惑之师资。"

陈老莲画册。有《远浦归帆》一页,仿赵大年,设色极细,与寻常不同。

郑慕倩旻《黔山图》轴。雍正十年画。极荒寒高旷之致。新安派。此轴李拔可旧藏,见《墨巢秘芨》第三集。

龚半千《摄山栖霞寺图》卷。半千画墨笔为多,此系设色。有"秦祖永藏"印。

吴渔山《白傅溢江》卷。墨笔。虚斋旧藏。

又《农村喜雨图》卷。墨笔。

又拟仲圭《夏山雨霁图》轴。虚斋旧藏。

又青绿山水扇。为默公作,重色青绿,间以红树,灿烂之极。顾公雄旧藏《六大家折扇集》三十余页。

石谷仿六如《蕉竹树石》轴。自印"意在丹丘、黄鹤、白石、青藤之间"。虚斋旧藏。有"均斋考藏""常熟翁同龢所藏书画金石"之印。

又《夏山清晓图》长卷。墨笔,高约一尺四寸。虚斋旧藏。

又临各家山水卷。共四页。有恽南田、史鉴宗、周衍题。虚斋旧藏。

二月一日,星期日,上午晴,下午阴,四十六度

白香山《和梦游春诗》结句云:"法句及心王,期君(三日)[日三]复。"自注:"微之常以《法句》及《心王头陀经》相示,故申言以卒其志也。"此二种经为《佛藏》所未收,自来解者多不知之。近岁陈寅恪始

---

① 　此处天头有文字:《居易录》卷二十七载《夏山图》题跋诸家。

从伦敦博物院见所藏敦煌写本《佛为心王说头陀经》残卷，又《佛说法句经》。又见巴黎国民图书馆亦藏有敦煌本《法句经疏》，谓此二种系浅俗伪造之经。元、白自许禅学，乃叮咛反复于此二经，则其佛学造诣，可以推知。

二月二日，星期一，微雨，四十七度

《易林》十六卷，梁书目载焦赣撰，《隋书·经籍志》同，故世称为"《焦氏易林》"。清乾隆时，山东栖霞人牟庭（字陌人，号默人，乾隆乙卯优贡生，观城县训导，著有《雪泥屋遗书五十一种》）读《易林》旧序有疑，检《后汉书·儒林传》及《崔骃传》考之，方知《易林》为崔骃之祖崔篆所作。《新唐书·艺文志》："崔氏《周易林》十六卷，崔篆撰。"即其明证。藏晖为之详考，谓牟氏之说信而有据，应改称"《崔氏易林》"。

二月三日，星期二，终日雨，五十度

闻人云，明器赝者甚多，有全假，有部份伪造，有器真彩假。古玩商常以真品翻制模型，然后用小窑烘烧制成，有埋入土中使受土蚀，亦有以酸性液体刷在釉上使变成虹色，以充久埋地下而变成之虹色。绿釉辨别真伪，最要在辨胎质。汉代青灰色多，俗称青瓦胎，多涂白粉或画彩色。其次红灰色胎，多涂绿釉。较少见者为白色带红之胎，涂浅绿釉。大约俑像类多青瓦胎，用具多红灰胎。六朝明器多青灰胎，唐代则青灰色、白色、红色俱有。青灰胎质甚粗，而坚白色胎较细，松红色胎最细最松。伪器青灰胎往往过黑，白胎、红胎又太坚。部份伪造之胎质与坚度均不能与原物相称，且有接补之痕。器真彩假者，笔法色泽与真者殊有差别。如六朝及唐之俑像，眉发眼部以细线条画成，非常工细，佳者可比画本人物。假彩印不能及，色泽亦不如真品之古雅。其以酸性液体制成之虹色，不如真品之闪闪有光。又部份伪造者，每以普通之品加以部份改作，如改换手脚，更易头面，增添或调换所携抱之物件，或以二件真品合成一件异品，或将损坏部分补成不经见者，或将斑剥颜色重画加深，所在多有，然与真品之色泽开片究有不同。且各时代有各时代之作风，而文物制度均有特异，考古家于此着眼,则不难别其真赝矣。

二月四日,星期三,雨,五十度,立春节

仲雍之字。《世本》曰:"吴熟哉居蕃离。"宋忠曰:"熟哉,仲雍字。解者:'雍是熟食,故字熟哉。'"

二月五日,星期四,阴,五十度

瓶庐诗:"汝箧名碑好画图,兼有古籍《施注苏》。"景泰本《苏诗施注》残本三十卷,瓶老人所藏也。旧为宋牧仲所得[①],原四十二卷,宁宗时淮东仓漕司吴兴傅穉字汉孺写刊,流传极少。此残本缺序文目录。后考放翁作《施注苏诗序》,方知施名元之,字德初,官司原谏,吴兴人。后为翁覃溪所得,颜曰宝苏室[②]。

二月六日,星期五,阴,四十八度

吴梅村有"江左三凤凰"之目,宜兴陈其年、吴江吴汉槎、华亭彭师度字古晋,号省庐也。又冯文毅溥,延致名士,其尤者称"佳山堂六子",仁和吴农祥、吴任臣、王嗣槐,海盐徐林鸿,萧山毛奇龄,宜兴陈其年也。其年文名不可一世,昨见其诗稿真迹,乃涂抹如孩儿体,一笑。

二月七日,星期六,阴,下午霁,四十六度

香姜瓦,齐高欢避暑宫冰井台香姜阁瓦也。宋人常以充铜雀台瓦。

二月八日,星期日,晴,晨三十八度,夜四十二度

隐鹿赠七古一章,有"晏然清坐君守真,惟余禅课动萧晨"之句。

二月九日,星期一,阴晴间,晨三十八度,夜四十六度

《松壶画忆》云:"作书贵中锋,作画亦然。云林折带皴,亦中锋

---

①　此处天头有文字:张鸿《蛮巢诗稿·题瞿良士检书图》自注:"文恭所藏宋刊《施注苏诗》,完全无缺,远胜宋氏。"则另一本也。此节误。

②　此处下有批注:《覃溪年谱》:"乾隆癸巳,购得宋刊《苏诗施顾注》三十一册,凡存目一卷,诗三十卷,宋漫堂所藏也。"

也。至明之启、祯间，侧锋盛行，盖易于取姿，而古法全失矣。”

二月十日，星期二，晨细雨，午后晴，潮湿，五十五度

隐鹿示田黄石章一对，高一寸，见方三分，熟栗色，甚润，未刻字。

二月十一日，星期三，晴，潮湿，六十六度

夏历十二月二十八日，先公诞辰，四弟适来，同焚香展拜。连日持诵佛经，以报生我之恩。

二月十二日，星期四，晴，潮湿，六十五度，晚阴，温度渐降

今日小除夕矣，静坐诵彊村翁《辛丑除夜》词，为之低徊不置。调寄花犯：“影屏山，灯唇碎语，春痕似依旧。夜堂无酒。怜燕采谁簪，蜜炬孤守。睡轻厌数残更漏。欺人年事骤。剩浅靥、缃梅三两，飘香黏半袖。帘栊外边峭寒多，头番问、阆苑东风醒否。芳讯换，还惆怅、缀旛人瘦。箫声送、背邻笑语，容易到、林鸦惊散候。料镜槛、飞鸾尘涩，新妆愁里斗。”

二月十三日，星期五，雨，四十八度，夏历，壬辰除夕

《云仙杂记》：“都下寺院，每岁除夕锻磨，是日作锻磨斋。”《云仙杂记》旧题唐冯贽撰，杂载逸事，年号先后往往错讹。《四库总目》据《墨庄漫录》谓王铚所伪记，书凡十卷。

二月十四日，星期六，雨，癸巳，元旦，日蚀

阅姜声馥桂林《指画五羊图》，自题云：“尔羊驯扰不崩骞，当日曾经驾五仙。即此已成堂上瑞，何须囊谷挂梁边。”有“莱山之北、三山之南”圆印。诗中“日”字作古文“囸”字，又可作。书家不常用也。

二月十五日，星期日，阴，四十四度，夜雪①

宜兴发现周孝侯处墓，得陶器数件，闻正在计划发掘。按《桃溪

---

① 此处天头有文字：乙未新春，苏州举行出土文物展览会，陈列宜兴周墓所出之陶熏炉，暗绿色。又前将军周墓砖多方，砖文为“晋元康七年九月廿日阳羡所作周前将军砖”。

客语》,孝侯墓碑为陆机文、王羲之书,旧在孝侯庙中,昔人多疑其伪托,未知墓中更有他种志石否?

储铸翁藏供春壶一具,盖已失,云为真品。顷赠苏南文管会。

二月十六日,星期一,阴,积雪已融,四十四度,夜雪

浆花。朱文盎《笛渔小稿诗注》:"剪牡丹嫩条,和熟土封裹,谓之浆花。"

二月十七日,星期二,雪积寸余,阴,三十七度

消摩。《笛渔小稿》立秋诗"未得消摩力"自注:"杜兰香谓丸药为消摩。"

二月十八日,星期三,日光甚淡,雪未融尽,三十五度

蓉之随嫁媪大春病故,年七十,来我家三十年矣。性忠恳,爱护我家逾己。寇乱以后,余夫妇飘零不归,每当乡人来,媪恒寄言以为念,知其心良苦。丙戌秋,余大病后,寓樱园,媪来宿数日,自言十年来未有此乐,然以子没抚孙,不能久居也。别又五六年,方冀其复来,乃奄然长逝,老健诚不足恃也。回顾家山故旧,若经霜老柯,偶余一二残叶,曾不转瞬,则又陨其一矣。噫!大春,钱姓,邑之泄水六桥人,光绪九年生,夏历十二月十九故[①]。

二月十九日,星期四,阴,四十度

"江浙赋夙重,吴俗相传,明太祖恶张士诚拒守,故重敛其民。亩税有输官七斗余者……海盐钱楸初谓祸始于贾似道经界推排之役。当日原有官田民田,官田输租,民田输税,其后知府事赵瀛,取而均摊之。嘉兴官田不及二千顷,而民田五千八百余顷,故其赋最轻。嘉善民田止三千一百余顷,而官田二千七百余顷坟,其赋于三县中差重。嘉兴、秀水、嘉善三县。轻重由官民田数不均。"《曝书亭集·钱楸初行状》。

二月二十日,星期五,阴,四十一度

十一、十二两日骤暄,日中几达七十度,稍受热。十四日微咳,服

---

① 此处天头有文字:"老年虽禀得厚,未可轻恃",明邹忠介公元标语也。

可的英药水即止。以咳初起,用收敛药治之,颇能奏效。若见痰,则不可用此矣。体力未复,今日又伤风流涕,煎咖啡一杯,饮之即愈,亦因初起也。

二月二十一日,星期六,时飞雪花,晚霁,四十度

潘氏攀古楼所藏盂鼎,系同治甲戌冬左季高自关中所赠。盖郑庵曾于咸丰十年疏保左氏,遂得大用也。鲍子年有《致郑庵书》云:"李山农曾遣人挟重资往购盂鼎,而袁小午已谈价在先,遂以六百余金得之,因过重不能辇致都下。左宫保闻之,始有送入关中书院中天阁之议,阁人尽可登,日久恐捶拓致伤,曾告小午宜安筹位置。此事在足下失之意外,令人怅怅。箧斋书来,每乞精拓,云尚有数字,非得精拓不能定,惜乎未归秘藏耳。"又鲍氏盂鼎拓本跋:"鼎乃嘉道间岐山出土,初为宋氏所得,置秘室不以示人。周雨蕉明府侦知之,遽豪夺去。余曾乞其打本,请观则不可,诡云已送归南中。文凡二百九十有五字,陈寿卿叹为史佚之作,其心醉如此。刘丈燕庭辑《长安获古编》,亦以未得是鼎及虢季子白盘为恨也。雨蕉逝,鼎复出,左季高相国购以重资,拟舁送关中书院,置中天阁上。旋闻伯寅爱之,即慨然持赠。"

二月二十二日,星期日,晴,晨三十五度,夜四十二度

郑庵于光诸十五年又得善夫克鼎,大几与盂鼎埒,铭二十九行二十字,李仲约文田释文。

二月二十三日,星期一,晴,五十二度

郑庵旧藏齐镈一、邵钟八,俱春秋时器。今齐镈及邵钟三件,亦归沪文管会。齐镈改名素命镈,邵钟改名邵肇钟。

二月二十四日,星期二,晨雾,午后雨,五十八度

汉铜印有范铸及手凿二种,因其用时缓则铸,急则凿也。

二月二十五日,星期三,阴,五十度

《翁文端年谱》:"咸丰三年四月,奉命盘查银库,监视镕化金钟。凡黄钟二、太簇一,皆乾隆五十五年所铸镈钟也。"

二月二十六日,星期四,晴,五十一度

购《樊榭山房集》《大云山房文稿》《洪北江诗文集》三部。

二月二十七日,星期五,阴,五十四度

樊榭诗,喜以"劣"字代"薄"字、"少"字,如"络丝虫响无灯坐,劣有幽怀待月生""余飘洒平波,劣见湿沙觜"①。《世说新语》注:"《妒记》:'狼狈奔驰,劣得先至。'"

二月二十八日,星期六,雨,五十八度

恽子居《考古画题款》:"赵千里《九如图》卷尾'臣赵伯驹进上'六小字,殊不佳。千里,宗臣,不当称赵伯驹。宋亦无款书'进上'者。千里别画皆称'臣伯驹奉圣旨画',可证也。又进士结衔始于明,在宋无之。奉旨亦始于明,宋多称奉圣旨。"又云:"汉铜有臁,而宋铜无臁。"

三月一日,星期日,阴,五十六度

闻东海病故。余与东海相识于汉上,时为己巳岁。前年秋,曾二次为余治疾,屡欲往访,因循末果。其为人诚笃守信,君子人也。年末五十,惜哉!

三月二日,星期一,阴晴间,五十度

《卷施阁诗》卷四有《集终南仙馆观董北苑潇湘图卷联句》七古一首,自注:"图以谢玄晖送范彦龙诗'洞庭张乐地,潇湘帝子游'为境。"②

三月三日,星期二,晴,晨四十三度,夜四十八度

钞本明王损仲《宋史记》凡例跋:

此为铁画楼钞本,南海张樵野尚书所藏书籍也。尚书庚子夏殁于新疆戍所,其后八年戊申,先公莅粤任,以译署旧谊,与其嗣君仲宅

---

① 此处天头有文字:宋刘经《和米元章龙真行》句"劣许下官论莫逆"。

② 此处天头有文字:香光得北苑卷,旧题为"河伯娶妇",香光改为"潇湘图",谓其名载宣和,谮其画境,实写"洞庭张乐地,潇湘帝子游"诗意。

世叔昆仲时相往还,此书当即其时所录赠也。菘耘、敬之二先生跋语,原题吴兴潘氏钞本《宋史记》之后。潘本是否即藏张氏,或为渔洋山人之仅钞,凡例已不可知。至瞿氏书目非旧钞者不载。敬之先生当日是否录副,亦不可考。展阅此册,益怀东涧所云"移日夜分共商之巨著也"。

三月四日,星期三,阴,五十度

《清代画史增编》三十八卷,有正书局排印,搜罗甚广,民初者亦列其内。

三月五日,星期四,晴,五十二度

今日夏历正月二十日,旧称"天穿日"。唐诗云"一枚煎饼补天穿"是也。吾邑俗谓正月廿五日下雨为"天穿",与此不同,但邑《风俗志》不载。

三月六日,星期五,晴,五十五度

钞《漏网喁鱼集》毕,共五万字。

三月七日,星期六,晴,五十三度

《漏网喁鱼集》跋:

《漏网喁鱼集》钞本一卷,都五万言,悟迟老人所编。据卷中自述,为邑之横泾人,柯姓。光绪三年,时将近七旬,约生于嘉庆十三四年。托迹阛阓,而嗜金石书画,此著者之梗概也。标目曰集,实系日记体裁,往往信笔而书,不斤斤于字句,故文辞颇见杂沓,而钞胥不善,鱼豕甚多。然其记载,自道光十六年至同治六年,前后三十余年间,吾邑事迹,尤于太平军一役,所记独多,其资料殊足珍也。此卷先公旧得诸里中,首有题字四行,十余年前,余以之持赠凤起,顷携来重阅,因书数语以归之。

先公题字:"是册记道光十六年至同治六年吾邑漕弊,以及朝政、天象、寇乱,并官绅优劣,历历可数。悟迟老人诚有心人也。"

三月八日,星期日,晴,五十四度

兴慈大师建塔会,净七讲经,前往拈香,并请设先代往生莲位。

三月九日,星期一,晴,六十度

莳兰之泥,以吾邑北山言子墓左近为最宜。色赭,映日视之如有光,相传中含水银质。叔夜告我,"取此泥土,尚须筛净,置锅中炒热,然后储瓮盖好,埋藏地下,隔二年后方可入盆。"书此以备艺兰家之用。

三月十日,星期二,上午晴,晚雨,夜半疾风,暴雨六十六度

意行。山谷题跋:"米元章在扬州,游戏翰墨,声名藉甚。其冠常衣襦,多不用世法,起居语默,略以意行。"

三月十一日,星期三,阴,五十度

津达。《水经注》卷二:"河北有层山,其下层岩峭壁,悬崖之中多石室焉。室中若有积卷矣,而世士罕有津达者,因谓之积书岩。"戴东原校:"达,近刻作逮。"津达,犹言及之也,逮亦及也。是两者意相同。

三月十二日,星期四,晴,五十一度

《庚申外史》。汪尧峰跋:"此史凡二卷,明初权以制氏所辑,自元统已来,佚事略具。可与《元史》及《辍耕录》参观。权,名衡,至正末隐居太行黄华山中,其书一名'大事记'。"

三月十三日,星期五,阴,五十一度

《宣和书谱》有赝笔。尧峰跋云:"宣和所藏有韩滉画《李德裕见客图》。按《新唐书》,滉事代、德二宗,德裕事穆、敬、文、武四宗,相距甚远,其为赝笔无疑。又有李赞华画《女真猎骑图》,赞华归唐时,契丹方与渤海相攻击,而女真部落犹未盛,不应赞华有此画,恐亦非是。"

三月十四日,星期六,阴,五十二度

陆以湉《冷庐杂识》云:"阮亭《题露筋祠》诗:'行人击缆月初堕,门外野风开白莲。'按:米襄阳《露筋祠碑》云:'神姓萧,名荷花。'诗不即不离,天然入妙,故后来作者皆莫之及。"以湉,字定图,号敬安,道光进士,杭州教授。野风二字,亦有出处。唐韦庄《秋日早行》诗"一岸野风莲蕚香"。

三月十五日,星期日,雨,四十八度

黄钧宰《金壶七墨》云:"边寿民甥薛怀,字小凤,画雁酷似其舅,得意时直欲乱真,乃约于雁足别其色。边作黄色,而小凤微红。"

三月十六日,星期一,晨雨,下午晴,四十八度

陈其元,海宁人,字子庄。《庸闲斋笔记》云:"钱伯声临摹戴鹿床画,辄觉逼肖,因时时作小幅,署戴名,人争购之。伯声为瞿石宗伯之裔,张子青甚赏识之。"

三月十七日,星期二,晴,五十六度

钱梅溪谓:"尝见诒晋斋主人及刘文清书,凡用古墨者,不论卷册、大小幅,皆模糊满纸,如渗如污。盖墨古则胶脱,胶脱则不可用,任其烟之细,制之精,实无所取。"此说亦不尽然。余尝用乾隆时制墨试之,光清而黑,非近制可及。用古墨而模糊满纸者,多为松烟,装裱时未用重胶矾所致也。墨受潮则易脱胶,通身剥裂,随磨随脱,笔亦不受,斯诚无足取,但未知可磨细重制否?

三月十八日,星期三,阴,下午雨,五十九度

饮烟。樊榭《烟草倡和诗序》:"烟草,明季出自吕宋国,亦谓之烟酒,以火不以水,盖饮类也。"予乡亦嗜此,以肺疾,禁不复饮。

三月十九日,星期四,雨,六十五度

《金史》童谣。《金史·五行志》:"童谣云:'青山转,转山青。耽误尽,少年人。'"是时人皆为兵,转斗山谷,至老不休也。

三月二十日,星期五,阴雨,五十四度

书弓。道书以一卷为一弓音周。此条重见。

三月二十一日,星期六,晴,五十三度

畏吾儿文。寐叟题跋:"畏吾儿文,自唐迄今,通行漠北,近世且谓之蒙古文,达海巴什所据以制国书者也。"亭林《日知录》:"元素无文字,但借高昌书制为蒙古字。"

三月二十二日,星期日,阴,五十六度

抱一辑《冯钝吟年谱》,为补二条:

卢文弨《抱经堂文集·题贾长江诗集后》曰:"长江诗,海虞冯钝吟有评本,何义门得之称善,其字句盖远出俗本之上。"

汪琬《尧峰文钞·李义山诗注跋》:"常熟释道源解义山诗,未竟

而殁。吴江朱子长孺作笺注,颇采用之。而钱夕公、冯定远及陈氏、潘氏诸说亦附焉。"

三月二十三日,星期一,晴,五十八度

前在博物馆,见宋道君《柳鸦芦雁》卷,署押作"┳"①。顷见大观丁亥画桃鸠幅,亦有押字作"禾",与上押稍有不同。或谓此系"天水"二字,又有谓系"天下一人"四字。

三月二十四日,星期二,晴,六十九度

吾邑冯默庵先生舒字巳苍,盖生于癸巳,且取八恺中苍舒而析为名号也。钱湘灵《常熟县志·文苑志》误刊"巳"为"已",后来县志俱沿此误,不改。他刊更有误作"己苍"者。独陈见复《昭文县志》及垂云堂镌本《才调集》凡例所引皆作"巳苍"。此两书刻手甚精,且可想见校雠之善。

三月二十五日,星期三,晴,下午有风,五十四度

试镌小印一方②。

三月二十六日,星期四,阴,晨飞雪珠即止,四十九度

病挍。唐薛能《蜀黄葵》诗云:"记得玉人春病挍,道家装束厌穰时。"冯巳苍云:"挍,犹可也。妄人不知,改作后。"

三月二十七日,星期五,雨,四十九度

服肺病药立灭烽七瓶讫。每瓶百片,共已服一百四十日。

三月二十八日,星期六,上午雨,晚霁,四十五度

"这"字入诗。《才调集》无名氏《杂词》云:"悔将泪眼向东开,特地愁从望里来。三十六峰犹不见,况伊如燕这身材。"冯钝吟云:"'这'字仅见。"

三月二十九日,星期日,晴,五十度

韦庄《谒巫山庙》七律诗第二联:"朝朝暮暮阳台下,为雨为云楚

---

① 此处天头有文字:王渔洋谓为一中押。
② 其下钤"运之"朱文小印。

国亡。"①句法似各自为对,然尚非是。此例甚少。

三月三十日,星期一,晴,五十三度

仿汉印刻"因遂楼"三字,无有是处②。"托养因支离,乘闲遂疲蹇",谢宣城句也。

三月三十一日,星期二,上午阴,下午晴,五十三度

东海五七设奠在静安寺,往吊之。晤其子和琛,诚笃子弟也。

四月一日,星期三,晴,五十七度

见治高血压症药片名 VERTAVIS,绿色,每瓶四十五片,饭后服一片,甚效。为扩大血管作用。

四月二日,星期四,晴,六十度

临唐睿宗《景龙观钟铭》一通。

四月三日,星期五,晴,六十六度

叔夜假阅萧蜕庵著《说文建首释义》稿本三卷,又名《文字探原》,并言略云:"王筠《文字蒙求》失之简,陈建候《说文提要》失之陋,张行孚《说文楬原》善矣,而发挥未融。今取张氏之意,变更损益,以蕲许氏所谓达神旨者。每字附切语及影母,并注许书检字篇名,以便初学。"

四月四日,星期六,阴,六十度,寒食

韦庄《鄜州遇寒食》诗:"雨丝烟柳欲清明,金屋人闲暖凤笙。永日迢迢无一事,隔墙闻筑气球声。"筑,檋也,盖击球也。冯默庵云:"筑,今人改作蹴。不知古人打球,用马用杖,非用足也。"③

---

① 此处天头有文字:律诗三、四句称颔联,五、六句称腹联,此腹联也。七、八句称落句。

② 其下钤"因遂楼"白文印。

③ 此处天头有文字:宋宁宗杨后《宫词》:"击鞠由未岂作嬉,不忘鞍马是神机。牵疆绝尾施新巧,背打星毬一点飞。"旁注:宋徽宗击球诗:"锦裘骏马晓棚分,一点星驰百骑奔。夺得头筹须正过,休令绰拨入斜门。"绰拨、斜门,皆打球家语。王禹玉珪《宫词》:"内苑宫人学打球,青丝飞控紫骅骝。朝(注转下页)

四月五日，星期日，阴，六十四度，清明节

诵经焚香过节。四弟在此同行礼。

四月六日，星期一，上午晴，下午阴，六十度

无憀与无聊。憀，《玉篇》："赖也。"《集韵》："无憀，赖也。"杜牧诗："无憀斗草稀。"又聊，亦赖也。扬子《方言》："此其计画，无所聊赖。"《楚辞》："心烦愦兮意无聊。"是"憀"与"聊"虽二字，而义则一，可通用也。

四月七日，星期二，阴晴间，六十度

跋《漏网喁鱼集》：

太平军时期史料。曩所见私家著录，于满清之秕政，恒顾忌而从略。此册自道光中叶起，所记乡里吏奸民瘝，几占全书之半。其最可注意者，有道光廿六年正月梅李农民拆毁昭文县署及殴毙差役事，同年五日归徐市农民拒收麦租聚众拆屋事，又同年七月镇洋县农民报荒不准、拆毁县署民房事，咸丰二年四月鄞县农民拒缴漕粮殴毙知县裂尸又伤协镇佐二等三十余员兵勇无数事，同年五月青浦农民拒征漕粮抢出知县倒拖里许抗毙兵勇多名事，三年七月嘉定农民拆署纵囚事，同年八月张家市、东周市及太仓县农民均有拆屋殴差之事①。此皆在太平军未到之前，而江、浙一带鱼米之乡，民不聊生已如此，可见揭竿之起，初非无因矣。外人助清作战之事，最著者为同治元年成立之常胜军，而萧盛远著《粤匪纪略》云："江督何桂清奏请借用外助，

（续上页注）朝结束防宣唤，一样真珠络譬头。"晏叔原句"筑球场外独支颐"。昌黎文集有《谏张仆射击球书》，诗集《汴泗交流赠张仆射晋》亦言击球事。

① 此处天头有文字：予藏明刊唐李文公集，后有利缄庵先生题记，云："时金陵、润州、维扬三城尚未克复，大帅老师城下。而近日上海嘉定奸民乘间窃发，戍官据城，各树伪帜，大吏束手无策，而吾邑东鄙亦因抗租蠢动，城居者皆纷纷逃避，恐此后坐定。观书之乐，亦不可多得矣。咸丰癸丑中秋芝绶记。"即指此事。

并言外人要求订约五十余条,而以助攻太平军为交换条件。"时为咸丰十年,在常胜军成立前二年。此为借用外援最初建议之可考者。此书则记载咸丰三年正月江苏巡抚杨文定退守镇江,奏请着兵备道以借商船为名,向英夷乞派兵船协助,嗣于白茆口即见陆续向上游行驶多只,三月官绅会议,又乞援于英。此事较何桂清之奏更早七年,且已见诸实施,所记信而有征,应为一重要之史料也。此书屡言太平军给发门牌,及招致乡官,分为军师、旅帅及百长、司马等。按北京图书馆藏钞本《太平天国史料》,有殿右捌指挥杨贴荻港镇札附斗牌式,内规定以五家立一伍长,二十五家立一两司马,百家立一百长,五百家立一旅帅,二千五百家立一师帅,一万二千五百家立一军帅。其军师、旅帅等,均由民户公举。其名称与此书所记悉合,而当时乡官情形,于此亦可想见一般。关于历法,悟迟老人记同治元年正月十二日为太平天国元旦,又言其日与清不同,无闰年,大月三十一日,小月三十日。按:程演生编《太平天国史料》,载洪秀全于咸丰二年壬子二月三十日颁行新历书。又己未十月初七日洪秀全诏书云"每四十年一斡(原文)……斡,每月二十八日,节气俱十四日,每年三百六十六日,双月三十日,单月三十一日"云云。查咸丰二年壬子二月,夏历无三十日,此云有三十日者,盖逢天历双月,亦即所谓小月三十日,与阳历相似,其历日元旦,则更迟于夏历也。书中言咸丰十一年四月催收红粉税,考英国博物院藏太平天国去文底簿,有报销给发红粉照启一件。红粉云者,盖太平军称火药之别名也。校阅既竟,复记此数则,聊供参考。

四月八日,星期三,晴,六十四度

　　前见博物馆有唐代草纹镂金钗,如旗形Γ。只有一股因思钗,即叉之谓,应为两股。《长恨歌》"钗留一股合一扇",盖各执其一,可为明证。今日重往细观,果见钗有断痕,其另一股已折去矣。

四月九日,星期四,雨,六十二度

　　苦参子治恶性疟疾,每次服十二粒,装胶囊服。研末。

四月十日,星期五,晨阴,午晴,六十一度

打乖。邵康节有《打乖吟》,程明道和之,落句云:"时止时行皆有命,先生不是打乖人。"打乖,宋时俗语,犹言取巧也。

四月十一日,星期六,上午阴,下午雨,五十二度

花押。鹤山题跋云:"唐人初未有押字,但草书其名以为私记,故号花书,如韦陟五云体是也。国朝大老亦多以名为押,而圈其下。熙宁间,至有'花书尽作椦'之语。"又《癸辛杂识》:"古人押字,谓之花押印,是用名字稍花之,如韦陟五朵云。"

四月十二日,星期日,晴,晨四十八度,夜五十四度

《漏网喁鱼集》一册,归还凤起,并赠以铁画楼钞本王损仲《宋史记·凡例》一册,因有其祖敬之先生跋语也。

四月十三日,星期一,上午晴,夜雨,五十六度

博物馆见玉璧,大五寸许,甚薄,上有粟粒。《周礼·典瑞》:"子执谷璧,男执蒲璧,皆五寸。"焦竑谓:"谷璧圆琢拱起,状如粟粒;蒲璧界画细文,形似蒲也。"所见当为谷璧。

四月十四日,星期二,阴雨,五十八度

极没要紧。钱遵王《读书敏求记》载《极没要紧》一卷,注曰:"即刘敞原父弟子记也。"《四库全书提要》谓,浙江所采遗书有《极没要紧》一卷,题"公是先生撰",其文皆剽掇郭象《庄子注》语,似出依托。与《公是弟子记》显为二书。今别存其目于道家类中,庶真赝不相淆焉。

四月十五日,星期三,阴,五十八度

笋头卯眼。《直语补证》:"凡剡木相入,以盈入虚谓之笋,以虚入盈谓之卯。俗有'笋头卯眼'之语。"

四月十六日,星期四,阴,五十六度

莳水仙法。"二月刈其叶,存根,五月发其根,去土,渐以潲潲米汁也而暴之。日凡四,乃入爨室,悬与烟近,置之如弃。至十月还土,以缶为地,便于移也。朝暴之,日夕无露受,一旬而再,再而三,乃假之露,继雨以水,数日之内,花叶迸发。"《春酒堂集》。

四月十七日,星期五,上午晴,下午阴,五十七度

不不翁。程龙仕宋,为元所拘,不得已就职,自号苟轩,又号不不翁。扁书室曰"不不堂"。见单师白《宾待余录》。梁山舟,晚年亦号不翁。

四月十八日,星期六,云昼,夜月色明,六十度

蜀王王建墓。马湛翁甲申盲词:"昨日名都传胜事,琴台新掘蜀王宫。"此事旧见报载,"成都西门外约三里,有土丘,俗称司马相如抚琴台①。于筑防空壕时,土际见花纹砖墙,遂动工发掘。墓门石上镌'永陵'二字,墓中分内、外、中三部,玉棺、造象、哀册、谥册,均尚完好,乃知为前蜀王王建之墓。所得诸物,保存成都博物馆"云云②。按:《剑南诗钞》有《后陵永庆院,在大西门外不及一里,盖王建墓也,有二石幢,犹当时物,又有太后墓,琢石为人马甚伟》七律一首,是志乘定有详载,今人未之深考耳。

四月十九日,星期日,晴朗,六十四度

赫连铜鼓。《水经注》:"赫连龙升七年,遣将作大匠叱干阿利造五兵,又铸铜为大鼓,及飞廉、翁仲、铜驼、龙虎,皆以黄金饰之,列于宫殿之前。则今夏州治也。"近人著《铜鼓考略》,未见此条。此条已有,引《晋书》。

四月二十日,星期一,晴,六十六度

山香舞曲。瓶翁以蜕园花生日诗"山香舞曲新来熟"一语出处见询,此见《东坡题跋·记谢中舍诗》:"徐州倅李陶,有子年十七八,素不甚作诗,忽咏《落梅》诗云:'流水难穷目,斜阳易断肠。谁问研光

---

① 此处天头有文字:《成都记》云:"台在浣花溪之海安寺南,今为金花市。元魏伐蜀,下营于此,掘堑得大瓮二十余口,盖所以响琴也。"

② 此处天头有文字:魏鹤山《跋孟蜀断凭》云:"王、孟之在蜀,何啻井蛙瓮蠛。昶于建之世墓,独能为之厉禁,其厚于前人之意,犹可概见。"

帽,一曲舞山香。'父惊问之,若有物凭附者,自云是谢中舍。问砑光帽事,云:'西王母宴群臣,有舞者戴砑光帽,帽上簪花,舞山香一曲未终,花皆落云。'"

四月二十一日,星期二,晴,六十度

镎于①。博物馆有汉虎钮铜镎于,云为悬挂之乐器。《东坡题跋》载:"萧齐始与王鉴尝得金镎,高三尺六寸六分,围三尺四寸,圆如筒,铜色黑如漆,上有铜马,以绳悬马,令去地尺余,灌之以水,又以器盛水于下,以芒茎当心跪注镎于,清响如雷,良久乃已。记者既能道其尺寸之详如此,而拙于遣词,使古器形制不可复得其仿佛,甚可恨也。"东坡闻人所述,未见其制,故所言如此。"灌水自响"一段,恐有误字。余所见汉镎,亦圆如筒形,惟钮不相同耳。

四月二十二日,星期三,晴,六十四度

玄孙,称四世孙。见《梅村诗集·京江送远图歌序》。

四月二十三日,星期四,晴,七十度

周恭王有十五年。博物馆所陈周趞曹鼎有二,第一器作于恭王七年,第二器作于恭王十五年。史鉴所载恭王在位共十二年,史学家俱推算其时为第三十甲子,自乙亥至丙戌。此器铭文中"恭王有十五年",若非赝品,即为历来根据史料推算之甲子尚有不确也。

四月二十四日,星期五,晴,七十度

顾氏族谱卷,旧藏昆山绰墩。顾氏,金粟山人之后裔也。

"顾氏族谱",龙图阁直学士知寿州事睦州江公望🔲。黄色皮纸,纤维极韧,纸纹横条,无直条。

"忠孝世家",梅溪翁🔲。赭色皮纸,帘纹。梅溪为王龟龄别署。

"至宝",河朔岳飞。下盖"新安王氏常藏图书记"一印。

《敕大理寺丞顾临》:

"廷尉,天下之平,🔲🔲宪是司,民命所寄,厥任甚重,必惟其人。

---

① 此处天头有文字:镎于,始自战国。

具官顾临，起自儒家，克著显誉，有明敏之才，足以折狱囗戈矛讨敌，以犀利为贵。藏在武库，有司时出而缮修之。总是职者，实难其人。尔资识强明，材术肤敏，更践中外，夙绩著闻。蔽自朕心，擢总监事。夫材有美，工有巧，而器械之制，咸有法式，具存宪章。往修厥宫，以称朕所以命尔之意。敕如右，牒到奉行。元丰元年十二月廿二日下。"黄色桑皮粉纸，四边画金龙，纸薄无帘纹。有"御书之宝"一印。

《敕直龙图阁、河东转运使顾临》：

"朕修赋役之法，黜聚敛之吏，去薄从忠，务以养民，而宽厚之弊，或至于媮。夫外台按事，以不矢有罪为称职。若下有才免之吏，则必有不幸之民。民困于吏，则归咎吾法，朕甚忧之。太原之民，困于备边，使者之任，不轻付予。以尔儒林之选，号称秀杰。有能吏之才而不薄，有长者之风而不媮。其报新职，以莅一道。往任其责，以宽吾忧。可。敕如右，牒到奉行。元祐二年九月廿四日。"

《敕给事中兼侍讲顾琏可吏部侍郎》：

"士以德望进，则风俗厚而朝廷尊；以经术用，则议论正而名器重。此君子所以难合，而朕亦难其人焉。具官顾琏，博学笃行，久闻于时。历事多军，挺然一节。怀道不试，十年于兹。朕囗闻仁人之言，置之讲席，非尧舜之道，盖未尝言。给事黄门，未究其用。往贰太宰，益修厥官，囗正治典，以称乃命。可。敕如右，牒到奉行。庆元五年七月二日。"

图象三页，绢本。无款，首页已残破。

《齐处士顾先生传》，祥符三年三月朔，工部尚书郎简[①]。名欢，字景怡。

《黄门侍郎顾公传》，崇宁二年十月既望，提举河北西路虞弈[②]。名野王，字希冯。

---

① 其下用笔临摹"慎斋"印。
② 其下用笔临摹"晞哲"印。

张九成《赞》①。

《顾氏族谱叙》，枢密院编修庐陵胡铨②。

《顾氏族谱序》，绍兴元年六月朔，龙图阁直学士知吕祉③。

《编修顾公传》，绍兴元年八月二日，直秘阁学士吉州杨邦乂④。名临，字子敬，熙宁进士。

《题顾氏世谱诗》，眉川陈斗龙⑤。

《赞》，魏了翁⑥。

《赞》，程大昌⑦。

《赞》，米友仁⑧。

"世以谱传，而不能以像传，能并以传者，必先人勋业著于当时，道德名于一世，乃留其像。与凡模容虽□而不永久，夫亦无谱之故也。顾氏谱像，可传千百世而不替，子孙瞻先人之像，读先人之谱，而不兴仰止之心，未之有也。"吉州文天祥跋⑨。

《端明殿学士顾公琏传》，工部尚书钱唐叶时⑩。

《侍郎顾公谱像赞》，草庐吴澄⑪。隶书。

《跋》，鲁斋许衡⑫。大草书。

---

① 其下用笔临摹"盐官张九成印"。

② 其下用笔临摹"五经世守"印。

③ 其下用笔临摹"学士文章""希范"二印。

④ 其下用笔临摹"蒙真子"印。

⑤ 其下用笔临摹"××小印"。

⑥ 其下用笔临摹"清白传家"印。

⑦ 其下用笔临摹"侍郎之印"。

⑧ 其下用笔临摹"襄阳米××印"。

⑨ 其下用笔临摹"文山""文天祥印""戊子发解"三印。

⑩ 其下用笔临摹"尚书""×××成"二印。

⑪ 其下用笔临摹"国子监祭酒"印。

⑫ 其下用笔临摹"竹窗清趣"印。

四月二十五日,星期六,晴,七十三度

《顾氏图像卷》,神宗、哲宗、宁宗三敕用纸,表面已起蟹爪细裂纹,惟质系桑皮或麻,故仍坚韧,四边有描金龙纹。三纸颜色稍有深浅不同。"元丰""庆元"两页行草,"元祐"一页楷书,用印俱为"御书之宝",延用不易,似南渡时此印未失去也。印泥已成淡红色,尚清晰。

四月二十六日,星期日,晴,午八十度,夜七十六度

旧藏乡先辈稿本四种,前存凤甥处,顷持来归还。明陈静成先生播诗文稿一册,明抄本,有邵环林跋。李庄仲诗稿一册,名朝栋,邑之藏书家。《钓渚文钞》一册单学傅,《宾待集》一册单学傅。

四月二十七日,星期一,晴,七十五度

顾卷,岳鄂王题"至宝"二擘窠书,行楷,雄厚飞舞,虽大书家不能及,拜观叹为观止。未盖印。文信国《跋》,行书,有"文山""文天祥章""戊子发解"三印。双忠剧迹,集于一卷,真天壤奇宝。尤异者,更有殉节溧阳之杨忠襄邦乂,上疏乞斩秦桧之胡忠简铨,经学大儒张横浦九成。聚一代忠孝名贤为一家题字,几疑后人有意为之。但细审的系真迹,似有吉神呵护也①。

四月二十八日,星期二,晴,午八十三度,夜七十八度

蓉晚间略感痧气,即平。

四月二十九日,星期三,午前雨,六十六度

邹葆苏《幻园诗集序》:

"丁亥夏,予摄疴樱园,维时贞悔少期,离尤独处,天涯旧雨,渺若山河。适青浦甓庐邹翁同客沧江,排闼见过。予与翁二十余年前吟社神交,有倍年之敬,奉手则喜不自胜,因煎茶置酒,抗谈在昔。叩以南邨胜流,向曾与通书问者,乃知徐孝廉慎侯墓有宿草,沈诗老瘦东抱道乐饥,咏歌不废,而翁之长公幻园先生下世亦已久矣。先生以诗

---

①　末句有勾删符号,且天头有以下文字:此卷细审未的,米元晖等均不似。

鸣江左，往于社刊目遇一二，即心仪之。其为诗高华俊朗，刊落凡近，有清和闲止之音，而无流僻噍杀之习，于一时之逐响寻声者，邈乎不相及也。诗外则兼擅绘事，自来诗人率通六法，唐之右丞，宋之丹渊、海岳，元之云林是已。云林之言曰：'吾所谓画，逸笔耳，聊以自娱，不求形似。'若先生之诗之画，讵非所谓自娱之逸笔耶？乃先生晚岁忽多拂逆，既抱西河之戚，复困跳扁之身，服枕低徊，消愁曲蘖，斯时诗境亦为之一变。盖已尽敛绚烂，归于平淡。今集中所存五言如'动息任天机，寓目恣游览'，七言如'秋来身似参禅罢，病后人如遇赦归''且食蛤蜊知许事，任呼牛马本无名''人间已是斜阳尽，犹有微红恋塔尖'诸作，皆含茹潆洄，淡焉虚止。而'宁死羞吟乞食诗'一语，方之渊明'苟得非所钦，所惧非饥寒'之句，亦何多让。此则人以诗传，诗以志传，迥非仅以才调声律所足尽其生平者也。呜呼！当先生之世，桑海贸迁，繁忧沉陆，生丁其间，似不辰矣。然彼时金粟园林，月泉吟社，留连文酒，犹自若也。予与甓翁晤对之时，共叹忧患余生，茫茫墨穴，视先生曩所际遇者，已有天上人间之别。庸知夕壑潜移，风流不复，三数年中，甓翁又逝。今则南村百里之间，诗筒与往复者，独瘦东一老耳。翁之家君循三撰次先生诗稿，属予为识一言，载讽遗编，重感气类，略陈窥测，以待抉扬。若云序端，则我何敢。"

四月三十日，星期四，晴，六十四度

钟与镈之分别。《国语》韦昭注："镈小于钟。"《仪礼》郑康成注："镈大于钟。"两说向未知孰是。今见齐侯镈春秋，乃知钟柄即甬旁有挂纽即干，钟乳即枚较长，边缘即于弯曲作弧形。镈则有纽无柄，乳较扁平，边缘平直，不作弧形。其分别不在形之大小也。

五月一日，星期五，阴，六十六度

跋任伯年拟张孟皋法花卉册：

孟皋写生，苍厚秾湛，开一时之风尚。蒋霞竹《墨林今话》谓其似司马绣谷一流，惜未多见。留传既鲜，名望益隆，盖画以人重也。伯年花卉，寻常所见，率与新罗相近，此册独仿时贤，殊属别开生面，掩

款视之，几误为孟皋手笔，能者固无所不能矣。存老为秀水周存伯闲，亦善写生，与伯年、孟皋相善也。

五月二日，星期六，晴，六十六度

羹魁，汤匙也。《说文》："匜，盥器，似羹。"

五月三日，星期日，晴，七十度

纳音。复初斋跋《山樵琴鹤轩图》云："中有福震题丁卯年十一月二十二日木。"张米庵《书画舫》："木字作承，误也。"二十二日木者，纳音。考洪武二十年十一月丁丑朔，二十二日戊戌，纳音属木也。唐人金石间有用之者，书画题跋最所罕见，惜无人效。潘昂霄、王止仲为书画题跋起例耳。"纳音者，以六十甲子分配五音也。一律纳五音，十二律纳六十音。如甲子为黄钟之商，乙丑为大吕之商，商音属金，故曰甲子乙丑海中金。余类推。"见《梦溪笔谈》。

五月四日，星期一，晴，七十四度

《异辞录》四卷，为庐江刘体仁著。文庄秉璋之仲子，晦之之兄也。晦之今年七十五，以小篆作日记，已积数十册矣。

五月五日，星期二，晴，七十二度

记钞本《北都覆没遗闻》。一卷，共三十八页。叔夜得自吴门。封面书"□□北都覆没遗闻"。上缺二字。明秀阁外史未定稿，乙丑订，有"黄印巍赫"四字小印。自崇祯十七年正月庚寅朔起，至五月十二日己亥止。按：日记大事四五条，多则十余条。卷中遇"虏"字加涂乙，"宏"字缺笔，当为乾隆以后钞本。所记李自成设六政府，各尚书一人、侍郎二人，左侍郎则皆随征。吏：宋企郊；户：杨建烈；兵：喻上猷；礼：巩焴；刑：陡之祺；工：李振声等，皆明臣降附。又三月初三日，诏封总兵吴三桂为平南伯，初九日吴三桂以宁远降清，又三月十六日，复章正宸、瞿式耜冠带各条，皆足为史家考证之助。

五月六日，星期三，阴，黄昏细雨，七十四度

鲜卑为带钩名。《楚词·大招》："小腰秀颈，若鲜卑只。"东汉王逸注："鲜卑，哀带头也。"近人谢无量谓"鲜卑或系误字，就令果是带名,文义仍然不通。王逸注附会。"按:胡语称带钩曰"师比",转音为"鲜卑"。战国时之鎏金及金银错带钩,至今尚有存者,是在秦汉之前,东胡已将此种师比传入中土也。王逸之注,要非无据,未能目为附会耳。

五月七日,星期四,阴,晚晴,七十度

四弟购寿山石章一,狮纽,文"咫园宗氏鉴藏"①,款拟封泥,文之秀整者。心龛乃子戴先生旧物也。予儿时恒至咫园,图书万卷,满壁琳琅,今与名园俱化为乌有矣。睹此遗物,不禁感慨系之。心龛,乃童大年也。

五月八日,星期五,晴,七十四度

购书二种。《文选学》长沙骆鸿凯著,《文文山年谱》杨德恩编。

五月九日,星期六,晴,午八十二度,夜七十八度

汝惠函告,见郑延平所用手绘台湾地图,盖有名章,复以此类多为假托,取旧绘地图加盖名章,以炫人耳目者。

五月十日,星期日,晴,七十八度

报载甘肃天水县麦积山有石窟一百五十八处,多为北魏、北周及隋时所凿,窟龛石雕佛象及壁画均尚完整,其中稍有宋、明二代修饰者,题名甚多,以唐大中七年为最早②。

又甘肃永靖县炳灵寺石窟有北魏及唐以及明代石刻遗象一百二十龛,以北魏延昌二年为最早,并有壁画甚多。报上登载相片十五页。

五月十一日,星期一,阴雨,七十六度

著莫。宋彭汝砺《梅花》句"随处著莫人",朱淑真词"无奈春寒著莫人",元耶律楚材句"花落余香著莫人"。《居易录》谓唐人唯元、白

---

①　天头钤"咫园宗氏鉴藏"朱文印。

②　此处天头有文字:宋李师中《麦积山》诗注:"山在天水县东,状如麦积,为秦地林泉之冠。有隗嚣避暑宫、魏乙弗后墓。"

集中多用此等字。"著莫人"者,犹言惹人也。

五月十二日,星期二,上午阴,下午晴,七十七度

渔洋记北苑《夏山图》。"卷首宣和御笔'董源夏山图'五字,一中押,上钤御玺。小米题诗云:'崇山过新雨,苍翠浓欲滴。林深不通人,溪回有吟客。日落古道青,天空暮云碧。何处一声蝉,幽栖仍自得。绍兴五年秋八月,臣米友仁奉敕题。'后有金粟道人七言古诗一首,巴西邓文原次韵一首,虞集观,孟举詹希元跋,东海徐有贞阅,长沙李东阳跋。或云画不甚称。"《居易录》卷二十七①。余在博物馆所见北苑此卷,无以上诸题,仅有香光一跋,审为真迹,恐在明代已将诸题割裂矣。

五月十三日,星期三,阴,六十七度

古时印色。夏剑丞《忍古楼笔记》云:"古时钤印用何物调色,不能举其详。"《西湖老人繁(华)〔胜〕录》载诸行市有银朱印色,是宋时用银朱也。《邵博闻见录》云:"旧说武都紫泥用封玺,故诏有紫泥之名。今阶州,故武都也,山水皆赤,泥正紫色。然泥安能作封?当是用为印色耳。"博之言如此,则是宋时已不用紫泥钤印,故为此揣度之辞也。又徐树丕《识小录》云:"印色用草麻油,或用煎秫油,皆未为佳。近传用川山甲油,取其不糁,用之果妙。"树丕乃明末清初人,其言印色用油如此,是始于明季,前此尚无之也。

五月十四日,星期四,晴,七十三度

遮莫。王敬哉崇简《冬夜笺记》:"诗人多用'遮莫'字,盖俚语,犹言尽教也。"

五月十五日,星期五,晴,七十七度

铜雀瓦。何薳《春渚纪闻》:《铜雀砚》诗注:"铜雀瓦用铅丹杂胡桃油捣治,火之,取其……雨过即干。"薳,字子远,浦城人。去非子,东都

① "居易录"三字原在本段文末,今据《居易录》原文将之移于此处。"或云画不甚称"一句,原为夹注。

遗老,入南渡尚存。

五月十六日,星期六,晴,七十八度

瘦东赠诗:"之子抱负疾,客居淞水阳。书随惠施乘,琴拂伯牙床。社事春云散,襟痕夜雨凉。思君如积痗,回首几星霜。"

五月十七日,星期日,晴,七十八度

李廷圭墨厄。王彦若《墨说》云:"赵韩王从太祖至洛行宫,见架上一箧,取视,皆李氏父子墨也,因尽以赐王后。王之子妇蓐中血运危甚,医求古墨为药,乃取一枚投烈火中,研末,酒服即愈。诸子欲各备产乳之用,尽取墨,煅而分之。自是李氏墨世益少得。"

五日十八日,星期一,阴,七十六度

薛居正《五代史》。张菊生《校史随笔》:"黄梨洲之薛书,据全绍衣所记,实为水毁。"又云:"谢山《二老阁藏书记》有'垂老遭大水'及'身后一火'之语。或水或火,似未断定。余阅谢山《移明史馆帖子一》:'姚江黄征君有宋薛居正《五代史》,不戒于火。'是明言火毁也。"

五月十九日,星期二,阴,七十六度

东坡句:"世家不可恃,如倚折足几。"厉樊谢诗中引用之:"纷纷纨绔儿,膏粱果痴腹。谅哉坡公言,如倚几折足。"世家之不可恃,固不待斯世而后知也①。

五月二十日,星期三,晴,有风,七十六度

钱忠介联语。明鄞县钱忠介公肃乐,甲申后在福清题壁联云:"一下猛想时,身世不知何处;数声钟磬里,归途还在这边。"居厄难时有此悟道之语,亦异人也。见谢山《神道碑》。

五月二十一日,星期四,雨,晚霁,七十七度

假得厉樊榭辑《宋诗纪事》百卷,计三千八百十二家。

五月二十二日,星期五,阴,七十五度

和瘦东《见怀》原韵:"神交疲梦寐沈休文句,卧念沈东阳。落月延

---

① 此处天头有文字:放翁诗:"诗书不可赖,如倚折足几。"

虚径,残书共一床。物情花事改,人意麦秋凉。为报支离况,新添髭上霜。"

五月二十三日,星期六,晴,七十五度

　　彝舟。陈见复《掌录》:"灌用彝,献用尊,舟是彝下台。若后世承盘尊有罍亦然。"黄山谷语云:"酒善溺人,故六彝皆以舟为足。"

五月二十四日,星期日,晴,七十六度

　　见采生从兄旧藏书籍五种:

　　明钞本孙齐之先生七政《松韵堂集》十卷。有"清晖馆""松韵堂""孙森子桑""孙朝让"诸印。松禅老人题:"孙齐之先生诗,如独鹤在林,意静而态远。此十卷当有刊本,惜未见。采生获钞本,因读而归之。癸卯十月廿七日,翁同龢记。"又丁初我题:"此系齐之先生手定稿本,校阅之迹,朱墨灿然,以视十二卷本,必有间矣。"

　　明钞本孙禹锡先生柚《栖云集》。松禅老人题:"数年前得禹锡先生《藤谿诗稿》残帙,今采生收得此编,略见先生浙游辙迹。光绪癸卯十月廿七日,翁同龢记。"

　　钞本褚休庵道潜《从军集》一卷,《梦曙斋集》一卷。此册与前见《年年集》《鲛珠集》合为二册。

　　钞本包葭汀涵《两奈集》《半匏集》。

　　日本传钞本,赤穗义人录。有"常熟翁同龢藏本"印。松禅老人题:"此书纪赤穗遗臣火石良雄等四十七人复仇事,凛凛有生气,信海东之豫让、岛外之田横矣。彼元禄十五年,当中朝康熙四十一年壬午也。"鸠巢室直清著有自序。

五月二十五日,星期一,晴,八十五度

　　莪盦题先集三种:

　　《归田集》:"言笑温温学养充,拜鹃缄恨助诗工。每缘大父苔岑契,隅坐亲承长者风。""一编手泽重播珛,迻录精于院体书。亦有纳楹零落尽,萍飘愧我护持疏。"

　　《矜斋随笔》:"撷秀芬林老尚顽,一囊碎锦彩璘斑。藤厅夜月萦春梦,老辈风流不可攀。""遗墨怆怀友与师,兰锄畴护万年枝。长安日落挥戈折,便是伤麟辍笔时。"

《彫斋杂记》:"文史兵间饱,晨昏膝下孤。崇儒邀帝简,济胜奉亲娱。莫溯抢才典,犹在记事珠。白门重到日,苹野未全芜。"

五月二十六日,星期二,上午晴,下午阴,八十七度

陈小石世丈《花近楼诗存七编》有挽先公一律:"同楷老眼望瓻棱,重话西窗病未能。逐鹿场中慵作吏以汴藩致仕,破山寺里好寻僧。拟邀邻叟愁闻笛,忆治官书共剪灯。夏夜沉沉凉似水,海天寂寞哭良朋。"

五月二十七日,星期三,阴,七十五度

黄梨洲不棺而葬。梨洲先生自营生圹,中置石床,不用棺椁。遗命以所服角巾深衣殓,一被一褥,不棺而葬,盖期于速朽也。

五月二十八日,星期四,晴,七十三度

得青田石章一①,俗呼"果肉青田者",辟邪钮甚精,赵叔孺刻字。

五月二十九日,星期五,晴,七十五度

毓斯云本市金陵西路,旧名恺自迩路。阛阓间有墓门石坊,上镌联字云:"三百年重新古墓,亿万载永镇由拳。"其余为市招所障,不能辨。此不知何代之墓,仅存此坊石矣。

五月三十日,星期六,阴雨,七十六度

独木桥体。宋词小令,有通首押韵用一字不易者,谓之独木桥体。陈其年《乌丝词》有仿作。

五月三十一日,星期日,阴雨,七十度

和钱南铁《癸巳重谒泮宫》诗韵时年七十有四:

"往事何殊牛磨催,竹汀《重游泮宫》诗:'陈迹重增感。载赓思乐共纸回。同游为赵辉之、金叔远二先生。'依然章句风雷动,谁识当年此霸才?"

"接翼翁孙不少迟,同邑故旧中,翁笏斋年丈、孙师郑君俱以童年入泮。生花彩笔梦中持。青衿乍换人如玉,想见风前濯濯姿。"

---

① 天头钤"射陂后人"朱文长印。

"讲肆何堪马队间,陶诗:"马队非讲肆。"几时方得五兵闲？岿然三老真麟角,黄左田《道光己丑重游泮宫》诗:"学者漫疑麟角少,当年我亦一牛毛。"留取灵光峙故山。"

"端门榛莽自年年,铁石谁担道义肩？莫怪赤乌留谶语,废兴存绝总由天。"

六月一日,星期一,阴雨,七十三度

响拓、硬黄。沈明远云:"米海岳善作古本法,以蜡纸映旧本,就暗室凿墙取光摹写之,谓之响拓。用油纸双钩廓填者,谓之硬黄。"

六月二日,星期二,晴,七十五度

粉本与朽笔。宋元画重粉本法,于墨稿上加描粉,以指甲摹入绢素,依粉落笔,故名粉本。同、光时,画家以柳木炭起稿,谓之朽笔。明人画稿已用之。董香光云:"梅道人点最难,可以朽笔圈定,依形势点之。"

六月三日,星期三,晴,八十度

《道园学古录·刘正奉塑记》:

"至元七年,世祖帝始建大护国仁王寺,严梵天佛象,以开教于天下,求奇工为之,得刘正奉于黄冠师。正奉先事青州把道录,传其艺非一。及被召,又从阿尼哥国公学西天梵相,神思妙合,遂为绝艺。凡两都名刹,有塑土范金、抟换为佛者,一出正奉之手。……大都南城长春宫都提点冯道颐,始作东岳庙于宫之东。正奉亲造仁圣帝象……又造炳灵公、司命君象,而佐侍诸神,有弗当其意,咸更之。……延祐四年春,予游长春,因即而观焉。凡廊庑时共称好者,皆市井物怪情状,盖易以悦人。及仰瞻仁圣帝,巍巍乎帝王之度矣。余皆称其神之所以名者。予尤爱其盛服立侍,侃侃若不胜忧深思远之至者。乃叹曰:'运思一至此乎？'田君曰:'初,正奉欲造侍臣象,心计久之,未措手也。适阅秘书图画,见唐魏徵象,乃蘡然曰:"得之矣。非若此,莫称为相臣者。"'遽走庙中为之,即日成。异哉！非直艺矣！正殿仁圣帝两侍女、两中侍、四丞相、两介士,其西炳灵公、两侍女、两侍臣，其东司命君、两道士、两仙官、两武士、两将军，皆正奉之手。善观者知非他工所可杂其间也。长春之白云观，金人汾王先生十一曜，奇妙，为世所称道，今遂配之，略不可优劣也。予所见又有上都三皇厢，尤古粹，造意得三圣人之微者，亦正奉之所造也。而梵佛多秘不得观。予尝读张彦远《名画记》，录两京寺观祠宇，画者数十人，塑者一二耳。计其运神之妙，致思之精，心手相应，二者略无彼此，而传世多少，悬绝如此，良由画可传玩，模榻久远，塑者滞一处，好事识者或不得而览观，使精艺不表白于后世，诚可慨也。故田君请著为《刘正奉塑记》。正奉，名元，字秉元，蓟之宝坻人，年七十矣。其官曰昭文馆大学士、正奉大夫、秘书监卿。抟换者，漫帛土偶上而髤之，已而去其土，髤帛俨然其象。昔人尝为之，正奉尤极抟丸，又曰脱活，京师人语如此。"

六月四日，星期四，终日雨，七十六度

明钞本孙禹锡先生《栖云集》跋：

禹锡先生此集，姚宗仪氏常熟县私志作"栖霞稿"，杨英彝氏《海虞艺文目录》则作"栖云集"。今获睹此稿本，乃知私志传钞之误。先生又有《藤谿诗稿》，系辑录诸家题咏诗文，非尽属己作也。集中颇少纪年可考，仅有《重阳日啸台对雨有怀、庚辰岁与纂父龙祠之游恝逾三载》一首，应为万历十一年癸未所作。又《怀友移家五瞿》一首，五瞿之名，明以后邑志悉作"五渠"，惟元至正重修《琴川志》作"五瞿"，与此正同，应以"瞿"字为是。至今居人仍多瞿氏也。封面隶字，翁文恭公所题，精妙之至，宜珍护之。

六月五日，星期五，阴，七十五度

作石章一方[①]，毫无是处。

六月六日，星期六，阴，七十七度

《道园学古录》五十卷，元虞伯生集诗文集也。有至正六年欧阳

---

① 天头钤"羼提居士"白文印。

玄序,云"门人夏台刘伯温付梓"。元时崇释道,集中寺观碑铭甚多,余题画诗可供参考。夏台在河南,此刘伯温偶与诚意同名耳。

六月七日,星期日,阴,七十四度

　　明钞本孙齐之先生七政《松韵堂集》跋:

　　《海虞艺文志》载:"《松韵堂集》十二卷,李维桢序,孙朝肃梓行。《四库》著录。"为诗为文,并未述及。恬裕斋瞿氏书目仅载松韵堂诗稿之名,未详卷数。此钞本二册,共十卷,悉为古今体诗。按之《海虞文征》,先生自撰《沧浪生传》云:"曾著《感遇篇》,有'百口战嗟数奇,三沽希晚达。黄金乏良媒,白璧终自绝'之句。"今集中《感遇古意》五古三首,为原作五首之第二、第三、第五;《自传》所举之诗已不存,则此集应为删定本矣。《文征》录先生所撰文有《自传》及《睢阳泉记》《焦尾泉小记》三篇,而录各体诗共二十三首。其中《游吾谷》五古,《戏答姜白石题文村季氏海棠》七古,《春日过沈冲玄丹井》七古、《三月三日雨后登大石别莫廷韩》五律,《坐瑞石泉上》五绝,《桃源涧》五绝,计六首,此十卷中皆不载。《文征》所据者,疑即十二卷本,而其中或亦尽为诗录也。首页"孙森子桑"一印,为先生次子扶桑,修撰之祖①。末页"孙朝让"一印,林之次子,朝肃之弟,先生之孙也。并有"清晖馆""松韵堂"诸印,皆先生手迹。计此钞本当在万历时,至今将四百年矣。

六月八日,星期一,晴,八十度

　　旭斋见示无恙遗画宋人词意小册十二页,癸未僦居虚霩园消夏所作也。展观兴感,为填《桃源忆故人》一阕,题之:

　　"北窗企脚消长夏,腰鼓琵琶听罢。无恙居虚霩时,壁悬自撰一联"好骑屋栋打腰鼓,企脚北窗听琵琶",某伶人所书也。自有情怀堪写,却向词仙借。十年前事成凄诧,人与幽花同谢。留得画中楼榭,郁郁疑修夜。"

---

　　①　此处天头有文字:修撰孙承恩,为子桑之孙。

六月九日，星期二，阴，八十二度

报载，北京举办"纪念屈原特开楚文物展览会"，由湘省选出战国时代楚文物二百九十余件，运往陈列。其中有前四年春在长沙市郊陈家大山楚墓出土之帛画女像，长三十分，宽二十二公分，系画于丝织品上。

六月十日，星期三，阴雨，七十七度

镌小印一方①。

六月十一日，星期四，阴，晚雨，七十七度

楚文物展览会端节开幕，陈列品共四百二十余件，有铜、玉、漆木各类及绢画丝织品等。汉十六桨船模型、汉车模型，尤可考见二千余年前之构制。

六月十二日，星期五，晴，八十度

报载本年春在郑州二里岗、凤凰台、彭公祠等掘得殷商陶片、骨锥、石斧、铜箭簇，并有刻字骨片一件（以前仅有安阳小屯发现）。又洛阳郊区发现战国至汉古墓五百七十二处，掘出殉葬器物二百箱。又信阳镇掘得新石器时代遗物，有绳纹陶鬲、陶鼎、石箭簇、石矛、陶纺轮、玉璧等二百余件。

六月十三日，星期六，晴，八十一度

南京博物院在沪宁某部废铜仓库清理出自战国至清各种钱币三千多枚，共二千多种，有元韩林儿、张士诚、徐寿辉、陈友谅所制各品。

六月十四日，星期日，阴，细雨，晚晴，七十七度

常熟勇士赵牧②。《鲒埼亭集·明上海朱尚书永祐事状》："郑芝龙之降也，公流涕谏之不能得，乃谋遣刺客杀之。常熟赵牧者，勇士也，素常谒公幕下，公召语之曰：'足下往见芝龙，诡称欲降北自效者，芝龙必相亲，遂击杀之，以成千古之名。'牧欣然请行，芝龙方匆匆，牧

---

① 其下钤"椎庵"朱文印。

② 此处天头有文字：牧事迹见《常昭合志·忠节传》，丁亥四月守海口殉节，钱湘灵撰传。

累晋谒不得通，遂止。"邑乘于勇侠之士，纪载甚少。此事虽未成，并然其勇于赴义之气概，殊不可没也。

六月十五日，星期一，阴，晚晴，七十八度，端午节

瓶庐旧藏宋本《施注苏诗》。余前记(二月五日、六月十五日、九月七日、十二月廿八日)瓶老人藏宋本苏诗，以为商丘宋氏旧物[1]。比见同邑张隐南《蛮巢诗稿·题瞿良士检书图》第四首注云："瓶叟衰年愿读书，一瓻恨未出山庐。才人宿愿都难了，秘籍遗编付蠹鱼。"自注："翁文勤公所校各书及诗，文恭未为编行。所藏善本甚多，如宋刊《施注苏诗》，完全无缺，远胜宋氏，亦未闻校读流传。"隐南所云，当系亲见，则此本非牧仲、覃溪旧物，乃为另一本也[2]。隐南为文勤孙婿，小山先生之婿。

六月十六日，星期二，晴，八十七度

姚福均《海虞艺文志》六卷。张瑛序刊本。

杨英彝《海虞艺文目录》十六卷。有钞本。

袁景韶《海虞艺文志续编》八卷。未刊。

六月十七日，星期三，晴，九十二度

丁丑之乱，余所失书籍中有钞本诗稿二种，集名俱见《海虞艺文志》，但未知有副本存在否。

族伯祖岫仙公，讳大球，《桐华仙馆诗钞》六册，有邵蛊友渊耀等序及墨笔眉评圈点，钞写甚精。

同邑龚纯甫缙熙《镜墀轩诗稿》五十卷，约订二十册，蓝格纸钞本，有朱色圈点。

———————————

① 此处天头有文字：缘督庐丙子《日记》："李申兰先生云，翁叔平侍郎有残宋本《施注苏诗》一部。邵长蘅所刻者，后缺若干卷，皆邵氏所续。翁藏本于邵刊所缺者，独完好无恙。"

② 此处天头有文字：据潘郑盦跋，翁藏为景定壬戌吴门郑羽补刻本，缺五至十卷，又十九、二十两卷。

六月十八日,星期四,晴,九十五度

王应奎《海虞诗苑》十八卷。

秦昂若《续海虞诗苑》十四卷。孙原湘序。

屈振镛《海虞诗苑续编》十卷。未刊,稿本藏铁琴铜剑楼,存卷一、二、五、六。

六月十九日,星期五,晴,黄昏微雨即止,九十六度,中夜雷雨

镌校书小印一方①。

六月二十日,星期六,阴,下午晴,九十度

散盘真赝。陈彀庵《跋散盘拓本》云:"此盘乾隆中叶出土,嘉庆十四年,江督阿林保购以充贡,世间遂鲜拓本。相传毁于咸丰庚申淀园兵火。甲子三月,内务府检查养心殿陈设,得之库中。初疑为赝者,寿民少保以所藏旧拓本校之而信。盘在扬州时,阮文达尝翻沙铸二器,一藏阮氏家庙,一藏北湖祠塾。赭寇之乱,藏祠塾者流徙入泰州,归萧山任氏。上虞罗叔蕴参事曾从借拓藏家庙者。近为长沙某氏所得,以为真器,重价鬻诸海外。"②

六月二十一日,星期日,阴,晚雨,八十五度

匈奴相邦玉印。王静安《跋》云:"印藏皖中黄氏,形制文字均类先秦古玺,当是战国迄秦汉间之物。考六国执政者均称相邦,秦有相邦吕不韦戈,魏有相邦建信侯剑,今观此,知匈奴亦然矣。"

六月二十二日,星期一,阴,午后细雨,八十五度,夏至节

樊榭夏至日诗:"送梅帘额润,改水井眉清。"自注:"夏至浚井改水,见《后汉书》。"

六月二十三日,星期二,晴,八十二度

单师白学傅《钓渚小志》一卷,仅有初稿,未刊行。凤起从原稿录

---

① 其下钤"椎庵校记"朱文印。

② 此处天头有文字:张叔未《清仪阁题跋》:"周散氏槃,康熙时,广陵徐约斋以万金购于歙州程氏,徐继归洪氏。嘉庆十四年,鹾使某贡入天府。"

副,并排比其次第,为校字一过。

钓渚在邑之西南,距城三十六里,与无锡接境,俗呼"鸟嘴"。

六月二十四日,星期三,晴,八十四度,夜雷雨

《钓渚小志》记顾景范祖禹轶事,为志乘所未及。景范著《方舆纪要》,不止一百二十卷,底稿两厨,现犹存鲇鱼塘桥某氏。当时传钞,多以繁重不能卒业。嘉庆中,有广东镌板,亦摘其大略耳。

六月二十五日,星期四,雨,晚晴,八十三度

报载广州市郊发现东汉墓五座,唐墓一座,其中汉墓一座,内部作十字形,居中为圆顶明堂,砖砌无柱。明堂贯连左右侧室,后为棺室,前为墓门,占地七公尺四十九公分,获得明器二十余件。惟报上未及有无碑碣文字。

六月二十六日,星期五,阴雨,八十二度

钱吴越王俶被耽。宋太宗最猜忍,烛影斧声之事,千古疑问。一弟二侄,俱死非命,史虽隐约书之,终不掩其迹也。吴越国王钱俶已纳土矣,朝见即不听归,改封淮海国王,并令两浙发俶缌麻以上亲及管内吏官,悉至汴京,凡千四十四艘。端拱元年八月廿四日,俶生辰,帝赐宴,是夕暴卒。张西铭谓疑非考终。一按事之前后,当无可疑也。

六月二十七日,星期六,阴,八十度

杨业原名刘继业。《宋史纪事本末》:"太平兴国五年,契丹寇雁门,代州刺史杨业领麾下数百骑自西陉出,至雁门北口击之,契丹兵大败。自是契丹畏业,每望见旌旗,即引去。业本北汉节度使刘继业知远之孙,为汉主继元扞太原,每杀伤王师。及继元降,继业犹苦战。帝素闻其勇,令谕继元招致之。继元遣亲信往,继业乃北面再拜,大恸,释甲来见,帝慰抚。复姓杨氏,止名业,拜代州刺史。时以业善战,号'杨无敌'。"

六月二十八日,星期日,黎明大雨,终日阴,晨七十五度

契丹萧太后之名。契丹景宗妻萧氏,圣宗隆聚之母,以子幼专国

事。张西铭谓其名曰燕燕。萧氏与韩德让通,赐姓名耶律隆运,封晋王。德让死,陪葬陵旁。

六月二十九日,星期一,阴,七十六度

富郑公以(宴)[晏]元献为奸邪。《宋史记事本末》:"庆历二年,富弼持和亲、增币二议往契丹,且命受口传之词于政府。既行,次乐寿,谓副使张茂实曰:'吾为使而不见国书,脱书词与口传异,吾事败矣。'启视,果不同。驰还都,以晡时入见,曰:'政府故为此以陷臣,臣死不足惜,如国事何?'帝以问晏殊,殊曰:'吕夷简决不为此,诚恐误尔。'弼曰:'晏殊奸邪,党夷简以欺陛下。'遂易书而行。"按:郑公是时已为元献之婿,冰玉相得,斯语殊不类其口吻也。

六月三十日,星期二,晨,晴旋阴,七十六度

八法与六法。书法有侧、勒、弩、跃、策、掠、啄、磔,谓之八法。南齐谢赫作《画品录》言画有六法:"一气韵生动,二骨法用笔,三应物象形,四随类传彩,五经营位置,六传模移写。"

七月一日,星期三,阴,七十八度

梦中见人撰一联,醒后尚记其句,然不知何谓也。"赤手同登,事之创始者莫不皆然,休将他美景良辰,轻轻放过;素心共印,人之相知者当须如是,且对此高山流水,缓缓归来。"

七月二日,星期四,晴,八十六度

《投龙简》。《投龙简》传世者凡三:唐铜简、吴越玉简[①]及宋崇宁玉简。宋简出黄河沿,刻文七行,有"宋崇宁四年乙酉六月三日大宋嗣天子臣佶"诸字。

七月三日,星期五,晴,九十度

《越绝书》,相传为子贡所作。《焦氏笔乘》谓此书终篇业具姓名,读者未审耳。所云"以去为姓,得衣乃成,厥名有米,覆之以庚。禹来东征,死葬其疆"六句,乃隐"会稽袁康"四字也。

---

① 此处天头有文字:吴越玉简以黄白金为之,见《清仪阁题跋》。

七月四日,星期六,晴,晚小雨,八十五度

全苇翁焚赵松雪画。谢山《先侍御画马记》云:"侍御府君苇翁,讳美闲,字吾卫。国难作,从戎江上,画马实出松雪之遗,至是讳之。或有不知而及之者,叱曰:'吾所师者,宋遗民龚圣予父子之马也。'其实圣予之马世无传者,侍御特重其人而已。所贮有出松雪者,悉焚之。"

七月五日,星期日,晴,八十七度

四弟购得嘉道瓷二件:

嘉庆窑采色莲花碗。高三英寸半,口径七英寸,白瓷胎面绘胭脂红莲花,瓣脚松绿色,荷梗里底俱鹦哥绿釉抹红,篆书"大清嘉庆年制"印式。

慎德堂制素三采竹石鹌鹑胆瓶。高约七英寸,淡青色,竹十余枝,石上栖二鸟,赭墨色,又蜜蜂五草际蕙兰二丛,画笔甚工。寂园叟所著《陶雅》云:"慎德堂系道光官窑,而价侔雍乾之高品,亦一时风尚使然,以三字直款者为贵。""慎德堂为道光窑中无上上品,足以媲美雍正,质地之白,彩画之精,正在伯仲间,然亦有劣下者,直不如道光专常官窑本色也。""慎德堂制四字楷款,款外不画方圆之圈,笔法工稳,以抹红为最多,亦有泥金者。""抹红款甚不足贵,而慎德堂独为秾艳,楷法亦不恶。"此瓶有描金座,脚底抹红,书"慎德堂制"四楷字。

七月六日,星期一,晴,八十七度,有风

章惇目宋徽宗为轻佻。哲宗崩,无嗣,向太后与宰臣议嗣立,以申王似有目疾,不可;于次则端王佶。章惇曰:"端王轻佻,不可以君天下。"惇虽小人,以"轻佻"二字目道君,尚非无见也。

七月七日,星期二,晴,九十三度

王介甫《字说》二十卷。介甫晚年作,参酌古今象隶而为之说。元祐中,言者指其糅杂释、老,穿凿破碎,聋瞽学者,特禁绝之。全谢山重和五经字样板本,题词云:"荆公《字说》,予尝得见之吴下,其中盖有卓然足以正前人之失者,未可尽指为穿凿。故当时虽以山谷之不相苟合，亦谓其妙处足以不朽，是非雷同之徒所能知也。"此书传世无多，诸藏书志鲜有载及者。

七月八日，星期三，晴，九十五度

　　蟂矶。瘦东以灵泽夫人沈江，出典见询。顷见亭林《日知录》志此，录出答之。《日知录》："芜湖县西南七里大江中蟂矶，相传昭烈孙夫人自沈于此，有庙在焉。按，《水经注》：'武陵，屏陵县故城，王莽更名屏陵也。刘备孙夫人，权妹也，又更修之。则是随昭烈而至荆州矣。'《蜀志》曰'先主既定益州，而孙夫人还吴。'又裴松之注引《赵云列传》曰：'先主入益州，云领留营司马。时孙夫人以权妹骄豪，多将吴吏兵，纵横不法。先主以云严重，必能整齐，特任掌内事。权闻备西征，大遣舟船迎妹，而夫人欲将后主还吴，云与张飞勒兵截江，乃得后主还。'是孙夫人自荆州复归于吴，而后不知所终。蟂矶之传殆妄。"

　　沙定峰《读史大略》："昭烈不立孙后，帝既正位，甘、糜两夫人前死，正位六宫，理宜孙权之妹。一可得人伦之正，二可修睦邻之好，三可寒魏贼之胆，四可示子姓以法，盖一举而众善备焉。况孙后于昭烈之崩，登蟂矶山，西望巴蜀，恸哭殒绝，因葬此山，至今列在祀典。此其刚烈之性，尤非庸妇人所及。乃以荆州之嫌弃之而立吴后。吴氏者，焉之子妇，瑁之妻，璋之嫂。立失节之妇以母仪天下，上同怀嬴之诮，下类巢刺王妃之讥，其失有不可胜言者。在廷诸臣，何以寂无一谏也？"

　　孙志祖《读书脞录续编》："按夫人之还吴与沈江，俱未可知，不得竟断为妄也。且黄庭坚文云：'矶有灵泽夫人庙，相传蜀先主夫人葬此。'元林坤《诚斋杂记》云：'先主入蜀，权遣船迎妹，妹回至焦矶，溺水而死，今俗呼为焦矶娘娘。'则自宋元以来，相传久矣。庙有对联'思亲泪落吴江冷，望帝魂归蜀道难'二语，梁曜北云徐文长撰。"

七月九日，星期四，晴，九十五度

　　倪鸿宝《儿易》。《儿易》自序曰："汉儒说经，舌本强概，似儿强解事者。宋儒疏剔求通，遂成学究。学究不如儿，儿强解事不如儿不解事也。"书之命名以此，甚奇。

七月十日，星期五，阴晴间，晚雨，九十六度

　　全谢山责备元遗山。鲒埼《跋遗山集》："遗山以求修史之故，不能不委蛇于元之贵臣。读其碑版文字，有为诸佐命作者，至加先太师、先相、先东丰之称。以故国之逸民，而致称于新朝之佐命者如此，则未免降且辱矣。要之，遗山祇成为文章之士，后世之蒙面异姓而托于国史以自脱者，皆此等阶之厉也。呜呼！宗社亡矣，宁为圣予、所南之介，不可为遗山之通，岂予之过为责备哉！"

七月十一日，星期六，阴，午后雨，八十九度

　　瘦东询蟛矶原函。随园咏孙夫人诗云："刀光如雪洞房秋，信有人间作婿愁。"近代林旭诗："韦昭《吴志》应书卒，不见《春秋》宋伯姬。"然《蜀·先主传》仅有"权畏之，进妹固好"一语。《吴志》有"迎妇孙夫人"之语，而《蜀志·后妃传》且不列孙夫人，不知二家之诗何所据也。然则祭江、投江之说，出之小说家言乎？《榖梁春秋传》例"书卒，内之"之辞，则灵泽固有投江之事矣。

七月十二日，星期日，阴，晚晴，八十五度

　　汨与汩。谢山跋《何氏水经》："汨罗之汨读如觅，汩没之汩读如骨，而字则同。其作汩者，音弋，本作昻，《说文》：'治水也。'孙愐乃谓，汨罗之汩，即汩字，读如觅，而汩没之汩读如骨。谬也。二汨同，而汩别是一字。戴侗、田艺衡则合而一之，谓汨即汩。又非也。汩非水名，《上林赋》曰'潏弗宓汩'，《南都赋》曰'滭汩减汩'，是也。"

七月十三日，星期一，晴，九十度

　　严君平姓庄氏。谢山《读道德指归》云："前有谷神子序，其云严君平姓庄氏，故称庄子。班史避明帝讳，更之为严。然则篇中所称庄子者，皆君平自称也。"

七月十四日，星期二，晴，九十四度

　　姑苏即姑胥。《日知录》谓："姑苏即姑胥，古文胥、苏通用。"全谢山谓:"陆德明《释文》'胥'固读苏,而《文选》'苏'亦训须。"亭林之说是也。姑胥又号胥母之山,《越绝书》阖闾"昼游胥母",不以子胥明矣。

七月十五日,星期三,晴,九十七度,中夜雷雨

再记《越绝书》。卢绍弓谓此书为汉更始、建武之际,会稽袁康之所作,又属其邑人吴平定之,观其篇中离合姓名而知也。而王仲任《论衡·案书篇》称"会稽吴君高之《越纽录》,向、雄不能过",越纽即越绝,君高即平之字无疑,则以是书专属平所撰矣。康行事无所考,然由此书以想其为人,乃借胥、倪、种、蠡之事,以发抒己意云尔。其文奇而不典,华而少实,其辞又出《国策》下矣。

七月十六日,星期四,阴,午雷雨,九十度,晚八十六度

卢抱经评后山诗。《后山诗注》跋:"孟东野但能作苦语耳。后山之诗,于澹泊中醰醰乎有醇味,其境皆真境,其情皆真情,故能引人之情,相与流连往复而不能自已。然当时亦以为爱之者绝少,况后世哉!余年五十八,始读而善之。向以黄、陈并称,余尚嫌黄之有客气也。"

七月十七日,星期五,阴,晚雨,九十度

画镊。《陶雅》云:"碎瓷可作带版,其尤碎者,以装画镊。镊,轴心也。"米襄阳《书史》:"隋唐藏书,皆金题玉镊。今手卷之两轴,每以碎瓷饰之,甚雅观,且利用也。"

七月十八日,星期六,阴,夜雷雨,九十三度

蒙古灭金。靖康二年,金人以徽、钦二宗及太妃、太子、宗戚三千人北去,生还者无几。至理宗绍定六年距前一百零六年,蒙古速不台攻破汴京,以金太后王氏、皇后徒单氏、梁王、荆王及诸妃嫔,凡车三十七辆,宗室男女五百余人,赴青城,杀二王及宗属,而送后妃等于和林。在途艰楚万状尤甚于徽、钦之时。奇哉!千古覆辙,如出一轨,天道好还,于此可见也。

七月十九日,星期日,阴,晚雨,九十度

得浆胎青花小瓷罍一件,高仅二寸许,青色,绘双龙戏珠,周身云

朵雨,旁有耳,作饕餮形,墨绿色,底淡青,双圆圈,无款,似雍乾仿古器。

《匋雅》:"瓷资有浆胎、磁胎之别。宋之粉定,明之青花,印合多系浆胎,其开片也较易。""瓶罐亦有浆胎者,仍以粉定与青花为多,彩绘则偶一遇之耳。""浆胎青花以画兽者为最细,不仅以色胜也。""青花之浆胎者必开片,西人甚重之。""辗石为粉,不易开片者曰瓷胎,泥浆之质易于开片者曰浆胎。""浆胎质松,瓷胎音脆,雍乾瓷胎之细腻者,谓之细沙,底颇不亚于浆胎也,而刚劲过之。""浆胎者,煨瓷也。浆胎所开之片为细片,仿哥所开之片为粗片。"

七月二十日,星期一,阴,午后雨,八十六度

痳与瘝。痳,惰也。习见皆作"瘝",南宋本雪窗书院《尔雅》作"痳"。臧镛堂跋。按《诗·召旻》,《释文》《正义》皆引《说文》云:"痳,懒也。"《一切经音义》十四引《尔雅》:"痳,劳也。"郭璞曰:"劳苦者多瘝痳也。"承庆云:"懒人不能自起,瓜瓠在地不能自立,故字从瓜。又懒人恒在室中,故从宀。"尝见宋椠单疏《尔雅》引注亦作"痳",应从之。

七月二十一日,星期二,阴,午后雷雨,八十六度

跋李庄仲栖筼存草稿本:

《铁琴铜剑楼书目》载南宋本苏辙撰《古史》六十卷,有"李庄仲图书记"及"海虞朝栋庄仲宝藏"朱记,是庄仲先生为吾邑藏书家也。此稿本,道光十五年先生玄孙锅重装。按卷中纪年为壬寅、癸卯、甲辰,当属康熙六十一年至雍正二年。证诸甲辰所作"我生三十八"及有"卯君"一印,则先生实生于康熙二十七年丁卯,要可无疑。邑志无记载,或须于李氏族谱中一考之。

七月二十二日,星期三,阴,九十度

鄋楼题《翁孙唱和诗卷》:

"岁在乙亥中秋节,筱琴姻世仁兄出示先德庋藏旧卷,展而读之,赫然翁文恭公与孙文恪暨其侄唱和诗之真迹也。恭、恪同科同登第,

同官尚书，同值枢庭，两家同承相业，四代巍科，簪缨赫奕，乡望相埒。或谓济宁因咸丰丙辰未得大魁，不惬，逮甲午中东之役，议事与师相凿枘。今观此卷，赓唱叠和，情见乎词，揆其交谊，殆可谓笙磬同音。盖八音克谐，而笙与磬究有匏石之分。抑闻文恭公冠而字笙鱚，而此诗结尾有'匏'字，故敬以'笙'字凫[①]首。九京有灵，当莞尔而笑矣。邑后学蒋元庆谨题并识。"引首"笙磬同音"四篆字。

七月二十三日，星期四，晴，九十度，大暑节

明顾太常五子孪生。太常名云程，字务远，常熟人。有子五：大章，字伯钦，天启年遭阉祸，赠太仆寺卿，谥裕愍；大韶，字仲恭；大夏；大濩，字季昭；大武。《明史》载"大章与大韶孪生"。顷见钱圆沙撰《顾任伯墓志铭》，谓"太常五子媞生"。"媞"字不见他书，扬子《方言》："秦晋之间谓之健子。"媞，恐即"健"字。非仅伯钦、仲恭兄弟二人也。《府志》谓"大武为大章从弟"。应据圆沙《墓志》校正其误。

七月二十四日，星期五，晴，九十二度

《瓷器概说》，伦敦中国艺术展览会专门委员郭葆昌述。分为瓷器原始、历代名窑、胎骨、泑色、纹片、景德镇窑、珐琅彩瓷七篇，附英译文。二十四年乙亥所印，甚精，大约当时备外人参考也。其言大邑瓷，惜今未见。按：邛窑瓷器，十余年前出土甚多，惟如杜诗所云"白胜霜雪"者，不多见耳。

七月二十五日，星期六，晴，九十五度

吴殳《正钱录》。吴殳，字修龄，太仓人。《正钱录》者，正牧斋《列朝诗选》小序也，作于康熙初年。汪尧峰与梁御史论《正钱录》书，已病其偏驳疏漏，盛气攻击。后钱湘灵于《答许青屿书》缕举痛驳之，洋洋五六千言。复于康熙三十七年汇刻《列朝诗集小传》，序中驳正若干条，末叙与吴相晤时，吴有自悔之语，则此《录》之抨击失当，可以见矣。

---

①　此处天头有文字：凫，即弁。

七月二十六日，星期日，晴，九十八度，夜月蚀

今日既望，黄昏至江边观月蚀，已焦黑无光。小时读徐仲车《月蚀篇》，有云："良久烟焰极薰燎，一团白玉烧为灰。"睹此，叹其状物之工。坐一时许，未见吐出即返。

七月二十七日，星期一，晴，九十八度，晚微雨即止，仍热

东丹笺。叶鞠裳《藏书纪事诗》句："东丹副业写书根。"自注："睹其装潢，即知为粤中装订，每册有东丹笺，副叶可以辟蠹。"先公前在粤东所得书籍，多以雄黄染笺，装为副叶，岂即东丹笺耶？按：东丹为地名，辽太祖灭渤海国，改名东丹，或与此笺无涉也。

七月二十八日，星期二，晴，九十八度

阅《宋史纪事本末》百九卷毕。

七月二十九日，星期三，晴，九十四度

胥。《魏叔子文集》有《龙胥记》二篇，纸似鱼鳔，作字不灭，不致败事。胥，音聊，脂膏也。

七月三十日，星期四，晴，九十四度

黄宁。即黄庭也。见《黄庭经》："何不食气太和精，故能不死入黄宁。"又放翁诗："但知瞑目养黄宁。"

七月三十一日，星期五，晴，九十四度

藏历。西藏达赖喇嘛电文下署"七月三十一日为藏历水蛇年六月二十一日。"水蛇者，癸巳年也。

八月一日，星期六，晴，九十四度

但月。李世熊，字元仲，号寒支子，晚号愧庵，宁化人。康熙廿五年卒，年八十五。名所居室曰"但月"，隐寓为"明一人"也。曾致书彭躬庵曰："某痛愤是真痛愤，惭愧是真惭愧，爱敬是真爱敬，涕泪是真涕泪。"

八月二日，星期日，晴，九十三度

潘醉烟画扇。先公款。潘醉烟锦设色山水，泥金面折扇，有潘自题："论画以结构整严为上，惟大痴画法，结构中别有空灵，渲染中别

有洒脱,所以得平淡天真之妙。"潘画虽从四王入手,其工力在王椒畦之上,吾邑张雨生辈皆不能及也。按:《历代画史汇传》:"潘锦,字画堂,号醉烟道人,无锡人。性静穆,工诗词,尤善画人物、士女、山水,均合古法,笔意清超松秀,间画花卉,亦有韵致,名噪一时。子继烈,字兆平,亦工山水。"

八月三日,星期一,晴,九十四度,夜半小雨

评李越缦诗。汪辟疆《光宣诗坛点将录》云:"越缦诗在小长芦、春融堂之间,雅洁谨饬,且书卷极多,尤熟史事。孙同康谓与两当并雄,推为正宗,誉过其实矣。"仲联《论诗廿四首》之一云:"越缦负其诗,所诣亦寻常。五古厉樊榭,七绝程孟阳。山膏好骂人,自顾非堂堂。"然当日浙西、海日二老,固极推崇越缦也。

八月四日,星期二,晴,九十五度

同光间四公子。义宁陈伯严三立与江西吴彦复保初、浏阳谭复生嗣同、丰顺丁叔雅惠康,同光间称"四公子"。彦复又号北山章行,严之岳父也。叔雅,为雨生中丞子。

八月五日,星期三,晴,九十四度,午后雷雨即止

晨起肩背作痛,恐受夜凉所致。

八月六日,星期四,晴,九十四度,午后雷雨

背痛已愈。

八月七日,星期五,晴,九十六度,黄昏阴

三希堂。翁文恭己丑《日记》:"赐观三希堂所藏王氏三种真迹:《快雪时晴帖》册,王献之《中秋帖》卷、王珣《伯远帖》卷。宋锦装池,光彩照耀。"按:此三帖即号为"三希"。《快雪》册真迹,余于南京展览会见之。后二帖,今年见所摄放大相片,皆系行草,点画有神,洵剧迹也。

八月八日,星期六,晴,九十四度,黄昏微雨,立秋节

秋字辘。范石湖诗注:"吴谚'秋字辘,损万斛',谓立秋日雷也。"今日虽无雷,然闷热殊甚,毫无秋意。

八月九日,星期日,晴,九十五度

今岁自六月十七日起,酷热,常在九十度以上,稍凉者不过三数日,虽有雷雨,炎氛不解,亦多年未有之气候矣。现已过立秋节,郁蒸如是,大是可畏。

八月十日,星期一,晨雾气四塞,日色淡红,午后仍晴朗,九十五度

报载,新疆吐鲁番盆地七月二十四日中午酷热,达摄氏四十八度,经常在四十六度之间。

八月十一日,星期二,晴,九十七度

宋时建筑。《老学庵笔记》:"蔡京赐第有云鹤堂,高四丈九尺,人行其下,望之如蚁。"以今视之,才三四层耳,何足道哉!

八月十二日,星期三,晴,九十五度

明善堂藏书。《缘督日记》:"潘郑盦言,庚申都下怡王府宋元椠本捆载出售,所见《周易》单疏、《左传》单疏,皆北宋大字监本。惊人,秘笈每部不过数金,皆为常熟翁尚书及杨协卿太史所得。"

八月十三日,星期四,九十四度

《虞山小史》。缘督乙酉《日记》:"《虞山小史》七本,无撰人,高丽人录本。据建霞云出自钱东涧,当是《列朝诗集小传》,黠者录出,以炫韩人耳。"惜案头无《列朝集》,未能定谳也。徐兴公、钱叔宝、邢丽文等皆有传,有资于藏书故实颇多。

八月十四日,星期五,晴,九十五度

《铁网珊瑚》。缘督乙酉《日记》:"抄本《铁网珊瑚》十六卷,题'朱存理性父'。但观赵清常后跋,乃清常得焦澹园家本。又益以秦西岩所藏宝,非朱辑。朱本名'珊瑚木难',共八卷,从无刻本,此本雍乾间有精刻也。"

八月十五日,星期六,晴,九十四度

文壁。缘督乙酉《日记》:"今骨董赝作衡山画,或题文壁,不知衡

山名'壁',不从玉也。"①杨循吉撰《温州府知府文公墓志铭》作"子男三人,奎、壁、室。"黄佐撰《翰林院待诏衡山文公墓志铭》云:"公初讳壁,字徵明,以字行,更字徵仲。"

八月十六日,星期日,阴晴间,上午雨数阵,九十二度,七夕

黄九烟。黄摩西署所居曰"石陶黎烟室",人皆不解。金叔远云:"盖取明末黄姓四老也,中九烟较晦。"按:《明诗综》小传:"黄周星,字九烟,上元人,育于湘潭周氏。崇祯庚辰进士,除户部主事,疏请复姓。有《刍狗斋集》。"又《静志居诗话》:"九烟晚变名曰黄人,字曰略似,又号圃庵,又曰汰沃主人,又曰笑苍道人。年七十,自沈于水,时五月五日也。"②

八月十七日,星期一,阴,有风,八十九度

宋本《月老新书》。缘督己丑《日记》:"宋本《婚礼备用月老新书》前集十二卷、后集十二卷。前集卷一文公家礼、圣贤训诫。卷二至卷六姓氏源流。卷七故事备要门,曰:前定类、媒妁类、自媒类、择妇类、择婿类、卜相择妇、卜相择婿、不暇择婚。卷八慕婚类、女自择类、选名行类、选才学类、及第后娶类、娶后及第类、妻门下士类、选容仪类、师友婚姻类、指腹为婚类。卷九幼婚类、晚娶类、姑舅类、舅甥类、连襟友婿类、继婚类、继室类、再醮类、聘礼类、及时类;卷十男女年岁类。卷十一合姓类,姓氏双璧,凡百有余联,二百余事。卷十二警语类,姻契双璧,凡五十余联,一百余事。婉淑双璧,凡七联,一十四事。后集皆启状书札,农工商贾、屠沽厮养,无一不备。"季沧苇旧藏,后归刘

---

① 此处天头有文字:《鸥陂渔话》云:"余在叶晋卿林眉寿堂观所藏衡山为吴匏庵作《海月庵图》卷,后署'正德丁丑九月制文壁'九字,其字从土不从玉。"

② 此处天头有文字:王渔洋《池北偶谈》:"近见江左黄九烟周星作《'怎当他临去秋波那一转'制义》七篇。"尤西堂《艮斋杂说》:"黄九烟,有改韵《千字文》。"赵吉士《寄原寄所寄》《百家姓》,但有字无文理,黄九烟编之成文。九烟,康熙庚申卒于南浔,其墓不在镇东马家港。《镇志》列"寓贤"。有前身集一卷,共诗三百三十余首,载《南林丛刊次集》。

宽夫、黄子寿。

八月十八日，星期二，晴，有风，九十二度

《木皮子》。缘督己丑《日记》："王廉生赠《木皮子》一册，崇祯间贾凫西撰稗词也。尧舜禹汤无不经其掊讥，周文、武尤不堪。其论今古世道，括以八字，曰：直死歪生，欺软怕硬。"

八月十九日，星期三，晴，有风，九十一度

遵王注牧斋诗。缘督甲午《记》："曾孟朴来，述钱遵王注牧翁诗，今刊本涉忌讳者皆删节，其家藏有写本，系也是翁原稿。"

八月二十日，星期四，晴，九十二度

再记崔莺莺墓志。缘督戊子《日记》："再同示《唐故荥阳郑府君夫人博陵崔氏合祔墓志铭》，有翁覃溪跋云：明关西胡侍《墅谈》云：'近内黄野中掘得郑恒墓志，乃给事郎秦贯撰。其叙恒妻则博陵崔氏，世遂以崔为莺莺。'余按：《会真记》虽谓莺莺委身于人，而不著名氏，郑恒之名，特见于《西厢》传奇，盖乌有之词也。世以墓志之铭偶与务有之词合，而郑恒之配又偶与莺莺之氏同，遂以墓志之崔为莺莺，误也。况会真记止云'崔氏孀妇将归长安'，不言博陵，又无缘葬在内黄。且墓志之崔，以大中九年正月十七日病终，享年七十有六，溯其生，当在德宗建中元年庚申。若莺莺之生，《会真记》以为甲子岁，乃兴元元年，少庚申四岁。墓志属纩之期，盖得于郑氏《家状》，《会真记》设帨之岁，盖得于莺母自言，并不应少误。郑恒之配，殆别一崔氏也。"

八月二十一日，星期五，晴，九十三度

息岑老人。缘督《癸丑日记》："至兆丰路，答王燮臣廉，访寓庐，高大轩敞，其书满家，数十箧，自大门以内列庋若甬道。自外觇之，木箱充栋，不啻商家之货栈，海市所仅有也。"余于丙寅至己巳数年，亦常至息老处。时已迁东，有恒路楼德裕里，屋上下三间，依旧图书满室，壁间悬张南皮半身大幅照片。息老自有一戎装肖象，大约任警道时所摄。叶玉甫云："宦粤能吏，有书画金石癖者凡四人，息老

其一也。所得以海山仙馆、岳雪楼、粤雅堂、风满楼、筠清馆旧物为多。"雪老身后，遗物遂散。嗣君叔瀰，名文焘，余亦识之，文笔尚可观也。

八月二十二日，星期六，晴，九十四度

淡菜丸。缘督《日记》："覃溪家书有'合淡菜丸'之语。再同云：'覃溪常服此丸，年至大耋，目力不衰，能作蝇头小楷，此丸之力也。'"淡菜为蚌类，曝干时不加盐，故名。《唐书》："明州贡淡菜蚶蛤。"有谓即《尔雅》之"贻贝"。

八月二十三日，星期日，晴，九十四度

湿西沙门慧寿。徐州万年少寿祺，崇祯时举人，甲申后为僧，自称"湿西沙门慧寿"。《书画录》上往往误作"隰西"。松禅老人《题亭林渡江图》诗注："湿即漯字音沓，非隰西也。"

八月二十四日，星期一，晴，午后雷门雨，九十三度

中元节，焚香祀先。

八月二十五日，星期二，晴，热，九十六度

《龟卜文献疑简述》。孔十穗君以《龟卜文献疑简述》一篇见示，列疑点十二，足供研究契文者参酌。学术界于此致疑者，首为章太炎，于《国故论衡·理惑篇》中曾略及之。惟据许寿裳云："太炎晚年见孙籀庼、王静庵辈契文著作，稍稍改变前说。"是否如此，尚无文字可凭。以外有徐澄宇曾著《甲骨文字理惑》一书，中华书局出版，其内容就事理辨其诬者二十二条，就文字辨其伪者十条：一曰图案文饰，误为字形；二曰依附小篆，妄议前修；三曰依附金文，比似缪篆；四曰影附小篆，杂附金文；五曰望形生训，随形训物；六曰望形生训，随形释字；七曰既望物形，兼望字形；八曰妄言省变，不可纪极；九曰同形异训，莫知所衷；十曰向壁虚造，逞臆盲谈。其说甚辨，可助此篇张目。

八月二十六日，星期三，热，日中达百度，夜半阵雨

忆戊辰、己巳在汉，伏暑常达百度，二十余年未经此酷热矣乎。

足生痱子甚多。

八月二十七日,星期四,阴,九十二度,晚细雨,北风,遂凉,八十五度

　　充宋刊本。《缘督日记》:"《三礼图》三册,楮墨精好,板心无'通志堂'三字。老书贾云:'此初印时充宋刻者。'又见《佩觿》两册,书贾云宋刻,细审之,泽存堂初印本,而抽去其序跋也。盖国初时刻手极工,其精者往往与宋本无二,今亦无此高匠矣。"

八月二十八日,星期五,阴晴间,晨八十度,午八十五度,夜有阵雨

　　拙政圆石笋。《缘督日记》:"拙政园石笋一,作淡黄色,奇峭简古,似枯松半段。阮芸台题《松身石韵图》,并系以铭。"

八月二十九日,星期六,上午有阵雨,下午晴,八十四度

　　圣得知。韩诗:"泥盆浅小讵咸池,夜半青蛙圣得知。"王若虚言:"初不成池,而蛙已知之,速如圣耳。"山谷诗亦云:"罗帏翠幕深调护,已被游蜂圣得知。"即用此。

八月三十日,星期日,阴,八十二度,夜雨

　　充宋刊本。《缘督日记》:"一隅草堂本汗简,楮墨极精,作伪者去其首叶,假充宋刻。"

八月三十一日,星期一,晴,八十二度

　　见虎步司马玉印一件,龟钮,方五寸,高同。龟身半有石灰沁痕,篆文极精,刻画则甚浅。明甘旭《集古印谱》有"虎步司马"铜印,鼻钮无此精工。吴曾善谓此系东汉制。按:蜀汉有虎步监,乃宿卫宫殿门户者,盖后世之警卫也。

　　又见玉轴乙件,径二寸半,阔约六分,有上下边刻回文,下边回文中有螭首二,两边之中作带钱形,通身红润,露白色玉质二点,骨董术语所谓"脂油炖酱"者是。

九月一日,星期二,时雨时晴,八十五度

　　宋贤孙逢字卷[①]。孙逢,宋大观四年进士,官太学博士,《宋史》

---

　　① 　此处天头有文字:此卷未的。

有传。此卷纸本，草书，商鞅《更法篇》署"孙逢"二字，盖"太常博士"印。

九月二日，星期三，晴，九十度

得耿吾丈石章一方，款惺堪炙，青田石，甚旧①。

九月三日，星期四，阴，下午雨，八十六度

《疑耀》。《缘督日记》："《广阳杂记》第五卷，多袭《疑耀》语。《疑耀》为明博罗张萱著，同时为李卓吾盗刻七卷，今献庄复袭之。此书并非奇作，不解诸君何以喜之也。"②

九月四日，星期五，阴，八十度

杨惺吾。缘督甲申《日记》："查翼甫言惺吾之诡谲绝顶，目录之学亦绝顶。其宋本藏经改易目录，售于宋军门德鸿，既为一衲子道破，复作罢论。所居宜都城，砖甚古，皆刻字，携之东瀛，善价而沽。翼甫得其小字本《艺文类聚》，至费二十金，可谓昂矣。"

九月五日，星期六，阴，七十九度

吴愙斋齐侯壶释文③：壶二器今藏上海博物馆，易称洹子孟姜壶。

"齐侯□□丧其都齐侯命令太子□□告来敬宗伯听命于天子曰昔则尔昔余不其事女□□䜔□锡御尔其跻受御。齐侯拜嘉命于上天子。用璧玉备二于大舞，嗣誓于大嗣命用璧两壶八鼎于南宫子用璧二备玉二嗣鼓钟□跻洹子孟姜丧，其人民都邑菫宴无用从尔大乐用铸尔羞铜用御天子之事洹子孟姜丧其人民都邑菫宴无用从尔大乐用铸尔羞铜用御天子之事洹子、孟姜此二十九字，原文重复用气嘉命用蕲眉寿万年无疆用御尔事。"右阮氏藏器，文一百六十七字，不可识者八字。

---

① 天头钤"子戴"朱文印。

② 此处天头有文字：缘督庚寅《日记》："旧校刊《广阳杂录》，疑为门弟子所哀。兹读杨大瓢所作《刘继庄传》，果云皆其门人所录。"

③ 此处天头有文字：《清仪阁题跋》另有释文。

"齐侯女当读汝□□丧其都齐侯命太子□□□敬宗伯听命于天子曰昔则尔昔余不其事□受□逼□□御尔其𫓧即跻受御齐侯拜嘉命上天子用璧玉备一嗣于大舞嗣誓于大嗣命用璧两壶八鼎于南宫子用璧二备玉二嗣鼓钟一肆齐侯既跻洹子孟姜丧其人民都邑董宴无用从尔大乐用铸尔羞铜用御天子之事洹子孟姜用气嘉命用薪眉寿万年无疆用御玺事。"右曹氏藏器,文一百四十二字,不可识者九字。

是器,旧释为齐侯罍,非也。以器之形制言之,则壶也。首行"𣄨朿",则齐侯名也。文之可读者,曰"丧其都,丧其人民都邑",纪齐侯失国之事也。曰"齐侯拜嘉命",曰"齐侯既跻洹子孟姜",似陈氏篡位之词也。曰"昔则尔昔,余否其事",则不然之词也。天子不以为可,而曰"尔其跻受御",迫于不得已之举,非周王之本意也。"用璧备玉,两壶八鼎,鼓钟,政以贿成"也。曰"觐宴无用",废立之饰词也。曰"从尔大乐",僭用韶乐,假君命也。词意之牵强,名不正,言不顺也。文字之草率重复,似仓猝之制作也。合两壶观之,文多可识。惟"昔"字不见于经典,当即"𢐤"字。《说文》:"𢐤,忌也。《周书》曰:'上不𢐤于凶德。'"又心部:"惎,毒也。《左氏》定四年传:'惎间王室。'"此云"昔则尔昔",似兼忌与毒之意。《周礼》:宗伯"以九仪之合,正邦国之位,七命赐国,八命作牧,九命作伯",皆宗伯所掌。陈氏欲废立其君,故必先告宗伯也。大舞,即大司乐所教之六舞,或当时大司乐之通称也。嗣誓,即司盟掌盟载之具。大嗣命,即典命之职。陈氏有僭用韶乐之志,故略大司乐也。邦国有疑,司盟掌其盟约,故略嗣誓也。上公九命,侯伯七命,皆典命掌之,故又略大司命也。南宫子不可考,其为陈氏纳贿请命之人欤?

九月六日,星期日,阴,七十六度

今年农历六月有作月小,七月作月大者。据中国科学院解答,万年历所载"今年六月小,七月大",系根据康熙时所编《历象考成》推算,且以北京地方时间为标准,实系错误。紫金山天文台用东经一百二十度时间为标准,经算出今年七月朔在阳历八月十日零时十分,因此应为"六月大,七月小"。

九月七日,星期一,阴,七十五度

再记宋刊《施注苏诗》①。瓶庐自嘲诗:"汝箧名碑好画图,兼有古籍《施注苏》。"辛丑六月所作也。叶缘督庚子三月《日记》:"得栩缘函云:新见宋刊《施注苏诗》,即邵子湘所刻之底本。首册有坡公三像,次册有覃谿小影,每册末叶有南雅、诗龄泥金画兰梅菊,其余各册,长题短跋,朱墨灿然,或有用泥金及银笔粉笔者,真秘笈也。索值千金,予以五百金尚未售。"向疑瓶庐所藏即为宋牧仲本,观此确知为另一本。张蛮巢所云"文恭所藏,远胜宋氏",殊属可信②。

九月八日,星期二,晴,八十二度

戊戌政变史料。箧中存吴县顾康民年丈肇新,官至外务侍郎戊戌十二月致先公笺中云:"都中近状,用人行政,一出于木讷公之手,事事守旧,较从前更逾十倍。枢廷汉堂率皆奉令承教,无能参预。木讷与瓶公积隙甚深,每次见客,无不痛诋瓶公。数月前即有所闻。廷用宾方伯自沈阳入觐,上询及关东马贼何以如此强悍,廷谓马贼所用枪械,皆从前窎军所弃,系新式上等之枪,是以官军不敌。木讷遂谓窎得保全,由于瓶之左袒,信口訾议,遂至死灰复然。谕旨内所指各节,即系木讷平日见客话头,其为木公中伤无疑。"笺中所云谕旨,即光绪戊戌十月二十一日翁、吴革职永不叙用二旨。廷用宾所云窎军一事,他家记载并未述及,此函可佐史料。

---

① 此处旁有批注:二月五日、六月十五日、十二月二十八日。

② 此处天头有文字:《居易录》:"宋牧仲所刻《施注苏诗》四十三卷,宋司谏吴兴施元之德初与吴郡顾禧景繁同撰,元之子宿字武子增补,见《渭南集》。牧仲得吴中藏书家,缺十二卷,牧仲偕幕中文士某共为补之,始为完书。"《馢龡亭诗集》自注:"《施顾注苏诗》,毛子晋旧藏,展转归翁覃谿,摹坡公数像于卷端,赋诗题志,几于无卷无之。今归吴荷屋,重装副页,厘为四楗。乾、嘉、道三朝名流笔迹阗溢。"

九月九日，星期三，晴，八十三度

瓶庐批校《亭林文集》。山隐居刊本《亭林文集》六卷，余集一卷，分装四册。瓶老人归田后以朱笔批校，后有题字三行："读亭林文而气为之一肃焉，是天下之至文也。本朝惟方先生文足以追配，其余皆文人之文耳。辛丑八月翁同龢识。"眉评小字列如蝇头，殊为难得。陶君声甫所藏，假归过录一本。

九月十日，星期四，晴，下午阴，八十四度

齿痛方。《缘督日记》："齿痛甚，夜睡，从凤石言，以没石子劈开，以半置牙根痛处，出白腐如浆甚多，梦回，觉霍然矣。"没石子，见《本草》乔木类，一名无食子，出大食诸番，颗小纹细者佳，如乌犀色，拣去虫食成孔者，忌铜铁器。齿痛，绵裹没石子末一钱咬之，涎出吐去，效。

九月十一日，星期五，阴，八十度

刻小印二方①。

九月十二日，星期六，上午雨，下午阴，七十七度

金线狨。《缘督日记》："阶州产金线狨，其毛秾厚，可以为褥。狨大于猴，有高至四尺者，抱子行绝顶，跳跃如飞。人以火器击之，知不免，辄释其子而饲之，俟其饱，然后拱立待击。获其雄牝者，跪地哀鸣，亦可悯已。以猴为粮，群猴至，择其肥者，置一石于顶，余猴皆去。此猴惕息待食，无敢动。"《宋史·舆服志》："天禧元年，令两省谏舍、宗室将军以上，许乘狨毛暖坐，余悉禁。"文与可有《金线狨皮》诗。

九月十三日，星期日，阴，七十四度

苏斋佚事。缘督戊子《日记》："再同言朱文正得宋拓化度寺碑，请覃谿审定，覃谿别造一赝本归之，而留其真本。文正未之觉，覃谿又从而揶揄之，以是文正恨之刺骨。覃谿晚年蹭蹬，文正有以龂龊之也。"文正为大兴朱石君圭，再同为贵筑黄国瑾先生子寿方伯之子，与

先公丙子同年，所言当属有据，然其事甚异也。

九月十四日，星期一，晴，中夜雨，七十六度

彊村。彊村在吴兴山中，白香山有"惟有上彊精舍好，最堪游处未曾游"之句。今其地石壁上摩崖刊"最堪游"三字。词人朱古微别署"彊村"，即因其地也。

九月十五日，星期二，阴，下午晴，八十度

陈伯潜挽陆元和联。缘督乙卯《日记》："伯潜挽陆元和联：'来日大难，及此全归天所笃；个人又弱，既为后死责奚辞。'都门传诵，双管齐下，诚非俗笔所能仿佛。"按：先公随笔亦记有是联，上联相同，下联作"个臣又弱，茶然后死责难辞"。"个人"当为"个臣"之误。"茶然"句亦远胜于"既为"句。茶然，见《庄子》"茶然疲役而不知其所归"。鞠丈所记，恐系传诵之误。

九有十六日，星期三，阴，微雨，七十八度

旧墨。余藏缶庐手札，有云"旧墨颜色如磁青，笺之有光者最佳"。

九月十七日，星期四，阴，七十七度

袁许题瓶庐虎字。瓶老人草书虎字一页。曩在宣南时贻赠先公，冷金赭色笺，高一尺三寸，阔一尺，款"庚寅正月同龢"，上有"庚寅戊寅丙寅丙寅"八字大印。桐庐袁忠节昶书赞："世传汳①宋御书'清净''龙''佛'诸大字，多作飞白，所谓李唐卿撰进三百点体势是也。国朝名臣书'虎'字，多有作挛窠草分者。虎于十二辰禽主寅，本王仲任《论衡》之说，亦古义也。尚书公以庚寅览揆周甲，再逢庚寅，作此结体，正在飞白、草分之间。望之镮纡使转，曲尽其妙，而意在笔先，超然尘埃之外，一若芥视三公之位，'虽有拱璧以先驷马，不如坐进此道'者。然则又非镮纡使转之法所得而尽，良由所养不同，故渊微莫测耶？君实吏部得而宝之，后有知言者谓何也？系以赞曰：'掣若飞电，环若络丝。奇而复正，属而复离。冲而不诎，洁而不枝。德心所

---

① 此处天头有文字：汳，即汴。

形,匽仰具宜。穷理尽性,折万旋规。动静权制,波发运奇。抑抑小心,一何威仪。艺以道进,和消物疵。鸾鹄企峙,云霞离披。劲风卷雨,摧岑奔崖。其中有物,匪测而知。后有雀蔡,庶几洞微。'袁昶敬题。"

"虎变占大人,览揆逢庚寅。年月日时五琲备,尚书待漏挥宜春。风生腕底迎年新,用辟百邪悬之门。许玉璪赞。"

九月十八日,星期五,阴,八十度

陶叟赠联。季子陶姻丈,文敏之曾孙也。擅径尺以外隶书。三十余年前见赠楹联一事,附有跋语,劫后犹存。联云:"梁世有达者,韩国得忠臣。"跋云:"溯君谱系,惟《南史》中有名药者,称其与陈庆之为寒门达者,其始则郑有公子俞弥,至若避汉景后讳而作喻,复作俞,则曲园辨之晰矣。或曰黄帝时有俞跗,此又一说。君名字自比子房,窃谓子房之难能,尤在不忘五世耳。"下盖"周公百三世孙""太公执钓竿人"两印。陶叟卒于丁丑冬,夫妇先后逝。

九月十九日,星期六,阴,八十二度

豸史铜印。箧中检得石友舅氏致先公笺:"奉去铜印、石印各一方,预祝周甲之庆。豸史章,得于邑中蒋氏,系萃田先生旧物,愿执事清德重望如蒋公也。"按:萃田先生康熙初曾官侍御,所云豸史,即监察御史也。此印已失去,石印为昌硕篆,古泥刻,今尚存。

九月二十日,星期日,寅初雨,终日阴,八十度

纪游四印。先兄有"宣南""荆南""海南""岭南"四印,盖自纪游踪也。石为同邑钱莲士刻,白文,余处尚留印花一纸。

九月二十一日,星期一,晴,晚阴,七十八度

修罗膳。全谢山《钱蛰庵征君述》有云:"闻之梵语修罗,每膳必尝,千种兼珍,末后一口,化为青泥。"

九月二十二日,星期二,终日雨,七十四度,中秋节

养生若牧羊。钱玄沙《天游子集序》:"祝肾学养生,曰:'若牧羊然,视其后者而鞭之。'"

九月二十三日,星期三,晴,七十七度

夜,独至江干,眺月。

九月二十四日,星期四,晴,七十六度

购书三册:《校雠学》胡朴安著,《中国古田制考》谢无量著,《中国图书分类之沿革》蒋元卿著。

九月二十五日,星期五,晴,八十度

通昔,通夜也。《庄子》:"蚊虻噆肤,则通昔不寐矣。"

九月二十六日,星期六,晴,八十度

焚书始秦孝公。《韩非子·和氏篇》:"商君教秦孝公以连什伍,设告坐之过,燔诗书而明法令。"是燔书之祸,萌芽于此,先辈未尝拈出,见《箑斋日记》。

九月二十七日,星期日,晴,八十度

伊墨卿。字组似有《留春草堂诗》七卷。自镌小印,曰"所谓伊人"。

九月二十八日,星期一,上午晴,下午阴,七十七度

《黄给谏遗稿》。余藏明建文时殉难邑先辈黄忠节钺遗稿一册,道光十一年刊本。此稿见《四库全书简明目录》,云"多不经意之作,未足名家。然完节捐生,其人不朽,其文亦理在必传"。然牧斋《列朝诗集小传》于革除殉节方练诸公以下,列入将及二十人,而于黄公独付缺如,恐当时犹未及见此稿也。

九月二十九日,星期二,晴,八十度

《文信国印歌》。《鸣坚白斋诗存》有《文信国印歌》七古,三百一十字,内缺一句。余处留石舅手稿,其缺者乃"沈埋水土六百载"七字也。此铜印长方形[①],狮纽,高一寸三四分,侧刻分书"壬辰二月镇洋毕沅观",又行书"蓉江孔氏瑶山藏"。今在抱一处。

九月三十日,星期三,云昙,七十六度

跋宋三朝赐顾氏敕暨图象序赞卷:

---

① 其下钤"天祥宋瑞之章"朱文印。

宋神宗、哲宗赐顾临二敕，宁宗赐顾琏一敕，顾氏先世画象三帧，宋元忠贤手书传、序、赞、跋、引首题诗。计北宋六家：郎尚书简、江谏议公望、虞侍郎奕、岳鄂王飞、吕尚书祉、杨忠襄邦乂。南宋八家：米待制友仁、胡忠简铨建炎二年进士、张文忠九成绍兴二年进士、程文简大昌绍兴二十一年进士、王忠文十朋绍兴二十七年进士、叶文康时淳熙进士、魏文靖了翁庆元五年进士、文信国天祥宝祐四年进士。元三家：许文正衡、吴文正澂①、陈山长斗龙。共十七页，合装一卷。顾氏世为江东四姓之一，齐处士欢屡却征辟，陈侍郎野王手纂《玉篇》，至宋龙图学士临、端明学士涟，奕叶簪缨，咸负峻望。图中幅巾白裣者，疑即处士，其貂蝉象笏者，当为两学士也。

考宋时诏敕，枢密、参政降麻，以学士草之，其下止以制除中书舍人草之，间有出诸宸翰者。《归田录》载真宗语杨大年："朕自起草，未尝命臣下代作。"高宗赐鄂王敕，多出手书，此则为俭勤之君，偶不假手他人，未可视为常制。《癸卒杂识》称宁宗不慧而讷于言，每北使入见，或阴以宦者代答，其庸驽如此，则庆元一敕，不从己出可知矣。敕书行式及玺文，证诸所见及前人著录，颇不一致。《潜研堂金石文跋尾》：理宗赐杜范敕凡七行，首行"敕"字上钤"书诏之宝"，后题"二十六日"，不署年月。末行一"敕"字极大，又有"敕杜范"三字，亦钤"书诏之宝"。《复初斋文集》：高宗赐鄂王墨敕，粉笺纸本，朱文，缕花边，高八寸一分，横长一尺九寸四分，末书"七月十二日敕岳飞"，钤"缉熙殿宝"。《壮陶阁书画录》：高宗四敕，钤"御书之宝"，有押；孝宗二敕钤"书诰之宝"，无押，与此均有异同。至卷中撰述诸家，自真宗祥符以迄元初，历时将三百载，而顾氏子孙继继绳绳，得遍征并世名人翰墨，其食德之厚，于此可见。尤令人起敬者，诸家中或为忠烈，或为大儒，

---

① 此处天头有文字：《吴都赋》："虞魏之昆，顾陆之裔。"注："虞、魏、顾、陆，皆吴之贵姓也。"《世说》："吴四姓，旧目云：'张文、朱武、陆忠、顾厚。'"《十驾斋养新录》："朱、张、顾、陆，号吴中四姓。"

其姓氏皆烜赫青史,震爚耳目,得其一二,已足为传世之宝,何况胪列数十忠贤,萃于一卷,桑海屡更,浩劫频历,而此剧迹独巍然于天壤之间,是果有异乎寻常楮墨也。敬书数语,借识眼福。

十月一日,星期四,晴,七十八度

阳秋。赵与时《宾退录》云:"晋简文母郑太后讳阿春,晋人避其讳,皆以'春秋'为'阳秋'。近世葛常之作诗话,名曰'韵语阳秋'。以今人而为晋讳,不深考也。"

十月二日,星期五,阴晴间,七十七度

腊黄。明吴人俞子容弁《山樵暇语》云:"点书以腊黄,和朱用之,则色久而益红;磨墨入腊黄,少许则黑而有光。"腊黄,应作藤黄,海藤树所产之胶液也。

十月三日,星期六,阴,七十七度

折枝。《孟子》:"为长者折枝。"赵邠卿以为案摩之术,折手节解疲枝也。渐西村人诗"欲致熊经却老术,谁为长者折枝来",即用此义。

十月四日,星期日,晴,七十八度

揽减。陈造诗:"宁堪再揽减,又抱两呕鸦。"自注:"淮人谓岁饥为揽减,越人以婴儿为呕鸦。"

十月五日,星期一,晴,八十度

折枝。李越缦云:"枝,古通肢,腰亦曰肢,折枝犹折腰也。古诗云'折腰载拜跪',渊明'以五斗米折腰',盖言为长者揖拜耳。"此亦宗赵氏说。

十月六日,星期二,阴,晚雨,七十八度

代念峡挽圆瑛法师联:

"沾被法乳越十余年,隐几仰生公,生公隐几而化。薪火永垂七塔寺;注释《楞严》成廿四卷,雨花追长水,宋长水大师笺疏《楞严》。天雨宝花。瓣香同礼一吼堂。"

十月七日,星期三,晨雨,终日阴,七十四度

布谷。《缘督庐日记》甲戌十月初七日:"凤石夫人陆文端润庠,同治甲戌状元游街,倾城纵观,仆病未能也。"游街之举,当系吴中故事。据吴小钝云:"苏城旧俗,以为地出状元,恐拔秀气。胪传报到之后,殿元家择日举行布谷。所谓布谷者,其家人衣冠束舆,导以仪仗,随以仆从,至附近城堞上,以谷随行随播,如家住东城者播东城上,西城者播西城上,然后环城一周而归。"缘督云游街者,实即布谷也。

十月八日,星期四,晴,晨六十九度,午七十六度

杨西亭画《簪花图》。张忆娘《簪花图卷》,绢本,康熙己卯作。有尤西堂、张匠门、汪东山、徐亮直、惠天牧、严就思数十人题。惟后半截纸本拖尾系赝迹。今藏许汉卿处。破梦云。

明赵忠毅铁如意。高邑赵忠毅南星铁如意,曾藏吾邑旧山楼赵氏,咸丰丁巳,杨濠叟曾为制墨以识之。铁如意今藏武进王春渠处。

十月九日,星期五,晴,七十七度

《百字令》寿破梦六十:

"东南宛委,有当门龙卧,是君珂里。君越籍侨虞却似柴桑长作客,为爱七弦琴水。墨井连墙,绣屏隔巷,乌目山横几。坐忘碧玉,怎知今复何世。难得日饷雕胡,循陔奉母,美意谁能比。六十平头缘底健,强半单栖而已。放翁句"九十老翁缘底健,一生强半是单栖"典籍爬梳,精神抖擞,宋人诗:"寄语姑苏孙太守,也须抖擞旧精神。"太守,谓新淦孙伯纯也。览揆书闰史。莫辞蘸甲,更倾家酿同醉。"李越缦句:"山阴家酿法,焦杜不须推。"

十月十日,星期六,晴,七十六度

蜕庵门人沙古痕为刻一印[①]。

十月十一日,星期日,晴,七十六度

唐写本《经典释文》残卷。敦煌石室本,存《尧典》《舜典》释文一百零一行,小字三行。卷藏巴黎图书馆,涵芬楼于丁巳年假得,印入《秘笈》第四集。此卷字体与唐人写经相似,有古隶笔意。附吴绚斋《校语》

---

①　其下钤"羼提居士"白文印。

二卷。

十月十二日，星期一，晴，七十六度

㑋㑋，音屏骤。《玉篇》："恶骂也。"黄山谷词句"天气把人㑋㑋"，则有闷损之意。元曲中亦习见。山谷又有句："恐那人知得，镇把你来㑋㑋。"

十月十三日，星期二，阴，七十七度

《神楼图》。明安仁刘元瑞麟好楼居而力不能构。文衡山作《神楼图》以遗之，杨用修、朱子价皆为作《神楼曲》。

十月十四日，星期三，阴，七十四度

水排。水排，见《后汉书·杜诗传》，"制成于建武七年"。注云："冶铸者为排，吹炭，令激水鼓之也。"排，当作橐。元王桢《农书》有《水排图》，并引《集韵》："橐与鞲同即今活塞。韦囊吹火也。"《魏志·韩暨传》："暨官监冶谒者，旧时冶作马排，更作人排，暨因长流为水排，计其利益，三倍于前。"此即鼓风炉之制，利用水力激动皮囊，以鼓风吹炭，盖风箱之初型也。又《老子》："天地之间，其犹橐钥乎?"王弼注："橐，排橐也。"《淮南子·本经训》："鼓橐吹埵，以消铜铁。"高诱注："橐，次炉排橐也。埵，铜橐口铁筒，埵入火中吹火也。"均言此物鼓风之术，当不始于后汉，惟以前不用水力耳。

十月十五日，星期四，阴，晚晴，七十四度

嘉靖本《锦绣万花谷》：前集共四十卷，锡山秦汴得宋本重梓，刻手甚精。惜书估于版心加盖"淳熙"字样以充原本，遂为减色。

永怀堂《昌黎全集》：第一至第十四卷已佚。有钱孝修图书记。孝修，名兴祖，一名纯，号幔亭。求赤之侄。有在兹阁藏书。与其家羽王玉友有三才子之目。《海虞诗苑》谓其久馆京师，晚历边徼，年逾五十以客死。朱黄批校甚多。末卷松禅老人跋五行。

养素书屋《古泉拓本释文》四卷，莲士伯祖旧录，校宗氏重钞本。

十月十六日，星期五，阴，午后雨，七十三度

慧日寺佛象古砖。邑中慧日寺拆毁后，据云有佛象古砖六十二

方,侧均有"某甲某户造"字样,并有一莲座刻"天圣三年"字。古砖今存苏州拙政园。查《邑志·金石门》不载是项砖刻,想系最近发现。其寺殿东壁原嵌有嘉泰元年慧日寺度僧公据刻石,今不知流落何所矣。

十月十七日,星期六,晴,七十六度

赵忠毅《铁如意铭》,上有银镂铭铭云"其钩无铁,廉而不刿,以歌以舞,以弗若是折,唯君子之器也。赵南星"凡小象二十六字。厉樊榭、全谢山有歌咏之。旧藏吾邑旧山楼赵氏,杨无恙有长歌。

十月十八日,星期日,晴,七十八度

吴朴堂为镌一印①。

十月十九日,星期一,阴,午后雨,七十八度

李秀成有妹。湘绮楼《甲午日记》十二月十日:"过鸡鸣寺,登清凉山,乃误过而西。还看皇姑,李秀成妹也。再送茶,谈事,颇谙官礼。"

十月二十日,星期二,上午阴雨,晚晴,六十七度

醬浊。《焦氏笔乘》:"俗谓不明曰醬浊,以酒为喻。"按:醬,音斛,浊酒也。杨慎曰:"官有愦愦于临事,士有藐藐于临文,世目为醬浊虫。"则为糊涂之转音矣。

十月二十一日,星期三,晴,晨六十二度,晚六十八度

扬雄未尝任新莽。《焦氏笔乘》载泰和胡正甫引桓谭《新论》东汉光武时人曰:"雄作《甘泉赋》,梦肠出,收而内之,明日遂卒。"而祠甘泉在永始四年,雄死永始四年,去莽篡尚远,与《汉书》所云雄卒天凤五年之说异。

十月二十二日,星期四,晴,七十度

踏日起。唐李廓《长安少年行》:"歌人踏日起。"冯钝吟云:"起晏,日影至床前,故云踏日起也。"

---

① 其下钤"运之手识"朱文印。

十月二十三日,星期五,阴雨,七十度

圯桥。太白诗:"我来圯桥上。"焦弱侯谓:"楚人谓桥为圯,二字不应复用。"按:《史通》"北齐诸史"条:"庐江目桥为圯。"《史记》注:"圯,音怡,从辰巳之巳。"

十月二十四日,星期六,晴,七十度

衣不船。陆冰修诗句:"科跣到门衣不船。"船,襟纽也。

十月二十五日,星期日,晴,七十四度

瓶翁介徐咏绯索题画图四帧各系一诗:

"拂云高户至今存,三百年来十叶孙。收拾平泉归画里,更谁能夺谢公墩?《虹玉楼图》。楼为清初岩叟观察所建,今已易主。

绝妙花间自度腔,风流前辈句无双。独怜楚老生偏晚,未得咿哑[1]共一窗。《分绿轩觅句图》。咏绯大父芙双先生有"留他分绿入帘来"之句,因以名轩。

梦冷西堂感索居,旧时庭树尚扶疏。君家昆季兼师友,媲美南唐大小徐。《双桂室授读图》。

楼阁依然景色殊,鲛绡红透镜鸾孤。几多叹逝伤离意,并入诗人昔梦图。《忆凤楼图》。为悼亡之作。"

十月二十六日,星期一,阴雨,七十度,夜雨达旦

瘯蠡。《左传》:"为其不疾瘯蠡。"蠡读如裸。瘯蠡即疥病。

十月二十七日,星期二,上午雨,下午阴,七十度

率更,率音律。《前汉·百官公卿表》:"詹事属官有太子率更。"师古注:"掌知刻漏,故曰率更。"

十月二十八日,星期三,晴,六十四度

长离。孙渊如先生配王采薇有集,名《长离阁》。长离,凤也,见《相如赋》"前长离而后裔皇"。

---

[1]　此处天头有文字:哑,平声。

十月二十九日,星期四,晴,七十度

常卖。樊榭句:"我购得此常卖家。"宋赵彦卫《云麓漫钞》:"以微物博利,于乡市中唱卖,谓之常卖。"

十月三十日,星期五,阴,七十一度

《清明上河图》。报载,北京故宫博物院开放,在皇极殿陈列品中,有南宋张择端《清明上河图》卷。此图为高宗南渡后,追忆汴京繁盛,命画苑想象旧游而作。世传王世贞父忬因此图而忤严嵩,致兴大狱。然《弇州山人四部续稿》云"择端《清明上河图》有真赝本,余俱获寓目。真本初落墨相家,寻入天府。赝本乃吴人黄彪造"云云。见《飞凫语略》。则所传赝本入严嵩家之事,殊未可信。谭梁生云:"真本卷首有五言律诗一首,题云赐钱贵妃。顷陈列之卷,未知有此诗否?"①

十月三十一日,星期六,雨,六十六度

宋儒语。杨肩吾先生曰:"天下虽不治平,而吾国未尝不治且平者,岐周是也。一国虽不治平,而吾家未尝不治且平者,曾、闵是也。一家虽不治平,而吾身吾心未尝不治且平者,舜与周公是也。"

十一月一日,星期日,终日雨,六十三度

郑所南《心史》。全谢山云:"苏人造为所南《心史》旧本,索高价不一而足。然即系旧本,亦属海盐姚叔祥之笔,并非所南故物也。阎百诗盖尝辩之,而厉樊榭独以为真,则嗜奇之过矣。"

十一月二日,星期一,阴,六十二度

庆氏改姓贺氏。《鲒埼亭集·贺公逸老堂碑铭》《吴志·贺齐列传》谓浙东贺氏本姓庆氏,以避汉讳改"庆"字,为东汉安帝之父清河

---

① 此处天头有文字:《明史记事本末》嘉靖三十六年:"总督侍郎王忬愍杨继盛死,衔之。忬子世贞又从继盛游,为之经纪其丧,吊以诗。嵩因深恨忬。严世蕃尝求古画于忬,忬有临幅类真者以献。世蕃知之,益怒,乃以滦河之警逮忬……竟以边吏陷城律弃市。"

孝王之名也。

十一月三日,星期二,阴,六十七度

今日农历九月二十七日,余与镜蓉结缡①已三十年矣。回首前尘,恍如一梦。

十一月四日,星期三,晴,七十度

阅世。东坡句"阅世如邮传",放翁句"老来阅世苦匆匆",俱言经阅时世也。季沧苇《草堂诗笺》元本序云:"牧翁阅世,于今三年。"则言下世矣,疑有误。

十一月五日,星期四,阴,六十八度

白墨。徐康《前尘梦影录》云:"白墨长方形,重四五钱,云是外国所制,不知命名之意。"按:此为铅粉所成,画家常用,今亦有之。

十一月六日,星期五,阴,六十三度

买书二种:《南雷文定》《十驾斋养新录》。

十一月七日,星期六,上午晴,下午阴,六十六度

晨闻骧嫂嫂于五日下午八时许,患脑溢血,六日下午八时逝世。即往吊,知四日尚至公园,精神甚健也,年六十三。

十一月八日,星期日,阴雨,六十六度

送骧嫂嫂入殓。

十一月九日,星期一,终日雨,六十二度

味古斋恽帖。《前尘梦影录》:"曹秋舫藏味古斋恽帖石刻,皆陈苇汀塴钩摹上石。后家落,乃售于曹。"叶缘督《藏书纪事诗》于苇汀事迹云"羌无故实",此可补其遗也。

十一月十日,星期二,晴,五十六度

汉汪关印。《前尘梦影录》"汪尹子得汉印名'沙关',喜与己名同,乃改'沙'为'汪',以自诧于人"云云。适见《宝印斋印谱》原本中有此汉印,"汪"字笔画甚清晰,无改凿痕,且注明"偶得此印,因更今

---

① 此处天头有文字:缡,亦作褵。

名”，徐氏所记当误。

十一月十一日，星期三，晨晴，旋阴，五十二度

　　新莽十布。新莽十布为大布黄千黄，即横，通衡字。黄千，即直千也。次布九百，弟布八百，壮布七百，中布六百，差布五百，序布四百，幼布三百，幺布二百，小布一百，共十种。六、七、八、九布，文作 𠕁 𠕁𠕁 𠕁𠕁 𠕁𠕁𠕁。洪氏《泉志》：“自小布至次布，文字尽讹。”翁覃溪《两汉金石记》“六”字作 𠆣，所据亦系伪铸。《清仪阁题跋》云“小布长寸五分以上，各相长一分，至大布长一寸四分”云云。一寸，当为二寸之误也。

十一月十二日，星期四，阴，五十七度

　　《进学解》句有倒置。昌黎《进学解》：“《春秋》谨严，《左氏》浮夸。《易》奇而法，《诗》正而葩。”世俗本都作如是，即宋廖莹中世綵堂本亦然。张叔未见蜀椠韩文铜书范，有此四句，其次第与习见者异。“《易》奇”二句在前，“《春秋》”二句在后，谓《易》《诗》，故不当后《春秋》《左氏》也。赖此片铜，始正俗刊之误。

十一月十三日，星期五，晴，五十七度

　　至博物馆，见宋刊残页多种：

　　南宋相台本《周礼注》。每半页八行，每行十七字。

　　北宋本《文选》。每半页十行，字大小不一，极古拙。

　　宋刊《五代史记》。每半页十二行。

　　绍兴十五年刊本《营造法式》。每半页。此书共为卅六卷，界画最为难得。

　　宋刊《丹杨后集》。

　　金刊《云笈七签》。皮纸。

　　元刊《茅山志》。皮纸。

　　又见今年一月份青浦章堰乡北庙村元代任氏墓出土各物，据墓志，系至元四年任良佑之墓、至元九年任贤能之墓，至正十一年任明之墓。计有北宋大观官窑炉一、北宋大观官窑瓶二粉青，有开片、漆奁圆形，四格、雕漆人物圆合、银扣漆圆合、葵花口银盘、银簪扁形，甚薄、玉雕饰微碧色，镂空。

十一月十四日，星期六，晴，六十一度

晨起稍觉头痛，午后即睡。

十一月十五日，星期日，阴雨，六十六度

头痛已愈。

十一月十六日，星期一，阴，五十七度

寄怀大铁二诗：

"第二泉边拜石庐，濡毫清兴近何如？廿年前事无从说，暖眼还凭一卷书。蒙赠《空谷流馨集》，久未作答。"别君谁暖眼"，草堂诗句也。"

"频年輗迹药炉俱，嬴卧真成一病夫。倘许翩然来过我，袖中应有《辋川图》。淮海题跋："高符仲携摩诘《辋川图》视余，疾良愈。""

十一月十七日，星期二，阴，五十七度

钱朝鼎逼死河东君。《虞阳说苑》甲编《河东君殉家难事实》一卷，有常熟县知县翟四达揭，谓逼死柳夫人，实出钱朝鼎之手，卸祸于钱谦光天章、钱曾遵王二人，欲草草了此大狱。柳夫人遗嘱中亦有"某某还道我有银，差遵王来逼迫。钱天章犯罪，是我劝汝父一力救出，今反骗去银契，献与某某"。此中"某某"被后人抹去，当即系朝鼎。而钱湘灵撰《朝鼎墓志铭》，极称其"孝于父母，友于兄弟，和于夫妇，慈于诸子，而推及于祖父族党师友间"。湘灵于牧斋辈行为族孙，平日尊崇备至，见吴殳之《正钱录》有与牧斋作文字之龃龉者，尚痛驳之。而于朝鼎之无行如翟揭中所列者，当不甘为此谀墓之文，以污笔墨。至《殉家难事实》一卷，为钱孙爱所辑，流传确凿，不致捏造。所记朝鼎行为，与湘灵《墓志》所称判若二人，是可异己。

十一月十八日，星期三，阴，有风，四十八度

姜西溟记《清明上河图》①。西溟两面兰亭跋云："明嘉靖间，吴

---

① 此处天头有文字：湘绮楼《乙亥日记》："看仇十洲所临《上河图》。"

门有黄君者,工画人物,得此序,知是唐人摹刻,因赝为南宋人《清明上河图》,并拓石如旧本,鬻之一贵公。其人以献分宜相潢匠某,索厚直不得,发其事,贵公以此见忤,而黄亦得罪穷死。其子名景星,字平泉,跛而知书,亦精绘事,携此石随其姊黄孺人依余家老焉。孺人,先太常公侧室也。此石向藏余第三从祖所,即黄出,叔祖没,余寻得之。"西溟此跋所云黄彪赝本入严嵩事,似甚确实有据,与王弇州云"真本落墨相家"之说又不相符,真画中一疑案矣。十月三十日。

十一月十九日,星期四,晴,晨四十二度,夜四十七度

战国人物铜鉴。廿四年乙亥,河南汲县山彪镇战国时代墓中所得,四耳衔环,外壁镶嵌三层紫红色金属图案,共有图案四十组,计二百九十二人,及旌旗、鼓镈、戈戟、剑盾、弓箭、豆壶、车、舟桨、鱼鳖等物。人像则有格斗射杀、划船击鼓、犒赏送别各种,神情甚生动。

十一月二十日,星期五,晴,五十二度

题明崇祯甲申秋永安士人陈行忠、李栋严、应琭、邓崇雅,寿南通徐见行先生大绅诗卷:

"栟榈山人介寿词,我初读诵未之异。摩娑卷尾得岁名,忽讶崇祯甲申季。是时井陉岩叟观察宰南天,一官僻在镡州地。容衣已掩彩衣新,知有悲欢介胸次。名父南州之冠冕,玩《易》能通天下志。焉用文哉初度辰,丽句清辞一笑置。流传翰墨独无恙,故物终看归贤嗣。咏绯属题。花缣展处闻古香,即此可入吴绫志。卷为绫本。"

十一月二十一日,星期六,阴,五十六度

柳跋十三行。《清仪阁》谓"柳跋十三行,谨严肃括,法胜于意,全是唐人结构,味诚悬题记,虽不明言临摹,已露端倪。正如《曲水》一序,定武传右军之真,实则出自率更。"

十一月二十二日,星期日,晴,五十六度

淳于改姓于。《清仪阁·汉永宁砖跋》:"唐宪宗名纯,诏姓淳于者改姓于。吾禾有于姓,无淳于。"

十一月二十三日,星期一,阴,六十一度

裘杼楼。清初桐乡汪氏藏书室名"裘杼楼"。《藏书纪事诗》引龙城札记:"《韩诗外传》云:'君子之居也,绥若安裘,晏若覆杼。'桐乡汪氏尝取'裘杼'二字以名其楼,然其实'杼'乃'杅'字之误。杅,即盂也。《汉书·东方朔传》有'安和覆盂'语,正与此同。"厥后吾乡李申兰先生别署"裘杅漫叟",即矫其讹也。

十一月二十四日,星期二,阴,六十六度

阮氏八砖吟馆。阮云台八砖吟馆所藏者,为五凤三年、黄龙二年、大吉宜侯王、蜀师、吴天册元年、晋大兴二年、咸和二年、兴宁二年。八砖中"大吉宜侯王"一砖为何梦华得于长城,余俱海盐出土。

十一月二十五日,星期三,雨,六十三度

张叔未藏铜书范。《东湖丛记》:"叔未丈藏有古铜一片,上楷书反刻'《易》奇而法,《诗》正而葩,《春秋》谨严,《左氏》浮夸'十六字,凡四行,四字为一行。未翁题为书范,有自跋云:'此初刊书时凿铜为式,以颁示匠者之物也。'"

十一月二十六日,星期四,阴,五十六度

慰靖兄悼亡:

"是身为苦器,坠地先知哭。爱重生婆婆,生死遂相续。试观一切相,皆非真面目。四大适然聚,五蕴忽焉伏。现此假有身,烦恼永桎梏。悲欢离合情,治乱兴衰局。念念逐流波,一一如转毂。变幻绝无常,推迁何迅速。深谷方为陵,高岸又为谷。何况此一身,金石比不足。世有大智慧,回头应猛觉。观幻尽成空,着相被缚束。于法无所住,庶几远三毒。从此免流转,免受生死酷。吾兄旷达士,忽赋《离鸾曲》。无生悟蒙庄,真谛参西竺。宝此如来藏,灵光照耀独。寂寂并空空,天心任剥复。"

十一月二十七日,星期五,晴,五十一度

晋瓷釉如云母。《清仪阁题跋》:"海盐海塘尝得瓷器,间有釉如云母。又晋瓦荷盂沙骨釉如云母,外纯素,内契荷花七瓣。"

十一月二十八日,星期六,阴,五十四度

丙寅七月,余挽金门叔父联云:"余生以叔父为依,天不慭遗,长使孤儿恸终古;一老岂吾宗是仰,世无继者,独垂风节重千秋。"叔父病时,余正自沪回,曾省疾榻前。此联在沪所作,因嘱西泾仲祁侄书之。时余方二十岁,今日思之,尚不遗一字也。

十一月二十九日,星期日,晴,六十三度

玐玾。晚唐李建勋送八分书与友人诗:"玐玾诗成玐玾书,不封将去寄仙都。伯翁拍手应相笑,得似秦朝次仲无。"此诗见徐康《前尘梦影录》,铁琴铜剑楼所藏宋书棚本《李丞相诗集》不载,不知徐氏系据何书所录。玐玾,音罢價。《玉篇》:"不肯前也。"

十一月三十日,星期一,晴,六十九度,潮湿

宋钞本杨太后《宫词》。嘉庆间,松江沈十峰以宋本《鱼玄机集》、明本《薛涛诗》、宋钞杨太后《宫词》合刊,名曰"三妇人集"。《宫词》钞本,三十余年前归于吾邑瞿氏,亦曾影摹上版,约十余页,曾以持赠,印刷甚精。

十二月一日,星期二,阴雨,七十一度

赵古春。古春名不骞,字钩千,余族姊之子,次侯先生之孙也。少孤,放浪不羁。弱冠忽奋勉金石文字,临池学清仪馆作印。宗曼生次闲曾为余刻十数石,皆古劲可憙。丁丑十月,故乡沦陷,越数月,古春回北郭探视,乃为日寇所害,年未及四十也。临被难时,解腰间汉玉"赵"字一印付其子,属速去,幸得脱。此与咸丰庚申海宁朱小沤太常钩事颇相类。太常殉难于井,一舆卒举出之,腰间悬一汉玉"司马"字印,后归太常子郭甫世守之。古春与杨无恙、顾公雄辈相善,公雄作《红豆树图》追忆之,因旧山楼前有红豆一株也。庞次淮亦有《书赵古春殉难诗后》五古一首:"碧出苌弘血,溅彼蚩尤旗。君死得其所,我泪焉用垂。囊在虞山麓,屡挹君清姿。知君姜桂性,国殇固其宜。自君之死矣,乡人未始奇。公雄吊以画,追写《红豆枝》。无恙继之诗,许君当死绥。两生肝胆谊,皆与古人期。惟我骨在喉,私欲一吐之。彼为

虎伥者,厥罪夫奚辞。即所谓威凤,其德亦稍衰。义战由争长,此宁
君所知。猨鹤固可恸,虫沙尤堪悲。天乎冤何酷,衔哀忍抒词。"

十二月二日,星期三,雨,晨六十六度,夜五十七度

称世代有互异。《后汉·蔡邕传》称邕之高高祖为六世祖。唐陈
子昂志父墓:"五世祖太乐,生高祖方庆。"柳柳州父神道表:"六代祖
庆,五代祖旦,高祖楷。"苏子美父志亦然。黄梨洲云:"当从后。"

十二月三日,星期四,阴,五十一度

瞿临桂火葬。梨洲书钱美恭寻亲事云:"钱牧斋尝向余痛瞿临桂
之火化也,取柳子所为《赵襄阳丞志》读之,'百越蓁蓁,羁(儿)〔鬼〕相
望,有子而孝,独归故乡',流涕者久之。瞿氏子会钱二千金而烬其父
骸,美恭赤手而归其父椟。人之相去,如九牛毛,岂不信哉!"

十二月四日,星期五,时霍时飞小雨,五十度

挽志靖嫂恽夫人联:

"相夫子为当代女宗,门以内有守有猷,悉循礼法;是福人具凤世
善果,神归时无挂无碍,定证菩提。"

十二月五日,星期六,阴,五十度

代和钱南铁《重游泮宫》诗韵:

"射策当年藻思催,钱起句"文人藻思催"。重来璧水尚萦回。荷衣
聪慧谁能比,松韵堂堪伯仲才。"明孙齐之年十三游胶庠。

"不须稼圃学樊迟,丹漆依然梦里持。平地三仙今世少,梅花松
竹雪霜姿。"

"羹墙常在杏坛间,晏处超然意自闲。再度泮游谁昉始,卌年前
数小仓山。"重游泮宫之典,始于袁随园。

"星铃摛彩在何年,摘洛钩河仗仔肩。同向遗经重展拜,会看虹
玉降中天。"

十二月六日,星期日,终日雨,五十度

评半山诗。半山《自金陵至丹阳道》中诗句"空场老雉挟春骄",
《艺苑雄黄》云:"介甫善下字,此诗'挟'字最好。"又有"苍苔挟两骄"

"挟霜侵败絮"之句。刘石庵谓:"荆公诗如邓艾驱兵入蜀,以险绝为功。"

十二月七日,星期一,晴,晨四十七,夜五十度

黄大痴墓。《翁文恭日记》:"游小石洞,于寺之左山坳中得黄大痴先生墓。"又季子陶先生痴公祠联跋语:"黄崖下有元高士大痴山人墓,墓左建祠。"

十二月八日,星期二,阴,五十二度

王雪澄年丈。《涧于日记》:"香涛督粤,所信任者多才士。浙江王存善、四川王秉恩,久司文案,粤人谓之'二王'。庚寅为游子岱所劾,并褫职。"王壬秋《庚寅日记》:"王秉恩被劾罢,去年此日正得意,亦张郎有以致之。"翁文恭乙未《日记》:"王雪澄,江苏道,四川举广东州县,香涛所倚,被劾再起。"

十二月九日,星期三,晴,四十七度

《民钞记略》。《缘督庐日记》:"《民钞记略》,章式之藏,略言董华亭有子不肖,得罪乡里,署书、楹帖、思翁尺蹄寸纸,毁灭无遗,潴宫仆碑不啻也。民者舆论,'钞'为籍没之词。近有人引用此书,书名为'民钞宦事实',大约即为一书也。"

十二月十日,星期四,晴朗,四十度,有霜

到静安寺购《日知录》一部,附有《日知录之余》四卷,《刊误》四卷。

十二月十一日,星期五,晴,晨三十七度,夜四十三度

持松法师。二哥言,二十余年前,吾邑东门邵家巷门旁小河,连年有没顶者,时间常在七月中,居人异之。偶晤兴福寺密林方丈,即今静安寺主持持松法师,语及此事,彼谓可以解之。索其处人家黄豆七颗,对之诵咒,交人择一晴明之夜,投于该处河中。后隔不久,又有淹死者。二哥往质之,谓其法无效。密师问前之黄豆生耶熟耶,答为生者。曰:"无效即在此矣,须用熟者。"因更诵咒,仍往投之,以后遂安然无事。密师深通密宗,今年将近七旬矣。

十二月十二日,星期六,晴,四十七度,晨有霜

祸邸。《日知录》:"元结作《时化篇》,谓人民为征赋所伤,州里化为祸邸,此唐之所以衰也。"

十二月十三日,星期日,晴,五十一度

杜拾遗诰书。《牧斋草堂诗笺注》:"唐《授左拾遗诰》:'襄阳杜甫,尔之才德,朕深知之。今特命为宣义郎行在左拾遗。授职之后,宜勤是职。毋怠,命中书侍郎张镐赍符告谕。至德二载五月十六日行。'右敕用黄纸,高广皆可四尺,字大二寸许,年月有御宝,宝方五寸许。今藏湖广岳州府平江县裔孙杜富家。"

十二月十四日,星期一,晴,五十六度,潮湿

纪日上旬加初字。《十驾斋养新录》:"古人纪日,自一日至十日,未有加初字者。宋金石刻题名,始有初一、初二之称。东镇庙元碑。"

十二月十五日,星期二,晴,五十六度

气候寒暖,不时微咳,鼻窒[①]。

十二月十六日,星期三,阴雨,五十九度

鼻窒渐愈,仍微咳。

十二月十七日,星期四,阴,五十四度

频烦。《养新录》:"频烦,汉人语,取频仍之义,亦作频繁。"《汉书》师古注:"郑重,犹频烦也。"郑重、频烦皆双声。

十二月十八日,星期五,阴,五十五度

服药,咳即愈。

十二月十九日,星期六,阴,五十四度

脱屦襢袜。段氏《说文解字注》:"古者坐必脱屦,燕坐必襢袜,皆谓之跣。"

十二月二十日,星期日,阴,夜见月色,五十五度

武昌汉阳古墓。报载,今岁武昌东湖、南湖两区及汉阳城郊,先

---

①　此处天头有文字:《说文》:"齆,病寒鼻窒也。"

后发现六朝及唐宋古墓二十五座,掘出明器三百余件,其中有兽头人身陶俑,并有字墓砖多种。

十二月二十一日,星期一,阴,午后雨,五十五度

冬至前一日。《老学庵笔记》:"陈师锡享仪谓冬至前一日为冬住。"《太平广记》:"唐人冬至前一日,亦谓之除夜。"《诗·唐风》"日月其除除,直虑反",则所谓冬住者,冬除耳。

十二月二十二日,星期二,阴,四八度,冬至节

唐建中年修建南禅寺。山西五台县西南,离东治镇十五里李家庄南禅寺,近经北京文物整理委员会勘定为唐德宗建中三年(七八二年)所建,为我国最古之木构建筑。较唐大中十一年所建五台县台外豆村佛光寺,尚早七十五年。寺内存唐塑佛象十六尊,小石塔一座,石狮三,角石二,均为旧物。

十二月二十三日,星期三,阴晴间,四十六度

先公手订《箧底零笺》小册,中有洪杨时常州府学廪江阴叶长龄被掳,作康天福钱大人公馆一联云:"贝胄朱绶,共作异言异服;戎车赤茀,群惊如火如荼。"康天福,即李秀成部将钱桂仁,咸丰十年八月初二日后即来虞城,同治三年春在浙降清。此联不似楹联,或系当时戏作也。

十二月二十四日,星期四,晨微雨,阴,五十度

酒浸杜仲。《本草》:"杜仲色紫,入肝经气分,产湖广者佳,皮薄肉厚,川产则皮厚肉薄,不堪用。"近闻治高血压症,用杜仲酒浸后,再煎服,云有功效。

十二月二十五日,星期五,晴朗,四十六度

《天工开物》。《天工开物》三卷,明崇祯时分宜教谕奉新宋应星著。内分十八篇:一乃粒,二乃服,三彰施,四粹精,五作咸,六甘嗜,七陶埏,八冶铸,九舟车,十锤锻,十一燔石,十二膏液,十三杀青,十四五金,十五佳兵,十六丹青,十七曲糵,十八珠玉。附图二百零一页。此书名称甚奇,商务印书馆有覆印本。

十二月二十六日，星期六，晴，晨三十九度，晚四十五度

购《雕菰集》一部，《研经室续集》一部，《散原精舍诗》二册。

十二月二十七日，星期日，阴，五十度

长物。长物，见《晋书·王恭传》："恭曰：'吾平生无长物'。"又见《世说新语》"长，去声，直亮切，音仗，余也"，与《论语》"长一身有半"之长同。吴梅村句"平生无长物"，姚姬传句"累压箧中为长物"，邵青门句"莫笑空斋长物"，皆从仄声①。惟见李莼客诗"绿葵紫蓼俱长物，犹为黄花一出门"，诗友杨无恙句"乱里吟窗长物少，一枝黄菊一菖蒲"，则作平声，不知何据②。

十二月二十八日，星期一，阴，四十九度

三记宋本《施注苏诗》③。吴炯斋士鉴《东坡生日诗》自注："商丘宋氏旧藏宋本《施顾注苏诗》，后归于苏斋，又归南海吴氏筠清馆，又辗转入江陵邓氏。光绪戊申，湘潭袁伯夔得之，余为之题识，未几毁于火。"

十二月二十九日，星期二，晨雾，晴，四十九度

杨桃。冬初，市中有杨桃出售，系从粤中来者，曾购数枚置座右，有香味，略似佛手。顷阅《研经室诗》，有《咏杨桃》一首，自注："杨桃一名五棱子，色黄，有五棱，八月熟时，其味似合橄榄与蔗而共嚼之，未熟则但酸涩，可代橄榄入茶，且能解瘴。"阮氏所记，尚未详其枝叶作何状④。

宋永嘉周去非《岭外代答》云："五棱子形甚胞异，瓣五出，如田家碌碡状，皮黄甚薄，味酸，久则微甘，切之或以蜜渍，始可食。闽中亦有之，谓之羊桃。"按：

---

① 此处天头有文字：张端义《贵耳集》"王衍"一条："牢收长物金三品。""长"字下注云："去声。"

② 此处天头有文字：洪北江《岁朝图诗》"无妨馈岁无长物"，作平。

③ 此处旁有批注：九月七日。

④ 此处天头有文字：宋鄱阳张世南《游宦纪闻》卷五三："山果中有羊桃，他处所无。"张香涛有《五棱子》五古诗一首。《粟香随笔》卷四有《记羊桃》一则。

范成大《桂海虞衡志》作五棱子,以义考之,当作棱。东坡《游白水山》诗"恣倾白蜜收五棱",自注:"棱,去声。"

十二月三十日,星期三,晴,四十七度

伊尼。山谷诗:"照滩行郭索,焚野得伊尼。"佛经谓鹿为伊尼,陈散原句"闲暇炙炭烧伊尼",即用此。

十二月三十一日,星期四,阴,四十七度

谥与諡。段注:"《说文》、《周书·谥法解》、《檀弓》、《乐记》、《表记》注皆云:'谥者,行之迹也。'自吕忱改为諡,唐宋之间又或改为諡,遂有改《说文》而依《字林》者。然唐开成石经、宋一代书版,皆作谥,不作諡,知徐铉之书不能易天下是非之公也。汲古阁刊经典,依宋作谥矣,而覆改作諡,可叹也。'"杨濠叟云:"谥,从言,益声。后人妄改为諡,谬。"《五经文字》曰:"谥,《说文》也。諡,《字林》也。"《广韵》:"諡,《说文》作谥。"《六书故》曰:"唐本《说文》无諡,但有谥。"

题《癸巳日记》后:

"日坐绳床静结跏,修鳞去意故难遮。闭门观物吾何有,且诵如来说是沙。"

甲午(1954)

一月一日,星期五,阴雨五十二度

拈酒。杜诗"重碧拈春酒","拈"字有作"酤"者。蒙叟注:"微之句'羞看稚子先拈酒',香山句'岁酒先拈辞不得'。'拈酒',唐人语也。作'酤'非是。"

一月二日,星期六,阴雨五十二度

殷代帝王名谥世次。吴泽著《殷代史》云:"甲骨文中所载殷帝王名谥,与《史记·殷本纪》所载自帝喾到帝辛四十六人中,除昭明、曹圉、帝乙、帝辛四人外,其余完全符合,世代次序亦大体一致。"

一月三日,星期日,阴,五十二度

仰韶、龙山、小屯三处出土。《殷代史》云:"仰韶在河南渑池县,一九二一至二四年,安特生发现,其范围包括齐家、马厂、辛店、寺洼、沙井等处,多赤色陶石器、骨器。辛店、寺洼、沙井且有紫铜器。""龙山在山东济南,一九三〇年秋,吴金鼎发现黑陶石器、骨器、紫铜器。""小屯在河南安阳城西北高楼庄北,地临洹水南岸,即殷虚遗址。一九二八至三一年,历史语言研究所派员数次发掘,得石器、骨器、甲骨、青铜器甚多。"

一月四日,星期一,阴晴间五十度

殷虚铜器之成分。《殷代史》云:"历史语言研究所化验殷虚铜器成份,大约铜占百分之八十五,锡占百分之十五。英国哈罗德化验殷铜器四件,证实中含有锡百分之十至二十。"

一月五日,星期二,阴四十七度

购晋人帖一册,日人所印,多从宋拓《阁帖》《大观帖》《真赏斋》

《玉烟堂》《快雪堂》诸本所集成。

一月六日,星期三,阴五十度

果人。《说文》段注:"宋元以前本草方书、诗歌记载皆作'果人',自明成化重刊《本草》,乃尽改为'果仁',于理不通……金泰和间所刊《本草》皆作'人',藏袁廷梼所。"

一月七日,星期四,阴,五十一度

祇与袛、袛。《说文》段注:"'祇'系部缇下,与衣部之'袛'大别。"按:唐石经《周易》'祇既平',《诗》'祇搅我心''亦祇以异'",《左传》'祇见疏也',《论语》"亦祇以异',以及凡训适之字,皆从衣氏……张参《五经文字·衣部》曰:'袛,止移切,适也。'《玉篇·衣部》亦曰:'袛,之移切,适也。'旧字相承,可据如是。至《集韵》云:'袛,章移切,适也。'始从示。至《类篇》,则'袛''祇'二文皆训适。至《韵会》,而从示之祇训适矣。此其递讹之原委也……自宋以来,刊板之书多不省照,衣改从示者不少,学者所宜订正。钱氏大昕《养新录》乃云:'《说文》无祇字,《五经文字》承《玉篇》之误,未免千虑一失耳。'袛'讹'祇',俗又作'袛',唐人诗文用之,读如支,今则改用'只',读如质,此古今推移之变也。若《史记·韩安国》传云'褆取辱耳',此用'袛'之同音字。"袛,训短衣。

一月八日,星期五,阴雨,五十五度

挽先公联语。甲子先公弃养后,亲旧哀挽诗文甚多,今仅记忆数联。扬州陈巽卿年丈重庆联:"当年同食武昌鱼,岂知沧海尘飞,江北江南,两翁相对;此去真如华表鹤,想见蓬山深处,文恭文敏谓翁文恭、季文敏也,一笑相迎。"宗耿吾丈联:"溯景皇帝特起告中,再表陈情,平生忠孝真无忝;偕邵老人后先怛逝,一流顿尽,他时缓急定思公。"金门叔联:"忠为令则,孝为天经,式古两言,自有千载;生不及诀,没不能送,抚膺一恸,深负九京。"冯梦华世丈煦挽诗:"息庵昨悼骑鲸去,君又乘风叩帝阍。眼底触蛮仍急劫,山中猨鹤有烦冤。□□□□□

□□，□□□□□□□□①。却望琴川云似墨，起挥衰涕为招魂。"吴缶
庐先生昌硕挽诗："乌衣群从洵多才，曾共新亭酒一杯。诗本性情无
过激，身罹丧乱有余哀。饰中宁谓君先逝，拊缶翻怜我尚颓。倘遇松
禅论故旧，为言金石尚能开。"费仲深先生树蔚挽《金缕曲》一首，则仅
记得起句"邓尉梅千树。更凄然，谢桥邹巷，旧经行处"及"岂料重来
为吊客，听步虚声里神弦语。斜照外，闲庭宇"二句而已。

一月九日，星期六，阴雨，四十九度

敦煌。汉时有敦煌郡。应劭《地理风俗记》及《郡国志》皆作"敦
煌"。唐李吉甫《元和郡县志》"敦"作"燉"，乃当时俗字②。

一月十日，星期日，阴雨，四十七度

麋角解。《月令》："仲冬日短至，麋角解。"《夏小正》："十有一月
陨麋角。"段氏《说文注》云："乾隆三十一年，目验御园麈角于冬至皆
解，而麋角不解，敕改《时宪书》麋角解之麋为麈。"因知今所谓麈，正
古所谓麋也。

一月十一日，星期一，雨，四十三度

殷代王字之变体：董作宾《甲骨文断代研究例》中谓："武丁至祖
庚时，王作大，祖甲以后加横画于上作￪，至武丁时尚从此体。文
丁时锐意复古，多复第一期之旧，王复作大，但书法不同。帝乙之
后，￪字中画相合为一，变为王，以迄帝辛之世。"

一月十二日，星期二，雨，四十七度

殷帝之始称。董作宾《殷虚文字》甲编："殷之称帝，在末叶廪辛
及康丁时开始，以前称王，称天曰帝。"

一月十三日，星期三，阴雨，四十九度

明赵忠毅公《铁如意题咏卷》。是卷十五六年前，余在友人处见

---

① 　原稿此处留空，今以"□"补。
② 　此处天头有文字：《焦氏笔乘》："敦煌之敦，音屯。"

之，匆匆展视，仅录序跋数则，诗二首，余则题咏诸家姓氏而已。以尚可供参考，将所录重记于此。

《跋》遗跋者姓氏："右赵忠毅公《铁如意》。乾隆甲午六月四日，同秀水朱辰应、同里朱芳衡，观于吾竹房进爱吾庐。八觚中圜，长尺有四寸七分，重二斤四两，金涂八卦、河洛、云雷、星斗、五岳诸图象。铭曰：'其钩无釰，廉而不刿，以歌以舞，以弗若是折，惟君子之器也。'款题'赵南星'。凡二十有六言。背文曰'天启壬戌，张鳌春制'，凡八言，皆篆书。考其时相臣如叶福清、韩蒲州、朱秀水，皆端人也。公亦偕邹公元标、魏公大中辈以激浊扬清为己任。然陈良训、章允儒等以非例责邹维琏，而傅櫆已通魏忠贤，首攻维琏以撼公，难端潜作。明年，秀水及福清、蒲州相继去位，公偕邹公踉跄出都，朝士之祸愈烈矣。乌乎！公不幸生于戕贼方正之日，不得与诸公大展其所学，徒使孤忠劲节空托诸击奸之物。公心如铁，公之不如意，岂独事居八九哉！观是器也，亦足以褫逆阉之魄已。"

申如瓒《记》："忠毅铁如意，先君子旧藏一柄，重一斤四两，长尺有五寸二分，方颈圜身，银涂花草锦文。首镂一马，篆文曰'天马来'，三言铭词如其钩云云。惟姓名下多一印，文曰'梦白'。阴面图八音，极工致，篆文曰'万历丁巳夏为伯威大雅制'，十有一言。盖当时东林士夫各有一柄，所见铭与题款略同。其人足重，遂使顽铁等于南金矣。"

韩骐七古。厉鹗七古。沈德潜七古。黄文莲七古。蒋士铨七古。王文治七古。

钱世锡诗序："曹种梅上舍秉钧所赠铁如意，上有银错小篆文铭，已漫，依《厉樊榭集》及张芑堂明经《金石契》所载读之，曰：'其钩无釰，廉而不刿，以歌以舞，以弗若是折，惟君子之器也。'背有'集喜斋'印。又年月一行，惟'启癸亥冬'四字可辨，盖天启三年也。"

曾燠七古。

阮元诗序："赵忠毅公铁如意，传世甚多，铭词形制大略相同，而年款各异。其最古者,施念曾《宛雅》所载一柄,为神宗戊申春制,铭曰:'其钩无釽,廉而不刿,以歌以舞,以弗若是折,惟君子之器也。'此后厉樊榭、韩其武、沈归愚所歌,皆未识年月。若壬申制者,今在初颐园中丞处。天启壬戌张鳌春制者,在吾箦一处。天启癸亥制者,旧在陆丹叔侍郎处。今成亲王所藏又有天启甲子,是当时所制,非止一柄也。戊申之铭作'以弗若是利',利与刿、器为韵,余者作折,或篆文相近,摹仿之讹欤? 或读是为绝句,则折字又与下不属矣。"

吴鼒五古。胡森七古。郭堃七古。吴骞七古。董蘁熊七古。蒋征蔚七古。

鲍正言跋:"往岁晚山先生得吾竹房旧藏赵忠毅公铁如意,既乞钱塘赵君懿摹其形,装池成卷。今复属言录海盐张征君燕昌《金石契》中诸题咏于后,可谓深于好古矣。按忠毅如意传世固多,而精美完好,当以此为第一。千秋神物,得之者洵非偶然而言。以钝笔弱腕,亦得附名卷末,尤幸事也。道光十四年甲午九月盛湖寓馆,长塘鲍正言眘甫并识。"

永瑆诗:"铁华绣涩生寒风,谁其用者忠毅公。铭辞二十有八字,义类直与丹书同。有牌煌煌殿门东,胡为戍所埋孤忠。彼人黄袄持作券,灵芝六叶生狱中。如意虽一物,重是公名鋈其上。犀杯玉杯世已无,对此怀贤意惆怅。甲寅之夏,以余所藏赵忠毅公铁如意请诸先生诗。皆征事典博,摛藻高华。余既震于名作,又出塞不闲,久未援笔。泊仲冬蓟门之行,北风骤寒,车帷中假腹稿以遣修途迂滞之闷,姑勿论诗,而史事之阔疏从可见也。归而质诸抚棠先生,犹以为可存,遂写此册,用奉清赏。期程六日,十指似马箠矣。十一月十七日,皇十一子。"

"成邸此诗作于乾隆五十九年十一月尚未受封时也。是稿墨迹藏于前吏部侍郎家抚棠先生斋中,余已钩勒入诒晋帖矣。晓山郑兄博雅嗜古,所藏法书名画甚多,尝过余于鸳湖寓馆,特此索题,谨书于后。"勾吴钱泳。

郑熊光诗:"世事颠倒不如意,乾坤已落阉寺手。臣心似铁不可挠,那肯低头向群丑。疏陈四害斥四凶,东林党籍标魁首。一柱孤立难擎天,忠魂远谪穷荒边。中夜起舞泪如雨,一腔热血胸中填。朝廷既失太阿柄,臣手乃持寸铁劲。想见太白光睒睒,乌云一朵遥相映。呜呼公无如意时,公得如意国可支。铸错难销六州铁,百年神物公曾持。昔兄嗜古不在物,忠义所在皆尊彝。摹写铭文书款识,传观屡索同人诗。半生草草流光逝,事不如意空嗟咨。诗成岂徒怀古叹,鸰原回首增悲思。岁癸巳,伯兄既得吾竹房所藏赵忠毅公铁如意,复请钱唐赵君懿摹其形,装池成卷。丙午冬,兄子自箧中检得,既深怀古之情,复抱同气之感,为题长歌。霁山氏熊光稿。"

一月十四日,星期四,阴,四十九度

　　杨濬叟撰《铁如意墨铭》:"高邑赵忠毅公铁如意为常熟赵宗建所(臧)[藏]。咸丰七年秋,宗建摹式寄新安,饬工制墨。"杨沂孙铭之曰:"君子之器,名臣所持,二百三十六年于兹,不磨不折,棱棱如斯。摹之墨之,同志是诒,后昆是垂,以忠直是师。"

一月十五日,星期五,阴雨,五十一度

　　殷人龟卜法。董作宾《大龟四版考释》:"殷人秋时取龟。杀之用其腹甲,牛血衅之,刮磨使之光滑。贞卜时,在龟甲里面用钻钻之,再用凿凿之,然后在钻凿之空处,灼之以火。正面(即腹甲外面)便裂成纵横二纹,凿处现直裂纹,纹较粗,谓之墨;钻处现横裂纹,纹较细,谓之坼。坼分首、身、足三部,近墨处为首,中间为身,末端为足。卜事之吉凶,主要视坼纹之身首足之俯仰平直,并其方位之五行。如坼之首上开,内外交骇,身折节,为凶兆。坼之首仰足胯为吉兆。占卜所得,用刀契刻其事于兆侧。"

一月十六日,星期六,阴雨,四十八度

　　今日农历十二月十二日,先妣逝世忌辰,虔诵《地藏经》四部,焚香叩荐。

一月十七日,星期日,阴雨,五十度

　　甲骨文之文体。胡厚宣《甲骨学概要》:"殷代完全之卜辞,约分四部分:纪贞卜之日期及贞卜史官名,谓之叙辞;询问吉凶为命龟之辞,谓之命辞;卜后视兆判其吉凶,谓之占辞;吉凶事实征验,谓之验辞。但多数为简单记事,并不具此四部分。”

一月十八日,星期一,阴雨,五十二度

鮸鱼。《说文》段注:“鮸即海中黄花鱼,一名石首。”[①]明张自烈《正字通》:“石首鱼一名鮸,生东南海中,形如白鱼,头中白石二,腹内白鳔可作胶。《岭表录》谓之石头鱼,《浙志》谓之江鱼,乾者名鲞鱼。”郭璞《江赋》:“鯼鮆顺时而往还。”注:“鯼鮆即石首鱼。”《正字通》谓:“鯼鮆扁额长喙,非石首鱼也。”

一月十九日,星期二,雨,五十三度

嚏盐指。《说文》段注:“次指曰食指,亦曰嚏盐指。”

一月二十日,星期三,雨,五十度

受热,咳嗽。

一月二十一日,星期四,阴,略露霁色,夜仍雨,四十六度

咳,服药。

一月二十二日,星期五,晨晴,旋阴,夜雨,四十四度

咳,服药。下午静卧。

一月二十三日,星期六,阴,四十六度

咳,卧未起,服药。

一月二十四日,星期日

咳,仍卧。

一月二十五日,星期一,晨晴,午阴,三十二度

服药,卧。

一月二十七日,星期三,晴,四十度

咳渐愈,起坐。

---

① 此处天头有文字:《鲒埼亭集·说鲥》未载此说。

一月二十八日,星期四,晴

夜咳,咯血三口,晨始知之,漱口又有一口,已成象皮色,静卧终日未起。

一月二十九日至二月五日

数日静卧,未作日记。此次因冬暖多雨,气压甚低,致生咳疾。冬至节已有一次,服药二三日即愈,隔一月又发,用药略迟,几生波折,幸静卧不动,以消炎片治之,居然收效。咯血数口即净,一年半未发旧症,因咳而又触动,幸所咯不多,喉音未哑,胃口亦未变,谅复元尚易也。偃卧适在岁尾年头,大好新春,病中消尽,且农历十二月二十八日先公生日忌辰,卧床未能焚香展拜,尤所痛心。贞疾折磨,亦甚矣哉!

二月六日,晴,寒,星期六

咳平未服药,然精神疲倦,未能起坐。今日已甲午新正四日矣。

二月七日,晴,星期日,四十度

松禅老人画卷:萧蜕庵题曰:"所南兰,与可竹,倪迂情思,米颠卷轴。去国孤臣百年心,泪化墨痕动盈匊。相公精灵在天上,下视伊川已戎俗。"下署"七十二甲午元旦,逊国四十有三年。"又金叔远诗注:"公居西山墓庐,我尝揖公焉。室中挂黄漳浦山水轴,渔洋山人七言对联。今五十余年,墓庐已为茂草,曷胜感叹!"蜕庵新镌小印曰"瞤"。按:瞤,有二音,一五滑切,一五怪切。聋之甚者也。

二月八日,晴,星期一,五十度

精神稍复。能起床。洗足。

二月九日,晴,星期二,五十四度

上午起坐,下午即睡。精神尚好。

二月十日,晴,星期三,六十度

能翻阅书籍。下午未睡。

二月十一日,晴,星期四,六十三度,潮湿

照陵石马六骏。《花近楼诗》有《题昭陵石马图拓本》,诗注:"东

第一特勒骠,黄白色,喙微黑,平宋金刚时乘。第二青骓,苍白杂色,前中五箭。第三什伐赤,纯赤色,前中五箭,背十一箭,均平王世充、窦建德时乘。西第一飒露紫,又名紫燕骝,前中一箭,平东都时乘。并有丘行恭拔箭像。第二拳毛騧,黄马,黑喙,前中六箭,背中三箭,平刘黑闼时乘。第三白蹄乌,纯黑色,四蹄俱白,平薛仁杲时乘。近闻飒露紫、拳毛騧二石,为西人售去。"

二月十二日,晴,星期五,五十一度

　　松缘画禅。黄子寿方伯藏沈石田、文衡山《双松画卷》,沈作于成化庚子,文仿沈法,作于嘉靖庚子,相距六十年。方伯之父琴隖先生旧藏沈卷,道光庚子复得文卷,何蝯叟题曰"松缘画禅"。

二月十三日,星期六,雨,四十五度

　　山谷诗句:山谷"百书不如一见面"之句,盖从《汉书》赵充国语"百闻不如一见"夺胎。

二月十四日,星期日,上午阴,下午露霁色,四十五度

　　记霞芬笺。箧中存旧笺一页,满纸云纹,上有"天半朱霞"四小篆,右侧题词一首:"梨花满院春云活,香风幻注同心结。一缕一相思,缠绵无已时。湘皋人正远,珍重传情简。暮霭自沉沉,梦魂何处寻?《菩萨蛮》艺兰生寄霞芬笺。"下小印"相思"二字。李莼客《花部三珠赞序》:"朱霞芬,名爱云,父吴伶也。以善歌名,事梅蕙仙为弟子。光绪二年丙子,选为菊部状元。"此笺为投寄霞芬特制之笺,云纹即隐其名。题词疑即莼客所作,字迹亦甚类。梅蕙仙则为肖芬之父畹华兰芳之祖。《越缦堂日记》有云:"四喜乐部头梅蕙仙,名巧龄,扬州人,霞芬其弟子也。"

二月十五日,星期一,雨,四十九度

　　今日农历一月十三日,祖考百三十五岁生日忌辰,焚香诵经展拜。

二月十六日,星期二,雨,四十七度

　　费韦斋和诗。癸亥冬,韦斋和我《并蒂菊》诗:"何年朱孺子,得妇

贾佩兰。双心媚花影，一气妍毫端。遥知洞房暮，斗诗忘酒寒。胆瓶
袅袅枝，玉色何坚完。似喜比肩人，仿佛今姑韩。逶迤节物改，作意
助君欢。临妆薄罗绮，扬娥致鸳鸯。霜雪勿摧剥，护以青瑶坛。""君
年十六七，文学具根蒂。孔孟日杲杲，汗马收心地。李杜光熊熊，雕
虫绝涂砌。莫夸谈更进，身欲何等置。书釭泫新红，山黛横暖翠。绸
缪衿帨间，契我迂言未。未同我何言，感子投赠意。君步宗耿公韵填
词，贺我移居。新妇桓少君，此纸定瞻谛。"

二月十七日，星期三，阴雨，飞雪花，夜三十八度

　　孙师郑和诗。师郑和我《并蒂菊》诗："幽人在南国，芬馥气若兰。
鸳鸯合欢被，文绮裁千端。案学梁孟举，诗殊郊岛寒。芳菊舒金英，
味道晚节完。送酒乐陶阮，和韵追苏韩。交柯共傲霜，静好衔清欢。
晴云舞威凤，晨冰照彩鸾。戋戋拥双髻，仙降麻姑坛。""昔闻君子
花，望舒苕双蒂。同心莲出尘，并根藕得地。此花名隐逸，耐冷傍
阶砌。晚艳寄疏篱，台阁谢位置。同葆贞白姿，耦耕揖苍翠。隐湖
鸥梦酣，虞岭鹤归未。我有罗含宅，触动莼鲈意。来访比肩人，无言
悟真谛。"

二月十八日，星期四，上午晴，下午阴，飞雪花，三十四度

　　朱遁庸和诗。盐溪遁叟和我《并蒂菊》诗："园菊俪芳影，宛若同
心兰。君子偶窈窕，居室协造端。九秋节物和，未逗新霜寒。东篱亦
富贵，气足精神完。高门迎百两，良时姑耦韩。眷属共仙羡，对花花
并欢。欢惊表并蒂，嘉祥集凤鸾。凤鸾有和声，声满诗词坛。""金玉
灿交枝，拈来合欢蒂。绸缊晚节香，出落登初地。恰如两鸳央，宛颈
瑶台砌。花瓷琢红玉，洞房新位置。名字镂苔华，香叶围珠翠。未问
绮窗前，寒梅着花未。岁寒偕老心，傲霜有同意。瑶篇谱月圆，连环
参妙谛。"

二月十九日，星期五，云昙，晨三十三度，夜四十度

　　参话头。禅宗中之参话头，往往即参"念佛是谁"一句。譬如我
在念佛，有问："念佛是谁?"答："念佛是我。"又问："汝念佛是口念?

仰是心念？倘是口念，睡熟时为何不念？倘是心念，死了为何不念?"
追问之下，在不能解答时，就提起疑情。参话头即是要起疑情去追究
话头，究竟从何而来？究为何物？虚云法师演讲。

二月二十日，星期六，阴，四十五度

续服肺病药片。

二月二十一日，星期日，阴，四十三度

《仲氏易》。全谢山甚不满毛西河，其题毛氏所著《仲氏易》云：
"百年来论古之荒谬者，萧山毛氏为尤。毛氏之论，说经为尤，诸经之
中，《易》为尤。钱唐龚鉴尝曰：'毛氏，盖仇其兄者也。'予曰：'何以知
之?'曰：'闻其书之名，则友恭之意蔼然，及读之而爽然，愿者齿冷，强
者发指眦裂矣，非仇其兄而何？甚矣夫！其兄之不幸而有此弟也。'"
予为之一笑，此则谑而近于虐矣。

二月二十二日，星期一，晴，四十四度

杜韦娘诗。《十驾斋养新录》："刘梦得与杜鸿渐不同时，世传'司
空见惯浑闲事，断尽苏州刺史肠'诗为扬州大司马杜公鸿渐开宴作
者，传闻之妄也。"按：此诗为苏州太守李司空绅邀饮，命妓侑酒，梦得
席上赋诗，其首二句："高髻云鬟宫样妆，春风一曲杜韦娘。"

二月二十三日，星期二，晴，有霜，南风，夜雨，五十二度

佛教音乐。佛教中遗留之京音乐，据考证，尚为唐代所传。去
岁二月，由北京智化寺等十六僧人公开演奏，其节目有三：一为吹
奏曲小华严；二为法器敲打曲粉蝶儿出六条；三为吹打套曲《(乘)
[垂]丝钓》、《昼锦堂》《锦堂月》《醉翁子》《金字经》《五声佛》《撼
动山》。

二月二十四日，星期三，雨，五十八度

明刊《南华经》副墨。余藏万历本《南华经》副墨八册，颜体，刊手
甚佳，题"方壶外史陆长庚著"。长庚，名西星，《四库》附存目，言其书
合道、释为一家，以《天下篇》为庄子自序。叶缘督年丈谓："为明人陋
本，不足存。"

二月二十五日，星期四，阴，潮湿，六十二度

程知节碑。缪艺风谓："民国初年昭陵新出土程知节、越国先妃两碑。"知节，盖即程咬金也。

二月二十六日，星期五，阴，夜半雨，五十八度

南宋鄱阳汤伯纪汉注陶诗四卷，为会稽章氏重刊《拜经楼丛书》本，系据宋刊，故《桃花源记》规往不误。陶诗中最难索解者为《述酒》一首。伯纪因韩子苍之说，定其为哀晋恭帝而作，注语甚详，发千古之未发。槎客更将元吴师道诗话有关陶诗附刊于后，于《述酒》诗更有补充，此难解之诗，庶可识其微旨矣。

二月二十七日，星期六，阴，四十六度

贯酸斋为畏吾儿人。《潜研堂》："纪晓岚《乌鲁木齐诗》序：'元时畏吾人仕于中朝，若善甫、贯酸斋云石，并以文学称。'"

二月二十八日，星期日，阴，下午雨，五十度

飐。段氏《说文》注："自杜注《左传》已用帆字，不必借飐。"杨慎《丹铅录》："曹真有驶马，号惊帆，俗遂制飐字。"

三月一日，星期一，阴雨，四十六度

天朝牌楼。《重修常昭合志·建置志》："凌云桥近桥有石坊，乃粤寇踞城时，从王市严氏祠中移来之乐善好施坊，城复，泐其字，俗称天朝牌楼。"又《金石志》："《报恩牌坊碑序》：'俗称天朝牌楼，咸丰十一年立，无撰人姓氏，在社稷城隍庙。'"石坊今尚存，碑石移邑中图书馆。天朝，谓太平天国也。

三月二日，星期二，阴，四十四度

时大彬壶。陈仲鱼鳣《松砚斋随笔》："大彬壶砂质温润，色如猪肝。其盖虽不能翕起全壶，然以手拨之，则不能动。"张燕昌《阳羡陶说》："大彬壶制之妙，即一盖可验。试随手合上，举之，能吸起全壶。"《翁文恭日记》："以三吊文得大彬壶一，制甚精。闻诸老人云：时大彬壶，塞其口，覆之，滴水不出者真。验之果然。"大彬，明万历时人，号少山。"壶家妙手称三大"，以大彬为首。

三月三日,星期三,雨,四十六度

缪素筠①画扇。团扇,设色牡丹,下紫菊一株,用南田没骨法,画笔苍秀,盖有"惠印"二字小章。《寒松阁谈艺琐录》:"缪素耘,云南人,工书画。慈禧诏访入京,为福昌殿供奉。"筠字误耘,且遗其名,见此小印,方知其名惠也。

三月四日,星期四,阴,飞雪花,四十度

先生简称。《散原精舍诗》中,每以"先"字代"先生",如"吴先曾定吾文者,珂里有刘先"之句,此本《后汉书》:"梅福曰:'叔孙先非不忠也。'"师古注:"先,犹言先生。"②

三月五日,星期五,云昙,三十八度

底。颜师古《匡谬正俗》:"俗谓何物为'底'……本言'何等物'。"省作"等物"。等字都在反,又转为丁儿反,后乃变作底字。今武进、宜兴一带尚作此音。

三月六日,星期六,云昙,飞雪花,三十八度

再记《清明上河图》。孙鸣岐凤《书画钞》载,《清明上河图》有金张著跋云:"翰林张择端,字正道,东武人。游学京师,习绘事,工界画,尤嗜于舟车市桥郭径,别成家数也。"按:《向氏评论图画记》云:"《西湖争标图》《清明上河》选入神品,藏者宝之。大定丙午清明后一日,燕山张著。"元杨公平准跋云:"至正辛卯,寓蓟日久,稍访求古今名笔,会有以兹图见喻者,且云图初留秘府,后为官府匠装池者,以似本易去,而售于贵官某氏。某后守真定,主藏者复私之,以鬻于武林陈某。陈得之且数年,坐他事稍窘急,又闻守且归,恐遂速祸,思欲密付诸贤士君子。准闻语,即倾囊购之。卷前有徽庙标题,后有亡金诸

---

① 此处天头有文字:金息侯《光宣小纪》:"缪素筠,名嘉惠,江苏织造保送入直。"

② 此处天头有文字:《晁错传》:"公卿言邓先。"师古曰:"邓先,犹言邓先生也。"

老诗若干首,逾二百年而未甚弊坏,岂有数耶？至正壬辰,西昌玉华
素士杨准跋。"

三月七日,星期日,阴晴间,晨三十六度,夜四十二度

小熊啮掌。沈尹默诗自跋:"爱伦堡氏讥小熊无力得食,自啮其
掌,掌尽而生命亦随之而尽者。"我国载籍中亦有类此。唐太宗曰:
"齐后主、周天元皆重敛百姓,力竭而亡,譬如馋人自噉其肉,肉尽而
毙,何其愚也。"与爱氏意正同。

三月八日,星期一,阴,晚晴,四十五度

乞。《正韵》:"欺讫切,求也。又去冀切,音器,与人物也。"《前
汉·朱买臣传》:"吏卒更乞匄之。"《晋书·谢安传》:"安顾谓其甥羊
昙曰:'以墅乞汝。'"《世说》:"王右军检校库中,有笺纸九万,悉以乞
谢公。""乞"字均为与人之义。孔颖达《春秋正义》云:"乞之与乞,一字也。
取则入声,与则去声。"

三月九日,星期二,晴,有霜,下午阴,五十度

汪尹子。《广阳杂记》卷四:"汪杲叔,徽人,名关,字尹子,一字东
阳。以象刻游于娄东,得钱随手散尽,不事家人生产,终于玉峰。其
学原本秦汉,杂以宋元章法,何雪渔而后,亦近代之杰出者。"又见辛卯
六月十四日,癸巳十一月十日。

三月十日,星期三,雨,五十一度

嵇康锻灶。瘦东函询《晋书》嵇康锻灶,疑灶何能锻,欲求其说而
不得。余见晋潘尼字正叔《武(军)[库]赋》:"炼质于昆吾之灶,定形
于薛烛之炉。"则灶当即为冶炉耳。锻,《说文》:"小冶也。"徐注:"椎
之而已不消,故曰小冶。"①

三月十一日,星期四,阴,夜有风,四十七度

全谢山记刘继庄卒年。谢山撰《继庄传》,谓"居吴江者三十年,
晚更游楚,寻复至吴,垂老始北归,竟反吴卒焉。近者吴江征士沈彤

---

① 此处天头有文字:杜诗:"才淑随厮养,名贤隐锻炉。"

为立传,继庄侨居吴江寿圣院最久,诸沈皆从之游,及其子死无后,即以沈氏子为后,然其所后子今亦亡矣,故彤为传亦不甚详。若其谓继庄卒年四十八,亦恐非也。继庄弱冠居吴,历三十年,又之楚之燕,卒死于吴,在壬申以后,则其年多矣。盖其人踪迹非寻常游士所阅历,故似有所讳而不令人知,彤盖得之家庭诸老之传"云云①。然北平王源为《刘处士墓表》:"年十九新殁,挈家南隐于吴。徐健庵聘之,留京师四年。康熙二十九年复至吴,遂南游衡岳,因而归吴,不一年死矣。"生于戊子七月二十六日,年四十有八。卒于吴,岁在乙亥七月六日②。与妻张氏合葬于吴之陆墓山。子燮。王氏与继庄同馆徐氏。康熙己卯过吴拜墓,为此《表》文,似不应有误也。

三月十二日,星期五,阴晴间,四十一度

善才寺碑。见魏栖梧《善才寺碑》,知近人沈尹默所作寸楷胎源于此。此碑原为《唐文荡律师碑》,告成即阳城尉卢涣撰,著作郎魏栖梧书。王箬林《论褚法》云:"稍纵逸则为魏栖梧,步趋不失尺寸则为薛稷。"翁覃溪云:"所谓纵逸者,即指此碑也。"

三月十三日,星期六,晴,晨三十八度,夜四十四度

柚皮可打碑。《广阳杂记》:"范成大云:'广南臭柚大如瓜,可食,其皮甚厚,染墨打碑,可代毡刷,且不损纸。'"

三月十四日,星期日,晴,四十六度

喻笔砚不应手。叶石林《避暑录》:"每用退墨砚磨不黑滞笔墨,如以病目剩员御老钝马。"

---

① 此处天头有文字:《广阳杂记》"辛未春至玉峰诊立斋先生疾","辛未秋寓汉上","壬申正月游南岳","癸酉四月舟泊昭陵","甲戌四月在彬州"。

② 此处天头有文字:《广阳杂记》:"乙亥春游罋(夆)[庵]……岁在辛亥,予年二十三。初游安……屈指计之二十六年矣。"处士生于戊子,至辛亥应为二十四岁,越二十六年,正值乙亥。

三月十五日,星期一,晴,五十度

榜书剧迹。覃溪谓牌坊佳书,苦于太大,无术可摹传,此实有古人极匠意之作。而镌木者尤易毁,为可惜也。曩见吾邑城隍庙有康熙时汪杜林先生应铨书"万民是若"匾四字,布置结构,允推杰作。西门"万民留葬"石刻,字亦佳,惜缺一"葬"字。九万圩翁氏之园,建于光绪中年,园内匾额俱松禅手迹,隶草各体皆备,惟无款及印章。门首"之园"二字,各径二尺许,魄力雄厚,罕有伦比,今不知尚在否。

三月十六日,星期二,晴,有霜,五十三度

兴福寺半截碑。《复初斋集》:"此碑云'公讳文'者,已失其姓。不知者因其上有'惟大将军矣','矣'上半行书似口形,遂误为吴文碑。顾亭林、王箬林均误。"余见《铁函斋书跋》,亦同此误①。碑在西安。

三月十七日,星期三,晴,五十六度

胁下生儿。宛平查为仁《莲坡诗话》:"通州徐岩曳太守起霖崇祯己卯副贡,顺治时井陉道《咏胁生儿》诗最奇,有'生愁沈下土,得窍即先天'之句。儿父王华,陕西三原人。"②

三月十八日,星期四,晴,六十五度

陈云伯修河东君墓。《西泠闺咏》龚凝祚序:"摄篆琴河。李虎观、孙子潇,皆京师旧交,孙古云、查梅史、高爽泉、朱素人咸来侨寓,得数晨夕。河东君墓湮没久矣,君访得于拂水山庄遗址,为修复立石,梅史撰铭,子潇作记,爽泉书丹,吴竹虚为图,曼生题卷首曰'蘼芜香影'。琴河女士席道华、屈宛仙、鲍尊古为诗纪事。又为吴冰仙修墓于小东门外,立石碣焉。""在琴河种松柏桃杏于蘼芜冢。""君姬人管湘玉摹绛云楼小像勒石。"

———————————————

① 此处天头有文字:毕秋帆《关中金石记》亦误为吴文碑。

② 此处天头有文字:《居易录》卷二十三:"曲沃贾中丞汉复巡抚陕西日,有民妇孕二十月不产,一日忽从左胁进出,妇昏仆而死。其子至今尚存西安。"

三月十九日，星期五，阴晴间，有风，五十度

《济州金石志》。八卷，清道光时福建刊本。南通徐树人抚军在济宁州刺史任，嘱同县冯集轩先生云鹓，嘉庆辛未进士所编，有冯氏序。济宁旧为一州及金乡、嘉祥、鱼台三县，汉石遗文甚多，画象尤富，《志》中著录直至明清。此书传本甚稀，如皋姚古凤撰《金石声》中曾及之。徐咏绯十年前于本市书肆购得。

三月二十日，星期六，晨阴，午晴，五十一度

徐松门先生课徒。徐树人抚军《赠弟宗勉》诗注："每届课期，先君子尽去案头书籍，五鼓命题，日未晡即收卷，与院试同。戊辰、庚午岁科两试，塾中获隽者十余人。复训予习举业，每月大课一次，悉照闱中三艺一诗，令自炊而扃其户，凡两夜一日。接课经策亦如之。抚军道光庚辰会试六名进士，弟宗勉，咸丰壬子进士。"

三月二十一日，星期日，阴，五十度

焦理堂诗。《雕菰集·筋骨篇》四言诗："筋骨就衰，神魄知本。我梦我考，康强善饭。我梦我妣，笑言于梱。我嬉在侧，总角而婉。两目惊开，音容顿远。辗转于床，眠不可稳。"余亦时有此梦，梦中常若未冠之时，岂知双亲去我，日遥一日耶？

三月二十二日，星期一，晴，五十五度

《胡鹤年传》丁未四年沈汝瑾撰："呜呼！今之世，一贪诈之世也，安知所谓义者乎？而胡君乃以义特闻。其卒也，魂帛大书义士胡鹤年先生之位。君讳松林，别号迂道人，扬州盐城籍。光绪初，有浙人宦江北，老寓常熟，君由是来卖画，人未之奇。浙宦殁，族人哄争其橐，君涕泣解之，为立嗣，于是稍稍有义君者。君性廉直，好酒，多技能，状貌如野僧。客游不得志，屡为人司出纳，不合，即去留不可。然邑中善举君，靡役不从，任劳怨，委宛期得当，严寒酷暑，奔走不少休，卒以此罹疾不起。当君健时，视数千里犹户庭，艰巨独任，诺必践。萧云门者，君酒友，落拓为微官，病死山陕间。君求得资助，孑身往，崎岖水陆，护其丧归葬。人咸义之，无德色，亦绝不言。君初来，尚有母,岁一归省,出以夜闻,母丧,望乡长号,成服,遂不返。子来省,厉声驱之去,夭亡信至,一太息而已。或言君避仇故如是。及发遗箧,有昭武都尉告身一通,虽亲密,终不知君为何如人。年六十一,卒于宾兴局。布被萧然,无贤不肖皆惜之,叹为义士云。"《重修常昭合志》,胡松林列《人物志·义行》,系据萧璘撰《传》,于萧云门事,较此为详。《鸣坚白斋诗集》有《迁道人种菊歌》七古、《挽迁道人》五律、《野鹤招魂辞》,又《胡义士之弟筱村来虞拜其兄墓哀动行路濒行写梅花便面题一绝》等四首。此《传》则为未刊稿,录之以与萧《传》参阅。

三月二十三日,星期二,晴,五十九度

牡丹朔。《日知录》:"山东人刻《金石录》,于李易安后序'绍兴二年玄黓岁壮月朔',不知壮月之出于《尔雅》,而改为牡丹。凡万历以来所刻之书,多牡丹之类也。"

三月二十四日,星期三,晴,六十度

干支纪日。《日知录》:"《尔雅疏》曰:'甲至癸为十日,曰为阳;寅至丑为十二辰,辰为阴。'此二十二名,古人用以纪日,不以纪岁。岁则自有阏逢至昭阳十名,为岁阳;摄提格至赤奋若十二名,为岁名。后人谓甲子岁、癸亥岁,非古也。"以甲子名岁,自东汉以下,然其时制诏章奏符檄之文,皆未尝正用之。

三月二十五日,星期四,晴,六十四度

我与吾。《说文》:"我,施身自谓也。吾,我自称也。"《尔雅·释诂》:"吾,我也。"观此二书,我、吾之区别,仍未明晰,乃从经书、子、史详索其证,俾知其用法[①]。

《易经》:吾字仅一见,作主词用"吾与尔靡之"。我字兼可为主词"我有好爵"、宾词"为我心恻""自我致寇""惠我德"、形容词"我心不快""观我生进退"。

---

① 此处天头有文字:杨升庵云:"吾、我一也,古人互用之于文,取其便诵读耳,无二义也。"

《诗经》：无吾字，仅有我字，兼作主词"我思古人"、宾词"天之生我"、形容词"我马虺隤"。

《大学》：吾作主词"吾犹人也"。我作形容词"以能保我子孙黎民"。

《中庸》：吾、我主词并用。"我知之矣""吾弗为之矣"。

《论语》：吾、我主词并用。"吾必谓之学矣""吾与回言终日""我爱其礼""我未见好仁者恶不仁者"。宾词常用我字，太宰知我乎"孟孙问孝于我""莫我知也夫""窃比于我老彭"。偶用吾字。"从吾于陈蔡者"。形容词常用吾字，"吾道一以贯之""犹吾大夫崔子也""吾党之小子狂简""吾日三省吾身""非吾徒也""吾力犹能肆诸市朝""既竭吾才"。偶用我字。"必有我师焉"。

《孟子》：吾、我主词并用。"吾对曰""吾何爱一牛""我非爱其财而易之以羊也""我学不厌"。宾词常用我字。"明以教我""为我作君臣相说之乐""夫何使我至于此极也""人死则曰非我也"。形容词用吾字。"何以利吾国""不得吾心""愿夫子辅吾志""吾有司死者""我善养吾浩然之气"。

《老子》：吾、我主词并用。"吾不知谁之子""吾有何患""我无为而民自化""我好静而民自正"。宾词用我字。"百姓皆谓我自然""知我者希""使我介然有知"。

《庄子》：吾、我主词并用。"吾自视缺然""吾闻言于接舆""我先出，则子止；子先出，则我止""我有圣人之道"。宾词用我字。"魏王贻我大瓠之种""今者吾丧我"。形容词用吾字。"吾子以为奚若""则危吾国"。

《左传》：吾、我主词并用。"吾将略地焉""吾与先君言矣""吾不堪也""我知罪矣""我不可以后之"。宾词用我字。"惧其侵轶我也""其诱我也""故仲子归于我"。形容词常用吾字，"是吾心也""非吾耦也""吾子其无废先君之功""吾先君新邑于此"。亦用我字。"假手于我""寡人以与我郑国争此土也""召康公命我先君太公""我师败绩""齐孝公伐我北鄙"。

《公羊传》：吾、我主词并用。"吾不得入矣""吾立乎此，摄也""我入邶"。宾词用我字。"言我者非独我也""使我为媒""曷为慢之？化我也"。形容词常用吾字，"尔为吾子""犹曰吾姜氏""郎者何？吾近邑也""公子从吾言而饮此"。亦用我字。"葬我君桓公""加我服也""我师败绩"。

《史记》：吾、我主词并用。"吾闻先即制人""吾令人望其气""我承其敝""我为鱼肉"。宾词用我字，"鲰生说我曰""君为我呼入""此天之亡我"。形容词常用吾字"吾翁即若翁""若非吾故人乎""乃为请吾苑""章将军等诈吾属降诸侯"。偶用我字。"为我将"。

三月二十六日，星期五，晴，七十度

周陷字戈。《山左金石志》："戈胡长三寸，内二寸四分，援长四寸一分，博一寸二分。内铭三字上下漫漶，中一字明晰。济宁黄司马拓以贻元，云得之于虞山。内上花纹甚古。"

三月二十七日，星期六，阴，午后雨，五十七度

燕园蒋氏藏器八种。《济州金石志》："汉子句兵，旧为常熟蒋伯生明府藏器，今归崇川虹玉楼主人。"按：前任斋河县令蒋伯生因培燕园八种，以汉子句兵居首，而戈戟耡櫌之属附之，共为一架。又铭其耡云："钼兮钼兮光斑连，慎勿但去当门兰。庚午正月，伯生铭于济南。"又云："嘉庆廿年岁在母，荷锄者谁燕园叟。"越廿四年，于任城得之，携至燕园，不胜今昔之慨。

三月二十八日，星期日，阴，五十度

西汉五字章。《山左金石志》："《汉书·武帝纪》：太初元年正历，以正月为岁首，色尚黄，数用五。张晏曰：'汉据土德，土数五，故用五谓印文也。若丞相曰"丞相之印章"，诸卿及守相印文不足五字者，以之足之。'"《济州金石志》："山阳太守章。"按：此印五字，乃西汉制。又"山阳郡丞之印"，此即六字，不言章，乃东汉以后印。

三月二十九日，星期一，晴，五十四度

并官。《山左金石志》："《家语》：孔子娶于宋丌音姬官氏。汉韩敕《礼器碑》及宋祥符、元至顺追封孔圣夫人诏作并官。汉有并官武印①，可证丌官之误。"《济州金石志》："考《阙里旧志·本姓篇》云：'孔子十九娶于宋之并官氏，出《家语》。'"然则古本《家语》原不误也。

---

① 其下钤"并官武"朱文印。

三月三十日，星期二，阴，晚晴，五十四度

再记虎步司马印。《山左金石志》："虎步之设，不见《汉·百官》《晋·职官》二志。《水经注》云：'诸葛亮《表》云：'臣遣虎步监孟琬据武功水东。'又诸葛亮与张飞书曰：'须先教中虎步兵五六千人。'则是虎步之官，蜀汉所设。"《莲湖集古铜印谱》济宁知州王毂辑，共五百方有"虎步曳搏司马"曳搏，通搜捕印。冯晏海《金石索》有'虎步挫锋司马'见《印统》及"虎步挫尉司马"建武元年正月给印。癸巳八月三十一日。

三月三十一日，星期三，云昙，六十度

索玄隐书扇二首：

"宛陵论字法，已叹垂中绝[①]。矧兹千载下，得末久行末。孙过庭语潘侯负异资，才雅不世出。偶回著述手，一纵经奇笔。笔笔皆蹲注，行行见茂密。神明意度间，复乎其有别。乘云驭飞龙，傥得仙人诀。将仙与书比，不异亦不一。应笑强嵬峩，桃花作饭吃。"

"潘侯天下士，玉貌今鲁连。解纷无所取，徒使高风传。樊然是非涂，摆落心自安。典校乃所愿，中秘事蒹残。洁身乐疲役，坎坎歌《伐檀》。遥知退食后，犹对几案间。无人为添香，自拂乌丝阑。我如吕行甫[②]，墨水小啜唇。夙慕东坡书，欲乞复逡巡。一字终不与，世固有其人。"

四月一日，星期四，阴雨，六十三度

题画幅。吟碧馆主研精风雅，积学爱人，所托意者，彝伦善行，友朋书卷之间，相契既深，乐数晨夕，因贻此幅，以供清赏。

四月二日，星期五，阴，六十二度

今日夏历二月晦，先公见背三十周年忌辰，焚香诵经，独自追荐。

四月三日，星期六，雨，五十六度

熟食日。杜诗《熟食日示宗文宗武》："几年逢熟食，万里逼清明。"

---

① 此处天头有文字：宛陵句"字法叹中绝，合将五十秋"。

② 此处天头有文字：行甫，名希彦。见《东坡题跋》。

放翁谓唐人以寒食前一日为炊熟,熟食即炊熟也,亦谓之小寒食。

四月四日,星期日,阴,六十一度

色斯。平湖屈伯刚题《庞次淮诗续稿》云:"惟君色斯举。"自注:"'色斯'二字连读。"按:《潜研堂·汉郑固碑跋》:"汉魏人多用'色斯'字,当远之意,所谓歇后语也。"

四月五日,星期一,阴,六十二度

燕园。南通徐梁甫抚军宗幹《斯未信斋诗录》有《燕园杂咏》五律六首,自注:"济南趵突泉东,蒋伯生先生旧宅也。近为余与周柏冈刺史侨寓之所,有抱山堂、秋曝台、饭松亭、远香榭、会音阁、凫华舫诸胜。'高真灵秀之居'黄左田书;'抱山堂额',刘石庵书。园有金线泉、投辖井,钱献之篆碑。"

四月六日,星期二,阴,六十二度

昨夜梦出家为沙弥。

四月七日,星期三,阴雨,五十五度

桑寄生、杜仲、蚕豆花,闻均可治高血压。

四月八日,星期四,晴,五十七度

渔洋《秋柳》诗。张广雅《济南杂诗》注:"山东巡抚署为明济南王故宫。王渔洋《秋柳》诗为故王作也。"

四月九日,星期五,阴雨,五十九度

中旗。《战国策》:"中旗推琴而对曰:'君与知之者谋之,而与不知者败之。'"卢抱经谓"中旗,即钟期是也"。

四月十日,星期六,阴,六十三度

唐蔚芝先生文治于今晨子时逝世,年九十。子三:庆诒、庆增、庆永。六十年前癸巳、甲午间,蔚老与先公在总理衙门共事。甲子奉讳,蔚老曾有挽联,叙旧事甚长。陈小石先生之后,蔚老继之,当年译署旧交,至此而尽矣。

四月十一日,星期日,阴,六十度

琴鱼。樊榭诗:"更闻春网荐琴鱼。"此用山谷"春网荐琴高"句,典出《列仙传》"琴高乘鲤而出"，山谷因借为鲤鱼之称。杨子勤《雪桥诗话》谓："琴鱼，即药粗鱼。梅耦长句'田家桑落酒，风物药粗鱼'为渔洋所称，但不知药粗鱼为何状也。"

四月十二日，星期一，晴，六十四度

申官赴北京。圈读《金刚经讲义》三册竟。

四月十三日，星期二，晴，七十度

楚人谓冢曰琴。《水经注》："六安县都陂中有大冢，民曰公琴，即皋陶冢也。铜阳县有葛陵城，有楚武王冢，民谓之琴城。"

四月十四日，星期三，阴，夜雨，六十四度

诗管。紫幢轩主人《诗管》十册，松禅老人所藏，归田时以赠盛伯希祭酒。老人题记云："紫幢老人手钞诗，平生所珍弄。戊戌四月，仓卒出国门，举赠吾友伯羲，敢问伯羲是紫幢一流否？ 常熟翁同龢记。"祭酒报以文文水画焦山图，縢以七古一章。紫幢为清宗室百绶子，字子晋，又号茶翁、香婴居士、北柴山人，王渔洋诗弟子也。

四月十五日，星期四，雨，六十三度

《日本金石志》。《缘督庐日记》庚寅十月二十日："俞佑莱同年以傅栎元所著《日本金石志》四册见贻。"《语石》："光绪丙戌，德清傅栎源观察奉使游历日本，与贵阳陈君衡山名矩，松珊侍御之弟作《日本金石志》五卷，内印文一卷，刀剑款识一卷，其余分前后二卷，前目九十四种，后目百廿四种，又附录十六种，皆有跋尾。又仿欧、赵目录之例，有年可纪者八百九十余种，录其目为表。约计志五卷，金文十之七，石刻十之三，钟铭尤居其泰半。"

四月十六日，星期五，阴雨，六十七度

《斯未信斋诗集》。南通徐宗幹抚军著。共十六卷，每卷每各有集名，自嘉庆壬申至咸丰己未止。按：抚军卒于同治丙寅，此数年中之作，斯集缺如，盖未完稿也。另附《骊歌集》《舆诵集》《同治四年闽闱唱和集》三种，均原刻。又《南陔集》《印爪集》二种，为抄本。

四月十七日,星期六,阴雨,六十二度

跋《济州金石志》:

王述庵《金石萃编》:汉画象在嘉祥者,县署①东、华林村、七日山、纸房集四处各二石,刘村及汤阴山各一石,皆无题字。芳茂山人《访碑录》则云:"刘村三石,非一石。又焦城邨四石,皆有题。"叶鞠裳年丈所撰《语石》,举此二说,以为所纪不同,未见原拓,不知谁为实录。今考此《志》中,"华林等四处及汤阴确无题字,刘村为三石,有字者一,焦城邨四石,有字者二。"记载详晰,可释《语石》之疑也。又《武氏前石室画象》,汪郎亭先生督学山左时,曾椎拓全份,其中前石室计十四石。此《志》所载为十五石,考诸《山左金石志》亦同,乃知汪氏所拓已遗其一。即此二例,已足为决摘异同之佐证矣。

四月十八日,星期日,晴,六十四度

红丁。仁和孙颐谷《读书脞录》:"贯休诗'蕨包玉粉生香垄,菌蔟红丁出静槎',盖诗家象形借用之语。陆放翁'满贮醇醪渍黄甲,密开小瓮贮红丁',想即祖此。然不出菌字,则不知红丁为何物矣。宋人诗大抵源流于唐,而不及唐律之细,如此类可见。"

四月十九日,星期一,阴雨,五十五度

秦代铸铁人。乾隆时金匮吴揖峰峻《铁人》诗注:"始皇铸铁人十二,董卓毁其九铸铁钱,余三,石勒取置邺,符坚又徙之,未至而乱,一入河,二在陕州鼓楼下。"②贾生《过秦论》"销锋铸鐻,以为金人十二",当即此也。

四月二十日,星期二,晴,晨五十度,夜六十度

香积。《维摩诘经》:"有国名众香,佛号香积。"世称僧厨曰"香积

---

① "县署"二字,俞鸿筹记在"纸房集"后,覆核原文,当在"东"前,据《金石萃编》(文渊阁《四库全书》版)卷二十一改。

② 此处天头有文字:潘岳《西征赋》:"金狄边于霸川。"注:"秦铸铜人十二,以象长狄,董卓以为钱,余二枚,魏明帝欲迁诣洛阳,到霸城,重不可致,便留之。"

厨"。程春海《枣花寺》诗句"漫将何肉恼法喜，却具伊蒲溷香积。有芳奚待正封咏，无酒不令陶公醉"，积入真韵，音恣，即《诗》"乃积乃仓"之"积"字。

四月二十一日，星期三，阴，五十六度

蚕豆。董若雨说《丰草庵诗集》咏蚕豆句云："沙瓶漆櫑分前咏，豌豆今逢第二诗。"自注："诚斋蚕豆诗有'沙瓶新熟西湖水，漆櫑分尝晓露余'。"又言："蚕豆未有赋，盖豌豆也，吴人谓之蚕豆。"姜西溟《湛园札记》："吾乡以吴人蚕豆为豌豆，而以吴人所谓寒豆者谓之蚕豆。"西溟，浙之慈溪人，今不知仍如此否？

四月二十二日，星期四，晴，六十一度

袁安圃以明嘉靖间先德志山先生诗稿印本见贻，并示《癸巳述怀诗》，赋此奉酬：

"墨妙曾觇列岫楼，曩见胥台金事题文待诏《江南春》及鲁望副使题吴仲圭《渔父图》，俱盖"虎丘别墅"印（卷）。芸编今喜夜光投。汝南物望方厨顾，钱竹汀《题介隐先生像》句："声望厨顾之间。"邺下[1]文章接应[2]刘。卷中首列《简陆子传》一诗，五湖与谷虚礼部为戊戌同年。《菊涧遗诗》同不坠，宋高处士[3]《菊涧遗诗》，清初裔孙所刻。竹汀跋语幸还留。竹汀此跋，《潜研堂集》不载。横山旧是琴樽地，别业沈霾冷虎丘。"

"方斋清峻裔多贤，历历苕华载笔传。汪尧峰题袁氏册，盛称"方斋先生后裔之贤子"，即谷虚、志山二公也。果见云仍昌奕世，君为礼部十三世孙。犹将义理作丰年。诗情华岳孟东野，"性情一华岳，吐出莲花峰"，郑子尹《题东野诗》句。画派姚村沈石田。余事《骚》经还可继，霜厓笛韵度梅边。明人谓关汉卿杂剧可继《离骚》。君善度曲，为湘真阁入室弟子。"

---

①　此处天头有文字：江淹《杂体诗序》："关西邺下，既已罕同。"

②　"应"字原作"阮"，后被改，且天头有如下文字：应，平、仄两用，见阴时夫《韵府》。

③　此处天头有文字：沧州高九万。

四月二十三日,星期五,晴,六十七度

乐饥。《诗经》'可以乐饥'。郑笺作'瘵饥',谓经文必本是'瘵'字。正义云定本作'乐饥',知孔颖达本所载经文亦必是'瘵饥'矣。唐石经初刻'乐',后觉其误而改为'瘵'。又证之《文选》王元长《永明十一年策秀才》文注,日本足利古本皆是'瘵饥'。《韩诗外传》二引《诗》'可以瘵饥','瘵'与'瘵'一也。"《龙城札记》。

四月二十四日,星期六,阴雨,六十六度

明季百一诗。淄川张历友笃庆著,康熙丙寅拔贡,有《昆仑山房集》。此卷为养浩叔重刊。《别裁集》录十三首,《山左诗钞》录二十首,此犹是足本,分上下卷,自神宗起至南渡后,共七律一百另一首,每首附小序,取材于《明鉴》《通鉴会纂》《明纪编年》《明史》各书,有王渔洋评语。

四月二十五日,星期日,雨,六十二度

《明仁宗实录》。蓝格钞本,共订六册,寇乱中于吾邑发现。顷闻为曹菊生售于文管会,得值三百万元。仁宗为成祖之子,年号洪熙,在位不及一年。

四月二十六日,星期一,雨,五十五度

《初学集》跋:

先公手题是集,二十卷,东华直庐中书贾出售。当时渐西袁太常同直待漏,谓《初学》从思宗癸未止,《有学》则自龙兴甲申始。余误读"有学"之"有"为本字,太常厉声曰:"君真不识字,此是'又'字,非'有'字也。"忽忽廿年,太常宿草,思之泫然。光绪丁未午月十八日,盼两极亟。筹按:大乘佛法,证无生法忍,至于八地,则证圆满,称为无学[①]。八地以前虽证而未圆满,称为有学,则"有"字亦可读为本音。蒙叟深通佛学,借义于此,亦未可知。

---

① 此处天头有文字:《首楞严经》:"生我法中,得成无学。"

四月二十七日,星期二,阴,下午晴,六十度

青虫。陈仁先苍虬阁诗注:"唐懿宗时,浙东贼刘睢收进士王铎等斩之。时铎等皆衣绿,睢曰:'乱我谋者,此青虫也。'"近严畸厂有句云:"刘浰不诛王铎辈,人间谁得比青虫。"瘦东以二君所举睢、浰之名不同,以此为询。查《通鉴》所载,乃为刘睢,且字书并无浰字,可见其误也。

四月二十八日,星期三,晴,六十四度

卢橘。《上林赋》:"卢橘夏熟,枇杷橪柿。"《汇苑》云:"今广东呼枇杷为卢橘。"故《余冬录》讥:"相如作赋,不知卢橘为枇杷。"然《本草纲目》云:"卢橘即金柑。"《广州记》亦云:"卢橘皮厚,大如甘酢酸。"是卢橘与枇杷,当非一物也。

四月二十九日,星期四,晴,七十一度

谢公墩。临川谢墩诗云:"我公名字偶相同,我屋公墩在眼中。公去我来墩属我,不应墩姓尚随公。"《江宁府志》:"金陵有两谢公墩,在冶城北与永庆寺南者,乃谢安石所眺。若荆公宅之半山寺所云谢公墩,乃谢玄所居,荆公或误以为太傅也。"

四月三十日,星期五,晴,七十度

霜红龛画册。师米斋藏傅青主画山水八页,笔致萧疏,每页有题诗,盖"傅山联珠"印,末页"青主"印。余以所见傅画不多,未能决定,然恐不确也。后有松禅跋,则为赝笔,甚劣。

五月一日,星期六,晴,七十七度

乐浪。汉武帝灭朝鲜,改为乐浪郡。浪,平声。凡地名、水名,如博浪、庄浪、沧浪、康浪,皆读平声。吴梅村诗:"乐浪有吏崔亭伯。"

五月二日,星期日,阴,夜雨,七十三度

《圣教序》拓本考证。翁覃溪谓:"《圣教序》石中间断泐,明天顺年间事。"王箬林乃谓:"赵松雪已临断本,此所见伪赵临耳。"此可见以初断者为南宋本之非。姚际恒首源《好古堂书画记》:"宋拓怀仁《圣教序》以首行'晋'字不断为验。"沈寐叟谓:"以'三奥'俱全、'故得阿耨

多罗'故字未损者,为断后旧拓本,在明前。'右将军'右字不损,为清初本。"叶缘督谓:"'许敬宗'上'开国男'三字不坏,为乾隆间拓本。"

五月三日,星期一,晴,七十二度

镌石章一方[①]。

五月四日,星期二,晴,七十度

观瀑图。张隐南《题扬无恙黄山画册》句:"独有观瀑人,一杖危厓立。"自注:"古人多观瀑图,以声寓意也。"

五月五日,星期三,雨,六十六度

卜煞。《云麓漫钞》:"古人书字有误,即墨涂之,今人多不涂,旁注云'卜',谚语谓之'卜煞',莫晓其义。近于范机宜处见司马温公与其祖议《通鉴》书,有误字,旁注云ᅡ,然后知乃'非'字之半耳,后人又省云。"

五月六日,星期四,雨,六十七度

沈石田《星坛三桧图》。张隐南诗:"桧神传取星坛畔,雅集恐生白石嗔。"自注:"桧神句,见予藏沈石田《题梁桧图诗》。"[②]杨无恙《虞山杂诗》自注:"曾见张隐南藏石田《星坛三桧》与张应遴《虞山纪胜合卷》。"考《石田诗集》,有《七星桧》五古一首,中云:"七既毙其半,三株实聊存。"王弇州《题沈启南七桧图》亦言:"何必称七星,三星亦自古。"则石田所见古桧仅三株矣。张氏《虞山胜地纪略》刻《虞阳说苑》甲编,想即从此卷录出。云"招真治虚皇坛古桧,其三犹萧梁时物,顷岁弗戒于火,悉化灰烬"。《纪》中所言顷岁,当在嘉靖、万历年间。隐南此卷,石田自题外,不知有无他题。隐南逝已十余年,无恙近亦谢世,《三桧图》流落何所,竟无人可询也。超然,甲午秋逝世。闻晚景艰难。此卷恐不能守矣[③]。

---

① 其下钤"椎庵"朱文印。

② 此处天头有文字:姚姬传有《钱詹事籍石座上观沈石田画星坛三桧图歌》。

③ 此处天头有文字:破梦云此卷今在冯超然处。

五月七日,星期五,阴,晚晴,六十八度

可中庭。刘梦得《生公讲堂》诗:"高座寂寥尘漠漠,一方明月可中庭。"《佛门总载》:"宋文帝会沙门……日过中,僧律不当食。帝曰:'始可中耳。'生公乃曰:'天言可中,何得非中?'遂举箸而食。"刘诗"可中"二字出此,犹言方可耳①。

五月八日,星期六,阴雨,七十二度

傑傀与呲虖。扬雄《甘泉赋》:"傑傀音差豸参差。"司马相如《上林赋》:"傑池呲虖。"俱为不齐之意,而用字有同异。

五月九日,星期日,阴,六十八度

恕可。《养生论》:"恕可与羡门比寿。"恕,即庶字通用。庶几之庶,正当作恕。

五月十日,星期一,晴,七十度

翁覃溪笔润。沈期仲佺藏张叔未《清仪阁日记》手写本,嘉庆十四年己巳代文后山求翁先生题铜文跋本,润笔银四两②。

五月十一日,星期二,晴,七十二度

昆弟兄弟。《礼丧服经传》:"大功已上皆曰昆弟,小功已下同异姓,皆曰兄弟。"段氏《说文注》:"以昆弟、兄弟异其辞者,惟《礼经》,他经不尔。"

五月十二日,星期三,阴雨,七十二度

哲兄令弟。谢惠连《西陵遇风献康乐》诗:"哲兄感仳别。"谢灵运《酬从弟惠连》诗:"末路值令弟。"晋时,从兄弟相称如此。

五月十三日,星期四,阴,潮湿七十八度

《孤山梦传奇》。明冯小青事,见支如增、冯犹龙所撰二传。钱东涧谓并无其事。陈云伯据张潮《虞志》新志所载,"小青有女弟紫云,

---

① 此条内容出自杨慎《升庵诗话》卷一〇,俞鸿筹撮述。"《佛门总载》"即"《佛祖通载》"。

② 此处天头有文字:后山藏汉三斗铜,今归吴待秋,因号抱铜。

归马髦伯。"姚靖又据《游览志》"西湖路孤山,相传有小青庐",谓东涧谬论不足破也。云伯于道光甲申为修墓于孤山。余旧藏明刊本《孤山梦传奇》一册,附《焚余草》,三十余年前曾题词一阕,惜于丁丑失之,已忘谱曲者之姓氏矣。

五月十四日,星期五,风雨,晨七十二度,夜六十度

气海。翁文恭庚寅《日记》:"史竹孙云:'每夕摩气海,享上寿。'彼村中马姓人皆九十余,得此法。二便之间曰气海。"

五月十五日,星期六,阴,六十三度

益智粽与续命汤。《通鉴》:"晋义熙元年,孙恩之党卢循自称平南将军,摄广州事,遣使贡献。时朝廷未暇征讨,乃以循为广州刺史、抚军中兵参军。刘裕先曾讨循,循以益智粽遗之,裕报以续命汤。"用此二物为酬赠,不知何意。《类函》乃有解释,谓:"益智,药名,言裕智力穷也;续命汤,治中风不省人事,言循不省事也。"

五月十六日,星期日,阴,六十六度

翻本《七姬权厝志》。叶缘督谓:"沈韵初所跋以为真本,实则杨用修翻本也。徐子静士恺所藏,有王敬美、王玄照二跋者,乃真本。"

五月十七日,星期一,晴,七十一度

陈弢庵奏议。书名《陈文忠公奏议》上下两卷,光绪六年始,至民国二十一年壬申止。卷首有公象及陈散原撰墓志铭、杨子勤序,最后为壬申密折,盖在东北沦陷以后矣。文中人名有空白处,疑指郑苏堪。民国二十九年庚辰文楷斋镌板,纸张甚精。弢庵卒于乙亥二月,年八十八,其成进士在同治戊辰,仅二十一岁也。

五月十八日,星期二,雨,七十四度

《陶庵梦忆》。八卷,山阴张宗子岱著。笔记体裁,共一百二十三则。自序谓:"遥思往事,忆即书之,持向佛前,一一忏悔。"余前见其《琅嬛诗集》旧钞本一册,载:"陶庵生于万历二十四年,至康熙九年庚戌尚在,明亡时为四十八岁。"此书所记,悉系前朝旧事,故以"梦忆"称之。刊本有秀水金氏砚云甲编本、南海伍氏粤雅堂本。此则三十年前俞平伯重印。陶庵吐属隽美，调侃诙谐，无一不妙，而身世之感，偶一流露，盖孟元老、吴自牧之流也。孟撰《梦华录》，吴撰《梦粱录》。

五月十九日，星期三，阴雨，七十七度

蟹败漆。《东坡题跋》："漆畏蟹，予尝使工作漆器工，以蒸饼洁手而食之，宛转如中毒状，亟以蟹食之，乃苏。墨入漆最善，然以少蟹黄败之乃可。不尔，即坚顽不可用也。"按：《淮南子·览冥篇》："蟹之败漆，葵之乡日，虽有明智，弗能然也。"东坡之语出此。

五月二十日，星期四，晨雷雨，终日阴，七十五度

瓶庐临苏书轴。"'维摩能以方丈室，容受九百万菩萨，三万二千师子座，皆悉容受不迫迮。又能分布一钵饭，餍饱十方无量众。断取妙喜佛世界，如持针锋一枣叶。'东坡在黄州，戏作此等语，然非善知识，乌能为此？瓶居士翁同龢记。同龢印。"五尺狭幅纸本，四行行书，拟苏，而仍流露本来面目，遒紧潇洒，非寻常习见之品。余家旧藏，劫余长物也。

五月二十一日，星期五，阴雨，七十一度

孔东塘。名尚任，字季重，一字聘之，号东塘，又号岸塘，亦称云亭山人。贞璠之子。顺治五年戊子生，康熙五十七年戊戌卒。著有《淮海集》《桃花扇》《小忽雷传奇》。康熙二十三年为国子监博士，三十八年任户部员外郎，是年罢官。王源《居业堂文集》有《送孔东塘户部归石门山序》，中云"曲阜孔东塘先生，以户部主事晋员外郎，罢而归。王公贵人，下逮布衣之士，莫不惜之。先生曰：'毋惜也，吾母老矣，不能养，今归养母，且得葺吾孤云草堂，著书终余年，幸耳，何惜为！'予知先生久，是时初往谒，则读其所为《桃花扇》传奇，盖谱弘光南渡轶事，借儿女之情，写兴亡之故，情辞淋漓悲宕。予又质以先君子所为《崇祯遗录》，相与慷慨太息"云云。东塘罢官原因不可考，然其自记《〈桃花扇〉本末》云："己卯秋夕，内侍索《桃花扇》本甚急，乃于张平州中丞家觅得一本，午夜进之直邸，遂入内府进书，未久即受罢官。"疑因传奇有缠绵故国之意而遭忌也。

五月二十二日,星期六,晴,七十一度

同志。陆机《拟今日良宴会》诗:"四坐咸同志,羽觞不可算。""同志"之名始此。

五月二十三日,星期日,晴,七十六度

红线盗盒事有所本。盗盒事,出袁郊《甘泽谣》,然实有所本。《淮南子·道应篇》:"楚将子发好求技道之士。楚有善为偷者,往见子发,出见而礼之。无何,齐伐楚,楚兵三却,于是市偷进请曰:'臣有薄技,愿为君行之。'子发曰:'诺。'偷夜解齐将军之帱帐而献之。子发因使人归之。明复往取其枕,又使人归之,明又复往取其簪,又使归之。齐师大骇,将军与军吏谋曰:'今日不去,楚君恐取吾头。'乃还师而去。"此事与盗盒绝相似,同属寓言也。

五月二十四日,星期一,雨,七十度

晋恭帝与宋彭城王。晋元熙二年,刘裕废恭帝为零陵王,明年以毒酖之,王不肯饮,曰:"佛教自杀者不复得人身。"遂掩杀之。宋文帝刘裕之子,元嘉二十八年以药赐其弟彭城王义康死,义康不肯服,曰:"佛教不许自杀。"使者以被掩杀之。此二事疑有误传,或即一事,否则果报之不爽,亦可异也。

五月二十五日,星期二,阴雨,六十七度

伯鹰以所书长卷见赠,并跋云:"运之先生辱惠古风二章,弘奖拙书,且征恶札。虽期许之厚,所不敢当,而情辞深美,实为咏叹。且立言之本,归于立身,所以嘉勉之者,皆古君子相与之道,尤非所敢居而不敢不企者也。因先检此卷奉教,再学制俚言以奉和云。"

五月二十六日,星期三,晴,七十一度

陆平原《平复帖》[①]。伯鹰言:"陆士衡《平复帖》墨迹,今在中州张伯驹处。"《翁文恭日记》曾记此帖云:"《平复帖》手迹,纸墨沈古,笔

---

① 此处天头有文字:梁蕉林旧藏刻《秋碧堂帖》,用以压卷。后李申耆督刻一本,失真。

法全然篆籀，正如秃管铺于纸上，不见起止之迹。宋高宗题签，香光跋。此卷为成哲亲王分府时，其母太妃所手授，故以‘诒晋’名斋。……恭邸以赠李兰荪相国。”伯驹为镇芳之子，藏剧迹甚多，宋道君《雪江归棹》立轴亦在其处。

五月二十七日，星期四，雨，七十度

何蝯叟长联。伯鹰言：“曾见蝯叟书十三字楹联，句云：‘小筑三楹，看浅碧墙垣，淡红池沼；相逢一笑，有袖中诗本，襟上酒痕。’”余亦曾见叟书十四字联，龙门式四行跋语联云：“看弟一本《化度寺碑》，岂傍山阴棐几；得五十字《偃松屏赞》，居然云上仙风。”跋云：“欧书非本右军，坡楷大似贞白。因观紫垣世仁丈珍秘书联志赏，即希指正。时同治癸亥初夏，何绍基并记于羊城长寿寺之半帆亭。”

五月二十八日，星期五，云昙，七十二度

先公用章。先公己亥归养后，镌有“诏许养亲”小印。辛亥归田后，又摘杜诗，镌“诏许归蓬荜”五字印，更有“草间偷活”“八表同昏”“苍茫万感”诸印，俱出金钝金、钱莲士二君铁笔。丁丑寇乱失去。偶从劫余书籍上见此数印文，不胜追慕。

今日夏历四月二十六日，先祖母逝世忌辰，自乙巳至今甲午，正五十周年矣。焚香诵经，独自展拜。

五月二十九日，星期六，阴，七十二度

吏部重寅谊。《居易录》云：“吏部最重寅谊，前辈虽登九列，名刺必署‘旧寅’二字。”余见陕甘总督升吉甫世丈允致先公函，称老前辈大人，自称侍。盖先公与丈为吏部同寅，而资历较前，其时犹重寅谊若此。

五月三十日，星期日，阴，七十三度

《梅村集》。《吴梅村集》原刻四十卷，分诗、古文、词。其后黎城靳氏有《吴诗集览》，长洲吴枚庵翌凤有《梅村诗集笺注》。至三十年前，武进董绶经得其家藏稿另刊之，凡六十三卷，又乐府三种，分订八册，于前之忌讳芟易之处，悉复其原，有功梅村不少矣。余尚未见此本,俟访之。徐少逵藏旧抄本鹤市程穆衡《笺吴梅村诗》十四卷。

五月三十一日,星期一,阴雨,七十二度

梅瞿山画册。纸本,十二页,水墨兼有设色,每页自题小诗,乙亥年七十三作,钤印甚多,印色不精。画松一页最佳。吴云盦荫培题签。

王忘庵花卉册。纸本,十页,设色,末自题:"端公大师日为大众谋食,世出世间,无远近亲疏,莫不沾其利益,其志久而弥坚,至衰年无倦色。尝谓余曰:'众生苦恼,无有分别,竭吾力以满吾愿耳。'而又绝口不及缘事,少暇则遍阅古德公案,触头磕脑,不离乎此,鹿鹿世缘,正其得手处也。因知其末后一著,自当隽伟不群,请以此作券何如?癸亥夏至日,雪颠行人识。"忘庵卒于康熙二十九年庚午,此为癸亥年五十二所作。松江张诗舲旧藏,有题语及"祥河""老舲"等印。

六月一日,星期二,阴,六十五度

鳖厮踢。益都孙仲孺好指摘渔洋诗,渔洋笑曰:"此东坡所谓鳖厮踢也。"语见谢在杭《五杂俎》:"东坡与温公论事偶不合,坡曰:'相公此论,故为鳖厮踢。'温公曰:'鳖安能厮踢?'曰:'是之谓鳖厮踢。'"此语或是俗谚,犹言无是理也。

六月二日,星期三,早晚晴,午微雨,七十二度

李北海书牡丹诗。近见高潜庵毓澎临北海书《牡丹诗》七律四首,此诗刻本余未见。《居易录》云:"偶见一帖牡丹诗,题曰'开元初纪号李邕书',而诗中有'虢国''边鸾'等句,殊可疑讶。""天乐喧阗虢国风,好风相倚笑边鸾。"

六月三日,星期四,晴,七十六度

醉驼。放翁《咏猫》诗云:"薄荷时时辞。"以猫食薄荷叶则醉也。渔洋言:"驼以柳为酒,食柳条则醉。"

六月四日,星期五,晴,八十二度

严太仆虞淳。吾邑严思庵太仆,康熙丁丑榜眼,官至太仆少卿。《居易录》云:"丁丑榜眼张虞淳,华亭人,本姓严,常熟人。殿试初拟第三,因姜宸英自二甲第一移一甲第三,虞淳遂移第二。"改籍事,邑

志不载，未知何时方复姓也。

六月五日，星期六，雨，七十七度，端阳节

平仄两用之字。应场之"应"，黄公绍《韵会》"作平声"，阴时夫《韵府》"作仄声"，俱注人姓。"枚乘"，杜诗"枚乘文章古"，作仄。太白诗"八月枚乘笔"，作平。伍子胥之"员"，读作运，陆鲁望诗"赖得伍员骚思少"，作平。

六月六日，星期日，晴，八十度

松禅老人逸事。靖兄言老人与吴三先生儒卿最善，归田后，时相过从。先生性狷介，偶与老人作山水游，辄畏人所见。某冬，冲天庙前羊肉面馆新开，老人约先生清晨往，甚早，食罢，客尚无至者，大喜。翌日又继之。及出，一地保见之，遽向老人屈一膝行礼，老人不得已颔之，而先生则已疾走他去矣。后遂不复往。

六月七日，星期一，晴，八十度

徐氏藏砚。东海徐端甫，水竹村人之弟，藏砚五千余方，凿壁为楗，一一以砚石纳之。端甫已逝，闻其家尚护持未失。

六月八日，星期二，阴雨，八十度

执笔法。《巢经巢·与赵仲渔论书诗》："乃今赵郎道其师，是从包述安吴悟笔髓。为作五指握管状，如鹅昂头鸭拨水。"又自注云："张从昂擎拳握笔，冯侃两指提管，韩方明五指包管，李少卿三指提管。"

六月九日，星期三，阴，七十五度

破梦词人见赠端溪白石砚，赋此为谢：

"赠我蛮溪砚足珍，迥如璧友见温纯。玉田端合称①词客，白石何妨号道人。莫②笑注书非③碌碌，昌黎诗："《尔雅》注虫鱼，定非碌碌

---

① "称"旁有一"偶"字。
② "莫"旁有一"堪"字。
③ "非"旁有一"难"字。

人。"已甘低首付磨磷。一椽空处宁求备①，却许相从寂寞滨。"断砖半瓦宁求备"，陈后山《谢寇十一惠端砚》句也。"

六月十日，星期四，晴，八十度

声甫函告，近辑成太平天国时代之常熟，依据材料有下列各种：《粤匪杂录》魏炳虎，《庚申十年避难记》西乡黄楚筠，《海角续编》陆竹亭，《粤匪陷虞实录》南乡龚晋熙，《锡金乱定始末》华翼纶，《甲子秋试行记》杨同福，《蠡湖异响》戈申甫，《白下从戎记》赵烈文，《寓崇杂记》宗汝济，《吴门出难记》齐学裘，《寓沪日记》赵宗建，《吴中平寇记》钱勖，《吴窓斋日记》《守虞日记》谭嘘云，《海虞贼乱志》《寇警杂咏》吴，《金陵杂述诗》。

六月十一日，星期五，阴，七十七度

定定馆。稚柳镌印曰"定定馆"。二字见玉溪《忆梅》诗"定定住天涯"。

六月十二日，星期六，阴，七十四度

《清初三大疑案考实》。武进孟心史森著。三案，为太后下嫁、顺治出家及雍正入承大统。据心史考证，下嫁为无其事，出家则证顺治崩于大内，并未行遁。雍正事引《大义觉迷录》甚多，而证康熙遗诏改"十"字为"于"字之传说，并非无稽。此书出版于民国廿三四年，其考证态度，能以审慎出之，颇异于一般习见笔墨也。

六月十三日，星期日，雨，七十六度

玄隐赠诗。《运之老兄惠诗二章，命为作字。辞意既深美矣。诗中道及昔年北谈之事，非所敢当，而公自道如吕行甫之啜墨，尤有情致，因赋小诗奉答》："墨池媚独得天游，内美如君更外求。贪寝羊欣推道护，乞餐子敬让文休。浪倾白水宜多错②，小啜玄云固亦优。惭愧徙薪征旧事，未遑濡发已焦头。"

---

① 　此句原作"故人情意应同重"，被墨笔点去。

② 　此处天头有文字："浪倾"句用苏诗"已倾潘子错着水"故实，甚妙。潘邠老。

六月十四日,星期一,阴,七十二度

纪瓶老人去国词。老人戊戌去国,郑太夷曾有《暮寒》七律纪之。王半塘亦纪有《鹧鸪天》二阕:"卅载龙门世共倾,腐儒何意占狂名。武安私第方称寿,临贺严装早办行。惊割席,忆横经。天涯明日是春城。上尊未拜官家赐,头白江湖号更生。""群彦英英祖国门,向来宏长属平津。临歧独下苍生泪,八百孤寒愧此君。倾别酒,促归轮。壮怀枉自托风云。剧怜彩鹢乘涛处,亲见蓬莱海上尘。"半塘于戊戌四月,曾封奏大臣误国,朋谋纳赂,劾瓶老人及张樵野,故其言如此。又朱彊村有《丹凤吟》一阕,和半塘四月二十七日雨霁之作,亦纪此事:"断送园林如绣,雨湿朱幡,尘飘芳阁。黄昏独立,依旧好春帘幕。分明俊侣,霎时乖阻,镜凤盟寒,衫鸾妆薄。漫托青禽寄语,细认银钩,珠泪潜透笺角。此后别肠寸寸,去魂总怯波浪恶。夜暝天寒处,拚铅红都洗,眉翠潜铄。旧情未诉,已是一江潮落。红烛玉钗恩易断,悔圆纵重握。影娥梦里,知其时念着。"

六月十五日,星期二,阴,七十二度

稚柳为画一笺,墨笔写老树二株,山坡荦峥,溪水萦回,取法仲圭、叔明。间自题一诗:"退墨枯毫写远山,清秋兴发绿波间。应怜老董风流尽,平澹天真下笔难。"

六月十六日,星期三,终日雨,七十二度

夏历计算之,今日余生辰也。寂寞,无一人来。

六月十七日,星期四,雨,七十三度

《斗雪图》。张雨生溥东作,卷长三尺,纸本粗笔淡设色,意境萧疏,芦叶双钩。自题二诗:"舞空又见玉纤纤,欲乞晴烘一解严。东郭行歌寒敝履,北台新咏喻诸盐。鱼惊池冻难浮荇,鸟认巢空下集檐。屋角半消今复积,仰看宛瓦挂冰尖。""柴门阒寂噪饥鸦,路合难回过客车。袖手冻吟艰属草,枝头寒勒待开花。灾蝗患潦连边郡,选胜张筵自富家。霖霪频酱农事晚,一钱留看不须义。丁丑十二月张溥于退庵中炙砚作。"此二诗未见工妙,以雨生遗著不多录之。后有赵能静和

尖叉韵八首,赵次侯四首。

六月十八日,星期五,雨,七十三度

《云溪友议》。十二卷。唐云溪子范摅著。记叙唐人佚事,而附以诗,颇类诗话。铁琴铜剑楼有校宋本,分为三卷。《直斋书目》作十二卷。

六月十九日,星期六,晴,七十八度

《五总志》。一卷,宋建炎间吴炯著。所记多北宋事,偶及前朝。名"五总"者,取"龟生五总,灵而知事"之义。见《唐书·殷践猷传》:"贺知章尝号为'五总龟',谓龟千年五聚,问无不知也。"

六月二十日,星期日,晴,八十二度

《吹网录》。六卷,咸丰间吴县叶调生廷琯著,乌程汪曰桢序。卷一至五为考证经史集部及金石,卷六则悉记叶石林著作及事迹。书名"吹网"者,取佛印禅师"学者温猎文字语言,正如吹网欲满,非愚即狂"之语。厉樊榭谓:"'吹网'出《林间录》。"调生与吾邑赵次侯友善,《录》中有赵永安《宫鼎》七古一首,又考证《虞山妖乱志》撰人,共三节,可为此《志》跋语。

六月二十一日,星期一,阴,七十七度

《洛阳搢绅旧闻记》。五卷,宋初张齐贤著。记唐梁已还五代间事二十余则。《自序》云:"摭旧老之所说,必稽事实;约前史之类例,动求劝诫。与正史差异者,并存而录之。"然其中言鬼神者占三之一,虽意寓劝诫,尚未可列为史料也。

六月二十二日,星期二,阴,七十七度

出土文物展览。北京历史博物馆将近年出土文物举行展览,计有:河北曲阳修德寺废墟附近出土北魏至唐石造象;北京市区唐墓兽首人身十二辰石刻象五件;南京明墓出土铜灶;热河古代冶铜场出土汉代刻款铜饼七件,有字,农具铁范七十件;甘肃古浪县黑松驿出土大司农平斛建武十一年正月造铜斛;成都德阳汉墓出土画象砖,有山水、人物、杂技、房屋、车马、花鸟、宴会、采莲各种。

六月二十三日,星期三,阴,七十六度

夜,四肢发小块甚痒,初如绿豆大小,渐大如豆瓣,多则有十余处,少则五六处,每处一颗至七八颗不等,色淡红,二三小时后即退,毫无痕迹,过去从未患此症。俗有称"风疹块",未识即此否,以并无何种不适,听之而已。

六月二十四日,星期四,雨,七十七度

仍有疹块,惟并无不适。

六月二十五日,星期五,阴雨,七十五度

疹块已净。

六月二十六日,星期六,阴雨,七十三度

《芦浦笔记》。十卷,南宋刘昌诗著。刘字兴伯,江西清江人。卷中多为考证之作,及纪录前人诗文墨迹。知不足斋鲍氏刊入《丛书》,系据明万历间谢兆申及谢肇淛二抄本,赵意林、厉樊榭所校。

六月二十七日,星期日,阴,夜雨,七十七度

治高血压方。杜仲、夏枯草、桑寄生草、决明、玉米须五味各二三钱,共煎,每晨服一帖。

六月二十八日,星期一,终日雨,七十七度

午夜潮涨,街衢积水,幸无风,即退。

六月二十九日,星期二,晴,八十度,潮涨

蔚字读音。"蔚州""蔚蓝天"读如"郁",余皆读"尉"。

六月三十日,星期三,晴,八十二度

《征招》:玄隐嘱题《听诗图》。

"梦痕犹认巴山雨,孤吟暗添丝鬓。楼角玉绳低[1],又夜分人静。拗莲真作寸。叹寸寸、愁思难尽。凤纸题残,莺花消歇[2],好春俄顷。

---

[1] 此句原作"重倚碧阑干",被墨笔点去。

[2] "拗莲"至"消歇"句,原作"鸾笺余缱绻,看朱麝玉纤曾印。铜盉低催,银灯细炙",被墨笔点去。

为问绿窗词，青绫障，有几扫蛾堪并。绝代女房融，更兰阁才敏。旧情嗟画境，采云散、蘅芜香冷。只赢得、兑阁遗徽，寄三生幽恨。"

七月一日，星期四，晨晴，下午雨，八十三度

申官自北京回，购京市地图一幅。因念先公昔日京寓，光绪二年至五年，寓宣武门外南横街翁宅，文端公旧第也。光绪六年三月至七年秋，寓兵马司中街庞宅绚堂先生处，与南横街甚近。七年闰七月后，又迁回南横街。十八年至二十二年，寓东城棉花二条胡同。今阅地图中，此三处地名俱未更改，而旧时庭院则不可问矣。

七月二日，星期五，阴，细雨，八十三度

《游宦纪闻》。十卷，宋绍定时鄱阳张光叔世南著。杂记时人逸事，所见山水文字、古玩物品，略附考证，言皆有据，颇为详实。商濬《稗海》及《知不足斋丛书》均刊入。此为卢绍弓校本，有跋，见《抱经堂文集》。

七月三日，星期六，阴，晚雨，八十八度

《涉史随笔》。一卷，宋东阳葛洪著。共二十六篇，自战国至唐，节取史事，分段加以论列，略如史论体裁。末有"宋参知政事守观文殿学士提举万寿观致仕东阳郡开国公赠少师葛洪蟠室老人涉史随笔"一行。前年沪市粗纸厂发现自浙运来之废书中有南宋刊本《蟠室老人集》，东阳葛洪著，中纪宋金战事，仅存一册，为诸艺文志、书目所不载，乃孤本也。今藏市图书馆。

七月四日，星期日，阴，九十二度

《吹剑录外集》。一卷，南宋俞文豹著。括苍人。所记绍兴以后之事居多，中述陆放翁之子子遹为溧阳宰，因迫田主写契以献时相史申之，杀伤数十人。刘漫塘与以诗云："放翁自有闲田地，何不归家理故书。"此与放翁仁霭之风稍异矣。卷中有鲍渌饮校语。文豹，又有《唾玉集》，见明俞弁《山樵暇语》。

七月五日，星期一，阴雨，八十六度

今日农历六月初六日，先妣沈太夫人折世忌辰，持诵佛经，焚香展拜。

七月六日,星期二,阴,八十八度

滕黄。《山樵暇语》:"点书以滕黄和朱用之,则色久而益红。磨墨入滕黄少许,则黑而有光。"

七月七日,星期三,晴,下午有阵雨,九十三度

曲逆。汉陈平封曲逆侯,《汉书》注于"曲逆"二字无音。《文选》陆士衡《高祖功臣颂》:"曲逆侯宏达,好谋能断。"注:"曲,区遇反。音去。逆音遇。"

七月八日,星期四,阴,八十度,小暑节,黎明雷雨

周仓。洪北江《关神武庙碑记》:"庙两壁绘二神,一署曰平,神武子也,见裴松之注所引《蜀记》;一署曰周仓,则宋以前悉无可考,仅见于元人所作演义。神其说者,或云近世山西人掘地得周墓,有石碣焉,亦附会不足信。吾乡有里儒撰《神武世系》,据《吴志·鲁肃传》云:'争荆州日,坐有一人……'遂定为周仓。"夫陈寿固未尝标姓名,则百世下何由知之? ……神本谥'壮缪',本朝定谥'神武'。"

七月九日,星期五,上午晴,下午阴雨,晚雷雨,八十五度

报载武汉大水,长江水位达二十七点七五公尺,为近九十年来第二次最高水位,已超过二十三年以前汉口水灾水位。

七月十日,星期六,上午阴,下午雷雨,八十二度

《青卞隐居图》。立轴,旧为狄平子所藏,今在魏廷荣处。有董香光题"天下第一王叔明画"八大字,横列于上方,山樵生平最得意之笔也。画树用浓墨,画山用枯笔,笔墨极显露。声甫言,魏处尚有东坡《题文与可墨竹》真迹。

七月十一日,星期日,阴,午雷雨,八十二度

建初虑虒尺式墨。一面建初虑虒铜尺五寸新安胡间文造;一面尺式,计五寸,每寸长 ⌊▬▬▬▬▬⌋。侧光绪戊寅季秋滿州野牧摹孔东塘拓本制藏,合肥李氏伯雄书画墨。按:虑虒铜尺,清初为孔东塘所得,曾作《铜尺考》《周尺考》《周尺辨》三篇,见《居易录》。虑虒,读若卢夷。太原邑,即五台县。

七月十二日，星期一，阴雨，七十七度

复社虎丘大会三次年月。瘦东函询："《静志居诗话》载，'复社始于崇祯戊辰，先后大会于虎丘者三'，并不纪及年月。青浦杜登春曾述，'崇祯十五年壬午虎丘大会，冒辟疆等与焉。'其余二次为何？"按：陆桴亭《复社纪略》："五年壬申，虎丘大会，张溥为盟主。"又言："六年癸酉春，溥约社长为虎丘大会。先期传单四出，至日，山左、江右、晋、楚、闽、浙，以舟车至者数千余人。大雄宝殿不能容，生公台、千人石鳞次布序皆满，往来如织。游人聚观，无不诧叹，以为三百年来未尝有也。"合之壬午，适为三次，因摘录答之。程穆衡《梅村诗笺》："顺治癸巳春，社集虎丘，九郡人士至者几千人。第一日，慎交社为主，次一日同声社为主。"

七月十三日，星期二，阴，夜雨，七十三度

陈亮伯①。名浏，别署寂园叟，江浦人，善鉴别古瓷，着有《匋雅》四册及《海王村游记》。先生与先公光绪中同官京曹，甲子大故，从孙师郑处闻耗后有挽联寄来，并附长跋，惜乱后已不记忆矣。近时征引瓷书，必数《匋雅》，有日本译文，而在先生当时，固仅以游戏出之也。

七月十四日，星期三，阴，午后雨，七十八度

古月轩瓷考。大邑杨啸谷著。根据寂园叟《匋雅》《海王村游记》及番禺许之衡《饮流斋说瓷》所述"古月轩瓷"部份加以考正，并附记所见清故宫承乾宫所陈列者五十余种之式样、画案、题句、印章、年款及私家藏品四五十种。

七月十五日，星期四，晴，八十三度

文潞公摄生语。《石林燕语》："文潞公致仕，年几八十。神宗见其康强，问曰：'摄生亦有道乎？'公对：'臣但能任意自适，不以外物伤和气，不敢做过当事，酌中恰好即止。'"

七月十六日，星期五，雨，八十四度

今日夏历六月十七日，先生姚张太恭人七十三龄诞日忌辰，焚香

---

① 此处天头有文字：亮伯，原字孝威，官福建醝使。

诵经,展拜追荐。

七月十七日,星期六,阴雨,八十四度

夏历六月十八日,先妣沈太夫人诞忌,焚香诵经,展拜追荐。

七月十八日,星期日,寅刻,雷雨,终日阴,八十度

暨读入声。《石林燕语》:"元丰五年放榜唱名有'暨陶',主司初读'洎'音,三呼不应。苏子容曰:'当读入声。'果出应。"按:《三国志·吴》有"尚书暨艳","暨"字读如"讫。"

七月十九日,星期一,上午阴,晚雷雨,八十度

补松老人。钱塘吴子修年丈庆坻,别署补松老人。甲子三月十一日卒于里居学官巷,年七十七,少先公一岁,同年逝世,仅迟十一日而已。临终口吟一绝云:"寂寞分无千载誉,蹉跎死已十年迟。平生师友王梁沈,又到相逢痛哭时。"谓葵园、节庵、寐叟也。年丈与先公书札甚多,乱后尚存数纸,所赠《补松庐诗录》亦失去矣。

七月二十日,星期二,阴,八十六度

明梃击缇骑揭帖。近人江宁邓之诚著《骨董琐记》云:"俞金门藏明巡按徐吉揭帖,五人外,尚有徒流八人。"《鸣坚白斋诗存》卷四有《题明天启六年御史徐吉审拟梃击缇骑揭帖》七古一章,自注云:"揭帖中颜佩韦等五人外,尚有吴时信、刘应文、许尔成、杨芳、戴镛、季卯孙、丁奎、邹应桢八人,论罪有差。"先公亦题七古一章,载集中。惟均未言为金门叔父所藏[①]。

七月二十一日,星期三,阴雨,八十六度

今岁气候,自季春起,即雨多晴少。夏至节后,阴雨更甚。小暑节闻雷,俗有"小暑一声雷,倒转做黄霉"之谚。伏中温度甚低,无日不雨。沿江各省、河南省南部报载,俱患水灾。浙省时闻山洪暴发,为多年未有之天灾也。《上海县志》载:"清道光二十九年,自五月十一日起大雨,历五十余日始止,三江两湖都成水灾。"

---

① 此处天头有文字:瓶庐《癸卯日记》:"金门藏明巡校徐吉揭帖。"

七月二十二日，星期四，阴雨，八十二度

冯钝吟先生墓。邓之诚谓："吾邑冯定远墓在言子墓下。乾隆时，邑令赵六泉颙访得，为树坊表。"六泉，秋谷之孙也。查邑志"职官"门："乾隆三十九年，昭文知县赵颙，博山人，举人，六月初二日署。任期甚短。"钝吟固为秋谷平生崇奉者，其孙修墓宜矣。犹忆三十三年前辛酉岁，钝吟墓地为人盗卖于外人，翁笏斋年丈与先公函，县制止得以保全。比岁复不知何状，他日归时，当往一访。

七月二十三日，星期五，晨雷雨，午起，阴，八十四度，大暑

农历六月二十四日，祖考逝世忌辰，诵经，展拜。

七月二十四日，星期六，阴雨，八十四度

《清初名贤墨迹》卷跋：

《清初名贤墨迹》都十三页，陈其年、徐学圃之外，皆吾邑先正也。中七页为咏钱孝子辰飞事。孝子行谊载邑志《孝友传》，言"其父磐石尝尉南昌，以同官解饷亏短①被累，去之闽。辰飞毅然请代，遂死狱中。子惠中遍征题咏，张其事。磐石后佐瞿留守②幕，历官至桂林道。"此《墨迹》中卫浪公题跋云："磐石，一字鸣寰，崇祯时幕于瞿稼轩先生，之永丰后，为江西靖安三尹，南昌卫经历。事平之后，升光州州同、桂林道。"又云："磐石死于广，辰飞死于狱，忠孝萃于一门，父子成其令节。知磐石者，有浙之杨硕甫焉。"考黄之隽撰《杨艺传》，"艺，字硕甫，临桂人，或曰常熟人，瞿公稼轩幕客。公及张别山侍郎殉国后，艺号哭请于孔有德，为之收殓"。浪公则云："硕甫③，浙人，知磐石在

---

① "短"旁有一"蚀"字。

② "留守"旁有"忠宣"二字。

③ 此处天头有文字：《鸥陂渔话》："硕甫，吴江平望人。人称雪湖先生。"山人钱云曾为撰传，云："瞿公子元锡，以女配硕甫之子一宁。"陆桴亭有《雪湖杨高士诗序》，云："辛酉春遇杨君于虞山。"瞿元锡《始安事略》称硕甫为礼部主事，盖留守曾荐授此职。瞿昌文《粤行纪事》屡言祖父死节，赖义友杨艺收敛藁葬。《柳南续笔》："硕甫晚年移家虞山。"

广之死事者。"瞿张大节，彪炳史乘，而桂林观察之见危授命，不见邑志，微浪公此跋，则几将湮没无闻。片羽皆存，是足珍已。卫跋又云："鸣寰之孙，丁酉副榜绣麟"，邑志曾载："顺治十四年丁酉副贡钱缵曾，字绣林。"当即绣麟也。席文夏一页，字法甚谨严秀劲。朱竹垞《工部主事席君文夏墓志铭》："若洞庭东山人，徙居常熟，葬顶山。"邑志附子永恂传。

七月二十五日，星期日，晴，亥刻雷雨，八十八度

王觉斯《行书寿诗》卷。绫本，五律四首，有自跋，庚寅年作，已在顺治七年矣。王一亭旧藏，吴昌硕题七古，甚精。

黄瘿瓢《群盲图》卷。纸本，盲者四十余人，笔意离奇苍古，款雍正时作，亦一亭旧物。昌硕引首篆题"听思聪"三字，并题七古。今此二卷为方君所得，据云价六十万，约不及米三石。

七月二十六日，星期一，阴，午后雨，八十六度

王晋卿诗词帖墨迹[1]。三希堂旧物。乾隆长跋谓"此帖内苏、黄、蔡三跋俱伪。"晋卿字甚寻常，惟画本尚多见。字帖据云仅此耳。有康南海、张大千二跋。晋卿《烟江叠嶂图》卷子，今在张伯驹处，无东坡七古诗，有者为另一本，据云均系真迹。

七月二十七日，星期二，阴，八十八度

顾亭林诗集稿本。亭林诗，稿本与潘稼堂所刊之本字句颇多不同，"胡""虏"等字满布行间，刊本则忌讳悉行删改矣。此稿吴眉孙假诸瞿凤起校录一部，未知他日能如梅村家藏稿，与初刊本并行于世否？

七月二十八日，星期三，阴晴间，八十八度

隋晋陵管崇。《通鉴》："炀帝大业九年，吴郡朱燮、晋陵管崇聚众寇掠江左。初，崇隐居常熟，自言有王者相，故群盗奉之。……余杭

---

[1]　此处天头有文字：字迹与叶遐庵旧藏晋卿书《蝶恋花》词稿相似，亦清官旧物。

民刘元进率其众渡江，燮、崇迎之，推以为主，据吴郡称天子。燮、崇为尚书仆射。……在黄山为隋将吐万绪所斩。"

七月二十九日，星期四，阴雨，八十二度

报载今年六月份长江各地全月降雨量在五百公厘以上，超过历年同月二倍。武汉关水位七月底涨至二八八二公尺，超过历年最高水位。淮河流域自七月份起先后发生四次巨大洪峰，鄂、湘、皖、赣、苏、豫部分地区已发生内涝及洪水灾害。

七月三十日，星期五，雨，七十六度

岭南出土文物展览。广州市将近年所获出土文物千余件，公开展览。（一）汉代明器数十件。（二）汉至唐陶瓷数百件。（三）汉代工艺品，计有铜铁金银、玉石、琉璃、玛瑙漆器百余件。（四）古墓葬，以最近市郊龙生冈发现之汉木椁墓内物为主。

七月三十一日，星期六，晴，七十八度

明十三陵。今岁有人游十三陵，记其大略，云："陵距北京一百余里，乘往大同火车，至昌平站下，向京张公路行约十里，沿路西进里许，即为陵道，有六柱五间白石牌楼。又二里许，抵大宫门，式为三洞红垣，黄琉璃顶。又一里为碑亭，中立大明长陵神功圣德碑，亦黄琉璃顶。亭两侧华表四，又有石柱二，及翁仲石兽等三十六座。入陵门，左右广场深三十公尺，中为白石道，上有寝殿，基为三层白石柱，楠木极巨，中供雕刻神龛。殿后为方城，有羡道直达明楼，中立朱砂碑，金字书'大明成祖文皇帝之陵'。其他如嘉靖永陵，前有碑，已风化无字。殿颓毁，惟余基础，松栝则甚蓊郁。东为天启德陵，又越二山坡为宣德景陵，均荒废殊甚。"

八月一日，星期日，阴雨，七十七度

《后山诗钞》书眉：

《送内》：卢抱经谓："后山诗于澹泊中醲醲乎有醇味，其境皆真境，其情皆真情，故能引人之情，相与流连往复，而不能自已。"如《送内》《别三子》《示三子》《忆少子》诸作，皆至性至情，动人心魄。

《寄外舅郭大夫》：杨诚斋《荆溪集序》自云："五字律学后山。"集中又有"谁谓陈三远"之句。今读后山五律，皆盘行隐深，法严力劲，于各体中固为独擅。

《赠二苏公》：此赠二苏之作，非寻常酬应可比，必出苦心结构。眉山任希夷诗云："后山得法因盐铁，不减唐时杜审言。"可知后山于苏、黄之外，固力思独树一帜。张世南《游宦纪闻》云："'探囊一试黄昏汤'句，任注牵合无义。"《本草》："王孙，味苦辛，主五藏邪气。"吴名白功草，齐名长孙，一名黄昏。盖指当时癖学为五藏邪气耳。取义精深如此。

《乌呼行》：章法即从杜诗"去年潼关破，今夏草木长"篇中脱胎，苏、黄俱喜用此法作起笔。

《送张支使》：后山寝馈浣花，"清秋"一联，亦隐用"身轻一鸟过，枪急万人呼"句法。

《从苏公登浚楼》：带，仍是映带之意，然炼字甚遒。老杜"白鸥"句，宋敏求谓"鸥不善没"，改作"波"字，遂使一篇神气索然。后山诗中不辞再三引之，纠时人之谬也。

《次韵李节推九日登南山》：颔联意殊深邃，作触景生情及览物怀旧解可，作心为形役及不易初衷解亦可。

《田家》：两"当"字是透过一层写法，犹言未明已行，向晚未归也。

《出清口》：下半首用逆笔反写平生穷蹇，语意精绝。

《暑雨》：昔人有讥呵乎，谓非当暑者。然全篇未点明暑日，或题有误字耶？

《送杜侍御纯陕西转运》：此为元祐三年作。前数年，西夏迭犯兰州、延州，边氛甚亟，故诗中屡以"黠羌"及"河西狂王"为言。

八月二日，星期一，阴，八十三度

续《后山诗》书眉：

《送杨侍禁兼寄颜黄二公》第二首：后山喜以"消息""何如"作对，如"深知报消息，不忍问何如"，此虚实对也。

《送外舅郭大夫夔路提刑》:上半首波澜壮阔,落句婉而能讽。

《黄梅五首》:此应与前卷《和豫章公黄梅二首》合看。阳韵,《二首》即叠前韵也。

《次韵苏公西湖徙鱼三首》:数诗兀傲自恣而仁蔼之意溢于言表,其胸襟大有过人处。

《次韵苏公劝酒与诗》:后山依止禅律勇猛坚定,于此诗可见。

《东(阡)[禅]》:意境淡远。惜"有""无","同""独"作对耳。

《寄答王直方》:右丞句:"一生几许伤心事,不向空门何处消。"东坡本之,有"不向南华结香火,此生何处是真依"之句。后山此二句亦同此意。

《寄亳州林待制》:"白首论文"句,不合时宜,亦复自得。

《独坐》:"衰疾句"紧接起笔而来,此开阖之一法。

《春兴》:此首却近半山。

八月三日,星期二,晴,八十八度

续《后山诗》书眉:

《次韵回山人赠沈东老二首》:东老,湖州东林隐君子沈思,字持正也。多藏书,喜宾客。见《避暑录话》。《回山人》原诗云:"西邻已富忧不足,东老虽贫乐有余。"实则沈故素封。《齐东野语》且载"其子偕,字君与,有(撤)[撒]珠之豪举"。故诗中有"称家丰俭"之语。

《别圆澄禅师》:禅悦诗多有见道之言。

《离颍》:"丛竹"一联,只说琐事,已非昔日之比,其大处可知。

《规禅停云斋》:读此诗知后山奉持乃禅宗也。

《病起》:"灾疾"句大彻大悟,非具善知识不能道。

《次韵春怀》:"败絮"一联,上酸寒,下恣肆,弥觉相映成趣。

《寒夜有怀晁无斁》:"弃世不待怒"句,暗用贤者辟色之意。

《寄晁无斁》"笑谈"一联,属对跌宕变化,不落寻常臼科。

《还里》:"平生功名"二句,肝膈中语,沈着之至。

《老柏》第二首:“物理”二句,不即不离,故是活句。

《次韵萤火》:“投卷”二句,以助语摇曳取神。山谷“日边置论诚深矣,圣处时中乃得之”,同此句法。若韩持国之“用舍时焉耳,穷通命也欤”,则不可为法矣。

八月四日,星期三,九十度

续阅《后山诗》,仍书眉上:

《次韵夏日江村》:首二句点景,有幽致。“向夕”一联,属对磊落可喜。“霑衣”句则粘滞无味,绝不可用。

《次韵夏日》:颈联苦心冥搜,幽深夭矫。

《杨夫人挽词》:“欲图”句亦是妇人之美,非诔不显之意。

《柏山》:属对皆不主形相,自是高格。

《和魏衍无夜同登黄楼》:点景中错杂,叙事安排入妙。

《登燕子楼》:后山律诗“复”字常见,若前二诗“鸟”字、“花”字已觉其疏,此则复韵矣。

《和魏衍闻莺》:颇具色态然,骨力故尔坚厚。结四句出人意外,惟究嫌突兀。

《黄预挽词四首》:西里为后山所激赏,平生倡和甚多。故于其无命言之极沈痛。

《九月九日与智叔雕堂宴集夜归》:恶客酒尽,风雨三厄,可恼。“佳辰”二句,更申言之。结语悠然意远。

《寄邻绝句》:写琐事别具风趣,可谓善于剪裁。

《答黄生》:“割白鹭股”二句,山谷颇多此种句法,偶一用之可耳。

《酬王立之二首》:晁以道撰《王立之墓志》云:“时遐荒穷海,有先生居焉。立之身不出京师,而传彼所赋歌诗独早且多,若只尺居而手授受也。陈无已卒京师,立之割田十顷以周其孤。”铭中所云“穷海之先生”,盖东坡也。

《赠吴氏兄弟》第三首:观后山于山谷推崇如此,吕居仁列其入江西宗派,良有以也。

八月五日,星期四,晴,九十一度

透伏、顺秋。入伏后雨为透伏,立秋后雨为顺秋。见《莫郘亭诗注》。

八月六日,星期五,晴,九十二度

太原宋代建筑。太原晋祠圣母殿即周邑姜祠,建于北宋崇宁二年,七开间,进深十二椽,殿四围有双层立柱,殿檐两层。在建筑上名重担歇山顶。殿内邑姜像,左右侍女四十三人,俱为宋塑,全今尚完整。

八月七日,星期六,晴,九十三度

《佞宋词痕》。抑非赠《佞宋词痕》一册,吴湖帆所著乐府也。"佞宋",袭尧圃旧名。"词痕"二字,不知何谓。宋人倚声,称集、称词、称歌,或称诗余,乐府雅词、长短句俱可沿用,何必创此不妥之名哉?其内容亦多可商处。

八月八日,星期日,晴,九十四度,立秋

骧哥赠凤梨、荔支。

翁公赘庵手钞本。《女科汇钞》二卷,不著撰者姓氏,细楷钞本。封面书"女科汇钞一册全,光禄赘庵府君手钞本,曾孙同龢敬藏"。书根"赘庵公手钞女科"七字,俱文恭手笔。按:公名谦,字尊光,潜虚公之父也。事迹见邑志《孝友传》,所遗手迹殊罕见。此为乾隆间钞本。

八月九日,星期一,晴,九十四度

听梅畹华、姜妙香合唱昆曲《惊梦录》,音片字句与临川原本毫无更改,惟运气较弱,已不若当年老伶工之格调矣。

八月十日,星期二,晴,九十六度

报称本月三日黄河中游暴雨骤涨,山东菏泽一带,黄河水位达五九九一尺。

八月十一日,星期三,晴,九十八度

报称七日下午武汉关水位达二九二九公尺,上游三峡一带仍雨,下游顶托宣泄不易,水位恐将续涨。

八月十二日,星期四,晴,九十五度

四弟赠建兰二干,因今夏数月气候不正,花萼消瘦,每盆只生一干,以甘油和水中养之。

八月十三日,星期五,晴,九十七度,中元节

报载,八月五日蚌埠淮河水位高二二点一四公尺,十一日武汉水位二九点五二公尺,正在防御①。

八月十四日,星期六,晴,九十六度

马湘兰逸事。《雪桥诗话》:"承子久咏《马湘兰"浮生半日闲"小印》诗:'一曲休歌白练裙,三生甘罚银河鹊。'""白练裙"为郑应尼之文所作讥湘兰之杂剧也。牧斋赠郑诗有云:"子弟犹歌白练裙。"王伯谷挽湘兰句:"只堪罚作银河鹊。"承诗用此二字。

八月十五日,星期日,晴,九十四度

顾横波逸事②。《西泠闺咏》:"横波嫁芝麓,改名徐智珠。"吴德旋《闻见录》:"钱湘灵友刘芳与妓顾横波约为夫妇,后顾背约,芳以情死,湘灵经纪其丧。"《雪桥诗话》:"陈其年《咏镜词》句云:'我亦受人怜惜为人磨。'横波读之,与芝麓相向呜咽。"《板桥杂记》:"顾夫人即金陵旧院所称眉楼顾媚是也。善画兰。后改姓徐,芝麓为作《白门秋》传奇。《满床笏》传奇又名《十醋记》,相传为寿顾横波而作。"横波,一字眉庄,著《柳花阁集》。横波绣《墨梅》幅,署曰"顾媚",吴梅村、程春海俱有题诗。荆驼逸史聱道人《遇变纪略》:"道人为从逆御史涂必宏幕友,言同奔时,龚鼎孳夫人美而艳,即旧院顾眉生也,常俯拾尘土自污。龚受伪直指便职,闻贼败,与涂同逃。"

八月十六日,星期一,晴,九十二度,夜八十六度

子夜一时潮水猝涨。今日适为农历七月十八日,海面又有季风,

---

①　此条中两处"点"字,原稿画小数点,今改作"点",以便理解。

②　此处天头有文字:戴璐《藤阴杂记》:"妙光阁建自合肥尚书,近见《定山堂集》,乃姬人善持君所作,即横波也。横波仲冬三日生辰,恒于阁下礼诵。"

故潮来甚迅,霫时路上即深可没膝,月色甚明,江边无风,至晨六时许
退尽。

八月十七日,星期二,晴,九十二度,夜八十六度

　　潮涨较昨夜更高,几达二尺,屋内积尺许,至十时方退尽。午后
涨尺许,退去甚慢。

八月十八日,星期三,晴,九十二度

　　张陶庵《石匮书》。《陶庵梦忆》自序云:"因《石匮书》未成,尚视
息人间。"《研云甲编》序云:"其所著《石匮书》,埋之琅嬛山中,向以此
书为秘籍,见者甚少。"十九年前丙子岁冬,浙江图书馆举行"浙江
文献展览会",曾陈列《石匮书》稿本,惟仅存列传初稿未定,卷次且
多残缺,经毛西河改窜增删十之三四,全稿曾落谷应泰手。世传
《明史纪事本末》,即是书之变相。展览会又另有钞本《石匮书》,未
记卷数。

八月十九日,星期四,晴,九十四度,晚雷雨,八十七度

　　石幢中有藏经。抗战前,吴兴县立图书馆藏有后周显德刊《陀罗
尼经》。民国五年在该地天宁寺旧址大殿东西二幢象鼻中发现。寺
建自陈高祖永定三年,初名龙兴,至吴越更名天宁寺。有石刻佛顶尊
胜陀罗尼经幢十四座,清康熙时仅存八座,俱唐人所书。朱竹垞有
跋。《曝书亭集》第五十。民国初寺废,改建浙省立第三中学,因修建校
舍而发现。王静庵谓:"刊本传世者,以此为最古。"

八月二十日,星期五,晴,九十三度,晚雷雨,八十四度

　　亭林先生别署[①]。辛卯后曰"蒋山佣",见全谢山撰《神道表》。
又字石户,见归玄恭诗。

八月二十一日,星期六,阴雨,七十九度

　　李二曲。李中孚先生,盩厔人,水曲曰盩,山曲曰厔,故自署"二
曲上室病夫"。

---

　　①　此处天头有文子:小名蕃汉,见王德甫《存养斋集》。

八月二十二日，星期日，晴，八十三度

黄二南舌画。昔人以指代笔，所为书画有臻绝妙者，如高、韦之等。顷见燕人黄二南，能以舌作画，泼墨花卉，略似雪个，甚苍劲，亦可设色。画时含墨汁在口，涂抹喷薄，顷刻而成，浅深浓淡，无不如意，诚别开生面也。黄今年七十二岁。

八月二十三日，星期一，阴，八十五度

质慎库。吴梅村《题帖》诗自注："甲申后，质慎库图书百万卷，皆宣和所藏，金自汴梁辇入燕者，历元至明初无恙。徐中山下大都时封记尚在，今皆散失不存。"日下旧闻："质慎库亦曰古今通集库，古今君臣画象、符券、典籍悉贮此。每年六月六日晒晾，如皇史成例。"

八月二十四日，星期二，晴，夜雨，八十五度

点阅《世说新语》一过，此中华书局依明嘉趣堂袁氏本重印，沈宝砚校过，然其中字之讹舛，语之难解，尚到处多有也。近人沈剑知有《世说新语校笺》，载《学海月刊》，甚详，惜未刊完。

八月二十五日，星期三，风雨，八十一度

泰州王隰朋。曩郯楼师告我，泰州王隰朋清末时寓苏州，有云居严衙前。说教授徒，从者甚众。南丰毛实君年丈庆蕃亦与之游。然王所说者，褒操莽抑孔孟，而毛则宗向理学，立旨不同，不知何以相投也。或云毛奉山左李齐风之学，与隰朋为同门。

八月二十六日，星期四，晴，八十九度

行装。箧中存先公庚戌六月在琼崖所摄照相，穿缺襟袍，佩荷包。按之《会典》，奉使行役穿此，所谓行装也。行装应佩荷包。飘带亦曰风带，《会典》称为帉。松湘圃曾云："荷包所以储食物，佩帉恐马络带偶断，则以代之。"

八月二十七日，星期五，晴，九十度

芙即笑字。湘绮谓："《说文》'媄'字引《诗》'桃之芙芙'，以证'媄'为女笑貌，明'媄'即'笑'字。隶书竹、草互用，今遂不知'笑'即'芙'字，而妄附'笑'于竹部，或又欲依哭字附犬部，真可笑也。宋刊本改

'桃之芺芺'作'桃之娱娱',尤误。'娱'乃女笑,岂可引桃以证女耶?"

八月二十八日,星期六,晴,九十度

报载十八日汉口水位达二九点①七三公尺,为自一八九六年光绪丙申长江有水文记载以来最高纪录,十日内已渐下落。

王湘绮讥《唐书》。湘绮谓:"宋、欧作《唐书·本纪》,茫然不知其事迹,惟见封官杀人而已。是断烂朝报之不如,不知何所取也,总为孔子《春秋》所误耳。""欧、宋尤不善作《本纪》,均为《春秋》书法所误,真千古不瘳之愚也。"

八月二十九日,星期日,晴,九十度

王湘绮讥《宋史》。"《宋史》繁而无事,宜删削其大半乃可观,去其十分之九,乃可传也。宋代大约无真人材,为历代最劣之朝,元、明次之。所以然者,元、明尚无虚负盛名如赵普、韩琦、欧阳修诸人,是非未尽紊也。"

八月三十日,星期一,晴,九十一度

《通鉴》分卷名称不一。湘绮云:"《通鉴》编卷,或分上中下,各为上下二等,或云一二,或云甲乙,亦非一手。盖缮校分人,而君实殊不自检,亦可怪也。君实看书,以版承,端坐读之,宜其不能校改画一。"

八月三十一日,星期二,晴,九十二度

蜜渍物曰粽。湘绮云:"《通鉴》注:'宋人以蜜渍物曰粽。'《玉篇》:'粽,俗糉字,芦叶裹米也。'《广韵》同,无蜜渍之意。宋永光挑刘义恭眼睛,谓之'鬼目粽'。卢循遗刘裕益智粽。皆以蜜渍为长。且岭南出蜜煎,今犹然也。"

九月一日,星期三,晴,九十三度

湘绮评《通鉴》语:"《通鉴》,昔讶其浩博,今日重翻,知君实特专补宋人《唐》《五代》二史之略。自唐以下,采稗史为证,有裨欧九等阙误不少。自唐以上,尚有可增删也。凡一代奉敕书出,必有人阴纠

---

① "点"字,原稿画小数点,今改作"点",以便理解。

之,《通鉴》其最也。"

九月二日,星期四,阴,九十二度

《鹣枝室制艺》跋:

此为江阴吴芙初太夫子仁镜所著《制艺》,先公二十岁以前手录之本也。目录一页,遇之先兄所书。先公少经丧乱,孤苦自立,太夫子悉心授读,往往不受束脩。筹在幼时,庭训犹屡及此事,想见古人引翼后进之风,诚不可及也。册中偶有数页,系附存同门原稿,字迹尚易辨别。先公所著《制艺》共有十余巨册,丁丑寇乱,尽被毁损,思之可痛。

九月三日,星期五,晴,九十二度

过拍、歇拍。填词在中间少顿处,谓之"过拍"。结束上半阕,犹曲之度尾也。刻词者多空一字,以为另起。填词每阕之末,谓之"歇拍"。《蕙风词话》:"曲有煞尾,有度尾。煞尾如战马收缰,度尾如水穷云起。煞尾犹词之歇拍也,度尾犹词之过拍也。"

九月四日,星期六,晴,九十四度

《雪桥诗话》误记。卷二记"钱湘灵康熙壬申卒,年八十一"。按《重修常昭合志·传》云:"年近九十,两眸青碧,无疾而卒。"又《列朝诗集小传》有其康熙三十七年戊寅八十七岁时所撰序文。《诗话》所记卒年有误。

九月五日,星期日,上午晴,下午阴,晚雷雨,九十二度

古人率易之作。《雪桥诗话》:"黄庭表与坚《诗说》云:'秦少游词"郴江幸自绕郴山,为谁流下潇湘去",郴江在下游,距潇湘五百余里,势极相反。李太白《洞庭西望》一绝"日落长沙秋色远",长沙在洞庭东南五百余里,甚相违背。古人兴会所至,往往率易如是。'"

九月六日,星期一,阴,下午晴,八十六度

汉未央宫唐初犹存。《雍录》:"贞观七年,帝从太上皇置酒故汉未央宫,帝奉上觞上寿曰:'昔汉高祖亦从太上皇置酒此宫,妄自矜大,臣所不取也。'"宫于唐以后不再见于记载。

九月七日,星期二,晴,晚雨即止,八十四度

古人一年食用。湘绮《丁丑日记》云:"计一年食用,须米五十石,肉千斤,菜万斤,油四百斤,盐二百斤,煤炭三百石,茶叶百斤。"今上海每人一年限购油十二斤,乡间减为年三斤或一斤半。较之七十余年前,其节约为何如耶?

九月八日,星期三,晴,七十八度

晚饭后携杖步月,遂至江滨公园,林间小坐,襟袖生凉,树影婆娑,夜色幽靓,坐久始返。

九月九日,星期四,晴,八十度

郭沫若著《〈周易〉之著作时代》中谓"春秋以前可靠文献无'天地对立'之观念,并无地字"。郭氏于五经中曾信《诗经》为非伪。以《诗》言之,《小雅·斯干篇》:"载寝之地。"郑笺:"斯干,宣王考室也。"又《正月篇》:"谓天盖高,不敢不局;谓地盖厚,不敢不蹐。"郑笺:"《正月》,刺幽王也。"不仅有地字,且有"天地对立"之观念。

九月十日,星期五,晴,八十五度

伯乐。《广韵》:"伯乐,相马。一作搏劳。乐,平声,鲁刀切,音劳。"伯乐,周人名,孙阳。

九月十一日,星期六,八十二度,中秋节

黄昏,偕室人至公园赏月,夜色澄鲜,波光潋滟,江滨泛舟者甚多。九时返。

九月十二日,星期日,晴,八十度

冯梦龙①辑《甲申纪事》。叔夜假阅天尺楼钞本《甲申纪事》四册,首冯氏自序,称"七一老人草莽臣冯梦龙"。

卷一:宏光谕旨二道,文震亨《福王登极实录》②,冯梦龙《甲申

①　此处天头有文字:梦龙,字犹龙,苏州人。有《墨憨斋集》。《初学集》有冯二文,犹龙《七十寿诗》一律。

②　此处天头有文字:《明纪·南略》曾摘录《登极实录》。

纪闻》。

卷二：《绅志略》，冯梦龙。分死难诸臣、诛戮诸臣、刑辱诸臣、幸免诸臣、从逆诸臣、出狱从贼六项，共三十六页。

卷三：《孤臣纪哭》，程源。崇祯癸未进士。

卷四、五：陈济生《再生纪略》二卷。字尔勤，吴县人。

卷六：《燕都日记》《北事补遗》《淮城日纪》《扬州变略》《京口变略》。《淮城日纪》《扬州变略》《京口变略》三种，商务印书馆编入《痛史》第八种。

卷七：史可法《南都公檄》①，骈体文，同署名十七人，崇祯十七年四月朔日。史可法《出师檄》，骈体文，崇祯十七年五月十五日。徐人龙《讨贼檄》，兵部右侍郎。张国维《复仇檄》，陈函辉《移京省共讨逆闯告文》②，末称"崇祯十七年五月初八日台临海邑在籍小臣"。函辉，字木叔，见陆以湉《冷庐杂识》。陈函辉《告太祖高皇帝誓词》，卢经才《杀贼誓言》，王圣凤等《苏郡讨贼檄》。

卷八：张国桢等《江南士民公禁檄》，袁良弼等《公讨降贼伪官项煜宋学显钱位坤汤有庆檄》，袁良弼，吴郡诸生。郎星伟《讨降贼诸臣檄》，太仓。顾之俊《上郡邑先达讨降贼伪官沈元龙书》，顾之俊，通政司观政进士。翁嗣圣《明伦堂述言》，翁嗣圣，常熟廪生。《常熟县士民讨叛公檄》，《苏州士绅移讨嵩逆檄》，《嵩江士绅公讨逆臣杨枝起朱积檄》，《嵩江公讨献妻降贼逆绅杨汝成檄》，《嘉兴府公讨伪户政府司务魏学濂檄》。

卷九：张亮《中兴致治疏》，安庐巡抚。史可法《请行征辟疏》，祁彪佳《三大弊政疏》③，林有麟《感时触事疏》，松江人，原任龙安知府。李模《专图雪耻疏》，国子监典籍。张亮《破格用人疏》，刘孔昭《沥明臣

---

① 此处天头有文字：《南都公檄》全文见《南略》。
② 此处天头有文字：《移京省告文》全文，亦见《南略》，惟改为朱有辉作。
③ 此处天头有文字：《请行征辟》《三大弊政》两疏，《南略》有节录。

职疏》。

卷十：刘宗周《恸哭时艰疏》，刘宗周《追发大痛疏》，万元吉《痛改前辙疏》，太仆寺卿。万元吉《臣工共图实著疏》，熊汝霖《补述见闻疏》，户科给事中。章正宸《再陈国是疏》[①]，吏科，都给事中。刘泌《恳彰天讨疏》，蜀人，试中书舍人。史可法《款虏疏》，阮大铖《备江疏》，原任光禄卿。马士英《在兵言兵疏》，李沾《大臣去留甚重疏》，吏科，都给事中。马士英《请诛逆臣疏》[②]，刘士贞《禁渎陈疏》，通政司。宗敦一《大彰衮铖事疏》。苏嵩，督学御史。

九月十三日，星期一，晴，八十度

叔夜闻屈伯刚云："苏州城内萧家巷畔有一大土阜，传为宋时金人在苏焚烧之遗迹。"考高宗建炎四年二月二十五日，金人陷平江府，纵火三日夜乃灭，城中悉为灰烬。金人留苏二日即退。见《北盟会编》。

九月十四日，星期二，晴，八十度

龙门砥柱非人工所凿。丁在君云："曾至龙门砥柱，见龙门为黄河出峡之口，河面在峡中，宽不过数十丈，两岸峭壁高百余丈，与长江三峡相同。一出龙门峡，谷变为广川，河面达二里以上，此为天然之峡口，非人工所能为力。砥柱又名三门，是由两块火成岩，侵入煤系岩石之中，煤系软而火成岩硬，受侵蚀之迟速不同，故渐成为三门。"

九月十五日，星期三，晴，八十二度

以杨濠叟致吴冠英函四页、滨石太常致冠英及庞云槎函二页赠叔夜。

九月十六日，星期四，晴，八十五度

杨氏藏宋本《文选》。徐子晋《前尘梦影录》云："吴门陆氏住金大师场，藏有南宋本《文选》。"后归之虞山杨心如家。二十年前，此书尚

---

①　此处天头有文字：《补述见闻》《再陈国是》二疏，《南略》有节录。

②　此处天头有文字：《请诛逆臣疏》，《南略》有全文。

在心如嗣孙郁生家。闻郁生初欲为书套，访旧锦不可得。后有骨董商，从尼庵得一锦图，审之，宋元旧物也。郁生以银圆百二十易之，嘱名手改制书套数函，如意镶嵌，饰以玉签，署书室曰"宝选阁"。郁生幼时，书为其叔实甫假观，遽将"实甫过眼"四字大印加盖各册首叶，印文既劣，印泥亦下乘，殊有佳人黔面之感，然已无可奈何矣。抗战时，其家携沪出售。

九月十七日，星期五，晴，八十五度

再记宋本《文选》。《文选》为杨静岩先生嘉庆时得诸陆氏，首册缺去二页，传子砚芬、孙心如。红羊时，心如携书至南通，及返，寓子游巷，一日见托面之纸为大字残书，谛审即所缺《文选》之二页也，遂得完璧。心如子荫眉无后，嗣子以芳郁生。此书为婿屈钧毅取去，郁生托族叔实甫以千元赎之归。抗战中，郁生次子小栎携至沪，由曹大铁经手，以之售于张菊生。此书板本甚巨，分靷约四十册。宋锦为套，书估沈锦民所制，应潮云。

九月十八日，星期六，晴，七十八度

阅杨西亭作《山行雪霁图》长卷，中一人骑马，朱色斗篷。刘公鲁题记，以王静安《胡服考》为证，所御应称为褶。考：《急就篇》注："褶谓重衣之最在上者也，其形若袍，短身而广袖，一曰左衽之袍也。"又《三国志》注："吕范释褌《玉篇》：'单衣也。'着裤褶，执鞭诣阙下。"《晋书·舆服志》："弓弩队黑裤褶。"《类篇》云："裤褶，骑服。"此虽系衣之最在上，且为骑服，然形似袍，则有袖矣，当与褶尚有别。因见王壬秋解"襦"字云：《说文》：'襦，短衣也。'桂注：'短当为裋。'《玉篇》：'裋，竖所衣布长襦。'高诱云：'如今之马衣，盖今斗篷。'"《汉书·霍光传》："太后被珠襦，坐武帐中，服用行装，示女主之不轻出。"珠襦亦系衣之最在上者。被印披字，其无袖可知，似可以襦解为斗篷也。

九月十九日，星期日，晴，八十度

自阴历八月十七日始，至今日二十三日，每日夜涨潮二次，沟衢泛滥，为往年所无。

九月二十日,星期一,晴,八十度

叔夜示玉扳指一,较习见为小,白质黑文,刻芝鹿图,旁刻小楷七行:"与木石居鹿豕游,是谁肥遁许巢流。吾惟从善重华企,莫御机张一例遒。"乾隆御题①。云系方勤襄公②维甸之物。叔夜,曾祖砚芬先生,盖公婿也。扳指,即《诗经》上所谓"鞢",注:"鞢,决也,着右手大指,所以钩弦。"陈司业《掌录》引明齐王氏云:"象骨为之,着于右巨指,以钩弦而开之,曰遂。"朱骏声曰:"夬,引弦驱也。彐,象驱;丨,象弦。今俗谓之扳指,字亦作觖。"

九月二十一日,星期二,晴,八十三度

元末扬州人口。至正十七年,张明鉴逐元镇南王,据扬州,日屠居民以为食。明元帅缪大亨攻破之,按籍城中居民,仅得十八家。

九月二十二日,星期三,晴,八十三度

称蟹。《涧于日记》:"饮酒一升,食蟹八辈。"《湘绮日记》:"送蟹十脐,费银三两六钱。"

九月二十三日,星期四,晴,八十三度

蜀中牡丹。湘绮《辛巳日记》云:"牡丹始重于唐开元间,故子美在蜀,绝无题咏。其时风气所开,未被僻远也。至义山游西川,集中牡丹诗颇多。北宋初,彭州守朱绰遂品第十种,以抗洛谱。放翁乃以彭花为蜀中之冠,自此名播海内。而丹景遗植,传云自唐,访牡丹者宜以此为贵矣。"丹景山多宝寺,山最高处也。东寮有牡丹四十余本,有二本是唐时旧窠,从石缝出,才高七八尺余,皆后植。

九月二十四日,星期五,晴,下午阴,八十度

先公《庚申避乱记》曾及杨春台三太舅祖,为曾祖母之弟,名熙,住南门内。按《常昭合志·人物志·忠节门》:"杨承熙,字春台,国子

---

　　①　此处用笔临摹朱文圆印"三"。
　　②　此处天头有文字:桐城人,寄籍江宁。勤襄,字南藕,号葆岩,乾隆进士,官至闽浙总督,移直隶总督,卒嘉庆二十年,年五十六。

生。性孤介，平居无戏言。邑城陷，方随众出，忽慨然曰：'吾生不得执干戈卫社稷，愿一死明志。'遂返身入城，阖门殉节，死年六十二。"

九月二十五日，星期六，晨雨，下午晴，有风，七十三度

《明史纪事本末》。谷应泰字霖苍，丰润人，两浙学政金事。《明史纪事本末》八十卷，相传延明遗民张岱等成之，以李自成之诛归功于何腾蛟，以山海关之战及追贼至保定、正定、山西事归功于吴三桂，与《东华录》《明史稿》《明史流寇传》《清史列传》所述均不同。此书刊成于顺治十五年，阳湖董文骥字玉虹于十七年冬以其语涉讥讪劾之，顺治调取阅之，知其无他，不之禁也。《四库提要》及《清史列传》均诋其取材冗滥，沿袭野史。

九月二十六日，星期日，晴，晨六十六度，晚七十四度

汉池阳宫镫。汉甘露池阳宫镫盘侧有文曰："池阳宫铜行镫，重二斤六两，甘露四年工虞德造，守属阳澂邑丞圣佐博临。"凡篆二十九字，十四行。又右前足一"庄"字。刘燕庭得自长安，后归陈簠斋、周雪庵、赵叔孺，今为吴朴堂所得。朴堂娴金石，曾为余治印。

九月二十七日，星期一，晨雨，下午阴，七十二度

丰道生草书。伯雁言："曾于估客张镜亭处，见道生草书太白诗及《千字文》二卷子，逼真鲜于伯机。"余尝见道生题宋拓夏承碑后小楷三行，题十三行，后小楷二行，神似大令，草书未之见也。卢登焯书船谓："考功书法明代第一，小楷更妙，虽有文、董，莫能及也。世多狂怪，草书皆赝本，宜鉴之。"①

九月二十八日，星期二，晴，晨六十五度，晚七十一度

虞山栗。近见江翊云《绝句》云："虞山栗子木樨香，午憩僧房沦茗尝。不解吴儿偏贵远，店门金字贴良乡。"吾邑北山产栗，自明时已然。张应遴《虞山胜地纪略》云："顶山寺栗特佳美，比常栗小而软，捼

---

① 此处天头有文字：王元美云："解大绅，丰人翁，纵尽出正锋，宁救恶札。"见《退庵随笔》。

之长寸许,味甘美,剖时作岩桂香气,名麝香囊。邑令郭南悉令拔去,曰:'他日必为吾民之累。'"今所遗者虽小逊,然嫩时啖之,犹甘如鲜莲子,亦隐有木樨香,惟老时不及良乡种之硕大耳。翙云为叔瀓世丈之子,往日尝游虞,故有此诗。

九月二十九日,星期三,七十四度

李习之集佚文。王仲言《挥麈录》曰:"唐李习之尝有《读文中子》一篇。"余处有汲古阁刊习之文集十八卷,为同邑李升兰先生校本,并从《全唐文》《英华》《文粹》补录佚文九篇,乃无此篇。《挥麈录》所云,当系旧本也。

九月三十日,星期四,阴,七十七度

元制尚右。《明史》:"太祖吴元年,命百官礼仪俱尚左。先是承元制尚右,至是改之。以右相国李善长为左相国。"

十月一日,星期五,雨,七十八度

明朝衣冠用唐制。《明史》:"洪武元年二月诏,衣冠悉如唐制。"

十月二日,星期六,阴雨,七十五度

去春揽镜,已见白髭,曾有"新添髭上霜"之句。今日又见有白发矣。五衰相现,所不能免,惟益令人增诸行无常之感。

十月三日,星期日,晴,七十度

小茶。元遗山诗"牙牙姣女总堪夸,学念新诗似小茶",自注:"唐人以茶为小女美称。"

十月四日,星期一,晴,七十一度

再记我与吾。余前三月二十五日已举经史上我、吾二字,辨其用法。顷见曲园《茶香室丛钞》卷一记吾、我二字:"杨循吉《梦阑琐笔》云:'元赵德《四书笺义》曰:吾、我二字,学者多以为一义,殊不知就己而言则曰吾,因人而言则曰我。"吾有知乎哉",就己而言也。"有鄙夫问于我",因人之问而言也。'按:此条分别甚明。'二三子以我为隐乎,我对二三子而言''吾无隐乎尔'吾就己而言也。'我善养吾浩然之气',我对公孙丑而言,吾就己而言也。"以是推之,"予维往求朕攸

济",予即我也,朕即吾也。"越予冲人,不卬自恤",予即我也,卬即吾也。其语似复而实非复。

十月五日,星期二,晴,八十度,重阳节

重九,林间夜坐。口占:"回风萧瑟树参差,星斗微茫月影移。露坐暗惊时序改,石阑冷对菊花枝。"

十月六日,星期三,阴,七十八度

黄大痴名静坚。《鸥陂渔话》云:"康熙间,吴中顾来侯复纂《书画壮观录》,载黄子久水墨山水,署款'大痴道人静坚'。此名不经见,曲园谓坚与久义相应,名静坚,故字子久也。"①邑志只言"名公望"。金叔远《暗泾文钞》有《大痴家传》云:"从全真教,深契玄旨,因改名静坚。"叔远言:"黄氏谱中传文乱杂,因更为此篇。"静坚之名,想从谱中所出也。

十月七日,星期四,阴,七十四度

祖先世次之计算。余前记壬辰十一月十二日推算祖先世次,系自近而远。《茶香室丛钞》载骈枝道人《姜露庵杂记》云:"谱牒之法,由始祖顺数而下,行文亦可由本身逆数而上。或谓无此例,予证以韩文石君墓志、韦公墓志,皆不服。又翻《晋书·贺循传》论毁庙一节示之,乃服。"按:《贺循传》:"七庙之义,出于王制。从祢以上,至于高祖,亲庙四世,高祖以上,复有五世六世无服之祖,故为三昭三穆,并太祖而七。"按此,则高祖之父为五世②,高祖之祖为六世,盖数从祢起,非从己身逆数而上也。今人以高祖之父为六世祖,非是。

十月八日,星期五,阴,雨,六十六度

姑姑。《茶香丛钞》:"《东坡志林》云:'温成皇后乳母贾氏,贾昌

---

① 此处天头有文字:《鸥陂渔话》又云:"陈楞山《春江听雨录》:'子久居钱塘,常易姓名为苦行静竖,未知又别一名,抑静竖即静坚传写之误?'"

② 此处天头有文字:黄黎洲《金石例》:"古人例以高祖上一世称五世祖。"

朝连结之,谓之姑姑。'"今侄呼其姑曰姑姑,宋人已有此称。余幼时呼适钱氏姑母曰姑姑,犹循此例。然吾乡率以伯叔称姑矣。

十月九日,星期六,阴,六十五度

吴梅村别号。叶润臣《桥西杂记》:"予得归昌世墨竹,卷后有吴梅村跋,自署大云居士。"此为陈说岩廷敬《墓表》、顾伊人湄《行状》所未及。

十月十日,星期日,阴,六十四度

史阁部答清摄政书代笔。计六奇《南略》云:"此书出桐城何亮工手笔。"《啸亭杂录》云:"法时帆谓睿亲王书乃华亭李舒章雯捉刀答书,为侯朝宗之笔。"①《茶香室三钞》:"有以史忠文祠墓图索题,图中陈君诗注云:'阁部复书,乃乐平王纲,字乾维者代笔。见南昌彭士望《耻躬堂集》。'"诸书所称代笔有三人,竟未知孰是矣。

十月十一日,星期一,晴,六十四度

王雅宜粉笺行书诗稿卷。为章简甫书,自记云:"此笺涩滞,书此损笔八支,有文三桥、陈见复二跋。"

李息斋画竹轴印本。款"延祐己未,息斋道人"。是年,息斋正得观《东坡题与可竹》卷于毗陵赵东皋处也。

明拓颜书《宋广平碑》。装二册。杨大瓢云:"颜楷以《宋广平碑》侧记为第一,次则《广平碑》,又其次《东方赞》,其次《中兴颂》,其次《郭敬公家庙碑》,又其次《颜氏家庙碑》。"翁覃溪亦云:"颜楷以《宋广平碑》为最善,其碑侧小楷书,古朴澹远,尤所罕见。"

十月十二日,星期二,晴,六十五度

王觉斯《题三闾大夫像》。云伯示《三闾像》摹本,有孟津题云:"昔人谓三百无楚风,《离骚》可代。王铎曰:'唯唯否否。《骚》多怨多激,盖得变雅意焉,风之温厚弗逮也。'又曰:'《九歌》为楚俗媚鬼,平

---

① 此处天头有文字:湘绮楼《丙子日记》:"丹徒陈世箴述记《韩默传》云:'史阁部复睿王书,系默所书。'"

为此乐,神妥鬼如,宿夜升歌若㽞是春之相助之蛊也。左徒不蹈
于淫志邪?《九歌》逾悲逾怛,魂怆营惘,故不曰香中,曰凤媒,曰巫
咸,而神之吁鬼之言。嗟乎! 量非人无可瘵语,而神之听之,其聪明
匪蕲,庶智焰我也夫。兹幅深窅,玄鉴洞洞,勿勿其欲,其昭察之也。
起屈子于九原,获其心矣。不㽞荒唐,曠冈诱渎,《孔易》与语,怪
之甚。呜呼! 屈大夫之人荒矣。画乃北宋名手,不敍 辄注为某,
独北宋外不能及此耳。用题质之胤公年家丈,宝之宝之。己卯三月
王铎。'"

十月十三日,星期三,晴,六十五度

　　大痴《天池石壁图》。云伯云:"大痴《天池石壁图》真迹尚在,绢
本,粗笔,中着纤细钩勒,近为北京文管会收去。"[1]

十月十四日,星期四,晴,六十八度

　　邑有浣纱石。唐陆广微《吴地记》云:"常熟县北有言偃宅,中有
圣井,阔三尺,深十丈。傍有盟,盟北百步有浣纱石,可方四尺。"明弘
光时邑人刘本沛撰《虞书》云"墨井在县治一百九十步",言"偃宅井边
有浣衣石,周四尺,太守萧正德将石去,莫知所在"。

十月十五日,星期五,晴,七十度

　　以旧钞本《陈子昂诗集》,石友跋云:"与今本有不同处。"鸣坚白斋钞
本《玦瑶词》,蜀李珣二种赠破梦,报白端砚之惠也。

十月十六日,星期六,晴,六十八度

　　见扬州陈虞文遗稿。六周先生次子,巽卿年丈之弟也。寥寥数
十页,其子延晖[2]录出,征题。有甦叟丁卯一跋,陈小石年丈一诗,均
自书。

---

[1]　此处天头有文字:伯鹰云:"此语不确,真本在沪,可偕往一观也。"

[2]　此处天头有文字:湘绮楼《庚子日记》云:"渔文实误,子延晖、延丰。巽
丈子,延曾、延铧。"

十月十七日,星期日,晴,七十度

　　唐宋笏制。恽子居《大云山房杂记》云:"宋张舜民《画墁录》:'唐笏,短厚不屈,故可以击人。今笏虽段公亦无能为也。'是笏至宋始薄而屈。"曲园云:"《玉藻》:'笏度二尺有六寸,其中博三分,其杀六分而去一。'是两头与中间但有广狭之分而不屈也。聂氏《三礼图》绘笏形微屈,不合古制。然聂氏乃宋初人,则笏之屈,恐唐之季世已然矣。"吾邑翁文勤祖庚曾得唐魏文贞遗笏于南中,传孙韬夫年丈,字曰笏斋,绘《传笏图》纪之,有松禅老人及袁渐西题诗。此笏余未见,不知其制如何,当尚藏克斋处。

十月十八日,星期一,晴,六十八度

　　古书画充俸。明沈德符《野获编》云:"严氏被籍,书画之属入内府者,穆庙初年出以充武官岁禄,每卷轴作价不盈数缗,即唐宋名迹亦然。于是成国朱氏兄弟以善价得之,上有'宝善堂'印记是也。"

十月十九日,星期二,阴,七十度

　　撤谷。撤谷,余前记为布谷。癸巳十月七日。"崔应榴《摊饭续谈》云:'俗传是省今年出状元,则秋收必歉,故有状元夫人亲登城楼(撤)[撤]谷之说。'余初未之信,及见鲍西冈《续纪事诗》云:'听说劝农冠盖出,倾城又看状元妻。'则信有其事矣。鲍作诗为丁丑,是年状元为嘉善蔡公以台,鲍所见当是蔡夫人也。庚子状元汪君如洋,其夫人上城(撤)[撤]谷,余友杨子让见之。"①曲园谓:"状元夫人(撤)[撤]谷,在本朝确有故事矣,惜于古无征耳。又潘曾沂《小浮山人年谱》云:'乾隆五十八年癸丑,父亲会试中式进士,殿试第一甲一名,授职修撰。大母黄太夫人在籍,循例游城。'盖潘文恭元配谢夫人于乾隆五十七年卒,故母夫人代之耳。"

---

　　①　以上文字为俞樾所著,见其《茶香室续抄》卷十、《茶香室三抄》卷十,俞鸿筹摘录。

十月二十日,星期三,阴晴间,有微雨

居沪数十年,未尝一至虹口公园。今日乘兴往,园占地甚广,树木多补植,岁久者无几,以屡经烽火也。荷塘迤逦十余亩,霜降未届,仍有绿意,花时必甚可观。黄菊成畦,尚未盛开,姑俟重游。

十月二十一日,星期四,晴,七十度

再记《明史纪事本末》。叶廷琯《吹网录》云:"《四库提要》采邵廷采《明遗民传》,称'山阴张岱尝辑明一代遗事,为石匮藏书。应泰作《纪事本末》,以五百金购请,岱慨然予之。'……孙志祖《读书脞录》述姚际恒语云:'此书海昌一士人所作,亡后为某以计取攘为己书。其事后《总论》一篇,乃募杭诸生陆圻作,每篇酬以十金。'始知其说起于姚立方《庸言录》。所谓某者,即指应泰。惟海昌与张岱里籍不符。……然余尝见郑莅畦《今水学略例》内一条云:'朱竹垞先生语余曰:"谷氏《纪事本末》,徐蘋村著。蘋村诸生时为谷识拔,故以此报之。"竹宅与徐谷同时,自必甚确。'……是此书撰自徐倬而非张岱,得由报赠而非窃冒,似可信矣。"曲园谓张岱《琅嬛文集》有《与周戩伯书》,云"弟向修明书,止至天启。以崇祯朝既无实录,又失起居;六曹章奏,尽化灰烬;草野私书,又非信史,是以迟迟以待论定。今幸逢谷霖苍文宗欲作《明史纪事本末》,广收十七年邸报。弟于其中簸扬淘汰,聊成《本纪》,并传崇祯朝名世诸臣,计有数十余卷"云云。据此,则谷氏、张氏各自成书,张氏之书,且借谷氏之力而成,谓谷氏以五百金购之张氏者非矣。张氏又亲见谷氏著书,则谓是徐蘋村所著,亦未可信。疑谷氏著书,招集浙中名士助之,蘋村与陆圻或同预其役耳。

十月二十二日,星期五,阴,七十度

玉圭与玉刀。《曝书亭集》有《释圭》一篇,释宛平孙侍郎所藏古玉。乾隆时,汪客甫见是玉于巴予籍处,以为非圭,撰《古玉释名》一篇,定以为刀,实较竹垞为精详。武虚谷《授堂文钞》有《古玉圭图说》一篇,与此可合看。

十月二十三日,星期六,阴,七十度

瞿留守别馆楹联。王船山《姜斋诗话》:"太傅瞿公筑别馆于桂林东岸,宫詹张公题春帖云:'当阶古树思尧叟,隔岸江山忆伏波。'桂林道上松,宋陈尧叟所种。桂林东门外有伏波试剑石,故云。"

十月二十四日,星期日,阴,七十二度,霜降节

娘嬛当作琅环。《茶香室续钞·癸巳存稿》云:"《娘嬛记》三卷,署元伊世珍撰。相传明常熟桑悦造。……'娘嬛'二字不可解。所造娘嬛福地,事不涉女子,似当从玉,谓琳琅环之。向见明徐象梅《琅环史唾》十六卷,顺治时朱沧起《琅环类纂》一百二十卷,字俱从玉。又武英殿书目有《琅环记》二本,《琅环史唾》八本,俱从玉,可证也。"

十月二十五日,星期一,晴,七十二度

陆云孙先生。同邑陆云孙太世丈,咸丰庚申进士,授编修。同治癸酉分校乡试,以荐卷有误字未察,为磨勘官所举,致镌级。光绪元年赏检讨,历来编修革职者,开复时例赏检讨,并不复编修原职也。

光绪丁酉江南乡试考题。丁酉江南题为"文学子游",主考刘恩溥。相传其时松禅老人正为师相,言子乡人,故特截此《论语》句为题。

富贵贫贱。旧镇江府四县,丹徒业银钱者多称富,金坛仕宦多称贵,溧水穷苦多称贫,句容业剃头扦脚者多称贱。以上三则,蘷裳云。

十月二十六日,星期二,晴,七十三度

于子昂。子昂,名宝轩,扬州于伯山年丈崇庆之子,与先兄交谊甚善,历仕途时久,二十余年前屡曾通信,笔墨颇娴雅也。闻破梦云前年已在沪逝世,年七十六七,境况甚艰。子昂为嘉善钱铭伯世文绍桢之婿,与刘翰怡为连襟。

十月二十七日,星期三,晴,七十二度

梁山伯祝英台墓及其读书处。吴槎客《桃溪客语》云:"《宁波府志》:'梁山伯,字处仁,家会稽,出而游学,道逢上虞祝英台佹为男妆。梁与共学三载,一如好友。既而祝先返。又二年,梁始归,访于上虞,始知其女也。怅然而归，告诸父母，请求为婚，而祝已许字鄮城①马氏矣，事遂寝。未几，梁死，葬鄮城西清道原。一云梁为鄮令而死。其明年，祝适马氏，经梁墓，风雷不能前，祝知为梁墓，乃临穴哀恸，悲感路人。羡忽自启，身随以入。事闻于朝，丞相谢安请封之曰义妇冢。'又蒋薰留《素堂集》：'清水县②有祝英台墓，尝为诗以吊之。'又舒城县③东门外亦有祝英台墓，今善权山下有祝陵，相传以为祝英台墓。何英台墓之多耶？然英台一女子，何得称陵？此尤可疑。又谈迁《外索》云：'鄞县东十六里接待寺西，祀梁山伯，号忠义王。'"

"善权寺大殿毁于火，殿后石壁有巨碑，书'碧鲜庵'三大字。字径二尺余，前后无款识，笔法瑰玮雄肆，绝类颜平原。旁倚石台，台高一丈余，其上又有明邑令历城谷兰宗题词石刻：'草垂裳，花带襦，春笋细如箸。窈窕岩妃，苔印读书处。几行墨洒云烟，光流霞绮，更谁伴儒妆容与。无尘虑。恰有同学仙郎，窗前寄冰语。芝砌兰阶，便作洞房觑。只今音杳青鸾，穴空丹凤，但蝴蝶满园飞去。'石刻上有横额，题'碧鲜岩'三字。"

"祝陵虽以英台得名，而墓道则不知所在，民居阛阓，颇稠密。按《咸淳毗陵志》：'祝陵在善权山，其岩有巨石，刻云"碧鲜庵"，盖祝英台读书处。'昔有诗云：'蝴蝶满园飞不见，碧鲜空有读书坛。'俗传英台本女子，幼与梁山伯共学，后化为蝶，事类于诞。然考寺志，齐武帝以英台故宅创建，又似有其人，特恐非女子耳。……骞尝疑祝英台当亦尔时一重臣，死即葬宅旁，而墓或逾制，故称曰'陵'。碧鲜庵，乃其平日读书之地，世以与傆妆化蝶者名氏偶符，遂相牵合欤？"

曲园《茶香室三钞》："张岱《梦忆》云：'至曲阜谒孔庙，官墙上有楼耸出，扁曰"梁山伯祝英台读书处"，骇异之。'"

---

① 此处天头有文字：鄮城，今鄞县。
② 此处天头有文字：清水，在甘肃。
③ 此处天头有文字：舒城，在安徽。

十月二十八日，星期四，晴，六十六度

《黑白传》。《茶香续钞》："章有谟《景船斋杂记》云：'董思白在乡时，乡人皆恶之，俗所传《黑白传》传奇是也。'前闻松江章罴庵①土荃处，有《民抄宦事实》一册，记万历四十四年华亭乡民拆毁香光住宅事。又有《五精八魂记》一种，亦言其事。"

十月二十九日，星期五，阴，六十七度

瓶庐藏金刊本《地理新书》。潘承弼《著砚楼读书志》云："《地理新书》十五卷，金明昌刊本，每半叶十七行，行三十字。前有大定甲辰毕履道序及明昌壬子张谦序。常熟陈子准旧藏，见《稽瑞楼书目》。后归翁氏。乙亥流在市廛，估人居奇索巨值，力不能得，携归展阅一过，卷末有光绪己亥翁文恭公跋语，称：'其论次不免前后抵牾，巫史杂用，然犹见唐宋相承旧说，较近世凿空妄谈者为有根据也。'又云：'道光丁未，先文端公得于邑中陈氏稽瑞楼，先五兄玉甫服膺研究，遂通其学。鸽峰先兆之卜，兄所定也。'盖翁氏世治地理之学，富贵卿相，颇极一时之盛，论者或以此相及，今于是书跋语，可互证矣。是书自张谦增辑刊行明昌一本而外，别无传本，《四库》亦未著录。士礼居亦藏一本，后归艺芸精舍，又归持静斋，载诸书目。金本传世，寥寥可数。此虽不足与吾家所藏《玉篇》媲美，然海内当无第三本矣。"

十月三十日，星期六，晴，六十八度

丁秉衡校书。潘承弼《〈隋经籍志考证〉跋》："常熟丁国钧氏于此书，搜讨尤勤，顷从书林觏丁氏所校一本，其书眉行间，识语甚多，于章逢之误遗，颇得是正。综其所补，不下数十事。……其胜处，如卷六《西征记》条下云：'下有戴祚《西征记》，即此书，祚盖其名。'又：'下有宋武《北征记》，戴氏撰，亦即此书。'并引《水经·洛水》注云'义熙中，刘公西入长安，舟师所届，次于洛阳，命参军戴延之'云云，是题此书之意。盖章氏以一书误分为三，得丁氏据引为之释。然丁氏为缪

---

①　此处天头有文字：章式之藏，非章罴庵。见《癸巳日记》十二月九日。

艺风入室弟子，其校雠之学尤精密，所著《晋书校证》及《补晋书艺文志》①，为士林所推重。余得其手稿十余册，蝇头密楷，皆录经史群籍传注之及《晋书》者，题曰'长编'。盖丁氏初意欲注《晋书》，以艰巨未能卒业，其所成校证，犹是余力所及，不逮功之什一也。余又得丁氏所辑佚书，及《先儒言行录》稿数册……其用力之勤，与章氏固不相上下。"秉衡于宣统二年为江苏通志局分纂，余见其所校《韵石斋笔谈》，附记甲寅时年六十三。又有"常熟丁钧字秉衡藏"印。

十月三十一日，晴，六十六度

何蝯叟作书。髫年习字时，先公曾语："蝯叟作书，大小字皆悬肘回腕，其臂长过人，故以蝯自署。"今日闻伯鹰言："蝯叟回腕之法，得自苦功。盖腕既回曲，大指正对胸口，则腕亦无法再着案耳。"试之果然。

十一月一日，星期一，晴，六十六度

抱一示傅青主书《朱子语录》、彭孔嘉书《玉田记》二横幅，皆赝迹。

华吉崖冠为蒋伯生画《香婴室图》卷。纸本，长一尺二寸。图中仙山楼阁，仕女二人。笔意近文五峰。有孙子潇题《春从天上来》一阕："一簇红霞，指郁罗天上，旧是儿家。河澹珠澄，月明风细，降下七宝香车。携得婴年环佩，浑未解碧玉分瓜。认光华，是窗中人面，不是桃花。丹沙有时戏掷，散馥郁轻烟，染遍纹纱。双蝶飞来，只疑花气苦紫，鬟鬓欹斜。情思缠绵如茧，郎心软、兜起情芽。漫趺跏。早维摩丈室，撒满天蔰。"又道华女史席佩兰七绝四首："非非云想接天河，果有瑛台耸郁罗。传得内真婴姹诀，骞修先合礼青娥。""携手双台入梦奇，齐牢香枣慰朝饥。不烦更觅氤氲使，自有灵芬透雪肌。""一气双烟矗紫霞，神仙游戏上清家。观音小妹娇痴甚，索采西天碧

奈花。""九华仙子七香轮,香母烧烟了凤因。颠倒玦签诸小字,被人呼作蒋夫人。"嘉庆甲戌作。小楷甚工。下有郭浮眉麟、严秋查廷中、张翰风权、刘撄宁嗣绾、张翊、朱铁门春生、杨伯爨爨生、夏玉迦宝晋、董晋南国华、陶梁十人题词。惜为绫本,纹甚稀簿,不易久藏也。吉厓,初名点,无锡人。乾隆南巡,曾为写照。嘉庆初征入内廷,供绘事,与修《永乐大典》,年八十余卒。

十一月二日,星期二,晴,六十四度

海虞盛云海。元朱泽民德润《存复斋集》有《云海图跋》云:"海虞盛君,以云海自号,勉为图之。"按:邑志《文学传》:"元时有盛彧,字季文,工诗文,与杨铁崖等为友,多倡和之作。泽民寓居吴郡,亦与铁崖为友。疑云海即为季文,或其同族也。"

十一月三日,星期三,晴,六十四度

麤鏊钜山人。此归玄恭先生别署也。往时疑此名与昆山有关①,后见阎古古为玄恭作《麤鏊歌》,乃知为一剑名。

十一月四日,星期四,晴,六十七度

金世宗大定通宝。《谈泉杂录》云:"周仲芬收得大定通宝折十大泉一枚,形制字文与宋小平无二。"据云得之常熟归公麟,系由坏塔拆出,叹为尤物。

十一月五日,星期五,晴,六十八度

《虞山先哲图》。归玄恭有《虞山先哲图序》:"图有明一朝三百年之邑先哲,凡得三十四人。"长洲张永晖写。

十一月六日,星期六,阴,六十七度

瘦东、果园、文无三诗人过访。果园,年七十五,矍铄如五十许人。

十一月七日,星期日,阴,七十度

陈梦陶姻年丈之嗣君庚年,久寓京华,能歌黑头。一日酒阑兴

---

① 此处天头有文字:杨濠叟诗"名山那有麤鏊钜,高隐将无等颍箕"。

发，引吭而歌，甫启口，突患脑溢血，仓卒竟不起，亦一奇也。公坦前告我，梦叔故后庚年竟未通知，常引为叹。

十一月八日，星期一，阴晴间，七十度，立冬节

闻许秋帆先生于上月逝世，自丁卯春一别，迄今二十八年，终无缘重晤。犹忆己巳年，宗子戴丈见告，彼在沪宁车中遇秋老，询及余，并谓丙寅《挽张南通》一联，幕友代拟甚多，以余一联为最，即以应用云云。当时拟者多人，俱不合许意。长沙黄淮苏寿慈主总务，嘱余拟之。镇江许笃周与杨辛孟有姻亲时长秘书，一见即称为合适，由翁怡盦先生长芬书之。翁先生，南京人，与金门叔为丁酉同年。

十一月九日，星期二，晴，六十八度

目生幻见。《楞严经》云："如世间人，目有赤眚，夜见灯光，如有圆影，五色重叠。"此喻众生有能见之妄见，故有所见之幻境也。顷闻姚虞琴先生年八十八言："画师张贤夫因目病在第六医院开刀，比愈，则所见之物悉幻为五数。一人而见五人，一物而见五物，真幻莫辨，甚以为苦。"此则不仅见五色圆影，且一物幻为五物矣。

十一月十日，星期三，晴，晨雾，六十七度

绢本石鼓文。文无言曩王福庵曾面嘲吴昌老云："公所临石鼓文，似系裱坏绢本。"昌老云："何谓也？"福庵云："以公篆书，肩架俱欹斜耳。"昌老大笑云："倒坏笃。"湖州土语。

十一月十一日，星期四，晴，六十七度

孟子之父名廖。明嘉靖时，以颜无繇、曾点、孔鲤、孟孙氏配享启圣。孟孙氏，孟子父也，独不著其名。唐林宝《元和姓纂》"孟氏"下云："鲁桓公子庆父之后，号曰孟孙，因以为氏。孟敬子生滕伯，伯生廖，廖生轲，居高密。"此述孟子世系，最为翔实。

十一月十二日，星期五，阴，下午雨，六十七度

伯牙为楚怀顷襄时人。《荀子·劝学篇》："伯牙鼓琴而六马仰秣。"杨倞注："伯牙，不知何时人。"汪容甫《伯牙事考》以"钟期"即《史记》"中旗"，又作"中期"，与伯牙同时，推定其为楚怀王、顷襄王时人。

十一月十三日,星期六,阴雨,六十八度

前数日受热咳嗽,以药止之,咳停而左牙肿痛,无法可治,只能听之。

十一月十四日,星期日,阴雨,六十五度

左牙仍痛,殊妨进食。

十一月十五日,星期一,晴,六十二度

牙痛不耐,读书静坐而已。

十一月十六日,星期二,阴,六十度

牙痛略愈,伤风鼻室,午后即卧。左肋痛楚,胸肋之间发有瘰粒。

十一月十七日,星期三,晴,五十六度

澄保来诊视,据云所患为带状疱疹,常生在胸肋之间,属滤过性病毒,与伤风有关,经常数日即退,无甚大害,惟剧烈化脓者可用金霉素价甚巨。普通用不含酒精之紫药水洗之,不可用酒精一类刺激,以免扩大,终日卧。

十一月十八日,星期四,晴,五十五度

疱疹仍在续发,大如黄豆,中含浆质,有光。惟地位未扩大,全部约长五六寸,宽二寸,周围紫红色,皮肤稍觉疼痛,并不发痒,肋骨则牵制甚痛,举动不便,静卧终日,胃纳亦少逊。

十一月十九日,星期五,晴,五十五度

疱疹续在背肋发出,自胸至背半围如带。粒颗渐合并,牵制甚痛。

十一月二十日,星期六,晴,六十度

疱疹至今日为止,未再增发。澄保续诊。此滤性病毒,医书上言患过结核病者易于感染,惟此疹有抗毒性,以后不再重发。数日来胃纳不佳,大便亦不畅。

十一月二十一日,星期日,晴,六十三度

昨夜肋间仍痛楚,不能熟睡。澄保云:"剧烈者须用麻醉剂止痛,因系神经作痛也。"

十一月二十二日,星期一,晴,六十五度

疱疹今日渐退一部,红粒已变黑色,神经痛稍愈。惟仍畏寒,头微痛,舌苔黄白,无味。

十一月二十三日,星期二,晴,六十九度

疹退甚慢,晨体温增高,华氏一度。头痛。全日进焦米粥二碗,甚少,尚觉饱闷。肋间神经痛渐愈。

十一月二十四日,星期三,晴,六十六度

晨体温正常。患处背上渐平,胸间成灰白色。肌肉仍板痛,头亦微痛,全日进粥三碗。疱疹皮渐薄,将欲穿破,夜间澄保用针刺破,挤去水浆,涂紫药水,缚以纱布。

十一月二十五日,星期四,阴,有风,六十二度

头痛及神经痛渐止,仍静卧,夜食面一小碗,胃似稍醒,夜患处用消治龙药膏。

十一月二十六日,星期五,阴,夜微雨,六十一度

坐时肋间仍痛,胃纳渐复。

十一月二十七日,星期六,阴,六十一度

病卧已十余日矣。疱疹渐愈,骨痛仍不能坐。应潮云:"此疹从神经发出,故痛楚异常。"

十一月二十八日,星期日,晴,六十二度

换药,揭破疮口,甚痛。终日睡。

十一月二十九日,星期一,阴,夜雨,六十六度

疮口围以纱布圈罩,痛较愈。

十一月三十日,星期二,阴,六十度

疱痂渐结,牵痛略好,中午胃纳尚佳。

十二月一日,星期三,雨,夜五十度

痂未尽结好,转侧仍痛。

十二月二日,星期四,阴,四十二度

神经仍痛,胃纳渐复。

十二月三日,星期五,晴,四十六度

今日未用药膏,仅以双养水洗净疮口,再涂紫药水。

十二月四日,星期六,阴,五十度

痂结好,解去纱布,惟肌肉仍痛。

十二月五日,星期日,阴,五十度

腰肋时觉牵痛,今日稍能坐。

十二月六日,星期一,雨,五十四度

半月来,因患处痛楚,难于熟睡,每有过子夜而犹未能合眼,少眠即醒,夜辄五六次,精神殊委顿。

十二月七日,星期二,雨,夜有风,四十九度

北魏普泰法光造像。造像文曰:"比丘尼法光为弟刘桃扶造观世音像一躯,又为忘父母造释迦像一区。"旧为郑叔问、童心安所藏,今归定海应次耿。沈瘦东为题诗,并自注云:"《汉书·西域传》:'乌戈国有桃拔师子。'孟康曰:'桃拔,一名符拔。'《后汉·章帝纪》:'月支国遣使贡扶拔师子'。曰符拔,曰扶拔,实皆桃拔一物也。符扶为叠韵,扶拔为双声,则桃拔亦可言桃扶无疑也。《居易录》:'天禄辟邪,总谓之桃拔。'又亡父母作忘,诗《绿衣》章:'曷为其亡。'朱传:'亡,犹忘也。'《士冠礼》:'醴辞:寿考不忘。'郑注:'不奄忽遽尽。'则忘即亡也。"

十二月八日,星期三,阴雨,四十四度

翁文端公能画。瓶庐诗稿己卯有《题文式岩师先公所画烟雨江村图》七律二首,知文端亦能画,惜未之见。

十二月九日,星期四,阴,飞雪花,三十九度

三记杨氏藏淳熙本《文选》。叶调生《吹网录》云:"《文选李善五臣同异》一卷,凡四十一页,无作者名氏,附于淳熙辛丑尤文简袤所刻《文选》后。此本后有同异者,吴中陆氏旧物,今归海虞杨氏。余于陆氏初出时,幸先影钞一卷藏焉。"淳熙本《文选》,板心中分注大字若干数,小字若干数。

十二月十日,星期五,晴,晨三十五度,晚四十度

瞿氏《北堂年谱》。《吹网录》:"瞿忠宣之孙昌文,为其母陈大人撰年谱①……其中颇多忠宣逸事。常熟许伯緘廷诰有其摘钞本，云原本为海虞某氏所藏，极为秘密。惜未向緘翁借录，近从其后人问之，不可得见矣，略忆谱载二事。一为忠宣明末家居时，添建厢楼，本无后户，馆客杨硕甫通术数，于壁间开一门，通别室，题曰'留汝一门'。国变后，瞿氏克保竟应其言。一为钱宗伯与瞿氏联姻，实出宗伯之母顾太夫人意，云瞿某为汝事去官，须联之以敦世好。后行聘时，柳姬欲瞿回礼与正室陈夫人同，而瞿仅等之孺饴之生母，柳因蓄怒。至乙酉后，宗伯已纳款，忠宣方在桂林拒命，柳遂唆钱请离婚……"云云。《常昭艺文志》载："瞿昌文《北堂年谱》，述母陈氏结璘行实，孙旸序，《恬裕斋书目》钞节本。"则百年前此原本已不可得见。顷《恬裕斋钞本》书尽归北京图书馆，未知有此种否也。

十二月十一日，星期六，云昙，三十五度

紫苑能治肠秘。黄尧圃跋宋刊《史载之方》："蔡京苦肠秘，载之以紫苑治之，遂通。见《北窗炙輠录》，此方内果有肠秘用紫苑者。"

十二月十二日，星期日，晴，三十二度

记所藏松禅画卷。老人四十九岁时，临倪鸿宝墨笔山水卷，长汉尺六尺余。老人毕生作画不及百页，余有缘得见真迹，几达五六十页，伪迹无算。长乐黄蔼农能书画，其为商务选印翁画二册，克斋藏一册为真，其一则字真画假。附自题五古一首，真迹。狄平子印者，悉为赝本。可知翁画至难鉴别。此卷为真迹中尺寸之最长者，可推为公画之冠。

十二月十三日，星期一，晴，三十五度

屈原生年及生辰。《湘绮日记》："《离骚》之摄提，是太岁在寅也。

---

① 此处天头有文字：调卿伯父刊瞿伯声《畯喜堂漫稿》，同邑程尹流天泰序云："伯声为忠宣长子，妻陈氏璘一名结邻，字宝月，一字兰修，著有《畯喜堂集》，又有《藕花庄集》《绣香居存稿》《延秀阁田园唱和诗》。"皆见邑志及《海虞艺文目录》。《绣香居存稿》二卷，为太仓王时敏、嘉定周陈俶所序。

依《史记》甲子推之，楚怀王元年，岁在癸巳，先三年庚寅，先十三年戊寅。当楚宣王二十五年，周显王二十四年也。怀王元年，屈子年十六岁。顷襄元年，四十六岁。二十三年，六十八岁而沈湘，故云年既老。'"孙师郑《名贤生日诗》注：'邹叔绩以殷历推校，周显王二十六年戊寅入第七蔀，九岁人正月庚午朔，其月庚寅二十一日为屈子生辰。'"董醇《历代甲子纪元表》："周显王二十六年戊寅。"

十二月十四日，星期二，晴，三十五度

馒讪亭。馒讪，音瞒求。《颜氏家训·勉学》："晋陈东百余里亢仇城，不识其本是何地。及检《字林》《韵集》，乃知亢仇旧馒讪亭，属上艾县。"寿阳祁文端[1]隽藻取以名集。

十二月十五日，星期三，晴，三十二度

结痂今日已脱尽。惟胸肋神经仍觉不舒。

十二月十六日，星期四，晴，有霜，三十六度

岫字。黄山谷谓："谢玄晖诗句'窗中列远岫'，岫字误用。"《尔雅》："山有穴为岫。"说文："岫，山穴也。"后人多通作山用。

十二月十七日，星期五，晴，浓霜，四十三度

黄荛圃故居。费韦斋赠潘仲午移居诗注："君家松鳞庄，为黄荛圃故居。"按：瞿木夫有赠荛圃移居县桥巷诗，即其处也。

十二月十八日，星期六，晴，五十二度

先人之称。隋令狐德棻撰其父墓碑称曰"公"，唐文中子称其上世曰"铜川府君"，王船山父母合葬志称"先生"，汪容甫《先考灵表》称"君"。

十二月十九日，星期日，晴，四十六度

何义门书法。吾邑王次山先生峻谓："义门于晋唐名迹临摹最多，用功极深，今残缣剩纸皆为世宝。"余见义门楷书杜诗卷，气息静

---

[1]　此处天头有文字：祁文端《自题馒讪亭图》序："今太原县，故晋阳也。亭在晋阳东百余里，当即今寿阳县地。"

穆,与虞、褚近,惜为生绢本,着笔甚涩。

十二月二十日,星期一,阴,四十六度

乌目山僧。乌目山僧,摄山栖霞寺宗仰和尚别署也,常熟人,俗姓黄。年二十出家清凉寺,灭于辛酉七月,年五十七。章太炎为作塔铭。能画,杨无恙曾题其《江山送别图》。

十二月二十一日,星期二,晴,五十三度

《宋史》用俗语、公牍字。《湘绮日记》云:"《宋史·舆服》《选举》俗语、公牍字均不可解,至今当有注释。前看未细,比来甚苦之。乃知史中最难读者,《宋史》也。"

十二月二十二日,星期三,晴,五十三度,冬至节

赵补斋佚事。同邑赵补斋先生林,同治戊辰进士,久任吏部主事,与先公最相契,迄今尚留诗笺甚多。光绪初,先生曾疏请斩乌鲁木齐提督元禄[①],因其纵兵殃民,一时称为敢言。此事《重修常昭合志》不载。

十二月二十三日,星期四,阴,五十一度

火宋。《古今黇》云:"米襄阳,有'火宋米芾'章。"曲园云:"水宋,刘宋也。赵宋以火德王,故以火宋别之。"

十二月二十四日,星期五,阴,五十度

破山寺诗旧刻。宋无名氏《藏海诗话》云:"苏州常熟县破山有唐常建诗刻,乃是'一径遇幽处',盖唐人作拗句,上句既拗,下句亦拗,所以对'禅房花木深',遇与花皆拗故也。"

十二月二十五日,星期六,晴,五十度

和莪闇七十一岁生日诗韵:

"小阁絪缊炙水沈,霞觞劝醉紫裘临。放狂且极今朝乐,牧斋句"百年未满须放狂"。作达先空现在心。香山七十一有"达哉乐天行"。居士掩关嗤浪出,道人挂舌类长喑。羡门比寿原非诞,晞发沧溟貌古今。"

---

①　此处天头有文字:见《郎潜纪闻》卷九,元禄作成禄。

"款襟何暇作寒暄，急唾相濡旧梦温。寻菊玄恭曾有记，归玄恭《寻菊记》："余以无田，乃得恣意寻花，良为厚幸。"写兰思肖已无根。芒芒聚铁六州错，霭霭停云八表昏。世虑樽前权拔置，且从吾律笑谈论。"

十二月二十六日，星期日，阴，四十七度

齅。山谷诗："生涯谷口耕，世事邯郸梦。自君抱忧端，酒碗未忍齅。"按：齅字，今在宥韵，读如臭。颜师古《前汉书》注："齅，古嗅字。"似与"梦"字不能通押。然江南方言，以鼻就臭，读音如哄，当即此齅字。山谷岂以方言协韵耶？书此候考。

十二月二十七日，星期一，阴雨，四十七度

《瓶庐集》误录他人作。翁慎夫辑《瓶庐诗文》二册，中有《题秦权七古》一首，乃沈石友作，见《鸣坚白斋诗集》内。张双南辑《瓶庐诗补》一册，《题秋声图》七绝一首，乃金冬心作。此可见辑录之不易。

十二月二十八日，星期二，阴雨，四十七度

和玄隐十一月十七日寒甚诗韵：

"饱听风威四壁嗔，巢居疑是古先民。倚床已叹公伤膊，时余卧病越俎聊为妇执薪。山谷句："闲居为妇执薪爨。"①塞座残书从委置，迫人短晷只因循。多君灰拔阴何句，令我寒消寂寞滨。"

十二月二十九日，星期三，雨，飞雪，四十二度

《五同图》。《静志居诗话》："吴洪字禹畴，吴江人。宏治中，官太仆卿，与礼部尚书长洲吴原博、礼部侍郎常熟李世贤、都御史长洲陈玉汝、吏部侍郎吴县王济之诗酒倡和，立五同会，以同时、同乡、同朝、同志、同道为五同，属越人丁采作图，五家各藏其一。"按：邑志："李公名杰，官至礼部尚书，年七十卒，谥文安。"事迹见《常熟先贤事略》及《吴中往哲记》。四十余年前，庞劬庵先生《赠李玉舟》诗注云："尝见君家文安公《五同图》。"此图至今当尚在也。

---

① 此处天头有文字：列子为其妻爨，见《庄子·应帝王》。

十二月三十日，星期四，阴雨，四十四度

蔏。四棣赠水仙一本。湘绮云："蔏，山蒜，即水仙花。如杯盏，故取鬲为名。鬲谓釜蒸甑也。"《月令》："荔挺出。"郑注云："马薤也。"湘绮以为即今水仙。

十二月三十一日，星期五，阴雨

澄江赵雪琴画师宗维于四十年前为先公绘《渔隐图》立幅，乱中携出，顷付潢治，竣事。先公画像，昔年曾有多幅，范秉之引泉之子绘一页最早，年二十左右。归养后一页有微髭，手执灵芝。已忘何人所绘。又衣冠半身一页，钱表兄颂纯绘。均于丁丑失去。

书《甲午日记》后：

"岁宴穷阴欲雪天，寒窗话旧尚缠绵。笠蓑非复当年事，犹有孤儿拜画前。"先公乙卯岁画像，今日装成。

乙未（1955）

一月一日，星期六，雨，飞雪，四十四度

记嘉靖本《战国策注》。此为明吴门龚氏翻刻宋本，行款悉同。前原有鲍彪自序及卷末象书"嘉靖戊子后学吴门龚雷校"，下有"明威"二字墨记，均佚。王觉书后一篇亦残阙。《铁琴铜剑楼书目》所载宋本《国策》，曾云："明龚氏覆刊本，无绍兴辛亥王信一跋，而有李文叔、王觉书后，惟展卷一二叶即有讹字。《韩策》'严遂、阳坚也'，'坚'讹'竖'；'留之十四日'，'十'讹'中'；'客之辞'，'辞'讹'辨'"云云。余按：卷一第三页"征"字避讳缺笔，而次行"征"字即不缺，如此尚多，校雠之未善也。纸张洁白，笔画清朗，入手可爱。有吴卓信、郁春枝藏章。吴，字项儒，吾邑嘉、道时人，藏书甚多，著有《汉书地理》一百三卷，泾县包慎言刊本。

一月二日，星期日，雨，午后雪，即止，四十二度

辨庵字。章太炎《与黄季刚书》云："《说文》无'庵'，据《戴记》引《书》'高宗谅闇'，郑注：'字应作闇。'此字亦不庄丽，故就郑注'闇'读如'鹌'，借'鹌'用之。"余见山谷题跋云："今俗书'庵'字，既于篆文无有，又'庵'非屋，不当从广。《后汉·皇甫规》'为中郎将，持节监阅中兵，会军大疫，死者十三四，规亲入庵庐巡视，三军感悦'，即用此'庵'字，为有据依。"是庵字后汉已有，当可援用，不必如太炎之借用"鹌"字也。

一月三日，星期一，阴晴间，三十七度

闻平津日前甚冷，降至摄氏下十五度。

一月四日，星期二，雪，终日未止，入夜积寸许，三十七度

杜诗脱胎《选》文。涧于诗云："拾遗早与北海契，疑得鸿宝秘枕中。古今自辟诗世界,直薄汉魏追国风。晚将《选》理独传子,此念无乃私不公。"又云:"北征指向叔皮寻,诗赋同流《选》理深。"自注:"杜诗:'熟精《文选》理。'今人动以《选》诗求之,不特不知《选》,并不知杜。杜之长篇,全从萧《选》之文脱胎。《北征》即取叔皮赋题,是其金针之最明者。孟坚'赋者,古诗之流',早已道破,惜人不悟耳。"

一月五日,星期三,晴,二十八度

今日农历十二月十二日,吾母弃养忌辰,诵经追荐。

一月六日,星期四,晴,二十四度

石谷《江干七树图》。松禅老人为庞昆圃题石谷《江干七树图》云:"七树者,惟松可识,余皆不能名。耕烟作此,不识其何所取也。"濠叟题云:"倪云林有《六君子图》,或题云:'六君子乃松、柏、樟、楠、槐、榆……皆在平地,气象萧索,有贤人在下位之象。'道光己酉,余曾见之吕尧仙中丞处。石谷画《江干七树图》卷,其意不知何指。自题"仿李营丘",或古有是本耶?

一月七日,星期五,阴,三十二度

费仲深挽翁志吾联 翁志吾大令有成,清末两宰吾邑,曩常有诗札投寄先君。顷其少君挥仁诵韦斋所挽楹联云:"高科不显,腼仕弥穷,老作马曹休,墨水苦于三斗醋;诗卷常留,序文何敢,心怜骥子慧,书楹幻得一籯金。"

一月八日,星期六,晴,下午阴,四十三度

徐兰塞外六歌。叶润臣《桥西杂记》:"常熟徐兰,字芬若,康熙中曾出塞,赋诗一卷。"[①]末附六歌,歌各为序:一《蒙古棋》,二《采葭》,三《打貂》。三序见《茶香室丛钞》。《常昭艺文志》:"徐号芝仙,监生。

---

① 此处天头有文字:《柳南随笔》:"芬若学诗于王阮亭,曾采入《居易录》。雍正三年,芬若年六十余,久占籍天津,以红兰主人事牵连,勤令家居,不许在外行走。又几年,以疾卒。沈归愚云:'芬若工画,可继恽正叔,而白描人物,一时无对,不特长于诗也。'"

弱冠游京师，居久即占籍。所著又有《芝仙书屋集》一卷，计二百三十余首。《出塞诗》则为从安郡王出塞，备记塞外风物，有刊本。《桥西杂记》载《塞尚六歌序》："一《打鬼》，二《蒙古棋》，四《采珠》，五《打貂》，六《采葰》，三《弹喀赤哈》。"诗篇长，不录。

一月九日，星期日，晴，有风，三十二度

胡梅。《静志居诗话》："胡梅，字白叔，吴人。给事徐通政申宅晚鼓，以医自给，号清壑道人。白叔幼慧，以狐旦登场，四座叫绝……虞山之纳柳姬如是。白叔赋《催妆》诗，虞山击节。晚辑列朝诗集，目之曰'山人'。"《列朝诗集小传》谓白叔诗："东莱姜如须为疏募刻之，曹能始作序。"白叔曾于苏州天池、华山建二石幢，是尝奉佛，亦一奇人也。

一月十日，星期一，晴，二十四度

李庄仲诗稿。《常昭艺文志》载："李朝栋，字庄仲，有《栖筼存草》，抄本，访稿。"此手稿四十二页，为道光十五年玄孙鋗字拙生重装。据稿内印章，庄仲又名庄，字东夫，别号竹田居士。又据《艺文志》载："李临，字大宜，顺治八年辛卯举人，有《惺庵遗文》二卷，六世孙鋗编。"则庄仲为惺庵之孙，约在康熙时。《铁琴铜剑楼书目》："宋刊本《古史》六十卷，卷首有'李庄仲图书记'及'海虞李朝栋庄仲宝藏'朱记。"是亦为吾邑一藏书家也。已见癸巳七月二十一日。

一月十一日，星期二，晴，二十四度

翁文端挽适俞氏女联。吾伯祖母癸卯殁时，文端公手书挽联云二："廿年鞠育付浮沤，最伤心临死缠绵，含泪唤耶娘，好慰藉八旬大母；两载因缘成幻梦，叹（撒）［撒］手今生诀绝，回头托夫婿，幸哀怜十日婴儿。"婴儿者，调卿伯父也。伯祖母病革时，诵偈四句，有"业海茫茫，回头是岸"之语。

一月十二日，星期三，晴，有霜，三十度

《爱日精庐图》。松禅老人庚子题宗耿吾藏张月霄《诒经堂图》云："诒经堂，亦曰爱日精庐。月霄居板桥，板桥之宅再易主，归于吾，

庳陋矣。而有楼屈曲如连环，或曰此庋书之所也……月霄仿毛氏之例，求工书者精钞之，先公亦尝与事。先公赴京师，先母每夜篝灯影写至漏尽目眵乃止。所钞者皆张氏书也。"图又有郭频迦、赵惠甫、费屺怀诸跋。耿丈逝已二十年，此图早已易主，不知留落何所矣。

一月十三日，星期四，晴，霜，四十八度

汪容甫藏定武《兰亭》。江都汪氏藏褉序定武石刻五字不损本，五字者，湍、流、带、右、天。云为北宋拓。世所存定武本，以此为第一。余曩有钩拓本一卷，吴让之所刻，有汪氏诸跋，惜已失去。顷见松禅老人题覆本云："所见褉序，定武本，太原温氏第一，许滇生焦尾本第二，董酝卿藏汪容甫本亦相伯仲。"

一月十四日，星期五，阴晴，四十度

《平定罗刹方略》。此书清康熙时所编，即纪订立尼布楚条约之事。《广阳杂记》云："康熙二十四年八月，建义侯林兴珠、提督刘兆麟率福建藤牌手征罗刹国，胜之。"又云："乙丑春夏间，命林兴珠往征罗刹国阿克萨城。"称俄国为罗刹，当即系俄罗斯之译音。俞正燮《癸巳存稿》有《辨罗刹、俄罗斯异同》一文，云："即佛经中之罗刹国。"

一月十五日，星期六，阴，夜雪，四十度

张幼樵与王壬秋。涧于书牍《致李肃毅书》云："王壬秋主成都讲席，乃香涛所荐……承示致公书，反复研寻，仍袭我公之唾余，而未得洋务之要领。枝蔓太多，矛盾杂出，所谓腐儒之经济，门客之游谈，不足尚也。此公倘在左右，佩纶当手提松枝，力折五鹿之角，令其目瞠舌挢而去。今徒千里致书，借以求相公目色，束之高阁而已……篇中好用《庄子》，《庄子》大有作用，不是无用者。不但不知洋务，亦复不知《庄子》。名士如画饼，此辈是也。"又涧于光绪十五年《津门日记》："王壬秋诗笔甚健，而其人肮脏不平，非善士也。"湘绮楼光绪十五年《日记》三月八日："入督府，见张又樵，张惟谈医，余亦未敢深言，与见诸名士迥异，盖道不同也。"四月十四日："入督府，张丰润来谈，肃党云可作一书，恣意讥评，盖犹世俗文人笔端之见，非知著作者。以其

言推之，则三直臣之不为国计，亦可知矣。幼樵又问《公羊》，初不欲示之，固问，乃送《例表》一本。"

一月十六日，星期日，晴，二十六度

湘绮论诗："韩门诸子，郊、岛、仝、贺，各积才思，尽诗之变，然罕能兼之。宋人虽跞弛如苏、黄，颓放如杨、陆，未有能泥沙俱下者。前唯李东川之歌行、陆士衡之五言，足当此四字；而格调迥超，不露筋骨。元遗山本筼碧小品，拟韩、孟劲弓，始复纷糅；自谓变化，犹亦谨守绳尺，微作狡狯而已。"

一月十七日，星期一，晴，三十度

唐李文墓志铭。翁君持赠《唐李都尉墓志铭》拓本一份，凡二十三行，行二十四字，高宗麟德元年勒石。杨大瓢云："此《志》不知有唐何人书，然秀媚刻削，与褚公等。张嘉贞《北岳碑》、王士则《清和王碑》、张遇《靳府君墓志铭》皆不及也。"朱竹垞云："《志》未详书者姓氏，观其峻利秀逸，非王知敬、殷仲容不能造诣及此。"李君讳文，字纬。东汉以后，字必以两字，称一字者罕矣。

一月十八日，星期二，晴，有霜，三十二度

麦秆萤灯。翁潜虚先生咸封有《麦秆萤灯歌》云："兰闺罗袖风娟娟，当窗落蕲声铿然。裁将麦秆细如缕，制就萤灯大似拳。萤灯花样从心造，就中楼阁尤新巧。人物中藏位置宜，窗棂外护安排好。其余点缀亦甚精，绣球圆转花篮轻。卍字回文功细密，贴梅刻竹影纵横。我睹此灯叹奇绝，棘猿玉楮争工拙。眉娘金盖势盘回，苏蕙璇图文曲折。下略。"麦灯制作甚巧，翁氏世传其法。余家金门二婶母为文勤、文恭之甥，尚能依法翦制。曾作一大者，陈列南洋劝业会，闭幕后，转送巴拿马展览会得奖，以手制玩物而得国际之奖，可知其精巧非比常品矣。婶母曾以麦灯二件见贻，为楼阁式，约高六七寸，广四五寸，有顶有柱，有窗可启闭，窗口蔽以珠罗纱，中可养萤，四围饰以彩色梅竹花卉，悬诸书室，越十年而不坏。顷闻骧哥云："制此时，先以麦秆浸水内使柔，然后将秆劈开一边，压之令平。翦时将里外两面稍磨薄，

则有光而易平贴。彩色者，以颜色浸之，浆糊用团浆使不易脱。"其式有方有圆，小者为花球，实以香花，亦工雅绝伦。此三十余年前事，迄今无人再能制此矣。

一月十九日，星期三，晴，三十七度

玄隐、知梧倡和诗。"绝世佳人澹冶妆，绡衣空谷九秋凉。蛾眉侵鬓修偏好，凤纸传心语苦长。针线迟逢中妇怒，羹汤热畏小姑尝。应怜一片江南月，解照兼葭叶上霜。""细雀银筐付减妆，罗衣欲换又忟凉。那知嘹唳归鸿远，犹为玲竮惜夜长。春茧缠绵徒自缚，秋茶甘苦亦先尝。题红不到江南路，孤负千林一夕霜。"

一月二十日，星期四，晴，三十七度

晋武三临辟雍颂。石高丈余①，抗战前在洛阳出土。隶书。石端刻"大晋龙兴皇帝三临辟雍，皇太子又再莅之，盛德隆熙之颂"二十三大字。末行"咸宁四年十月廿日立"，无书撰者姓氏。颂中仅云："礼生守坊，寄学散生，乃共刊石。"考史载咸宁四年诏云："碑表私美，兴长虚伪，莫大于此，一禁断之。"以故典午贞珉，传世不多，今乃有此巨制出世，且久埋土中，全文一千五六百字，毫无损蚀，亦幸事也。闻尚有碑阴，字多而小，已模糊不清，拓时恒遗之。

一月二十一日，星期五，晴，四十度，大寒节

今日农历十二月二百日，先公诞日忌辰，焚香诵经，四弟来同拜荐。

一月二十二日，星期六，晴，四十二度

灶瘃。杨升庵《艺林伐山》："茄子根煎汤浴足，能治灶瘃，即足跟冻疮也。"有人云："研白笈，涂冻疮甚效。"

一月二十三日，星期日，四十九度

举案。杨升庵谓："古诗青玉案即盘也，今以案为卓，非。孟光举

---

① 此处天头有文字：石高，今尺九尺，宽三尺四寸。碑额圆形，大字四行，颂文三十行，每行五十六字，画格。

案即盘也,若今之卓子,岂可举乎?"近时长沙战国古墓出土漆案一件,其形长方,颇似托盘,下有四足,可以执持。意孟光举案齐眉,当即此物也。

一月二十四日,星期一,阴,下午雨,五十二度,乙未元旦

秤水。王得臣《麈史》云:"江湖间人,常于岁除汲江水秤,元日又秤,重则大水。"

一月二十五日,星期二,雨,夜微雪,四十五度

况事。《柳南随笔》云:"何逊《赠江长史别诗》'况事兼年德'。况事,犹兄事也。《广雅·释亲》:'兄,况也。'"

一月二十六日,星期三,晴,四十三度

常熟监酒税务。苏州举行出土文物展览会,有宋承务郎添差平江常熟县监酒税务赵君墓志石。按:元至正《重修琴川志》云:"酒税务在县东北坊桥,规模整备,比年酝造,为数不及于前,务止为收税地酝造,乃移就县之景言阁,县务遂成虚设。"又云:"监务二员,庆历以来并以茶盐酒税署。今但酒税近年来权职者,因缘本府差为提督。"此记宋时监酒税之情形,其语殊简。今有此志出土,不知述及税务否,容再访之。

一月二十七日,星期四,晨霜,晴,午后阴,四十三度

言墓瞿祠楹联。《鸥陂渔话》:"虞山仲雍墓,墓门石柱有联句云:'一时逊国难为弟,千古名山尚属虞。'相传为邑令某所作。又致道观侧瞿忠宣公祠堂有集句联云:'圣代即今多雨露,宗臣遗像肃清高。'"墓联今尚存。石梅瞿祠联则久毁矣。松禅老人重撰瞿祠联云:"南国孤忠天硕果,东皋旧隐古盘迈。"

一月二十八日,星期五,阴雨,四十五度

栟榈①子。毛子晋《和友人诗集》内有沈石天颢《栟榈子歌》,序云:"予老矣,不知栟榈之有子,子且微,可炊而食也。辛卯夏五,过隐

---

① 此处天头有文字:栟榈,亦名棕榈、鬃榈、拜阁、鬣葵、蒲葵。

湖荇此下酒，语予曰：'知而食者，吾乡有之，悉用腌治，失厥本真。予则漉后微炒，发其香性而味具焉。'"骈榈子大如黍粒，吾乡腌食之法，未闻人言。微此诗，几无人知能食也。

一月二十九日，星期六，晴，五十度

郭孝廉大临。《郎潜纪闻》云："常熟郭孝廉大临，任侠尚气，桑海之交，窜身黄冠，遍走江湖，欲得奇才剑客而友之，卒无所遇。岁辛丑，黄太冲读书双瀑寺，在万山中，人迹殆绝。大临忽走访，太冲问何以知之，笑不答。问奚自，曰：'甬上。'"见顾景范所作《传》及太冲所作《墓志》。邑志不见郭名，《选举志》亦失载。

一月三十日，星期日，阴晴间，有风，四十四度

上番。《丹铅杂录》："杜工部竹诗：'会须上番看成竹。'独孤及诗：'旧日霜毛一番新，别时芳草两回春。'番，去声。但杜公竹诗，'番'字于义不叶。韩石溪家有蔡梦弼《杜诗笺》：'上番，音上篢，蜀名竹丛曰林篢。《易·说卦》：为苍筤竹。古注：亦音浪。'"《柳南续笔》："上番下脱，俗语也。而少陵诗有'会须上番看成竹'之句，太拙诗有'下脱文君取次游'之句。吾邑钱湘灵耆年会上巳日限兰字韵诗云：'永和年月玉峰寒，上番桃花下脱兰。'上番下脱，并是俗语，而皆经唐人用过，所以为佳。"黄山谷栽竹诗："根须辰日劚，笋要上番成。"亦用杜诗，而作平声[1]。按：王嗣奭《杜臆》："种竹家初番出者，壮大，养以成竹，后出渐小，则取食之。"《集韵》："番，孚万切。"《韵会》："甫患切，并音贩，与音翻义同。"

一月三十一日，星期一，晴，三十九度

米堆山。毛子晋《和友人诗》附《释米字堆山作贞燕诗》一首。按：《柳南随笔》："武进薛太守谐孟，鼎革后为头陀，居玄墓，自以名

---

① 此处天头有文字：史容《山谷外集诗注》："杜诗番字作去声，盖用蜀人方言也。山谷姑作平声。"杨诚斋诗"柳条将软碧，争献上番新"作仄，又"享了荷花上番香"。

宋。吾今不冠,当去宀,又削发,当去一,仅存米字。玄墓有米堆山,因名米,号堆山。"①

二月一日,星期二,晴,五十四度

字音。司空。空,入声,音窟。洗马。洗,平声,音苏。迳庭。庄子《逍遥游》:"大有迳庭。"《经典释文》:"庭,敕定反,入敬韵。迳庭,谓激过也。"日中见斗,酌以大斗。斗,音主。辄乙其处。《史记·东方朔传》:"正辄乙其处。"乙音注。

二月二日,星期三,阴,五十五度

装潢。《齐民要术》云:"纸有装潢法。"《集韵》:"潢,胡旷切,去声。"牧斋诗:"朱黄点勘须完好,签轴装潢要簇新。"潢作平声。《柳南随笔》讥其误用。

二月三日,星期四,阴,四十七度

宿春旧宅。倪云林诗云:"开春若问桃花宿,先到俞君旧宅前。"《寄人》七绝。拟以"宿春旧宅"四字,镌一小印。

二月四日,星期五,晴,晨浓雾,有霜,五十二度,立春

明画家李文甫。《翁文恭日记》:"游厂得一画卷。明弘治中,吾虞李文甫为太仓陆蟪斋画象。蟪斋当刘瑾用事时,以匿名书事逮系曝死,名人题甚夥,价才京蚨十吊。"文甫名,邑画苑中失载。匿名遗书,为正德三年事。

二月五日,星期六,阴,五十二度

今日夏历正月十三日,祖考生日忌辰,诵经追荐。

二月六日,星期日,雨,五十一度

明周参政告身卷。《柳南随笔》云:"西湖岳墓前铁铸奸桧夫妇②,乃吾邑周公近仁所创始。"按:邑志:"公名木,学者称勉思先生。

---

①　此处天头有文字:顾公燮《消夏闲记》:"堆山居,玄墓,真如坞,雪香庵。"

②　此处天头有文字:《涌幢小品》云:"正德八年,都指挥李隆范铜为秦桧、王氏、万俟卨三象跪岳墓前。万历中,兵使者范涞增张俊象。"

成仁十一年进士，官浙江右参政，曾修岳墓，复其墓田，为同官所忌，遂致仕。"三十余年前，参政之后裔周根，尚保守参政之告身卷，翁笏斋年丈曾为代索先公题跋。迭经浩劫，未知尚无恙否？

二月七日，星期一，雨，夜露月色，四十八度，元宵

正午潮涨没衢，为列年所未有，距大寒尚无几日。潮泛如此，亦可异矣。

二月八日，星期二，阴晴间，夜雨，五十一度

鱼肚白。同乡徐少逵先生曩录诗稿为余书簏，有《辛酉元日七律》云："十年喜又逢元日，小阁春生曙色中。窗纸渐成鱼肚白，鬓丝时映烛灯红。岁朝清供忙残夜，里杜新正见古风。为问茆江旧吟侣，诗怀可与昔时同。"先生博雅，靡书不览，此中"鱼肚白"三字，初以为寻常乡语，比阅《郎潜纪闻》，乃知亦有出处。莆田余怀与杜濬、白仲调齐名，时号余杜白。卒后，尤同人吊之曰："赢得人呼鱼肚白，夜台同哭党人碑。"鱼肚白，金陵市语，染名也。

二月九日，星期三，阴，夜雨，五十一度

古海阳为常熟县地。近人饶宗颐作《古海阳地考》，略云："汲冢《周书·王会篇》：'成王定四方，贡献海阳大蟹。'广东潮州府县志俱指此为潮州海阳县贡献之始。然潮之海阳县，晋时始置，当非《周书》所云者。"何秋涛字愿船，曾辑《峨啰斯事实》八十卷，后改名"朔方备乘"。《王会篇笺释》引《史记》苏秦语"楚东有海阳"："……其地当在今江苏常熟县。北萧齐尝于此置海阳县，属南徐州晋陵郡。所以知其然者，《吴越春秋》云：'越王追奔攻吴，兵入于江阳松陵，欲入胥门，望吴南，城见伍子胥头。子胥乃与种、蠡梦曰："越如欲入，更从东门，我为汝开道贯城以通汝路。"于是越军明日更从江出，入海阳，于三道之翟水，乃穿东南隅以达越军，遂围吴。'"《吴越春秋》，汉人所作，其时近古，于古地名当不舛错。所云'海阳在吴之东'，正常熟之海阳也，与楚东之形式正合。凡苏秦所言列国地名，皆举其最显著者，《王会篇》之海阳，即此无疑矣。饶宗颐引何氏说而申之，以为古楚东海阳实处今常熟东南滨海之地。按：邑志引《南齐书·州郡志》："吴郡领县十二，海虞属之。晋陵郡领县七，南沙、海阳属之。《府志》谓：'海阳废县在县北。'……桑《志》引《郡志》：'梁天监六年，信义郡领海阳、前京、信义、海隅、兴国、南沙六县。'《府志》注：'六县中，海阳、海隅、南沙三县皆在今县界。'……《隋书·地理志》：'并海阳、前京、信义、海虞、兴国、南沙为常熟县。'"是海阳属于今常熟境。自南齐以来，固班班可考。更证以《国策》《楚策》苏秦语《史记》《吴越春秋》所载，知海阳之名由来已久，特未知始于何时耳。

二月十日，星期四，阴雨，四十六度

治黏并书籍之法。叔夜言："书卷有被雨淋水黏而不能揭开者，往时书估辄用蒸箱治之。箱以竹制，如蒸笼，可置锅上，热以炭团，令水蒸气缓缓上升，至透湿全书为止。再用玟瑁小薄片，乘湿揭之，则黏合者可开矣。"

二月十一日，星期五，阴，飞雪花，三十七度

湘绮纪沈北山诗。湘绮《庚子日记》有《电挈沈编修夜至感作》一首："凄风微雨望闾亭，岸柳新黄荠麦青。名郡望衰金宝尽，皋桥客去庑春停。春风恻恻灯将地，夜舫摇摇酒半醒。闻道未央雠五噫，几从寥廓视焦冥。"盖记沈北山表兄被逮事。又记："看费屺怀至桃花坞，费已赴宴，何其暇豫。俞荫甫所谓萧萧婿水者，不足忧耶？"北山，费之婿也。《甲寅日记》："春寒恻恻，又似挈办沈鹏翰林时景物。料峭春寒夜色鬠，灯昏雨细被如冰。廿年前向阊门宿，还忆东朝遇沈鹏。"《翁文恭日记》庚子一月二十九日："知沈鹏去岁事，有电密挈，提省讯究，幸前期已位置于曾孟朴处教书，一传即至，在署管押。"

二月十二日，星期六，终日雪，三十八度

齐白石诗。湘绮《己亥日记》："齐璜拜门，以文诗为贽。文尚成章，诗则似薛蟠体，语堪绝倒，然谑而近虐矣。"

二月十三日，星期日，阴，雨，四十一度

黄大痴墨笔山水轴。上海博物馆新得。款署"至元戊寅九月一峰道人为贞居画",下盖"大痴"印,上倪云林题本身:"东望蓬莱弱水长,方壶宫阙锁芝房。谁怜误落尘寰久,曾嗽飞霞燕帝觞。　玉观仙台紫雾高,背骑丹凤恣游遨。双成不唤吹笙侣,阆苑春深醉碧桃。至正己亥四月十七日,过张外史山居,观仙山图,遂题二绝于大痴画。懒瓒。"隔水绫有吴湖帆庚寅题"至元戊寅,大痴为七十岁,查梅壑题画谓得见子久画数十事,可知三百年前传世尚不少。乾嘉以后,黄画存世者寥寥可数,虽如清高宗搜访,亦只《富春山》一卷而已[①]。余十年前获一立幅,为八十一岁作"等语。旁钤有"大痴《富春山图》一角人家"大印,亦湖帆所藏。贞居,张外史伯雨也。

二月十四日,星期一,晴,四十七度

　　吴渔山《白傅溢江图》卷。墨笔,纸本。虚斋旧藏。渔山自题:"偶检画笥得此图,以寄青屿老先生,稍慰云树之思。辛酉七月。"吴历桃溪居士后有乾隆辛未京口张鹿泉迪录《琵琶行》并跋。渔山与青屿许先生游最久,康熙辛酉秋七月还常熟后,画《白傅溢江图》一幅寄赠先生。先生以名进士官御史,未竟其用,罢归。夙性恬静,放浪诗酒丘壑,无纤毫迁谪意。渔山去时,决不作离别可怜之色,而渔山于先生独有耿耿不能自已于中者,写此以宣其郁结。

二月十五日,星期二,晴,五十二度

　　文衡山《西洲图》卷。卷长七尺许,粗笔设色,前有唐六如书七律诗,中有"善亦懒为何况恶,富非所望不忧贫"之句。字大径寸,用"南京解元""逃禅仙吏"二印。

二月十六日,星期三,晴,夜雨,五十三度

　　千叶水仙。四弟赠水仙一本,客冬严寒,几被冻损,近始舒萼,乃千叶也。《云麓漫钞》载杨诚斋云:"世以水仙为金盏银台,盖单叶者,其中有一酒盏,深黄而金色。至千叶水仙,其中花片卷皱密蹙,一片

---

　　①　此处天头有文字:湖帆此言未确。清故宫遗存大痴《雨岩仙观》大幅,上有乾隆题诗。

之中,下轻黄而上白,如染一截者,与酒杯之状殊不相似,安得以旧日俗名辱之?要之,单叶者,当命以旧名,而千叶者,乃真水仙云。"

二月十七日,星期四,阴,五十五度

文章夺胎换骨法。赵彦卫云:"柳子厚游山诸记,法《穆天子传》;欧阳文忠《醉翁亭记》,体公羊、谷梁解《春秋》;张忠定《谏用兵疏》,效韩退之《佛骨表》;黄鲁直《跋奚文》,学汉王子渊《便了券》;唐人《大槐国传》,依《列子·汤问》。此所谓夺胎换骨法。"

二月十八日,星期五,阴,五十三度

乐石。《云麓漫钞》:"《峄山碑》云:'刻此乐石。'说者以谓石之可以为乐,如泗滨浮磬之类。"

二月十九日,星期六,雨雪,四十度

巢菜。《云麓漫钞》:"东坡云:'菜之美者,有吾乡之巢,故人巢元修嗜之,余亦嗜之。'元修云:'使孔北海见,当复云吾家菜耶?'因谓之元修菜。东坡诗云:'彼美君家菜,铺田绿茸茸。豆荚圆且小,槐芽细而丰。'汉东人以豌豆苗为菜,云蜀人以为漫头,号巢菜。以坡诗求之,良不诬。则知豌豆苗荚即巢菜也。"吾乡杨濠叟有豆苗诗云:"人日筥篮送藿苗,惟君知我爱清萧。白驹未必来场食,野菜还堪取次挑。　土膏含味胜腥膻,嫩藿门前摘取便。送到家人多不识,我为说是豆颠颠。"北人呼为豆颠颠。濠叟释以为藿,系采《仪礼注》"牛藿为豆叶"之说,而不知即为巢菜也。

二月二十日,星期日,晴,有风,二十九度

丁南湖。朱国桢《涌幢小品》云:"常熟丁南湖,名奉,正德戊辰进士,南司封郎中,年三十九致仕。谓:'古今贤士终此官者得二人焉,宋则席汝言,明则庄定山昶。'且云:'同入泮者二十五人,三进士,同乡举者六人,五进士,皆先死。而己以年少独存,又多子孙,快然自幸,亦达人也。'考公以母徐太安人丧,服阕致仕,累荐不起。时同乡陆太宰完为政,将用之,固辞不赴。太宰,其母舅也。临卒,作《入山待尽诗》《别六孙》《别鳏居小楼》数诗,皆有超然之识。先是,国朝戊

辰科,本县中进士者,止洪武二十一年施显,正统十二年吴淳,官皆御史,皆有文学,皆不寿。至公亦入御史选,以母老辞,改南吏部,早乞休。所著有《南湖留稿》,而寿亦甚永。又筑假山于家,名曰'代胜',自为之记。"邑志云:"字献之,列祀乡贤。"《常昭艺文志》:"号仅庵,著有《经传臆言》二十卷、《通鉴赞断》四十五卷、《阅史迁论》四卷、《南湖留稿》十二卷昆山方鹏等序。《南湖逸稿》八卷、《丁吏部文选》八卷、《补编》一卷、《虞乡三赋》一卷。"《海虞文征》有《致巡抚欧阳书》《拟死后谢绝赙奠书》、诗、冢记、《虞山赋》、《尚湖赋》。

二月二十一日,星期一,晴,三十七度

仆能检书。《涌幢小品》云:"余官南雍,常熟陈抱冲禹谟为助教,其书满家。有一仆能解其意,欲取某书某卷某页某字一脱声,即检出待用,若有夙因。"禹谟,字锡玄,庄靖公赞之子,万历辛卯举人,贵州布政参议。邑《艺文志》载:"其所著书达五百卷之多,可谓博洽矣。"

二月二十二日,星期二,晴,四十八度

严天池。《涌幢小品》云:"严徵,字道彻,文靖公之仲子。年三十无子,纳妾二人,皆陋。一日过姻家,见侍女年且及笄,而尚未蓄发,询其故,主人以素暗,'即蓄发,孰收之'?澂恻然,谓:'第使蓄发,吾将以为妾。'其人以为戏,未信。复为申约,卒娶之。文靖闻之,喜曰:'儿合天道,必有后。'后三妾皆生子。澂素持白衣陀罗尼,且坚守不杀戒,凡举子,多重胞之征,人皆异之。安小范又云:'三妾,一暗、一聋。'"道澈,即天池先生也,以鼓琴名世,海内推为虞山派,著《松弦馆琴谱》。志传称其生平如娶暗女,却冶童,归姻产巨万,皆盛德事。子四:楸、枋、栝、柱。

二月二十三日,星期三,晴,五十二度

申官赴北京。

二月二十四日,星期四,晴,五十六度

严道隆。《涌幢小品》云:"严中翰治妻悍,欲离异。文靖公以妇翁相与厚,命姑忍。公没后,乃行其志。中翰以贵公子能文章,被服儒素,外处休豳,而中多邑郁,以此……"治,字道隆,天池之兄也,以举人选受中书舍人。邑志附《文靖传》。

二月二十五日,星期五,阴晴间,五十六度

《海日楼诗注》。仲联注寐叟《海日楼诗》,共成十二卷,手写一部,以与慈护。字数过多,无力付梓。近闻嘉兴钱冲甫向慈护假是诗重录复本,以广流传,其功殊伟。冲甫为子密侍郎应溥少子,新甫之弟,年已八十,犹日写蝇头小楷,孜孜不倦,耆而志学,尤难能已。子密先生于光绪十年三月,由吏部员外郎军机兼充总理衙门章京,与先公部署均为同寅。

《河东君画象》卷。吴江徐君得《我闻室画象》卷,光绪时重摹,有费西蠡跋语。年前索我闇题字,适其获见旧山楼赵氏藏本汪然明刊河东君《湖上吟》附尺牍,即为之选录卷中。《湖上吟》为崇祯十二年己卯所刊,时尚未归钱也。以上二则我闇云。

二月二十六日,星期六,雨,五十六度

明邑侯王钺。《涌幢小品》云:"王钺,号苍野,以进士知常熟县,有声。轻兵袭倭,与乡官参政钱泮俱死之,时嘉靖乙卯五月二十四日也……王以正德甲戌四月十四日生,父母各梦有星若钺者坠于苍野,因以名号曰苍野。"按:邑志:"侯,字德威,浙江东阳人,嘉靖二十九年进士。"

二月二十七日,星期日,阴,下午晴,五十三度

《忆凤楼哀悼录》题词:

"徐悱曾传赠内篇,惊心哀韵出琴弦。尽宽喻理情难抑,略溯生平世尽贤。都荔词犹琼箧绽,瘗花铭已翠珉镌。故应烧桂陈遗几,或恐兰香是谪仙。"

二月二十八日,星期一,阴,五十三度

通智法师。《印光法师文钞》:"通智法师,讳寻源,别号忆莲沙门,俗姓阮,仪征文达公之幼子也。生于道光二十三年癸卯三月初八日未时。母氏某,京都人。文达逝世,嫡子忌刻过甚,其母遂携之归

京师,寄居舅舍。同治十二年,年三十一,剃发于京七塔寺。光绪四年,受具戒于京西云居寺。十四年,受普陀佛顶山信真老人心印。是为传临济正宗第四十二世。著有《楞严开蒙》十卷。丁未四月初三日未时,示寂于普陀普慧庵。世寿六十五岁,僧腊三十五年。"按:文达卒于道光二十九年己酉,年八十六。癸卯已八十矣。

三月一日,星期二,阴,五十度

刊"菩提坊里"四字小印,摘自山谷诗句①。

三月二日,星期三,阴,雨,五十四度

周岐凤。鄞余永麟嘉靖七年举人,官苏州通判。《北窗琐语》云:"周岐凤,苏之常熟人。豪侠跌宕,纵情诗酒,自号江湖风月神仙。多往来僧寺道院,每为乡人所仇,诬以他事,讼之于官。官府持之甚急,凤望门投止,莫有容者。钱永辉亦常之巨族,凤往造焉。钱赠以诗云:'闻说多才命未逢,年来无处觅行踪。一身作客如张俭,四海何人似孔融。野寺莺花春对酒,河桥风雨夜推篷。机心尽付东流水,惟有家乡在梦中。'"

三月三日,星期四,雨,五十二度

邓州舍利塔铭。《语石》"隋仁寿元年邓州兴国寺舍利塔铭石,今在河南布政司署。圆径二尺四寸有奇,如鼓形"云云。犹忆先公在汴任时,曾饬工拓之,有朱墨二种,分赠同好,今存者无几矣。共十四行,一百六十四字,完整无剥蚀。

三月四日,星期五,雨,四十五度

亡、无二字之别。湘绮云:"考诸言亡者,大约本有而亡;凡无则直无耳,故文从'𣡕'。亡,言多亡也。先有'亡',后有'无',经典已分二用。《易》有'无''亡',《书》《礼》有'无'无'亡',《诗》《论语》有'无''亡'。"

---

① 其下钤"菩提坊里"白文印。

三月五日,星期六,阴雨,四十五度

程景溪五十索诗:

"外捷宇泰定,内守神壼古握字简。诵诗知其人,我见傥亦鲜。緊昔宝砚翁,敷教久司典。菁菁汸中莪,威仪若在眼。纳楹君嗣守,清德隃良产。皦皦玉比质,熊熊金有铣。一室妙吉祥,协趣在内闺。小茶侍膝姣,皱凤鸣声远。康宁天所与,枝叶引从本。平生济胜具,未信年始满。踏雪俯云崖,听松扪翠巘。不爽灵山期,岁岁清游践。"

三月六日,星期日,晴,五十四度

梦登塔之顶层,跪佛龛前,诵经甚久,似为《金刚经》。诵时且虑心有散乱,见有人来,即醒。

三月七日,星期一,阴雨,五十三度

昔邪①。金冬心,别署昔邪居士。按:张华诗:"昔邪生户牖。"《酉阳杂俎》云:"博邪在屋曰昔邪,在墙曰垣衣。"《广志》谓之"兰香,生于久屋之瓦"。俗又名乌韭,属苔类。

三月八日,星期二,雨,五十度

乌衣巷。《世说》:"诸王诸谢,世居乌衣巷。"《丹阳记》曰:"乌衣之起吴时,乌衣营所处。"盖以军兵所衣名营。谢稚柳刻"乌衣"二字印,以著其姓,然不甚雅驯也。

三月九日,星期三,阴雨,四十五度

邵息盫弹劾毛旭初。《缘督庐日记》乙未十二月:"强学书局为杨莘伯所劾,奉旨封禁,到台第一疏也。前邵伯英前辈弹毛西河,亦虞山人士。郑繍门前辈请禁用《说文》,掎摭及于许叔重,则莫厘山人也。他日当为三御史赞以表彰之,亦桑梓光也。"息老一任河南学政,即告假归田,优游林下者三十余年,终不复出。此云"弹毛西河",似是河南武陟毛旭初尚书昶熙,曾任工部、兵部尚书、总理衙门大臣。

---

①　此处天头有文字:梁简文诗:"依檐映昔邪。"段成式误以"昔邪"为"瓦松。"

"三御史"微误，息老未尝为谏官也。许叔重，指钱塘许星叔庚身。

三月十日，星期四，晴，五十度

宋时客至啜汤。宋朱彧《萍洲可谈》云："茶见于唐时，味苦而转甘，晚采者为茗。今世俗客至则啜茶，去则啜汤。汤取药材甘香者屑之，或温或凉，未有不用甘草者。此俗遍天下。"

三月十一日，星期五，晴，六十度

官奴帖。姜西溟《湛园题跋》云："官奴，子敬小字。刘梦得酬柳子厚诗'还思写论付官奴'，谓子敬也。注柳诗谓是逸少女名，误矣。彼不知玉润是官奴女名也。"近见谭组庵跋云："此帖旧题右军书，董思翁亦仍之。然右军卒时，大令方少，安得有官奴小女之说？包安吴以为其辞谨愿，自称家长，殆出子猷意，是奉五斗米道之辞。"考《世说》刘孝标注："右军太元四年卒，年五十九。大令太元十三年卒，年四十五。"是右军卒时，大令年已三十六，并非方少。组庵信笔跋之，未尝覆按也。

三月十二日，星期六，上午晴，六十四度，下午阴雨，有风，五十度

黄石斋先生诗翰卷真迹。草书绢本。长市尺七尺，高八寸。引首"石斋"二字印，卷后"黄印道周""幼平"二印。"幼平"，作〖印章〗。绢本尚完善，偶有描补笔画。周梦坡旧藏，今归程景溪。

"齐客贵称仲，郑卿亦字公。颂章伤素业，妙诋得玄通。人脯看匏叶，蛇形辨角弓。古今疑难事，并在首阳东。

握粟何须契，喤喤坠地时。丧家犹雇主，洼顶欲宗尼。曳履当朝乐，援琴抵暮炊。谅存版筑意，未果付胥靡。

甀坠尔母顾，车输人自乎。天公怜直道，神女狎歪壶。朴蜡随题石，雄雌未辨乌。丈夫时不勇，嚼舌对屠沽。

接淅岂遑舍，乘桴安得家。蚁封劳改道，蛮触动惊蜗。辍祭钞烟饭，佩裳讯沤麻。回头看禹稷，挥泪为呱呱。

珠桂损莼茆，兰松今靡茅。乌犹存锼木，人不共居巢。蚁虿等缝

絿，乾坤护斗筲。双环无一解，总为子云嘲。

鹤发起新炎，狐茸长旧褵。羲皇行已远，仲子恶能廉。不信圈人语，漫劳詹父占。沧江凫泛晚，白日坐乌淹。

直道雅惭柳，歧途初泣朱。量声知木客，度腹享侏儒。拱鼠犹存礼，旋螺自列图。人生开口□①，悬到易前无。

绝韦那容悟，铅松不着花。鱼虫三灭字，鼓吹一番蛙。云胆青人面，尘情丹客车。先生无遗行，抱瓮近偷瓜。黄道周。"

顾觉庄跋："胜国之季，有二大儒，曰念台刘子，曰石斋黄子。念台之学，以良知为本体，以慎独为工夫，根柢陆、王，未尝不折衷于伊雒。石斋之学，以象数为入门，以性命为归宿，渊源朱、蔡，未尝不参会于姚江。盖念台生新建之乡，石斋产考亭之里，故各尊其乡学。然皆远宗群圣，近考诸儒，不肯暖暖姝姝，守一先生之说，则自得者深也。念台得梨洲为高弟，发明师说，其学遍行浙东。石斋捐躯殉国，身后不得其传。故近世讲证人之学者，间或有人，而《三易洞玑》等书，卒索解人不得。盖《广陵》一散，其为绝响也久矣。犹幸我国家昌明正学，培植彝伦，高宗纯皇帝钦定《四库全书》，特采石斋所著《榕坛问业》与念台《圣学最要》，并入儒家，以示学的。且鉴其孤忠，录其劲节，谥念台曰'忠介'，谥石斋曰'忠端'。于是承学之士，始知刘、黄二先生为理学正宗，而其书亦遂风行于海内。天祚圣道，潜德大光，我皇上丕涣纶音，特进石斋黄子与念台刘子并升文庙，侑食素王。于虖！此孤竹逸民所不能得之于武周者，洒二先生竟以饿夫得之，且竟以累臣得之，天下于以颂大圣人之嘉惠儒林，迥超三代，而微二先生，亦不足以格天心而膺圣眷也。上舍黄君厚斋力学好古，精于赏鉴，所藏名人书画甚夥。一日，出石斋先生手书五律八首示余，诗格雄深，书法苍古，诚希世珍也。然珍则珍矣，不过一鳞一爪耳。先生之学之大，别有元珠，二百年来惜未有玩索而得者。厚斋诚因手泽之迹，进

---

① 原稿此处缺字留空，今以"□"代替。

窥心法之微，以前贤为必可师，以遗书为必可信。肆力于《易象》《洪范》诸解，以穷象数之源；潜心于《孝经》《儒行》诸传，以探性命之本。吾知旷世相感，当必有得其精神，通其謦欬者，岂仅区区手迹示尔哉！虽然古人往矣，古人之精神与古人之謦欬，未始不于手迹寄之，则见手迹又如见古人也已。抑余闻之，涉园张氏有念台先生尺牍一通，索价甚昂，非有力者不办。厚斋承购得而并珍焉，则二美毕具，不啻如璧之合，如珠之联矣。盖石斋之学博而奥，念台之学约而精，学者果能由漳浦之门墙以造蕺山之堂奥，则百尺竿头更进一步矣。厚斋勉乎哉！余虽年届无闻，未窥万一，然学术之浅深，道脉之离合，尚能与厚斋证明之。是用不揣梼昧，谨书数语于后。道光戊子冬，古盐后学顾宗伊敬识。

朱葵之题诗："思陵在位十七载，钩党纷纷国是坏。平台召对有鸿儒，三疏吁天天不快。谪官余生入狱中，诏书切责戒雷同。上方剑请臣言戆，故土环归主德隆。闲闲十亩安吟讽，漫以偷瓜疑抱瓮。痛哭难攀北阙髯，谯訶忍听南朝哄。君丧还期更有君，江淮烽火接榕城。凄凉一旅中兴业，困陋孤臣九死诚。此日何兵更何饷，空拳白刃甘相向。入婺空成卷土谋，归闽永绝朝天望。蛮触蚁封势已危，乘桴接淛事难为。孝陵已逝臣宜死，白日乌淹万众悲。八诗慷慨忧如写，一木曾教支大厦。正学同时并蕺山，精魂亘古偕司马。墨宝流传劫不磨，褒忠圣代沐恩波。成仁取义他何羡，此是文山正气歌。道光己丑，海盐后学朱葵之。"[①]

李聿求跋："道光九年七月八日，黄厚斋上舍携忠端公手书诗卷属跋。忠端大节，具详《明史》本传。我朝赐谥从祀，褒崇备至。其诗文书画，前人称之綦详，皆无俟后学赘一辞。然予闻忠端之殉也，有嘉定武义士彪偶过白门，见市方决人，讯之，知为忠端。义士慨然曰：'吾不能救其生，亦当送其死。'时禁令严甚，计无所施，乃置酒召所知

---

① 其下用笔临摹"徽国文公二十二世孙"印。

数十人会饮。饮酣，义士忽起，大言曰：'尔辈皆壮士，欲得死所乎？'众皆愕然，伏首请命。因告以窃尸事，众皆诺。乃复至典舍，买故衣两大束，携伏幽密处，日就昏，从行刑处负之，纳故衣中，作一大裹，乘暗出郭门。今诸壮士更番舁之而南。夜行，行百里，达丹阳。晨觅舟，置衣裹于其中，与诸壮士入市索食。忽逢一人持蔡夫人手书忠端诗卷，故作昂价。义士言：'前日黄公已行刑矣。'其人大恸。义士异而讯之，乃知其人为忠端之仆，蔡夫人遣探消息者。义士偕至舟，指衣裹示之。仆言：'往锡山从门下士可得葬处。'义士以舟付仆，仆以诗卷赠义士，义士遂拜忠端前而去。《志》载葬忠端者为其门人陆目严，不知目严之前更有武义士。予欲作武义士窃尸记，不果，今得拜读是卷，志之于后，以补《志》《传》之阙。异日上舍得义士所得诗卷，岂非是卷之合璧耶？武原后学李聿求谨跋。"

朱笙鹿跋："忆公受杖后，尝隐几以指血书《孝经》百本，士林得者，辄珍为拱璧。今是卷五律八章，为家居讲学时所书。墨宝流传，后先辉映，匪特词翰之美，抑亦忠义之光也。同治丙寅冬莫，养疴里门，封翁黄厚斋叔太岳见示家藏忠端公手迹，以卷中有先大父题诗，爰命续书于后。丁卯春正，古盐朱丙寿谨跋。"

黄磊叔跋："此我忠端公遗墨也。公理学忠节，昭著天壤，其手迹世不多睹。吴兴书贾携此来售，展阅之下，深幸数十年仰止私心一旦得慰，即以数金易之。明经马君小异以为此廷杖后所作，今亦未见其必然。要其托意深远，笔势飞动，平生忠愤之气勃勃行间，当与史阁部书并传不朽。公夫人蔡，工花鸟，曾于武林赵氏小山堂得见真迹，题咏甚夥，想见忠臣烈妇辉映千古，诚艺林盛事也。道光六年三月，特旨与刘忠介公从祀孔庙，尤为异数云。从孙振堃谨跋。"

海盐马华鼎跋。海盐朱昌颐跋。吾点跋。道光壬寅管山吾德涵观款。乙卯秋吴庆坻观款。签题吴华源藏。

三月十三日，星期日，晴，四十六度

韩敬诗扇。泥金面行书《闲居杂咏》一首："长安棋局是耶非，赢

得青山早息机。花片尽教风外落,药苗俄向雨中肥。吟听石鼎茶初熟,坐对金炉篆欲微。江燕频来如有意,只防泥污薛萝衣。"敬,字求仲,归安人,万历三十八年庚戌状元。《明史稿·孙振基传》云"拔韩敬第一,而以钱谦益置第三,舆论颇不惬。盖敬受业于宣城汤宾尹,廷对,宾尹为敬夤缘以得之。明年,敬以京察见黜"云。此扇真迹,字不甚佳,与牧斋书法正在伯仲间耳。

三月十四日,星期一,上午晴,有霜,下午雨,五十度

去冬奇寒,为数十年所未有。闻太湖冰冻,有舟数艘胶于中流,呼援无自。幸船桅甚高,为湖滨人所见,知有遇险,敲冰往救,登岸者九十人,饥寒死者一人,亦云幸矣。

三月十五日,星期二,晴,五十六度

刻印一方,不免支嫩板滞[1]。

三月十六日,星期三,晴,七十度

寒溪禅师诗扇。白矾面,行书七律一首:"风扫长廊木叶干,枝头杏子较梅酸。酿花已过清明节,眠柳重生谷雨寒。石屋晚听钟磬绕,天宫晓启户庭宽。圣慈敬佛心无已,特创精蓝住懒残。玉泉应制作。书博次渖词宗先生粲,寒溪撰。"引首印"入山惟恐不深"六字。诗下"超撰""寒谿"二印。禅师,字轮庵,俗姓文,名果,字园公,文肃弟启美震亨子。诸生,后得官不仕,弃为僧,奉召入京,年七十外示寂,赐塔玉泉山,谥文觉禅师。著有《寒谿诗稿》。尤悔庵《奏对备忘录》:"园公鼎革后,弃家出游,足迹遍天下。晚至滇南,从事戎幕,临阵几为炮伤,于是剃发参禅,受菉于南岳禅师洪储。"《吴梅村集》有《赠文园公》七古一首。

三月十七日,星期四,晴,七十五度,夜有风

《烬余录》。甲、乙二卷,光绪时刊本。城北遗民徐大焯撰。甲编纪宋初宋末事,乙编纪吴中事。大焯,吴县人,元初居桃坞庆云里。

---

[1] 其下钤"五扶室"朱文印。

此二卷为明末李子木侍御模从金陵徐绍齐所藏册页录副,冀备修志之用。卷首有侍御题辞云:"足补《吴郡志》《中吴纪闻》两书之阙。"惜卢、王二公修志时竟未见及。

三月十八日,星期五,晴,五十度

陈太建二年卫和墓志铭。石方尺余,文十二行,字大小不等,共一百四十九字。民初在吾邑出土,归师米斋沈氏。丁丑之乱,损其一角。《陈故卫将军墓志铭》并序:"君讳和,卫姓,平陵人也。其先避仇来南沙,遂家焉。君少孤,耽教有(胁)[膂]力,抱风木之悲,怀马革之志。侯景窜苏□入海,君预毁港上船,不得渡,遂被擒。司徒王僧辩知之,召为前锋将军。会高祖与僧辩不睦,知有变,称病归里,耕凿以终。年四十二。于太建二年岁次庚寅十一月葬于河阳邨引凤池上。铭曰:'苍天不吊,靳与寿考。黄土母情,长埋忠孝。树兹硕德,终焉食报。'"

三月十九日,星期六,阴雨,闻雷,五十一度

晋辟雍颂碑阴题名。慧仁持赠《辟雍颂》及碑阴初拓本,全份题名者共三百九十七人,自"大常修阳子刘寔"起,第一排为散骑常侍博士、大常丞、高功博士、典行郑大射礼博士、典行王乡饮酒礼博士等十五人,其下为助教中郎、治礼议郎、治礼郎中、治礼中郎、治礼舍人、治礼军谋掾、大学吏舍人、大学吏军谋都讲、主事、郑大射礼生、王乡饮酒礼生、掌故、国子主事、国子司成、国子司业、国子都讲弟子、散生、门人、寄学陪位、寄学等三百八十二人。

三月二十日,星期日,阴雨,五十度

北魏元昭元详墓志石。市博物馆有正光三年冀州刺史元昭墓志,石方三尺,共三十六行,行三十五字,盖刻龙凤园案,四围均雕花,四角有孔。又有永平元年北海王元详墓志,石高三尺,广二尺,文字甚简,无盖,

三月二十一日,星期一,雨,闻雷,夜雪,四十八度

北魏安乐王元诠墓志铭。石,光绪时出土,旧藏吾邑曾氏,共四

百九十三字，一字不损，无盖。沈剑知考云："诠，即'诠'之破体。"《魏书》《北史》皆云："诠，字搜贤。"《志》读作"休贤"，然《文成五王传》，魏收书阙，乃后人所补，未足以据也。《魏书·世宗纪》："延昌元年己未，安乐王诠薨。"此作"永平五年三月廿八日戊午遘疾薨。"按：史永平止四年，其明年四月改元延昌，诠薨于三月，故《志》犹以永平纪年耳。戊午、己未相差一日，当以《志》为准，而史"己未"上又脱"三月"也。字体略似张猛龙颂，亦晚出碑碣之佳者。杨无恙云："曾士虎[①]先生宰洛阳，得《安乐王墓志》，匋斋驰书求索，曾造伪石以献，因此弃官。"

三月二十二日，星期二，雨，四十七度

《玄秘塔》旧拓本。皮纸厚墨拓，柳衔"贤"字"又"旁不损，证为乾隆前拓。数十年来，柳衔"额"字"客"旁长掠，"顺宗皇帝""顺"字，中间均损。近时裴衔"史"字且凿去笔画，已细弱矣。杨大瓢谓："诚悬书如《度人经》《消灾护命经》《冯宿碑》《阴符经序》，皆极藏锋。此碑虽有脱巾露肘之病，去晋人堂奥尚远，然指实气充，沈著痛快，不在颜、徐之下。米南宫、赵子函诸君之言，岂足为定论耶？"

三月二十三日，星期三，阴，晚晴，四十六度

明邑令郭南。明古闽郑瑄《昨非庵日纂》云："我朝常熟知县郭南，上虞人。虞山出软栗，民有献者，南亟命去其种。曰：'异日恐为常熟害。'其为民远虑如此。"吾邑张应遴《虞山圣地纪略》云："顶山寺产栗，特佳美，比常栗小而软，挼之长寸许，味甘美，剖时作岩桂香气，名麝香囊。郭邑令南甘之，悉令拔去，曰：'他日必为吾民之累。'"按：邑志郭公传："字世南，宣德九年为邑令甚久。"张修撰洪为撰《循良传》，政绩又见《明史·循吏传》，于拔去栗种一事未及载。

三月二十四日，星期四，阴晴间，五十度

涧于草堂文稿。叔夜从冷摊得《张篑斋文稿》抄本一册，约八十

---

① 此处天头有文字：士虎为杨鹤峰先生之婿。

篇。簠斋所著奏议、书牍、电稿、诗草、日记均已刊行,独未见文集。顷阅此稿,其中酬应文字居多,或当日因此而未付梓欤?

三月二十五日,星期五,阴雨,晚晴,五十度

四刘之学。兴化李审言详长于考据,喜"四刘"之学,盖谓歆《七略》汉志、义庆《世说》、勰《文心雕龙》及知幾《史通》也。

三月二十六日,星期六,阴,四十八度,修禊节

上己。毛子晋三月三日诗序云:"人呼三月三日为上巳。"大谬。周、秦、汉、魏以来,最重解禊。自帝后以下,无论贵贱男女,莫不相缘,谓之己会,亦曰禊饮、禊祭、曲水宴、采兰节,盖用三月上旬己日,如上辛、上戊之类也。古人用日例重干略支。《文选》云:"元己之辰。"《汉书》云:"明帝永平二年三月上己,官民洁于东流水上。"合二书考之,其为上己无疑矣。张华诗云:"暮春元日。"陆机诗云:"元吉隆初己。"其不拘定三日,又无疑矣。即王廙云"禊号三己",沈佺期云:"三己禊堂开。"亦三月之己,非三日之己也。至于上巳之说,经史不载,仅见虞世南引"汉末郭虞生三女,一以上辰,一以上巳,一以上午,三女俱亡,村人以为不祥。被除水上"云云,亦不过出于《风土记》《续齐谐》小说家,恐不足据。若唐文宗以十三日为展上巳,不过一时游戏耳。读至《宋书》云:"自魏以后,但用三日,不用上己。"后六帖云:"古用上己,今用三日,则群疑焕然冰释矣。"《柳南随笔》:"周公谨云:'上巳当作日干之己。古人用日,如上辛、上戊之类,皆用日干,无用支者。若首午尾卯,首未尾辰,则上旬无己矣。'"

三月二十七日,星期日,阴雨,四十九度

城市山林。《语石》:"京口鹤林山有'城市山林'四字,米元章书。"光绪时,松禅老人书此四字以为之园门额,戊子年余犹见之。

三月二十八日,星期一,阴雨,五十一度

画家小四王。清画家娄东、虞山之后,更有"小四王"之称。世俗相传,颇有歧异,实为东庄、邦怀、林屋、蓬心四人,俱娄东之裔。王昱字日初,号东庄,麓台族弟。王三锡字邦怀,东庄从子。王愫字存素,号林屋，烟客曾孙。王宸字紫凝，号蓬心，麓台曾孙。

三月二十九日，星期二，阴雨，闻雷，五十三度

魏晋时镇墓文。夏鼐在一九四四年发掘敦煌佛爷庙东区魏晋古墓，棺中发现有朱书镇墓文之小陶罐，内尚存乾朽粟米，文为："翟宗盈，汝早薄命蚤终，寿穷算尽，死见八鬼九坎，太山长阅，汝自往应之，苦莫相念，乐莫相思，从别以后，无令死者往于主人，祠腊社伏，徼于郊外，千年万岁，乃复得会。如律令。"共六十七字，楷书。抗战前洛阳、长安等处亦有此类朱书陶罐，出土为汉末晋初物。数年前洛阳出土二罐，有建宁及初平年号。

三月三十日，星期三，阴雨，五十度

晋贾后乳母墓志。去年洛阳北郊发现晋贾后乳母徐美人墓，有圭形志石，文计千余字。王献之有《保母李意如墓志》，与此正堪作偶。

三月三十一日，星期四，阴雨，五十一度

董文敏《林塘晚归图》轴。绢本。约高六尺，宽二尺五寸，淡青绿设色，冈坡三叠双题。右题小行书，颇学赵承旨《林塘晚归图》笔意。又录其诗"春阴柳絮不能飞，羽后蒲芽笋蕨肥。却恐鸣驺[1]惊白鹭，自骑款段绕湖归。其昌"共四十七字。无印。左题寸许行书"池上篇。既为鸿雪堂主人书，五丈生绡，意犹未尽，更写此图以赠长卿大夫公玄宰。戊辰中秋识。"下钤"宗伯学士""董氏玄宰"白文二印。戊辰为崇祯元年，文敏时七十四岁，告归在家所作也。书画俱精，真迹中之上品。朱屺瞻旧藏，今归锡山程氏。

四月一日，星期五，雨，五十一度

姜西溟字册。纸本。书陶谢王韦诗八页，临二王《曹娥帖》四页，末署"丁丑十二月炙研呵笔为雪轩道翁作"。引首为"丁丑年后书"及

---

[1] "驺"，原作"珂"，被墨笔点去，而诗后补书"驺"字，今径换以"驺"字。

"漫与"二印。有厉南湖廷仪、傅玉笥玉露①、查存畏祥、蒋南沙廷锡题诗、何义门、徐澂斋葆光、周墉、徐雪轩浩跋语。陈药州、蒋竹村懋德旧藏。丁丑为康熙三十六年,西溟是年成进士,年已七十,越二年即卒矣。

四月二日,星期六,雨,下午霁,五十一度

试晴。宝云禅师绝句云:"襦褼破衲试晴天。"自注:"吴语以久雨得晴为'试晴'。"

四月三日,星期日,晴,五十五度

王椒畦摹古扇册。白矾面,洁白如新。仿赵大年青绿、大痴云林山樵、北苑惠崇山水小景、王晋卿元人小景,都八页,叶调笙廷瑄旧藏。另页椒畦自跋云:"下榻寒碧山庄,阅十七年,刘生次山索画。此八页今归调生六兄。时道光庚寅记。"项朗峰篆书。引首潇湘妙景,陈云伯文述、程序伯廷鹭、康祚三跋,椒畦经意之作。

四月四日,星期一,晴,五十五度

四源堂。明张丑《书画舫》云:"董玄宰酷好北苑画迹,前后收得四本,内惟《潇湘图》卷为最,至以'四源'名其堂。"丑,字青甫,号米庵,文彦可从简之妻兄也。著《清河书画舫》十二卷,《真迹目录》三卷。

四月五日,星期二,晴,五十八度,清明节

农谚。吾乡农谚云:"清明雨落阶沿岸,立夏西风少下秧。"盖言清明雨则主水大,立夏有西风,主久晴,插秧宜略迟也。老农相传,往往多验。

四月六日,星期三,晴,六十一度

景溪所藏山舟遗墨小册费西蠡旧藏,查二瞻墨山水轴叔重款,王蓬心画册四页吴窓斋旧藏,钱箨石墨笔新柳轴有翁覃溪等十余人题。梦楼

---

① 此处天头有文字:傅玉露,康熙乙未探花。

题潘莲巢画端午图轴，倪鸿宝、米万钟[①]行草，陈眉公《送吴骏公归娄诗》，方一来有"方文尔止""一来明农"二印、邹愚公迪光、温体仁字扇，文廷美款"癸未秋写于采山堂，有金门供奉"印、黄小松仿蓝田叔画扇，皆真迹甚佳。

四月七日，星期四，晴，十一度

《耆年禊饮图》。昆山徐氏遂元《耆年禊饮图》，禹鸿胪绘，图凡十二人：常熟钱陆灿、孙旸，昆山盛符升、徐乾学、徐秉义，长洲尤侗、何棪，太仓黄与坚，华亭王日藻、许缵曾，上海周金然，无锡秦松龄。时康熙三十三年三月三日。见《燕下乡脞录》。

四月八日，星期五，晴，七十六度

随园女弟子。随园《湖楼请业图》，女弟子凡十三，吾邑居三人，为席佩兰、屈宛仙、蒋心宝蒋侍郎赐棨之女孙。随园有跋，见《燕下乡脞录》。

四月九日，星期六，晴，七十四度

侄孙女同芳，吾兄之长孙女也。性和淑，卒业高中，后为小学教师有年。己丑春猝患心疾，予为送医院治疗，其母强之归，疾遂不瘳。今年夏历三月初竟夭亡，惜哉！闻临终时神识忽清，应亦自悲夙业之重。身后草草棺殓，即厝诸北门祖茔，无一人送之者，命薄乃至此耶！

四月十日，星期日，晴，六十六度

但字平声。《盘州集》洪适："园池如此休言小，但放刍荛雉兔行。"但字，注平声，与徐骑省"莫折红芳树，但知尽意看"同。二公皆精《说文》之学也。《居易录》。

四月十一日，星期一，晴，七十度

独洒。乐府《拂舞歌》有《独漉篇》，一作独禄，一作独鹿。《宛委余编·子史文选训解》云："罜䍡，小网也，音独鹿。"按：古辞云："独漉独漉，水深泥浊。"盖因水边所见以起兴。漉、禄、鹿三字，旧俱无解，

---

① 　此处天头有文字：米，字仲诏，号友石，官太仆。

则作网义释亦通。《居易录》。

四月十二日,星期二,晴,七十五度

姚湘坡先生诗稿。蓝格纸本,一册六十页,分《移居》《近游》二集。有"姚印福增""子玙一字湘坡""曾到蓬莱""言语侍从之臣"四印。稿中涂乙甚多,乃先生手写本也。《常昭艺文志》于先生著作失载,留此二卷以补其遗,殊可珍也。先生书室曰"睫巢",此稿封面仅有"诗课"二字,似宜署为"睫巢诗稿"。

四月十三日,星期三,上午晴,晚雨,七十六度

宋文潞公牙章。姚湘坡先生诗稿,明范文忠公《牙章歌》有云:"春明又见潞国印,象牙精制如琳璆。"自注:"文潞国名章,见于厂肆,为翁叔平孝廉所得。"

四月十四日,星期四,寅初雷雨,午晴,七十七度

韩瓶。湘坡先生生诗《韩瓶歌》注:"瓶为韩姓所冶。元高士黄子久日以瓶盛酒,饮于湖桥,罄即投之水中。"则韩瓶非蕲王背嵬军之军持也。

四月十五日,星期五,寅刻雷雨,阴亥又雷雨,七十六度

吾邑王氏藏商彝。王蓉州先生宪成藏有商彝,所释铭文曰"鬲禾父辛册"五字。

拓本装卷,题咏甚多,姚湘坡先生赋长歌云:"盘庚昔引迟任言,人惟求旧器非旧。岂知旧器今尚存,咄哉人不如彝寿。此彝闻得自偃师,谁其宝之太原冑?殷社久已成榛墟,怀古悲歌麦苗秀。比干之盘董武钟,其文仅存器莫觏。偶然宝物留人间,每为通儒启疑窦。商取十干以命名,矢戊爵或释大戊。父辛可援此例推,非必作器第先后。惟首二字多然疑,广集诸家参篆籀。款足空足考核精,鼎形直将二字凑此朱建卿国博所释。南阳子骥说更新,宋上重屋象交萗此刘款甫太守所释。曰鬲蓉洲自释曰丙叶东卿年丈所释讼纷如,我是懒嵇疏考究。不识趣趣石鼓文,但爱斑剥土花绣。子商遗器信可珍,得一已足矧敢又?王郎金石癖者深,薛氏功臣为纠缪精钞薛氏《钟鼎款识》,多所纠正。文达漫云朱本佚明朱谋㙔本，阮文达所未见，洛阳喜获奇书售。物聚所好定不诬，周爵蓉洲所藏可作此彝副。俯视秦斤与汉灯二器亦蓉洲所藏，行辈不啻孙曾幼。我有彝器可敌君，单伯鼎以善价购。周诰聱牙文字奇铭文一百二十字，吉金浑朴云雷镂。信古不滋岑赝疑，快意胜斗珊瑚富。我思汤孙运中兴，声灵赫濯光俎豆。蛮服独申挞伐威，雉异已襄升鼎雊。当时二三佐命臣，并膺懋赏赏功懋。铸器铭勋示子孙，尚质不文非简陋。于今荆楚多梗顽，赤眉青犊纷为寇。翻江有若呿长鲸，凭社犹思斗困兽。勠力誓将苞蘖除，逆命焉逃汤网漏。傅岩舟楫济苍黎，下国共球来辐辏。与子同听竟病歌，拂拭尊罍酌醇酎。"松禅老人亦题三绝，中一首云："古文虽质有盉羹，爰历《凡将》未足明。我爱晋江陈给谏，自笺自疏为分明。"陈颂南释首一字曰"举"，引《礼记》"谓之杜举"以证。

四月十六日，星期六，阴，七十度

战国人物画铜器。前记癸巳十一月十九日汲县出土战国铜鉴，上有雕镂水陆攻战人物达二百九十二人，及舟车等器具甚多。中国科学院考古研究所又在河南辉县得战国时碎铜镜，有鼓、钟、击磬、牵马各种人像及屋舍、草木等，其精美胜于汉武梁祠画像。可见东周时绘事已甚进步。

四月十七日，星期日，阴雨，五十六度

崔青蚓《三酸图》。《瓶庐日记》云："曩见崔青蚓有《三酸图》，今又见宛平王崇节摹本。"姚湘坡先生诗稿有《自题崔青蚓三酸图》七古一首，是瓶老人当即在姚处得见也。诗云："一人修髯冠方巾，一人百结衣悬鹑。一人目眵齿露断，各拈梅子涎津津。与两童子成五人，回头相笑大得神。形容酸态能逼真，此图作逾二百春。思陵改元岁戊辰，是时文贞公此图为宛平尚书王文贞作。尚未成进士。酸寒臭味定相似，一人疑即青蚓子，彼一人者夫己氏，戏笔合图为一纸。南陈膺本多丑怪，北崔真迹殊清快。草莽臣节矢耿介，龌龊群公眼不挂。腰金蟒玉不屑画，独画穷酸三措大。吁嗟乎！旁观莫笑措大穷，气节多出

寒饿中。走匿土室死不悔,青蚓子是真豪雄。"崇节,字筠侣,宛平尚书之弟,与青蚓友善。二图或系同时所作。

四月十八日,星期一,阴,五十三度

颜鲁公书《祭侄文》墨迹。清故宫旧藏麻纸本,二十三行,二百六十八字。丁丑春曾展览于南京全国书画会。顷见珂罗版本,于笔锋转折、用墨浓淡之处,尚可辨识结构变化,与《争坐位》甚相似。谭组庵曾谓"字字轩举,若奋若搏,如见其忠义郁勃、蕴怒含悲之状",良非虚语。有周公谨观款、张晏、鲜于伯机、徐健庵、王琚湖项龄诸跋。健庵云:"米元章未见真迹,以为不如《坐位》。所传停云馆临本与此迥异。"《清河书画舫》云:"《祭侄文稿》当以鲜于枢、张晏跋本为真迹。"即此本也。

四月十九日,星期二,阴,五十三度

南潜禅。禅师吴兴人,俗姓董,名说,字若雨,明季诸生。国变后削发灵岩,法名南潜,号宝云。康熙丙寅示寂,年六十七。曩周季贶得其日记稿本一册,近人印入《南林萃刊》内,附载古今体诗约百首。李觊称为"极荒寒萧寂之致,览之令人神意俱远"。昔年癸丑养浩叔得禅师《丰草庵集》,赋诗志喜云:"骚情易思,佛语仙心。天风海涛横铁琴,成连先生何处寻?"一解。鸽峰老人为余说,评震川让宝云笔。昔年借宝云批《震川集》于瓶老人,老人云:"评语于文外独绝,非评文字也。""鸽峰藏书万千卷,未稔曾收宝云集。欲持诗诵鸽峰听,西山愁绝云冥冥。"二解。"霜红龛主诗之仙,丰草庵主诗之佛。一仙一佛三千年,霍霍太古之日月。"三解。"忧饥畏乱室人病,黏天波涛几舍命。两年菀结一伸眉,宝云示我灵台镜。"四解。"晨餐方罢睹宝书,措手忽失明月珠。大男入肆幸而获,不然罔象离朱求不得。"五解。"宝云著书手自烧,此书不烧赖子樵。河沙尘,沧海劫,威凤一毛藏枕箧。有谁好古,镌泰山之玉牒。医怪医俗,灵液一呷。"六解。石友舅氏亦题云:"丰草庵中人,似不食烟火。吐出冰雪辞,日向白云坐。郊岛只寒瘦,方之未云可。当是青莲花,已证无上果。拟携此编去,沧波泛一舸。高吟叩灵均,论诗来共我。"因卷首有金孝章"不寐道人"印。再题云:"不寐非常人,赠诗有丰草。一集双朱钤,千秋两遗老。俞君眼如月,邺架歌得宝。沧海横流中,神交永为好。"养叔藏书,已悉捐赠图书馆,余曾见书目,未有此种。今见《南潜日记》,益念《丰草庵集》不置也。

四月二十日,星期三,晴,五十四度

连展。放翁诗:"拭盘堆连展,自注:"淮人以名麦饵。"洗釜煮黎祁。蜀人以名豆腐。"姚湘坡先生谓:"连展,疑即吴俗所食麦蚕。"

四月二十一日,星期四,晴,五十七度 夏历闰三月初一

申官自京回,携赠故宫博物院印宋人画册,中有马远、李嵩、陈居中、李迪等作品。

四月二十二日,星期五,晴,六十一度

香光书画值。昌硕《致石友书》云:"董字真而精,此公画贵于字十倍,约直二十元零,至多三十元,不能再贵矣。"

四月二十三日,星期六,阴,六十一度

渐西说诗。《小沤巢日记》:"杜、韩多从正面写,坡公多从反面、侧面写,究非诗家正格。故山谷略献机锋云:'我诗如曹邻,浅陋不成邦。公如大国楚,吞五湖三江。'曹、邻虽小,孔子删《诗》,列之国风。楚虽大,游于方之外矣。为尼山删订所不及,此其微意也。"

四月二十四日,星期日,晴,六十四度

觥觚归赵。《小沧浪笔谈》:"明张江陵夺情,编修吴中行、检讨赵用贤劾之,廷杖出都。庶子许国镂杯二,玉以赠吴,觥以赠赵,各有铭。觥铭曰:'文羊一角,其理沈黝。不惜剖心,宁辞碎首。黄流在中,为君子寿。颍阳生许国为定宇馆丈题赠。'后赵传之门人黄端伯,端伯传之门人陈潜夫,两贤皆殉国难。又曾在何蘐音、章藻功家,藻功刻其棱曰'三忠口泽',曲阜颜懋价得之于市,传至崇规衡斋崇樑。江西学使翁覃溪先生,与衡斋善。常熟赵王槐,文毅五世孙也,走袁州跪泣,欲翁之说还此觥也。翁乃为《觥觚还赵歌》贻颜,颜慨然还

之。"王槐，邑志有传，字器梅。《复初斋集》有《为常熟赵氏乞曲阜颜衡斋归觅觥序》，称赵翁者庭；又有《觅觥辨》，叙觥之流传踪迹甚详。朱竹垞亦有《觅觥歌为何少卿赋》，即蘱音也。

四月二十五日，星期一，晴，六十五度

蒋伯生萝庄。《小沧浪笔谈》："常熟蒋伯生因培以其父为汶上县令，卒官下，遂家焉。所居萝庄，花木交荫，有古槐七十二树，名其堂曰'七十二槐堂'。黄小松为作《萝庄图》，郭频伽为作记。一时名士至山左者，题襟书壁，各有酬倡。伯生家不中赀，又为人假贷千金，穷日甚。其人有力而不欲偿。适孙渊如权廉使，下其事于邑。伯生有句云：'为我追逋真火急，向人延誉见风流。'渊如称其诗才排奡雄放，而往往出奇无穷，可与张船山、郭频伽相伯仲云。"伯生有《乌目山房诗存》六卷行世，邑志附父《瞻岵传》。

四月二十六日，星期二，阴，六十五度

沧趣楼集陶联。陈伯潜曩寓京西城灵清宫，集陶诗为门联云："物新人唯旧，世短意恒多。"

四月二十七日，星期三，阴，六十八度

朱晦翁诗墨迹。廉南湖有为许俊人题晦翁与敬夫诸子出游云谷诗墨迹七律一首，注云："原诗'仙洲几千仞，下有云一谷'。又曰'急雨遍原陆'。"按：此诗见《文公诗钞》中，题作《游昼寒，以茂林修竹清流激湍分韵赋诗得竹字》，共二十五韵。余曾见邵息盦先生所藏宋拓神龙本《兰亭》，有晦翁手跋，字甚雄浑，南湖诗中亦及之。

四月二十八日，星期四，阴雨，六十四度

牧斋圈点《佛顶蒙钞》。廉南湖《梦还集》云："太保绍英殁于乙丑闰四月，公子竹铭奉遗命，以钱牧斋五色笔圈点《佛顶蒙钞》赠余，而缺第一册，以原刻本补。"《蒙钞》即牧斋所撰，顺治庚子刻成，牧斋年七十九，尚复圈读，足见修持之勤。然窃疑后人所为，非蒙叟手笔也。

四月二十九日，星期五，阴雨，六十二度

榷场本《大观帖》。榷场本《大观帖》仅存第六卷，翁覃溪旧藏，曾作《晋观堂歌》，并刻小印。后为祁寿阳所得，因号"观斋"，何蝯叟为题额。二十余年前，帖归杨荫北，转赠福开森。

四月三十日，星期六，阴雨，六十六度

《快雪时晴帖》。袁珏生《中秘日录》云："内府所藏《快雪帖》，是唐人双钩本，非右军墨迹。"

五月一日，星期日，阴，六十五度

《蜀道寒云图》。昔年袁抱存得王晋卿《蜀道寒云图》卷，因以自号。

五月二日，星期一，阴，六十八度

《受兹室诗稿》。共三卷，归安钱念劬先生继配单士厘女士所著，曾遍游东瀛及欧洲各国，辑有《清闺秀正始再续集》四卷行世。辛巳年八十四，尚吟咏不辍。子稻孙、穋孙。稿中有悼俞缦承莱诗："开缄知噩耗，老泪洒滂沱。苕水高吟遍，潜园佳绘多。曾缋《潜园十二景》。早知来劫运，普劝念弥陀。慧业今生已，人天唤奈何。"

五月三日，星期二，阴，六十五度

四铜鼓轩耆年会。庞郦亭先生撰《四铜鼓轩耆年会记》，云："甲寅之冬，邑中老友相约为耆年之会，以十月甲子集于四铜鼓轩，会者凡十有八人，裒履偕临，偃仰各适，倾尊合席，互相劝酬。肴核既陈，谈谐斯洽。饮宴之次，复命工以摄影镜照为图。图凡三列，前一列四人，中之左长髯拂胸，静默穆若，默坐而数息，年最高者，陈芝声也；其左面微俯而清癯者，彭叔才也；其右垂足于阶下，容蹙然若深思而重虑者，俞调卿也；再右正襟笼袖而注视者，屈筱卿也。中一列五人，居中端坐，目短视而两颊微成涡者，潘质之也；其左苍髯者，周菊如，微须者，叶叔谦也；其右伛偻而须鬓如雪者，陆云孙；仰而若微笑者，曾季豪也。后一列九人，中间颀而多髯者，邵息盦也。邵之左含笑而蔼然可亲者，俞城南也；张口若謦欬者，屈吉士也；正立举手抚膺者，胡达夫也；科头袖手，倚柱而立，若有啸傲之容者，宗君玉也；隐半身于息盦之右者，曾士沂也；冠广檐之冠者，赵君默也；傍柱垂手者，陆芝庄也；介立于赵、陆之间，面微向左者，则余是也。之十八人者，居恒朝夕相见，春秋佳日，茶话山椒，舣楫水次，形骸放浪，结契于一丘一壑者，其乐事盖不减少年时。缅忆畴曩，宦游远方，与诸人踪迹疏阔，或出或处，不获互通函问。及投绂归束，握手话旧，四十年前钓游之地，次第周历，重拾坠欢，而友朋之乐，尤喜于得庞眉皓首者相与周旋，其为山泽气厚而至耇寿之多欤？抑诸人之颐养天真，世缘淡而无或扰其神志也？今者觞咏一堂，注目于斯图，吾知必有相视而笑，莫逆于心者矣。自兹之后，相期岁一举会，以此会为肇端，爰泚笔记之，以征息壤，并详名氏年岁于左：庞鸿书记。邵松年书。陈维芰声年八十，陆懋宗云孙年七十有八，胡尔炽达夫年七十有四，宗嘉树君玉年七十有四，屈偰章吉士年七十有三，潘文熊质之年七十有三，屈家琨筱卿年七十有二，俞锺诒调卿年七十有二，周逢原菊如年七十有一，彭汝球叔才年七十，曾达文季豪年七十，曾[翰章]士沂年六十有九，叶士荃叔谦年六十有八，赵仲简君默年六十有八，俞锺颖城南年六十有八，庞鸿书郦亭年六十有七，邵松年息盦年六十有七，陆芝庄年六十有六。"

五月四日，星期三，晴，七十度

荔枝。《粟香随笔》云："荔字，从草从劦，不从刕。刕，音离，割也。劦，音协，同力也。荔字，固当从劦。"

五月五日，星期四，晴，七十度

周荣起。《粟香随笔》："常熟毛子晋校刻古书，多江阴周砚农荣起刊正。砚农精穴书之学，其二女禧、祜皆工画。禧所绘《楚词九歌九章图》，渔洋山人尝购之。"又云："朱竹垞《诗话》：'江阴周荣公二女，淑祜、淑禧。'《无声诗史》则谓'周仲荣二女，长淑祜，次淑禧。'"按：子晋和友人诗中，附载周荣起字仲荣七古一首。又《江南通志》载："荣起，一字砚农。"惟荣公之称，不见其他记载。

五月六日，星期五，阴雨，东南风，七十一度，立夏节

蒋笙陔。《粟香随笔》："莆田郭兰石太史尚先，官编修，十二年不

迁，人呼为金不换。以编修七品戴金顶故也。天门蒋笙陔修撰立镛在馆十年不迁，人呼为石敢当，以修撰六品，戴车碌顶，俗称白石顶也。"金不换，石敢当，可称巧对。修撰为嘉庆辛未状元丹林祭酒祥墀之子，工楷法，得松雪笔意。余藏有大横条一幅，极精。又有太史五言联行书，今已失去。

五月七日，星期六，阴雨，六十八度

棉花[①]。胡承谱《续只麈谈》："《通鉴》：'梁武帝木棉皂帐。'史炤《释文》云：'木棉，江南多有之，以春二三月下种，既生，须一月三薅，至夏生黄花结实。及熟时，其皮四裂，其中绽出为棉。土人以铁锭碾去其核，取为棉者，以竹为小弓，长尺四五寸许，牵弦以弹，弹令匀细，卷为筒，就车纺之，自然抽绪如缲丝状，织为布。'"按：此即今棉花也。丘文庄濬谓："棉花，元始入中国。"殆未考史炤之说。

五月八日，星期日，阴，下午晴，七十度

黄叶止啼。"以黄叶诗句质于黄叶头陀，头陀曰：'初谓此物堪止儿啼，不意被公拈得，到处解人颐也。'"右见李日华《恬致堂诗话》。黄叶止啼，见《涅槃经》，以杨树之黄叶为金，与小儿以止其啼，比喻佛说天上之乐果，以止人间之众恶也。

五月九日，星期一，晴，七十二度

科举笑谈。莪闇言："前清江南乡试，餐时，闱中备饭，各给箸碗，惟大半自携粥米，以风炉煮食。皖省等处士子，竟有携鳖入闱，杀而煮之，名之曰'觧鼋'，盖取'解元'之谐音也。"

五月十日，星期二，晴，八十三度

《蟫香馆使黔日记》。天津严范孙侍郎修所著，共九册，起甲午九月，止戊戌闰三月，以手稿石印。侍郎卒于民国十九年，此为二十四年付刊，有赵祐眉元礼序云。《日记》分四期：翰苑时期，督学贵州时期，侍郎时期，退老时期，此督学一部份也。末一册记戊戌二月过武

---

① 此处天头有文字：白乐天诗："吴绵细软桂布密。"

汉时，录有全省道府以上名单。其二月初八日，以乡愚弟大东投诸俞观察，恳其起单。此系笔误，应为瞿观察。盖先公于是年六月方抵汉黄德任，其时尚在荆南，而瞿赓甫观察原籍宛平，与严侍郎例称同乡也。

五月十一日，星期三，晨微雨，午后晴，六十八度

张芑堂兰石轴。纸本墨笔，石笋一株，兰花数丛。款"嘉庆壬申花朝金粟张燕昌试笔，时年七十有五"。下钤"张印燕昌""石鼓亭"二印。芑堂手有鱼文，因号文鱼，又号金粟山人，海盐人。乾隆丁酉优贡，嘉庆丙辰举孝廉方正，甲戌卒，年七十七。著有《金石契》《三吴古砖录》《金粟笺说》《石鼓亭集》。叶鞠裳年丈《藏书纪事诗》列芑堂于叔未前，盖其族兄也。

五月十二日，星期四，晴，七十三度

《龙槐清夏图记》。余有松禅老人龙树院摄影一叶，经乱尚存，惟时逾花甲，纸渐蜕色。兹见薛绹铭先生著有小记，亟录之："己丑五月二十三日，翁大司农叔平师饮同人于龙树院，裙屐毕至，觞咏迭酬。时新雨初霁，厅事三楹外，弥望旷野，绿苒蓁苗，一碧成海，远眺尤豁心目。当未入座时，招泰西法照相者，合与会十六人，共为一图。中坐者尚书师，左殷给谏厚培，右杨编修莘伯。其两人手展簺而坐微下者，左为庞编修伯裘，右则伯英邵编修也。其六人席地作跌跏坐者，最左季国博子固，次翁检讨韬夫，次叶中翰眉士，又次为曾部郎圣与暨吴进士子潇，李仪曹玉舟则坐最右。五人并立傍树而微侧者，庞仲劬编修也。攀条而立者，为李比部君绳。其居予左者，邵比部季英，予之右则君实俞铨部也。图中皆乡人，君绳祖籍京口，子固籍澄江，而皆世居吾虞。惟子潇系邗上人，与尚书有姻连，亦与是会。顾念诸君自尚书以次，皆列清华，长曹司，盍簪绘图，宜也。"予以留试滞宣南，得陪清宴，辞不获，亦滥厕图中，弥滋愧焉。然所以联桑梓之谊，与夫订鸿雪之缘，不可不志。爰缀数语，以志其姓氏如左。光绪十五年六月中浣，薛培树绹铭甫识于宣南鹿门氏寓斋。

五月十三日,星期五,晴,八十一度

巨鹿古城。梁卓如云《中国历史研究法》:"民国八年,直隶巨鹿县发见一古城,实宋大观二年被黄河淹没者,即在今城。原址入地二丈许,知为大观二年故墟者,有碑可证也。八年夏秋间,居民掘地,忽睹破屋,且有陶磁等物,持以适市,竟易得钱。渐掘其旁,屋乃栉比。事闻于骨董商,乃麕集而掘遗物,以善价沽诸国外者什而八九。一小部为教育部所收得,陈诸午门之历史博物馆。然其细已甚,且原有房屋破坏无余。惟闻故城大于今城,掘两年犹未及垣。又闻其地掘井须二十丈乃得水源,而入地十丈许,往往遇甓瓦之属,安知非大观以前已经一两度之淹没耶?"

五月十四日,星期六,晴,八十五度

《廿二史札记》。卓如云:"赵瓯北之《廿二史札记》,虽与钱竹汀之《廿二史考异》、王西庄之《十七史商榷》齐名,然性质有绝异处。钱、王皆为狭义之考证,赵则为搜求抽象史料之法。昔人言属辞比事,《春秋》之教,赵书盖最善于比事也。此法自《容斋随笔》渐解应用,至赵而其技益进。"

五月十五日,星期日,晴,七十五度

赵松雪《引马图》。破梦言:"松雪《引马图》人物卷真迹,有元初诸家题。二十余年前,有人出售,许其银币万元,不允。旋为潘博山以万五千元易去。"

五月十六日,星期一,阴雨,七十三度

蒨香簃写本《慎子》。涵芬楼《四部丛刊》内《慎子》一册,系采缪艺风迻写明万历间慎樵赏刻本,分内、外篇,较四库本、守山阁本均不同,与隋、唐《志》、《崇文总目》、《直斋书录解题》所记篇数亦不相符,一时诧为惊人秘笈。惟据梁卓如考定,乃为明时伪书。

五月十七日,星期二,晴,七十一度

《丰草庵集》。余前见养浩叔题南潜禅师《丰草庵集》,一时辄心向往之。今日忽得刘氏嘉业堂甲寅年所刊《董若雨诗文集》二十五卷,计诗十一卷、文六卷、宝云诗集七卷、禅乐府一卷,不禁狂喜。翰怡跋云:"集曾刻于康熙二十九年,罕见流传。《南潜日记》一种,亦嘉业堂所藏也。"若雨,号西庵,又称鹠鸹生,出张西铭门下。国变后改姓名曰林蹇,皈灵岩继起禅师,法名玄潜,屏迹丰草庵。丙申秋,削发灵岩,更名南潜,字月涵,主尧峰宝云庵,年六十七,示寂吴之夕香庵。

五月十八日,星期三,晴,七十三度

徐念慈。近人杨世骥著《文苑谈往》记:"徐念慈,字彦士,号觉我,亦署东海觉我,常熟赵市人,父金篆。念慈弱冠通英、日文字,曾补诸生。戊戌后,与曾朴、丁祖荫等办高等小学、进化女学。乙巳,任小说林社编辑,后事翻译说部,有《海外天》《黑行星》《美人妆》《新舞台》各种,皆以语体或浅近文言译成,实非林译小说所可企及。殁于一九零八年,年仅三十四岁。"

五月十九日,星期四,阴雨,七十一度

李太白诗。太白诗:"作个音书能断绝。"明春陵杨齐贤子见《集注》章贡萧士赟粹可补注:"能,平声,发破,读吴音也。"

"发":明方以智《通雅》云:"喉、牙、舌、齿、唇五声,有发、送、收之分。发者不用力而出,如见、端、知、照、精、帮、非等;送者用力而出,如溪、群、透、定、澈、澄、穿、床、清、从、滂、並、敷、奉等;收者其气收敛,如疑、泥、娘、日、审、禅、心、邪、明、微等。"

"破":破字者,同字而易一义以为解也。如曰"某当作某",或曰"某读如某"。如《毛诗》之"桓桓于征,狄彼东南",郑笺云:"狄当作剔。剔,治也。"孔氏《正义》云:"毛无破字之理,《瞻仰》传以狄为远,则此狄亦为远。"

"吴音"[①]:《广韵》云:"江东取韵与河北殊。"因各地方音纷歧,此类往往收入又音内。例如猫,莫包反,吴音以为苗字。《广韵》,猫收

入五肴，是据秦音；又收入四宵，是据吴音，即江东音也。

李诗之"能"字为破字，不作本义解。又能字原为收声，改作发声，则较原音较轻。答裴闇问。

五月二十日，星期五，晴，七十一度

匹如。元微之《酬乐天醉别》诗："好往乐天休怅望，匹如元不到京来。""匹如"，即譬如[①]。

五月二十一日，星期六，晴，下午阴，八十度

生忌。郭界《客杭日记》："十月十六日，先妣悯忌日。"是悯忌，生忌也，亦称愍忌。元秦王夫人施长生钱记云："秦王三月廿五日为愍忌，四月四日为麑辰。"见《无事为福斋随笔》。

五月二十二日，星期日，阴，七十三度

方尔止书扇。景溪藏尔止书扇一页，有"方文尔止""一耒明农"二印。尔止，名文，又字一耒，桐城人。牧斋有《题尔止盋山[②]诗稿却寄二十韵》一首，自注云："尔止《鲁游诗》，弹赵子昂、李于鳞皆不识华不注'不'字。"又有《方生行送尔止还金陵》七古一首。

五月二十三日，星期一，阴，七十五度

吾邑严氏藏右军《二谢帖》。明万历时，吾邑严道普藏右军《二谢帖》真迹，见冯钝吟《书要》，盖亲见之。道普，名泽，一字开，字文靖公第四子也。邑志载："其官中书舍人时，神宗见其字，称善者再。"

五月二十四日，星期二，阴，七十三度

严天池书法。《钝吟书要》云："严天池二三十岁书法好，后来便可厌，只为从前功夫不多也。大略初学时多可观，后来不学，便不成书耳。"天池名澂，为道普之兄。

---

①　此处天头有文字：山谷句"匹似无田过一生"，诚斋句"匹似天花更着香"。

②　此处天头有文字：《渔洋诗话》称："盋山居金陵，少多才华，晚学乐天，好作俚浅语，以己壬子生，作《四壬子图》。"

五月二十五日，星期三，阴，七十五度

《纫兰别集》。《海虞艺文志》云："黄子鸿仪著《纫兰集》二卷，《纫兰别集》一作《纫兰集别集》一卷，疑即并前书为一。"云云。初，我于别集原书实未之见，故有此疑。按：钮玉樵《觚剩》所录《纫兰别集》均为诗余，是非即前书也。

五月二十六日，星期四，阴，夜雨，七十七度

杜诗用'中兴'字。陈司业《掌录》云："杜诗'百年垂死中兴时''今朝汉社稷，新数中兴年'，作去声用。钱牧斋因谓本当作去声。然而杜诗他处，如'侧听中兴主，长吟不世贤''汉业中兴主，韦经亚相传''近贺中兴主，神兵动朔方''神灵汉代中兴主，功业汾阳异姓王'，四'中'字未尝不平声用也。"

五月二十七日，星期五，阴，七十七度

《觚剩》载归孝仪事不确。钮玉樵《觚剩》载："吾邑归孝仪先生允肃卒于官，无子。"与邑志所载均不符。先生以病告归，卒于家。有子宗敬，诸生，恭谨朴茂，推乡祭酒。

五月二十八日，星期六，阴，七十二度

父子同科。吾邑王喜赓先生曰俞，明天启七年丁卯举人，六上春官，至崇祯十六年癸未，与子澧同登进士。澧，字楚先，号兰陔，清顺治时官金华知府，邑志有传。

五月二十九日，星期日，晴，七十六度

绌堂、劬庵二先生逸事。绌堂、劬庵二先生，文恪公之子，少时即有文名。同治九年庚午，同应江南秋试，劬庵先生报罢时，文恪尚在里门，报到，为之不怿，盖冀其兄弟同登乙榜也。其后劬庵先生光绪元年南闱中式，二年，绌堂先生会试中式二甲第十四名，文恪尚及见。六年庚辰，劬庵先生中进士二甲第二名殿试策今在金问淇处，则文恪殁已四年矣殁于丙子闰五月初六日巳时。文恪夫人为老码头周氏，于先公为中表同辈。二先生于余年长五十余岁，而为表兄弟，少时劬庵先生犹屡见也。文恪夫人周氏，名慧华，年四十四卒，锡庆之女。

五月三十日，星期一，阴，七十三度

中酒。《掌录》云："中酒之中，应去声。而唐诗'气味如中酒'，东坡诗'臣今时复一中之'，皆作平声用。牧斋亦云：'中酒之中，宜作平声。'恐未然也，殆是假借用之耳。"

五月三十一日，星期二，阴，下午晴，七十五度

季文敏《传砚图》。江阴王侪崎苏《试畯堂诗集》有《题季云书传砚图序》，云："云书父晴郊，少游京师，祖谐寓先生熙教之读书。晴郊令钜鹿，始就养。身殁时，晴郊适罢官谪戌。亡何，晴郊卒于戌所，识者悲焉。诗云：'乌鲁木齐雪三丈，季君戌死骨归葬。少年应举游京华，儿甫三岁身辞家。养儿教儿付老父，老父一身兼父祖。祖有一砚传之孙，愿孙识字传家门。孙能少慧乐莫乐，廿载儿才官钜鹿。携孙来饭钜鹿城，封君依旧老书生。儿方褓带桑榆暮，父未成丧儿远戌。孤孙只影归江东，家无担石抱砚穷。君家三世我亲见，并乏青坛仅传砚。砚田耕熟作长官，行到天西便盖棺。我泪挥如泰山雷，铁砚滴穿石砚漏。'"云书，即季文敏公，侪崎之婿也。

六月一日，星期三，晴，七十七度

沧海君力士为鲁连、朱亥。《粟香随笔》载："武进吕叔讷星垣《谒留侯庙诗序》云：'尝疑沧海君力士为鲁连、朱亥，又兰池盗当即是博浪之徒。'后孙渊如示《史记索隐戈言》，知留侯博浪之逃，赵高匿之也。因过下邳作此：'昔年鲁连不帝秦，飘然去为沧海君。朱亥挈锥三百斤，后之乘桴入海云。留侯国破思忠孝，远慕鲁连独高妙。叩连求士得亥行，连也持觥候仙峤。博浪震动兰池惊，两击不中罚两觥。人间大索都市乱，海上大笑波涛声。当时亥还侯未还，得非连使大忠通神奸？赵高赵国诸王孙，求为秦贼肢体残。赵高名在《列仙传》，何得仙家滥其选。《索隐戈言》颇辨冤，鹿马计胜长平战。'"此说甚奇。

六月二日，星期四，晴，七十七度

赋得诗。唐开元以后，试进士，增诗赋。文宗起且定诗赋为第一场，论第二场，策第三场，帖经第四场。诗大抵以古人诗句命题，冠以

"赋得"二字,盖仿梁沈约《江蓠生幽渚》诗,以陆机塘上行句为题。李白有《赋得浣纱石》《赋得白鹭鹚》诸诗。我闇问。

六月三日,星期五,晴,八十度

太白故乡。太白《渡荆门送别》诗:"仍怜故乡水,万里送行舟。"此"故乡"究指何处？或指太白自言"白陇西布衣",不知此乃郡名也。明杨升庵《丹铅续录》:"太白《上裴长书》云:'白家本金陵,世为古姓。遭沮渠蒙逊之难,奔流寓家,少长江汉,见乡人相如大夸云梦之事,云楚有七泽,遂来观焉。又与逸人东岩子隐于岷山之阳,巢居数年,不迹城市。'广汉太守闻而异之,因举二人有道,并不起。"又刘全白撰《李翰林墓碣记》云:"太白,广汉人。""按:此则唐诗谓白为陇西人[1],唐之宗室,谬也。唐之先岂有金陵之籍哉？广汉,四川郡名,少长江汉,以相如为乡人,隐居岷山,举有道于广汉,其为蜀人无疑。"[2]又杜工部《寄太白》诗:"康山读书处,头白好归来。"康山在四川彰明县。太白诗:"青莲居士谪仙人",彰明县有青莲乡,则太白为四川广汉郡彰明县青莲乡人也。

六月四日,星期六,七十八度

石印本张南皮诗不足据[3]。扫叶山房印本《广雅诗·送同年翁仲渊殿撰从尊甫药房先生出塞》七古一首,末有自注云"药房先生在诏狱时,余两次入狱省视之,录此诗以见余与翁氏分谊不浅。后来叔平相国,一意倾陷,仅免于死,不亚奇章之于赞皇。此等孽缘,不可解也"云云。按:注中语气,似指作诗后数十年之事。南皮非妄人,岂肯

----

① 此处天头有文字:太白自称陇西布衣,此言郡名。牧斋《王氏族谱序》:"唐世贵族姓李穑,以爵位不如族望,虽以清望历要官,与人书札唯称陇西而不衔。"

② 此段引文亦摘自明杨慎《丹铅续录》卷三,紧接在上段同出《丹铅续录》的引文之后。

③ 此处天头有文字:陈石遗《诗话》引此诗,注:"余于《广雅诗》原刊本尚未见。"恐石遗所见者,亦此石印本耳。

于传世之诗集中，妄用"一意倾陷，仅免于死"之语，且亦断无自比牛李朋党之理，显系后人有意伪增。渐西村人所刊《广雅碎金》，此诗末并无自注，可见此石印本不足为据也。

六月五日，星期日，阴，七十七度

遂启諆鼎。余处有焦山鹤洲和尚手拓遂启諆鼎铭文拓片。据金粟香丈言，此鼎于道光壬寅陕西岐山县出土，为叶东卿所得，定为周宣王时物。梅伯言、许海秋有文记之。甲辰五月置之金山，以配焦山之周世惠鼎一作无专，有铭文十二行，百三十四言，刻腹内墙居中。后晤方子听大令，以为"惟遂启諆作庙叔宝尊彝"九字为原刻文，余则骨董家增字求售耳。余从拓本细审之，果见此九字，与其他铭文笔画有不类处。鲍臆园亦云："叶东卿送金山之鼎，出土时仅字两行，前后百许字，系出补镌，盖出张二铭苏某之手。"即指此鼎也。

六月六日，星期一，阴雨，七十四度，芒种

芒种。《掌录》云："芒种，见《周礼》。种之有芒者，麦也。今读芒为忙，种为去声者，非是。"

六月七日，星期二，阴雨，晚晴，七十五度

南宋画《避暑宫》真迹。绢本，无款掌扇式，画笔工细入微，钩勒劲峭。

元人《戏婴图》，摹南唐周文矩本。绢本，仕女婴儿，姿态妩媚。右二页有正书局已印入宋元画册。

宋人《采莲图》。绢本，似明人所摹。以上三页皆狄平子旧藏，对叶有题字，今归锡山程氏。

六月八日，星期三，晴，七十八度

周翰画《西园雅集图》卷。绢本。墨笔。树石布景极苍老，人物咸有法度。款"长洲周翰"，钤"南山"印。卷后另纸，康熙二十七年戊辰钱唐毛宗文写《西园雅集图记》。翰，名不见著录，应为清初人[1]。笔墨甚娴雅，非寻常画工可及也。

---

① 此处天头有文字：周翰明诗人。

六月九日,星期四,雨,七十二度

谢樗仙《辋川风雪图》轴。绢本。丈匹大幅。行书。款"《辋川风雪》,嘉靖乙卯谢时臣临戴静庵笔",钤"思忠"小印,又一大印,细辨文为"嘉靖丁巳时臣年七十有一"。

六月十日,星期五,阴,晚晴,七十四度

李檀园山水卷。绫本,墨笔。款"壬戌蚤秋,泊舟段桥,云君过访幽话,以吴绫乞墨,得董巨兼子久法,遗之。壬戌为天启二年也"。后有董季苑祖源跋。钤"画禅子"印。季苑为香光之子①,笔墨罕见。朱屺瞻旧藏。

高蔚生山水轴。绫本。为人介寿之作,气韵茂密。蔚生名岑,字善长,杭州人,居金陵,为清初八家之一。

六月十一日,星期六,晴,八十一度

宋范右丞纯礼告身。叔夜言:"月初,吴门展览五年出土文物时,另辟一室,陈列北宋范文正公次子彝叟右丞纯礼告身②。卷花绫笺,长丈余,高二尺,行书,大径寸许,中段略有损坏,末有中书门下署衔七八人。原藏范氏义庄。"

六月十二日,星期日,晴,八十度

明时买地莂。《五年出土文物展览》有明嘉靖时墓中买地券,朱笔书于黑色漆板,字甚草率,辞句与习见者相类。买地莂始于汉时,太仓陆蔚庭藏有灵帝建宁元年马氏兄弟买山莂,刻于砖上。唐中叶以后盛行,率以石为之。睹此知明时尚沿其俗。

六月十三日,星期一,阴,七十七度

结缗。唐《陆鲁望甫里先生传》云:"借人书,编简断坏者缗之,文字缪误者刊之。"《说文》:"缗,结也。"《楚辞·九思》:"心结缗兮折摧。"

---

① 此处天头有文字:《鸥陂渔话》云:"董思翁有示其子祖源论书语,然祖源不闻以能书世其家。"

② 此处天头有文字:文正四子,纯佑、纯仁、纯礼、纯粹。

六月十四日,星期二,雨,七十六度

潇湘渔父词扇。余十四五岁时,从里中冷摊得楷书折扇,甚工整,末书"同治戊寅无姓氏"印记,审之,乃自书词稿也。以其中有自题"潇湘渔父图",乃知为姚星五先生福奎所作。扇已残剥,亟录于册。迄今三十余年,此册尚存。星五先生有《三湘书屋诗》及《潇湘渔父词》,见《海虞艺文志》。

六月十五日,星期三[①],阴,七十七度

明董尚书份诗扇。金面,草书七律一首:"使君何事念寓居,义气于今孰可如。暂向柏台驱五马,却从千里寄双鱼。贤声已喜能酬主,高论还期更起予。但得诸公在廊庙,不妨野老卧田庐。陈侍御转括苍官,遗人来讯敝庐。因寄此谢似禹门解元见定。浔阳份。"钤小印,色退难辨,尚书字用均,乌程南浔镇人,嘉靖进士,官右春坊右中允,直西内撰文,礼部尚书,有《泌园集》。子斯张,孙即南潜禅师也。此扇景溪所藏,款仅一字,初未识之,出以示余,属为审定,因见有荻溪章紫伯藏印,疑为其乡贤之作,果从《南浔志》得之,喜而为题一绝:"泌园丘壑老堪娱,曾向君王乞镜湖。一字署名如晋帖,苕溪文献重瓜庐。"紫伯,别署瓜庐外史。

六月十六日,星期四[②],阴,下午晴,八十度

明倪文正公诗扇。金面,行书七律一首:"凄风一夜散飞英,怪道不闻帝鸟声。清净光明白骨观,玄同澹荡化人城。灞驴剡棹闲寻遂,党酒陶茶浪品评。可念琼楼高处冷,修罗况又雨刀兵。《对雪》之一,似道明辞丈正之。元璐。"公之书画与漳浦黄公最相似,能开一家数,非仅墨因人重也。文正易名,尚出甲申九月二十六日弘光诏书。当

---

① 此处天头有文字:嘉靖三十七年戊午主顺天试,四十一年壬戌以吏部右侍郎掌詹事府事,为考试官,取中王锡爵等,廷试赐申时行、王锡爵及第,卒年八十六。见《涌幢小品》。

② 此处天头有文字:陶谷有《烹茶图》。

时因无以文正赠死节之例，公之弟请曰："曾子曰：'得正而毙。'孟子曰：'顺受其正。'何必不谥死节者？"于是并刘詹事理顺之议亦定。后顺治又追谥为文贞，要以文正为是。

六月十七日，星期五，晴，八十八度

《宣南盍簪图》。旧照片一页，七十年前所摄，色已黯淡，上有邵息老书记，亟录存之："吾辈相聚有年，文酒过从，殆无虚日。甲申秋初，同人合照小影，志一时盍簪之乐，庶他日天各一方，披览此图，不啻宣南话旧云。坐序以齿居中而左者为歙县鲍印亭，递次则宛平、永新顾少墀，常熟俞君实，宛平、常熟邵伯英，常熟邵子翰，归安丁孜襄，歙县吴少渠，常熟叶眉士。印亭记，伯英书。"

六月十八日，星期六，阴雨，晚晴，八十三度

翁氏彩衣堂。吾邑城内板桥左翁氏彩衣堂，为文端公于道光时归养所置。堂宇宽宏，尚属明时所建。梁栋枓栱，施有采绘，金色耀目，至今完好。又有雕刻采漆大屏，亦为明物，仅存四扇。庭前仆卧石碑一方，已刻"削籍协办大学士翁某侧室陆淑人之墓"，大隶字，为文恭自书。宅旁旧为文恭侄孙鼎臣所居，玉甫中丞之旧第，二十余年前已售与沈姓，亦明时建筑。厅堂井藻，均施采绘，售后已被无知者拆去。

六月十九日，星期日，晴，八十三度

江阴陈氏。江阴陈氏，闺秀多工词翰。子怀太守之姊静英，适孙君征三，有《撷秀轩稿》。生二女，无子。长韵仙，善擘窠书，归常熟吴氏，同治六年卒于湘中。次逸仙，适陈聘臣太史名珍，曾为母撰事略。见《粟香随笔》。我长嫂陈恭人，名以芙，字俪蘘，即太史之次女，亦能书画，善操琴。年二十余，遽殁。

六月二十日，星期一，晴，八十七度，日蚀

一绚丝。王渔洋《池北偶谈》："马永卿《懒真子》云：谚云：'一绚丝能得几时络'，喻人逐目前之景也。"此语出刘餗[①]《隋唐嘉话》，为

---

①　此处天头有文字：餗，唐史官。

张昌仪之事。黄山谷"莫作秋虫促机杼，贫家能有几绚丝"，汪尧峰"借问邻家竞笙管，一绚丝络几多时"，"绚"字皆作平声。张香涛《城坊》诗"凄迷谁补城坊考，但写门前一绚丝"，则作仄声。《广韵》："绚，九遇切，音屦。"义同。

六月二十一日，星期二，晴，八十五度

唐孙位《高逸图》卷。市博物馆藏，绢本设色。人物四，各有侍僮，无款。《宣和画谱》著录，卷首隔水有宋道君《题孙位〈高逸图〉》及宣和印。元夏文彦图绘宝鉴云："孙位在僖宗时自京入蜀，光启中画应天寺壁，后改名遇。世传善画龙水。"此卷虽无款印，宣和题字乃系真迹。其时距光启仅二百年，当为习见之品，故可无疑也。陈后山《谈丛》云："蜀人句龙爽作《名画记》，以范琼、赵承佑为福品，孙位为递品递，疑逸之讹。谓琼与承佑类吴生，而设色过之。位虽工，不中绳墨。苏长公谓采色非吴生所为，二子规模吴生，故长于设色。孙位方不用矩，圆不用规，乃吴生之流。"可知位在北宋时，已为世所推重也。

六月二十二日，星期三，阴晴间，八十四度，夏至

三时。《粟香随笔》云："夏至后七日曰头时，又后五日曰二时，又后三日曰三时，每时尽日有雷雨，主水。谚曰：'三时三送，低田白弄。'"吾乡亦有此谚。

六月二十三日，星期四，晴，九十一度

宣和藏画有赝本。汪尧峰《〈宣和画谱〉跋》："徽宗所藏，有韩滉画《李德裕见客图》。按《新唐书》，滉事代、德二宗，德裕事穆、敬、文、武四宗，相距甚远，其为赝笔无疑。又有李赞华画《女真猎骑图》。赞华归唐时，契丹方与渤海相攻击，而女真部落犹未盛，不应赞华有此画。然则徽宗之赏鉴，殆与吴中好事相类。"李赞华，辽太祖长子，名倍，从征渤海，破扶余，改其国曰东丹，以倍主之。太宗立，见疑，唐明宗召之，既至，见明宗于汴，赐姓名曰李赞华。然倍常思其亲，问安之使不绝，后为李从珂所害。倍善画，《宣和画谱》著录共九幅。

六月二十四日,星期五,晴,九十二度,端阳

高春①、下春。柳州诗云:"空斋不语坐高春。"薛能诗云:"隔江遥见夕阳春。"或云见春米,大非也。《淮南子》云:"日至于虞渊,是谓高春。"注云:"虞渊,地名。高春时始戍民确春时也。""至于连石,是谓下春。"注云:"连石,西山名。言将暝,下民悉春,故曰下春。"姚宽《西溪丛语》。

六月二十五日,星期六,晴,九十四度

灯檠。古诗云:"灯檠昏鱼目。"读檠为去声。《集韵》:"檠,渠映切。有足,所以几物。"又檠音平声,榜也,非灯檠字。韩退之云"墙角君看短檠叶",误也。《西溪丛语》。

六月二十六日,星期日,晴,九十六度

番。唐人有"二十四番花信风"之句。山谷诗:"一霎社公雨,数番花信风。"番皆作平声。元郯九成诗"墙东两个桃花树,恨杀朝来一番风",则作去声。杜诗"会须上番看成竹",元微之诗"飞舞先春雪,因依上番梅",皆作仄声。昌黎《笋》诗"庸知上几番",又作平声押。

六月二十七日,星期一,上午晴,九十三度,下午雨,八十六度

金陵八画家。清初金陵八家为龚半千贤、樊会公圻、高蔚生岑、邹方鲁喆、吴远宏宏、叶荣木欣、胡石公慥、谢□□②荪,见覃溪《跋二十四泉草堂图》。

六月二十八日,星期二,阴雨,八十二度

君门万里。先公在琼崖时,曾嘱南城刘邙孙君庆崧刊"君门万里"小印,每于诗笺后钤之。按:"君门远于万里"句,出《管子》。

六月二十九日,星期三,阴雨,八十度

汉明器六博案。市博物馆藏汉绿釉陶雏形六博案一件。案为长

---

① 此处天头有文字:梁元帝诗"暮春多淑气,斜景落高春",又《纳凉》云"高春斜日下,佳气满阑盈"。

② 原稿此处留空,今以"□"补。

方矮桌，面平，上浮雕六博用具，左筹六，右局中骰子二古称簿或箸或琼。局之两端，各列六棋。按：《史记》："六博蹋鞠。"注："博，箸也。行六棋，故云博。"《说文》作"簿"。《西京杂记》云："许博昌，安陵人，善陆博，窦婴好之，尝与居处。法用六箸，或谓之究，以竹为之，长六分。"王逸解《楚辞》云："投六箸，行六棋，故为六博。以箟簬作箸，象牙为棋，丽而且好也。"博时先以箸掷采，采有五白黑塞五塞五种，五白两采为贵。再按采走棋，棋中名枭为最，以能杀枭为胜。

六月三十日，星期四，晴，午后阵雨即止，八十六度

阳秋。晋简文帝母郑，讳阿春，晋人避其讳，以春秋为"阳秋"。近世葛常之作诗话，名曰"韵语阳秋"，以今人而为晋讳，不深考也。赵与时《宾退录》。

七月一日，星期五，晴，九十一度

桑渊靖诗句。明俞弁《山樵暇语》云："海虞桑公瑾诗多警句，如云'叶稠蚕足俸，花尽蝶休粮''好花空自老，幽鸟为谁啼''雨来池骤富，花落树旋贫'，沈石田谓其'景不得留美，物不得匿情。'"信然。公，字廷璋，明景泰七年举人，官处州通判，著有《读易备忘》《三经集说》《萝窗杂记》《沦斋诗文集》。门人私谥渊靖先生，列祀乡贤。

七月二日，星期六，晴，九十三度

水灾诗。《山樵暇语》云："成化丙戌芒种，海虞吴文恪公讷率家僮力耕，目睹饥民艰苦，因成一律：'泽国三年被水荒，望中民物甚堪伤。草房破漏难禁雨，菜色萎黄久绝粮。旋取青荄煨土灶，共分水荇塞饥肠。绣衣使者当垂恻，早体皇心为发仓。'正德庚午，岁又大歉，钱工部仁夫九日书事云：'四尺稻苗三尺水，两年逋员一年征'。又口占一绝云：'高乡不住住低乡，何事先人欠主张。今日东湖船也卖，卖来赔纳水灾粮。'"

七月三日，星期日，晴，九十三度

伏腊。莪闇函："少时读古文'岁时伏腊'，辄误为夏冬解。后阅他处用此二字，即作腊祭意，则'伏'字无着。杜诗'古庙杉松巢水鹤，

岁时伏腊走村翁'，以'伏腊'对'杉松'，似又二个时期，而非一事矣，有可释疑否？《史记·秦本纪》："德公二年初伏，以狗御蛊。"唐张守节《正义》："三伏起秦德公。伏者，隐伏避盛暑也。"杜诗："古庙杉松巢水鹤，岁时伏腊走村翁。"仇兆鳌注云："伏，伏日；腊，腊月。以夏冬二时对杉松也。"《旧唐书·严挺之传》："萧炅称'蒸尝伏腊'。"误为伏猎、尝蒸，为秋冬二祭之名，与伏腊并举，显为二事，与杨恽书"岁时伏腊"并用正同。伏腊，未可专作腊祭解。

七月四日，星期一，晴，夜雨，九十五度

吴天。羡闇函："李白'鸟飞不到吴天长'，咏庐山而云吴天，疑言之遗矣。杜甫《夔府咏怀一百韵》言峡江曰'拂云霾楚气，朝海蹴吴天'，则更直下数千里，岂以扬子江流域为溯源欤？两诗皆于此'吴天'二字无注。"咏庐山而言吴天，诚有离题太远之感。然以洪刍《职方乘》所云"豫章之地为吴头楚尾"言之，虽远，似尚有来龙可寻。杜诗言峡江曰"拂云霾楚气，朝海蹴吴天"，则由峡江而推及长江全域，未免流于肤廓矣。

七月五日，星期二，晴，晚雨即止，九十四度

跋松禅老人手书《琐言》卷：

梦鹤词人审定此卷，为文恭自京致其犹子鹿卿部郎，并题诗阐证旧闻，其言皆信而有征。适见《翁氏族谱》，于卷中所及者，世系举可考，录之以为补遗。稽勋公名愈祥，字兆和，明万历戊戌进士，官吏部稽勋司主事。鹤津公名南金，字涵一，太学生，山愚参政长庸之子。豹其名建丙，铁庵尚书叔元之曾孙。至士吉则名曾禧，廪贡生，娄县教谕。文恭之族侄曾纯，字子祥，号吉卿，玉甫中丞之冢子也。所言刻书及兴福种树，当为光绪三年丁丑间事。文恭是年八月假归，拟转楚省兄，抵里即得折翼之讯。先是，文端、文勤皆葬西山白鸽峰，独中丞卜兆北山兴福西坡，此云"种树护沙"，盖方营新垄也。所刻诗谱，即为文端《知止斋诗》及《翁氏族谱》。付梓有年，至此卒事。文恭回京在十月，卷有"临行付洋"及"鸽峰补松，今年大寒要办"之语，则书

此时要在丁丑十月回京以后，大寒以前也。文恭为中丞之弱弟，长鹿卿廑六岁。鹿卿之胞弟海珊侍读又早出为文恭之后，其间情亲之笃，远越寻常。此卷仿聪训斋《恒产琐言》，凛盛满之诫，略尔汝之称，其用意亦深且婉矣。

七月六日，星期三，晨晴，九十度，午雷雨，夜八十五度

中丞。《湘绮日记》："孝达以中丞为不典。昨看《晋书·职官志》云中丞外督部刺史，正今行省台衔，乃知甚典，孝达不学故也。"按：南皮之言，出自全谢山《巡抚不得称中丞帖子》，中引明清两朝官制甚详，谓"今以巡抚称中丞者，幕宾游客之妄语也"。湘绮何以未及之耶？

七月七日，星期四，雷雨，八十三度

律诗当句对。王维诗："门外青山如屋里，东家流水入西邻。"严维诗："木奴花映桐庐县，青雀舟随白鹭涛。"谓之当句对。《艺林伐山》。

七月八日，星期五，阴雨，八十三度

晨至虹口公园观荷，出水伶俜，无如云之盛。十亩之间，仅数花点缀耳。闻种荷岁必重莳方见茂盛，此则未重莳也。小雨时作，憩坐茅亭，叶响阴浓，殊生凉意。

七月九日，星期六，晴，八十六度

陈后山《谈丛》《诗话》长短句。放翁云："《谈丛》《诗话》皆可疑。《谈丛》尚恐少时所作，《诗话》决非也。意者后山尝有《诗话》而亡之，妄人窃其名为此书耳。"又云："无己诗妙天下，以其余作词，宜其工矣。顾乃不然，殆未易晓也。"

七月十日，星期日，晴，九十度

石田《星坛七桧图》。前记甲午五月六日石田绘《三桧图》，今阅明无锡尤伯声长镗著《清贤纪》，谓尝闻赵汝师文毅公用贤字云："云林过吾虞仲山，手图《七桧》于道士山楼。石田弱冠时见而心好之，坐卧壁下三越月，始伸缣泚笔，三年方成一巨轴。正德时，山楼毁于火，《七桧图》后归吴匏庵，展转入王敬美家。"弇州所题五古诗，当即此轴，而

《三桧》则为横卷也。

七月十一日,星期一,晴,九十一度

《张苍水集》。章太炎校排印本,云:"得之鄞张美翌让三。旧题《奇零草》,上卷杂文,下卷古今体诗。"前有永历十五年辛丑华亭徐孚远都御史甲辰同里后学五峰沈光宁二序,及《奇零草自序》,末附《北征录》。按:全谢山所撰《〈张尚书集〉序》云:"吾闻尚书既被执,籍其居,无所有,但得笈函二大簏,皆中原荐绅所与往来,送入帅府,荐绅辈惧,遣说客请帅焚之浙督赵某,帅府亦恐摇人心,如其请,投之一炬。火既息,有二残册,耿耿不可爇,左右异而视之,则尚书之集也。说客因窃置怀而出,遂盛传于人间。……乃为诠次,审定其奏、疏、书、檄诸种,曰《冰槎集》。其古今体诗曰《奇零草》,曰《采薇吟》。其己亥纪事曰《北征录》。共十二卷,附以《乡荐经义》一卷,予又为作《诗话》二卷、《年谱》一卷"云云。是太炎所校,分订二卷,非足本也。予忆丁丑所失书籍中有刊本《苍水集》四册,未知即是谢山诠次之本否,当留心访之。

七月十二日,星期二,晴,夜雷雨,九十一度

遮莫[①]。杜诗:"已拚野鹤如双鬓,遮莫邻鸡下五更。"遮莫,犹尽教也。言鬓如野鹤,已拚老矣,尽教邻鸡下五更,日月逾迈,不复惜也。而乃有用为禁止之辞者,误矣。《鹤林玉露》。

七月十三日,星期三,寅刻雷雨,终日阴,八十一度

作荒。岁将饥,小民餐必倍多,俗谚谓之"作荒",此天地之气先馁也。《鹤林玉露》。

七月十四日,星期四,阴,八十度

棕笋。前记沈石天《栟榈子歌》云:"其子腌治或微炒,可食。"顷读东坡《棕笋》诗引云:"棕笋,状如鱼,剖之得鱼子,味如苦笋而加甘芳。蜀人以馈佛僧,甚贵之,而南方不知也。笋生肤毳中,盖花之方孕者,正二月间可剥取,过此苦涩不可食矣。取之无害于木,而宜于

---

① 此处天头有文字:诚斋诗:"老无半点看花意,遮莫明朝雨及晴。"

饮食。法当蒸熟所施,略与笋同,蜜煮酢浸,可致千里外。"所谓棕笋,乃即栟榈子也。石天潜在,俱未知之。

七月十五日,星期五,有风,小雨连绵,似酿秋天气,八十一度

札记与劄记。姜西溟著《湛园札记》,阎百诗改"札记"为"劄记"。西溟引《尔雅》郭注、《春秋左氏传》孔疏,皆有简札之文。劄子,古人用以奏事,注疏家未尝及之,不从阎说,其自序如此。《桥西杂记》谓:"劄字不见于《说文》。札,《说文》'牒也',又'牒,札也'。互相为训。……劄,《广韵》:'以针刺也。'用以奏事,唐以后书始见之。"当用"札"为是。

七月十六日,星期六,晴雨不定,八十一度

《土官集》。搏九言:"昔年松禅老人所藏《土官集》,落书估之手,后为傅沅叔以重价购去。"此书名甚奇,但搏九未能悉其内容。疑是土官底薄,见《曝书亭集》。

七月十七日,星期日,晴,八十五度

清晨偕蓉君至公园观荷,旭日方吐,薄雾笼之,贴水新荷,一池仅数十朵,红情绿意,未见稠密。蓉于此园尚属初至,十年来亦甚鲜偕游也。

七月十八日,星期一,阴,八十六度

景溪嘱题《蓂淞图》:

"酸醅江水鸭头妍,画里应添载酒船。菰叶蛤蜊都入梦,更教拆洗惠山泉。"

"曾访幽人水北居,凭阑宴坐笑谈余。风云百变频经眼,不犯清波意自如。"不犯清波,唐船子和尚语。

"炉香茗碗足清娱,逸思翩翩属五湖。绝似祇陀村里客,虚堂高挂《鹊华图》[①]。"君藏香光居士摹赵吴兴《林塘晚归图》,精妙绝伦。

---

① 此处天头有文字:松雪《鹊华秋色图》,为周公谨作,山头皆着青绿,全学右丞。公谨家世济南,流寓吴兴,故松雪为作此。

七月十九日,星期二,晴,九十度

《居易录》仿《文昌杂录》。《茶余客话》云:"渔洋《居易录》杂书官职迁除,直抄朝报,不嫌陵杂,盖效《文昌杂录》也。前辈为一书,其体例必有本,未然漫然落笔者。"《文昌杂录》,宋庞元英撰,七卷,记元丰时见闻,于典制者为多,于朝廷礼仪、百官除拜,可补《宋史》之阙。

七月二十日,星期三,晴,九十度

都御史称中丞。《涧于集》首卷有幼樵先生五十小影,称曰箦斋中丞,因其曾摄御史台长也。阮吾山《茶余客话》云:"督抚加尚书侍郎,误称中丞,固谬,即宪职亦无是称。于谷山谓嘉隆后文字好古,官名多从古称,大司徒、大司马皆《周官》旧名,职任相称是也。惟台长无称,乃称曰大中丞,则误。今之左右都御史,乃汉之御史大夫;左右副佥都御史,乃汉之御史中丞。在《汉官仪》皆无大字,乃以大夫降称中丞,非所以尊之也。"

七月二十一日,星期四,雨,八十五度

焦山应名谯山。梁茞邻《浪迹丛谈》:"或言焦山古名樵山,因汉处士焦光隐此,故名。……杜佑《通典》载京口有谯山戍。《太平寰宇记》亦以谯山为戍海口之山。《嘉定镇江府志》云:'江淹《焦山》诗旧本作谯山。'知北宋以前尚名谯山。谯有望远之义,故戍楼名谯楼,戍山亦名谯山也。宋以后始以焦孝然附会之。孝然避兵娶于扬州,见《三国志》注。彼时孝然年尚幼,未必即有隐焦山、被三诏之事。且孝然为魏以后人,蔡伯喈卒于汉末,在孝然之前。焦君之赞,当别是一焦君也。"

七月二十二日,星期五,阴,晚微雨,八十度

黄子鸿书《渔洋续集》。《香祖笔记》:"黄子鸿名仪,常熟人,隐居博学,工书法。予刻《渔洋续集》,将仿宋椠,苦无解书者。门人盛诚斋侍御符升闻子鸿多见宋刻,独工此体,因礼致之。今《续集》自首迄尾,皆其手书也。"邑志称仪精舆地之学,徐健庵修《一统志》,聘入书局。邑《艺文志》:"仪著《水经注图》,每水为一图。《一统志》多本其

说。又有《纫兰集》二卷。"《舻賸》谓:"仪,常熟之莺沙人。"

七月二十三日,星期六,晴,八十六度,大暑

却寄。菱闇询:"诗集中往往题目有'却寄'二字,'却'字作何解?杜诗有'却行'。""却寄",为唐人成语。白香山诗题《别杨同州后却寄》,杜樊川诗题《将出关宿层峰驿却李谏议》,许丁卯诗题《祗命南海至庐陵逢表兄军倅奉使淮海别后却寄是诗》。此中"却"字均有"更"字之意。其他如"却话巴山夜雨时",及香山诗题《发白狗峡次黄牛峡登高寺却望忠州》,"却"字亦同此意。"却行",见《周礼·考工记·梓人》"却行仄行",注:"却行,蟹属。"

七月二十四日,星期日,晴,九十一度

蜜章。吕种玉《言鲭》云:"赠典用宝,以蜜不以油,如官文书之有用水朱者,故曰蜜章。"

七月二十五日,星期一,晴,九十度

鹤坡。李竹懒《恬致堂诗话》云:"上海下沙镇有鹤坡,或云鹤窠,乃陆机养鹤处。孙恬[①]诗云:'归舟傍南坡,坡树杂风气。上有胎禽巢,不知有雏未。'"

七月二十六日,星期二,晴,九十度

辟书蠹法。《后山谈丛》:"寒食面,腊月雪水为糊则不蠹。南唐煮糊用黄丹,王文献以皂荚末置书叶间,然不如也。"

七月二十七日,星期三,阴雨,八十五度

练即绢。梁武帝小名阿练,改"练"为"绢"。今绢布之"绢",俗罕知其为"练"矣。《香祖笔记》。

七月二十八日,星期四,阴,八十六度

谢康乐长须。曩季拔可藏旧画《谢康乐像》,无款,幅巾道服,执卷着屐,须髯之长,几可拂地,疑为画手渲染过甚。乃见《香祖笔记》载"公安诸生陈忠国,康熙壬午来京师,须长过膝,行则自两肩搭于背

---

① 此处天头有文字:孙恬应作孙怡,见《海藻》卷三。

上,每过市,人竞观之。"又赵统《诗话》:"杭人陆涛言,其乡有老人,须长委地,行则辫而绕之颈。"观此,知世间洵有美髯公,是画中者,或亦有据也。

七月二十九日,星期五,阴,九十度,黄昏雷雨,八十四度

草头写法。覃溪跋《天际乌云帖》云:"凡写草头,皆先左直,次由左横带过右横,而后转下右直,此古今作行书之所同也。独此一摹本,前后出一手所仿,其草头乃先作左边小横以带左直,然后作右二笔。"梁茞邻《浪迹丛谈》云:"相传苏行书署名,草头左先横;米行书草头,左先直。此言于米未尽合,盖'芾'上半乃丛𣏾,并非草头,作者当先两直,后两点,凡米真迹皆如此。其下半先作一,次作𠃊,次中直,透上而下,实即'萧'字省文耳。若伪迹,则直于草头下加市矣。"予按:怀仁《圣教序》所作草头,皆先左横,后左直,如"华"字、"叶"字、"万"字、"薛"字,其联接处尤为明显。覃溪所举,未免疏于考证也①。

七月三十日,星期六,阴雨,八十七度

特健药②。《法书要录》载武平一《徐氏法书记》曰:"驸马武延秀阅二王之迹,强学宝重,呼薛稷、郑愔及平一评其善恶。答称上者题云'特健药',云是突厥语。"其解甚明。《辍耕录》《香祖笔记》所解均误。《浪迹丛谈》。

七月三十一日,星期日,晴,九十一度

木工能诗。《觚剩》云:"云间木工萧诗,字中素,博学能文,尤长于诗。"王渔洋曾称之。近时湘人齐璜,亦木工也,能画,喜为时诗,王

---

① 此处天头有文字:覃溪《题群玉堂米帖》云:"米公写艹,左边横挑,先带右直,而后再作右边横点,以此艹头。定真伪最易见。其写'苐'字,即是如此。'市'是一直穿横而下,其作点者伪也。"

② 此处天头有文字:洪景卢诗云:"会有高明标健药。"盖用此语。见《砚北杂志》。

湘绮嘲之为"薛蟠体",则不能争拟萧中素矣。齐年九十余,尚存。

八月一日,星期一,晴,九十三度

两浙。阮云台辑《两浙金石志》,瞿木夫尝论之曰:"两浙路之名,起于北宋,至南宋又分为东西二路。其时苏、常、镇三府属县皆隶两浙西路。松江惟华亭一县属嘉兴府,亦隶焉。则名以两浙,而但就今浙江一省录之,似非体裁。"《鸥陂渔话》。

八月二日,星期二,晴,九十一度

顾云美题画竹。云美书归玄恭《墨竹》卷,引首曰:"兼有真妙。"盖昔人评:"息斋之竹,真而不妙;东坡之竹,妙而不真。"故云。《鸥陂渔话》。

八月三日,星期三,晴,九十度

今日夏历六月十七日,先生妣诞日忌辰,诵经追荐。

八月四日,星期四,晴,八十八度

今日先妣生忌,诵经追荐。

八月五日,星期五,晴,八十八度

巾车[①]。《归去来辞》:"或命巾车。"吕延济云:"巾,饰也。"《周礼》注云:"巾犹衣也。巾车者,命仆使巾其车也。"《敬斋古今黈》。

八月六日,星期六,晴,八十七度

数奇。《文选》徐悱《酬到溉诗》云:"寄言封侯者,数奇良可叹。"数音,所具反,奇音,居宜反。按《前汉书·李广传》曰:"卫青阴受上桷,以为李广数奇,毋令当单于。"孟康曰:"奇,只不耦也。"如淳曰:"数为匈奴所败,天子以广连为匈奴所败,故不令独当单于,所以言数奇也。"若以数字为去声,则是运数不耦耳,岂有天子于将帅以命运救之耶?当从如淳说,音所角反。《古今黈》。

八月七日,星期日,晴,八十七度

《烟江迭嶂图》。前闻玄隐云:"文管会新得王晋卿《烟江迭嶂图》

---

① 此处天头有文字:杨诚斋诗:"今岁柴车总未巾。"

真迹，后无苏诗。张伯驹处亦有此图，盖当时曾写二卷，以其一进内也。"周公谨《志雅堂杂钞》云："王驸马水墨《烟江迭嶂图》，后有坡翁与王唱和各两诗，王驸马用押字收附并印记。此原系刘汉卿郎中物，后有王子约中丞跋。"又云："《烟江迭嶂图》后有元祐戊辰作及王驸马花字。"《香祖笔记》云："余家藏王晋卿《烟江迭嶂图》长卷，后有米元章书东坡长句。康熙癸未万寿，纳入内府，传旨云：'此卷画后米字甚佳，故特纳之'。"

八月八日，星期一，晴，九十一度，立秋

清凉居士。宋范文正诗云："金明阻西岭，清凉峙其东。"清凉为延安山名，韩蕲王之故乡也。蕲王召还，解兵后，构翠微亭于灵隐，题名自署清凉居士，盖概念中原，追思故里，取斯山之名以寓意耳。刘燕庭《嘉荫簃集》。

八月九日，星期二，晴，九十二度

辘轳格、进退格。《古今黈》云："邻韵而协者，诗家间用之，谓之辘轳格，又谓之出入格。或以为宋人始，非也。"《缃素杂记》："凡诗用韵有数格，一曰葫芦，一曰辘轳，一曰进退。葫芦韵者，先二后四；辘轳韵者，双入双出；进退韵者，一进一退。"杨诚斋诗于律诗颇有用辘轳体及进退格者，如《城上野步用辘轳体》《碧落堂暮景辘轳体》《进退格寄张功父姜尧章》诗中，俱第一、第三韵相同，第二、第四韵相同，于辘轳、进退二格，并无分别。

八月十日，星期三，晴，九十度

进退格。宋王迈《臞轩集》有七律四，皆注曰"用进退韵"。其韵□豪和高柯□评庭兄星，銮难间澜关，高敖颇逃何。二首由豪至歌，一首由庚至青，一首由寒至删，盖取两部之相近者，以是为进退也①。

---

① 此处天头有文字：《退庵随笔》云："进退格，乃两韵相间而成，亦必韵本相通，非可任意也。"

八月十一日，星期四，晴，九十度

今日阴历六月二十四日，祖考逝世忌辰，诵经追荐。

八月十二日，星期五，晴，九十三度

仆射。仆射职主仆御弓矢之事，故称仆射。射，音夜。杨倞注《荀子》："音射干之射，复从夜音，此皆从旧俗呼之，不读麝音。"《古今黈》。

八月十三日，星期六，晴，九十三度

长十八。元葛逻禄乃贤《塞上曲》云："忽见一枝长十八，折来簪在帽檐边。"注："长十八，草花名。"《西河诗话》云："长十八，色紫，蓓蕾葳缃可爱。"韩小亭《无事为福斋随笔》云："长十八即牵牛，北人呼为喇叭花。"

八月十四日，星期日，晴，九十四度

糠核。稚柳近年体肥，镌"糠核"二字印，自嘲摘班史语也。《晋书》："王戎子万里，有美名，少而大肥，戎令食糠核而肥愈甚。"与陈平事同。

八月十五日，星期一，晴，九十四度

元代官名。元代官名多用赤字，凡内外文武大小掌印办事之官，皆名达鲁花赤[①]。知书通文义者，为必阇赤；佩橐鞬侍左右者，为火儿赤；掌服御事者，为速古儿赤；族贵者，为赛典赤；执贱役者，为玉典赤；兵之勇健矫捷者，为探马赤。其官之最尊断事专生杀者，为札鲁忽赤。沈赤然《寄傲轩读书三笔》怯里马赤，通事也。阿塔赤，群牧所官也。萨都剌，济善也。葛逻禄，马也。只孙宴或只孙华，□色衣也。元太祖呼耶律楚材为"吾图撒合里"，谓长髯人也。松雪斋诗注："讨来，国朝语谓兔也。"韩泰华《无事为福斋随笔》。

八月十六日，星期二，晴，九十四度

诗之正格偏格。《梦溪笔谈》："沈约云：'诗有正格、偏格。'首句

---

① 此处天头有文字：《养新录》有蒙古语一节。卷九。

第二字侧入,谓之正格,如'凤历轩辕纪,龙飞四十春'之类。第二字平入,谓之偏格,如'四更山吐月,残夜水明楼'。唐贤诗多用正格,如杜甫律诗,用偏格者,十无一二。"

八月十七日,星期三,晴,夜微雨,九十一度

《同州圣教序》。慧仁代购《同州圣教》一册,拓本尚旧,惜有残阙。卢抱经云:"此书风神俊逸,而后记尤为豪纵。碑后题'龙朔三年在褚河南已卒之后……'。细审'之后'所题十九字,虽形模相近,而神气绝不相类。两朔字,一月字,与碑中日月、二月、明珠恒明等字,其相去乃天渊,后所书者,拳曲累坠,断不可以混真,当并后题'褚公书……'十一字,俱为后来所加无疑。"

八月十八日,星期四,晴,九十一度

江南。《史记·货殖传》:"江南豫章长沙。"又言:"江南卑湿。"皆谓今湖广、江西之地。《项羽本纪》:"江东虽小,纵江东父老怜而王我。"今人所谓江南,古之江东也。《养新录》。

八月十九日,星期五,晴,九十三度

浙东亦称江南。卢抱经《桐乡沈氏家乘序》:"按谱,始祖讳某,在明嘉靖时从江南来,始居嘉兴之桐乡。浙西之人谓浙东为江南,盖其先世乃会稽人云。"

八月二十日,星期六,晴,九十三度

明季吾乡赵氏所刻书籍。卢抱经《新唐书纠缪跋》云:"借得完本,乃从海虞赵开美校刻本影钞者。"开美,即清常道人之原名,后改为琦美。又《韩非子书后》云:"是本为明赵文毅校刊本,远出他本之上。"

八月二十一日,星期日,晴,晚雷雨,九十三度

竹枝及知命。山谷诗集中有竹枝及知命二体。竹枝原为古乐府,唐人集中多有之,与七言绝句无别,多押平韵。知命与竹枝相似,惟不限四句,可为五句,或押仄韵,大约从黔蜀民歌中而来①。

---

① 此条有勾删符号,且天头有以下文字:此条误,删去。

八月二十二日，星期一，晴，九十二度

茅柴酒。东坡诗："几思压茅柴，禁网日夜急。"盖俗呼市沽为茅柴，以其易著易过。吴聿《观林诗话》。

八月二十三日，星期二，晴，九十一度

屧蒦。《南齐书·虞玩之传》："玩之为少府，犹蹑屧造席。高帝取屧视之，讹黑斜锐，蒦断以芒接之。问曰：'卿此屧已几载？'玩之曰：'已二十年。贫士竟不办易。'高帝善之。"蒦音脊户礼切，屦蒦也。讹黑字不解，疑有误。

八月二十四日，星期三，晴，九十一度，七夕处暑

冯钝吟作八大山人墓志。武进陈叔明烺《读画辑略》云："八大山人名由桵，姓朱氏，思宗兄弟行也。卒后，邵青门为之传，冯钝吟作墓志。"《画征录》则谓："山人名耷。"与此不同。惟检新刊本《钝吟老人文稿》，无此墓志。

八月二十五日，星期四，晴，九十度

《金陵古金石考目》。宗耿吾丈辑《咫园丛书》，首列江宁顾起元编《金陵古金石考目》一卷，有万历庚申自序。考严子进《江宁金石记·凡例》云："顾文庄辑，载籍中凡有关乡土者，自三代以迄于元，悉录其目，名《金陵古金石考》。"但其书存佚不分，严氏别为《江宁金石待访目》，较文庄多二百余种。

八月二十六日，星期五，细雨，酿秋，八十八度

艺芸书舍刊本《郡斋读书志》。《读书志》，宋时有两本，一袁州本，系据晁氏初稿，海昌陈氏所刊，止四卷；一三衢本，共二十卷，瞿木夫藏有钞本。汪阆原另藏一本，顾千里所钞，因嘱嘉兴李芋泚富孙与黄荛圃参考瞿本，校正讹脱，并取袁州本洎《经籍考》以增补其阙失，始成足本，有荛圃序及芋泚二跋。嘉庆二十四年仿宋本刊成。

八月二十七日，星期六，时雨时霁，八十六度

宋徐友画水。杨诚斋太平寺壁七古一首，系记其郡人徐友所作《清济贯河》壁画。诗中云"徐生绝笔今百年"，则应为北宋末叶人。

元夏文彦《图绘宝鉴》失载,故记之。

八月二十八日,星期日,丑刻雷雨,终日阴晴不定,八十三度

白头如新。孤桐谓:"古云'倾盖如故,白头如新',新者,不足之辞。近人多举'白头如新'一语为交情久远之证。南皮、丰润均如此。"按:山谷诗:"今日相看青眼旧,他年肯作白头新。"孤桐之言良是。

八月二十九日,星期一,晴,八十二度

闻健。香山诗"闻健且闲行",又"闻健此时相劝醉",又"闻健偷闲且勤饮"。山谷诗"不解闻健饮",又"定知闻健休官去"。"闻健"为唐人成语,有及早之意①。

八月三十日,星期二,八十三度

神仙起居法。《孙氏书画钞》载杨景度书《神仙起居法歌》云:"行住坐卧处,手摩胁与肚。心腹通快时,两手肠下踞。踞之彻膀腰,背拳摩肾部。才觉力倦来,即使家人助。行之不厌频,昼夜无穷数。岁久积功成,渐入神仙路。"自云此法得自华阳焦上人。

八月三十一日,星期三,晴,八十四度

治蜂螫。陆俨山《金台纪闻》:"余少时为游蜂所毒,急以井泉调蚯蚓粪涂之,其痛立止。"《梦溪笔谈》亦记"可以芋梗治之"。均为土方也。

九月一日,星期四,晴,八十七度

笒箵。《大唐新语》曰:"渔具总称笒箵。"《唐书·元结传》:"能带笒箵,全独而保生。"箵音平声,与生相协。《全唐书》音释乃作"蔽挺切",误矣。故苏子美《松江观渔》诗"拟来随尔带笒箵"作平。今韵略不收此字。上见吴曾《辨误录》。南潜禅师云:"笒箵,元结诗注'音郎当'。"

---

① 此处天头有文字:《地藏经》:"闻健自修。"山谷诗:"今日岑公不能饮,吾侪闻健且频倾。"仕渊注云:"闻健,犹今人之言闻早也。"

九月二日,星期五,晴,八十六度

安禅。宋范忠宣纯仁诗句:"燕堂深暖小安禅。"自注:"禅音丹,今人常语劝人休息曰安耽,与此同意。"《龙城札记》。

九月三日,星期六,晴,八十六度

衣不船。杜诗《饮中八仙歌》押两船字,或谓"不上船"为蜀人以衣襟为船。余尝至舟中问土人,则不然。以上《鸡肋编》。唐范传正作《李白墓碑》云:"玄宗泛白莲池,召公作序。时公已被酒,命高将军扶以登舟。"杜诗"天子呼来不上船",盖谓此也。王立之《诗话》以夏彦刚云蜀人以襟领为船,不知何据。谢逸诗"朝衫不上船,拜舞随巾帻",乃承彦刚之误。以上《辨误录》。余见陆辛斋嘉淑为渔洋山人题画诗句"有客扣门衣不船",亦沿用此。

九月四日,星期日,晴,八十八度

小簇。李竹懒云:"唐玄宗命李思训、吴道子各图嘉陵山水于大同殿壁,王维又别用绢素写之,谓之小簇。此法亦画家妙境,倘遇高屏大帐,有古人奇绝者,正须仰师此法。"《恬致堂诗话》小簇,盖即缩本也。

九月五日,星期一,晴,九十度

八十曰耋。《公羊》何休注:"六十称耋。"《左传》服虔注及《公羊》疏、《易经》释文均云"七十曰耋。"而《毛诗故训传》、许氏《说文》、刘熙《释名》、王肃注《易》、郭璞注《尔雅》又均云:"八十曰耋。"钱竹汀谓:"汉人说耋,义各不同,要当以八十为正。"

九月六日,星期二,晴,八十九度

清晨公园观荷,白露节近,花开转盛,叶已满池,绿阴静对,清气可裹。

九月七日,星期三,晴,九十二度

大姚村。米元晖自题《云山图》云:"待次平江,寓居大姚村妹家戏作。"按:大姚,去姑苏城东南三十里,临诸江湖,村地可百亩,浮诸水之间,有小山,高愷数丈,上有古刹曰文殊院。唐宋人留题甚多,皆刻石置壁间。米南宫兄弟尝居其地。元晖又有《大姚村图》,自题七绝三首,沈石田曾见之,背拟一本。

九月八日,星期四,晴,午后微雨,九十四度,白露节

梅里唐墓砖。元陆友[仁]《砚北杂志》:"常熟梅里之南长箔村,有陈氏子于田中得墓砖,称唐贞元十四年葬季象先。姚氏名丽华,字碧玉,而志字从金从志。"

九月九日,星期五,上午阴,下午晴,八十八度

宋时常熟造酒。《鸡肋编》云:"尝在平江常熟县,见官务有烧灰柴,每醅一石,用石灰九两,以朴木先烧石灰令赤,并木灰皆冷,投醅中。私务用尤多,或用桑柴。"考《重修琴川志》:"酒税务乃造酝之所,在县东北坊桥,每年煮酒七千余石,有柴灰工食等费。"此云"柴灰",即《鸡肋编》所谓"烧灰柴",志书简略,见此方知其用途也。

九月十日,星期六,晴,八十八度

《虞东学诗》。《退庵随笔》云:"近代注《毛诗》者,以乾隆间常熟顾镇之《虞东学诗》十二卷为最善。大抵以讲学诸家尊朱传而抑小序,博古诸家又申小序而疑朱传,故调停两家之说,以解其纷。所征引凡数十家,其某义本之某人,必于句下注其所出。又朱传多阐明义理,而是编于名物、训诂声音之学,亦考证详明,盖能持汉学、宋学之平。惜坊间未见刻本,所当急谋重梓。"《潜研堂文集·虞东学诗序》:"常熟顾古湫先生通经名宿,尤长于诗,斟酌古今,不专主一家言。偶出新意,问者颐解,以为得未曾有。"

九月十一日,星期日,晴,九十三度

常熟刊本《续资治通鉴长编》。《退庵随笔》云:"李巽岩焘①《续资治通鉴长编》五百二十卷,原本残缺,《四库》从《永乐大典》校补,佚去徽、钦两朝。今江南常熟县有活字板本,亦巨观也。李氏不自居,为《续通鉴》,故以所采北宋一祖八宗事迹编年条载,考北宋遗闻者,

---

① 此处天头有文字:煮字俱甫。

当以此为渊海矣。"《铁琴铜剑楼书目》有影钞宋本一百八卷。此书累次编成,隆兴元年先编十七卷,乾道四年成一百八卷。自太祖建隆元年至英宗治平四年迨淳熙元年,成九百八十卷,又为《举要》六十八卷,《总目》五卷。浙江书局本五百二十卷。分订一百廿册。吾邑刊本未见,不知何时何家所刻。

九月十二日,星期一,晴,九十七度

病鹤示诗稿,赋此奉简:

"代雁蛮弦托意深,曾将乐府补湖阴。握兰一集疑同调,终有涪璠识此心。山谷谓:"飞卿《湖阴曲》,反复观之乃可解。"稿中多古乐府,故借喻之。"

"企鸿旧迹访横塘,待证升平与醋坊。大观题名今漫漶,六行左转剑池旁。稿中有《访贺方回醋坊桥旧迹》一首。据元陆友仁《砚北杂志》,方回故居在升平桥,有企鸿轩。郡志作"醋坊桥"。虎丘白莲池西石壁有方回大观戊子题名,清道光时为俗子刊损。"

九月十三日,星期二,阴,午后雨,八十七度

铁树。得铁树一小株,高数寸,木本而叶似草,置之清泉白石间,亦案头清供也。杨诚斋诗:"铁树还如几节蒲。"自注:"有小木名铁树,叶似蒻而紫,干似密节菖蒲。"即此。

九月十四日,星期三,阴,雨,八十三度

三记祖先世次推算祖先世次,前已屡记。甲午十月七日《退庵随笔》云:"古人数世次,有连身、离身二法。连身数之者,如《后汉书》'蔡邕高祖之父勋为六世祖'是也。离身数之者,如颜鲁公作《郭揆神道碑》称'五代祖昶,高祖澄'。韩文公作《薛戒墓志铭》,称'戒高祖德儒为四世祖'。柳子厚自作其父《神道表》,称'高祖之父旦为五代祖'是也。黄梨洲以数世离身为是。然史书中二法并用,可不拘矣。"

九月十五日,星期四,阴,八十四度

连筠簃藏书。庞郦亭先生《〈读水经注小识〉叙》略述及同治戊辰,灵石杨氏连筠簃藏书尽售诸京城一书肆,亟往观之,其书籍多经

张十洲校勘①，《藏书纪事诗》于连筠簃未载②。

九月十六日，星期五，晴，八十八度

吴体。七律有全首不入律者，谓之吴体，与拗体诗不同。方虚谷《瀛奎律髓》合之拗字类，非也。如杜少陵之《题省中院壁》《愁书梦暮归》诸诗皆是。其诀在每对句第五字以平声救转，故虽拗而音节仍谐。山谷以下③，多效为之。《退庵随笔》。

九月十七日，星期六，晴，晚微雨，八十八度

孤雁入群。唐律第一句多用通韵字，盖此句原不在四韵之数，谓之"孤雁入群"。然不可通者，亦不用也。《退庵随笔》。

九月十八日，星期日，阴，七十九度

芭蕉。阮云台谓："芭蕉，始见于《上林赋》，于古无闻。"《说文》："蕉字，即樵采之樵"。《列子》"以蕉覆鹿"，即所樵之草木，非芭蕉也。

九月十九日，星期一，阴，八十度

阎立本画《赚兰亭图》。《六砚斋笔记》云："阎中令画《萧翼赚兰亭图》，常熟杨仪得之京师。文徵仲跋云：'杨君梦羽得此图，虽已渝敝，而精神犹存，顾无题识。他日阅陆放翁《会稽志》，见吴傅朋说跋语，所记印章及古玉轴悉与此合，定为阎笔无疑。'……《七桧山房录》记传授次第甚明，后归赵定宇先生。图有'集贤院图书印'及'王涯''李德裕'章，皆印以墨。"

九月二十日，星期二，晚雷雨，八十九度

徐锡禧。《松下杂钞》二卷，明末清初人摘录所成，中有琴川徐锡

---

① 此处天头有文字：宋绍兴本《花间集》有"灵石杨氏墨林藏书印"及"张十州印"。

② 此条下有批注：刻有《连筠簃丛书》。杨尚文，字墨林，山西灵石人。道光时，平定张石洲穆馆其家，为辑《连筠簃丛书》十二种，计一百十二卷，有《元朝秘史》《西游记》《癸巳存稿》《镜镜詅痴》。

③ 此处天头有文字：山谷《二月丁卯喜雨》，吴体。

禧所撰《吴江王公仙声传》："隆武元年十一月，王以御史起用督师，徐督饷监军，驻衢州之凤凰山。二年八月初一日，清兵破衢州，王殉国难，徐先已谢事未与。永历三年丙戌，至吴江访王公之父振先，并识公之二子，复旦、昼翊应其请，乃作此传。"查邑志，不载徐之事迹，记此以待续访。

九月二十一日，星期三，晴，八十九度

　　吴越国常熟苏氏墓志。志石有二，抗战时在吾邑古延福禅院，即今宝岩寺旁同时出土，墓已被毁，志石为识者所见，始有拓本。声甫赠我一份，旋又索还。黄谦斋跋云："广顺止有三年，志云四载者，则因显德改元，事在三月，而苏府君以正月廿七日归葬，仍书广顺，正足征信。其中'裔''旅'等字，犹沿造象作风，文体亦嫌辞浮于意。"

　　《大吴越国故丹阳郡陶氏夫人墓铭并序》："泊乎幻质非坚，孰究本原之理。□非有故，假□景以为常。夫人以妍□归乎苏氏府君，□登天寿□殒。夫人以阳台秀质，湘水仙姿，贞心芳翠竹红莲，宝鉴朗清风白月。夫人育子二人：长曰幼绮，前逝，娶于过氏，有孙三人。次曰彦燔，前逝，娶于居氏，有孙二人，名曰敬琛，次曰叶儿。幼慕缁门，法号智耸，受业兴福寺，前逝。次曰敬涵、敬全。夫人有女四人：长曰十娘，娉于顾氏；十二娘聘于陆氏，十三娘聘于陆氏，十四娘聘于张氏。夫人以广顺三年八月十五日小疾□遘遽奄泉局，享年八十有四。以其年十一月二十日，空于县西北一十五里有余延福禅院古路西，去院西南七十来步。新茔成礼后，恐陵谷迁变，故刊贞石为铭。乃为词曰：夫人之生，灵德全并。夫人之逝，形影辞世。崩崖断坡，新垄峨峨。哀摧盛族，泣血悬河。"

　　《吴越国故将仕郎试太子校书中吴府参军苏府君墓志铭》："府君讳可求，雍州京兆郡人，乃六国丞相秦之裔也。爰从兹始，迄至于今，阀阅延昌，史书傅美，或将或相，或公或侯，贵盛已来，未之有也。曾祖亮，祖庆，父儒，皆性轻仕宦，志重丘园，募善兴慈，乐天知命，积德钟秀而生府君。府君即儒之元子也。仁慈首播，礼义夙彰，郡府推

贤,乡闾仰德。擢授将仕郎,试太子校书、中吴府参军。本望寿同皓
鹤,福等洪源。无何,晓露易晞,夜舟难守,俄萦微恙,奄遘疾疴,既无
返魂树膏,岂有回生药术。呜呼! 广顺四载龙集甲寅正月八日,谢人
世于常熟县积善乡之私第,春秋五十有四。以当月廿七日,归神柩于
感化乡延福寺前西南,去寺一百步,就八伯母域庚首□其礼也。太夫
人在堂有弟三人,长曰稠,忠贞赞主,韬略济时,于军旅以遵承,在衙
庭而禀敬。累职中吴军节度讨击使、衙内管军副兵马使、银青光禄大
夫、检校太子宾客兼侍御史、上柱国。次询、次福,谦和被己,孝悌居
怀。来契短龄,早归长夜。府君娶陇西辛氏,有子三人,长曰知术,次
曰知进,曰知衍,皆知纯性蕴,礼乐生知,各主家缘,未登宦路。有女
四人,长马婆,次细儿,次住儿,次巧儿,姿含玉药,业擅组纴,皆在绣
窗,未归良室。府君启手足之日,知术等棘身蓬首,血目荼心,备祭营
齐,哀余礼足。今恐日月绵迈,坟土变更,刊此翠珉,记其玄室。铭
曰:君之德行,众誉循良,瑞壁无玷,祥兰有香。公侯奖擢,中外推扬,
玉折珠碎,孰兮不伤。嗟夫彼天,降祸何偏,遘疾一旦,埋魂九泉。萧
萧荒陇,寂寂野田,闭此玄寝,千年万年。"

九月二十二日,星期四,晴,九十三度

墓志撰书人姓氏。昔年邵息盦先生为先祖父母书墓志,衔名列
末二行,沈石友舅氏谓:"唐宋墓志均并写在首行之下。"以此致疑,后
刻石时亦未移改。据《潜研堂集·答孙渊如书》云:"墓志撰书人衔
名,或在文之前,或在文之后,古人初无一定,可以不拘。"结衔止署本
官阶,有书赐进士及第出身者,似亦无妨。但宋元却未见,恐是明人始有之。

九月二十三日,星期五,晴,八十度

达鲁花赤。前记八月十五日元代官名,据沈赤然云,"达鲁花赤,
为文武大小掌印,办事之官。"但钱竹汀《答袁简斋书》云:"元时各路
总管府及州县俱置达鲁花赤。"王圻谓:"达鲁花赤,国言荷包压口,盖
取管辖之义。"然元人称州达鲁花赤曰监州,县达鲁花赤曰监县,则又
有监察之义矣。

九月二十四日,星期六,晴,七十八度,秋分节

宋程文简敕命。南宋程文简公大昌淳熙敕命一幅,纸本,青花边,钤有"御书之宝"银朱水印,红色鲜艳。另像一页,绢本,细而甚稀,可见衬纸。冠上有貂尾,附方达辰赞一页,纸本。吾邑曹氏藏。

九月二十五日,星期日,晴,七十八度

丁丑年前,商务印《全国美术展览会陈列品》三册,其今人作品中,有室人所画荷花水鸟一幅在内。

九月二十六日,星期一,晴,七十八度

再记张南皮诗自注。前记六月四日张广雅《送翁仲渊出塞》诗自注:"与翁氏有隙。"疑为广雅不致出此。后见陈石遗《诗话》亦及此事,并云:"广雅不能忘情,怨毒之于人甚矣哉!"胡钧重编《张文襄年谱》则云:"翁文勤因案获谴,同治二年十二月,发往新疆效力赎罪。子曾源随侍出塞,公赋诗送行。按公试卷履历,文勤为受业师,仲渊殿撰与公乡举同年。"广雅与文恭为咸丰壬子乡举同年,非仲渊也。又"癸亥榜首,壬戌会试,翁文恭为同考官,见公被摈,为之扼腕。及癸亥登第,引为快事。公抚晋时,疏陈口外七厅改制,无碍游牧。文恭见之,称为典则博辩,欲低头而拜。入京相见,又称为磊落君子。具见《文恭日记》中。其后文恭获咎,宣统纪元,开复原官,实公在枢府斡旋之力。公与文恭分谊始终不薄如此。本集此诗自注不满于文恭,乃有感而发,读者勿以词害意"云云。是广雅手定之诗稿,有此自注矣。

九月二十七日,星期二,晴,七十八度

唐大中高府君墓志。邑《金石志》载:"高府君奇墓志,大中二年颜镇卿书。光绪十七年金村附近高家村北卞姓农人耕地得之,归于鸣坚白斋沈氏。石泐不甚可辨,存者一百四十余字。"《金石志》附录全文。《瓶庐诗钞》有《题沈公周藏大中年高府君墓砖》诗,云:"颜家尉壁两题名,何事书碑有镇卿。不敢□□轻附会,常山兄弟尽忠贞。"所云"墓砖"有误,乃石刻也。

九月二十八日，星期三，晴，七十八度

招真治残砖。沈石友舅氏有《浣沙溪》一首，题"朱六八娘残砖"，砖文云"为亡妻朱六八娘舍砖万片，徐芥亳得于招真治旧址"。词云："细刷苔花有泪痕，数行题字见情真，青山黄土绮罗魂。枨触旧怀怜故剑，拾砖疑是舍砖人，当从古佛问前身。"招真治道观建于梁天监中，宋、元、明三朝俱曾修葺，清咸丰十年毁。今可认者，惟山门重葺之虞山福地一坊犹存耳。此砖疑为宋时物。

九月二十九日，星期四，晴，七十六度

《雁影斋题跋》。《雁影斋题跋》，湘乡李亦元希圣著，所见多巴陵方氏藏书。李君官刑部，曾进建馆藏书之议，卒于光绪末。又著有《拳匪传信录》。

九月三十日[①]，星期五，晴，七十七度，中秋节

移花日。樊云门《中秋喜晴》句云："说饼移花儿女事，老夫拈取作诗题。"自注："《通考》：中秋为移花日。"

晚饭后，同室人徐步至公园，观月色澄清，微风和爽，江滨小坐，静对长天。忆去年今夕，亦偕游此间，真所谓一年容易耳。九时回。

十月一日，星期六，晴，八十度

盂鼎铭文武字加玉旁。盂鼎铭文，"玫王"三见，"斌王"一见，俱左加玉字。李莼客题拓本诗云："我所三摩挲，尤在玫斌字。于古无可征，请更对以意。吕伋谥丁公，《说文》作玎谊。"《说文》所引"玎公"，盖出《左传》"微福于太子丁公"句。许氏序言所称《左氏传》皆古文，其所见作"玎公"也。丁癸本殷号，周人始议谥。偏旁随事增，古盖有斯例。唐虞及三代，以玉供神事。大夫有石室，郊宗详其制。王公当用玉，疑非起后世。谥为作主用，加玉所以志。此乃真古文，千钧一发系。

———————

① 此处天头有文字：余鹏年《曹州牡丹谱》："中秋为牡丹生日，移栽必旺。"僧仲林《越中花品》亦称"八月十五日为移花日"。今曹州移花，悉于是日。

十月二日,星期日,晴,七十八度

吾邑赵氏藏宋钞《太宗实录》。瓶庐《己丑日记》:"赵次侯藏宋钞本《太宗实录》五册,士礼居物。案:《潜研堂文集》有此书跋云:'《太宗实录》八十卷,集贤院学士钱若水撰。'今黄荛圃所藏廑十二卷,且有脱叶。每卷末有书写人及初对、覆对姓名。书法精妙,纸墨亦古。予决为南宋馆阁钞本,以避讳验之,当在理宗朝也。其中与《宋史》互异,当以《实录》为正。"

十月三日,星期一,晴,七十八度

《中秋日读韩诗》:

"迁者追回流者还,月圆齐唱大刀环。岂知天路多幽险,竟置功曹棰楚间。"

十月四日,星期二,晴,七十七度

《富春山居图》烬余卷。图为吾邑大痴道人至正七年作,时七十九岁。明代藏于荆溪吴之矩云起楼。其子问卿陈其年之姑丈死于顺治庚寅,临终以此投火为殉。事见《鸥陂渔话》卷六从子静庵攫而出之,已成两段,后半长约二丈,辗转流入清内府;前段康熙时归广宁王师臣廷宾,久无人知,抗战时,吴湖帆于沪市见之,审其与故宫所藏印文悉符,焦痕宛在,决为一物,遂以商彝、周敦二器易之,并得松雪、方壶等画六七页,因镌"大痴富春山图一角人家"印记。瓶庐诗稿有题吴仲圭竹谱句:"大痴秋山野火焚。"自注:"近见烧坏《秋山图》,可与此为偶矣。"

十月五日,星期三,晴,七十四度

十鼓斋藏宋拓石鼓文。明锡山安桂坡国所藏旧拓石鼓文多种,中最佳者三本:一为姑苏曹迪旧物,存四百八十字,残缺者皆剪去,淡墨轻刷,十鼓俱全。安氏得之,因以十鼓名斋,称为先锋本。二为锡山顾翊周旧物,为政和二年赐本。大观初徙置禁中,拓赐近臣,谓之赐本。存字,合重文、半文,全文共五百三十四字。有倪云林观款及徐氏良夫印。著有《耕渔〔渔〕轩杂缀》纸用白麻,安氏称为中权本昔年艺苑真赏社所印安氏藏石鼓文,实为中权本,磨改"权"字为"甲"字,以充第一本。三为锡山浦长源源旧物,有浦氏跋云:"为旧贡本。大观前有司监拓,以备方物之献,谓之贡本合残字及仅存一二笔者,共四百九十一字,浓墨重刷,安氏斥良田五十亩易之,称为后劲本。"安氏自跋云:"初欲以天地人分列,名曰三才本,嗣因尚有他本,难于序次,爰仿兵家三阵之例,以曹本为先锋,顾本为中权,浦本为后劲,余则为辅佐而已。"抗战前,此三本悉为日本人三井购去。

十月六日,星期四,晴,七十四度

石鼓填金之说。宋王厚之云:"石鼓于大观时归京师,诏以金填其文,以示贵重,且绝摹拓之患。"元虞集亦主其说。明王祎云:"靖康末,金人辇石鼓至燕,剔取其金。"近人马衡亲就石之情状细察之,云:"填金势有所不能,意以泥金涂嵌,其字如新。"出唐《仵钦墓志》耳。

十月七日,星期五,阴,有风,六十四度

青玉棺。易中实诗注:"庐山青玉峡瀑布下,有米南宫题'第一山'擘窠字。余尝卧'山字'中间一画内,戏呼为青玉棺。"

十月八日,星期六,云昙,六十三度

桑民怿藏书目。《居易录》:"叶石林《建康集》八卷,有二十代孙万跋云:'秣陵焦氏本也。常熟毛氏得宋刊《建康集》,逸第三卷,当未见此。'"按:《石林全集》一百卷,桑民怿家书目有之,今不可得矣。民怿著作见于邑志者九种,无书目。渔洋曾见之,是清初尚在也。

十月九日,星期日,阴,下午晴,六十六度

钱牧斋著作之被禁毁。清乾隆四十一年,诏于《国史》增列《贰臣传》,凡一百二十人,牧翁与焉。同年十一月即有上谕见《东华续录》:"钱谦益在明已居大位,又复身仕本朝,不能死节,覥颜苟活,乃托名胜国,妄肆狂狺,其人实不足齿,其书岂可复存? 自应逐细查明,概行毁弃。"于是平生著作悉在禁毁之列。其附见他书者,亦另有抽毁删削办法。四十三年四库馆议定《查办违碍书籍条款》见《钞本禁书总目》九则之一:"钱谦益、吕留良、金堡、屈大均等。除所自著之书俱应毁除外,若各书内有载入其议论选及其诗词者,应将书内所引各条签明抽毁，于原板内铲除，仍各存其书，以示平允。其但有钱谦益序文而书中并无违碍者，应照此办理。"四十四年十一月谕云：'钱谦益、屈大均、金堡等所撰诗文，久经饬禁，今各省郡邑志书，往往编入伊等诗文，而人物艺文门内，并载其生平事实及所著书目，自应逐加剥削。"五十二年八月，军机处进呈《应行撤毁抽毁删削各书》清单见《办理四库全书档案》："一姚之骃《元明事类考》、仇兆鳌《杜诗详注》，俱袭引钱谦益撰著而去其名，应一律删削。一朱鹤龄《愚庵小集》，纪昀所指《书元好问集后》一篇，意在痛诋钱谦益，持论未为失当。惟朱鹤龄未与钱谦益绝交之先，往来诗文有赠某先生诗等作。又笺注李义山诗，注序内'红豆庄主人'系指钱谦益，应一律删削，其全集仍应拟存。"经此严禁以后，牧翁著作泰半被毁，所余者赖爱好之士慎密留藏而已。至光绪间，稍稍复出，如《投笔集》，乃由东瀛钞归。惟劫余者以诗文集为多，他种则罕见矣。

十月十日，星期一，阴，六十六度

　　蘅塘退士。《唐诗三百首》，编者有谓为娄东李秠香，亦有谓为沈姓，诸坊本皆无姓名，仅首序"乾隆癸未春蘅塘退士题"。惟吾邑览辉堂校刊本，于"退士"下加"孙洙"二字，近年西泠印社刊本，附有小传。退士，名洙，字苓西，无锡人，乾隆辛未进士，直隶卢龙、山东邹平知县。书宗欧阳，诗宗少陵，有《蘅塘漫稿》。

十月十一日，星期二，晴，六十七度

　　黄谦斋重宴鹿鸣诗。吾乡黄君谦太史炳元年八十九，尚能赋诗。辛卯年重宴鹿鸣，有纪事诗云："回銮乞养隐墙东，六十年来积劫同。宵雅沦亡苹变质，劳歌牵挈草从风。饴含早晚翻成累，诗犯清刚分固穷。西涧槐江都在望，有年无命问翁翁。"句虽不甚工，颇有变徵之声。君于光绪辛卯、壬辰联捷入翰苑，邑中太史存世，惟君一人，真仅存之硕果矣。犹忆瓶庐《癸巳日记》云："得邑人二赵价人、次侯、陆云孙、蒋岩峰、曾君表公函，为新翰林黄君事。"又云："得杨莘伯书，言黄君谦居乡事。"盖其年少时不拘小节，喜博塞以游，颇不理于众口。

《日记》所书,即此事也。

十月十二日,星期三,晴,七十一度

鼍龙。鼍,亦称鼍龙,或土龙,即鳄鱼之一种。生于汉口以下长江南岸。其主要栖息处在芜湖至太湖西岸一带,今称为扬子鳄。体长约二公尺,往往穴居堤岸内,能鸣。《诗经》:"鳄鼓逢逢。"《礼记》:"伐蛟取鼍。"《尔雅》则不载。祝充注韩诗云:"鼍类鱼,有足,皮可冒鼓。"

十月十三日,星期四,晴,七十五度

书姚湘坡先生诗稿后:

姚湘坡先生《移居集》及《近游集》诗稿一册,考之卷中岁月,乃咸丰癸丑至乙卯三年所作。先生行谊具载邑志,独其著述流传极鲜,邑《艺文志》付之阙如。百年来厪此家传孤本,洵可宝已。

十月十四日,星期五,晴,六十七度

《山园丛桂初花》:

"过客俄闻满路香,却来溪畔领秋光。鼻根功德初无隐,拈取当前证晦堂。"

"叶底斜阳漏浅波,几疑偃蹇隐山阿。故园亦有樛枝在,草长藤缠蝮虺窠。"

十月十五日,星期六,晴,七十一度

《武林掌故丛编》。共十四函,杭州丁氏刊本。张箦斋谓:"丁氏所刊有井蛙之见,不足与鲍渌饮作仆隶也。"

十月十六日,星期日,晴,七十三度

《听松庵竹炉图》。明初王孟端为真性海上人作《惠山听松庵竹炉图》,乾隆时已毁于火。明中叶王仲山问仿此更写一图,有明清诸家题咏,今归锡山窦氏。

十月十七日,星期一,阴,六十八度

舒铁云《题机丝图》:"改七芗工笔织女图,绢本,淡设色,高二尺。"款"题机丝图,摹平远山房藏本李龙眠真迹。舒铁云得之,传赠友人"。并题二绝:"云段霜毫画远天,星河迢递月婵娟。客从牛斗槎边去,织得登科记一篇。""绮语三生有夙因,吴装小幅仿公麟。不须更为收寒具,却网西施别赠人。嘉庆十二年舒位。"此二诗,《瓶水斋集》不载。

十月十八日,星期二,晴,六十四度

米元晖《潇湘图》卷。上海博物馆藏纸本墨笔。末题"元晖戏作",印曰"元晖"。另纸自跋并书《念奴娇》词,共三十五行,行书绝似元章,款署"懒拙老人元晖",印曰"友仁",两纸均略有损伤,跋字有剥落处。此卷宋人题者甚多,具见孙鸣岐《法书名画钞》。元晖有二题,余则关子东注、谢伯思侊、韩懋遵泸、钱处和端礼,四题、洪景伯适,两题、曾弦父惇,两题、曹筠、洪景卢迈,两题、尤延之袤,两题、袁起岩说友,两题、钱子言闻诗,两题、朱希真敦儒、温叔皮萃、林仲、朱仲晦熹,两题、时季雄佐、张绅、沈石田周等十八人,惜展览者仅关注数行,字作苏体,余以卷长未能尽陈也。原藏周湘筠处。

十月十九日,星期三,晴,晨五十六度,午六十四度

怀素书《苦笋帖》。纸本,高九寸,广四寸,刊入《三希堂续帖》。原有米友仁及嘉定十七年九月廿三日盱江聂子述观于密院经武阁下二跋。《续帖》仅刻米跋卷,尚系旧装,前有宣和玺及短签,惟不似瘦金书。诒晋斋旧藏。同上。

十月二十日,星期四,晴,六十五度

马远《岁朝图》轴。绢本。高七尺,广三尺。图写草堂围炉,宾客群集,户外松柏环列,屋后远山一角。款署"马远"二字。本有乾隆题七律一首,又于宫绢斗方上题"履端征庆"四大字。

十月二十一日,星期五,晴,六十五度

宋人画册。共四页。一《碧梧庭榭图》,人物纤细精工,上钤"乾清宫鉴藏宝",对页乾隆题诗。一红荷纨扇,孤花招展,有临风之致,略衬荷盖及水草花瓣,勾勒薄施泥金,似晔晔有光。一玉茗黑蝶纨扇。一牛车雪景,笔意近马远,惟较缜密,均绢本,无款。

十月二十二日,星期六,晴,六十五度

赵松雪《竹石幽禽》轴。绢本。约纵七尺,横三尺半,大石中峙,丛竹夹列,俱墨笔。高低三小鸟,石青色,石畔隐一鸟,似鹡鸰甚巨,昂首张嘴,右署"子昂"二字。上端本身邓文原题七绝一首。闻稚柳藏松雪画竹,未知即此幅否。

十月二十三日,星期日,晴,六十七度

毛公鼎。陈散原丙寅诗有毛公鼎,为宝华盦所藏,其家子弟转售于日本,杨颂清许以同价争留不得,今付拓本,属题一绝。余忆八九年前,南京中山门半山园举行故宫古物展览会,第二室列有周宣王时毛公鼎,当时报纸曾记载之。是散原所咏,当系传闻之事也。

十月二十四日,星期一,阴六十八度,重阳霜降节

高常侍重阳句。高适重阳诗云:"百年将半仕三已,五亩就荒天一涯。"世传达夫年五十始学为诗,此诗云"百年将半",尚未五十也,而诗之苍老已如此。余今年四十九矣,重阳适见此诗,因叹五亩三已,早成梦境,漂泊天涯,须鬓将白,书此志感。

十月二十五日,星期二,阴,七十度,夜月甚明

桑民怿故宅。《潜研堂文集·大理府知府娄东张公晴沙墓志铭》云:"公所居为桑民怿先生故宅,水石竹木颇深秀,春秋佳日,与宾朋群从觞咏其间。"按:明弘治十年,析邑境双凤乡五都隶太仓州,民怿所居当为该地,时尚未割隶也。晴沙殁在乾隆五十一年,桑氏旧宅尚存,迄今又历一百七十年,遗迹恐不可问矣。

十月二十六日,星期三,阴,七十一度

虞山顾氏藏前蜀王锴墨迹。《潜研堂诗集》有《题前蜀王锴书法华经残本》,中有句云:"前顾后郑各藏弄,一字欲直千朱提。"又云:"延平双剑终有合,凭君再访虞山遗。"自注:"此本郑西崖征君所藏,古湫同年,久作古人,其储藏闻亦散失矣。古湫为顾虞东先生镇之别署,与竹汀为乾隆甲戌同年。考《焦氏笔乘》,蜀相王锴字鳣祥,藏书数千卷,一一皆亲札,并写藏经,书法精谨。"又《无事为福斋随笔》:

"潼川城外琴泉寺有塔，乾隆丙寅年为雷震圮，内贮《法华经》全部，皆王锴所书，笔法娟秀。"又吴省钦《白华诗稿》有《题王锴书法华经第一卷残叶三台郑尹出自琴泉寺圮塔》，诗中云："丙寅未月倒霹雳，梵夹灰烬啼刹零。令君好事拾残叶，纸色黯淡光晶荧。"观诗中所云，则两家所得或均为残叶也。古漱家支塘。

十月二十七日，星期四，阴，午后雨，七十度

金松岑撰《黄摩西传》。金松岑《天放楼续集》有《吴郡五奇人传》，吾邑黄慕庵在焉，述其所论文学甚详，惟云"卒于甲寅"则不确。《鸣坚白斋诗集》有《悼黄慕庵》一首，编入癸丑年，应据此改正。慕庵执教东吴时，曾编印《中国文学史》一部，共二十九册，前三册为绪论，后分通论，每一时期附代表作数十篇。松岑撰《传》，即于此取材。

十月二十八日，星期五，晴，六十五度

黄大痴《偿金图》。方环山《天慵庵笔记》："大痴老人借居虞山，琴川大师兰若作成尺幅相赠，以当偿金，世所称《偿金图》是也。"琴川大师不可考。

十月二十九日，星期六，晴，六十八度

白沙枇杷。郑叔问《苕雅余集》有《咏白沙枇杷词》，小序云："吴俗多以白沙为果之嘉名。"曩见画师程叙伯为叶调生作《卢橘庵图》，题云："叶家在洞庭东山白沙村，产卢橘甚美。"考郡志，莫里山俞坞南有白沙渡，是果实以地受名可证。

十月三十日，星期日，晴，六十二度

何蝯叟书《文安公行述》。蓝格小楷，约三十页，为誊清之稿，略有涂改处，细辨字迹，确为蝯叟中年所书，作价十元。

十月三十一日，星期一，六十二度

书汉阳关先生棠遗集后：

季华先生与先君为癸酉同年，在京时相过从，投赠所作联幅甚多，书法遒逸。先君辄喜张诸壁间，儿时习见之，故闻先生名，即若素识。惜所贻者于丁丑冬尽失。其中诗札已难追忆，不能更为此编补

遗,是可叹已。

十一月一日,星期二,晴,六十六度

雷峰塔藏经。陈苍虬《旧月簃词》有《八声甘州》两阕,题雷峰塔藏经,小序略云:"甲子八月二十七日,雷峰塔圮,据塔中所藏陀罗尼宝箧印经,造时为乙亥八月,正宋艺祖开宝八年。经凡八万四千卷,多成灰末。犹忆癸亥春,予与醉樵、倬云、瘦石、轶尘、鸥侣游杭,憩坐塔下,见基脚四周剥落,有岌岌欲倒之势,果于次年即圮。年前又曾见此经原刊本,卷子装约纵七寸,横二尺许,前刻'天下兵马大元帅吴越国王钱俶造此经八万四千卷,舍入西关砖塔,永充供养。乙亥八月纪。'当时称为西关砖塔,其雷锋、黄妃等名,均后来俗称也。闻塔砖中空,经卷藏其内。塔曾遇火,故多毁损。市侩有仿刻此经,以染色旧纸印成,初视甚肖,覆审则纸墨色浮,笔画板滞。"

十一月二日,星期三,晴,六十三度

《完白山人传》。包安吴撰《完白山人传》,载于《艺舟双楫》。吾邑杨濠叟亦有《完白山民传》,其叙客梅镠金榜家,曹文敏邀之入都及覃谿诋諆事,皆大略相同。惟有逸事数则,为包《传》所未及。乃闻诸山人之子守之传密者,守之屡来吾虞,与濠叟甚善,年七十余,殁于皖城志书局。

十一月三日,星期四,晴,五十八度

《人间词话》。《人间词话》二卷,王静安国维著。其论词主境界:有造境,有写境;有有我之境,有无我之境。境非独谓景物,喜怒哀乐,亦人心中之一境界,故能写真景物、真感情者,谓之有境界。其于词家,五代喜李后主、冯正中,而不喜花间;宋喜同叔、永叔、子瞻、少游,而不喜美成;南宋喜稼轩,而最恶梦窗、玉田。于近人,崇蕙风而薄半塘、彊村云云。静安于乐府为余事,故所言多逞臆而谈,不免抑扬过当。南宋周、张一派,固有雕琢之嫌,然其中真景物、真感情,亦所在多有,何可一笔抹煞乎?若病其偏于缛丽,而失之空灵,性不相近,另取途径可耳,何必讥二窗为乡愿,鄙玉田为乞人乎哉？卷末附静安自作三阕，其徒推扬，谓为平生合作，抗心千古，实则句意粗直，工力尚浅，以拟张皋文、蒋鹿潭辈且远不逮，遑论南北宋乎？

十一月四日，星期五，晴，六十二度

《白雨斋词话》。丹徒陈亦峰廷焯著光绪戊子举人，壬辰卒，年四十。共八卷。摘其评论中肯者：

"飞卿《更漏子》三章，后人独赏其'梧桐树'数语，不知此数语用笔较快，而意味无上二章之厚。首章云：'惊塞雁，起城乌。画屏金鹧鸪。'此言苦者自苦，乐者自乐。次章云：'兰露重，柳风斜。满庭堆落花。'此言盛者自盛，衰者自衰。"

"小山词：'明年应赋送君诗。细从今夜数，相会几多时。'浅处皆深。"

"少游词最深厚，最沉着。如'柳下桃蹊，乱分春色到人家'，思路幽绝。"

"方回《踏莎行·荷花》云：'当年不肯嫁东风，无端却被秋风误。'哀怨无端，读者不自知何以心醉，何以泪堕。《浣溪沙》云：'记得西楼凝醉眼，昔年风物似而今。只无人与共登临。'只用数虚字盘旋唱叹，而情事毕现。"

"美成《玉楼春》：'人如风后入江云，情似雨余黏地絮。'上言人不能留，下言情不能已，呆作两譬，别饶姿态。"

"稼轩词以'绿树听鹈鴂'一篇为冠，跳跃动荡，古今无此笔力。"

"黄知稼词气和音雅，得味外味，人品既高，词理亦胜。"

"白石《扬州慢》'犹厌言兵'四字，包括无限伤乱语，他人累千百言，亦无此韵味。"

十一月五日，星期六，晴，六十六度

韩诗用琼瑰字。王得臣宋蜀郡人《尘史》云："《说文》以琼为赤玉，比见人咏白物多用之。韩愈雪诗'真是屑琼瑰'，又'今朝踏作琼瑶迹'，别有所稽耶？岂用之不审也！"

十一月六日,星期日,晴,六十度

松雪书《尚友斋铭》。纸本。小轴,约纵二尺,横一尺,上横列篆书"尚友斋铭"四字,下方寸楷书。文敏为邓文原之子庆长所作,稚柳得于北京。

十一月七日,星期一,晴,五十五度

铁华馆藏书。涧于书牍有《致吴谊卿书》,述严范生过此,云"吴中蒋香翁书价本索五千金,乃叶菊裳为之增至万金。此说闻之王廉生弟处,共见目五六本,思以五千金收之,而盛宣怀忽欲收买,蒋氏居奇,中辍"。

十一月八日,星期二,晴,五十四度,立冬

俞字读去声。《广韵》以"俞"字入去声四十九宥:"姓,汉有司徒橡俞连。"《唐韵》:"俞,丑救切,又羊朱切,亦姓。"

十一月九日,星期三,阴,五十八度

蝇蚋所集。《夷坚志》云:"木蕴之梦甫里先生谓之曰:'予田尚在,独为蝇蚋所集,无有能为驱除者,不免罳子耳。'既寤,见按上有《笠泽丛书》,中《甫里先生传》有云:'先生有田十万步。'田字上有二死蝇粘缀,嗟叹其异,为拂拭去之。"

十一月十日,星期四,晴,六十一度

清晨看菊口占:

"短笻偶趁秒秋晨,万菊丛中拄一巡。游客方来吾倦返,好花应笑背匙人。"

十一月十一日,星期五,晴,六十二度

韩昌黎好博塞。《摭言》五代王定保撰云:"韩公好博塞之戏,张水部籍以书劝之。"顷读其书,有云:"先王存六艺,自有常矣,有德者不为,犹以为损,况为博塞之戏,与人竞财乎?今执事为之,以废弃时日,窃实不识其然。"昌黎答谓:"博塞之讥,敢不承教。"其所撰《画记》,亦谓:"独孤生始得此画,而与余弹棋,余幸胜而获焉。"可证其事。水部于韩门,盖非执业弟子,乃为诤友矣。

十一月十二日，星期六，晴，六十三度

别音之字。檿枪音檿铛。须摇摇，音臾，须臾也。朱提音殊时，邑名也。身毒音天竺。可汗音克寒。冒顿音墨咄。吐谷浑音突浴魂。椎结结，音计。录囚录，音虑。

十一月十三日，星期日，晴，六十六度

万历本《艳异编》。插图十二幅，吴兴闵斋仿朱墨套印。

万历本《紫钗记》。插图三十四幅。

崇祯本《楚辞图》。图十二幅，陈老莲绘，每页有题字。

弘光本《九歌图》。萧云从绘。以上四种上海博物馆藏。

十一月十四日，星期一，阴，七十一度

安稳，古作安隐。《读碑小笺》：《三国志·魏太祖纪》注引《书·盘庚》"绥爰有众"，郑康成注："爰，于也，安隐于其众也。"又王凝之帖："说汝勉难安隐。"是古"安稳"皆作"安隐"。

十一月十五日，星期二，雨，有风，五十五度

覆宋本《干禄字书》跋：

《干禄字书》刻本，据《曝书杂记》所录胡菊圃跋云："有湖、蜀、楚、秦四种。"宝祐丁巳陈兰孙刻于郴州者为楚本。乾隆初，扬州马嶰谷小玲珑山馆曾依此重雕，此册同出楚本。纸张墨色甚似乾隆间物，惟不著何家。重刊前李佩秋曾言马嶰谷刻者，乃据梓州石本。莫邵亭谓与蜀石多不同。然梓州石本即潼川郡庠句咏跋本，亦即所谓蜀石，同属一本，不应有异。此书四种中，湖本早已不传，秦本则迟在明末。马刊既与蜀石不同，则所据者定为楚本而非梓州石本可知矣。佩秋又云瞿木夫跋燕耀堂翻宋本，与此行款相同。则覆陈刊者一时固有数本也。嘉庆时有余集写刊本，日本有覆楚本，刊于文化十四年，即嘉庆廿二年。

十一月十六日，星期三，四十四度

竖刁当作竖刀。甘泉乡人跋唐太宗草书《屏风》石刻所录京房对元帝语"竖刀"。各本《汉书》皆作"刁"，独汲古阁作"刀"。《玉篇》《类

篇》谓："竖刀、刀斗皆当作'刀'。"《佩觿》亦谓："'刁'为俗字。"今本
《广韵》《集韵》于"三萧"别出"刁"，转以"刀"为非。今观太宗所书实
作"刀"，可见唐初犹未有"刁"字，足证《广韵》《集韵》俗刻之讹。

十一月十七日，星期四，阴，五十四度

乍可。《药佌谈屑》言："太白诗'乍可草中耿介死'，昌黎诗'乍可
阻君意'，微之诗'乍可为天上牵牛织女星'，皆以'乍可'为'宁可'。"
并引《朝野佥载》崔夫人言"乍可死，此事不相当"为证。此解"乍可"
字最确。吴梅村《宫扇》诗："乍可襟披宋玉风。"陈迦陵《和冶春》绝
句："江南樱桃几时熟，乍可便堆红玉盘。"皆以"乍可"作"才可"用，未
免误解。《交翠轩笔记》。

十一月十八日，星期五，晴，五十八度

连展。黄山谷用"连展"字，未知何物。王贯山笏云："《广韵》二
十八狝：'䴼'音善，'䴺'音辇。大麦新熟，作'䴼䴺'也。""连展"之与
"䴼䴺"，音变而又颠倒也。如索郎、桑落之类，今俗或呼廪准，或呼燃
转，皆与连展音近。《类篇》："䴼䴺，屑新麦为饵也。"

十一月十九日，星期六，阴雨，五十九度

沈匏庐著书。西雍先生所著书刊本行世者：《论语孔注辨讹》《常
山贞石志》《十经斋文集》《柴辟亭诗集》《交翠轩笔记》《瑟树蕞谈》《铜
熨斗斋随笔》《匏庐诗话》《说文古本考》。又与翁叔均广平合辑《天下
古今金石家目录》。

十一月二十日，星期日，雨，五十二度

丰南禺草书《千文》卷。纸本。长五丈许，字大逾寸，亦有一行仅
一字者。草法宗怀素而兼各家之长，变化飞腾，洵为合作。署款作
"山谷真体，时年七十又一"。钤"人翁""南禺外史""青厓白鹿"三印。

十一月二十一日，星期一，晴，五十三度

刘石庵书卷。纸本，二段。其一小真楷及行楷书唐诗，约长二尺
许，款"文华殿东箱，为晓岚四兄书"，未盖章。本身后纪氏跋六行云：
"此为读卷官时所作，后以转贻伊墨卿。"又其一书《游侠传》，钤"东

武"二字大印,旧为桐城马通伯所藏,有沈寐叟、陈伯潜、郑太夷、李文石诸题。

十一月二十二日,星期二,晴,五十三度

刘石庵批答家书。储城有摄夫人黄氏,能代书,笔势极似。曾见家书十册。黄夫人原札后,诸城批答皆妙绝。上见《艺舟双楫》玄隐言家书旧藏沧趣楼陈氏,曾经寓目,多为石庵居澄怀园时所作。中一页末书"跪请爷安"。石庵批其旁云:"吾安汝亦安耶?"

十一月二十三日,星期三,晴,五十三度,小雪节

瞿留守幼子。屈翁山《寿顾云美耈六十诗》中云:"汝婿忠臣子。"自注:"大学士瞿公式耜子。"周栎园《印人传》:"瞿稼轩一子十龄,流落于外,人无有过而问之者。云美以凤谊收恤之,且妻以女,名曰镜,字之曰端叔。人以此多君行谊。"

十一月二十四日,星期四,晴,五十六度

钱雷中刻印。《印人传》:"钱雷中履长,吾友湘灵多慧男,雷中其第三子也。年未二十,留心风雅,能继其家学,予甚爱之,亦知其戏作图章,然非何次德示余,不知其精妙若是。雷中名不见邑志,据湘灵老人《再生录》自序,长子蜚熊字鹰杨,号耐庵,康熙戊午举人。次扈、次鹤,共三子,则鹤当即雷中矣。"

十一月二十五日,星期五,晴,五十八度

题袁伯庸写经遗墨四首:

"布施恒沙身,写经福胜彼。绍隆我佛种,功德莫能比。一卷贝多罗,手授度生死。漫漫长夜中,忽见光腾纸。"

"无着与天亲,造论兴法相。祇围三伽叶,道场随供养。兄弟为法眷,君家得相况。袁君之弟季梅,以此索题。拂迹入玄门,奋乎百世上。"

"人间迦提月,八月十六日至九月十五日,佛家称迦提月。夜入第四禅。命光忽迁谢,按地起白莲。楼头秋月色,相送何皎然! 临终前数刻,犹登楼观月。心净见花开,如实亦如权。"

"早现宰官身,晚耽居士传。栖心四十年,内外打成片。君茹斋四十年。默念别时佛,顶暖功可见。留此髻中珠,中有本来面。"

十一月二十六日,星期六,晴,六十三度

段注《说文》有误。阮云台谓:"段氏《说文注》成时,年已七十,校雠多属之门下,往往不检本书,未免有误。攻段氏者有钮匪石树玉《说文段注订》、徐承庆《段注匡谬》、冯桂芬《段注考正》。冯书世罕传本,钮、徐二书则皆精核,足为段氏箴友。钮氏所举与鄹书不合六端,特论亦正。"萧山王南陔著《说文段注订补》,胡云楣刊行,潘郑盫作序。钮匪石,莫厘山人,著有《说文新附考》《说文解字校录》。

十一月二十七日,星期日,晴,五十八度

贺方回虎丘题名。《吹网录》:"虎丘白莲池西石壁,近人搜得贺方回题名,为志乘所未收,金石家皆未著录。其文左行,前一行'贺方回'三字,后五行云:'贺铸、王防、弟枋、苏京、侄余庆,大观戊子三月辛酉。'凡二十二字,正书,大如碗。……道光丁未……忽见'大观戊子'两行有杭人某镌'白莲池'三隶字掩其上,旧刻字遂不可复辨。"潘郑盫《虎丘石刻仅存录》序:"方回题名被龚衫刻'白莲池'字,《吹网录》中载一时题咏,申申詈之。今得拓本,惟掩去'辛酉'二字,其余尚可拓,为之一快。"

十一月二十八日,星期一,晴,五十二度

河东君妆镜。吴瞿安《霜厓词录》有《眉妩》一阕,咏河东君妆镜偕曹君直作:"叹秦淮秋老,杜曲门荒,金粉半尘土。定有惊鸿态,妆成后,熏香初试纤步。翠鸾漫舞,剩黛痕磨尽今古。更凄感,一样临池里,当如是观否。枯树,兰成心苦。早涧东人远,巾帽非故。零落沧桑影,铜仙泪,知他经饱风露。岁华细数,对半规重想眉妩。怕蕉萃菱花,还不许,绛云驻。"

十一月二十九日,星期二,晴,四十四度

河东君墨描大士像。潘硕庭世丈志万《笭盫词》,有《题柳如是墨描大士像,调寄高阳台》一阕:"唼蔗时光,拈花世味,几多剩墨残金。

一指禅参，慈云写出深深。蘪芜小印钤来浅，更新词、忏了尘心。算年来、皈佛缄装，未许愁侵。此生小度华严劫，悔尚书官诰，误到而今。粉盝脂奁，从教一例销沈。生绡洗尽燕支色。梦他时、红豆成林。最凄然，拂水庄荒，泥爪难寻。"

十一月三十日，星期三，晴，四十二度

元代刻板公文。王廉生古埌拓本跋，附及在福山明郭康介公宗皋家祠见所藏元代刻板公文，为捉拿妖人刘基者。足补《元史》。

十二月一日，星期四，阴晴间，五十度[①]

九英腊梅。潘仲午祖年《拙速诗存》云："黄梅素心，以稀见珍。次名九英，心红而香更芬馥。世讹九英为苟营，或竟称狗蝇，唐突寒英矣。吴音苟、九相近，以此致讹。"

十二月二日，星期五，晴，五十一度

宫僚雅集杯。潘仲午《宫僚雅集杯》诗句云："放怀咏叹长歌妙，依样描摹副本工。"自注："杯旧藏仁和孙氏，翁瓶生相国曾招银工仿造。"

十二月三日，星期六，晴，晨雾，五十四度

明钱秀峰侍御墓。吾邑明万历间监察御史钱岱之墓，据邑志"名迹"门，在西乡张墓桥念思墩。侍御卒于泰昌元年，至前年癸巳，已阅三百三十三年，其墓突被发掘。乡人云该地俗称杨墓里，旁有袝葬，墓内殉物甚多，可值巨价。发掘之后，夷为耕地矣。侍御生备五福，其佚事具见据梧子《笔梦》。长子时俊，号仍峰，湖光副使。孙裔肃，字嗣美，万历乙卯举人。曾孙曾，字遵王，有名之藏书家也。牧斋撰《嗣美墓志铭》云："葬于蔡庄之新阡。"则未袝葬于此矣。《笔梦》载："侍御有五子，知名者惟时俊一人。"屈轶明《常熟科贡录》有钱时价，似为其弟，余不可考。

十二月四日，星期日，晴，五十七度

宋刻词本之证。宋刊词本，每阕换头多为提行书写，后代刊本皆

---

① 　此处天头有文字：范石湖《梅谱》："腊梅品最下者，俗谓之狗蝇。"

只空一格。故宫及滂喜斋藏宋乾道本《淮海长短句》,于换头皆提行另书。

十二月五日,星期一,晴,六十度

瓶庐手钞本。吾邑兰雪斋邵氏藏松禅老人手钞宋朱长文《吴郡图经续记》两册。《续记》共三卷,江苏书局有刊本。邵氏藏书,丁丑之乱,卷被焚毁,未识此书免于劫否。

十二月六日,星期二,晴,五十八度

晚晴居士王劼。余藏《裴岑纪功碑》拓本七种,有巴郡王劼跋。劼,字海楼,别号晚晴居士,巴县人。道光时作宰浙江,有诗集行世,同年生包慎伯撰序。见《艺舟双楫》。

十二月七日,星期三,晴,潮湿,五十七度

李墨香女史拓本。见李墨香女史手拓斋侯壶及铭文一幅,沈慈护藏,有"李墨香女史手拓金石"一印。女史名锦鸿,见褚汉威《金石学录续录》。此壶铭文在腹,极不易拓,今为上海博物馆所有,改称洹子。盖姜壶出土已久,闻曾用蜡磨治,后更难拓矣。壶在两罍轩吴氏时,另备铭文摹本,以赝求者,如女史手拓之真本,不易得也。

十二月八日,星期四,晴,五十二度

明范副使来贤墓。乡人告知,吾邑西门外张墓桥范副使墓,于癸巳年被发,尸体枯瘪未腐,袍衾颜色尚可辨,触手即毁,棺中玉器甚多。发掘后,墓地夷为稻田矣。考邑志,副使名来贤,字昌国,明嘉靖八年进士,湖广按察副使。其墓在大河鲁孟桥,与张墓桥相近。墓前有嘉靖十三年范氏夫妇敕命,及二十八年范氏管理湖广各卫所屯种水利敕命二石。惟邑志范氏无传,《通志》则载为长洲人,或有误。墓中如有志石,当可明其世系也。

十二月九日,星期五,晴,五十四度

大小忽雷。《南部新书》载:"唐韩滉入蜀,得奇树为二胡琴,曰大小忽雷,献之德宗。孔东塘曾谱其事为传奇。清末贵池刘聚卿得之,林琴南为绘《枕雷图》并撰记,一时名流多为题诗。"今二忽雷归上海

博物馆。

翁笏斋先生佚事。笏斋先生光绪丙子举于乡，次岁丁丑连捷，时年十八。松禅老人家书中云："闻之不觉屐齿之折。"盖甚喜之也。先生虽少年登第，平生未得试差，仅充乙酉北闱分校，甲午礼闱房考官而已。甲午门下士中，有吴兴刘澂如锦藻家素丰，旧例，新门生之谒房师，略备贽敬，其数甚微，不出数两[①]，澂如独馈四百两，一时传为豪举。其子即翰怡也。

十二月十日，星期六，晴，五十七度

年祖。袁沤簃丈《贺茗楼同年得重孙》诗云："通家累世称年祖。"旧称祖之同年为太年伯，亦可称年祖。

十二月十一日，星期日，晴，六十二度

落英。吴曾《能改斋漫录》："《楚词》'夕餐秋菊之落英'，非零落之落。落者，始也，故筑室谓之落成。《尔雅》曰：'俶、落、权舆，始也。'"

十二月十二日，星期一，阴，五十六度

魏氏藏书画：王叔明《青卞隐居图》明时装池，乾隆年修；鲜于伯机书诗卷狄氏平等阁旧藏；云林竹石轴；华新罗画松大卷长三丈许，写松林之中段，仅缀以二石，奇气满纸。

十二月十三日，星期二，阴，下午晴，五十五度

再记宫僚雅集杯。前记宫僚雅集杯，吾邑翁氏曾仿制此杯，原为康熙时汤潜庵、张敦复等十人所置，范银为之，作梅花式，重二十八两有奇，镌姓名于杯中，以量为序，首潜庵，最后为王阮亭。

十二月十四日，星期三，晴，潮湿，六十一度

兰锜。瘦东函告，前撰妇人哀挽用"兰锜之嫩"，系据《诗·采蘋》章"于以湘之，维锜及釜。"又曰："谁其尸之，有齐季女。"即《左

---

① 此处天头有文字：《异辞录》："京中有讥贫乏打油诗云：'先裁骡马后裁人，裁到师门二两银。'二两银者，惟座师乃克有之。朝殿老师，京钱八千而已。"

氏》文所谓"季兰尸之"也。吴眉孙见之大诧,谓此乃武库兵仗之架,因忆《有学集》中屡用此典,嘱为一查。按:此出于张衡《西京赋》:"武库禁兵,设在兰锜。"《有学集·李宜人张氏墓志铭》:"公既即世,家门肃穆。兰锜崔嵬,户屦促数。"又《云阳姜氏寿宴诗》:"铜驼已荆棘,金马仍兰锜。"《赠博平郭太保诗》:"兰锜三朝一敝裘,濯龙门外看车流。"均用赋语,不能施诸闺壶也。

十二月十五日,星期四,阴,有风,五十一度

查二瞻画册。景溪携示梅壑画册真迹,十二页,纸本墨笔,约高七寸,宽四寸,康熙十九年庚申在京口及邗上所作,是年六十六岁。中拟高房山、倪云林二页最精,余亦悉以渴笔皴擦,精品也。有赵次闲、王胜之等观款。

十二月十六日,星期五,晴,四十七度

不采。唐杜荀鹤诗:"未胜渔父闲垂钓,独背斜阳不采人。""不采",见《北齐书·穆后传》。宋元词曲多用之,俗作"睬"。

十二月十七日,星期六,晴,四十七度

明钞本陈子昂诗集跋。此明天启后钞本也,以"校"字避作"较"字可证。《伯玉集》有明弘治辛亥射洪杨澄刊本,《四库》著录者亦系钞本,当觅善本,与此一校,以识其不同之处。

十二月十八日,星期日,晴,五十五度

同是天涯沦落人。吴县潘谱琴庶常祖同,文恭冢孙,文勤之兄。咸丰时,柏莜北闱案牵累被革,其家群从多簪缨赫奕,谱琴独退处里门,尝镌一私章云"同是天涯沦落人"①,以寓感慨,盖其名适为同也。

十二月十九日,星期一,阴,夜雨,五十三度

跟驴。秀水沈淇泉太史卫壬辰礼闱后丁艰,未与殿试。旧例,会

---

① 此处天头有文字:此印为圆形,中一同字,余仿古镜铭形,环拱四围,分合诵之,均可成句。

试后迟至下科再应试者,卷虽佳,不入一甲,惟丁艰者则否。比甲午殿试,太史卷已列一甲一名。阅卷官中有谓此系前科之士,若占大魁,则前科得两状元,本科岂非缺如? 榜眼、探花、传胪皆然。乃以太史卷改列第五。后有人询太史科名者,辄曰:"我跟驴而已。"跟驴者,北方称夫役也,以驴谐胪,谑而虐矣。甲午传胪为吴筠孙。

十二月二十日,星期二,阴,晚晴,四十六度

剑池石窟。虎丘剑池,亦称白莲池,相传为吴王阖闾之墓。郡志有云:"秦皇凿以求珍异,莫知所在。孙权穿之,亦无所得,其凿处遂成深涧。"二十余年前,虎丘东岩最高处,发见明人石刻题记二方。其一云:"长洲令吾翕、吴令胡文静、昆山令方豪,闻剑池枯,见吴王墓门,偕往观焉。万年深闷,一旦为人所窥,岂非数耶? 命掩藏之。正德七年上元前一日志。"又一云:"正德七年正月,郡士王山椿、侯权、任云藩、祖与之登虎丘,于时□□水涸,传□□阖闾之幽宫,千年神密,一朝显露,可悼也已。乙未秋,疏浚剑池,戽干积水,约及丈许,忽睹池旁之北有一石窟,窄仅容身,以火照之,暗不能辨。好奇者蛇行探之,见中有正方巨石四,其罅嵌铁,似为塞向之用,或即正德时掩藏之遗迹也。"惟题记所云"吴王墓门",未及有无字迹。此次又因填塞,未睹幽宫真相。然志乘所载,确非悠谬之谈,于此可信。

十二月二十一日,星期三,晴,四十七度

维摩寺古银杏。婺源齐彦槐《梅麓诗钞》:"《嘉庆己卯游虞山维摩寺诗》注:'寺有望海楼,楼前银杏二株,为晋时物。'"张应遴《虞山记》云:"山巅有维摩寺,银杏六株,大可数围。周以言诗:'殿覆千年树,台封百尺阴。'盖咏此也。"民国十年,屈汝幹编《维摩寺志》云:"庚申兵燹后,仅存二株,其一已枯,旋为大风吹折,今仅一株有生意耳。"瓶庐诗"一树隔江见",即指此。

十二月二十二日,星期四,晴,四十七度,冬至

辄乙其处。《史记》褚先生补《滑稽列传》:"东方朔上书,人主从上方读之,止,辄乙其处。"又唐试士式,涂几字,乙几字,抹去讹字,曰："涂字有遗脱,句其旁而增之曰乙。"朱骏声曰:"今诵书用乙,当为古文曲字乚。所谓读书止辄乙其处,非乙,乙字也。"

十二月二十三日,星期五,阴,五十三度

印度阿旃陀石窟。阿旃陀石窟在西印度海特拉巴省,凿于纪元前一二世纪至六七世纪,继续施工达七百余年。唐玄奘法师曾至其处,见《大唐西域记》。七世纪后埋没甚久,一八一九年始发现,共有二十九窟,所存雕刻尚多完整,壁画大部残损。所画故事采大知《本生经》及《富楼多譬喻经》为多。

十二月二十四日,星期六,晴,五十六度

清代大考。清代翰詹大考无定期,光绪一朝仅二次,列一等者即放学差,二等仍供原职,三等降级。故当时谚云:"秀才怕岁考,翰林怕大考。"光绪第一次大考,首名为吴县吴宝恕,即放广东学政,第二次首名为萍乡文廷式,二、三为嘉定秦绶章、陆宝忠。传闻文为珍、瑾二妃之师。此次举行大考,原为属意于文,考题有《水火金木土谷惟修赋》,或事先已透露。陆体弱,平日笔墨辄索秦代。是役二人名次相联,如出一手,亦以此致疑。裘闇云。

十二月二十五日,星期日,阴,五十七度

名刺。清代名刺,以庶吉士未散馆者为最大,字达三寸余,上下为满,散馆后即改用小字。修撰名刺,字亦甚大,惟较庶吉士稍逊,字皆出名家之手,或自书之。光绪前,京官名刺甚小,字不及一寸,虽居极品者亦然,迨后稍加大矣。最可笑者,沪地勾栏中曾仿用此等名刺,以之投客,字巨如碗,因花榜中亦有所谓状元也。同上。

十二月二十六日,星期一,雨,五十六度

咏绯诗稿跋:

咏绯出示诗稿,且属为识一言,以商邃密。鄙人黩浅,何足以佐君?无已,则摭取古人一二说诗之旨,以为曝献,可乎?孙莘老以文字问六一居士,答:"无他术,惟勤读而多为之自工,疵疾不必待人指

摘，多作自能见之。"姜白石《诗说》所云"多看自知，多作自好"，其意实同欧说。后来朱竹垞亦云："仆之于诗，非有良师执友为之指诲也。盖尝反复求之，其始若瞽之无相，伥伥乎坠于渊谷而不知，如是者十年，不敢自逸，然后古人若引我于周行。"此三家所谓多看多作，不敢自逸，学问之成，无不基此，非仅诗学为然也。黄山谷题人书云："此书虽未及工，要是无秋毫俗气。盖其人胸中块磊，不随俗低昂，故能如是。"又论作诗云："宁律不谐，而不使句弱；用字不工，不使语俗。"陈后山亦云："宁拙毋巧，宁朴毋华，宁粗毋弱，宁僻毋俗，诗文皆然。"所谓诗律，近世盖难言之矣。冯钝吟云："今人律诗，但作偶对，于声韵全不详，何以称律。"李天生谓："杜诗近体，一、三、五、七句末字，上去入三声，必隔别用之。"周松霭谓："杜诗对偶，于双声叠韵独严。"此仅一二实例，其余尚多。至宋时已不尽遵守，故曰"宁律不谐"也。山谷力戒"弱""俗"，后山又增"巧华"二字，以与"拙""朴""粗""僻"相对。前四字不能犯，犯之至有终身陷溺而无以自拔；后四字虽为诗病，有时大家亦莫能免。吾请以草堂诗证之，"头上锐耳批秋竹，脚下高蹄削寒玉"，拙矣；"痴儿未知父子礼，叫怒索饭啼门东"，朴矣；"何时太夫人，堂上会亲戚"，粗矣；"龙文虎脊皆君驭，历块过都见尔曹"，僻矣。然不碍其为大家者，以其不随俗低昂耳。至若吕东莱之笑薛能诗"青春背我堂堂去，白发催人故故生"，谓如市井人叹世之词，岂非以其格调之卑滥而致讥乎？周紫芝评滕元发《月波楼》诗"天光直与水相连"，谓"直字不惟语涉峥嵘，兼亦近俗"。此皆山谷、后山之所切戒也。徐君多良师益友，所闻必有异乎人者。吾独举此数端，区区固陋，聊备贤者博采而已。

十二月二十七日，星期二，阴，五十三度

孤桐题《娄东十老图》。章孤桐为我题《娄东十老图》，诗云："娄江十老共长图，把钓寻诗自卷舒。年事未臻愚谷叟，江南犹富邺侯书。几人举火称奇日，当世讴歌讼狱初。搔首万人如海地，劣容放笔试相呼。"

十二月二十八日，星期三，晴，五十五度

题文无悼亡诗册：

"孟公久阔梦为劳，忽抱忧端叹二毛。荏苒冬春情宛在，纵横湖海气犹豪。难寻妙子稠桑路，且借诗人切玉刀。元遗山句："禅是诗人切玉刀。"万法本来如一电，等闲烟草绿湘皋。元傅汝砺悼亡诗："湘皋烟草绿纷纷，泪洒东风忆细君。""

"日写樗寮贝叶经，张即之为室忌日书《金刚经》，石刻今在焦山。恍闻笙鹤下青冥。余膏应有玄芝集，汪夫人为渊若年丈之从孙女，曾受家学。遗恨还如梦墨亭。六如居士集有《绮疏遗恨》十绝，为悼亡之作。纸帐心期成家漠，佩环月夜接芳馨。欲持丹棘遥相赠，圣谛无生说共听。"

十二月二十九日，星期四，晴，晨雾，五十七度

题南通徐氏《珠媚园图》：

"清涟始宁墅，九井南州府。池馆向山河，苍茫阅今古。蒲涛灵秀乡，珠媚存老圃。乔木犹旧行，泉石付谁主？棘深有愁鸥，苔苍若卧虎。娟娟美人峰，何日珠还浦？园有美人峰，石今徙他所。徐君笃行士，用心良独苦。松楸余至情，丹青为一补。述德诒后昆，三叹今罕睹。彼哉王仲任，鲦鰅拟厥祖。"

十二月三十日，星期五，阴晴间，晨雾，五十八度

严天池劝诵弥陀。吾邑明严道澂激官邵武知府，有病后致亲友书云："澂一病几殆，不意复生，虽则苟延，焉知来日。回首营生旧计，有同嚼蜡。一具皮囊，终须败坏，六尘缘影，何处坚牢？不如换却凡心，求生净土，诵《弥陀》一句，消罪业无边。聊奉劝文，用表诚意。"见《径中径又径》。

十二月三十一日，星期六，阴雨，五十三度

自题："叉手从今笔砚焚，何须五十叹无闻。枯藤啮鼠消磨易，身世行看少一分。颜习斋语。"

附　录

舍庵诗词残稿[①]

虞山俞鸿筹运之

俞运之先生传

丁丑之变极矣，举神州禹域之半，沦于膻腥。沪江一隅瓯脱之地，为东南流人所萃，辽海藜床，当膝皆穿者有之矣。若英奇迈往之伦，为极华夏陆沉之祸。撄万难、置生命，起而与岛夷相角者，岂不尤足以作亿兆周黎之气哉！吾乡俞君运之其人也。运之，名鸿筹，号啸琴，运之其字。其先金氏，出自安徽休宁，当朱明末造，迁虞山，居邑城，始承外家姓为俞氏。至君父锺颖，字君实，历官至广东提法使、河南布政使，伐阅遂为清亡前虞邑冠。君母沈，生母张，君于昆弟行为仲。幼奇慧，喜为刻雕藻缋之文。从舅父企棠沈先生学，先生爱赏之。与乡人创为虞社，揅讨诗文无虚日。武进有苔岑社者，谢君觐虞为眉目，与君声气应求称神契。当是时，江介尚承平，故家世俗之子，席丰履厚，啸傲湖山，极文雅之盛，故未知忧患之潜伏焉。若顾以商量旧学为不足，乃入上海震旦大学预科，习法兰西文。既卒业，又入上海法政学院治法律，盖经世之心，已如干将之出匣矣。学成而海夷

---

① 据上海图书馆藏《舍庵诗词残稿》整理，1979 年油印本，二卷。原稿因字迹缺省无法辨认且不能据上下文补者，用"□"表示。

东来，君愤然弃旧业于敌骑纵横之地，投身抗日救国统一战线，蛟窟虎口，掉臂而行。

岁乙酉，因事往屯溪，叛国者卖君，敌逻卒捕君于杭州驿。君痛掴敌寇之颊，斥其侵轶我邦之罪，敌壮之，得不死。其秋，敌酋降书下，君出狱。始被执时，为诗有"缅向西湖增故实，风波风雨敢同论"之句，可以觇其志节焉。在狱时，抒愤之诗数十首，惜皆佚之矣。因被敌讯，负伤出狱，后致肺疾，经西法割治，年未中身而体就衰。由是寓居申江，键户学浮屠氏法，暇则以著述吟咏自遣，舍荣利，绝人遗物，二十年如一日。盖迫于家国身世不得已之故，有托而逃焉者也。所著《唐律疏义注释》三十余万言，盖近代学者乙庵沈先生以后无人敢措手者。札记若干卷，考订名物、书画版本，记叙掌故。诗词一卷，亦多考订金石书画之作，得余舅祖松禅相国之风，与时流嘲弄风月者殊趋，君所得于是为不薄矣。辛亥冬腊月十五日午夜，气上逆，至十七日而逝，年六十有五。易箦时，神态安闲，倘所谓洞明生死之际者。壬子冬，归葬于虞山兴福公墓祖茔之旁。君夫人庞镜蓉，多才艺，与君出入共患难。余与君为姨表兄弟，企棠舅氏亦余所受业，余姑丈金门先生又君之从叔父也。其姻娅之盘亘若此。庞夫人命为君撰《传》，又何敢以不文辞？君志行卓荦，著述足以自传于后，后之人读其书，论其世，必将有闻其风而兴起者。乙未初夏，同门姨表弟钱萼孙谨撰。

序①

忆予少年在里中，即闻虞山俞运之先生以诗名动江南。先是，虞山吴剑门姨丈在吾常集文字友创为苔岑诗社，先兄玉岑因得与先生以诗文相往还。其时予客白门，虽仰先生之名而未识也。未几，先兄

---

　　①　原稿在《俞运之先生传》结束后空一页，书此序正文，无题。今增一"序"字为题，以便理解。

下世，予亦以抗战入蜀及南京受降，重归江南，始得奉手海上。其时先生虽久困病榻，而吟咏不废，尝得稍稍读其所为诗篇。前年先生以索写莲花诗见示，时予方病脑，头目常终日昏眩，久弃笔墨，迄未能报。而先生遽而下世，重负宿诺，良深哀疚。兹者庞镜蓉夫人以先生遗著《舍庵诗词残稿》见示，并属为小序。予实不解诗，何足以扬先生之盛藻，不胜惶悚。然思以此得尽读先生之诗，识其性情之所钟，则诗人九原之下，傥亦许其妄言。遗著所收，凡古近体诗一百七十二首，词十四首。大体朋好聚散，赏心书画，读书咏怀之什，或慷慨啸歌，或悠然自乐，斫句工而格律细，出入汉魏，驱遣唐宋，才藻新奇，花烂映发，平生心力所抛，诗人之旨尽矣。昔倪云林尝论王叔明画云："王侯笔力能扛鼎，五百年来无此君。"以之论先生之诗，宁不其然。癸丑新春，谢稚柳谨序。

卷一

题逸休先生诗草①

　　忏生从兄旧藏《逸休道人诗草》四卷，不著姓名，瓶庐老人题诗以卷中"河南为氏膺为名"之句为孤证，并考褚氏乃釜山族望。余循此旨，果从《昭文志》获悉道人确姓褚氏，名道潜，字休庵，原名膺，江西按察副使圻之后。尝谒史阁部可法于军前，甚见宾礼，寻归隐。吴二饶为作传，诗中有《送孙本芝师再守温陵》。按牧斋《初学集》亦有是作，时在崇祯十三年秋。《赠孙岷自》二诗均应试失意之作。岷自，邑之藏书家，著有《花源集》，诗宗温、李，盖有托也。此稿埋名将三百年，一旦竟发潜翳，为之欣喜累日。

　　敬赋四诗以识墨缘：

---

　　①　《俞鸿筹日记》庚寅（1950）四月十七日亦载此诗，有异文。

氏补瞿硎传,瓶庐题句:"好续瞿硎传,千秋仗后生。"碑留孙叔名。残编孤证在,坠绪一朝明。见复搜求广,瓶庐考核精。怀哉二饶集,奇士概生平。

身世谢皋羽,故人唐鲁公。北征蕲复汉,南渡愤从戎。砥柱摧江左,云岚哭梦中。同时何次德,沟水判西东。史阁部《答多尔衮书》,出幕客桐城何亮工手,顺治丁酉,何即举孝廉。

再出泉州守,庚秋孙本芝。偶披《初学集》,同有送行诗。副使清门古,书生桂树欺。花源旧吟侣,孙岷自瞑写共然脂。

哲兄耽古籍,遗佚夙勤搜。叹息昆明劫,怆怀阳羡舟。丁丑冬,兄殁于阳羡舟次。兰闺钦绩学,从嫂嘱题。蠹简重前修。诗苑何年续,应教铁网收。

和隐麓见赠韵[①]

危阑风雨重携手,阿叱无端脱口中。造化不祥金入冶,先生非有户编蓬。察眉自可窥人意,置闰方知是日穷。多谢远来相问意,干呕淡闷渐能空。

题瓶庐临董香光山水卷[②]

二禅画意原相合,垂老江湖放逐时。易代可怜同一晌,南朝何事易名迟。文敏于崇祯初不应温体仁寿文,谢病放归,卒后至弘光时始补谥,其际遇优于文恭而略相似。雨淋皴法谁能识,蜩臂枯枝老更灵。尚有秋园遗佩在,蛮笺十样仿华亭。文敏创雨淋墙头皴法,文恭有仿制华亭笺。

一卷家山流转频,斗诗人去墨犹新。沈园长物凋零尽,玉茗花株斫作薪。卷为石友舅氏旧藏,舅与养浩叔绘《斗诗图》。书斋有玉茗一株,为明初物,浩叔于此卷中题句及之,今摧伐久矣。

---

① 《俞鸿筹日记》己丑(1949)七月八日亦载此诗,有异文。
② 《俞鸿筹日记》庚寅(1950)十二月十三日亦载此诗,有异文。

题恬裕斋《校书图》①

古人校书如扫尘，不知其尽传其薪。覃思终日忽有得，一适亦足忘千辛。君家恬裕食旧德，五世遗编抱江式。至乐常存几案间，灯炷篝香勤拂拭。点勘鱼虎施丹铅，密行细字相委填。不容删衍康成传，抱蜀摘讹《管子》篇。春明坊外停车问，墨客争邻宋宣献。古书有约许流通，善本传钞馈寒畯。乐易居难迥不俦，雌黄苦为后人谋。晁陈绝学犹能继，文献中原此厪留。归来有愿几时偿，先德潜之先生有《虹月归来图》。画里分明云水乡。焠掌低回无限意，待嘘嘉种发寒香。

题石谷仿惠崇《江南春》山水长卷康熙戊申三十七岁作②

北宋九诗僧，淮南画独擅。《清波》杂志称："淮南惠崇。"题咏欧苏王，倾倒尽时彦。金沙遗两帧，耕烟犹及见。睎觇七百年，背拟妙无间。披图研万态，令我目生眩。鱼天波戏鳞，莺梭柳添线。翔泳各闲止，荂荣互葱蒨。花竹罨茅茨，桑麻接芳甸。丹青制淑景，缅想时清宴。吁嗟桃花源，荒唐亦足恋。

晓景江南春，耕烟屡追摹。山川写胸臆，气象何清腴。酬知曾有作，巨障报西庐。豪夺复有人，丐墨日无虚。石谷为烟客作《江南春》二帧，又为余澹心作惠崇小景，见夺于吴园次。吴装凤所喜，老去意未疏。岂伊骀宕人，不乐为世驱。鹤书苦征辟，败兴南巡图。一顾即引去，骑牛归海隅。没齿隐以画，素志实不渝。二老知此心，见复与归愚。

箬林昔评画，持论每相左。轩挥而轻王，仙凡别上下。宁知南田生，推许忘尔我。气禀物难齐，工力世殊寡。承流弊卑塌，传薪乏活火。竹桥谓石谷派断不可学，近日流弊更甚。见《溪山卧游录》。"虞山汰卑塌"，沈寐叟句也。纸钻钝如蝇，骥率难为马。颓波不复振，密印谁付

---

① 《俞鸿筹日记》庚寅（1950）十二月二十九日亦载此诗，有异文。

② 《俞鸿筹日记》庚寅（1950）十二月五日亦载此诗，有异文。

可。应嗟玄匠徂，遂见刹竿坠。神韵抵虞山，聚谤甚箭垛。伪体亏别裁，长令乱正雅。

西田具支眼，贵在独赏时。名成世争迎，万手搴灵芝。蒙叟实亲见，嘉叹得师资。玉箫车箱谷，仙鞚许可追。论交吴恽早，序齿复相齐。盍簪四并堂，佚宕①题襟诗。惨绿尽年少，籍甚声华驰。至今读少作，研深已入微。宋元合一手，南北宗两支。画印见微尚，山水含清晖。南田与石谷相交甚早，康熙元年同饮毗陵四并堂，即有《赠石谷》七绝六首。至烟客邀致西田别墅，考之《有学集·石谷画跋》，尚在康熙之前。此卷中吴湖帆所记"四十以后，与南田往还，投谒烟客"之语，殊未然也。

题张雨生为赵次公作仿古山水册②

潞水条峰往事残，云烟过眼记中看。《富春图》是家藏本，重写严陵七里滩。

横街斗室忆东华，读画频来宿我家。风雅谁如诗县令，河阳官舍尽栽花。刺海宁时栽花厅事。

粉本天然西子湖，好溪山为次公摹。此册作于西泠。梅颠阁圮蟛蜞废，零落当年客图。

题沈石田《栈道图》长卷临本③

猿猱掉头蛇倒退，判命坡前心胆碎。蜀道崎岖自苦难，画里山川容卧对。松陵画客探微孙，云梦八九胸中吞。笔追白石穷栈道，目存玄圃图昆仑。错杂豆人并寸马，或牵或载或骑者。国本能兼侍御长，画记惜无韩子写。挥洒一气三丈强，咫尺万里通微茫。恍见峨眉横太白，宛从玉垒下铜梁。两星分野界参并，一握孤云天险梗。嬴秦于

---

①　"佚宕"，《日记》作"詄宕"。

②　《俞鸿筹日记》己丑(1949)九月十五日亦载此诗。

③　《俞鸿筹日记》己丑(1949)四月二十四日亦载此诗，有异文。

此策殊勋,五丁开后六国并。积石峨峨阁道长,废兴指点几沧桑。汉王一炬褒斜谷,决胜犹怀张子房。武侯再建当北伐,飞栈连云兵六出。吁嗟剑阁空峥嵘,悬崖竟有阴平卒。当年珠玉走中原,石径荒凉辙迹存。几处骡纲残照里,丹青写出总消魂。征君屡写蜀山景,寄危留与世人省。"寄危怜意匠",石田题《蜀山图》句。同时妙手东村翁,亦向巉岩裁画境。周舜卿有《栈道图》。写尽丹霞万仞山,吮毫辛苦作荆关。不如拄杖飞仙阁,赤斧山图共往还。钱名山丈用《蜀都赋》语署曰"山图得道"。

通泉田雨梅画师赠宋瓷器识者审为龙泉窑半碗赋此报谢[①]

绿瓷始见邹阳赋,凤昔闻之未一遇。近传义阳搲鼓台,釉器果然出汉墓。千峰夺翠重越州,绛霄秘色珠光油。声清于磬胎如纸,片瓦千金显德周。饰冠嵌冑今余几,不信宝光能却矢。且从两宋说源流,定汝官内均哥弟。就中妙品数龙渊,窑官设置南渡年。修内史与将作监,丝茶同重资懋迁。传世于今八百载,云鹤易散琉璃碎。通泉发壤得殊珍,地下沉霾凡几代。搜罗十九归君家,乌皮隐几勤摩挲。封题一器远相致,拳拳美意岂有涯。非皿非盘亦非盏,匜董家云乃半碗。莲花瓣映梅子青,碗色名梅子青。铁足纹焦地气暖。足底焦纹,云受地气而成。此器何不画具为,画取青城与峨眉。名笺自有郑诗婢,好句宁无陈拾遗。寒斋藏器付劫火,金瓯已破瓦甂坠。冷瓶不惜持赠我,气类相投文与可。《丹渊集·冷瓶诗》:"君凡几钱得,不惜持遗我。"

题梁山舟书香山乐府卷八十五岁所作诸色藏经笺长二丈二尺[②]

压纸春云湛墨光,柔毫谁得似南梁。世称闻山为北梁,(舟山)[山舟]为南梁。平生自守襄阳法,敛尽神锋腕底藏。

---

① 《俞鸿筹日记》己丑(1949)一月二十二日亦载此诗,有异文。
② 《俞鸿筹日记》辛卯(1951)三月二十二日亦载此诗,有异文。

天龙僧舍山舟榜,移向先生印里来。天龙寺有元贯云石书"山舟"二字扁,先生爱之,因以自号,并索丁龙泓镌印。托兴还如文待诏,只从纸上起楼台。

妙迹尤珍老去书,飞腾变化古稀余。山舟七十以后书,尤为世所珍重。鹅王已乳蜂成蜜,应笑人间尽墨猪。

玉轴缥囊柏古轩,诒传四世见渊源。旧为翁玉甫中丞所藏。香山乐府藏经纸,一卷银钩宜子孙。

题渐江和尚山水画册①

新安举子文通裔,祝发桑门悲易世。梅花一树松萝庵,剩水残山长雪涕。瓣香仰止荆蛮民,祖衣独步龙门行。本来面目何处是,及身已定千载名。谁其识者汤燕生。余尝见渐师山水三段合装,卷有汤燕生长题,许其必能传世。

题任立凡山水画册②

山人家住箫然山,烟云落纸皆萧然。图成见山不见画,胸中丘壑身林泉。

橐笔清游不知返,鲈乡小结忘忧馆。三十六鸥冷旧盟,偶写荒寒情亦懒。

山人生际同光年,当时画史多熟甜。自出机杼挥渴笔,毫端凌厉空无前。

眼中余子尽碌碌,狷厂瞎牛比不足。风流若数米家山,已见虎儿凌海岳。

---

①　《俞鸿筹日记》辛卯(1951)三月二十六日亦载此诗,有异文。
②　《俞鸿筹日记》辛卯(1951)五月一日亦载此诗。

闻河东君墓被发赋此寄叶遐庵嘱其商略重修[①]

胜践难忘访墓图，遐庵有《虞山访墓图》。乡亲推分到藗芜。浇花已阅人天劫，发冢何来大小儒。狼藉香桃伤委蜕，凄凉绸发暴枯颅。棺木尽毁，髑髅外暴历时甚久，有过者见而悯之，畚土掩盖。怜才应有陈颐道，蛾坏重封德不孤。墓在嘉庆时，为陈云伯重修。

题珠玉词小山词合刊本[②]

破梦居士得临淄后裔重辑《珠玉小山词钞合刊》，较汲古所录增百余阕，可称足本。出示属题。

熨纸香匙手自亲，玉樽清唱醉芳茵。西园莫赋边屯事，灯火笙歌是解人。

莫莫休休侧艳词，岂真鬼语坠泥梨。亦作泥犁。缀旒终是闲评泊，难把知音许《罪知》。祝京兆《罪知录》论词，稍许欧晏周柳，以为缀旒。

隽味楂梨一卷兼，低吟合共夜香添。临淄绝代词宗手，不道遗嫠月旦严。李易安《词论》："晏丞相学际天人，作为小歌词，直如酌蠡水于大海，然皆句读不葺之诗耳。叔原能知词矣，而苦无铺叙。"

无恙旧有六十我满意之句乃于壬辰人日化去方五十九也作此挽之[③]

问疾虚堂了旧因，顿惊石火电光身。饰巾遗世宁非福，发箧余诗未是贫。年及少陵堪满意，命如高密讳逢辰。谈碑读画今寥落，更向何人说魏辛。君属考魏芬、辛瓒二画家事实，未及作复。

---

①　《俞鸿筹日记》辛卯（1951）九月十日亦载此诗。

②　《俞鸿筹日记》辛卯（1951）十二月二十四日亦载此诗。

③　《俞鸿筹日记》壬辰（1952）三月十日亦载此诗。

唐雷琴歌[①]

　　禺山杨子克定蓄古琴一床，朱漆龙鳞，有梅花断纹。池上镌"振玉"二篆，元人朱致远重修。附识语云："琴为唐雷文所制，池下镌清定，有恒堂题诗。"按《东坡集》载《家藏雷琴铭》云："开元十年造，雅州灵开材。雷家记。"又王圣涂《渑水燕谈录》云："沈振蓄一琴，名冰清"，记"大历三年三月三日上底，蜀郡雷氏斫"。是制琴之时，距今将越一千二百年矣。至琴工之名，《采兰》杂志云为雷威，屠隆《琴笺》云为雷文。此琴虽无斫工之名，朱致远识为文制，当有所别也。作歌纪之：

　　雷家斫琴腾蜀中，威文会迅皆良工。《六一诗话》："余家蓄琴，乃宝历二年雷会斫。"《砚北杂志》："廉廷臣蓄唐雷迅琴，贞元三年斫。"酒酣风急选材去，峨眉松雪灵开桐。时当开元大历际，霓裳罢舞梨园空。雅州地僻独闲雅，尚有名器追号钟。妙手蝉嫣代相续，双璪远过柳世隆。作铭前有晋陵子，考工后记东坡翁。遗制历历从可识，星徽品第各不同。龙池凤沼耸天骨，入手脆滑兼轻松。音若在舷韵徐出，岳不容指背微隆。此皆匠心通乐理，

　　巧倕旷世难一逢。天南杨子磊落士，呼吸精和守正始。引商刻羽三十年，志在高山并流水。眼明忽睹李唐物，振玉篆雕玉箸体。梅花断片发龙鳞，蜕漆凝朱焦鸾尾。补修出自紫阳手，池底题名偁四美。细看竟体妙无痕，宛似佳人得獭髓。易归不惜千金投，珍重流传旧朱邸。盛以天孙古锦囊，供之海岳乌皮几。风清月白时一挥，松吹瀑流声在指。海天何处寄遥情，物外幽踪图画里。绘有《振玉斋弹琴图》。所惜人籁多淫哇，细腰百面恣嚣哗。箫韶不遇咸池寂，桐君相对长咨嗟。吾家南郭枕琴川，弦歌故里怀前贤。和平博大五音正，虞山宗派推松弦。严天池松弦馆。迄今广陵久绝响，烟波汩没荒江边。

――――――

　　①　《俞鸿筹日记》壬辰(1952)三月二十日亦载此诗，有异文。

何似越秀峰前客,瑶琴独抱幽篁弹。萧萧万籁生虚室,习习谷风香猗
兰。人生难得峄阳友,且抒郁滞开心颜。

题松禅老人为侄鹿卿书《阿弥陀经》①

公昔游焦山,言寻定慧寺。启扉大声发,佛座莲花堕。阇黎劝出
家,謇謇忍忘世。庸知一片心,老去空憔悴。平生耽禅悦,写经寓所
志。细字若蚕眠,作此在中岁。仲容澹荡人,臣叔本同契。庐墓晚相
依,惜哉先入地。公题画句"诗成试诵《涅盘经》,味晚仙人先入地",味晚,即
鹿乡也。佛言解脱相,初不离文字。请看飞盖书,云中现金臂。

壬辰仲秋病起偶赋四首即次叔夜寄赠诗韵②

秋怀浩荡客情孤,一枕颓然集病夫。身似株驹难用世,《列子》释
文:"株驹,枯树木根也。"梦随石雁欲浮湖。投名康乐原非计,阿党隆中
亦尽诬。知有旁人相诟厉,英雄迟暮况迂儒。

风雨高楼乱晦冥,眼前万态付撄宁。烧残香篆心犹结,暗省秋
期叶渐零。禅榻鬓丝修白业,玉池清水养黄庭。似闻行潦江乡苦,瓜
烂荒塍枣落青。初秋,吾乡大水。

老去空思炳烛明,腾腾兀兀一无成。钞书自笑贫儿富,勘字方知
善本精。习气尚存殊可哂,危机未蹈复何惊。青灯照影浑如梦,懒听
荒鸡午夜鸣。"只因翻故纸,不觉堕危机。"宋关寿卿句。

帆影潮声入牖中,楼居相望雨蒙蒙。正思清话酬邻曲,却喜跫音
到谷空。家酿犹迟缸面熟,瓮齑且浸鲤梢红。陈龙川《答朱子书》:"赤梢
鲤可于齑瓮里浸杀。"酒龙诗虎今何似,更向尊前忆次公。谓潜厂。

---

① 《俞鸿筹日记》壬辰(1952)八月十日亦载此诗,有异文。
② 《俞鸿筹日记》壬辰(1952)十月七日亦载此诗,有异文。

题杨西亭墨笔花卉长卷金惺斋旧藏①

薪传谁识自娄东，画绪难寻志乘中。孙竹乡《题栖霞山房宴集图》云："西亭少侍奉常、廉州，绪论具有本原，邑志失载。竹乡乃廉州之外孙也。"师友平生薰习在，更饶水墨似青桐。曩见蒋南沙墨花卉，极似此卷。

不写群峰写众芳，道人游戏幻生香。澹妆宛似簪花像，省识当年张忆娘。西亭曾为吴中张忆娘绘《簪花图》。

松庐长物散签厨，赠我霜纨墨尚腴。展卷不胜存没感，严城忍忆荐生刍。惺斋逝于丁丑秋，曾往一奠，不逾月虞城即陷。

和瘦东见怀韵②

神交疲梦寐，沈休文句。卧念沈东阳。落月延虚径，残书共一床。物情花事改，人意麦秋凉。为报支离况，新添髭上霜。

崇祯甲申秋永安士人寿南通徐见行先生诗卷咏绯属题③

枏桐山人介寿词，我初开卷未之异。摩娑字尾得岁名，忽讶崇祯甲申季。是时井陉岩叟观察宰南天，一官僻在镡州地。容衣已掩采衣新，知有悲欢介胸次。名父南州之冠冕，玩《易》能通天下志。焉用文哉初度辰，丽句清辞一笑置。流传翰墨独无恙，故物终看归贤嗣。花缣展处闻古香，即此可入吴绫志。卷为绫本。

索有发作字④

宛陵论字法，已叹垂中绝。矧兹千载下，得末久行末。孙过庭语。

---

① 《俞鸿筹日记》壬辰(1952)十月二十三日亦载此诗。
② 《俞鸿筹日记》癸巳(1953)五月二十二日亦载此诗。
③ 《俞鸿筹日记》癸巳(1953)十一月二十日亦载此诗，有异文。
④ 《俞鸿筹日记》甲午(1954)三月三十一日亦载此诗，有异文。

潘侯负异资,才雅不世出。偶回著述手,一纵经奇笔。笔笔皆蹲注,
行行见茂密。神明意度间,夐乎其有别。乘云驭飞龙,傥得仙人诀。
将仙与书比,不异亦不一。应笑强鬼魅,桃花作饭吃。

　　潘侯天下士,玉貌今鲁连。解纷无所取,徒使高风传。樊然是非
涂,摆落心自安。典校乃所愿,中秘事蕘残。洁身乐疲役,坎坎歌《伐
檀》。遥知退食后,犹对几案间。无人为添香,自拂乌丝阑。我如吕
行甫,墨水小啜唇。夙慕东坡书,欲乞复逡巡。一字终不与,世固有
其人。

和鹤缘丙申元日诗韵

　　年来贫病已能甘,粗食无妨共九三。东坡呼颍滨曰"九三郎"。未办
敷于为后饮,《荆楚岁时记》注:"敷于,音讹为屠苏。"犹思罗缕作深谈。偶
全瓦注原堪叹,懒访奇书更不贪。独喜庞翁多美意,山谷句:"庞翁迹颇
亲。"红笺细字若眠蚕。

　　萧瑟江关纪再周,眼中日月又逢猴。曩见宋雍熙砚有"猴逢一纪,与
日月易"铭语。百年鼎鼎空分半,举世悠悠合自休。坐惜麝熏沈淑景,
元日阴霾。陶诗:"沈阴拟熏麝。"闲看鸦阵下层楼。支离已忘酬新侯,枯
拥绳床乌衲裘。皮袭美句:"不知何事迎新岁,乌衲裘中一觉眠。"

景庐属题河滨退隐图[①]

　　拔醅江水鸭头妍,画里应添载酒船。菰叶哈蜊都入梦,更教拆洗
惠山泉。

　　曾访幽人水北居,凭阑宴坐笑谈余。风云百变频经眼,不犯清波
意自如。

　　炉香茗椀足清娱,物外悠然即五湖。绝似祇陀村里客,虚堂高挂
《鹊华图》。君藏香光仿鸥波《江村图》立轴,设色,双题,为无上妙品。

---

　　①　《俞鸿筹日记》乙未(1955)七月十八日亦载此诗,有异文。

袁安圃以明嘉靖间先德志山先生诗稿印
本见贻并示癸巳述怀诗赋此奉酬[①]

墨妙曾觇列岫楼，曩见胥台金事题文侍诏《江南春》卷及鲁望副使题吴仲圭《渔父图》，俱钤"虎丘别墅"印。芸编今喜夜光投。汝南物望方厨顾，钱竹汀《题介隐先生像》句："声望厨顾之间。"邺下文章接应刘。卷中首列《简陆子传》一诗，五湖与谷虚礼部为戊戌同年。菊涧遗诗同不坠，宋高处士《菊涧遗诗》，清初裔孙所刻。竹汀跋语幸还留。竹汀此跋，《潜研堂集》不载。横山旧是琴樽地，别业沉霾冷虎丘。

方斋清峻裔多贤，历历苕华载笔传。汪尧峰题袁氏册，盛称"方斋先生后裔之贤子"即谷虚、志山二公也。果见云仍昌奕世，君为礼部十三世孙。犹将义理作丰年。诗情华岳孟东野，"性情一华岳，吐出莲花峰。"郑子尹《题东野诗》句。画派姚村沈石田。余事《骚》经还可继，霜厓笛韵度梅边。明人谓关汉卿杂剧可继《离骚》。君善度曲，为湘真阁入室弟子。

和有发十一月十七夜寒甚韵[②]

饱听风威四壁嗔，巢居疑是古先民。倚床已叹人伤膊，余适卧病。越俎聊为妇执薪。山谷句："闲居为妇执薪爨。"塞座残书从委置，迎年长至奈因循。多君灰拔阴何句，令我寒消寂寞滨。

题河东君像冯超然摹余秋室本

世论悠悠昧死生，蘼芜心事未分明。红妆名在《孤忠录》，喜见丹青变玉莹。

犒师绝岛济沧溟，传酒如提金凤瓶。宋韩蕲王夫人事。玉貌将军甘下拜，捉刀来侍女娉婷。江阴祝氏《孤忠录》："鲁监国元年，黄毓祺舟山

---

① 《俞鸿筹日记》甲午(1954)四月二十二日亦载此诗。

② 《俞鸿筹日记》甲午(1954)十二月二十八日亦载此诗，有异文。

举义,牧翁使柳夫人至海上犒师。"《投笔集·秋兴》句:"娘子绣旗营垒倒。"自注:"张定西谓阮姑娘:'吾当派汝捉刀侍柳夫人'。阮喜而受命。"按:阮姑娘为张名振之参将,见《罪惟录》张传。

拮据成旅累输金,典斥香奁到耳簪。何事南风偏不竞,覆舟空负毁家心。《秋兴》句:"破除服珥装罗汉。"自注:"姚神武先装五百罗汉,内子尽橐以资之,始成一军。"

丸蜡书留复汉辞,尽翻公案澈群疑。商量三局楸枰谱,却在闺中对奕时。牧翁致瞿稼林蜡丸书,以三局为隐语,定恢复之计。见《稼林文集》。《秋兴》诗:"闺阁心悬海宇棋,每于方罫系欢悲。乍传南国长驰日,正是西窗对局时。"盖谓此也。

竟见寒琼出石函,花园桥北雨花岩。重甄芳冢知何日,黄土还期燕子衔。岁庚寅,柳夫人墓被发,余因叶遐庵旧曾访墓,属其创议修复,竟未遑也。《汉书》载:"新葬掘丁姬冢,有燕数千衔土投穿中。"

娥娥红粉未成灰,香影频年见几回。陈云伯曾绘《蘼芜香影图》吴江陵淡容,吾邑毕仲恺皆有柳夫人像摹本。补缀旧题添覆本,嵩山师弟尽怜才。超然得沈归愚、赵瓯北题河东君像诗墨迹,因摹秋室本补之,以授弟子袁安圃。

庚子除夕读关氏易传

龟荣何从卜百年,了知人事胜先天。明朝又值重光岁,大运居然一再传。

和戴果园入泮六十周年纪事诗韵戊戌

青村胜地子游过,文学东南得气多。县志云:"青浦之名,以邑有青村,子游曾过此也。"今日重来瞻孔宅,大盈浦上导先河。孔宅在青浦城北。《孔宅志》云:"孔子三十四代孙正,隋末为苏州长史,避乱奉先圣衣冠宝玉葬于大盈浦上,立家庙以祀,子孙家焉。"

钱袁嘉话亦堪师,二百年中尚护持。重游泮宫之典,始于钱玙沙、袁随园。莫道羊头青紫贱,袁渐西《贺俞曲园光绪丙申重游泮水诗》:"耻谈青紫贱羊头。"太丘不为小生私。

研经议礼独踌躇，《会典》官仪阙不书。阮仪征重游日，以《会典》不著礼节为疑，命门生议之。旋以校官前引，在棂星门外行三跪九叩礼。鲁道变迁非昔比，断断洙泗欲何如。

易代衣冠异古风，青衿却与旧时同。秀才名重《登科记》，《唐登科记》："武德至永徽，每年进士式至二十余人，而秀才止一人、二人。"赡廪曾看月给丰。

学堂肇始汉中兴，登进人材自此升。《太平御览》："《太学赞碑记》曰：'建武三十七年，立太学堂。'"一语能教科举废，亭林毕竟有师承。"科举之弊，必至于躁竞，而躁竞之归，驯至于乱贼。"此《日知录》论唐尚书左丞贾至议取士之失也。

曼寿彭篯大有人，"重游思乐泮，曼寿比于彭。"钱警石《寿朱梓庐八十诗》。养生为主药为臣。水云漫士身常健，潘榕皋，道光戊子重宴琼林，曾于病中梦见香光泊舟水涯，为谈净土因缘，霍然而愈，因自号水云漫士。何必丹砂炼汞银。年前君曾示疾，旋愈。

系鞋前辈溯前朝，钱竹汀诗："系鞋前辈少，避席后生多。"竹汀嘉庆壬戌重游泮宫。只见天香云外飘。翁赵钱冯都过客，岂知纪事转寥寥。覃溪嘉庆丁卯、瓯北嘉庆庚午、箨石乾隆壬子、孟亭乾隆乙卯，皆重宴鹿鸣，有图、诗。惟重游泮宫，除瓯北有诗外，余皆不纪。

艳称带叶黄瓜李，家世三吴物望尊。《郎潜纪闻》："苏昆巨族，首推戴、叶、王、顾、李，俗有'带叶黄瓜李'之谚。"前倚采旄后张盖，箧中可有画图存。《山阳诗征》："阎牛叟修龄有《崇祯乙亥游泮图》，方巾襕衫，树二金花于首，乘白马，前有采旗，后张黄盖。"

佩纷曾侍重游礼，手泽于今久散亡。耆旧争投珠玉句，零星剩忆两三章。癸亥春，先公偕邵息盦、叶叔谦、杨纬堂、宗幼谷、徐叔成、归清士诸先生行重谒泮宫礼。钱禄爵先生贺诗云："童子冠军录手编，小三元捷报公联。纪恩补试游庠日，癸亥重逢六十年。"自注："三百年采县府院试，小三元仅公与曹先生蕰琛。"又江阴金粟香先生武祥贺诗有"自昔黉宫充弟子，即今朝士数贞元"之句。

老来宠辱更无惊，陶写还堪借管城。且伴渔舟来唱晚，山青月白世承平。戴文端衢亨以试帖著名，有《渔舟唱晚》诗云："月白人归浦，山青客倚楼。"句中适有"青""浦"二字，因并及之。

题严畸盦藏印谱

一莲华须萃众仙，秋官以印取群贤。汪秀峰《秋官印萃》，皆同时朋辈所作。龙形真字贮满奁，徇知感惠皆合传。

褚叶工夫驱寸铁，宝此姓氏不蠲灭。古泥异想金石奁，今日嗟为琵琶折。卷中录赵石农二印，因忆昔年石农与其室金凿虞山西麓岩石为圹，题曰"金石奁"，近被发矣。琵琶折，见《舆地志》。

畸盦友我当绮岁，六六年深金石契。每从来况似新诗，押尾朱钤尽奇丽。

大书金简镌癖王，光怪何止腾文房。黄神越章辟虎狼，安得封泥著四方。君有三十二字大印，故以黄神越章为比。

题无恙遗像运百绘

青山体久托，千载伤旦暮。落落意行人，对此俨重寤。当年刘敏叔，像写诚斋屡。无恙初稿卷端小影，亦运百所写。魂来见应笑，遮个是前度。

忘忧得诗力，应俗难常条。秋兰以为佩，湘蕤以为料。钩营致心魄，毕生如终朝。若士今已矣，吾乡遂寂寥。无恙自署阿士。

南田画山水，敛手石谷避。同能宁独胜，三年待病臂。昔我见君诗，取此戏为譬。叹息国士呼，徒负责善意。无恙尝称余曰国士，余戏谓子欲以白石道人自居耶？盖道人称辛泌为国士也。

心血呕于诗，传世廑少作。生前廑刻初稿一卷。无儿韦楚老，积稿将焉托。无恙以三续诗稿一册，属为商榷，并有类稿如《木兰诗考》《北周大义公主考》《乐府臆说》诸篇，皆考证之作。绘影庶存真，朋旧感萧索。一笛比山阳，三桥梦西郭。初稿有《三桥舟中公雄撅笛运百唱昆曲》一律。

题赵文俶花卉蛱蝶册

停云五叶画传家，墨晕芊绵秀色加。一代写生俪独绝，牧翁老眼故无花。《初学集·赵灵均墓志》云："端容卒崇祯七年，年四十一，写生自出新意，为本朝独绝。"

想见优游林下情，枝头蛱蝶仿元婴。山妻空有生花笔，修到清闲要几生。

梦游虎丘图和韵

消息相通水石寰，此游瑰异此心闲。重笺林寒昭阳史，弹指华严海涌山。清旷已超三梦外，逍遥只在二乡间。幽花寒雨霏微处，知否香溪第几湾。

题汪大铁编年画册

敛退独澄怀，沧州纳咫尺。未委经行处，曾破几量屐。何夜无月明，何所无竹柏。胡为落谢中，现此影历历。客情知已尽，妙气自来宅。只觉蓬庐宽，真游拓几席。大樽五石瓠，还向此中觅。

昔我居南村，栋宇与君邻。时时接清话，兼论金石文。少年多浪莽，龙跂未能驯。俯仰忽解镳，白首情倍亲。成退天之道，老作弛担人。兰亭留醉本，一笑永和春。

题玉翠砚合拓本戊戌冬

席卷东瀛去杳然，邻淬翠墨尚流传。一杯已有犁墟叹，何况端溪皕砚田。石友舅氏藏砚皕余，身后尽为东瀛人所得。

水观庵前碧玉湾，故园惨淡没榛菅。舅氏墓在湖西南练塘仪凤里福寿桥，其旁为水观庵，生前焚修之所也。龙香砚是伤心石，安得长埋月宇间。藏砚中有鱼脑及梵文，二砚殉葬，今拓本已难得。

玉溪形好妇人俦，阔视横行迥不侔。"横行阔视倚公怜，狂来笔力如牛弩。"玉溪自咏句也。漫把柳枝比苏翠，丛台未许接风流。《樊南文集·上河东公拒赠乐籍张懿仙启》有"南国妖姬，丛台妙妓，虽有涉于篇什，实不接于风流"之句。舅氏《题玉翠砚拓本》诗云："玉溪风貌如花蕊，阿翠才情胜柳枝。若使两人生并世，定将罗带换新诗。"

稚柳五十

晋贤谢稚画名传，绝艺宁知畏后贤。一代宗门推具眼，百年慧日丽中天。沧湖妙迹今方驾，烟嶂灵襟久比肩。何必芦茹为导引，芦茹丸，可饵体肥。身凌金顶即神仙。六法曾从千佛参，笔端舍利涌精蓝。梦中见异朱阳馆，堂上飞鸿海岳庵。万杵越筘裁素简，苦篁斋用篐，皆自违制。八梭宓绢写云岚。南齐画品期君续，驰誉他年若靳骖。

杨西亭墨笔花卉卷为抑非题

醉墨还留鹤阿师，春罗秋桂写同时。花庭久作青芜国，惘怅披图对折枝。

莫嫌习孅石谷别署老门墙，乌目烟峦恋故乡。此事终当出头地，墨花占断翠微堂。

随身画卷与诗囊，西子湖边爱日长。时方迎养赴浙。花市只今无恙否，移家合作寿安坊。

劳在兹《西洞庭山》长卷文与也题

西山缥缈画图中，沆瀣灵奇一气通。堪羡当年皮陆侣，艇头自拜太湖公。

七泽三湘揽胜多，老来犹梦洞庭波。清名不让卢高士，却被刘昫一字讹。《画志》"征"误作"澄"。

劳画文题合二难，吴中文物出丛残。南云更有包山景，天壤何时得立观。与也为屈翁山作《西洞庭图》。

俨少画《杜陵秋兴诗意图》

饥食瀼西云，老作湖外客。千载杜陵翁，秋思苦襞积。八篇意无尽，东涧为笺释。去虎狗凤鸡，唐人斥李善注《文选》语。若手洗日月。灵诠既得真，粉本未应阙。方略今设奇，老泓迄能辟。一重复一掩，经营动心魄。家学六法赅，劲利传笔迹。写此无声诗，托兴陈芳国。当年避寇地，梦落乌蛮北。定性转山河，看洒毫端墨。《传灯录》："景岑禅师偈：'谁问山河转，山河转向谁。'"

伯鹰病中见怀诗有踽踽人间老相望甚渴饥
及莫嫌晚闻道犹得岁寒师之句赋此奉答

琉璃喜见药师光，稽首删陀大树王。崇解太玄消舌赤，身依宝积瘉心黄。百一心黄之病，见《宝积经》。廓然推枕金刚破，久矣低眉物虑忘。肝木能荣嘘在口，绵微致用有神方。《六气治病颂》有"肝藏热来嘘字至"之句。

百年石上拂天衣，断取陶轮手一挥。自古逆流能照性，本来逗药在随机。倚床犹是书遮眼，乞墨还容客扣扉。示我新诗悲愿大，南华香火得真依。

怀叔夜时方为我补修原刊本《升庵集》

渡头芦子已抽牙，《吴郡志》："沪渎东西芦浦有芦子渡。"静掩荆扉白日斜。不尽秋荼犹塞路，独怜春桂却无花。龙蛇横木矜三仞，枝叶成词柱百车。知费推寅好身手，牙签还我玉无瑕。

伯鹰病榻以法华教义见询赋此代东

拂席方怜座五千，沙罗林外更纷然。岂知一部《圆融》法，不在遮诠在表诠。《法华圆融经》教意在表诠，而《般若》则在遮诠。

教相天台判五时，五重玄义见风规。灵山一会分明在，心目照然了不疑。

妙音问讯智光中，病恼缘可尚不空。太息觉王平等法，现身原与在缠同。

勤修三七日无差，白象当前现六牙。能减人间诸有苦，慈云长获宿王华。

志靖四兄七十

岁岁牡丹时，登堂祝览揆。况逢杖国年，家庆更可喜。止止吉祥室，坦坦幽人履。只觉桃花源，即在方寸里。

迁虞自黄山，东河安厥宅。降及我弟昆，传世十有一。改姓不改郡，金天示所出。辑谱绍先人，待兄挥巨笔。

改姓承外家，家乘语未详。微闻我始祖，文毅乃雁行。堂堂燕贻阁，姓氏襟裾香。相期访徽谱，上溯蝉嫣长。

兄志在匡时，六府复九有。矋然笃素守，京华及鲁浙，所至碑如口。移官海上来，已逾卅年久。

龙荒历寇乱，海湮成孤鸟。致论目睫多，偶闻辄绝倒。明姿卓不群，人海收帆早。手种桃李花，满庭春色好。

长嫂八十一，迎养芙蓉湖。仲兄将杖朝，齿德冠吾虞。一门皆耆寿，乐事洵有余。春秋佳日多，时还省旧庐。

叔父平生诗，六卷手定早。余者待编年，日记助探讨。两兄哀校成，命我缮遗稿。人间留正音，岂独为家宝。

劫后读无书，枵腹殊可哂。邺架真珠船，时时解我窘。六典方在手，唐制足征引。愧无酒一瓶，欲报意难尽。

缅怀赵宋时，吾宗聚远楼。东坡题妙句，笑傲轻王侯。我兄亦楼居，潇洒神仙俦。物喧心自静，炎夏等凉秋。

日涉有邻园，清景迎朝曦。乘兴偶顾我，谈谐无不宜。我亦时款襟，引年献小诗。从容长如此，自然到期颐。

题傲霜枝画册

集锦画菊十叶,画者武进庄澹庵回生、常熟瞿端叔元镜、长洲文子豹止、常熟陈山民砚、嘉兴陈孔章嘉言、长洲顾禹功殷长洲文埏。又朱亦巢陵、刘鼎、朱白三叶,首有徐武子树丕隶书"傲霜枝"三字,末有李暐庵炳一跋。画中纪年皆书己未,盖康熙十八年也。

义熙身世本相同,诸老襟期见画中。不写人间凡草木,要留傲骨战西风。

题瓶老人家书

龙蛇走笔势纵横,廊庙江湖岁月并。诸札为光绪初以迄归田后所作。却似东坡对安节,残年多诉死生情。

曾从祖帐作深谈,温室孤危已自谙。便拟扁舟投劾去,犹难安隐卧江南。七月十二日致蓉卿一函,为己丑假归前作。冯嵩叟《瓶庐诗补序》云:"己丑七月,师乞假南归,顾予曰:'仆行矣,还朝不可期。'既德宗手诏起师,不获已,乃再出。"

味幻仙人是谪仙,软红游戏了前缘。山中修竹临分语,何异花开般若莲。蓉卿别署味幻仙人,卒于壬寅,年六十六。此册末数札与其嗣子寅臣者,皆言其病况。瓶老人挽蓉卿联云:"垂绝呼余,只道山中有修竹;平生学佛,固知世上是空花。"

夜梦伯鹰过访犹异时薅草遇潮境象醒而有感赋此寄怀

入门大笑手提履,涉世不濡复涉水。词林长者薅草来,江浦灵潮暗惊起。桥边遇我濯沧浪,步砌归时月转廊。只道此情随处有,岂知一梦五年长。君今日坐净名室,普念群生还示疾。已忘妙喜国中身,独向床头照日出。问疾毗邪我未堪,知君无语有真参。四禅倘作为床座,弥勒何妨共一龛。

《学稼图》

莫笑老农我不如，儒门原可带经锄。良苗多少怀新意，放眼东皋绿有余。

画里添毫槽槽然，渠疏短褐得安便。灌畦自爱汉阴丈，不向风波奏独弦。

怀凤甥

白醭揩残卷，相看意最亲。天留读书种，老作背匙人。语可列眉比，别才阿鹊频。东坡传《药诵》，巨胜亦堪珍。东坡《药诵》云："因苦痔，常服巨胜。"盖黑脂麻也。

题雷峰塔宋开宝八年《宝箧印陀罗尼经》

朽土中闻赞佛声，覆衣想见涕纵横。丰园何异西关塔，一样人天有坏成。此《经》云："丰财园中有古朽塔，摧坏崩倒，出善哉声。世尊脱衣覆之，泫然垂泪。"《经》首有图，即写丰财园说法事也。

完璧难逢断简多，镇山永忆髻青螺。吴越王妃建此塔，以藏佛发。纸皮墨骨犹无恙，谁分金轮堕劫波。

沧茗曾来古塔前，癸亥三月登雷峰，憩于塔下。美人老衲对参禅。异时惨绿今垂白，宝箧重开证旧缘。

题瓶庐辛丑五月枇杷画卷

压枝写就总心酸，小阁松风五月寒。知与宛陵同一叹，猕猴乱后熟应难。梅宛陵枇杷诗："猕猴定撩乱，欲待熟应难。"

深山野果岂相同，曾见微之乐府中。二老看朱忽成碧，白华幻作牡丹红。"深山老去惜年华，沉对东溪野枇杷。"此乐天山枇杷诗也，朱竹垞咏枇杷词引之。然元微之诗云："山枇杷，花似牡丹殷（拨）〔泼〕血。往年乘传过青山，正值山花好时节。"则所咏为山野所生，非即素华冬馥之水果也。此卷王梣缘世丈题诗，与竹垞同意，故并及之。

瓶庐书田山聚福塔砖拓本诗幅

聚福三字砖，寺名志可补。两宋坤巽书，无此点画古。

称墅避殿名，音转更成田。封禅建别庙，远在淳熙前。福山曾称殿山，乾隆三十六年禁之，令复旧名，故避，作"墅"或"田"。按：宋魏□旧福山东岳庙碑，真宗修，封禅福山，规模岱岳，建立别庙。邑志所云"淳熙年建者"，非也。

打碑还洗砚，筇笠侍瓶庐。□雅如银鹿，曾觇乞米书。姚永善为鸽峰侍者，曩见茶陵谭氏藏瓶老人与姚手示四厚册，署曰《谕仆帖》。

明长洲周翰白描《西园雅集图》长卷

《历代书画家年表》云："周翰，字子章，故宫藏《南屏烟雨》卷，作于嘉靖三十四年。"是其。与衡山、东村、实甫辈，皆应联袂接席者，而传世之作极鲜，画史且佚其名。此卷毛皋亭宗文康熙二十七年所题，于子章亦未述及。景溪得此属题。

取法龙眠意有加，披除金碧净铅华。伯时原本着色仿小李将军。东村画派三吴重，眷属还疑出一家。

昼乘当年载笔疏，眼中妙迹竟无余。南屏烟雨知何处，留得西园胜石渠。

题查梅垼山水册

前身自拟董香光，放笔凌虚未可量。别有深心谁领略，巍巍九锡奉元章。

丙午六十初度戏作自挽三首用靖节拟挽歌辞韵

不生原不灭，何来延与促。悟事悔已迟，更事遂碌碌。今死异昔死，无棺难就木。荼昆归乐土，宜贺不宜哭。破相方见性，背尘即合觉。六度波罗蜜，成功在忍辱。世有取我言，我死心已足。

莫思身后事，谁来奠一觞。虽奠亦奚为，一呷焉能尝。台山蓦直去，即是莲池旁。平生修持伴，矻矻老孟光。同归或异期，归则归一乡。再来未可必，此愿尚无央。

无泪送我书，书去雨萧萧。矮车黑如椁，裀载赴荒郊。千城并一冢，高过山岩峣。缘尽暗然绝，如叶辞柯条。成坏倘常理，变幻忽一朝。我亦将归休，分手意若何？诚恐不及诀，向来亲旧家。犹余千载情，寄之自挽歌。歌成谁和我，掷笔灵山阿。

题渔洋山人藏诗画册

册凡十五叶，鹿门得自澄江季陶叟游兆敦牂之岁，失而复得，重揽兴感，因题此诗。时陶叟逝将卅年，鹿门谢世亦逾岁矣。

吉祥云获宝珠还，地下如知亦破颜。小景荒寒重认取，渔洋何处好吴山。

题渐江画册

此册茗上章紫伯定为无上逸品，真迹柔，兆敦牂岁遇阨，被弃于地，幸未损阙。册内有"辛亥"大小三印，时为康熙十年，渐师尚在世。传已前卒者，实记载之误也，赖此孤证以正。"僧腊"两字印文，重逾贞珉矣。

夜壑藏舟幸得全，通灵妙品几登仙。朱钤好补疑年录，海外东坡莫浪传。

移竹

刘原父有竹迷，日种竹。诗盖即五月十三日也。

蔓草丛中野竹枝，曲迷酒醉任人移。眼前三日萧萧雨，便见猫头乱入篱。

柬破梦

词客犹余秋气悲，今年凋尽鬓边丝。祁寒暑雨交相袭，今岁寒暑皆酷。嫩蕊孤花悉可危。破屋玉川随所遇，长斋苏晋夙能持。君茹素多年。老来自守安心法，莲漏声中度六时。

柬鹤缘

已叹新贫压旧贫，更嗟大謷历千辛。老成谁识汝母侮，忧患端从我有身。白鹭股难谋补肉，黄茅地误落殊珍。启期且自宽心境，《列子》："荣启期，自宽者也。"烦恼菩提即净因。

和瘦东徐泾度岁寄怀诗韵

瓶钵随缘住，萧然直至今。移家堪入画，隔浦忽闻琴。是处安心竟，几人立雪深。相思当岁莫，夜坐独长吟。

瘦东横溪雅集第二图

曲水重来续旧缘，风光不减永和年。溪堂指点星明处，知有群贤集颖川。

诗翁合事豫章黄，正字犹居弟子行。后山《赠山谷》句："陈诗传笔意，愿立弟子行。"晚岁论交深不易，江湖此意永相望。

鶗鴂啼

抉目门东夜啼血，不似鹎鹕似鶗鴂。群飞昏昏欲刺天，冤禽敛羽水底眠。茅经长号世胡得，修绠汲残老所逼。离跂攘臂悔莫追，鲍焦华角嗟同归。

寄鸥邻

秋灯小倚老犹堪，恍与良朋抵掌谈。骏马明珠何足道，一经谁及杜征南。君治《春秋左氏》之学。

玄隐庐中翰墨缘，法门龙象得真传。好凭一滴曹溪水，沾溉人间五百年。

衰年叹我病支离，缟纻逢君惜已迟。岂有识途余智在，嘶风振鬣不胜悲！

元日卧病

野胡打罢岁华新，《云麓漫钞》："岁除为傩，俚语谓之打野胡。"待扫穷阴见好春。元日萧条高枕卧，眼前问疾已无人。

沤居士字卷

蔚此豹变姿，奇气何从吐。墨池腾风雷，化作南山雾。

鱼饮以涤笔余色写牡丹漫题三首

鱼吞莫漫比牛呞，惜取余春费护持。日历如山浑不管，一拳移伴好花枝。牡丹拳石。

妙笔和天倪，春光到物齐。朱颜原可驻，不待化春泥。梅花牡丹。

铅华不可弃，色相本来空。自是怜才意，从知休洗红。

悼鹤缘己酉卒年八十六

通家旧谊论三世，谦退深蒙父执推。不为才难伤老宿，却同群碎委稿莱。右军帖："俯同群碎。"人间苦器休回首，门外天涯绝告哀。想见寒梅蕉萃甚，此生能得几回开。室吴同庚尚在。

悼破梦己酉卒年七十六

使君与我戏同称，早岁诗名悔自矜。君刻《虚静斋诗》，方二十七岁。风度难忘荀伯子，轩眉席上对王弘。

满堂珠履少年时，玉马孙郎本事遗。君语我玉马孙郎旧事。知已独推陈检讨,老来犹忆匹夫诗。族姊丈陈有庚先生星涵,别署"洞仙词叟",有《匹夫诗集》。与君交游,年逾古希矣。君私淑之。乱后犹藏手札多通。

茹素三年报老银,六十后丁内艰,持斋三年。北堂转眼长荆榛。余生竟供修罗膳,一口青泥化作尘。

榆花开后正加餐,已罄瓶中五色丸。不向青毡怜长去物,大儒故步学邯郸。

瓢客提撕春梦婆,乌台诗案感怀多。沙边明月伤心色,曾照枯鱼泣过河。

颠当不守即泥犁,鹤语天寒虎豹啼。否泰早探消息卦,临池瞎马触藩羝。

梦中无路可相逢,一雁云罗意万重。苦说带围宽几许,此身药店落飞龙。病中寄书,告消瘦骨立。

玉山忽倒杖难扶,陋室绳床形影俱。涤尽愁肠方撒手,前生自悟是休屠。临终腹疾,自云沙门转世。

曙星明灭海天寒,缟素何人泪暗弹。身后凄凉胡至此,一钱留向枕边看。身后仅存二金。

翳然乘化畏人知,遗言:"勿赴告亲友。"剪纸招魂恨我迟。叹息秋坟何处觅,更无鬼唱鲍家诗。

以靖庐所遗陈酿馈文无翁乃荷赋诗纪事即和原韵

旧酿若醇交,真性乃在骨。一瓶奉诗老,感旧将诗乞。緊余久病废,绳床栖一室。勉守枯木禅,敢违止酒律。百年萦旧谊,往事吾能说。适园云林俦,清秘富文物。精鉴楼攻愧,集古欧六一。虹月载归舟,兵氛幸式遏。尊翁湖海士,六法工采掇。卷轴觇寒斋,厨笥常充溢。通灵虽久杳,冥想犹解渴。我生嗟已晚,前尘时触拔。甲子丁大故,身世两臬兀。诔章颁巨联,垂慰孤露日。再拜悬寝门,雪涕眼生缬。晌将五十载,境迁情不灭。得酒思娱老,借花来献佛。公今老愈健,腕底龙蛇活。新诗脱口成,妙擅后山笔。欲和不成章,难就大雅质。

雨苍诗来谢饮陈酒次韵奉答

自笑生涯老佛徒，持斋久已酒肠枯。一尊借取投花意，灌顶因缘问有无。密宗受灌顶时，投花向所供诸佛，坠其前者为本师。

题瓶庐手书议主事吴可读请预定大统奏稿卷

披腹呈琅玕，纳谏良非易。何况宫廷间，与人家国事。柳堂甘殉名，杀身争皇嗣。当时无严助，庸知□汲意。金扉屡欲开，死灰忽重炽。光绪庚子，立溥儁为同治嗣，实用柳堂之前议也。

陟降空反复，遗直早遐弃。不□程公孙，立庙更追谥。宋蔡确因神宗阙嗣，奏请立程婴、公孙杵臼庙，优加封爵，从之。瓶庐旧甘盘，持正不阿比。大宝继大宗，一言定群议。奏草出焚余，百世宜珍秘。即以书法论，行空若天骥。平原远可追，并驾毋轩轾。

题鹤缘赠扇

蘅翁丁未赠此篦，入我手时隔四年。聚头能聚人难聚，持向秋风不忍捐。

怀甸老

守拙老人八十六，闭关默坐静参禅。愿如唐代庞居士，拔宅同登般若船。

索文无题扇侑以宋刊书影小笺辛亥闰五月

乞墨时时气味亲，人书俱寿更堪珍。朱陈村里推前辈，并世真无第二人。昔年梦陶三叔于余家，最所关垂，迩来父执中，惟公为硕果矣。

残笺叶叶起秋声，笺上依稀天水清。一样推官陈进士，校书未必不垂名。笺为绍兴本《营造法式》，末页有"平江府观察推官陈纲校勘"字样。宋史有《陈纲传》，淳化进士，建州观察推官，乃同名也。

杂诗

海气冥冥掩晚空，三朝迷路响西风。农谚。寓言忽忆漆园叟，如见谆芒大壑东。《庄子》："谆芒将东之大壑。"释文："谆芒，雾气也。"

文无书告病况寄怀四首

形疏心迹亲，多病苦相忆。昨者琢小诗，方欲寄公侧。朵云适然来，缅缅意无极。此心能感通，书来非人力。

病为八苦一，悟道竺乾公。诸相皆虚妄，病亦究竟空。有病可除业，无病本成翁。尿天与尿床，反老已还童。故宫藏僧传綮自题画："尿天尿床无所说，又向高深辟草莱。"

我非车若水，亦有脚气集。气浮及膝际，蹒跚艰坐立。针度得渐平，阁置能救急。破屋畏秋风，疆勉且补葺。

今岁值天纵，闰月也。毒暑骤来早。应时东陵瓜，稀若安期枣。玉壶自有冰，可当迎凉草。一静祛百烦，清凉涤怀抱。

题白阳山人草书千文真迹辛亥七月

仲圭五指拔镫法，传自唐代辩光师。五湖老孃白阳别署眼如月，大草独得窥其奇。此册草法与梅花道人极似。垂老书此若书蕉，碧云深处兴犹豪。山人卒于嘉靖己亥，此前一年所作。烟霏雾结世莫识，恼人剩有鹦哥娇。

题正反同形篆文汇录

早从姑幕着门墙，公再传承守丹先生篆学。仿佛梁丘出少黄。梁丘贺师京房，房师少黄令焦延寿。妙笔真能追碣石，清吟还欲和茶香。正反体诗，创自茶香室。融通哲理原同轨，近代哲学有"正反合"之说。反复诗篇各擅场。古有反复诗，举一字而诵皆成句，反复成文，见《古诗纪》。吾鼎只容吾自玉，曲园原句。戏凭解闱共寻量。

题《说文新附汇录》

校书重振雍熙初，沧海遗珠补大徐。五岳真形来有自，百家篇目惜无余。新附字虽仍取自《五经》，秦汉然不见籀。古盖支字单传，已无可追溯矣。而新附当时定有根据，皆未注明，殊为可惜。已从通假添旁证，兼录钮匪石通假之字。难得精严出手书。一卷编成长念旧，谓王福厂先生。更谁故纸讨虫鱼。

文无录示曲园正反同形篆文诗戏效其体

一室芝兰共玉壶，闭关弄墨亦时需。黄华冒雨开常早，玄草为亭尚未芜。因品山泉崇子美，且留茶具伴君谟。太丘八十算无量，巾带幽闲入画图。

题文无篆书澄江先辈诗册两种

虎仆良材腕底收，应嗤丝缚与毫修。公述曩闻作篆之笔有以线束，或修去其毫，乾嘉后，其法废矣。白麟坂上初禅地，白麟坂为完白山民故里。瘦硬通神出一头。

呪呕耳畔若堪寻，《荀子》："垂事养民，拊循之，呪呕之。"呪呕者，眠儿之音也。恍忽当年慈母音。我是东金西木子，见《珞琭子》捧诗一读一沾衿。承守丹先生眠儿歌。

写在城深草木时，避日寇乱时所书。枝枝红豆起相思。菊丝粉米桃花鲊，难忘诚斋乡味诗。薛芝塘先生江上食物诗。

简廸彝

醇交再世敢言疏，人事相联意有余。主客署中曾接翼，丙寅余至交署，君适外任，时凝远、小堂诸君尚在。春明城外旧同居。玉舟先生与先人光绪初同寓宣武门外南横街。梅妻鹤子能娱老，栗里柴桑得遂初。洛诵孙年开九秩，槃杆犹忆祖庭书。缄庵先生别署槃杆老人。

文无属题所书徐楚金《说文部序册》

内史部序篇，托体自周易。始一拟乾元，终亥侔无极。冥通序卦意，窃比于十翼。元儒好古文，师心事改革。欲从急就例，上夺部居席。三仓久云亡，科斗复难识。稽古遂漓真，献替实扞格。陈编经几秦，岂免乌焉惑。刮镵期再明，改弦足可惜。此篇诣最精，鱼贯沂一脉。绵绵存其用，说解因而绎。移写导准绳，如睹二徐迹。师承志学翁，承守丹先生邦彦堪矜式。遗稿手钞校，一卷部目测。《说文部目测》，守丹先生所著。后先若辅行，连璐更重璧。墨穴独茫茫，琬琰何处觅？

题王虚舟《篆书千文册》

雍正六年六十一岁时所作，有自跋云："篆学绝于有明，李怀麓伤肥，文徵仲伤弱，其余诸家强以绵力支挂，皆未有能屈精华者。至赵寒山父子，则俗韵逼人，不可响迩，篆法之陵迟，至斯极矣。余尝说篆法有三要，一曰圜，二曰瘦，三曰参差。圜乃劲，瘦乃腴，参差乃整齐，三者失其一，奴书尔。石鼓操纵在手，从心不逾，篆书之圣，不可攀仰。斯喜妙迹，亦复沦绝。惟李少温上追史籀，下挹斯喜，足为篆法中权。余学之三十年，略得端绪，每作一字，不敢轻心掉之，必正襟危坐，用志不分，乃敢落笔。竟此一本，凡经半月，心力瘅瘁，乃仅成之。阳明言良知非白非黑，乃正是赤。余之此书，亦尚作如是观耳。"首页题"虚舟自运篆"五隶字。

良常篆法贵参差，能运毫端若画锥。三十年中攻苦县，策勋第一缙云碑。

古田楮色尚精莹，百琲圆珠照眼明。所惜随园特健药，只留印可未题名。首页有"随园"印。

卷二

浣溪沙
残樱词

已被东风误一春，妆成难掩泪痕新。小唇秀靥总含颦。漫说飘零谁是主，依然姚冶欲窥臣。钗钿堕处体横陈。

浪蕊浮葩正弄姿，无情风雨五更吹。胡姬掩面失焉支。惊起春醒催画角，枉抛心力教蛾眉。花飞人去不相随。

难作天香国色看，临春粉黛入奚官。红心满地夕阳残。树底遗茵犹宛在，花前报帕讵无端。美人相凭玉阑干。

桃源忆故人

旭斋属题无恙遗书《宋人词意》小册，癸未僦居虚霩园消夏所作也。展观兴感为赋此解。

北窗企脚消长夏，腰鼓琵琶听罢。无恙居虚霩时，壁悬自撰一联："好骑屋栋打腰鼓，企脚北窗听琵琶。"某伶所书也。自有情怀堪写，却向词仙借。十年前事成凄诧，人与幽花同谢。留得画中楼榭，郁郁随修夜。杜诗："郑公粉绘随长夜。"

百字令①
破梦居士六十生辰

东南宛委，有当门龙卧，是君珂里。却似紫桑长作客，为爱七弦琴水。墨井连墙，绣屏隔巷，乌目山横几。坐忘碧玉，怎知今复何世。难得日饷雕胡，循陔奉母，美意谁能比。六十平头缘底健，

---

① 《俞鸿筹日记》癸巳(1953)十月九日亦载此词。

强半单栖而已。典籍爬梳，精神抖擞，宋人诗："寄语姑苏孙太守，也须抖擞旧精神。"太守，谓新淦孙伯纯也。览揆书闲史。莫辞蘸甲，更倾家酿同醉。

征招①
伯鹰绘《听诗图》以志悼亡出示属题

梦痕犹认巴山雨，孤吟暗添丝鬓。楼角玉绳低，又夜分人静。拗莲真作寸。叹寸寸、愁思难尽。凤纸题残，莺花消歇，好春俄顷。为问绿窗词，青绫障，有几扫蛾堪并。绝代女房融，更兰阁才敏。旧情嗟画境。采云散、蘼芜香冷。只赢得、兑阁遗徽，寄三生幽恨。

桂子香
甲辰中秋后漕泾访桂

良宵纵目，怅素约已违，秋思维属。中秋通宵无月。偏是堤杨未老，沼荷犹绿。俊游准拟佳期补，更相怜短筇幽独。小桥莎径，回廊石磴，伴寻秋馥。且莫问，山香舞曲。花开三五日，即采为酿。看穿树芳禽，珠蕊闲啄。一饷随缘徙倚，静参金粟。旧香猛忆儿时味，对花前亲授书读。草堂残梦，凄凉何忍，夜阑重续。

点绛唇
题无恙画《虚霁园红豆图》

吹尽香尘，绛云已散胎仙老。旧情多少。粉本添新稿。刻骨相思，一捏猩红小。春光好，梦中还到，绿映花前沼。

南柯子
题钱牧翁三印拓本

楼阁收丁女，乡邦重木公。芙蓉秋水久飘蓬。芙蓉庄、秋水阁皆牧

---

① 　《俞鸿筹日记》甲午（1954）六月三十日亦载此词。

翁旧址。印里犹留三字、可怜红。怀宝将安往，枕流当饰终。过云竟与绛云同。一样人间天上、尽成空。绛云楼朱文晶印，旧藏元和过云楼顾氏。

七圣皆迷路，真仙亦带枷。放翁诗："二十四年如昨梦，凭谁问讯带枷仙。"《五灯会元》："僧问峻极禅师：'如何是修善行人？'师曰：'担枷带锁。'"曹溪濠上雨南华。一瓣心香为问、出谁家。《庄子》，称《南华真经》。蒙庄，亦曰蒙叟。曹溪南华寺，六祖之真身道场也。宝箧金封掌，梁简文《与僧正教》："缄匦玉毫，封印金掌。"瑶光玉辟邪。侍书想见貌如花。一笑擎来相对、更倾茶。蒙叟白文玉印。过云楼藏。

好古真成癖，缘生若聚沤。百城曾伴小诸侯。梦里依稀琴剑、旧书楼。取迳三桥外，奏刀两汉游。嵩山开母眼中收。此是先河沾匀、越江流。蒙翁白文石印。恬裕斋旧藏。篆法仿汉碑阙，开浙派之风。

蕙兰芳引 和清真韵

仙唳渺然，莽沙渡、乱鸦惊鹜。沪渎旧称鹤沙。看隔浦浮云，吞吐树头荠绿。阵飙易起，似怒阚、欲掀篱屋。有坠茅拾去，抱入南村丛竹。树篦相依，山谷诗："松树织扇清相似。"桃笙长伴，陋巷多燠。算消尽风怀，忘了燠侬怨曲。秋波无恙，弄珠洗目。尘翳空、重认影只形独。

临江仙

稚柳曩写《墨竹》一卷赠伯鹰，报其撰赋所作。伯鹰捐馆后五年，荷君夫人出卷属题，倚声填与，不胜感慨。

留得一篇《邛竹赋》，江关萧瑟兰成。巴山听雨独关情。当年休憩地，必种两三茎。颠沛风霜添劲节，几多胸次峥嵘。坡仙已去敢谁评。琅玕遗翠袖，十袭比连城。

前调
题稚柳为伯鹰作《苏州河诗意图》

忆昔垫巾桥畔路,却来庄语相亲。百年曾叩洞山身。观河思逝者,睹影复何人。策杖媻姗还欠我,枉教略彴为邻。回看往事已如尘。冲烟惟白鹭,依旧去来频。

《中国近现代稀见史料丛刊》已出书目

第一辑

莫友芝日记　　　　　　　　徐兆玮杂著七种
汪荣宝日记　　　　　　　　白雨斋诗话
翁曾翰日记　　　　　　　　俞樾函札辑证
邓华熙日记　　　　　　　　清民两代金石书画史
贺葆真日记　　　　　　　　扶桑十旬记(外三种)

第二辑

翁斌孙日记　　　　　　　　翁同爵家书系年考
张佩纶日记　　　　　　　　张祥河奏折
吴兔床日记　　　　　　　　爱日精庐文稿
赵元成日记(外一种)　　　　沈信卿先生文集
1934—1935中缅边界调查日记　联语粹编
十八国游历日记　　　　　　近代珍稀集句诗文集
潘德舆家书与日记(外四种)

第三辑

孟宪彝日记　　　　　　　　吴大澂书信四种
潘道根日记　　　　　　　　赵尊岳集
蟫庐日记(外五种)　　　　　贺培新集
壬癸避难日志　辛卯年日记　珠泉草庐师友录　珠泉草庐文录
嘉业堂藏书日记抄　　　　　校辑民权素诗话廿一种

第四辑

江瀚日记　　　　　　　　　王承传日记
英轺日记两种　　　　　　　唐烜日记
胡嗣瑗日记　　　　　　　　王锺霖日记(外一种)
王振声日记　　　　　　　　翁同龢家书诠释
黄秉义日记　　　　　　　　甲午日本汉诗选录
粟奉之日记　　　　　　　　达亭老人遗稿